LAS PIRAÑAS

MIGUEL SÁNCHEZ-OSTIZ

LAS PIRAÑAS

Seix Barral ⚊ Biblioteca Breve

Cubierta: «Brujos por el aire» (fragmento),
cuadro de Goya

Primera edición: diciembre 1992

© 1992: Miguel Sánchez-Ostiz

Derechos exclusivos de edición en castellano
reservados para todo el mundo:
© 1992: Editorial Seix Barral, S. A.
Córcega, 270 - 08008 Barcelona

ISBN: 84-322-0674-1

Depósito legal: B. 36.384 - 1992

Impreso en España

Sardinas bravas

«...hai con ellos otra multitud innumerable de *Sardinitas* de cola colorada, sumamente atrevidas, y golosas, las quales, lo mismo es poner el pie en el agua, que ponerse ellas a dar mordiscos...»

R. P. Joseph Gumilla,
en *El Orinoco Ilustrado,*
Historia Natural, Civil,
Y Geographica, De Este Gran Río,
Madrid, 1741.

JORNADA PRIMERA

Yo MISMO, Perico de Alejandría, hijo, me contaron, entre otros, de una cómica y de un tragasables, lanzallamas, forzudillo, titiritero, saltimbanqui de feria en feria, de nacionalidad imprecisa, tal vez hungaro o cíngaro, quién sabe, mas inclusero y sin otra profesión conocida y reconocida que la de enredabailes, buscapleitos, beodo, pendenciero, desobediente, decían, de mala conducta probada, qué digo probada, indubitadamente documentada, pregonero segundo y ocasional de esta ciudad de todos los demonios, en cuyos archivos constan, también documentadas, las multas que me fueron impuestas por altercados de mayor o menor importancia en diversos mostradores de vino, tabernas, burdeles y casas de mujeres llanas, por alterar el orden y la paz ciudadana a horas convenientes e inconvenientes, antes y después de la campana de la queda, por tío curda, que dicen los muchos, pacientes, minuciosos y delicados eruditos que de mí se han ocupado y se ocupan, de cuando en cuando, sólo de cuando en cuando, demonio pintoresco, trasgo del rincón de la necedad erudita; yo mismo, digo, escritor de sandeces, que de tal me tildaron, editor de hojas volanderas y papeles ligeros, fabricante de saliva, milvoces, tripascharlatanas, tañedor de chirula, experto en panoramas, cosmoramas, mundinovis y entretenimientos varios, pero siempre a vueltas con las maravillas del mundo, con los fenómenos, con las enormidades, mancebo de botica vieja, de botica oscura, experto en la confección del polvo de los tres diablos, aficionado que fui a servir de guía a otros viajeros ilustres que vinieron a dar con sus huesos en esta ciudad en busca de quién sabe qué milagros, qué fenómenos o qué maravillas de las que sin duda habrían oído

7

hablar en algún apartado lugar del globo, en alguna fantasiosa relación de náufragos, que di a la luz, como digo, papeles que hablaban precisamente de esas pretendidas maravillas, de sus fondas, casas de comidas, monumentos, fuentes, iglesias, conventos, y tabernones, y de las gentes principales, de las honorables profesiones, de los aplicados oficios, de los menestrales de boina y mandilón siempre asomados a las instantáneas del tiempo ido, y muy principalmente de sus santos patrones, de los prodigios y virtudes de esta ciudad sin par, de sus fiestas, ferias y funciones, de todo ello di fe, sin ser notario teniente y trabucaire, para aquel que quiso aceptarla, y fui su novelero principal, pues conmigo y con mis noticias por demás vagas se encontraban cada mañana sin moverse de su casa, una coral de voces cencerrosas, y hoy, abogado de demonios familiares que otra vez me veo en las mismas calles, pues al menos a mí me lo parecen, muerto vivo, muerto sin reposo, muerto con baile de San Vito, alma en pena, brucolaco, de forma que soy el que fui y algunos más que como ladillas han aprovechado la apertura temporal del escotillón y se han venido conmigo a dar una vuelta, que arreé con mi leyenda y no me revolví en mi tumba por no tener nada digno de tal nombre, y sobre todo por no ser cornudo —los eruditos descubrieron que estuve casado con una tamborilera de Ultrapuertos, experta, demonio… en eso, en demonios, en ungüentos, en potingues, en guarrerías varias, en nada que no se pudiera quitar con vino, y que tuvo mañas para andar con osos y hacerlos bailar de puro encantamiento— y hoy, digo, vuelvo a la carga y a mi viejo oficio de editor de ciertos papeles que cayeron en mis manos de trapero ocasional en la tierra de nadie del otro barrio y sobre todo de ciertas, porque lo fueron, andanzas de uno de sus ciudadanos más oscuros y sin embargo a la postre más famosos, a pesar suyo.

Otrosí digo, por escarmentado en noche helada como boca de lobo muerto, que todo lo contenido en estos papeles que pueda ofender las finas orejas, los sensibles oídos de sus señorías, y hasta las narices, pues a fe mía, que oler, huelen, a botica vieja, a callejón sin salida, a azufre y a *Valeriana officinalis*, a *Assa phoetida*, e incluso a *Iris phoetidissima* y hasta a Carne de Momia de la guerra los treinta años, bien amojamada para que dure otros trescientos; todo lo que pueda, digo, alterar en lo más mínimo el siempre precario, inestable, como rozado por alas de colibrí, y dispuesto a agitarse amenazadoramente por cualquier minucia, fiel de los platillos de la llamada Justicia, y no precisamente peregrina, y hacer temblar al más pintado, así como los mandamientos y doctrina de la Iglesia Universal Romana, y sentir de los Santos, y Doctores Sagrados, que decían como colofón los libros albardados en pellejo, debe ser tenido de otra manera, como no escrito, ni puesto, ni dicho, ni pensado, ni nada... Humo.

Otrosí segundo digo, que cualquier parecido con personajes imaginarios es absolutamente intencionado y *paramento fuero vinces y excusatio non petita acusatio manifiesta* y lo que gusten y toda la faramalla de latinajos de fueros que en esta tierra saben por lo menudo todos y cada uno de los letrados, leguleyos, diputadillos, apañamortajas y otras gentes de toga pasados por sacristías, seminarios y conventos con tufo a sopa helada, que son muchos, tan irreales, tan fantasmales me resultan estos andobas, como si sus historias, sus vidas y sus mismas jetas nunca hubiese tenido existencia, como si no los hubiera visto ni padecido jamás.

Pero mejor dejemos de hablar de mí mismo y sigamos a nuestro hombre; sigamos su atolondrada, su frenética andadura, o tal vez fuese mejor decir su deriva —«Érase una vez una hiena en una jaula»— por esta M.N. y M.L., e incluso Imperial, Ciudad, que para él es como un laberinto, un laberinto de feria, un laberinto de espejos en los que si entras muy chispo te das un morrazo contra tu propia imagen cuando crees haber encontrado la salida. Hay que ver qué ciudad... Vaya... me han ardido los papeles en las mismísimas narices, como si fuera cosa de mágicos, de mi tamborilera sin ir más lejos, cosas de mi tenebrosa morada, chamusquina y cenizas que se van con el viento sur, que estos días chirrían las veletas y las capelas como nunca, a tiznarlo todo a su paso como carbonilla de locomotora, con nieve de invierno o de primavera recién estrenada que tanto da; pero no importa, el salchucho tiene compostura. No hace falta, como digo, sino seguir los pasos de nuestro hombre para saber qué había en los papeles, y además... Escondámonos que aquí viene...

Esa hora que precede a un amanecer que será pálido, grisáceo, con matices de oscuro de limo, de madera en putrefacción, plomiza, viscosa, en la que pasan los primeros autobuses llevando a bordo su primera carga de gente ensimismada, medio dormida, bañada en una luz de albayalde y los primeros automóviles circulan rápidos con las luces encendidas, blancas, amarillas y rojas, reflejándose en la humedad del pavimento, dejando a su espalda la nubecilla de los tubos de escape, o saliendo de entre una cortina de humo o de esa humedad sucia del otoño que ahoga y no deja respirar y provoca toses y carraspeos... Esa hora en la que quien esté en la calle se cruzará con ciudadanos presurosos, encogidos por el frío, que, unas veces en grupos o por parejas, solitarios otras, van camino de su querido, de su detestado, de su inviolable puesto de trabajo —más de uno mataría a su propia madre por conservarlo si fuera preciso, así que al prójimo no digamos—, y que en ciertas calles y lugares, a ciertas horas miran de reojo, y sin poder ocultar su asombro, su curiosidad, lo poco o mucho que todavía queda del dominio de la noche: las piernas de un méndigo que asoman por el quicio de un soportal, una puta más pinchada que un acerico, derrumbada sobre otra doblada como muerta de trapo, un jambeta que aporrea y rompe la ventanilla de un coche para guindar algo y que es mejor no haber visto, tres o cuatro euskalbarbas borrachones, del gremio de la hostelería abertzale sin duda, que van dando bandazos y aullando por su patria, buscando camorra y comistrajos, algún otro mangutilla o chaperillo con las manos en los bolsillos a faena frustrada, un coche atestado de noctámbulos, algún transeúnte ya helado, encogido, ensimismado, un travestido agarrado a un árbol cayéndose sobre sus tacones de a palmo, voceando ronco en dirección a las tinieblas...

Nada del otro jueves. Lo que corrientemente se conoce bajo el nombre del humo de las velas, vamos. Ésa es precisamente la hora en la que hace aparición nuestro hombre. Y esa gente de orden y provecho, aunque más lo segundo que lo primero, con la que se cruza, acaso se mofa, o acaso no, muy probablemente, cuestión de verles bien los caretos, que no se los vemos, porque de lo contrario no se entendería de qué demonios pueden reírse de ese modo, como no sea de su deriva a vela rota y sin práctico ni remolcador con proa percherona y potencia de lo mismo, que no sabe o no quiere o no puede saber o recordar en dónde demonios ha podido pasar la noche, en compañía de quién ha enredado, que no fornicado, y dormido unas horas acunado por sus propios ronquidos bestiales, en qué antros, ni en qué camas se ha dado un trompazo, ante qué barras, servido por qué camareros, con qué amigos o qué enemigos, y tampoco sabe qué va a ser de él al día siguiente, quiero decir, qué va ser de él al cabo de bien pocas horas, dentro de un rato sin ir más lejos, cuando comiencen las pejigueras, las molestias del trato humano, que diría el clásico, que tan sólo pide, sin darse cuenta de lo que piensa, de lo que pasa a ráfagas, a galope tendido, por su cabeza, torpe, torpe, embotada, sin darse cuenta de que arrastra el cinturón de la gabardina como un rabo, que quisiera caerse allí mismo, dejarse llevar por el olor húmedo de los jardines próximos, un olor a tierra empapada, a musgo, a ramas, a troncos centenarios medio podridos, cubiertos de líquenes anaranjados como de piedra, taladrados por insectos voraces hasta que se hacen polvo de aserrín y se derrumban, levantando una nube, a hojas muertas en putrefacción, un olor que permanece intocado en su memoria como fondo de algunos momentos de felicidad y que sin embargo pertenece a una época abolida, un olor acogedor donde los haya, el del bosque al que no regresará jamás, y esto sí que lo sabe con una sospechosa certeza, que sólo pide un rato de sosiego, del que por mucho que rebusque en su memoria no ha gozado en las dos últimas décadas, pues sigue creyendo que sólo en el dormir hay misericordia, nuestro hombre que de pronto, entre sus brumas, musita, esbozando una sonrisa llena de regocijo, como si una luz se hubiese hecho en su interior, como si se lo hubiese brindado al amor de su vida: «¡Angelita, eres más cachonda que la música de los caballitos!», y por un momento ríe para sí su miserable gracia, para volver a caer en la oscuridad profunda de un desear estar lejos, en otra parte, y sigue cabizbajo su camino. Nuestro hombre, ese vagabundo silencioso, taciturno, que no abre la boca más que para hablar a tontas y a locas, para comprobar que está fuera de lugar allí donde vaya, y eso es mejor no verlo, eso es mejor borrarlo como quien pone en marcha un limpiaparabrisas, y que pasa por calles poco frecuentadas de una ciudad que cree o desea desconocida, que sin duda lo es ya para él, y en la que habría sido mejor que no hubiese vivido ni un solo día, haber tal vez nacido muerto. Tal vez los asuntos propios del aquí habrían sido distintos si hubiera sido vendido, mera hipótesis cuasibíblica, robado en su niñez, metido en un canastillo y dejado en un arroyo —«¡Mira que te dejo en el arroyo!», truena Saturno, o era Laocoonte, en su memoria, no me acuerdo—, pero no, aquí quieto, firme como un granadero, un *voltigeur*, uno de aquellos de «¿Llevan ustedes algo para declarar?» «¿No, nada, nada» «¿Y esto qué es?» «Esto, sabe usted, es para la familia, que vamos a un entierro y en el velatorio ya sabe, para entretenerse, los parientes, una copita, un purito, es que somos muchos» «Bueno, pase» «¡Qué humanos son estos guardias!». Nuestro hombre que atraviesa parques que no son para él pretexto para material de arrastre de gloriosos juegos florales, de los que dicho sea de paso no tiene ni la más remota idea, parques en los que de cuando en cuando aparece algún ahorcado balanceándose ligeramente colgado de una rama, o encuentran cadáveres, cuerpos encogidos, en posición fetal, helados, muertos en extrañas circunstancias, aunque todo el mundo sepa con detalle de qué extrañas circunstancias se trata: el corazón que no aguanta el bombeo de tanta jiña sólida, líquida y semisólida, y en el peor de los casos, los años, la cuchillada, las pequeñas miserias, tampoco gran cosa, no, la bomba de relojería que se lleva en el alma y hace paf; parques en los que también podría

12

haber visto, a poco que se lo hubiese propuesto, y si no también, algún aterido buscón que se escapa a la carrera sujetándose los pantalones, mientras otro silba orinando en el boscaje, y otro más, por temor sin duda a ser reconocido, se arroja de cabeza en el interior de un tejo erigido a la memoria, pequeña memoria, del doctor Huarte de San Juan, el primer loquero decían, más que nada por orgullo de patria chica; parques llenos de sombras nocturnas que se buscan, se llaman, se citan, se chistan, se frotan, fornican, se quitan el quehacer o cosa parecida, al amparo de los setos, arengados botella de champán en mano por Cafarelli cuando está iluminado y bien sumido en el humo de más de una docena de porritos bien chuperreteados, y asistido por el Postas, también llamado don Jorgito el inglés, otro costal de mala baba, reportero dicharachero, garganta profunda de la radio, «analista de los medias», correcamellos a sus horas puntas, hay que verle ir de esquina en esquina esperando la llegada diaria de la mercancía, comiéndose las uñas y hasta los codos si los jitos no aparecen a la hora de la cita; nuestro hombre, en fin, que camina sin saber muy bien en qué dirección, como animal de carga o tiro al anochecer, hacia la cama en la que va a caer derrengado, ajeno a lo que le rodea, y en la que dormirá otras pocas horas su sueño breve y contundente de uvas sordas, su medio sueño de borrachón, que el otro medio ya ha caído, agitado por fantasmas venidos del otro mundo, que no es por nada, pero que él lleva a cuestas como mochilón de granadero, aunque tal vez el suyo es, o al menos así lo desearía, un sueño sin sueños, como el de los perros negros de México que duermen sin soñar, como el de ciertos animales que se desploman sin aliento; pero no, el suyo es, como queda dicho, un sueño agitado, de borrachuzo, que le deja empapado en sudor, desconcertado, perplejo, baldado, un sueño recorrido por personajes repulsivos, execrables, pertenecientes a una época indeseable que en él aparecen con sus máscaras de carnaval de momias, ¡oh!, *valet de chambre*, bufón, celestino, baratero, gorroncillo, mamporrero, hombre de mano para lo que gusten mandar, su más seguro servidor. de sus más íntimos enemigos, mudo, horro de ideas, compravotos, claque... Algo humillante, sí, pero perteneciente a una de esas vidas de las que los loqueros caros, subidos en el pedestal de la salud, dicen: «Ésa es una vida a cuatro patas» «Sí, señor, sí, si usted lo dice, lo que guste, lo que guste, pero dígame al menos que no tengo nada grave, dígame doctor que estoy fuerte como un toro y tengo la pelota en su sitio y... dígame, arrúlleme, por caridad», un sueño que le deja varado en lugares donde una vegetación polvorienta, que oculta un verde pálido y grisáceo, ahoga ciudadelas abandonadas, recorridas por ráfagas violentas de un viento helado, calles desiertas de ciudades igualmente abandonadas y en ruinas bajo una luz de ceniza... Menuda visión, ¿eh? ¿A que queda bien?... Pues miren sus señorías, yo, particularmente y en cuanto que persona humana, yo, no le deseo ni a mi peor enemigo una visión nocturna de éstas. Así será pues, hasta que al cabo de poco más de tres o cuatro horas se nos despierte sobresaltado, empapado, y vuelva a sentir el miedo, la garra de la muerte en la garganta, el culo que le pesa al cabo de una soga que alguien le ha echado al cuello mientras dormía, el vértigo de la montaña rusa, o sólo el deseo renovado de estar definitivamente en otro sitio, en otra parte, que es un acicate agudo, agudo, como para hacer de un percherón un pura sangre vía Epson, que le obligará a tomar una larga ducha, acicalarse, decir «Tal vez hoy» y «Nunca más» «Debo empezar a vivir», que son exorcismos poderosos donde los haya contra las resacas de barreno, utilizar generosamente el agua de colonia, un sándalo apestosísimo, quitaalientos, traído directamente de Inglaterra, encontrado en algún simpático mercadillo, que podría ser Petticoat Lane, pero que ya no es nada, memoria pura, invento lleno de colorido y oportunidades para bolsillo mareado, vendido por un indio decidor e inacallable de piel verdosa cuyas manos están teñidas de azafrán, y fabricado, claro está, en un garaje convertido en laboratorio, un potingue indiscutiblemente repugnante, almizclado hasta hacer dar volteretas para atrás, para adelante y de costado como dominguillo guillado, o si no alguna mezcla explosiva, «rebosante de frescor —dicen los finos catadores—, a base de Gálbano, reforzado con un acorde herbáceo de Albahaca, de Artemisa y de Menta, su sensualidad está hecha con una nota silvestre de Pachulí de Malasia y de musgo de roble yugoslavo, unidos a los aromas de Oriente con el Olíbano y el Castoreum», ahí es nada, con castoreum y todo, con cojoncillos de castor, cosa de los mohicanos, restos de algunos días de mejor fortuna, cuando el otro andoba decía que usaba la misma colonia que Porfirio Rubirosa, sí... Ya irán saliendo bobadas, ya, a espuertas, recogidas de ese mortero de tonterías que nos amalgama a la mayoría. Porque además de bufón y de sopista, nuestro hombre es un puro imitamonos, qué porra, por eso conoce el paño, nuestro hombre se ha pasado la vida fijándose, en las revistas, en la calle, ahora como ése y mañana como ese otro. También es posible que el potingue se lo haya regalado algún alma caritativa —las hay, las hay, no desespere la sala—, que todavía cree que se puede hacer algo por él y que es preciso tratarle bien, tener algún detalle con él, eso que se conoce bajo el nombre de afecto o cariño, cosas curiosísimas en su opinión... Pues bien, sí, nuestro hombre se embutirá, no sin antes haberla olido, en una camisa más o menos impecable, algodón 100 % tipo oxford, con los puños algo deshilachados, la única que tiene y guarda para las grandes ocasiones, se colocará al cuello algún corbatón que habrá estado de moda hará por lo menos diez o más años, inglés o italiano, de nacional nada que no quita la resaca, esos años, precisamente, que han pasado sin sentir —materia esta de discurso florido para el parlamento de la andada, alfalfa fina para el rumiar en el pesebre de la jeremiada gansa—, o si su humor es más zumbón todavía, una insultante pajarita de fantasía (lo de insultante lo decía un chocolatero parlanchín), arrear con sus inacallables voces interiores y sus alegatos y sus memoriales de viejos agravios y sus querellas y los restos indescriptibles, cutres, obscenos, de un desolado paisaje interior, que arrastra como si de un fardo o de un zacuto mendruguero de vagamundo o peregrino se tratara, como alforjas de buhonero de la muerte, buhonero de raras mixtificaciones que lo mismo se empecina en la búsqueda de una bola de vidrio en cuyo interior pueda contemplarse una casita bajo la nieve o un barco debatiéndose en una tempestad de escayola y acaba comprando otro juguete, unas tinieblas inservibles, utilizadas en una Semana Santa rural, irrepetible llamada a función sin campana o con campana rota, campana de madera, como mi voz, y la suya, lejana, unas carracas que agita con furia en la noche, solo, en su casa, de un lado a otro, carracón, carracón, carracón, por el pasillo, como si hubiese dado en loco, o quisiera espantar a las brujas del bosque, o unos herreros articulados que golpean una fragua y que él mueve embobecido, dándole vueltas a la manivela, mientras se pimpla media docena de blancos de Rueda con anchoas o ensaladillas varias (de las propiedades de las ensaladillas para limpiar el garganchón de los restos del pericón podría alguno de estos vivos escribir su poco de tratadillo o como decía el sádico loquero que le trató a nuestro hombre de una cosa del alcohol en el celebro, refocilándose en su desastre en su último y radical desamparo, poniendo esa cara de desprecio que dicen es para ver si reaccionan los más tarugos: «¿Y a que también te gustan los vinagrillos, eh?» como signo inequívoco de toxicomanía y nuestro hombre casi de rodillas en el suelo de la consulta «Sííí, también los vinagrillos») para festejar el hallazgo y los camareros se dan codazos ante tamaña escena, pues sí que es caprichoso nuestro *vitellone*, nuestro capitán Marlowe de pacotilla a ratos, nuestro hombre que perora mañanero, a uvas sordas, como un iluminado en alguna de las tabernas en las que se siente renacer, la Bloom's Tavern, por ejemplo, como la bautizó don Jorgito, el inglés, en una de las cagalitas que da cada mañana a la imprenta para impresionar a los catetos y con los que éstos se desayunan más o menos sin entender de la misa la media, sólo que don Jorgito no come ni bebe ni nada ni ha *almortzado* nunca y eso que es basko secreto y que la taberna se conoce con el nombre más propio de El Imidizaldu, pero como en tan renombrado sitio dan mucho de riñón, éste, que para homenajes literarios de pacotilla se las pinta solo, dice «Hay que celebrar el Blooms Day en el Imidizaldu» y allí iban todos los Aldeanos Críticos a lampar riñones y a hablar de traducciones de clásicos recónditos y de mariposas y partidos de *tennis lawn*, pero que a nuestro hombre más que el día ful de los riñones a la plancha aderezados con bien de unto de ajos, le recuerda otras hazañas más de su juventud, más de cuando era de verdad mozo, no como ahora, que ya no es mozo ni es nada, de cuando había que buscar refugio seguro contra las inclemencias del tiempo, no había mucho donde elegir, no se piensen, no había mucho o los descampados o las tabernas o los guardillones o si no, el rosario en familia, así que dado que había lluvia a mansalva lo de las tabernas era además barato, lo más socorrido, estaba bien, uno se sentaba en cualquiera de ellas a pasar la tarde, pedía la pinta de mol, el plato de guindillas para merendar, la barra de pan, o más que el plato, la botella y el gancho para sacarlas, o los caracoles o los callos o los riñones y hale, a filosofar, a hacer política, a hacer arte, a jugar a la baraja... en París, las barricadas. Así, con tales antecedentes, no es de extrañar que haya tanto gastrósofo, piensa nuestro hombre, otro día, que andaba al pairo de ir a echarse un polvete mañanero y como siempre se nos quedó, como suele, distraído por el camino «Voy a tomarme algo para entonarme» y, nada, se metía, mayormente, en donde los riñones, se sentaba, se jalaba su cazuela y su pinta mol y se quedaba con los ojos entrecerrados de espaldas o de cara a la puerta viendo las cosas del universo mundo, su vida como una caravana de árabes por el desierto a lomos de unos camellos, o más concretamente como fardos encima de los camellos, algo bamboleante e informe, su vida, sí, perdiéndose detrás de una duna, decía con un sobresalto «¡Qué mundo!» y entraban en ese momento los tíos jitos del barrio, el Trampas y el Majara... que sí, de verdad de la buena que les llaman así, si no, miren en los expedientes, ya verán como vienen, dos jitos grandes, la barriga por encima del cincho, camisas negra uno y azul oscura el otro, la garrota colgando del brazo, las mismas que acaban en el improvisado bastonero de los radiadores del juzgado, por docenas, «A ver, aquí, todos a dejar la herramienta» y les quitaban las garrotas, se iban mohínos, mandando «Por fin estamos en Europa, a ver tú, pon un vaso», estarían festejando algo, digo yo, rajaban y rajaban, se preocupaban, igual era mirando a nuestro hombre, a saber, por qué se haría de España, antigua preocupación *ma foi*, cuando ellos, que la habían levantado, a pulso, desaparecieran, «Antes que ser joven me capaba», dice el Majara y el Trampas asentía cachazudo, igual fue en ese momento cuando nuestro hombre se dijo aquello tan sesudo, tan lleno de miga de la buena de «Yo ya no soy joven» que fue el preludio de una andada de varios días, de esas que en la ciudad ponen en pie de guerra a parientes y a amigos y a conocidos de ocasión que se juntan, porque algo acaba cayendo, en busca de los proscritos, de los pródigos, de los toxicómanos, que llevan días sin tocar pared que les dicen...; otra taberna de sentada es El Pesebre, en tiempos llevó fama de ser el antro más guarro de la ciudad, le multaban con reiterancia, pero ésta es para almuerzo solitario y casi clandestino, como las de extramuros, las de fuerapuertas, la de los ensanches, en El Pesebre dan morros con tomate elaborados siguiendo una secular receta de esas que dicen con mucho misterio «Es cosa de la abuela», pero lo mismo es del abuelo que era cocinero de cuota en la guerra de Cuba, pero no, de Ultramar no pueden venir los morros, de África tampoco y de las posesiones de Asia mucho menos... de las posesiones de Asia puede venir la culebra, pero no, tampoco, las pochas con culebra son cosa del Ebro, como la jota; y otra más la de los Cinco Continentes, sin ir más lejos, buen tabernón este, sí señor, en lugar recogido, resguardado, al pie de las torres medievales de la ciudad, de los restos de una de las atalayas o fortalezas de la ciudad en guerra, cerca de la que pudo haber sido la aljama o la sinagoga, buen forraje para eruditos, será aquí, no será aquí, como todo, donde se mete la gente a estar escondida un buen rato, que aquí es muy, pero que muy mirada para eso de decir «¿Y qué hará ése todo el día por la calle? ¿De dónde sacará? Robar no parece que robe, tendrá de familia...», y donde nuestro hombre en sus mejores momentos, cuando su público le escucha o él cree que le escucha, siente la tentación de estar por encima del bien y del mal, de haberse puesto el mundo por montera, de estar a salvo, de decir, «Yo no tengo más ambición que esto dure lo que tenga que durar, sin más, oye, sin más, que corran otros, no, yo ya me lo hago, que me gustan los morros, oye pues morros, que mañana marisco fresco, pues marisco fresco, no puedo pedir más...», en una tregua con la zarabanda interior que le agita y no le deja, un capitán Marlowe que en ese momento quisiera ser un Estebanillo escondido en el costillar del caballo en medio del fragor de la batalla, que cuenta chascarrillos propios y ajenos, o más bien propios, y ridículos en el fondo, disfrazados de ajenos, e imparte, también, como si estuviera en alguna colonia antigua del Pacífico, allá por el mar de Joló, justicia, sí, claro, justicia peregrina, de cuál iba a ser, que dice «Ése es un botaaaarate, y ése un maaaajadero, y ese otro un casta, un andarín de los que ya no se hacen, de los que saben estar, no como los otros, que hay que saber estar hasta para morirse, como decía la Picoloco, ésa es una de las esencias de nuestra ciudad, «Saber estar, no sé si me explico, saber estar, hay que saber estar, y se ha terminado, se ha terminado...». La realidad es que nuestro hombre siente un desprecio indescriptible, parejo a la inquina que amalgama desde hará diez años las relaciones de esta gente que se conoce desde niños, desde niños, y que envejecerán hasta la muerte juntos después de haber bebido, y jugado a esto y a lo otro y follado y masticado, y llorado y reído, y odiado, un desprecio que dicho sea de paso es mutuo, aunque no pueda pasar sin ellos, porque es su mundo, dice, porque necesita estar con alguien, de siempre, no puede estar solo, no puede, y necesita enredarse, arrebujarse en esa espesa tela de araña de cómplices, encubridores, aliados, compinches, enemigos, afectos resobados, delatores, soploncillos, difamadores, celestinos, bufones, papelones que cambian con más facilidad que la capela de una chimenea en otoño, para arrepentirse al cabo, y decir «¿Pero qué hago yo con esta gente, qué hago yo con esta gente?» «Que qué haces tú con esta gente? Estar, estar ¿Te parece poco?» Y se lo pregunta como si fuera muy diferente a ellos, que no lo es, cuando lo que no quiere en el fondo admitir es que es uno más, un miembro cualificado de

la pecera, además, a su modo también una sardina brava; desprecio que por su bien no debería manifestar
pero que, imprudente o sencillamente tonto del culo
como es, expresa, vaya que sí expresa, aunque se niegue
a recordarlo y diga no y no y eche mano de la comida
como quien se pone una caperuza de ajusticiado para
no verse, ni oírse ni nada... Qué tío, qué bárbaro, qué
estupendo *vitellone*, qué apetito tan tremendo, «*Ah, che
bárbaro appetito! Che boconi da gigante!*»... Sí, cierto,
qué bárbaro apetito, que apetito tan tremendo el suyo
que devora un platazo de callos a media mañana, y es
ésta una mañana como cualquier otra, no se piensen,
como cualquier otra, que ahí está el busilis del asunto,
vidas secretas éstas, sí, y pide más salsa picante y más
mol y una ración complementaria de patorrillo y otra
pequeña, para probar, *juste pour goûter*, que ésta es la
ciudad de las tres lenguas, y se hace el gracioso con la
frasecilla francesa afinando el morrito, y, a propósito de
morros, picotea también en el untamorros de un colega,
que no tiene gana, que está inapetente y se frota la panza por encima, como diciendo «Me parece que algo me
ha sentado mal» y más menudicos, y unta que te unta
en las salsas espesas que desprenden un tibio olor a es-
tablo, a invierno, a pasado, trago va trago viene, «*Sta
mangiando quel marrano; Fingirò di non capir*», la mañana no ya pasando, sino encarrilada, y más menudicos,
ya saben, sangrecilla, relleno de arroz y huevo y bien de
patas de cordero y trozos de tripa, eso según, que cada
salsete tiene su calderete, el todo entomatado, un plato
para todos, cuestión de atiborrarse con todas las gloriosas especialidades locales, gloriosas e invernales, con las
que se distrae, se okupa, se entontece y echa leña mojada al fogón de su ya escaso ingenio, al fogón de su cuerpo maltrecho por las pocas horas de sueño y por la noche de trueno que acaba de pasar, orgulloso como un
lansquenete tras una reñido encuentro ganado en la oscuridad de una plaza ocupada, por la peste, el hambre,
el miedo, el odio, la enfermedad —eh, eh, eh, no nos
embalemos—, las matanzas, que ahora también es época de matanza «A cada cerdo le llega su San Martín...»,
aunque bien es verdad que sería mejor al revés. canta

nuestro hombre para su interior. Nunca se vieron despojos como éstos, jamás, ni Armand Dubosc, del que no hablaremos porque era gabacho, un cerdo y un miserable, xenófobo y tío loco, como corresponde y es admitido, y para arreglar el asunto, cocinero de los infiernos, nadie, no nos cobraremos venganza alguna, porque aquí no se trata de cobrarse nada. Estábamos con los despojos... No, no, no me sean maliciosos sus señorías, no me refiero a la compaña, sino a la pitanza, a los manjares: chistorras y viricas, oreja y morros de cerdo, cortados como dados con flojera, sardinas viejas en aceite y boquerones en vinagreta, pulpos bajo una capa de pimentón como para echar a cantar lo de «Soñé que la nieve ardía» y pimientos rebozados como pelotas de bombarda, riñones e higadicos con ajo y cebolla y perejil y salsa oscura para comer a cucharadas, que dejan el paladar pulido como un bloque de granito, seco como una bola de borra... Un sinfín de especialidades. Y a cada especialidad su tabernón, su trago y su posguerra, y con el tiempo su erudito. Y en esa catedral de las tabernas ha entrado al fin nuestro hombre, después de echarse a la calle como quien por apuesta se tira de cabeza a un pozo y de dar un corto, un mínimo paseo higiénico por una ciudad en la que no repara, por demasiado pateada, cosa de ver, inútil empeño, si se le despeja la pelota, de dejarse llevar por el viento sur y prometerse una jornada más o menos ajetreada, y de dejar los asuntos que él aún cree más perentorios a un lado, para mañana, para la semana que viene, para después de Reyes, para después de las fiestas, para después... Gran lugar el tabernón de los Cinco Continentes, humeante de tabaco de la peor calidad, de vapores que empañan los vidrios, de humazos de los fogones, y que sólo dejan ver una suerte de turbia pecera de percas de riada, chipas, madrillas, barbos, anguilas, lampreas, las paredes recubiertas de un pringue pegajoso amarillento, los anaqueles con botellas de contenido tirando a impreciso y marca indescifrable, pero llenas, que es lo importante, aunque sólo sea para lo del estímulo, para dar ambiente; ahí es donde busca abrigo de los rigores del invierno una abigarrada compaña de grandes y pequeños personajes, todas las razas humanas reunidas como en el álbum de cromos del chocolate infantil, jitos de lo nacional, de lo local, también llamados jitoszuris y jitos de importación, portos mayormente, negrazos mechas que les llaman, iñakis, con su caja de preservativos, sus rutilantes joyas, sus gafas, sus despertadores que no despiertan porque no suenan, chinos genuinos, sí, camboyanos, moros de alfombra y mercaderías de esas que te cogen desprevenido, un momento y ya es suficiente, vascos y vascorros, que no falten, no, indios americanos con cara de botella de pisco, perlones de cromagnon, otra raza, sí, hay un cura que sabe mucho de éstos, los gentiles dice que les llamaban los antiguos, y si éste dice será... y todos con su galimatías, su muchimuchi, su gologolo, todos chamullando del tiempo, del pasado, de los negocios que se traen entre manos, de los negocios del tiempo, de los papeleos, de una carta que se sacan del bolsillo, de una fotografía, de la familia, del poblado, de unos dioses inferiores de esperanzas sombrías, escriben los poetas... Cómo que no... Pues cuando los sacan en las películas de eso hablan y nadie rechista... Y además hablan a grito pelado, susurrando y hasta por señas, y eso casi nunca se les escucha, ni a ellos ni a nadie, de por qué han venido a parar a este remoto rincón del globo, aplicándose a su humeante plato de media mañana, integrándose de esa forma en «una de las etnias más potentes de Europa» (el gurú dixit), dando buena cuenta de la tripicallería varia, de las costillas de cordero de la Cuenca con pimientos del piquillo o similares —esto tiene su miga y hasta su poco de tratadillo si lo enganchara un Grimod de la Reynière del despojo suculento—, de la paella, sí, señorías, no se asombren, que aquí hay cátedra de almorzalaris y de amarretaco, la patria profunda que le dicen ahora, gran cosa la patria profunda, al fin descubierta, al fin desvelada, al fin encarada, aunque la patria, la verdadera patria, la más profunda es la memoria, la memoria de esos años que acaban de pasar de veras, de una vez por todas y por las buenas y de los que no quiere acordarse nadie porque están llenos de miedo y de miseria, de hambruna, de necesidad, de esperanzas vanas, de poco ahorro, de austeridad forzosa, de puritanismo y virtud forzosos, de piedad también forzosa, todo forzoso, todo a punta de pistola o a punta de sus *corpus iuris* que era lo mismo, de mirar por las ventanas, desde el otro lado de los escaparates, de vergüenza por la ropa que llevaban puesta (luego lo cuentan cuando están mamaos y la de la Martinica de turno no sabe de qué hablan... tamamaolmochacho, dice), por los apaños... Pero estábamos donde nadie se asusta de desayunarse un platazo de arroz, y no han dado las doce, no señor, y es invierno, o casi, o de alubias rojas con cola y un cazo de berza aventacuescos y la salsa, sobre todo la salsa que es lo fundamental, al menos para nuestro hombre, bien ligada, pura pomada quitagomas, del potaje de garbanzos, las albóndigas, las criadillas, la cabeza con corada, la lengua de cerdo con salsa picante que le alegra las paxarillas a cualquiera, los caracoles, la oreja y las manos de cerdo, de ministro que decía el Chino, uno, también conocido por el Castañuelas, ya aparecerá, seguro, seguro, y se reía, qué gracia más torera, idioro, qué gracia y no había otras, tortilla de camarones de río, bien prohibidos, quintaesencia de amarretaco si uno sabe dónde apañarlos, morcilla, los menudillos de ave en pepitoria, relleno y sangrecilla, *zuri ta beltz*, para desenmascarar judíos, contaban, que aquí para los cuentos se las traen, anda, jámate un plato de esto o pasarás por marrano y el judío a jamar el morcillón que si no le rebañaban en pescuezo o lo expulsaban del Viejo Reyno, a las tinieblas exteriores, porque sabido es que todo lo que queda fuera del Viejo Reyno, de la parte de la Mar Oceana y de las otras también, son las tinieblas exteriores, éstos no son racistas, qué va, de qué, que se lo pregunten si no al santo padre Evangelista de Ibero o a Sabino Arana o a cualquier otro padre jesuita o padre a secas... Trucha con jamón, ajoarriero, anguila con tomate y hasta lampreas en mi tiempo, caracoles de tapia de cementerio, y hasta cosas raras como la cazuela de magras con tomate en la torre de la catedral al amanecer, justo en el momento en que el primer rayo de sol de la mañana toca el bronce de la campana María, ni antes ni después, en plan rito iniciático de esencial casticidad ciudadana, de los que estas sardinas bravas saben una barbaridad... No, no se rían tan a mandíbula batiente que por estas salmaticenses cuestiones más de una noche acaba a puñetazos, finalmente aplicándose a la botella, al carajillo quemado con el mimo de un ebanista de la corte del rey Sol y la faria apestosa. Y ya nuestro hombre ha encontrado compañía, buena compañía, inmejorable para comenzar el día, y un asiento libre donde se ha desplomado, un taburete de cuerpo de guardia: uno de esos de circo a donde se suben los bichos con un balón de colores en el morro. Ha advertido caretos de draculillas a su alrededor y carcajadas bien ruidosas, que no es mal signo, mal de muchos consuelo de tontos, o mejor, esa seguridad de no pegar el cante, de pasar casi inadvertido y la posibilidad de que en ese río revuelto algo acabará pescando, de no ser el único que anda a uvas sordas, con el flamante pañuelo, la pocheta que le llama el Prenda, en el bolsillo superior de la americana, signo inequívoco de majeza y de moco tendido o moco bien cogido, ha pedido su almuerzo combinado, un poco de todo, como puchero para cerdo de engorde, cosa de tragarse el mundo si pudiera, la tierra, la vida, y hecho caso de las muecas naiperas de Juan Carcoma, el actual boss de la farra, el boss de los bosses, Anastasia, Luciano, todo en uno, dicen algunos, pero no, el asunto es mucho más complicado, que parece impermeable, no me zarandeen, no, que ya sé yo lo que me digo, y ha pasado, como quien no hace nada, por el retrete, una letrina con más pringue que un motor de ascensor, donde todo el mundo se limpia las cañerías, una sinfonía de casa encantada, puro misterio de la casa deshabitada, y sin hacer ascos arrimar la napia a la superficie de acero inoxidable del rollo de papel higiénico y meterse un puntillo de perico preparado con mano de boticario o tan medido, tan poca cosa, que más parece bujeta de homeópata, todo por ver de encontrar un dudoso despeje y después de haberle escuchado a Carcoma alharacas del tipo «Esto es vida», «Esto le deja a uno como nuevo», «La vida hay que entenderla, a ver si me entiendes, hay que entender, tú mírame a mí, que he triunfado, me entiendes la película, hay que meterse material que si no luego no se puede, que esto ya es demasiado, ayer tuvimos sesión de baraja y estamos devorados, menudo movidón, y tú ¿dónde te metes?»… ¿Cómo dicen, que no es posible? Vaya que sí, vaya que sí es posible, y como éste legión y además escúchenme lo que opinan de él sus camaradas: «Pero ya habéis visto qué tío más inteligente es éste.» Aquí digamos que tenemos que hacer unas obligadas presentaciones, aunque vayamos a tropezarnos con ellos más tarde o mañana o pasado o cuando sea, que aquí nos tropezamos todos y de continuo, de forma que a veces alguno piensa si nuestra vida no será un puro tropiezo. Bástenos saber por el momento que en una mesa están Carcoma y sus muchachos y en otra Manolito Ripa y los suyos, como en una ópera de gánsteres o de salvajes o de bandidos o de así, en una mesa las profesiones liberales, en la otra, digamos, las artes igualmente liberales, sobre todo la muy estimada en estos andurriales de vivir del cuento, de vivir cómo, de vivir cuándo, de vivir como entonces y entremedio nuestro hombre como un dominguillo de una mesa a la otra, ora hacia aquí, ora hacia allá. El que ambos grupos o ambas tribus se encuentren o coincidan en este momento y en esta taberna no quiere decir que tengan otra cosa en común que su afición a la andada, es decir, a andar. El andar es muy, pero que muy de esta ciutat, consiste fundamentalmente en apalancarse a la barra de un bar y no moverse ni de coña, es decir, no moverse ni cuando cierran, conseguir que entonces te dejen estar a puerta cerrada, que te abran incluso y no precisamente al grito de Ábrete Sésamo, sino al de misteriosos toques o simples, por eficaces, berridos, que los camareros te rían las gracias, te aplaudan, que las putas te conozcan por tu nombre de pila y hasta por tu apodo, que aquí apodos o mejor motes chungos tienen todos, consiste en hacer juegos malabares con las papelinas, consiste en echar discursos, consiste en reírse a costa del más débil, consiste en ser impunemente cruel, en conocer, en saber dónde, cómo, cuándo, quién, es decir, aunque esto suene a Cábala y a sello de Salomón y a otros asuntos parecidos, pero igualmente esotéricos, a conocer las esenciales esencias de la patria profunda, a custodiarlas, a limpiarlas, fixarlas y darles el esplendor que les es propio, a las tradiciones, puro humo, a la sabiduría del día, pura niebla, a la Pasión, así con mayúscula, pura filfa. Y si me preguntan, que no suelen hacerlo, porque sus señorías están durmiendo, cómo son, diré que unos son altos y otros bajos, unos culialtos y otros culibajos, los hay carirredondos y con jeta de cuchilla, con mucho y poco pelo, limpios y dejados, gordos y delgados, éstos los menos, pues casi todos lucen panzas soberbias, y eso que el físico como quien dice les preocupa mucho y por temporadas les trae a mal traer. Por temporadas, quiero decir cuando alguna parte de su baqueteado organismo les pega un trompetazo como quien dice «¡Eh, que estoy aquí!» y entonces todo es gimnasio, frontón echando el bofe, saunas, aguas, vapores, toses, aspiraciones, inspiraciones y expiraciones, masajes, aguas minerales, propósitos de la enmienda... No dura mucho el ataque de salud, enseguida acuden al reclamo de la andada con renovado entusiasmo... En concreto Carcoma, que así se llama, puede parecer mote y hasta broma erudita por referencia al cuydado que roe el coraçon del hombre y le va gastando y consumiendo poco a poco, pero no lo es, es el nombre natural de este hombrón gigantesco, fuerte como un toro, a quien no le roe cuidado alguno el coraçon, así, por lo que se dice en parao, luego, más tarde, cuando hay tronada de las buenas, todo le roe el coraçon, se le pone como un retel de lampreas, qué demonio, el coraçon. A Juan Carcoma, por ejemplo, le preocupa la línea una barbaridad, aunque esto sólo lo sepamos nosotros, no la de flotación, que es cosa de buque cisterna o de cisterna a secas, ni tan siquiera la línea de la vida, la de la mano que nos lleva a todos al camposanto tarde o temprano, sino la línea del cuerpo, la de los Intitutos de Belleza, la del tío que no sabe qué hacer con su vida, que no saca las oposiciones a la administración, y se dice «¡Joño! me voy a hacer culturista mientras tanto» y va y se hace, de esos que sacan bola y se ponen de perfil y se miran en los espejos, así Carcoma en cuanto pesca un espejo de los de cuerpo entero se mira de frente y de perfil y va por ahí, dicando, comparando, como diciéndose «Pues para los cuarenta tacos que tengo me conservo superior, mejor que estos perdedores, que son unos perdedores, so gordos, arrobosos, yo mando, yo flaco, yo músculos de acero, yo campeón, jau...». Nuestro hombre y el Carcoma se conocen desde niños, de vista, como todo el mundo aquí, en el Real de la Feria, quiero decir, en este kilómetro cuadrado que viene a ser un cuadrilátero de todos contra todos, un acuarium de campeonato, luchadores de Siam, guacaritos, murenas, de vista de niños, del patio del colegio, no, luego de mozos, de las aulas universitarias, aunque fueran lo que en esta tierra se llama «de distinta cuadrilla» [«Hay cuadrilla cuando concurren a la comisión del delito más de tres malhechores armados»: Art. 10 del C.P., circunstancia 13.ª, párrafo 2.º... y doctrina que lo interpreta], pero como ya ha quedado dicho aquí tropiezan todos, en las mesas corridas de las casas de comida, en los mostradores de las tabernas, en la penumbra de los bares de noche y copa dura. Carcoma es lo que se decía antes y se dice ahora, también, al menos aquí, en las elecciones, en plan americano «Yo, de origen humilde, sé una barbaridad de socialismo...» y van y ganan, ondia, y ganan, que con semejante añagaza deben de excitar el instinto de justicia social del personal o el de equipo o vaya usted a saber el qué, algo excitarán porque si no, no dirían, se callarían, hablarían de algo más «Pobretico, pues habrá que botarle, oye...», debe de ser como lo de los americanos, yo periódicos en la calle, el frío, las castañas asadas en los barriles y todo eso, puro Dickens, o mejor, no, Ayguals de Izco, María, la hija del jornalero. No, no se me rían, que estas melonadas aquí, en el kilómetro cuadrado que un tauromáquico bautizó nada menos que con el nombre de Selvática, tienen su importancia, en este apartado rincón del universo, donde la pesquisa de pureza de sangre fue en tiempos, eh, en tiempos, que si no éstos se sulfuran, y saber quién era tu padre y tu abuelo y qué hacía o dejaba de hacer y que no tenía sobre todo qué no tenía para mofarse, para poner motes, moneda corriente. Carcoma tiene listas, tiene memoria, sabe, se acuerda, no olvida nada, no perdona nada, salió a la palestra dispuesto a cobrarse todas y cada una de las humillaciones que desde su más tierna infancia, sobre todo en ella, le habían infligido sus conciudadanos con interés compuesto, y lo ha conseguido, es el letrado barbis por excelencia, se pirra la basca y la basca baska también por escuchar los consejos del pico de oro éste, el terror de los estrados, el Nebrixa de las demandas, no se le resiste ni una, el Hawkins de las especulaciones filosóficas, el pensamiento radical andante, nacionalista como el primero, jeiki jeiki euskotarrak lasterdator eguna, lasterdator eguna y aquello otro de ator, ator etxera, muy deportista, mucho también de tradiciones, mucho de hostelería, mucho, mucho de triunfo, un jugador de baraja nato, un listo. Ése es Carcoma, fuerte como un roble, como un arbola santua, amigo de sus amigos, amante de sus amantes, modélico paterfamilias de los que sólo quieren lo mejor para los suyos y nada más que lo mejor, un profesional donde los haya, gran voceador, de todo, en él todo son excelencias, lo dicen sus amigos: «Caray, qué tío.» En tiempos fue paño de lágrimas, mano segura de las que no van al cuello, ayuda desinteresada, un filántropo, casi un cura, pero luego, con los años, las consultas, los esfuerzos, las horas terribles de estudio, hasta la madrugada, de estudio del coraçon humano en vivo y en directo, del consumo desmedido de psicotrópicos eta abar se le fue poniendo en el rostro un borrón de crueldad, de fiereza, de violencia, la que llevaba desde joven dentro, la que no se puede quitar ni con salfumán, que hasta hay días que mete miedo, te puede hasta partir el morro si se le cruza el cable. Éste es Juan Carcoma, mucho pelo, de un rubio ario que le llena de orgullo, como para demostrar que nunca se ha visto un burro calvo ni un asno romanizado. Sobre poco más o menos los que hoy están con él son parecidos, y además en estando Carcoma los eclipsa a todos, de lo contrario estaría por otra parte, que éste también necesita claque, sin claque no es nada o poca cosa: estudios primarios en colegio de curas, pujos de obrerismo catolicón en tiempos y de ayuda a los menos favorecidos que se les llama un poco después, PSP dubitativo al comienzo de la historia, la gran juerga para los fascistones, iban a Madrid y volvían, se quedaban de noche extasiados en su casa delante de una maleta abierta en el suelo «El Viejo Profesor nos ha regalado esta maleta llena de libros» y se quedaban quietos, quietos delante del tótem, y luego como en el jardín de los senderos que se bifurcan, camino de Válgame Dios, unos al PSOE y otros al Nacionalismo Radical Abertzale, pero amigos, amigos, todos de la cuadrilla, que hay que darle al brunch, epicúreos desde que una noche al quinto o sexto o séptimo gintonic descubrieron que había uno, que una vez, puso en los papeles, no sé qué del culto al cuerpo, hedonistas desde que entraron en un jacuzzi y les mangaron la cartera, eruditos desde que se sentaron una vez, la primera, con un puro de a cuarta en barrera en una corrida de descabellos, socios de sociedad gastronómica, bibliófilos de libros que no leerán para que no se gasten las páginas o para que no se les canse la vista que viene a ser lo mismo, un comercio heredado del padre y del abuelo, un despacho con línea directa con el pouvoir, jugadores de baraja, jugadores de pelota bancaria, pelotaris, en fin, la flor y nata de su nación, la cuarentena parece no haber hecho mella en esta compaña, la cuarentena que a cualquier otro le habría puesto un velo de cordura encima de los ojos, a éstos parece haberles dado alas, como si hubiese sonado el campanil de la última vuelta, y eso sí, todos, como sus padres y sus abuelos y los otros con una desmedida afición al discurso, a la moralina, a decir esto y a hacer lo otro. Don Jorgito, el inglés, sentenciaría desde su púlpito de papel: «Son prototipos de las tribus urbanas de nuestra época, conflictiva pero estimulante, contradictoria pero rica en matices, figurantes de una ópera rock japonesa, como dijo Montaigne: "He visto a muchos a quienes se les debilita el cerebro antes que las piernas y el estómago".» Y ya de vuelta a la mesa, con sonoro acompañamiento de moqueos y sorbetones, y al poco de abrir la boca, la compaña le ríe sin más las gracias, ya nuestro hombre siente que está *interpares*, inspirado, iluminado, mírenmelo bien, un bufoncillo, un sopista, creeríase en una tribuna, en un púlpito, en un estrado, gesticula e imposta la voz, un perfecto histrión que no va a ir a ninguna parte, según dicen, historias ya viejas por todos conocidas, inadvertido el aburrimiento... «Alfredito decía que sólo le pedía a Dios salud para poder trabajar, ahí es nada, os dais cuenta, pero si no ha trabajado nunca, jamás, se ha machacado un pastón en vino, menuda vidorra, el mayor vagazo, como aquel otro que me lo encuentro un día y le digo, ¿qué tal?, venía el otro puroalmorro, y me dice, encogiéndose de hombros, «Nada, de almorzar en casa de Alfredito... Oye, que nos hemos reunido todos los vagazos de la ciudad, todos, no faltaba ni uno, buen potaje, buen vino, buen marisco, bien de todo y a vivir», como quien dice una gran cosa, «Mira, yo de la guerra sólo sé que no voy a ir... ¿hambre, no va a haber si siempre ha habido? Qué voy a hacer yo, nada, si ya pago impuestos». Pero qué gracioso, cuánto ingenio, cuánto esprit... «A mí la ciudad me gusta, vivo bien. ¿Qué se puede hacer en la vida? ¿Almorzar? Pues ya almuerzo, qué, jugar al golf, ya juego, a ver quién me gana a mí a entender la vida.» Alfredito, sí, otro personaje ya desaparecido, piensa nuestro hombre que es lo mejor que pudo hacer al final, desaparecer, esfumarse, irse con la música a otra parte, al quinto infierno, ocupaciones non sanctas, quién sabe, contrabandos varios, importexport con polacos y rusos y búlgaros y búlgaras y de todo, en el este está el Dorado, dijeron, una noche, de madrugada, en una casa de putas regentada por un aristócrata georgiano, conocida en la ciudad como caballerizas, ya llegaremos, ya, oír esto y nuestro Freddy abrió el ojo y se dijo «¿Cómo, el Dorado en Moscú?...¿Pero el de Lope de Aguirre? Pues allá me voy» y se fue, como me oyen, cualquier cosa es mejor cuando uno no puede hacer otra más que ir de un lado a otro como oveja sin cencerro, dejando a su espalda una estela de carcajadas y de bromas feroces, bufón y sopista a quien se podía tratar a patadas en el culo por haber tenido mala suerte, por no saber bandearse, por no saber, gran pecado, no saber, Alfredito, cuyo rabo acabó cobrando fama, proponía cuando todo estaba cerrado «Vamos a casa de las aldeanas», y allí iba toda la tropa atravesando las calles desiertas de la ciudad, por el empedrado secular y legendario que rielaba bajo la lluvia, «Ya sé —dice nuestro hombre—, ya sé, que eran otros tiempos», y sin embargo no lo sabe, no sabe que en efecto eran otros tiempos y que él se quedó atrapado en ellos, para siempre, para siempre, como en cepo de oso... A unos el cepo les cobró la mano, a otros el pie, y a otros más la cabeza, que desde entonces andan sin ella. Bueno, a lo que iba, el caso es que toda la compaña de *vitelloni*, condotieros de la bobería, impresentable ronda de noche de matones alevosos si se tercia, aunque todo quede en alardes de guapetones, tenorcillos de cualquier propósito más o menos violento, amigos del berrido intempestivo y del rebuzno, cosa de hacerse notar, los amos del mundo, joño, mejor no seguir, toda la compaña, decía, que todavía se mantenía en pie de guerra y no había desertado por causa de fuerza mayor y no por temor a la rapada, la rueca y las cajas destempladas, se lo pusieron ellos el nombre con orgullo, iban a la casa de las aldeanas, otra casa de la muerte sórdida y a solas con el tiempo, durante unos días nadie echó en falta al muerto, pero ésta es otra historia, la de quienes en ésta y en otras ciudades mueren solos, olvidados, y nadie, por una causa u otra, les echa en falta, como sombras chinescas que desaparecen para siempre... El caso es que las chicas se levantaban legañudas de la cama, le decían «Oiga usted, señorito, no traerá gana, si es caso un poco de chistorra ya le haríamos, si...» y sacaban el embutido, largo, largo como una culebra roja, Buffon se las habría visto canutas con tal cosa entre las manos, «Pero esto qué es, qué es, animal, vegetal...» no, seña de identidad nacional, a ver si me entiende, y se pronuncia txistorra o txistor, sacaban digo la cosa esa que dicen los de fuera de sus zacutos como si fueran a hacerles funerales nacionales, despacio, con marcha de pompa y circunstancia cada carcajada que temblaban las paredes, funerales de vasco, grannndes funerales, un festival de etnología, el otro «Nada, nada, aquí unos amigos, de confianza» y la gracia consistía en comerse las chistorras con pan recién hecho, de tahona secreta, es decir, todo miga, pero qué bien entra, qué bien entra, no va a entrar si lo empapa todo, o arrear con lo que hicieran las aldeanas legañudas y escucharles historias de enanos en el bosque y duendecillos que sí, demonio, que sí, que en la noche suceden cosas de éstas, vaya que si suceden y luego el Alfredito se subía a la mesa y se sacaba el rabo, enorme, negruzco, entre grandes carcajadas y las que más, contaba, las aldeanas, venga de reír y de decir que se parecía a uno de esos enanos que se te aparecen en el bosque y te hacen chirulas y gracias, unos cuentos increíbles, que hay gente que todavía vive en las montañas, ondia, no va a haber, y cuenta de lobos y del humo y del día que llegó la electricidad mientras los hijos y los sobrinos le pegan al champán Beluga que le dicen, y al pericón, signos bien palpables de haber llegado, de haberse sacudido el pelo de la dehesa, de haber huido para siempre de la mugre de los techos de laja, de las viviendas protegidas, y luego a corretear por los pasillos, y lo de siempre, aquí te pillo aquí te mato, uno detrás de otro, o, mejor, el que podía, que a esas horas, a bodega llena y con la edad, no todos podían, no, para regresar después a la calle y con o sin previo sueñecillo, vuelta a empezar el mismo rosario en la primera de las tabernas abiertas en la madrugada, al Rosfer, al Alesves, al Marceliano, a la Cepa, según la hora y la gana... «Y otra vez me dijo que se acababa de meter cuatro picos, y pretendía enseñarme las marcas en la oscuridad de un portal, aquí no veo nada, decía yo, pues están, toca, toca» «¿El qué?» «Los bultos de los pinchazos», me contestó Alfredito y a continuación añadió, no recuerdo a cuento de qué «¿Sabes que los macarras me han prohibido la entrada en el chino?» y que el batería de Moustaki, de esto ya hace todavía más tiempo, traía una maleta, hay que joderse, una maleta llena de perico y cuando se cansaba de darle al instrumento se metía debajo del escenario, abría el maletón y metía en él la cabeza, como si fuera uno de aquellos burros o mulos que llevaban antes para repartir por las casas leche y leña y carbón y cosas así y les ponían un zacuto con pienso para que se estuvieran quietos, y el batería se metía una raya que para qué, y uno va y objeta «Si tenía una maleta llena de coca para qué demonios iba a andar tocando la batería por provincias, es un suponer, digo yo», «Eso, eso, éste tiene razón...» y otro «¿Pero no andaba vendiendo cuadros viejos y cosas de elefante?» «No hombre no, eso fue después, cuando se echó a los bisnes de imporexpor» «En fin, puta fala». Cierto, jamás se escucharon mejores patrañas, pero andaba el tipo, joder que si andaba, hecho un general... y es que este Alfredito era un fenómeno, ya se fue, menos mal, anduvo por la ciudad sacando copas al personal, decía, de qué, esa copas se pagan, él a cambio les contaba perolas, vale, cuentos chinos, pero algo que meterse por las orejas, que quieres historias, pues las pagas, no te jode, aquí se paga todo, «¿Tengo o no razón?...» «Tienes, tienes». Nuestro hombre piensa que no es justo, y lo piensa más que nada porque él no hace cosa muy diferente, a cambio de diversión, pero, cobardón, no se atreve a sacarle la cara al Alfredo, de pequeño Fredy, que la madre había visto alguna película americana, les sonaba bien lo de los nombres pinchos, decían por ejemplo «Mi hijo será un imbécil, pero le llamamos Poppy», ya llegaremos a los motes, ya, a los motes, a los diminutivos, a los itos y a los pipes, caquis, cacos, cocas, cuquis, titos, fonfos, fanfis, tobis, tobas, y a lo que haga falta, ya llegaremos, si es que llegamos, ahora estamos con Fredy a quien nuestro hombre abandona en su particular crucifixión de postas y bromas feroces, Fredy, su amigo del alma, toda una infancia juntos, las amas con sus delantales blancos y sus cofias almidonadas en el parque y los cochecitos, mundo de meriendas y cumpleaños y regalos, y chóferes y buicks y mercedes y jardineros cuyos nombres al final nadie se acuerda de sus nombres, porque eran de otros, porque no había, porque sólo estaban en las películas; pero no basta con haber compartido los juegos infantiles o las andanzas de la adolescencia, pura ratería, pura mendicidad, no basta, en este mundo no basta nada, hay que estar a la que salta, a lo que conviene, no cabe ya la lealtad, ni la solidaridad ni nada «Yo no me juego la vida por nadie» es la divisa de los matarifes... Es sólo una ráfaga, vuelve a las patrañas «... a cambio de historias, se las ganaba el tío, piensa, qué porra, suplantando la personalidad del prójimo cuando le convenía, armando unos líos fenomenales, era fantástico, se sacaba de la manga cada nombre y cada profesión que tumbaba de espaldas, negrero, decía que había sido, y contrabandista, y financiero y guardaespaldas de un aventurero que sólo servía para que los borrachos berreasen por los bares sus "¡Viva el Rey!", sin saber ni lo que berreaban, aunque esta raza de los guardaespaldas del pretendiente de la casa de Borbón Parma, "¡Traición, nos han traicionado!", y los pistoleros de la ETA necesitaría su poco de tratado aparte, alguno acabó hasta sacerdote, pero en plan marqués, con cien mil botones bordados en una sotana con más vuelo que saya de bruja, marqués, que eras un marqués, con su Dupont de oro y laca y todo, puro voto de pobreza, no hay como compartir la adolescencia para saber de qué va la cosa, tartufos...». Y de ésta o de muy parecida guisa perora nuestro hombre de ordinario aunque hoy se nos haya quedado callado, súbitamente mustio y escuche y sonría con tristeza a ver más que nada si alguien se apiada de él y le dan algo, y aplauda hasta con las pestañas y dé coba y más coba, masajista de almas bobas, con la cara arrasada, y no se crezca ante las carcajadas ni repare en que no se ríen de las dos mínimas gracias embrionarias que ha intentado contar, sino de otra cosa, ni tampoco repare en que, como de ordinario, no le hacen el menor caso, aunque él crea lo contrario, que le aprecian, que sigue siendo alguien, algo, que cuenta para alguien, que es de la partida... Oyoyoy, esto es muy complicado, ya lo veremos más adelante. Nuestro hombre, hoy, prefiere escuchar adormilado las historias que cuentan los otros, sus patrañas, historias que le resultarían crueles al más pintado, siempre crueles, porque siempre consisten en reírse de la desdicha ajena, eso se mama en un mundo infantil y cruel, no en la calle, no, en los colegios de curas, el el iñasiopatroandiya, eso se cobra desde la tarima, en un mundo en el que ya estaba hincada en el barro arcilloso la ley del más fuerte como espadón de Arturo, se ríen de las diferencias, ese rencor brutal a quien ha querido o podido o sabido escaparse del rebaño, se ríen de la pobreza del prójimo, y de paso de la suya propia, de su falta de posibles, de sus trabajos de cuatro perras, de su falta de maneras, de cómo se cohíben y se encogen y bajan la vista cuando les sacan de sus cochiqueras y les pasan la mano por el hombro, cuando los suyos son el resultado del fracaso, nada muy brillante, todo corriente, todo vulgar, se ríen de los esfuerzos ciegos del prójimo por mejorar o por aparentar o por qué se yo todo lo que puede anidar en la cocorota de un andoba que no está a gusto, por tener algo, se ríen de la falta de instrucción o su mala suerte o de sus lacras, de sus bodas nada refinadas, de la vulgaridad de sus vacaciones, de sus ambiciones, o de eso que los que dicen «Venía por la calle un africano», llaman «un físico poco agraciado», pero que aquí, a uvas sordas, hacen una gracia tremenda, cuentan hazañas de dudosa ejemplaridad «¿Y sabéis lo que me dijo mi padre?: "Hijo, tú no tratas con aristócratas, sino con borrachos"», dice «A nosotros no nos gusta trabajar, que trabajen otros, nosotros hemos tenido una infancia feliz». Ya piden unos carajillos «Que aquí los hacen como en ninguna otra parte», dice Xilbote, y esta aseveración suscita un conato, sólo un conato, de polémica gastronómica sobre la forma de hacer no los puñeteros carajillos, que maldita la necesidad que tenemos de saberlo, sino la corada, lo que viene a ser un verdadero salto atrás en el tiempo y en el espacio, un regüeldo, la corada, que es de aquí, nada de cocktail de duc de foix, ni canapés de caviar ni tartaletas de pisto al gratén ni fritos de bogavante regados con muscadet ni tacitas de pescados con crema de ostras regados con prima juventa ni lomo de bacalao sobre lecho de setas empapado en la savia de varias verduras también regado con lo de antes y el buey gallego a gusto del chef, gran chef el chef, de los mejores, todos han jugado al mus con él, todos conocen, todos dicen haberle puesto la mano en el hombro, camaradas, amigos, hermanos y hasta socios, nada de la tabla de quesos de los maestros queseros artesanos ni tartitas calientes ni café ni eau de vie de txacolí ni, para rematar tan ilustre faena, la pacharra, la pacharra de los demonios, la que los jesuitas decían que era buena para hacer la digestión. No, aquí se trata de la corada y si hay que hablar de quesos, del gaztazarra, una pasta amarillenta, agusanada, picante como rabo de diablo que igual hasta te tiraba los piños cuando te la metías en la boca y los echabas para afuera como una repetidora. Y el Obispo, un antiguo pistolero de Cristo Rey, que hoy se escapa de los bares dejando a la hosca las copas que puede, especialista en disparos, robos chungos, andanzas con pistoleros fascistas italianos y argentinos, los verdaderos requetés, los herederos de los Cruzados de la Causa, los auténticos, los asesinos de Montejurra del 76, cuando la calle era del ministro del Interior, don Fraga, el acunacastro, y en pegar fuego a librerías, a quien ahora le ríen las gracias los que se desilusionaron de la Organización Revolucionaria de Trabajadores porque los gerifaltes se dedicaban a hacer billetes falsos en propio beneficio y a gastárselos en los masajes de Tailandia, y ahora no es que tengan menos memoria que un perrillo, sino que no tienen memoria alguna, como todo Cristo, que han tocado una botasilla y un arrebato de olvido, de olvido de lo de ayer mismo, no de lo de hace cincuenta años, no, sino de lo de anteayer, que el pegar tiros por la calle es una broma, un pecadillo de junventud, lo mismo que lo era el que sus padres se apiolaran por las cunetas gente que no había hecho mal a nadie, y lo mismo con el ir a los funerales del Caudillo en un autobús y a la vuelta, bien borrachos, coger a un andoba medio tarumba por la calle, en la noche, y entre media docena de hombrones obligarle a cantar el caralsol y venga de reírse de que se meara por la pata abajo, cómo no se iba a mear por la pata abajo, nos habríamos meado todos, y otra más el pegarle fuego a una librería de rojos con los que, con los años, y el olvido, y la paz, a la del espíritu me refiero, acabarían compartiendo las rayas de cocaína en los retretes de los bares, otra, el aporrear manifestantes, otra... Esta gente hacía alarde de saber mucho de pistolas, uniformes, y cuando se emborrachaban, chabacanos, en compañía de pistoleros y aun de legionarios croatas («¿Y usted cómo lo sabe?» «Porque estaba») héroes de pronto, iban, porque el cuerpo les pedía sangre, con aires de matasietes cantando «Soy el novio de la muerte», que en esta tierra más de uno empezó jugueteando con revólveres, cruces gamadas, SS, razas inferiores y así y acabó en la ETA... El Obispo, digo, que se ha hecho gastrónomo y sabe hasta de dónde viene la leyenda de las liebres comedoras de carroña, que se meten en los panteones por los agujeros como contaba el

Mostacilla, un furtivo de esos que alquilan los millonarios para sus farras de campo: «En las trincheras del frente de Madrid, a las nacionales me refiero, decían que las liebres se comían los cuerpos de los rojos, pero no...», afirma contundente que la corada se hace cortando los hígados, bazo y pulmones del cordero en trozos pequeños y luego friéndolos en aceite con cebolla y ajo, y finalmente salándolos a media fritura, casi todo el mundo asiente, nuestro hombre lo hace con entusiasmo, pero nadie ha comido este manjar que se sirve como guarnición de la cabeza del cordero o del carnero asada a la parrilla. Nuestro hombre piensa que casi todo acaba en lo mismo: entrañas, casquería, tripicallería, boñigas, nada, y se siente contento de sí mismo: «Tengo talento.» Dong.

«Lo que yo no entiendo —dice Manolito Ripa, de los Ripas de Baribari, que viene a ser el rey de Armas de esta piscina de murenas— es cómo esa gente que sólo comía berza y guisaba con sebo y con los restos de la matanza que sacaban poco a poco de la tinaja de aceite rancio, tiene ahora el paladar tan fino, ahora la *bertza* la comemos nosotros, los que no tenemos necesidad de trabajar, los que tenemos cocinera en casa, y podemos disfrutar de la vida como nadie, y bien rica que es la berza con morcilla o con virica, a que sí...», estamos en las vísperas del tercer milenio, no lo olvidemos, pero aquí, en este mundo epigonal y marginal, en este residuo de la pura nada, en este quiste, no habrá preces, sino grannndes carcajadas, y Manolito Ripa acaba de decir una gracia de campeonato, «Los ricos de ahora no saben ni utilizar los cubiertos, yo asesoro a un par de constructores, comen como cerdos... No saben, no tienen clase. No saben lo que es ser un López de Cascayeta». En efecto, no saben lo que es ser un Sánchez de Cascante ni un López de Peralta ni un nada de nada ni falta que les hace, hay que oírlos, oiga, y en Navidad, algunos no todos, se emocionan, pobreticos, ven el escudico en la pared de talla fina en olivo o en roble y dicen mis antepasados, nada, todo mentira «Pues al Bolo, así llamado porque de ordinario lleva los pies como bolos, le sacaron de la casa de putas bien borracho y bien robao, lo llevábamos escaleras abajo, y una de ellas, una negra con un culo que se atascaba en la escalera, venga de meterle la mano en los bolsillos, y nosotros «quita de ahí, guarra», parecía lo del «Aquí cayó herido», «Eso, eso, gure patroi andia»   «Se ha comprado una casa en Juan-le-pins, hay que oírle cómo lo pronuncia, y un jaguar, se ha puesto mayordomo filipino y ayer nos comimos una liebre con siete botellas de viña Tondonia...» «¿No serían menos?» «No, no, siete... A ver, tú, muchacho, tráeme otro carajillo...» «¿Sabéis lo que le hice al mayordomo?... Pues estaba yo con dos chicas de vida aaalegre, ligeeeras de caaascos que se dice y el Bolo viendo que había posibilidad de mooojarla se nos pone en plan estupendo, venga de pagar todas las rondas, al final nos llevó a su casa a echar unas copas y allí estuvinos tirados por el suelo como los árabes y el chino impertérrito, oye, impertérrito, qué oficio, rellenándonos los vasos de whisky toda la noche, así que al final, cuando salíamos, me saco una moneda de veinte duros y se la dejo al chino en la mano. Me la tiró al suelo, el chulo de él. Y le digo: que no es para ti, que es para tu dueño. Y el Bolo me dice «Ya sabía yo que acabarías jodiéndome la marrana...» Y el caso es que tampoco reparan en que el crucificado de turno es quien les subvenciona las andadas, le menosprecian, no saben nada de su vida, nada, echan a correr bulos ofensivos, porque en el fondo saben que es distinto, que hay algo que no pueden compartir con él, su secreto, su verdad y eso les enfurece, hay que pasarlo por la llana. Toda esta forma tribal, estúpida, corta de miras, ensimismada, de ver la vida, mamada desde la niñez, heredada durante generaciones, entre regüeldos y bostezos, y hurgues en las encías y rechupes, y ejecutorias de escudo de armas y de recibos de préstamos usurarios y de adquisiciones abusivas en el borde de la ruina y de naipes, de naipes, de ruinas de las que no se habla porque no es de buen gusto, y de escrituras de fincas y contratos abusivos... Un mundo heredado como quien hereda una boñiga, una forma charra y bien charra, por no decir bien guarra, aunque una cosa vaya dentro de la otra, de ver la vida, de ir del casino a casa, de casa a lo que llamaban, así, en general, el campo, para lo que decían «Tengo que ir a vigilar las cosechas» y los aldeanos, que es su oficio, los medieros y los renteros y la madre que los parió, a guindarles, que es su oficio, que no hay ayuda de cámara ni despensero ni mayordomo que no guinde bien. Pero todo esto está muerto y enterrado, dicen unos, afortunadamente, contestan otros, mientras la mayoría va a lo suyo, vive, así, simplemente, sin meterse en mayores honduras, ni memorias ni gaitas, con pagar el hipotecario a la caterva de ladrones de la banca que se lo han concedido como una gracia y no como un tocomocho tienen bastante y de todo esto ni se enteran ni falta que hace, sólo nosotros con nuestros ruidos... Y Manolito Ripa de quien el Obispo, aprovechando que se va al retrete viene y dice «¿Sabéis qué me ha dicho el imbécil éste? Me viene al despacho con unos papeles viejos de su familia y me dice "Oye, a ver si me arreglas este asuntillo de sucesiones, que quiero ser rey de Cerdeña". Ya le dije yo: "y también de la mar oceana, ¿no?" "Por lo menos hazme marqués, o algo..." Aquí vuelve, mirar, mirar, viene meao, fijaos qué corroncho trae en los pantalones...» A éste habría que ponerle una chistorra en el escudo de armas... Ay, Ay, qué gracia.

Y ya se levantan y van cara al Marrano. Carcoma y los suyos desaparecen con la falsa excusa de que tienen trabajo: un juicio de faltas, alguien citado en el despacho, algún ejemplar de la humanidad doliente en la consulta hojeando a todo trapo revistas del corazón. ¿Se dan cuenta sus señorías de cómo está el asunto? Qué demonios pueden contar estos asesores de la pura nada, estos gestores de vagos negocios ajenos, comisionistas del humo, con la mañana más que mediada y los pies como bolos. Pues el caso es que cuentan y ganan y triunfan, miren lo que son las cosas. Cae otro carajillo y, de seguido, cambia el tercio y aparecen unas sardinas a la plancha con clarete fresco. Hay vidas que dan una sed que para qué, vidas no, nos corregiría el andarín filósofo de turno, existencias, existencias, al tiempo que enarbolaría el dedo. Y eso que las mitades andan moqueando rapés invisibles, porque Carcoma y el licenciado Garra, que son los que tenían, se han ido con sus papelinas. Y así, dale que te pego, inventando sin descanso, tragando, tragando, tragando, dejándose llevar, ha ido pasando la mañana y los días y la misma vida, y nuestro hombre, nuestro vagamundos, sin enterarse, sin saber por qué, puroalmorro, hecho un marqués, como le decía el otro tío loco, un pobre diablo que se la tuvo que ver con la Gandula, ex torero de capotazos, revolcones en las capeas y líos con los picoletos, «Tú, marqués, so anajabao, a ver si me entiendes, ¿Te pagarás el almuerzo, o qué?», creyendo que lo era encima, hay que joderse, señorías, lo que es la miopía, lo que son los errores de percepción de la realidad, que dicen los listos, claro que aquello fue al cabo de una noche de trueno sanjuanera. Andaba nuestro hombre comiéndose un cazuelón enorme de albóndigas con salsa de perejil que pagó el Morsa, con acompañamiento de las carcajadas de la Picoloco, y abrasados como ánimas en pena por el primer sol de aquella mañana de junio... Pero aquéllos fueron otros tiempos. Parece que fue ayer, pero no. Nada fue ayer. Casi todo lo bueno fue allá lejos y hace tiempo. Eran los tiempos en los que nuestro hombre se metía en la cama matrimonial reptando como una culebra, ya de amanecida, y hasta se creía un boina verde, implorando perdones, jurando lo injurable, rebuscando excusas y pretextos, echando unos discursos llenos de esperanza, entre higiénicos y entusiastas, prometiendo, jurando, alabando, adulando, declarando su amor indesmayable, enjugando como un galán y con mano torpe las lágrimas seguras que encontraba en la oscuridad... Todo mentira o ni siquiera eso, un capear el temporal de su mujer, no sin antes restregarse la boca con la manga del pijama para quitarse el unte del carmín y ocultar, hablando para otro lado, un aliento de todos los diablos, y en todo esto no es muy distinto de aquellos a los que crucifica con escasa, con nula piedad, en cuanto tiene ocasión. Así, dejándose llevar por unos y por otros, va olvidando, definitivamente, en dónde estuvo ayer noche, y otras noches de otros días, demasiado iguales, de otras estaciones, de otros años, las bobadas que dijo e hizo, va olvidando la vida sin futuro... «¿El futuro?... ¿Cuál, demonio, cuál? Pero si yo de eso no tengo, no gasto, no puedo gastar.» El futuro en el que nuestro hombre hace ya tiempo que no piensa ni en broma, del que no oye hablar, del que no quiere oír ni hablar, dimitiendo, como ha ido, de la realidad, dimitiendo de todo, de toda pretendida exquisitez, de todo refinamiento, de la discreción, de la bondad, de aquello tan cojonudo que decía «¿Y usted a qué aspira?» y contestaba el otro, «A ser un hombre bueno», y el tipo era en realidad una chinche, oiga, una chinche, hasta del pavonearse... O ni siquiera eso, dimitiendo de la fidelidad a los propios sueños, de la ambición de una vida mejor, del empeño que hay que poner en ello, como jabalí enganchando que clava el colmillo en las raíces del boj, buscando las partes más dulces, más sabrosas de la planta dura, del valor que hace falta para arrear con la vida que nos ha tocado en suerte, aunque sea chunga, que suele serlo, de haber aceptado alguna vez que el hombre no viene a la tierra para convertirse en mierda, esto a veces lo recuerda en un raro momento de lucidez o entre brumas, que es como mejor se ven las cosas cuando están pardas, en otra parte, para olvidarlo de seguido no sin antes mirar a un lado y a otro por ver si no le ha sorprendido nadie, y cada día que pasa, eso lo sabe, está más torpe, más ajeno, más arruinado, más ido. Nuestro hombre naufraga con una facilidad pasmosa entre los artículos de los códigos, en la lectura de una demanda, de un contrato, bien ocasionales por cierto, y si no que se lo pregunten a su bancario particular, uno de esos lobos que mataría a su madre por un *rappel*, e hinchan el pecho y le dicen a un reportero majadero de ésos incapaces que contratan las cámaras de comercio para hacer bulto, «Se advierten signos inequívocos de reactivación económica», al tiempo que palpan una pasa negra en el bolsillo, pero que en realidad de lo que hablan de ordinario es de asuntos como el de nuestro hombre y para eso no hace falta más que saber hacer la o con un canuto, «Oye, que me tienes que arreglar esto, que no voy a poder seguir manteniéndote los números rojos, que esto no puede seguir así», naufraga a las tres líneas de la tipografía casposa de una sentencia, en asuntillos de chichinabo de esos que no le dan de comer ni a un desdentado, no entiende nada, se queda lelo, lo deja para mañana, se duerme, frunce el ceño e intenta poner cara de listo, pero se le va el santo al cielo sin remedio en una vista que manejaría un pipiolo como quien conduce un auto de choque, naufraga en un pretendido negocio agropecuario, cangrejos o caracoles o algo así que se le ocurrió poner, y que se le fue, al menos para él, al garete, como lo del imporexpor de cemento con un compañero de carrera, letrado como él, pero de Burundi, y es que no podría soportar el abrir un bar nocturno, un aliviadero de borrachones, como dicen que allí lejos y hace tiempo, en los años del buey en el techo, sin ir más lejos, les ponían a los hijos de familia que no servían para otra cosa, como él mismo, engaño sobre engaño, por lo de no servir para gran cosa más que por lo de hijo de familia, o por las dos cosas, qué glorias, orgulloso de ser un poco maricón, también *juste pour goûter* en este caso, como afirma un loquero de renombre que son los seductores modernos, cuando lo que en realidad le sucede es que a la cuarta copa, la de la locura, su identidad sexual también se le pone brumosa, aunque se le ponga la carne de gallina de sólo pensar en pasar a los hechos, pondría algo, a saber qué pondría, un comercio de baratijas, de guarrerías orientales, arábigas, americanas, aceite de coco, eso, aceite de coco, saris, sándalos, patchulíes, muñecos de barro, sandalias de cuero, cualquier cosa con tal de no volver a ver los puercos expedientes y más puercos legajos que le quedan, un montón de mugre de la que ya ni se acuerda, pleitos inacabables, heredados, traspasados, que para pasante ful nuestro hombre se las pinta solo, arrea con lo que le echan los amigos y encima se queja... Enredos los que le caen encima que no dan nada, pleitos sobre la pura nada. De cuando en cuando le busca un procurador porque tiene que hacer algo que ha olvidado, pasarse por los juzgados, asistir avergonzado a una prueba con testigos, balbucear en un juicio de faltas sin que le inquiete demasiado el que le quiten la palabra cuando se mete en berenjenales de los que no sabe cómo salir, —«Bueno, ya ha terminado el señor letrado, ¿no?»—, la antigua clientela ni aparece, pero ésta es otra historia... Y así, como digo, de taberna en taberna, de bar en bar, va pasando la mañana y el día y la vida, sobre todo la vida, *tempus fugit*, señorías, *tempus fugit* que se dice, y nuestro hombre a la vista de que unos y otros empiezan a huir, a escapar a la carrera, al despacho, a la oficina, a lo que llaman sus obligaciones, a echar mano de los pequeños anuncios del periódico para lo del polvo mañanero, para lo de la compañía selecta y agradable, el ratito a gusto, ya piensa en buscar, en encontrar, un cómplice, porque quedarse solo en este trance es muy, pero que muy dura cosa, un cómplice con el que acabará sin duda dando, otro *vitellone*, otro ser fantasioso con el escaso ingenio macerado en uvas, envuelto en brumas, otro inútil con el que pasar el rato, en el bar, con el pote en la mano, otro innominado personaje de alguna sórdida historia, de alguna historia sin alegría, de la única historia que él sabe... Total, que entre una cosa y otra a nuestro hombre se le ha hecho tarde para la comida. Ha recordado de pronto que tiene una cita con Angelita de cuya casa ha salido de madrugada más que nada por una inveterada costumbre de escurrir el bulto y no porque tenga ninguna necesidad de hacerlo, animal de costumbres al fin y al cabo, jurándole que la invitaría a comer, una vieja amiga, que para eso se ha echado hoy a la calle. La Angelita debía de tener ayer ganas de marcha porque sino no se entiende. Un encuentro casual en la calle «¿Vamos a tomar un café?» y de seguido una andada morrocotuda, como corresponde a tan sencilla invitación que tiene el poder de mutar cafeses que les dicen en plan viajante, en güiskazos, en un sitio y en otro, fantasías que se hacen realidad. Un encuentro que le hizo creer en el espejismo de que los asuntos no iban más de culo que sanpatrás, y que al cabo ha resultado un pretexto más para seguir la andada, para no parar. La Angelita, una tía elegante, elegante donde las haya, que dice «Yo es que me reconozco mucho en las películas de Scorsese», con mucha personalidad, dicen los que la conocen, mucho *feeling*, que dice ella cuando se da cuenta de que la gente con la que está no le hace el menor caso, de las de confundir el culo con las témporas, aficionada, también donde las haya, a los sucedáneos y a dar gato por liebre, a hablar rudo en asuntos de la vida intensa y mucha ciencia de barbecho en enfermedades del alma, es decir, moneda corriente en los últimos años, calderilla, blablabla de tragaperras. Bien, pues en ésas estamos. Así que nuestro hombre se tiene que despedir de lo que le queda de su jacarandosa compaña. Una nada. Los deja a su espalda, los que se fueron a resolver asuntos ya regresaron, como nuevos, a refrescarse el gaznate con unas cañas bien tiradas, el vaso helado, el trago bien largo, dicharacheros, al borde alguno de ellos del derrumbe, planeando que aquello no acabe así, y si lo planean de fijo que no quedará así, de forma que se dice que de ser necesario ya los encontrará más tarde. «Ahora el asunto que tengo que lidiar es la comida. A ver cómo sale. Aunque me temo lo peor.» Antes de salir se mete en los servicios, se mira en el espejo, se refresca la cara con agua, se moja el pelo, se lo aplana, se estira el pañuelo, le saca tres puntas, y se mira una vez más «Menudo careto llevo, con esta fotografía no voy a ningún lado... La noche de ayer... ¡Bah! O la mañana que llevamos que tampoco ha sido manca». Y sin embargo nuestro hombre se nota cachondo, un calorcillo en la entrepierna, y se dice «Vamos a ver qué cae» y en prevención del bajonazo que ve venir negro como nube de agosto en el horizonte, se prepara, para entonarse, un puntico, y se dice, «Para esto tengo mano de boticario»... Media papelina que le han deslizado en el bolsillo los recién llegados como quien echa limosna en el cepillo de las ánimas, que les da lástima, eso sí, y eso hay que explotarlo, y en dos moqueos ya está en la calle camino del lugar de la cita ciscándose en lo irregular del empedrado de las calles que según él le ha hecho dar un traspiés de esos que ponen en aviso a varios metros cuadrados de viandantes.

Y como siempre nuestro hombre llega tarde —«Se me podía haber ocurrido antes»—, no logra pergeñar excusa alguna —«Qué decir además». Para coronar la actuación, al entrar en el restaurante se tropieza en un escalón y doblado por la cintura alcanza la barra de una tirada. Angelita, más conocida como la *Poupée blonde*, le mira como es natural, como siempre, con cara de malas pulgas desde el taburete al que está encaramada, pensando sin duda y bien provista de fundamentos, que nuestro hombre le va a dar la comida. Nuestro hombre amaga una sonrisa que quiere ser estupenda y se acerca con cautela. La ve arreglada para la ocasión, de saldo, pero aprovechado, toda fulares, los colores no pegan ni con cola, rosa y negro y amarillo…, «Caramba, ayer noche tenía mejor aspecto… Parece un paquete de navidades, está mayor». Tampoco es cuestión de ponerse exigente, ya no, ya nuestro hombre tiene que arrear con lo que se le ponga a tiro. Eso lo sabe bien, aunque prefiera no pensar en el asunto con demasiada frecuencia. Nuestro hombre no está en situación de exigir nada, aunque esto sea por el momento otra historia, y lo sabe. Sabe que es mejor dejar las exigencias en la puerta. Huele el perfumazo de la *poupée blonde* y le da un vahído. Imposible saber dónde adquiere semejantes productos ni en qué recóndito tabuco puede encontrarse el artesano perfumista, que se llaman ahora, con sus bujetas, matraces, infusiones, maceraciones, lagartos, flores, hierbajos, yo qué sé, aguas de olor, sanjoderse, cojoncillos de castor momificados, Saigón, Hong Kong, Villaverde Alto, Mutilva la Baja… Algún lugar así. Ella dice que en los *datifris*, hay que verla llegar de sus viajes con las bolsas de los *datifris* colgadas hasta de las narices rellenas de guarrerías, pero no hay que fiarse, que hay mucho engaño en esto de las marcas de prestigio. Te pegas unas friegas con algo que puede llamarse «Opiun del valle» (cuestión de confundir de manera inveterada el culo con las témporas) o *Cu-Cu* y te salen ronchas como de apestado medieval, puro fuego de San Antonio… «Bueno, a ver si con esto no me dica el aliento que lo debo de llevar bueno». Angelita, estarlete, maestra de apaños, del arte de birlibirloque, lo mismo anda en asuntos de decoración que en cosas del arte, el teatro, o la hostelería, pero todo ful, todo apasionado, todo a fondo, la vida intensa, la vida dura, las experiencias nuevas «Tuve un novio con el que me fui a Londres a probarlo todo… tú ya me entiendes», dice a quien la quiere oír y a quien no también, más lo segundo, como siempre, al tiempo que se pasa la lengua por los labios en plan erótico. La Angelita dice cosas, es su especialidad, no puede estar callada, se mete con lo que comen y beben los demás, con como visten, con lo que hacen y dejan de hacer, nada es conforme a las reglas de la elegancia que sólo ella, desde muy joven, posee. De joven era sencillamente una borracha jacarandosa, luego se hizo periodista de papeles chungos, pura subvención, que en esta tierra, si no te meten esquelas en los papeles los de las funerarias, puedes darte por jodido, puro que a final de mes la nómina no aparece, puro que hay que esforzarse por la causa, cuál, pues cuál va a ser, cualquiera, que cuando se trata de no astillar hay que echar mano de las esenciales esencias, de la causa, y de todo eso, y más tarde cómica, o viceversa, no me acuerdo, anduvo en las revistas regionales del prepostfranquismo, cosa de enredar un rato, de hacer patria con la bicrucífera y luego viajó, es decir, viaja, va y viene, se está una temporada en su casa, hace algún salchucho, parece que va a hacer algo que se vea, a veces lo consigue y hace algo que se ve, vaya que si se ve, como cuando se echó en compañía de un granuja terrible al que los acreedores todavía buscan por trochas y veredas y tienen echados bandos, algo terrible, a organizar desfiles de modelos, pergeñados por la modistería local, cada chunguería de campeonato, y las fuerzas vivas tiraban la boina por la ventana y astillaban, astillaban y se aplaudían, se aplaudían, pero luego le vuelve a coger lo del cafár que le llama ella, porque anduvo con un legionario, que luego resultó cabo cocinas sin más, sin más cuchillos y puñales, la ciudad se le queda pequeña, se ahoga, se ahoga y nada, otra vez a la carretera y a los *datifris*... No es lo que se dice una belleza, nada de eso, más bien todo lo contrario, aunque ella crea que sí, pero tiene más que mucha personalidad, muchas personalidades, va cogiendo de aquí y de allá, lo que le parece bien, lo que le gusta, de las revistas, de las películas, de la tele, de lo que se lleva y está en el ambiente, que dicen los animadores culturales, los diseñadores, los estilistas, al tiempo que se frotan los dedos pulgar, índice y corazón de una manera inimitable, de forma que a veces uno cuando está con ella cree que está en un concurso, con gritos, aplausos, carcajadas, no sabe cómo acertar, y eso a nuestro hombre, aunque parezca lo contrario, le excita una barbaridad, le devuelve la juventud, como suele decirle al camarero de turno cuando pide una copa para celebrar el encontronazo, luego también porque hacer el amor con la Angelita le deja perplejo, turbado. La Angelita suda como si se metiera en el baño turco de un empresario inmobiliario granuja y se retuerce como una contorsionista, pega brincos como una gimnasta, muge un poco y uno no puede afirmar de una manera categórica si está o no majara porque de pronto ella, la del filin, la eleganta, la petronia se arranca con donosuras rústicas del género «¡Dale, pichón!» «¡Hale, ricura!» y hasta «¡Pareces un melocotón!». Concluiríamos diciendo que tiene la cabeza desmontable, un puro *patchwork*... Ella a ese barullo que lleva dentro, le llama la pasión de vivir: ya saben, ya, los de los anuncios con quiénes se las tienen que ver. Ahora mismo ha pegado un brinco y afirma convencida que se va de camarera a un bar en la isla de Malta, «He conocido a una gente estupenda. No te puedes hacer ni idea, con mucha pasta, además. Tienen un hotel junto al mar, con un bar de noche. Voy a ser la relaciones públicas del bar. Me han dicho que me voy a hacer rica, ¿Te das cuenta? Me voy a hacer rica, una gente estupenda, estupenda, me han pagado hasta el billete de avión...» A nuestro hombre la andanada le deja clavado en el sitio. Todo le suena a chino. Angelita siempre ha tenido facilidad para tratar con psicópatas y con tarados que van de la cárcel al manicomio y del manicomio a la cárcel como si fueran asientos de contabilidad, así que... «Y a propósito de galerías, sabes que se me ha ocurrido montar una galería ambulante con una amiga y me he montado una galería ambulante, y me va fenomenal. Estoy vendiendo mucho. Deberías comprarme... Mira, mira... Yo les dejo el cuadro a prueba, nada de impuestos, todo bajo manga». Y la *pupeblonde* le enseña a nuestro hombre un álbum con fotos de cuadros metidas en bolsas de plástico que nuestro hombre repasa diciendo cosas del estilo «Buena composición... Pues éste tiene garra... ¿Y de textura qué tal andan?». Un montón de chafarrinones que nuestro hombre mira como si el asunto le interesara muchísimo cuando la realidad es que le importa un comino «Están de moda ¿Sabes? Y como tengo muchas amistades...». Que las tiene, vaya que si las tiene, y profundas, sobre todo entre la gente que está encaramada al poder, arquitectos pillos, maestros que han colgado el puntero o lo han lanzado como jabalina por encima de las paredes del estadio, lejos, lejos, cualquier cosa con tal de no regresar jamás a la aldea remota, asesores fiscales de la farfolla guapa, abogados de los que asesoran a una parte y a la otra y son capaces de meter en el ajo a una tercera que no tiene nada que ver en el pleito, entre los cortesanos del nuevo régimen que al poco se convierte en Antiguo Régimen, dicen «Nosotros los profesionales liberales tenemos que ahorrar, no podemos cumplir las leyes, y además ahora tenemos lo de la conciencia a nuestro favor... menudo invento», artistas que chulean becas y tienen alma de subvencionados, y les dan arte o nada que lo más común es que regresen de Berlín, Nueva York, Amsterdam, con las maletas vacías, igual era eso, cómo, no querían hueco, no querían vacío, pues aquí tienen, la maleta vacía, a quienes tienen un apetito desmedido de arte, cultura, discos, óperas, películas, libros, cuadros, manteles, bodegas, como sea, que hay que amueblarse, que hay que olvidar los potajes fríos de los conventos y los seminarios, y el frío de las escaleras de terrazo y el olor a comistrajo frío y a leña para la cocina económica que ahora es donde dicen que la comida sale con su sabor genuino. Y ella se da maña para eso, no hay que negarlo, otro ejemplar que para qué, señores, nuestro hombre es incapaz de recordar de dónde demonios ha salido, alguna noche o tarde noche de copas o una sobremesa demasiado prolongada llena de confidencias, de historias furtivas, excuso pormenorizarles todas las gansadas que es capaz de protagonizar; pero no, viene de siempre, de toda la vida, como lo de Carcoma, esta gente está condenada, sobre poco más o menos, a envejecer juntos, ya veremos lo que hacen cuando sean puretas, igual se arrean con las cachabas y salen en los periódicos: «Veinte ancianos se asesinan mutuamente en pelea tumultuaria.» En el fondo hacen, lo que se dice, buena pareja. De pronto ella baja el pistón. «Ay mi madre, siempre lo mismo», piensa nuestro hombre que ya veía alejarse el nublado «¿No crees que se ha hecho tarde? —amaga Angelita— Después de lo de ayer podías haber tenido alguna delicadeza conmigo» «¿Tú crees? —aventura prudentemente nuestro hombre— El caso es que yo me tomaría muy a gusto un *dry martini*. No he dormido muy bien, estoy cansado y necesito entonarme un poco. Además aquí los preparan de maravilla» «Tú te estás envenenando» «¿Yo?» «Sí, tú» «¿Pues?» «Joder, no me contestes siempre lo mismo» «Angelita, perdona que haya llegado tarde pero es que me ha caído un cliente... De verdad, te lo juro, ya te dije ayer», dice nuestro hombre tratando de poner una mezcla de embeleso y entusiasmo en su mirada, al tiempo que aferra con tres dedos la copa del aperitivo. «Ah, ves lo que te decía, que tenías que tener otra vez paciencia, que te iban a salir bien las cosas, que tú vales mucho, yo creo en ti, sabes... ¿No te habrás bebido mucho últimamente?» «¿Yo? No, de qué...» Y nuestro hombre piensa «Ya ha picado...», pero añade rápido «Ya sabes lo que me dijo el médico, y además me sienta fatal. He decidido quitarme de todo. Hoy es el último día que bebo, te lo juro. Para eso he querido comer contigo, para celebrarlo y que seas testigo de mi nueva vida, ya verás qué cambiazo...».

Pues sí, señorías, no me toquen la campanilla ni me pongan caras raras, que no es para tanto, una charleta de este jaez es más que posible y el personal se las chuta parecidas casi a diario. Pura patraña, mentecatez de primera calidad. El caso es que a la *poupée blonde* se le pasa, tal y como ha venido, el ataque de mala leche y ya más animada, se dispone a subir al comedor «Venga, vamos, pichón». Nuestro hombre detrás. En las escaleras se apoya un instante en la pared, se frota un poco como los pollinos o los mulos en el revestimiento de moqueta, le mira el culo orondo, pimpante, amaga el elegante gesto de tocárselo a dos manos, suspira, y pone cara como de ajusticiado, como de alguien que subiera al cadalso. Muecas para sí mismo, muecas para el culo de la *poupée*, sin reparar en que las camareras le observan desde arriba y se ríen por lo bajo, escondiendo la cara y dándose codazos. Nada, estamos en familia. Ya nuestro hombre navega entre las mesas de la sala como balandro sin tripulación, mete un par de viajes aquí y allá, y se ve obligado a amagar unas embarulladas excusas. Menos mal que la mesa que ha reservado Angelita, o la estarlete, como interpares le llama nuestro hombre, es un nicho fijo, un rincón íntimo debajo de una fotografía antigua de la ciudad y de un aplique rosa y azul de pacotilla fina que lo hace íntimo, entrañable —«Casi todo en esta ciudad entra o sale de las entrañas», licenciado Moretus dixit—, con mucho encanto, unos carros de hortelanos, con sus mulas y sus hortelanos cubiertos con boinas y vestidos con blusas, pobreticos, qué esforzados, de madrugada a la puerta del mercado viejo, con farolas, se escucha hasta el ruido del agua en la fuente, las campanas llamando a la primera misa, el olor de las tahonas, el del usual también, el mundo manso, ciudad de humo dormido y lluvia… Así todo, el pasado, la memoria es esa fotografía, es esa plaza recoleta, es el ruido del agua, es el aroma cerrado de los comercios, el olor de las casas mal ventiladas, son las cortinas de lona como velas de buque fantasma en el aire del verano, voces aún no enemigas del mundo en torno, es cerrar los ojos y dejarse morir un poco. Tal vez ella esté avergonzada. Quién puede saberlo. Yo no, desde luego, pero lo presumo, aunque con esta pupé no hay que fiarse porque, ahí donde la ven, le monta un pollo al lucero del alba. Sólo nuestro hombre no se da cuenta de que es observado por la gente guapa de los contornos entre cuchicheos y risas. Es su coto privado y ellos son lo mejor de lo mejor de la ciudad, llevan años tomando el aperitivo en este lugar, conspirando para nada y para nadie, para rebañar cuatro migajas de un festín que se desarrolla en otra parte, no hacen otra cosa, acortijan todo lo que tocan, dicen «Las perras y las yeguas son unas viciosas, unas degeneradas, me cogió el otro día mi yegua el marqués, la montó todo el día y no valía para nada…» y cosas así, y eso que como dice mi apuntador, mi loquero particular, «Mira, Perico, déjate de estas cosas que además las han mandado recoger sin decir nada» hablan en voz bien alta de unos caballos de carreras que han comprado entre varios, «En plan club inglés», el otro, melón donde los haya, en cuanto oye hablar de caballos, habla de «Las caballerizas», ya llegaremos a ellas por lo menudo, de lo mucho que gasta en tales pesebres, «Oye, veinte mil duros dejé anoche, veinte mil duros y no puedo pasarme sin ellas, no puedo, es superior a mis fuerzas, ¡qué negros!» y en el frontón y en todos los negocios en los que se mete, cuestión de machacarse la pasta como sea, ya llegaremos a ellas, ya, de ahí no salen, se dejan la hijuela entre negras, libanesas, haitianas, rusos, «Buenas noches, señor marqués» y el ruso que en cosas de éstas de grandes duques se las sabe todas, cuestión digamos de saberes ocultos: «Niñas, niñas, reportaos, que no es marqués, que es duque.» ¿El ruso, dicen? Nada, un andoba peligroso, un fugao de la mugre moscovita que echa pestes de la rojería y dirige en los últimos tiempos una red de emigrantes clandestinos del telón de acero, gran cosa el telón de acero, no conozco mejor flotador, reflotador, transbordador, mas dice pertenecer «a una vieja familia aristocrática», de forma que la gente guapa le brinda, tarde en la noche, «¡Por la santa Rusia!» y el que sabe, que es uno, añade «¡Por el duque Vladimiro!». Parece como si no hubiesen hecho otra cosa en la vida que estar ahí, dirigiendo una casa de putas. Daría nuestro hombre cualquier cosa, sí, cómo no, por ser uno de ellos, por ser de los suyos, o mejor, hubiese dado, en otro tiempo, menuda panda, sin embargo... Siempre la misma historia de ser de los suyos, sea con quien fuera. Una camarera les trae la carta y después de mucho rebuscar, nuestro hombre pide ostras y rabo de buey, que es lo que él conoce como un menú equlibrado. Ella pide una brocheta de langostinos, «Como en Niuyó —de donde afirma haber llegado hace unos días—. Y tú podrías comer otra cosa, qué asco, no comes más que guarradas»... La verdad es que nuestro hombre, con lo que ha trasegado por la mañana, digamos que mucha gana, lo que se dice mucha gana no tiene, pero eso que en cualquier otra parte habría tenido su importancia, aquí no la tiene, y así ya se zampa las cuatro chistorrillas que les ponen como paciencias, se mete de seguido un pelotazo de blanco y chasquea la lengua en una ola de buen humor, dispuesto a todo. La pupé, animada sin duda con el recuerdo del viaje, y mientras nuestro hombre sorbe que te sorbe su docena de ostras, se embala y le cuenta que ha pertenecido a varias compañías privadas, privadísimas, de teatro sado, dice, «No sabéis lo retrasados que estáis aquí...», «Si ya, ésta no sabe por dónde se anda, por otra ciudad, desde luego por la misma no andamos, eso seguro» piensa nuestro hombre que no da crédito a lo que oye, mas la pupé se resiste a dar más nombres y explicaciones, sólo describe salones de reluciente entarimado, espejos vieneses de marco, látigos y cadenas, y monos de cuero negro y caperuzas, y argollas, y gente a cuatro patas haciendo posturitas y pases como lo de «Qué bien bailan los caballos andaluces de ahora» o la escuela de Viena o vaya usted a saber el qué, pero el caso es que se le ilumina la cara cuando habla de la gente a cuatro patas, que otro licenciado Borra que es un tremebundeces cuando se pone filósofo dice ser el signo de los tiempos, del fin de siglo. «¿Pero no hablaba de Hamburgo? —se pregunta nuestro hombre sintiendo a pesar de todo un tirón en la entrepierna que aparca de inmediato para más adelante como caballo en bosque que evita un obstáculo— ¿Pero ésta no estuvo liada con un atracador alemán? Mi madre, qué bollo, no entiendo nada, tengo la pelota hecha puré...» Lo de *Maîtresse Wanda* le suena de entrada a pufo pequeñajo y entrañable, como enseñar una pareja de doses... «He trabajado con los mejores, en Berlín, en Nueva York, Actors Studio...» aquí nuestro hombre se bebe la copa de vino de un trago, sin complejos ni delicadezas, y se sirve otra hasta los bordes y la de la pupé también, más que por cortesía, por ver de pedir otra botella, «Anda, larga, larga, sigue largando que ya estoy acostumbrado a que me cuenten perolas... Por lo menos se ha arreglado los piños porque antes los tenía destrozados —piensa—, buenas fundas, sí señor, tendré yo que hacerme alguna vez un apaño de ésos en la boca... ¿Qué demonios pinto yo con esta tía? Me importan un comino sus historias, sus viajes, sus amistades, sus gustos, sus perfumes, lo del sado, anda que los de los cuadros... Para mí que en este valle todos tenemos alma de granujas. Ésta con cuatro o cinco años más dará en majarona... Todo es una patraña. Debo de tener cara de bobo y encima de todo sus consejos. Nada. Fijo. Ésta piensa que debo de tener cara de bobo, de bobo de baba, además, que debo de serlo, ¿Qué habrá pensado que puede hacer conmigo? Debe de creer que tengo tela y eso no se lo cree ni el más tonto. Si supiera que la que llevo encima ni siquiera es mía... Y encima me dice que tiene un idilio con un filósofo, poeta además y que viaja mucho a Niuyó, que es mantenedor de los juegos florales de Villanueva y la Geltrú...». Y la pupé sacá del bolso o del zacuto de pastor que lleva al hombro una casette y se la enseña a nuestro hombre. «Si quieres te la dejo». Nuestro hombre ve el rótulo de la cinta donde pone con excelente caligrafía «Pensamientos». Se echa a temblar porque se teme lo peor, mira a un lado y a otro temiendo que la pupé saque un aparato y lo enchufe. «¡Ondia! No, gracias... Es que tengo el mío estropeado...» Miente para quitarse lo de los pensamientos de encima como sea. Porque lo cierto, señorías, es que éstas son cosas que el prójimo no se merece. «Pero bueno, ¿ésta qué quiere?...»

PERMÍTANME ahora, señorías, que les deje un momento a solas con nuestro hombre, pero es que tengo que ir a buscar a una americana. Concédanme una suspensión «¿Pero no decían que iba a venir una americana?», pues en efecto, viene la americana. Así que voy, la cojo, y vuelvo. Está ahí al lado, en el hotel La Perla, verdadero pórtico de la gloria o del infierno, según se mire, pero de eso el que mejor podría informarles es nuestro hombre que sí estuvo...

¡Ah!, lo ven, aquí está la americana. Venga por aquí, venga, escuche: «Este viaje, *bon voyage*, señoras y señores, *bon voyage*, mesdames, messieurs, ladies and gentlemen, y sobre todo usted, fraülein, picarona, que ha venido, lo sé, a mí no puede ocultarme nada, a la caza de nuestro hombre, marsupial, oso hormiguero, pájaro dodo, arador de la sarna, cangrejo ermitaño, espero que no sea en balde porque aunque ya nos habían anunciado su llegada, hoy estamos muy ocupados, pero que muy ocupados... No me interrumpa, fraülein... Este viaje, digo, en pos de nuestro hombre, de nuestro fenómeno particular, de nuestra víctima al fin y al cabo, es tan sólo un viaje al lado enfermo de la vida, un viaje a la gangrena, un viaje a ese lado espantoso y terrible que dicen fascina al ser humano, aunque luego resulte que no es para tanto, y que de ordinario no quiera saber nada de él, y que a veces, de cuando en cuando, le empuja a la emulación, pues de ordinario no quiere asomarse a lo que no le gusta, a lo que le hace torcer el morro en un mohín que puede interpretarse de diferente manera, todo eso, lo cochambroso, lo sórdido, lo estúpido, lo espantosamente cruel, lo cutre, lo miserable, lo banal, lo vulgar, toda la basura que produce y acumula, qué digo acumula, atesora, todo lo que se encuentra al otro lado de tapias, de ventanas enrejadas, al otro lado de mares que ningún barco surca, todo lo que sucede en barrios, en laberintos de calles, callejones, belenas, plazas innombrables de ciudades más innombrables todavía, en calles oscuras de tantas ciudades, en lugares de extramuros, tan terribles que es mejor suponer que no es cierto, estar convencido de ello, negar la evidencia, terco como notario peleón, todo eso que sucede en un mundo nocturno, subterráneo, donde reina la tortura, la esclavitud, la vileza, la sordidez de una prostitución y de una fornicación relámpago, a caballo entre la evacuación y el crimen, en casas ruinosas, de derrotados, de vencidos, en estancias donde la vida vale menos que una cagalita. Un viaje a una selva de lobos, a una ciénaga de sardinas bravas, un viaje, fraülein, usted lo ha querido así, a un territorio, a un país en el que toda belleza queda excluida, donde reina la pobreza, la miseria, la indigencia, la idiocia, la enfermedad incurable y sobre todo, la desesperanza, el futuro perdido, la desdicha a fin de cuentas, la desdicha layada como sólo los hortelanos de esta gloriosa ciudad saben hacer para sacar esos primores de lechugas... No, nada, señora, que me se va el santo al cielo, nací entre ellas, de una col, sí... Lo lamento, señora, no quise ofenderla, pero puede usted marcharse cuando guste, ya comprendo que para espíritus refinados, como es el suyo a no dudarlo, nada de todo esto puede ser de su agrado. Si quiere venir conmigo es cosa suya, pero le aviso que hoy ando con prisa y no sé si sabré atenderla todo lo bien que quisiera, así que luego no me venga con historias, qué más quisiera yo que ofrecerle un espectáculo de las Seycheles, por lo menos, o pura Venecia. Eso, fraülein, haberse ido para eso a Venecia, qué falta le hacía de venirse aquí, mire que es capricho, con el dinero que le dejó su difunto Hans, el vendedor de seguros, el vendedor del año, el que decía a sus clientes palomos "Cuando te jubiles, tendrás dinero para hacerte un viajecito, la ilusión de tu vida, muchacho" o a un convento de la Trapa o mejor todavía, pues tal vez sea allí a donde usted quería ir sin saberlo, a Disneylandia, y lo que tenía que haber hecho es no moverse de casa... ¿Ah, que no?... ¿Que usted es del Frankfurt del Maine? ¿Ah, pero no era americana?, pues a mí me habían dicho que iba a venir una americana, bueno, en todo caso para qué moverse si lo tiene todo, todo, puro electrodoméstico, me han dicho, eh, me han dicho, pura línea blanca, pura estación de esquí y sauna y deporte, mucho deporte, nada de venenos ni sexo, nada de nada, no como aquí, deporte, señora, tiene razón, que es bueno para la salud del cuerpo y del alma, si lo sabré yo, señora, aquí, también, sí, mucho sport, mucha salud, bien de pelota vasca y de berrear, nuestra identidad, bueno, será la suya que no la mía, no, no se preocupe, señora, que ya me entiendo yo, yo a saber de dónde vengo, no, no me pongo melancólico, soy como bruja al viento, voy volando sin parar, un mil leches, si quiere saber de todo esto lo mejor que puede hacer es ir a ver a alguno de los gurús nacionales que aquí abundan, le dirán, le explicarán, por lo menudo y por lo grueso, al detall y como usted guste, que hemos llenado el vacío que en el mundo fue con lo lleno del gesto, aquí, allá, dentro, fuera, arriba, abajo, lo lleno, lo vacío, no, no, señora, no son los teleñecos, es otra cosa, este lado y el otro, dos identidades, simétricas pero diferentes, vacío, espacio, la trucha es vasca, todo es vasco, el universo es vasco, todo preindoeuropeo, antes de que el mundo fuera mundo ya lo dijo un padre de la Compañía, la Historia de esta Tierra, de esta Lur, es la Historia del Mundo Universal, o por mejor decir, la Historia del Mundo Universal, es la Historia de esta Tierra (Lur) que por otra parte es el Domicilio de la Piedad, el País del Ingenio, la Patria del Valor y el Suelo Nativo de la Generosidad de modo que los naturales de esta Tierra (Lur) son dóciles a lo bueno, advertidos, agudos, espiritosos, intrépidos, ágiles, garbosos y de una grande propensión genial a cultivarse en todas las habilidades que pueden servir de adorno, ya lo dijo el Bárbaro Rey de Amanguchi "Más estimaría ser natural de esta Lur de las sardinas bravas que Rey de doce Reynos"... Todo antes, los demás, después detrás, éstos no tienen empacho, puro Nuremberg, puro 1934 "somos el pueblo más potente de Europa" y del *bundo,* sí... Ahora, ojo con ellos, tiran coces y bocados, cada dentellada de miedo, ojo, señora, ojo, no meta la mano en la pecera... Yo por si acaso cuando los veo venir por la calle suelo apartarme, que quieren discutir de lo lleno y lo vacío, que discutan, hay que dejarles, y de la identidad y de la lengua y de lo que quieran, que si no se lían a tiros enseguida... Sí, pues bien, a lo que iba, bien de pelota vasca y de footing, y de todo, señora, de todo, golf, y vela, balón y muchas artes marciales, y alpinismo, joder alpinismo, madame, en la mesa y en el juego se conoce al caballero, aquí va al Everest el pueblo entero per interposita persona, es una cuestión personal, Nosotros versus el Techo del Mundo, excúseme los latinajos, pero no puede uno olvidar sus más rancias raíces... En el seminario, sí señora, buen sitio, inmejorable, tan bueno como el manicomio o el cuartel o la cárcel. No, no es para tanto, si bien miramos, nada es para tanto, esto suele además decir nuestro hombre cuando se pone filósofo, aprender ya se aprendía, cada pico de oro que temblaba el misterio, que dicen que eso es lo importante, también allí mucho deporte, cosa de matar el rijo, a ver a quién le entran ganas de echar un polvo o de hacerse una manola (salvo que uno sea el Manolo y sus manolas en la cresta de la ola), tras meterse entre pecho y espalda el Monte Perdido, a ver, mucha pelota y football, sí, aquí, somos unos deportistas natos, el Atlétic, la Real, la patria de Uzkudun, de Otxoa, de Urtain, y de aquel de la lucha libre que se comió o mató a un chino vivo a mordiscos, sí, de Uzkudun, la patria un poco escorada, que si para aquí, que si para allá, pero vamos, de la región que se dice. Aunque vayamos por partes. Ésta, en puridad, no es la patria de Uzkudun, éste es el Navarre Kingdom, sí, muy antiguo, mucho, Viejo Reyno, sí, me entiende usted, me sigue, pero aun así todos muy deportistas, dicen que es cosa de la raza, les gusta la raza a éstos, los que entienden de estas cosas, dicen, especulan, afirman, lo ponen por escrito en sesudos papeles, que comen demasiado, y luego, claro, tienen que desfogarse aunque sea pegando unos tiros por aquí y por allá... Aquí, fraülein, respiramos salud, Osasuna significa salud, no lo olvide, señora, la patria de las libertades, como decían los de mi pueblo, buena, buena gente, *prolibertatepatriaegensliberaestate*, lo dicen todo seguido, de carrerilla, y no saben muy bien lo que significa, ni falta que hace, toma latinajo guiri de los cojones, de los buenos, de los que es difícil traducir, la patria de grandes ases del deporte, pelotaris, futbolistas, mugalaris, ciclistas, levantadores de pesos, muslaris, almorzalaris, y unos hay que les echan pulsos a sus caballos, a inteligente me ganarás, pero a burro, no, sí, recia raza, recia gente, de todo, oiga, nos van a hablar a nosotros de deportes, de desafíos, de apuestas, quiá, y de tiro (nuestro hombre hubiese recordado, de haber podido, que no puede porque no estuvo), el ambiente tan aristocrático, tan inaguantablemente aristocrático del club de tiro, las cabezas de leones y de rinocerontes, y de búfalos, y de ciervos y gacelas y sarrios, cuerno y más cuerno y mucho hard petting por los rincones, le decían "Mira, maja, mi primo el de USA me ha dicho que esto es muy moderno" "¿Seguro?" y cómo no, colmillaje de jabalí a mansalva, bien retorcidos, amarillos, el jabalí, un emblema de fiereza, dicen "Si hincan bien el colmillo no lo pueden sacar y lo destrozan todo, si te enganchan bien te hacen una carnicería en las tripas... A mí me gustaría ser jabalí"... Bueno, bueno, del tiro no hablemos, llevamos decenios, siglos, haciendo buena puntería, cubrimos los frentes de combate, lo ponía en una pared, sí, y las tapias de los cementerios y las cunetas, y en las aceras le pegan a uno un tiro en la nuca por las buenas, por puro gusto de apiolarse a un enemigo al que han ido siguiendo la pista como cazadores primitivos durante semanas y meses enteros para saber las costumbres de la pieza hasta que viene el mejor momento y entonces zas, le revientan la sesera, sí, buena gente esta, sí, gusta mucho el tiro en la nuca, la lista negra, la emboscada, aquí donde ponen el ojo ponen la bala. En eso somos preolímpicos, protoolímpicos. Por eso nuestro hombre, cuando se encuentra rematadamente mal, no piensa en otra cosa que en empezar a cambiar de vida haciendo deporte. Lástima que se encuentre tan cascado, de seguro que habría sido un as, y ya no tiene edad ni cuerpo ni ganas para andar echando carrerillas por ahí como si fuera un potrillo. Lástima y no crea, no, él también lo lamenta. Sobre todo en estos tiempos —coqueto como es o fue— en que el culto al cuerpo regresa, pero en plan caro refinado, todo cristo haciendo pesas, metiendo horas en las salas de musculación, parecen muñecotes de esos con los que juegan los críos, sabe usté, hacen cosas rarísimas... Bueno, fraülein, a mí me lo parecen, eso de zurrarse horas en el gimnasio dándole que te pego, donne lui que je te frappe, comprendes que dice el Prenda y luego meterse un tarro de polen como quien se zampa un polvorón, pues muy normal, muy normal, no me parece, tal vez sea yo muy antiguo, ya lo sé, ya... *Yejque* ahora hasta los eruditos y los artistas se echan a hacer músculo, ya vale de borrachines, dicen los filósofos, que de esto, como de casi todo, saben una barbaridad, como Manterola, igual que Manterola o más que Manterola, hay que estar esbelto, no como nuestro hombre, no como Manterola, que está tremendo, nada de andar hecho una albondiguilla o un barrilillo, un barrilillo como la *Poupée blonde*, que como en el fondo es dulzona, parece un barrilillo de Málaga y habida cuenta de lo olorosa que suele andar, un pestazo, qué perfumicos, qué perfumazos, qué peste, deberemos concluir que se trata de un barrilillo de Málaga oloroso o un garrafón de moscatel que es lo suyo... Bueno, pues a lo que iba, no sé si me sigue, nuestro hombre está hecho un chancho, un gocho, un cutazo, un ternero, una bola de sebo, dicen los más, y es que trasiega mucho, líquido y también sólido, y eso no es bueno ni para el alma ni para el cuerpo, ni para nada, que cualquier día le va a dar un mal de esos del celebro que te quedas tieso, pajarico, ¿Pero usted sabe qué apetito? Ya tendría ocasión de comprobarlo si se quedara más tiempo, no para de tragar, todo es poco para él, hay que pescarlo a media mañana, como hoy lo ha hecho, cuando se esconde en alguna taberna a meterse bocado tras bocado, embobecido, con la cabeza metida en el plato, como si estuviera pensando en algo profundo o recordando algo especialmente importante o las dos cosas a la vez, cuando en realidad no hace sino masticar, ensalivar, rumiar, llenar la andorga como quien echa piedras a un pozo sin fondo, revueltos de camarones picantes, manos de cerdo con salsa de perejil —hay mucho salsete en esta ciudad y filosofan más que Orbea, ¿Que quién es Orbea? El del chocolate de la merienda no, otro, el que más sabe, ya le he dicho. De casi todo. Por ejemplo, van y ponen así como en un garaje, sabe usted, algo de esto, unos palos y unas escobas y unos trapos, y unos cabezones pintarrajeados y luego piedras, verdá, muchas piedras, abren la puerta y toda la patanería, todos los palurdos para adentro, un asombro que no saben ni qué decir, cómo reírse si ése va a decir lo patán que soy, así hasta que de pronto entra Orbea con su séquito, se da una vuelta por la sala, cata la pieza con ligeros movimientos de cabeza, y dice, "Esto es verdadero arte revolucionario, aunque, hoy, dónde está el espacio, el espai quiero decir, la revolución es imposible. ¿Me entendéis? La transgresión, todo se reduce a este gesto, a este gesto de una enorme belleza, eso, ahí está el meollo, la gratuidad de la belleza y la imposibilidad de la revolución, la transgresión, la verdadera, la auténtica transgresión, ninguna concesión al romanticismo burgués, Bartoluzzi es el anti-David...", y el filósofo da media vuelta como quien dice "Ahí queda eso" y se va con la música a otra parte, seguido por sus acólitos, como monaguillos en vísperas solemnes... bueno, pues la salsa tiene que estar espesa, el tomate justo, ligada, para el unte... ¿Que dice usté que produce cáncer? Quiá, qué ha de producir, y unas tortillas de boquerones ni muy crudas ni muy hechas, con el huevo en su punto, templadas, jugosas, con todo su sabor, y el lomo con pimientos a media mañana, que es un perfume de Caronte donde los haya y si lleva sus dientes de ajo dorados, al punto, se regüelda que es un gusto. El que mejor lo hace es Guembe... No, el filósofo no, otro, un cocinero que para qué, un campeón de amarretacos, the best of the best, señora... Bien, en lo tocante a reservados quiero decirle que para encontrarle hay que mirar bien detrás de las cubas o de las cajas con botellas. Suele estar por ahí. En cuanto vea una barricada hostelera, zas, a mirar detrás, y ahí están, ahí suelen camuflarse, esconderse, hacer un alto en la vida dura. Es para que no les vea algún conocido y luego digan, que si esto o si lo otro, que si son unos gandules cuando pasan por ser unos pensadores, unos vividores, unos maestros en el arte excelso de la vida, sólo ellos saben cómo hay que vivirla, sólo ellos saben hacérselo, no, señora, no exagero, me limito a contar de lo que he visto y oído, ya sé que hay otras cosas, pero es que yo tengo manías, sabe usted, manías, ya sé que hay otras cosas, yo tenía un cosmorama y les metía de todo: Alejandría, el May Flower, las Pirámides de Egipto, los Siete Trabajos de Hércules, Notre Dame, el Duomo, el Circo Romano al completo. Y en lo tocante a llenar la andorga es que le va a dar algo al cerebro, aunque bien pensado lo tiene ya arrugado como una pasa, como uno de esos ciruelones o esos sapos o lagartos o gusanotes que al beber le recuerdan a uno la gusanera del *morir habemus*, hermano, eso al menos es lo que dice, aunque para mí que bebe por gusto, por darle, sin más, por el trinki, leñe, que no se entera usté de nada, que es como para tener las manos ocupadas, porque es un borrachón de los que les da igual arre que so, así que su cerebro es una pasa como el del abate botarate, una de las lumbreras locales del pelo y de la pluma, sigámosle si usted quiere un rato, ayer tuvo una dura jornada y hoy la va a tener más dura todavía, ¡Ah!, que se va usted esta noche, que está de gira, pues qué quiere ver usted, vamos a tener que darnos prisa... Bueno, vista una jornada, vistas todas, y aunque nuestro hombre ande ahora un poco tristón se animará enseguida no bien rellene la andorga, mimándola, como se merece, y tenga en cuenta que aunque parece vivir como un rentista de provincias lo que está haciendo es quemar sus últimos cartuchos, no tiene un duro, como dice Carcoma, que de finanzas lo sabe todo, como Manterola, pero en pasta, al menos un duro que sea suyo, un trampas es lo que es y no lo sabe nadie, ni él mismo que es lo peor, si se le apalancara encima un contable le daría un susto de los buenos, y es que ha ido dejando a su espalda un rosario de oscas, una batería costera de cañones de larga distancia, usted me entiende, de guita, de money, nasti de nasti, más planchado que el cuello un marista y aun así anda, claro que anda, no va a andar, buen gorrón está hecho, que no en vano le han puesto de mote el Gorras, con eso de que está enfermo y ha tenido muchas desgracias en la vida, hay que pagarle, y en ocasiones resulta hasta gracioso, ya suele decir algún alma caritativa de Los Cinco Continentes: "A éste habría que buscarle una subvención, darle una beca." "Venga, tómate un par de copas que hoy estás becado."

"…obscenos, ¿cuáles son sus reinos?" Ya no hay detalle obsceno que no se ahorre relamiéndose, como ese pequeño burgués, al tamaño me refiero, que se encanalla, como se decía antes, que esto, como otras muchas cosas, ya han mandado retirar, creyendo ir al final de la noche, qué final de la noche ni qué órdiga, un pequeño andarín, un espachurrado más que un fracasado, que no va a ningún lado, que no puede ir a ningún lado, un señorito bohemio, como le bautizó un gracioso relleno de orujo como un odre de podre sólo por hacer una gracia a su costa, que habría sido, aunque hace falta ser tardo de mollera para acuñar semejante bobada, que en asuntos de la vida práctica no sabe hacer la o con un canuto, que tiene no una doble vida, como se verá, y la frase que no sabe de dónde viene ni a cuento de qué se le queda a nuestro hombre colgando como una telaraña de la sesera, al tiempo que da vueltas entre sus manos a una copa excesiva de Armagnac y chuperretea un veguero estupendo, demasiado estupendo para tan zarrapastroso momento. Hay que llevar una vida de moralidad. ¡Oh moralidades! Una vida propia de un hombre de la Tradición. ¡Oh, los hombres de la Tradición!... Buenas piezas también éstos. ¡Homenaje al prohombre, homenaje a Mariano Colmenares, de los Colmenares de toda la vida, gran banquete con claveles rojos y gualdas y banderitas y brazos en alto y muchos vivas y muchos mueras y cara al sol y Por Dios por la Patria y el rey lucharon nuestros padres y nadie en el tercio sabía quién era aquel legionario tan audaz y temerario... Oh, respetados hombres de leyes, expertos en la delación, en imprimir por lo bajo boletines confidenciales les llamaban bien regados de agua bendita donde vomitaban un aluvión de calumnias sobre sus conciudadanos, en confeccionar un archivo secreto de fichas políticas igualmente calumniosas, grandes juristas, todo un caballero cristiano, un dechado de virtudes, la monda, la biblia en verso, un mendigonzález que para qué, poesía la suya de nacaradas cachas, iban a ejecutar a los últimos condenados a muerte del franquismo, el Txiki, el Otaegui, a ver quién rehabilita a éstos, nadie, y el jambo, que preveía la revolución, las masas amotinadas quemarranchos, violavírgenes, arramplavajillas, salía al balcón de su casa pistola en mano a vocear "Cuando vengan los rojos me encontrarán aquí armado, dispuesto a dar mi vida por mi patria y mi Dios y mis ideas y mi religión" le respondía al fragor del tráfico a sus pies, y la familia en la ventana a sacarlo del alféizar y el portero, un exguardiacivil, como corresponde y es admitido, "Que no se amotina la chusma, que no, don Mariano, venga para dentro", y va un macaco zampahostias y dice que era no ya un hombre generoso, sino un hombre que nos ha enseñado a vivir con dignidad... "¿A quién? A mí no, desde luego, pero esas soflamas en la prensa guarra del pueblón quedan de buten"... ¡Joño! Ésa sí que es buena, tonto, patán, especialista en mezclar el culo con las témporas, los Hombres de la Tradición, la Hez de la Novela Moderna, la Dignidad del Hombre... Menuda bazofia, todo mentira... Pero si por esa labor estamos todos, nos ha amolao, pendejo, apollardao ¿Los Hombres de la Tradición? ¿Y ésos quiénes son? ¿No son los que se han aprovechado siempre del miedo ajeno, de su pobreza, de su falta de recursos? ¿No son los que han hecho de su capa un sayo? ¿No son los que predican lo que convenga aunque sea a punta de pistola y hacen luego otra cosa? ¿No sería mejor llamarlos malhechores encubiertos, a secas, sus armas cortas y largas escondidas para cuando les llegue el momento oportuno, su dinero en Suiza, grannndes patriotas, sí, sus honorables profesiones, intocables, sus partidos políticos a la hosca, que los pague el Moro Muza, que los pague el primo de turno, que siempre hay un primo de turno, para por si acaso, un hombre de mano, un siervo para todo, un esclavo a quien darle las sobras, ellos están para salvar a España, no se andan con chiquitas, nada menos que a España, y a España entera, sin dejar rincón sin salvar, todo bien mirado, a lo dicho, grannndes patriotas, sí, sus honorables profesiones, intocables, a transición pactada, nada de revanchas, nada, nada de hurgar en las cuentas corrientes, nada, nada de hurgar en las tramas golpistas, nada, pero nada de nada, nada de todo esto ha tenido existencia... ¿En dónde estarán, a qué manos habrán ido a parar sus archivos ominosos, sus patrañas dañinas, la vida privada de los demás inventariada por lo menudo para hacer daño, para por si acaso, los hijos, las aficiones sanctas y las menos sanctas, escuetamente, *Defectos Físicos: Maricón*, facilitada por criados, bancarios, maderos, sacristanes, que cumplen así su última vocación de policías, sus teorías y prácticas de la purga, del control de la vida del prójimo, del exterminio, de la guerra santa y la peor cólera, de la coacción y la intransigencia, de un abogado laboralista amigo de nuestro hombre, pero amigo de veras, escribían, allá por 1978: *Enemigo de Dios: A Eliminar...*

"No puedo aguantarlos, me dan vahídos de sólo imaginarlos..." "En qué piensas?" "No, en nada." "Tómate la medicación y descansa, relájate, que enseguida caerá la noche..."

Es entre estos asuntos donde iba viviendo nuestro hombre, estaba con ellos, estaba con unos y con otros y no estaba con ninguno, todos creían que era de los suyos y nuestro hombre lo cierto es que no era de ninguno, que no podía ser de ninguno, no podía, ésa es la cuestión, y ahora son retazos de historias fragmentarias que componen su pasado, su vida en vano; retazos de la vida de un estudiante ful que quería otra cosa, no estudiar para picapleitos, no, otra cosa, y en otro sitio que no fuera en las aulas del Opus, y no sabía el qué, "No es como nosotros —decía peripatético Labora—, no sabe lo que quiere, no nos conviene", no les convenía, para qué, para qué no les convenía, "Está enfermo", lo decían los condiscípulos, los parientes, el servicio doméstico, buen servicio, y hasta los propios parientes hacían un expresivo gesto de piedad llevándose el dedo índice a la sien, derecha por supuesto, el morro torcido, con media lengua fuera y los ojos desorbitados, así no hay Dios que viva, no lo hay y se acabó, cada historieta de éstas, cuando la vida está por vivir y por soñar y por disfrutar a pleno pulmón, estos lances no son una herida, no, son una patada en los cojones. Porque hace falta estar loco de remate o cuerdo de enciclopedia para arrear con la historia entera, como atlante de ménsula. "Ten cuidado —le dijo el intelectual al otro sabihondo—, Ramón, tu hijo está leyendo *La conquista de la felicidad* y eso es peligroso, muy peligroso." El intelectual, por su parte, le regaló un *Platero y yo*, más amañado que baraja de tahúr... Y de golpe y porrazo se nos pone a recordar cómo todavía hace unos días podía celebrar la amistad o lo que él cree que es la amistad, no gran cosa, lo suyo no es gran cosa, no, estaba con Jorge, cuando todavía no era don Jorgito, el inglés, veleta tornadiza es nuestro hombre, y al otro lado del vidrio del bar estaba el mar, cárdeno, de otoño entrado en días, al atardecer, demasiado cálido para la estación, como si con ello tiñera el raro vestido de noche de una improbable estarlete, y ellos hablaban y soñaban, cada uno para su coleto, de dos cosas distintas, nuestro hombre que no se sentía solo por una vez que se sentía querido, no, filfa de la buena, como si de verdad pudieran compartir algo y no podían, no... Pero eso debió de suceder hace mucho, mucho tiempo, como en los cuentos de hadas... ¡Oh, moralidades! ¡Oh pasiones de bolsillo! La amistad una de ellas: ese sentirse protegido por la mera presencia de alguien con quien compartir deleznables confidencias: la vida íntima, doméstica con Matilde, un infierno sin jardín, quince años de infierno sin jardín, sus puteríos, sus borracherías, las veces que Jorge le tuvo que subir hasta su casa a hombros, batallando con las puertas del ascensor y las peroratas de nuestro hombre que iba de veras a cambiar el mundo, él solo, y el mundo entero, además "Me voy a ir de garimpeiro... De garimpeiro o de misionero... A convertir algo, voy a dar el do de pecho", y meter la llave en la cerradura y empujar la puerta y dejarlo allí, en el recibidor, a oscuras, todo lo que le cuesta admitir que es así y no de otra manera... Despreciables confidencias, o no tanto, simples boberías, opiniones sobre el mundo y las cosas que se deshilachan una vez atadas, que se avientan como una ventisca de nieve seca, en las que ninguno de los dos creería, más Armagnac entonces, cómo supo que también iba a perderlo es algo que todavía es un misterio, un sexto sentido, más Armagnac, qué no trasegará nuestro hombre que gusta de declamar *en infusión de mostos los sentidos, el alma embutida en un lagar,* para ver si se ríen y le pagan una copa más, y ésa es su verdad y no otra, y con ella tiene que arrear, la disfrace como la disfrace, le guste o no... Estábamos en una tarde templada de noviembre y nuestro hombre sentía por un instante, sólo por un instante, no vayan sus señorías a creer, el bienestar de quien vivía en el mejor de los mundos posibles, a salvo de todos y de todo, en otra ciudad, exento, libre, viviendo como quería vivir, su gastronomía, unas perspectivas de trabajo bastante buenas, al fin iban a llegarle unos asuntos que merecían llamarse de ese modo, se lo habían asegurado, algo barbis los seguros, sus aficiones, era el gran momento de la bibliofilia, la pintureta, los viajes a Venecia y a los Highlands y hasta de la casa en el campo, llamada también el campo, a secas, como los terratenientes, cuando el dueño se da cuenta de que llamarle a una casa El Lagar del Corazón es cosa de mamarrachos y de que lo que hay que hacer es alternar con marquesas por mucho que al final te puedan poner un chalequillo a rayas y hacer que te calces unos guantes blancos, que es lo tuyo, y poco más, eso se llamaba la vida gustosa... "¡Pero oiga, que no me está diciendo más que bobadas! Que voy a tener que llamarle al orden"...

De acuerdo, de acuerdo, qué culpa tengo yo que sea esto
y no cosa de más sustancia lo que el andoba este lleva
en la sesera, ése es papelón que anduvo representando
mientras duró la fiesta, en casa, con su Matilde, era distinto, otra cosa, más doméstico, más terrible, más de
andar con el agua al cuello, más del pánico... El rojo
burdeos, más cárdeno en los reflejos, del vestido de la
estarlete, la gloria de los escenarios llenos de afición y
vacíos de público de la Imperial Ciudad, Angelita, *Poupée Blonde* pluriempleada, improbable cómica, cuyas
sombras desaparecen en una ficción, reputadísima cómica a sus horas, dobladora y no de vacas bravas, sino
de voces, a la que salta las más de las veces, un cómic
porno japonés, esteta se autotitula ella, vestida siempre
como para una fiesta cutre de sociatas que no tendrá lugar, cómo iba a ser de otra manera, calzada con botas
de granadero, y los zapatos de sandalia en el bolso, cuyo
contenido cubre en un momento la mesa a la que está
sentada, con derrumbe de copas y tazas, cosa que habrá
visto en alguna película americana, sin duda, para desaparecer de nuevo en las entrañas del maletón, sí, cómo
iba a ser de otra manera, sus símiles son de mostos y ro-
solis, de mistelas y alcoholes blancos que le hacen ori-
nar recio —pero qué vocabulario, *mon dieu*, qué vocabulario, *mon dieu*, pero si parece un carretero con pujos
de académico, desdóblase nuestro hombre en vidas dobles, y hasta triples y cuádruples si me apuran y es que,
la verdad, nuestro hombre ríe en la noche, a carcajada
limpia, escúchenlo, en esa calle a oscuras, ahí, sí, un
poco más allá del cerco de luz de esa farola de la esquina, se tambalea, ríe, ríe en la noche, escuche sus carcajadas, ríe como una hiena, como un mono rijoso, como
un bicho improbable, en la oscuridad, en la selva, rien-
do solo, aullando a la luna, hombre lobo, querido Hyde,
sí, más allá del círculo de luz, en ese terreno baldío...
No, no baila, no, es cherokee a su modo, pero de otros...
Pero señora, acérquese, no tema, que no muerde, ahí
viene, mírelo bien, se le han ido diez años en noches
como ésta y él sin enterarse, me oye bien, sin enterarse... No, no señora, no son castañuelas, son mis dientes,
de puro frío, señora, de puro frío... Rostro arrasado, im-

perceptibles arrugas, pero generalizadas, y es que lleva una vida dura de veras nuestro hombre, panza de tragaldabas, quedó dicho, camisa reventada, podría hacer de hombresaco por carnavales, ojos vidriosos, belfo caído, pero qué le decía yo, una perla, se tambalea, sí, no se preocupe, señora, contenga la respiración, apreste su polaroid, cace al draculilla, enséñelo luego a sus amistades, cace al mandril, cace al babuino, que ahora se nos irá en busca de las nutrias, de aquellas que sir John Falstaff dijo que no eran ni carne ni pescado... No, señora, le agradezco su interés, su encomiable curiosidad, pero no insista, uno tiene su decencia, no puedo enseñarle por completo este país de las pirañas... Ande, váyase, usted que puede, vuélvase, ya se lo dijo el río llorando, usted a quien nada le ata en esta tierra, ni la sepultura, ni la mesa, ni la andorga, ni nada, bon voyage, bon voyage.»

Así habló el cicerone en la noche antes de conducir a la turista americana, la fraülein del Frankfurt del Maine, donde no es que aten los perros con longanizas, sino que sientan a los chorizos en las mesas principales, al hotel El Cisne donde ésta desapareció para siempre y ya no hubo más visitas ni más salidas ni nada, sólo los cascos de un caballo en el empedrado, un caballo negro, lustroso, solitario, pero esto aquel jueves de finales de otoño, de un año de aquella víspera amedrentada del tercer milenio, no lo sabíamos, que nuestro fuerte no es la adivinación del porvenir.

Y nuestro hombre se despierta de pronto, con una sacudida... «¡Mierda! Me he quedado dormido... No ha sido más que un momento, pero por lo visto ha sido lo suficiente como para que la Angelita se me fugue. Vaya, hombre, con lo elegante que había sido la comida. Igual hasta la he decepcionado. ¿Pero no me decía que se quería venir a vivir conmigo para que empezáramos una nueva vida, una segunda oportunidad? ¿O no era ella?... No sé, no me aclaro ¿Y ahora qué hago?» Y es que nuestro hombre se las había prometido demasiado felices, con siesta y todo, y ahora se ve con el puro en la mano o mejor junto a la mano porque se le ha caído y ha quemado el mantel. Lo intenta ocultar con los cubiertos, pero sin resultado aparente. Mira a su alrededor, las camareras van componiendo las mesas de la noche entre bromas en voz baja y muchas risas, así que a nuestro hombre no le queda más que apurar su copazo, abonar la cuenta que durante la siestecilla, la cabezada mejor, le han dejado a un lado en un platillo de alpaca, encender de nuevo el veguero y echarse a la calle. Así que deja en el platillo, con toda la displicencia que puede, es decir, poca, una tarjeta de crédito, ya sospechosa por lo sucia y sebosilla, un plastiquillo que podría contar historietas increíbles y que le pueden dar problemas serios en cosa de semanas si las cosas no se arreglan de alguna forma más o menos milagrosa, que en tal cosa tiene una confianza ciega porque de ordinario eso es lo que le sucede.

Abajo, en el empedrado, le espera un cielo gris oscuro, agobiante, de media tarde, enmarcado por las casas sucias, estrechas, poca cosa, cruzadas de cables, de enseñas de fondas y casas de comidas, que no promete nada bueno: lluvia. Mala compañera de la andada. Siempre lo mismo, un poco de cielo encima del dédalo de las callejuelas y nada más. Y en la memoria, el frío, la lluvia, los días oscuros y la promesa por demás vaga de que en la próxima estación todo será diferente: «Cuando llegue el otoño y el castañero saque su horno y lo ponga en la esquina, o si no cuando llegue la primavera, nos iremos de viaje, al sol, a una tierra con sol, junto al mar, me han dicho que en Marruecos se puede vivir casi sin nada, haremos algo, viviremos...» «No, no es eso, verás, yo me conformaría con una vida corriente, no, un curro pasable, no, pero en algún lugar donde pudiera encontrar el horizonte ancho de la vida...» Qué historias. Nuestro hombre echa para arriba una mirada poniendo cara de entendido, se arregla el nudo de la corbata, se ajusta el cinturón de la gabardina verde, que es de las que él llamaba, de joven, de camuflaje, enciende otra vez el puro que se muestra recalcitrante, demasiado húmedo tal vez, y se va andando, adormilado, entontecido, dando pequeños, imperceptibles bandazos que podrían ser tomados por lo que son, si alguien se fijara bien. Va sin rumbo fijo. Callejea sin más, con poca gana de meterse en su casa, diciéndose «Por esta acera veníamos de la piscina en verano porque había sombra, veníamos hablando de comida "¿Qué te comerías ahora?" "Alubias verdes con tomate y mayonesa, chof, chof, chof" o echábamos un cuarto a fantasías "¿Vamos a pasar la tarde al cementerio?" "¿Fabricamos pólvora y volamos algo?"... Por aquí llevaban a los presos esposados, algunos con una chaqueta sobre las esposas, la camisa remangada y la cabeza baja, otros, los menos, miraban a un lado y a otro desafiantes... Tenían mataduras en la cara... ¡Qué cosas! Para qué demonios me acordaré yo de estas historias, no van a ninguna parte». Se detiene como un papanatas delante de los escaparates iluminados de los comercios, mira y remira las mercancías, espía incluso el paso de otra gente por los vidrios, como en las películas se dice, «Igual alguna vez tengo una aventura» «Me lo compraría todo... ¿Para qué?», se deja acunar por ese mundo de vitrinas, de reclamos, como silbos para codornices, cuit-cuit-cuit, cuit-cuit-cuit, no otra cosa, de objetos iluminados con luz halógena, nada que ver luego con los cuarenta vatios del ahorro frente al armario de luna y la peineta de lujo la Semana Santa, nada, y de rondón se nos mete en una galería comercial, es fácil perderse ahí dentro, y para él más fácil que para cualquier otro, es otro país, vaya que si lo es, es el territorio de los *flâneurs* —lo decía don Jorgito, el inglés, la estrella de la radio local: «Me he hecho *flâneur*» y se quedaba tan pancho, ponía un disco con música de Satie y les explicaba a los catetos lo de Benjamín, el ir, el venir, la calle, el anonimato, el ver sin ser visto, el detective... Era su especialidad, hasta se había puesto unas gafas como las de don Gualterio y frente al espejo amagaba la pose de la melancolía, se cogía la cabeza y miraba allí, justo encima de la etiqueta de La Veneciana, como quien se interroga muy reciamente por los secretos del Universo. Don Jorgito es un farsante o tal vez sólo sea un impostor, ya nos lo encontraremos y tendremos ocasión de dilucidar este asunto—, la mercadería extraordinaria, respira fuerte, como un potentado, se lo compraría todo. Es fabuloso lo que va viendo y en lo que se va fijando, aguas de colonia, fulares, marroquinería, ropa de cama, camiserías, zapatos italianos, ingleses, americanos, sastres, aparatos para limpiarse bien los dientes, delicatessen, pastelerías... «Mira por dónde, ésta merece un buen alto, un café, y unas trufillas, cosa fina, te dejan la boca bien dispuesta, suave, suave, o tal vez me coma una oreja de borracho con una copita de vino dulce, vamos a ver, vamos a ver... Ay qué gracia, oreja de borracho, como la tuya, como la mía.» Pero la camarera no está para gracias, y además nuestro hombre debajo de la luz rutilante de la pastelería da decididamente el cante, «Joder con el tío, viene una cansada del campo y para hostias estás», se va rezongando por lo bajo y le deja en el mostrador con su copita de vino dulce moscatel y su oreja de bizcocho impregnada de licor y recubierta de azúcar, «Es el sabor de la infancia», dice nuestro hombre que para contarse boberías en plan soliloquio se las pinta solo. Deja atrás las carteleras de los cines que no le producen mucha curiosidad que digamos porque eso de estar en la oscuridad quieto, un par de horas, sin masticar, ni tragar, ni fumar, ni removerse, no le gusta. Al pasar por un estanco se compra otro veguero «¡Oiga, que me los espachurra todos!», le dice la estanquera arrebatándole la caja. Nuestro hombre no encuentra nada mejor para hacer que lo que hace y no es poco. En sus condiciones y hasta en mejor estado más de uno se va para el otro barrio en plan vuelo sin motor. Quiero decir que ya hace un buen rato que no sabe ni lo que se hace. Y poco a poco, nada que hacer, casi todo que omitir, por aplazar, porque a estas horas de la tarde es mejor no frecuentar algunas zonas de la ciudad donde uno arriesga encuentros comprometidos, «No vayamos a tener un tropiezo ahora. Como me encuentre con algún cliente me suicido a mordiscos en las venas... Joooder... ¿Don Josemaría, cómo va mi asunto? En todo caso será el mío, uno de los últimos en caer, algo importante», «Mal, muy mal, si es eso lo que quiere saber». «Don Josemaría, a ver si me puede echar una ayuda, unos papeles, algo.» Y es que nuestro hombre ha visto de pronto a una de sus clientes más recalcitrantes, quién sabe si apostada en una esquina, a la pasa de algo, a la pasa de lo que caiga, que hay gente que anda a la pasa porque muy probablemente no puede andar a nada más, así que en cuanto la ve nuestro hombre se vuelve hacia un escaparate de juguetes mecánicos, y ahí se queda viendo osos y jirafas y leones que encima se mueven todos a la vez y le vuelven tarumba al más pintado, cualquier cosa con tal de huir del trasgo, «Si no, va a venirme con alguna de sus historias repulsivas, repugnantes, sus adulterios, sus estupros y sus raptos, su alcoholismo y el de sus hijos de ocho años, y el del marido, sus líos con los canónigos y con la madera por meterse en casa del marido por la ventana con una piedra e intentar escacharle la cabeza, total que el otro se recuperó y la cogió cuando se descolgaba por el balcón». Y encima, sabemos nosotros, por poner un putiferio en una pensión, en donde no debía, líos... Nada, que fueron unos incautos a dormir, peregrinos, a Santiago, me parece, de esos a los que las guías chungas les sorben el seso con la magia y el mundo secreto y los templarios y todo eso, y había allí unas bicicletas, dijeron que eran para ir a hacer futín, en la oscuridad... Estas cosas pasan, las ha oído nuestro hombre, a raudales, las ha tenido entre las manos como asuntos con los que ganarse el pan con el sudor de su frente, las más gordas acaban en el periódico, la gente cree que son erratas y eso deben de ser, erratas de la vida, porque si no, no se explica, decían que eran un pretexto para limpiarles los bolsillos a los huéspedes, algo tremendo, luego nadie sabía quién demonios eran, archivo de las diligencias, sí, cuando las cosas se ponen así, lo mejor es dar carpetazo al asunto, que de cuando en cuando hasta a los manguis les toca la lotería del carpetazo, líos también con los capos de la competencia por vender jaco de procedencia más que dudosa, líos con los jitos, malos líos, líos con las putas, líos con la junta de menores y con la de mayores, líos, nada más que líos... Y ahora la ve un poco alejada, con un ojo a la virulé, le habrá dado alguien un guantazo, una bronca de familia, una paletada de carmín en los labios, algo terrible, un semáforo, y un pelucón renegrido, crespo y renegrido, que tira reflejos, como si se hubiera puesto un chisme para espolinar en la cabeza, acechándole, pero nuestro hombre pone cara tremebunda y la otra no osa, quiero decir que no se atreve a acercarse, nuestro hombre está demasiado ocupado en el escaparate, pero nunca se sabe, puede decidirse en cualquier momento, así que mejor escurrir el bulto y najarse, perderse entre los viandantes, esquivarlos, raudo, mirar para atrás, «Que me sigue, que me sigue» «¡Don Josemaría!» «Este asunto tiene toda la pinta de acabar mal». Total que se nos echa de bruces en un providencial portal abierto. Desde el interior ve a su clienta que llega corriendo, sorteando viandantes más altos que ella, casi todos, y que se detiene desorientada, mirando para un lado y para otro, que se acerca al portal porque malicia algo y pega la cara al vidrio, demasiado oscuro, no ve nada, y nuestro hombre pegado a la pared, sin moverse «Me cago en la leche, sólo me faltaba esto y como aparezca ahora el portero la he hecho buena, le diré que estoy del corazón, claro que si llama a una ambulancia o a los municipales, la he hecho buena, y si baja una vecina y me encuentra aquí va a pensar que soy un sátiro de esos de los portales y a ver qué cuento, igual me meto en un lío de los buenos...». Podríamos preguntarnos si tan difícil le resulta tolerar, ser paciente con la miseria del prójimo, comprender a una y al otro, ¿qué hace ese tipo en oficio de leyes de infantería? Pero sería una pregunta meramente retórica. Sí, es cierto, debería explicarlo «A ver, usted, el de la gabardina verde, que nos explique qué hace, qué piensa del género humano y así». Nada, no piensa nada, ni del género humano ni de nada, le avergonzaríamos sin necesidad, qué necesidad tenemos de meterle en un aprieto de esos en plan juicio·final. Nada, para cuando vuelve a despegarse de la pared, la calle se ha despejado y la clienta se ha ido con toda su desdicha a otra parte.

«Bueno, ¿y ahora qué hago yo?» Total que nuestro hombre se echa de nuevo a andar, saca pecho y, ya más calmado, un paseíto de nada «Esta llovizna me hará bien», piensa, que aquí el que no se consuela es porque no quiere, mirando escaparates que es lo suyo, bien de luces, aturdido, se va acercando, aun a riesgo de que el estilista le meta una barrila que le deje hecho polvo, a la tienda rutilante de Cafarelli, su asesorado más asesorado, el que más necesidad tiene de asesoramiento integral, del derecho fiscal a la neurosis de ansiedad, pasando por la Brigada Antivicio, y el que no paga jamás las asesorías, las deja a la osca, ya nos arreglaremos, se suspende de pagos un trato y a correr, es listo para eso, listo, listo. Cafarelli tiene un padre italiano, como su propio nombre indica, un rezagado del Duce, uno que vino cuando la guerra y nadie sabe cómo se fue quedando, quedando, cosas de la retaguardia y que ahora preside la trastienda con un casco con plumas negras de gallo. Los orígenes, son los orígenes. Después de muchas vueltas, Cafarelli, que se había ido a Italia en busca de sus raíces, decidió rebuscarlas en sentido inverso, es decir, decidió regresar con la intención de revolucionar el estilo de la ciudad, y de que sus osos, sobre todo sus osos, dejaran a un lado de forma definitiva un cierto tono general grisáceo, azul oscuro, negro esfumato, serio, serio, pero poco acorde con los tiempos que corren y no paran, y poder cantar debajo de la fotografía coloreada a mano en tonos azulados y negros del Flecha Negra lo de *Giovinezza, giovinezza...*. Ahora puede disfrazar de joven a cualquiera, te quita la boina y la gabardina, o la variante zamarrón, y zas, sales pegando botes con gafillas rap, rap, rap. Todas las tallas... «Tiene narices esto de ir disfrazado de joven». Cafarelli trabaja, o evoluciona, que viene a ser lo mismo, como un condenado a trabajos forzados, de vez en cuando no puede más y desaparece, bajo el ojo, escéptico y vigilante, de Serrutti, otro compatriota, su socio, de los que disfrazan la mala, la perra suerte de elegante displicencia, antiguo vocalista de un conjunto napolitano, dieron sus trinos, yo de ruiseñores sé mucho, en aguardiente, el petronio del pueblón, al que es mejor evitar, el ruiseñor de las protegidas, mejor no hablemos de ruiseñores que yo lo fui de la Rocha, ¿o es Rotxa? (Esto habrá que preguntárselo a los del agujero negro de odio antivasquista de inspiración españolista), eternamente impecune que hasta sus amigos dicen de él «Tiene que tener la guita escondida, el cabrón, ¿pero en dónde?». Ésa es la cuestión... y es que aquí en cuanto te das la espalda te ponen pingando, te hacen daño, te dan con la vara y en la oscuridad, no sabes de dónde vienen los palos, y en el sueño no digamos, ahí te meten el rejón, que son tauromáquicos, pero no divaguemos que los muertos no tienen otro divague que el bullebulle de la gusanera.

Bien, total que nuestro hombre se mete allí dentro, todo luces, perfiles metálicos y mármoles curiosos, un pufo que le metió un arquitecto para sacar en una revista y que a lo mejor para cuando acabe de chamullar ya han tirado otra vez por la borda, y maniquíes modernos con cara de pocos amigos, bigotazos, dentaduras tremendas, como de inocentada, y un aspecto general terrible, hay uno que se parece a Fernandel, es el que ponen para que resulte simpático el asunto, pero los demás te los encuentras por la acera y te apartas, van barriendo, maquillados, cargados de ropa y de toda esa basura cara que recibe el nombre pomposo y antiguo de «Complementos», bien, sí, estilo, mucho estilo, como si fueran cacos escapando con el botín, un calor de los mil demonios, unos colores y unas formas como para enloquecer a cualquiera y un ambiente de miasma que no es otro que el que pone el monstruoso spray que enarbola Cafarelli, un tamaño imposible de esos que ponen debajo «Fuera de Catálogo», dice haberlo traído de Nueva York, una cosa como para echar en las sentinas de los paquebotes de antaño, no hubiese quedado ni una rata, nada, te hubiera dejado el barco como el María Celeste, fantasma, completamente fantasma, un botellón enorme, relleno de ambientador «Estilo Rabanne», «¿Pero qué dices, hombre?» «Ay, chico, estilo Rabanne» «Ya, ya, Rabanne, pero dejas esto como una piscina, que hay que coger aire antes de meterse» «Y tú con tu purazo y además vienes hecho polvo, mi chico» «Cierto, sí —contesta nuestro hombre en tono más o menos festivo—, pero puroalmorro...» «Ya veo, ya, pero qué peste...» «Para, coño, no me eches más miasma del botellón» «Oyes, pasa para adentro, hombre, que te vas a quedar ahí pasmado. ¿O me vas a comprar algo? Mira esta chaqueta, te quedaría ideal y esta camisa y esta corbata y esta gabardina y este fular... Anda, pruébatelo, que está hecho como para ti» y diciendo esto, Cafarelli le carga a nuestro hombre con todo el paquete y le va empujando para la trastienda «¿Tienes algo? Porque yo no tengo nada, te aviso, estoy asfixiado, necesito maaarcha, comprendes, mucha maaarcha». Y nuestro hombre no tiene mejor idea que contemplarse en un espejo en el que se repite hasta la saciedad, por detrás, por delante, por los lados, en compañía de unos comparsas desconocidos y se ve con todo aquello en los brazos, la jetilla y el resto del puro asomando por encima del montón y dice «Deja, deja que no necesito nada y además no tengo un pavo…» «Ya me lo pagarás cuando te venga bien» «Cafa, que ya sabes tú que no va a venirme bien jamás…» «Bueno, lo que tú quieras, pero pasa para adentro que me estás espantando la clientela». Sólo entonces tiene nuestro hombre conciencia del aspecto que ofrece allí en medio «Pero qué buen aspecto tienes» «Mentira, éste ya está mintiendo, me acaba de decir que estoy hecho polvo… Con tal de hablar no sabe lo que dice, le da igual… Mentiras piadosas… Qué más da, lo hace con buena intención» «No, Angelito, no me mientas. Lo que necesito es descansar un rato». Y Cafarelli que es de esos de los que se dice con un fundamento más que confuso que tienen un corazón muy grande que no le cabe en el pecho, como al charro de la canción, pues para ser comprensivo con el despatarre del prójimo no hay como haber llevado una vida apaleada, ser monicaco de la rueda de la fortuna, haber viajado hasta arrugarse, hasta quedarse hecho un higo, aplastadico, aplastadico, en la montaña rusa, atarse al látigo Pérez como Ulises al mástil con lo de las sirenas, haber cogido boletos en ese carrusel y no haber parado hasta el chispazo final, joder con el Waldorf Astoria, pues que le conocían hasta los porteros, todos, los de noche y los de día, el contrabando de oro y de piedras preciosas, el dinero fácil, los apartamentos en Puerto Rico y en Miami o en Mayami, o como quiera que se llame, que va el otro y me dice que era miami, como suena, como los indios miamis, cosas que poca gente sabe, anda joder, recórrete medio mundo, hazte medio agente secreto y acaba echándome una conferencia sobre semejante mierda y encima el elegante aquel apestaba a alcohol de la noche anterior, tuve que abrir las ventanas cuando se fue, la gente cuando está a uvas sordas no repara en nada o igual sí, igual sí repara, claro que repara, igual lo hace todo para fastidiar, para humillar, para reírse, bueno, a lo que iba, que el Cafa se había metido una voltereta del Waldorf Astoria a la deriva de las pensiones o de los hoteles de medio pelo o decididamente mugrientos, del BMW con *chauffeur*, o mecánico, esto según los gustos, al andar a pata, unas caminatas prodigiosas por todas las ciudades de la geografía patria, y a que un chapero intente despojarle hasta del costo, ésa sí que fue gloriosa, «¡El costo, no, eso sí que no, el costo no...!» y el manguta viendo que se había puesto hecho una fiera y que si seguían así le iba a reclamar y a quitar hasta lo que acababa de guindarle a punta de navaja, a escape, no era para menos, hay cosas que son sagradas, intocables, el costo una de ellas, que para carcomas de éstos viene a ser lo que la insulina para los diabéticos, así que el chapero debió de pensar que era demasiado levantarle hasta el penco de costo y se dio a la fuga, el otro en porreta por el pasillo, lo contaba bien el Morsa, sí, con aquella risa tan suya todo boca y ningún sonido, que le servía para expresar lo mucho que disfrutaba relatando por lo menudo los desastres del prójimo, «Estupendo, acuéstate un poco por allí al fondo, que luego nos vamos a dar una vuelta y ahora mismo te hago un canuto, síííí, un porrito, bien cargado...». Dicho y hecho. A veces no hay más que hablar. «Oye —dice nuestro hombre—, a mí lo que me gustaría es echar una siestecilla, nada, cosa de una hora, que es que vengo devorao... Llevo unos días jodidos, ¿sabes?» «Ya se te ve, ya —le dice Cafarelli en plan comprensivo que es lo suyo, que no hay como andar muy jodido para comprender al prójimo de por vida—, pero estás estupendo, que te lo digo yo. Échate por ahí, en el almacén, anda, llévate el canuto...» «Gracias, Cafa, eres un buen amigo...». Y nuestro hombre se arrastra entre unos sillones de espuma amontonados, módulos les llamaba el vendedor, es decir guarrerías a doblón como todo, estilo, filfa, trile de penal y croupier con cuerdas vocales de aguardiente, y unos maniquís fuera de uso y se hace un refugio, un *blokhouse*, con su canuto, entre la ropa de desecho, que se ha convertido en algo inverosímil, por el color, por la textura, por la forma, en un par de temporadas sólo buena para revenderla para incendios... ¿Cómo, que no saben? Sí, señorías, se coge la mercadería inencajable y se la revende a un Almacenista-Mayorista, no, éste asegura la mercancía, que existir, existe, no, y luego ahí va, que se ha quemado el almacén, que le ha dado un cortocircuito, y a cobrar del seguro... Y por una tronera del amasijo no asoma otra cosa que su bárbaro careto «Joder, un poco de paz, la *poupée blonde*, a quién se le ocurre haber quedado a comer con ella, a escuchar perolas y sermonarios, como si no hubiese sido bastante con lo de ayer noche, ¿Quién me habría mandado a mí quedar a comer? ¿Para quedar bien? ¡Qué bobada!... Total para que me cuente perolas y me eche sermonarios... ¿Y estos maniquís? Joder qué caretos... ¿Qué hará ése con la gorra de golf ladeada?... Miami, otra vez, qué perra... "Habrá que ir", dice Carcoma... ¡Y a mí qué me importa!». Por la aspillera del blocao sale ahora una espesa columna de humo más o menos pardo cargada de aceites esenciales «Pero joder —grita nuestro hombre desde el fondo de su madriguera— ¿A quién encajas esto, Cafarelli, deben de estar majaras, no?» «Ya compran, ya, mi chico, y pasa el canuto por donde puedas que te va a sentar mal...». Nuestro hombre saca un brazo por debajo del montón humeante de ropa y sillones y Cafarelli se embala en una historia de un conocido suyo, especialista en hogueras como las que acabamos de reseñar, que anda huido, un angelico de esos con los que la gente de trueno ésta trata porque estar con ellos y escucharles les da escalofríos, les hace sentir más intensamente lo del vivir peligrosamente, les satisface su necesidad de diferencia de oposición radical a un mundo deshumanizado, lo dicen, vaya que si lo dicen, les permite asomarse al otro lado, porque saben que te pueden rebanar el pescuezo, que están con un pie en el estribo, y, sobre todo, les permite ser como los de las películas de Lynch, cada angelico que para qué... «Ay, chico, cada cual se gana la vida como puede» «Sí, no te lo niego, pero de esa forma acabas en el maco o te pegan un tiro en la nuca, o te rebanan el pescuezo y luego te tiran a la carretera de madrugada delante de una casa de putas de ésas de gasoli-

nera para que parezca que ha sido un accidente... Joder
con lo de los accidentes, no me hables a mí de accidentes...». Total que entre la comida y el canuto y la con-
versación de Cafarelli, nuestro hombre se ha quedado
traspuesto, adormilado, mirando al techo por la rendija,
se fija de pronto en el careto del de la gorra roja de Miami, piensa en algo que no logramos descifrar y alcanza
a ver, en el revoltijo que le rodea, una bolsa con contenido de reconocido technicolor, se arrastra hasta ella,
derrumbando parte de su recién construida madriguera
de la que mejor hubiese sido que no hubiera salido jamás y empieza a echarle una mirada interesada al material, «Chicos y más chicos, Fantasías con cadetes, Gordas y bien Gordas... ¿Los Ufizzi le llaman a esto?... Hay
que andar con la sesera como la galería de un metro en
hora punta para hacer caso de semejantes reclamos...»
y también da con unos aparatejos no menos inverosímiles de entre los que coge un nabo de agárrate que hay
curva con el que le arrea un golpazo en plena jeta al ma-
niquí de la gorra de Miami, la gorra sale volando por un
lado y la cabeza por otro, estaría mal sujetada. Nuestro
hombre se siente satisfecho de su puntería «Bah, no interesa, a ver, a ver, otro cipote, nada, cosa de locos, y
aquí qué pone... Caramba qué ofertas, muñecas y muñecos hinchables, el vibrador torpedo, las bolas chinas,
la cabra berebere, el bully, la crema dilatante, los látigos, el dardo afrodisiaco... ¿Y esto qué demonios será?
Y vídeos también, sugestivos títulos, qué caramba, esto
debe de ser lo que se llama el desarrollo integral del ser
humano, la mentalidad abierta y todo eso, sorprende a
tus amistades, el que está sorprendido soy yo, "Cuídate
de la perversa protagonista", vaya, aquí al menos avisan,
The anal intruder set, y todos tienen nombres y apellidos, bully y bully gelatinoso, slim, ruber, idisex, foxy y el
best-2, un galimatías en el que uno no se puede mover
como no lleve un PC tools en el bolsillo, y el turco "de
luxe", todo es de luxe, y el Apolo especial y el Bulldog, y
el horny, pero quién inventará estas cosas, tiene que ser
cosa de chinos, gente de frenopático, trastornada, Sado
extra fuerte, Made in Denmark... Agujas, botellas, enemas, pinzas, etc... "Escenas de un realismo espeluznan-

te con todo tipo de humillaciones y variantes sádicas", muñecos y muñecas hinchables, con toda clase de tubos, lubrificantes, vibraciones... Uno tiene que saber mecánica del automóvil para todo esto, por lo menos... Jr. Double Header... No, si aquí parece que ha dado en loco todo bicho viviente... Lesbianas, *anal love, animal orgy*, jovencitas... *Apium (Afrodisiakum)*... ¿Pero qué es esto? Suena descaradamente a pufo. ¿Pero habrá algún oligoide que se trague estas majaderías? A saber. ¿Y esto? Boca vibratoria, succionadora y el Potenz y Easylove y el Gossim, el Ultranix, el Propil, el Notfrig, todo para lo mismo, como el Prolongy, el super erotic Parfum Queens of anal, Tits colection... Necesitaría una lupa. No veo ni glorias... Sweetlittle teeny, Black Lust... Esto da vahídos... Animal orgy, otra vez, Bizarre, claro que bizarre y tan bizarre... Pissy Parade... Anal Pissy... ¿Y este aparato? Éste no ofrece dudas... "el pajillero" se llama... Esta gente no se arredra ante nada... Sex bizarre y esto qué es... Ah, escatología, ya, mira que son caprichos, esto es un mundo para majaras... ¿Lactantes? Sí y hasta preñadas... Y el peep-show, qué invento, qué disfraces, esta gente mete miedo, y cuchillos dice "cuchillo supervivencia el de más éxito en todo el mundo" y pistolas y subfusiles para amedrentar al personal... Debe de andar suelto cada tío loco que para qué, porque encima dicen que todo esto es para disfrutarlo en familia... "tenga en casa un placer asequible"... "BI...uber alle maben"... ¿Y esto qué querrá decir? Cualquier locura. Y dale con el sex bizarre y la escatología, cosa de locos, Titten-Bondage, Pissen de Lesben, Kliene sau, Faust-Rakete, Zu Befehl Herrin, Gummiklinik, Fuss-Fick, Natasha, que todo esto se vende, está en el comercio, hay gente que gana tela, la mar de tela con este bisnes... y toda clase de lencería fina, aunque llegados a este punto lo que uno necesita es una botella de oxígeno, esto marea más que la caída libre, más que el puenting... Bueno, y de los encuentros no hablemos. Esto es como para Lombroso, de haberlos conocido los habría metido a todos en el atlas del hombre criminal, y dice el tío que es un varón culto, se sacan fotos en verdaderas pocilgas, ponerse a tiro de esta banda de locos debe de ser peligroso, como le llamen a esto "buena presencia" estamos aviados, gorilillas, tísicas, cutazos, majaderos de toda laya, y éste dice que es limpio, el otro que necesita ayuda económica, cada pocilgón que para qué, pero cuánta miseria, joder, cuánta miseria, amistad, amor y vicio, nuevos alicientes, todos idiotas, seguro, anuncio muy serio, apariencia sexy, limpio, culto y sensible y aparece el tipo con el chisme en la mano, no puede ser, yo ando en otra galaxia, "no feo" escribe el otro, seguro que tiene viruela loca el muy cabrón, y este otro "Hombre normal", dice, pero cómo va ser normal, joder mire lo que ha escrito, mire en qué compañía anda y eso de nivel medio alto qué querrá decir... "Pido lo que doy: clase, vicio, limpieza y discreción"... "Somos un matrimonio más o menos con los mismos gustos"... ¿En qué quedamos?... Aquí otro que pide evacuaciones, atlético, y ése se saca la foto para parecer más erótico encima de la bombona de butano, "Soy fino y educado en la calle, pero salvaje en la cama", un poeta seguro, dice el gilipollas, "soy limpio, discreto, educado, morboso y me gusta todo el vicio"... "Ofrezco y exijo gente sana, viciosa y seria"... Aquí hay algo que no chuta... Otra que dice que lo tiene muy peludo... A la mierda, banda de locos, el otro no quiere gordas, para todos los gustos... Dice, "joven sin problemas" ¿y anda poniendo estos anuncios?, pues menos mal que no los tiene, y este tío loco después de pedir lo que pide dice que nada de gentes de mal vivir, qué barbaridad, esta otra se declara exhibicionista, el otro dispuesto a todo, para mí que hemos dado en locos, definitivamente somos estrafalarios hasta el delirio...» y nuestro hombre acaba mareado de tanto lío, tanta contorsión, tal abundancia, de todas las inimaginables contorsiones de Ginger Lynn, Amber Lyyn, Tracy Lors, Vanessa... Pero qué demonios pone aquí, el acabóse, «No están todos los que son, pero sí son todos los que están, las vergas más activas, las nalgas más prietas, los esfuerzos mejor compensados de la historia del cine porno mundial. Ahí están Richard Bolla, clásico entre los clásicos, John Leslie, auténtico barón rojo del porno, la fuerza de Hershel Savage, el descaro y la picardía de Ron Jeremy, la seriedad maliciosa de Randy Wets, la artillería pesada de Jamie Gillis, el desenfado y la potencia de Jerry Butler, la clase de Jean Pierre Armand, la veteranía de Frank James, el arte de Eric Edwards, la longitud de John Holmes y la juventud y destreza de Tom Byron y François Papillon... Todo suena a pufo y de las partenaires mejor no hablemos. Siempre la misma historia, la misma murga, para arriba, para abajo, de medio lado... Lencería fina, ofrece éste, caramba, «Una nueva colección de lencería erótica con la cual usted y su pareja entrarán en el mundo de las fantasías sexuales»... Ya, y un cuerno, se arman unos revuelos con las scripts que para qué, se les acaba revolviendo todo el vestuario, un lío de los mil demonios, menudas contorsiones, qué caras ponen y qué bocas, llenas de empastes, y de plomos, como si hubiesen masticado perdigones. ¡Bah! Lo mejor son los detalles... Mira, ésta con un zapato de un color y otro de otro... No les llega ni para *script*. ¿A quién demonio se le ocurrirán estas locuras?... Nuestro hombre se ocupa de estas cosas cuando tiene la andorga llena, la visión más o menos borrosa, y una por demás vaga gana de quitarse el quehacer, cosa de comprarse un poco de material apropiado para calentarse, «Un poco de porno levanta el ánimo», decía Moriones, el viajero. «¿Pero esto qué es? ¡Zambomba!» Nuestro hombre se lo pregunta como si fuera la primera vez que ve o lee tales cosas, como si no estuviera más que acostumbrado a tales visiones y a estudios pormenorizados de este jaez como los de hoy mismo, pero el caso es que el porno ya le aburre, le hace bostezar, no le excita, no le produce curiosidad y acaba durmiéndose. «Será el porro», aventura...

«¡EH! ¿Dónde estás? ¡Sal de ahí! que vamos a cerrar... Pues para mí que estaba por aquí», exclama el Cafa apagando y encendiendo la luz de la trastienda. Y es que nuestro hombre entre el technicolor y el porro y con el flete ya cargado que traía se ha ido escurriendo por debajo de los pedazos de goma espuma y parece haber desaparecido. Pero a continuación de esta diana floreada de última hora de la tarde que nadie, en parecidas cir-

cunstancias a las suyas, se merece, escucha las carcajadas y las voces de la Picoloco —«¡Asesor, dónde estás,
asesor!», y con esto se reanima un poco. «Con la Picoloco de por medio habrá noche movida y diversión ase-
gurada.» A nuestro hombre la compañía de la Picoloco
y del Morsa le inspira mucho. Estos encuentros fortui-
tos le levantan la moral a cualquiera, le animan, le hacen creer que el mundo en el que vive todavía le promete un futuro, aunque sea tirando a confuso, a la medida
de su no saber qué hacer con lo que le queda de vida;
que todavía tiene alguien con quien compartir algo.
Sabe que con un chorro de palabrería de la buena, con
pegarle unos tientos al universo mundo y al estado de la
cuestión, y a la autenticidad de las emociones y murmurar un rato y difamar otro, y confesarse por lo menudo y lo humillante, por baratear con sus excentrici-
dades domésticas y su pasado y sus andanzas puteras y
disfrazar el rencor difuso de ingenio zumbón, habrá copas más o menos gratis, rayas de perica e incluso algo
para tapiñar. Casi sin darse cuenta, unos y otros han
sido testigos, durante los últimos quince años, quince
años de verse casi a diario, que no es moco de pavo, de
cómo iban envejeciendo, de cómo las perspectivas de futuro no se materializaban en nada de mucha sustancia,
de cómo los sueños se esfumaban y el deterioro del
cuerpo, las canas, las arrugas, los pellejos, y lo que es
peor, la amargura, el cansancio, el mal humor, la mala
leche, iban apareciendo poco a poco y no se decían
nada, salvo cuando están bien mamados que entonces
se tiran bocados «Pureta, que estás hecho polvo, acabado» y venga de reír o eso más fino, más espiritual de
«Que te operen, cabrón» y de elucubrar sobre la forma
más acertada de vivir la vida, hasta la madrugada, hasta que abren el primer bar y aun después, mucho después, para luego recluirse en unas casas solitarias, frente al televisor, junto a las botellas de whisky o de agua
mineral diurética y bicarbonatada litínica, eso según,
eso depende. Ésa es su vida, no nos engañemos y si se
rebela contra ella, es cosa suya, ésa ha sido su gente,
con ella ha empeñado sus afectos. Que cuando uno
anda buscando algo de afecto, cuando anda buscando lo

que siempre le ha faltado: el seso, la fortuna, el no sentirse solo, al margen, enfrente, tiene que arrear con lo que le toca. Pero no, él erre que erre, él, distinto. Distinto, sí, pero le gusta pertenecer a una tribu y a la vez ir de andasolo más que comer con los dedos, y eso también se paga. «Tú has nacido para vivir solo, eres un lobo solitario. Cómetelos», le decía a nuestro hombre un loquero de los finos «Oiga, bwana, que al primer bocao se me han caído un par de piños. ¿No los tendré carcomidos?» «No —le contesta el hipócrates de turno—, yo no trato los síntomas. Yo voy a lo profundo, a lo hondo, en busca de la luz» «¡Ahhh!» Bien, total que entre bromas y tirones «¡Tira de ahí, agárrale del pantalón!» consiguen sacarle de allí debajo, arrugado, legañudo, como si se hubiese echado una cabezada en un pajar. «Venga, vamos, que estamos de marcha» «Que estoy hecho polvo». Y el Cafa detrás «Eso se arregla con una raya, con una raya. ¿Quién tiene una raya? ¿Cómo, que nadie tiene una raya? ¿Pero no decíais que había material?... Cómo sois, pero cómo sois» «Me parece que estoy destemplado», dice nuestro hombre. «Pues venga, mi chico, vete al retrete, vomita si quieres y arréglate un poco» «No nos fastidies la andanda, venga, ponte bien». Nuestro hombre sabe que a veces no hay mejor truco que el de hacerse el muerto o el enfermo o las dos cosas para conseguir lo que quiere, pero ahora no se trata de conseguir material para la nariz por la jeró, sino de arreglarse un poco. Así que se va para el retrete, se mira en el espejo, trastea entre los botes de quitalientos, la aspirina del ejército que es mucho más aspirina que la que no lo es como todo el mundo sabe, el quitaresacas, el quitamiedos, el quitaardores, el quitapenas, el mercurocromo y el bicarbonato que la gente que tiene todos los días almuerzos de trabajo acaba tragando a zarpaús, que no es una medida de botica, sino intentar aplacar los ardores de estómago a lo bestia, sencillamente a lo bestia, y como no encuentra nada de provecho se baja los pantalones y se deja caer sentado en la taza. «La verdad es que estoy cansado, a ver a dónde me llevan éstos, me los podía haber encontrado otro día, además, si me voy con ellos de follar, nada... Bueno, me tomaré una copa a ver si me entono y mañana a casa, igual puedo aprovechar el fin de semana para ponerme bien, podía irme mañana a un balneario en plan tranquilo, un baño romano con bien de agua caliente y de barro y de masajes y de todo, me dejaría como nuevo, claro que igual éstos quieren que nos vayamos a comernos algo, un chuletón o unas costillas a la brasa con pimientos del piquillo o algo, o igual quieren ir a casa del diputadillo Zaborra a meternos unas latas de caviar, joder qué lío la última vez, va el jambo aparta un poco lo racional de los dos vídeos que tenía encendidos a la vez y empieza en plan monserga "Que quiero comerme unas latas de caviar ruso", el tío emperrao y allí tuve que irme con la Picoloco a buscar unas latas, "A dónde vamos" "Conozco un contrabandista", fuimos, total, vino el contrabandista que nos cita en plan misterio, las Raiban puestas, el cuello de la americana subido, el coche en segunda fila, "Os van a costar a veinte mil la caja", allí en la mesa de un bar mugriento, vale, como a ése se lo paga todo la suegra o la política o lo que sea, a mí qué me importa, pero el caviar estaba soberbio y el foie más y era gratis, además...» Lo cierto es que nuestro hombre no se ha parado nunca a pensar de qué conoce a la Picoloco y al Morsa y al Zaborra y al Lenín y a toda la parentela, de algunos no sabe ni sus nombres ni de dónde vienen ni a dónde van ni nada, ni por qué ni para qué ni dónde ni cómo ni hacia dónde que decía un licenciado *confusus* de éstos un día que quería parecer profundo, de uno, por ejemplo, con el que toma copas de pascuas a ramos sólo sabe que anda morromorro y que de cuando en cuando hace «¡Jójójó!», con voz de fosor, signos externos que sus clientes toman como muestras de una inteligencia superior, sólo sabe que están, ahí, en las calles, en los bares a horas fijas con unos horarios y unos planes de vida de una regularidad y de una constancia y de una disciplina que asustarían a un prusiano, están ahí, simplemente, y no es poco, en la ciudad, uno se los encuentra lo quiera o no, tarde o temprano, y pega la hebra, habla de esto y de lo otro, se dice «¡Hombre!, éste y yo tenemos mucho en común, nos gusta el arte, somos auténticos», mentira, ganas de espantar el miedo, el aburrimiento, ganas de compartir una ferocidad de fondo, de no estar demasiado solos, que ésa es la historia demonio, ésa, la soledad, que lo demás es filfa de la buena. La Picoloco y el Morsa son lo que vulgarmente se conoce con el nombre de «gente del mundo de la cultura», animadores culturales de la administración, montan de todo, cabalgatas de reyes magos, desfiles de modas, así como suena, versos, exposiciones de chafarrinones espantosos, pacotilla de última fila, premios literarios, sainetes, comedias, conciertos de rock japonés o zarzuela que vienen a ser lo mismo, conferencias de esas que traen a uno que viene aburrido, le dan de comer hasta hartar en plan de gracia «A ver tú, sácale a éste una langosta que parece que tiene mala cara», le emborrachan, el otro suelta la piltrafa, agarra el sobre, el montón de publicaciones oficiales y aprieta a correr, a correr, porque sabe, porque se ha corrido que esta gente del mundo de la cultura si el artista se pone plomo lo manejan como a salmón con carrete largo: la vida dura, *sans façons*, la sencillez, la autenticidad y le limpian los bolsillos en lo que ellos llaman «unas manitas de póker». El caso es que no hay ajo en el que no estén, y si ellos no están, el ajo no es ajo, lo saben y lo explotan, entran en grupo en las exposiciones de pintura, no saben nada, pero mandan, los organizadores se preocupan «¿Les habrá gustado no les habrá gustado?», eso sí, le animan la sobremesa a cualquiera, echan mano de ellos los del mundo de la política, los de la hostelería nocturna y diurna, son un buen adorno, su opinión en asuntos musicales, artísticos, literarios, y sobre todo taurinos, tiene un peso específico que viene en los libros de bachillerato junto al plomo, y es que tienen un patrón oro para todo eso, por su despacho, que es tanto como decir por su bodega o por su despensa, pasan todos los que pintan algo en la vida pública, todos, y el que no pasa puede darse por jodido. En la trastienda de esta juerga fantástica se puede oír un vago fragor de seminarios y de conventos, de militancias varias y difusas, de militancia radical con los feroces etarroides o con los de la razón de la historia o la lucha obrera, de panfletadas, multicopistas, saltos callejeros, pedradas, cócteles molotov, de ir a llevar a éste y al otro a pasar la muga y a esconder y dar cobijo al de más allá que resultaba ser un feroz etarroide, un fondo del prestigio que daba una detención policial, el canguelo de las setenta y dos horas en los calabozos, el que iba para Orden Público era otra cosa, palabras mayores, ondia, palabras mayores, pero salir de la trena con la jeta intacta, o casi, ondia, uno podía pisar fuerte una larga temporada, y si encima hacía unos versos, se hacía unos cuadros, y los voceaba y colgaba en una sala de cultura de Caja de Ahorros, las mismas que a un escritor le ponen «profesión poco definida» en los papeles, eso ya era la reoca... Que la víspera de los fusilamientos del 75 estaba nuestro hombre con el Morsa y el Lenín, igual, y el Serrutti y toda la panda, echando copas en plan serio en el café y pasan por la calle los pasmas, les ven allí ceñudos, con sus pelos, su barbas y sus zamarras, y ondia que se echan todos para adentro, «Venga, hijos de puta, afuera todos, a ver los papeles y tú, bobo, que nos has llamado pasmas», y venga de empellones «Que no somos pasmas, que somos funcionarios del Cuerpo Superior de Policía, a ver, repite conmigo, cobarde, Funcionarios del Cuerpo Superior de Policía» y nada, que había que deletrear la lección, claro que a base de empellones y puñetazos uno hubiese echado en plan maestro de capilla hasta el rosa rosae «Pero joder si estábamos al otro lado del ventanal, a más de diez metros de la calle y callados» «So listo, chulo, qué pasa, que quieres ir a comisaría o qué» «Ahí va la hostia pero éstos nos leen el pensamiento o qué» «Ahí va Dios, venir a ver esto, este cabrón es abogado y será laboralista, de la ORT seguro», y nuestro hombre ni idea, no sabía que era aquello de la ORT, ni idea, en serio, unas siglas que pintarrajeaban en las paredes, unos panfletos de los que no entendía nada, abracadabrantes, gente a la que cercaban a limpia hostia en los conventos de extramuros, se había dejado de interesar por la política, era complicado, te arruinaban luego la vida, te quitaban el pasaporte y no te podías ir de la ciudad ni de nada, había que cancelar los antecedentes policiales desfavorables, una humillación que para qué, si denunciabas a alguien la cosa iba más rápida, pero para ser delator hace falta estómago, a veces no hay manera, así que se nos puso en plan abogado de empresa, a ver si colaba, «Yo no soy laboralista, soy el asesor jurídico de «Los Films de la Plaza del Castillo S.L.», como diciendo, ahí queda eso, se van a impresionar «Coño, un gracioso, pues mira yo a los abogados me los paso por lo cojones» y otro empellón, mejor callar, menuda historia, y como ésta, un montón, cada cual las suyas, grandes hazañas, nada de provecho, cada cual con sus pequeñas ilusiones a cuestas y sus vidas rotas, que las llaman los tremendos y los histriones, pero que mejor dejemos en embrollos sosos, que los llama Lenín, en tropezones, en zambombas, en estar al tanto, siempre puntualmente, de las pequeñas desdichas el prójimo, de sus gatillazos, sus desbarres y sus quiebras, que si el marido era un cabrón, ya sabemos, pero eso fue hace más de quince años, bastante más, que si los amantes se te piran en busca de mejores partidos, con más patrimonio y que te limpian los bolsillos por lo de la lástima o las inversiones ficticias o fraudulentas, que das más de lo que recibes, que no te hallas, que no sabes quién eres, que no te aguantas, que te da un canguelo espantoso darte de bruces con la pelona, que envejecer te da fiebre, que no tienes nada, nada, eso pasa, eso es una cabronada, pero pasa… Todas las mentiras piadosas que a lo largo de los días, los meses y los años se han ido contando nuestro hombre y sus compinches, mentiras piadosas a propósito del presente y del futuro, de la vida y de la muerte, de ellos mismos, sobre todo de ellos mismos. Por qué no hablar con ellos de estas cosas de una vez y para siempre, explicar por lo menudo por qué demonios vamos viviendo más o menos juntos, pertenecemos o no, eso según, habría que verlo, a la misma tribu, «Que yo ahora quiero hacerme comanche, qué pasa, que no se puede, de no haberme encontrado tan solo, tan rematadamente solo, no habría tratado con vosotros jamás, no nos habríamos encontrado nunca, pero no tenía a nadie, no tenía espacio, tenía a la espalda una ciudad enemiga o mejor, un mundo enemigo, el acoso, las puertas cerradas, tampoco Matilde me fue de mucha ayuda, retraída, temerosa, no sé, qué bollo, mi madre, con la leche ésta de la vida intensa... Por qué no hablar de esto de una vez, qué me lo impide, acaso vosotros os habéis recatado alguna vez en ponerme pingando, en manifestarme vuestro poco aprecio, cuando no andan copas ni jaranas de por medio, por qué no os enteráis de una vez que el desprecio, las mofas, las carcajadas, las bufonadas me las cobro con interés compuesto en sablazos, en copas, etcétera, etcétera...» «Oye, sal de ahí... ¿Te pasa algo? ¿Quieres que te llevemos a urgencias?» «No, a urgencias no, ya salgo». Y nuestro hombre se lava la cara, se arregla el pelo y sale con la mejor de sus sonrisas, en plan animoso. «Venga, vamos.» Y la troupe sale a la acera a carcajada limpia. Los comercios están cerrados desde hace rato, la lluvia ha dado paso a un vientecillo helado, repentino, traidor, que limpia las aceras. Arrebujado, el grupo discute dónde ir a tomar «esa copa». Nuestro hombre con su gabardina da diente con diente, necesitaría un abrigo de cosaco, por lo menos. La siesta improvisada no le ha dejado como nuevo, no, sólo que una vez en el coche el Morsa agarra la guía de carreteras y le dice a la Picoloco «Anda, haznos un mapa de ruta», así como por ensalmo aparece la papela, «Viciosos, que sois unos viciosos», y en la superficie plastificada que se dobla peligrosamente prepara lo que se llama una continua y nada, lo de siempre, el coche se convierte en un bullebulle que se advierte desde lejos, parece una pelea, no, están mangando, no, tampoco, unos encima de otros con los abrigos puestos y el billete enrollado, «Joder, quita el codo» «Ves lo que te decía, que tenías, ya sabía yo» «Pero no te voy a estar dando todo el rato» «Ay qué rica, qué rica».

Y AQUÍ tenemos de nuevo a nuestro hombre, hecho un hombrico, sí por cierto, un milhombres, rodeado de lo mejor, de lo más granado de la andada cutre de la ciudad, hay que fijarse bien, que esto no se ve todos los días. En el local está reunida la mayor cuadrilla de manguis de la ciudad, el Majara, el Perolas, el Madriles, el Tigre, el Canalla, el Pocholo, Angelito la Ladilla, el Cantamañanas, el Enano, Dartañán, la Churrera, el Holli-

day, la Puerca, la Venenos, la Rata Loca, Ricky, el Igua-
lador de Bienes, Malalma... La Picoloco, los cuarenta
largos, como el Morsa, como nuestro hombre, como todos en esta historia, vestida de cuero como si tuviera
veinte menos, la cabeza toquiteada por un estilista para
ver de sacar algo de provecho juvenil, es la reinona in-
discutible de esta caterva, aunque no sea del oficio y sí
de codearse mucho con la canalla, la aprecian, la quieren incluso, porque sabe cómo impartirles ánimos, filo-
sofarles un poco sobre cómo hay que disfrutar de la vida
y cómo la disfrutan ellos, lo bien que se lo montan, para
enterarse de cómo va al mundo, Diotima de diputadillos
descerebrados que han descubierto, así, de pronto, la
vida, nada menos que la vida...

Esto de los apodos y los diminutivos tiene su poco de
tratadillo. No es sólo que a la desaparición de nuestros
dineros sucede la de nuestros patronímicos, sino que
son maneras del desafecto, consecuencias de tener un
trato excesivo, de la vida bovina, del no respetarse para
nada, de haber asaltado por la brava o con argucias la
intimidad del prójimo, «Es que le tengo cariño», mentira, y de las buenas, cómo le vas a tener cariño si estás
haciendo correr que don Jorgito, el inglés, vive encerrado en su casa viendo vídeos porno y masturbándose.
Imposible. Ahí, para eso, el diminutivo, el mote, el apodo, la coña. Buen sitio El Lugar, sí, un putiferio recon-
vertido, en la ciudad no hay quien no pase por el establecimiento, son unos pinchos, lo mismo te echan, lo
mismo se ponen dignos, «No queremos gentuza en este
local» dicen, y te ponen en la puerta sin que logres, jamás, saber el motivo, que le echen al huevero, bien, es
un broncas, que entra el jambo en el local y berrea
«¡Güevero!» y le dicen «No le servimos», natural, le conocen lo que se dice de toda la vida y saben que está
más o menos barrenado y lo mismo te rompe a patadas
el ambigú. No debe de saber ni san Pedro quién es el
dueño, a nivel de calle, como quien dice. Y sin embargo
es un local como muchos otros. Todos tienen lo mismo:
máquina tragaperras para que compita con ella Carcoma que dice «Oye, perdona, es muy interesante lo que
me estás contando, pero yo soy un ludópata» y se va a

echar doscientos o trescientos duros en el aparato, también hay marcianos, y unas dianas para tirar dardos en las que uno se juega la cabeza cada vez que va a mear porque tiene que pasar por donde tiran y si no supiera que tienen un pulso de boticario probado cada veinte minutos no iría jamás, pero a mear hay que ir o por lo menos al retrete que es de donde no salen estas murenas o estas pirañas, en los anuncios sale la perica en bandeja de alpaca y en las películas hasta de plata en sitios pinchos, aquí te dicen «Vamos a saludar a Roca» y hale, al camarote de los hermanos Marx, no cabe nadie más, pueden pasar, nadie, y un fondo de olor de spray y orines, al que a juzgar por dónde mete el personal las narices nadie le hace ascos. Aquí están todos, por un lado la ciudad que hace negocios y trabaja por lo liberal, la política y las artes y por otro, cientos de años de maco entre todos si reunieran los certificados de penales, no se vaya usted a creer, son sin embargo los padres, los venerables mangutas de la ciudad, nada que ver con las nuevas generaciones, nada, y nuestro hombre se encuentra entre ellos encantado, puro inter pares, no es el único, además está en compañía de la Picoloco, del Morsa y de Cafarelli, que entretiene y avizora la caza mayor a ver si pesca un jovencito; además está de moda sentar un manguta o un marginadillo en su mesa, rehabilitar a un descarriado, y aun más de impostar, venga o no a cuento un lenguaje chungo, del cobre, «¡Oído, cocina!», esto les va mucho a los letrados de jarana, para luego jactarse de tener conocimientos entre la canalla, de saber de qué va el rollo, no como los que están todo el día sentados en los despachos oficiales con la mandanga del bienestar social en el subsuelo, en el chirrión, aquí hay de todo, lo digo yo, que de esto sé un rato, ¿No va a saber de estas cosas el gran Perico de Alejandría?, yo sé mucho, pero que mucho, de esta ciutat, el que más, yo soy librico, manual y guía... A lo que iba diciendo, cientos de años de maco entre todos, gente bien bregada, cierto que ya no son jóvenes, pero éstos han hecho de todo, los hay que son trapichas, espadistas, asaltacaminos, reventamuros, atracadores de establecimientos bancarios que les llaman, el terror en su tiempo de las sucursales de las cajas de ahorros, le pegan un palo a su propio padre, antes más habrían sido maletillas, pero de eso casi ya no hay, o no se ven, han debido mandar recoger también a éstos, también boxeadores, costaleros, descargamuelles, ese de ahí, ese que ven con cara de pocos amigos, algo chupado, quizá sidático, dicen que fue gángster en Nueva York, nada menos que gángster en Nueva York, es tremendo lo que se puede llegar a decir en esta ciudad, eh, gángster en Nueva York, y un pariente suyo un príncipe de lo inmobiliario, ahí es nada, a joderse, hombre, lo que no inventará la gente, bien es verdad que el jambo ha caído un poco, no puede uno mantenerse permanentemente en la cresta de la ola, gente ya mayor, transgresores de condena, conocen de todo, las casas de socorro, las uvis y las ucis, las celdas de los penales, las de alta seguridad, el mogollón de alguna de provincias, las fugas, aunque bien es verdad que mantienen el prestigio a base de lances que sucedieron en un pasado cada vez más lejano, no sé si me entienden sus señorías, a ése, por ejemplo, unos maderos de paisano, cosa de ir dando mucho la barrila, leyendas que se cuenta, y luego no se pueden probar, le tiraron por el hueco de los urinarios de la plaza, sí, él sólo le partió a uno de ellos un taburete en la cabeza, se fue a Francia, exiliado político decía, buen tipo, legal, legal, de secuelas la cadera hecha polvo, no era para menos, todavía me acuerdo de aquel otro, tengo testigos, eh, pruebas fehacientes, lo encontramos una noche tirándose de cabeza por las escalerillas de la Estafeta, ay, joder, y en esto que aparece un madero pajo, aquella sí que fue buena, de las mejores, estaba nuestro hombre filosofando con un amigo del alma, buena pieza, de una sensatez probada como que lo más sensato que hizo en esta vida es coger las maletas y largarse de la ciudad para siempre, hacerse en su cortijo una pirámide de vidrio para meditar y cuando iban los peones a la faena por la mañana le veían allá dentro, meditando, en porreta, se fue bien lejos, al quinto pino, yo qué sé, a un monasterio tibetano, o lo puso en su casa, no sé bien, da igual, total que estaba todo cerrado, noche de verano, corría el cierzo que era un gusto, se estaba bien, y en esto que para un coche, uno de esos que van despacico por ciertas calles de la ciudad de madrugada a ver qué pescan, baja el tío y dar palique simpaticón, «Aquí vamos a tener lío», sí, «Quiero pollo, quiero pollo», decía el Rambo, no había pollo, el madero o lo que fuera que si no le aseguraban un *bisnes* no ponía el pollo madrugador, que tenía que ser precisamente en un parador para camioneros, y no en otra parte, a la gente no se le puede exigir demasiado, que luego sospecha y con razón, total que va el gorila este, le engancha la puerta delantera y se queda con ella en la mano, al tiempo que nuestro hombre y el compa le orinan, por hacer la gracia, en el asiento de atrás, y el madero o lo que fuera llorando con la puerta descuajeringada en la mano, «¿Y ahora qué hago yo?» hipaba, nadie sabía, nadie, podía haber sacado la pipa, pero no sacó nada, y mucho menos lo que había formado intención de sacar a pasear aquella noche, pero ya digo, esto son cosas de hace un montón de años, que el tiempo vuela, «cito volat et occidit», señorías, «cito volat et occidit», ahí es nada... Sigo, las celdas de castigo, el bar podía llamarse «La sexta del sesentayuno», por qué no, no es mal nombre, los manicomios, de todo, las mitades con ojos de vidrio, la cándida hace unos años hizo estragos, sí, muchos tienen sida, se van muriendo, poco a poco, sin hacer demasiado ruido, en eso hay que alabarles el gusto, según dice la Picoloco, los más bragaos bajan al cementerio, los más sentimentales van a la iglesia y salen bufando, cada blasfemia que tiembla el misterio contra el universo mundo, contra, si lo supieran, el orden secreto de las cosas, pero no, ya saben contra quién, y se unen a los otros funerales, a los nacionales, y aquel otro de allí, aquel... están acostumbrados a mangarse entre ellos y ése, el que más vocea, quiso ser boxeador, gran fajador, ¿o fue gran estilista?, no me acuerdo, Tito-Rambo el justiciero, tiene la cara oscurecida como el hombre lobo y las cuerdas vocales abrasadas por el trago, ahora se está metiendo entre pecho y espalda una bolsa de pastas de coco, es el Kropotkin de la barraca, habla como un iluminado, ojo que salpica, está mamao, está mamao, mamao como un piojo, sí, piojo, eso, éstos no tienen ni dios ni amo, son la basura integral de la ciudad, lo pior, lo saben, la cultivan, la resistencia contra el poder establecido, la auténtica, la dura, no se extrañen, señorías, se mezclaban mucho con los *borrokas*, se les quedaban pegadas cosas, frases, pedazos de discurso, párrafos enteros de panfletos que no iban a olvidar, joño, cómo iban a olvidar, les había costado lo suyo aprenderlo, sobre todo si eran de la ORT, un galimatías del que no se entendía más que el final, «tenemos la razón de la historia», de monederos falsos acabaron algunos, me parece recordar, y los abogados que hacían la revolución les alentaban a la rebelión, a la resistencia, ¡oh, sí! ésta es gente feroz, feroz, aunque en su descargo haya que decir que no tanto como los feroces etarroides (el guru dixit), pero para cosas de casa son lo *pior*, sí, señorías, y además odian intensamente, sí, señorías, intensamente, en eso son apasionados, odian a la madera, a los jueces, dicho sea con los debidos respetos y en estrictos términos de defensa, y además sus señorías lo son de un tribunal de sombra, así que chitón y a escuchar esta vez, odian, decía, a los ricos, a los poderosos, a los curas, a todo cristo, un odio intenso, irreversible, perturbador, por eso nuestro hombre satisface con ellos sus pujillos anárquicos, a nuestro hombre, no vayan ustedes a creerse, le gusta a morir la transgresión, pero que no se entere nadie, o eso al menos es lo que él cree, y anida en su interior mucho odio, mucha humillación, real o imaginaria, cultivada con esmero, con cuidado, como flor de invernadero, como esta clientela, a buen seguro que si le propusieran acompañarles a dar un palillo iría, hay quien lo hace y luego dice, «Para que veas la de cosas que yo he hecho en la vida, hasta estuve mangando, fíjate, mangando, cuánta experiencia tengo, no como los escritores», y aquel otro le pegó fuego a un puticlub, por un quítame allá esas pajas, que si la bebida, que si ya no son horas, que si «¿Pero no decían que aquí había putas?», que si que te vas a la calle, un mamporro para aquí, otro para allá, la rubia, un carcamal que había trabajado de prostituta en Tánger o en Casablanca, no me acuerdo, no estuve además, así que no puedo asegurárselo, ya me suelen decir, «Hablador, más que hablador», total, botellazo, y el marido, un antiguo de la legión extranjera francesa, que enarbola un cuchillo y el otro, vale, tío, de acuerdo, ya me voy a la calle, extramuros, donde los inmigrantes, donde las broncas, donde las circulares de la Fiscalía General del Estado, anden, anden, échenles una legañada, ya verán qué cosas ponen, se va para casa, coge una lata de gasolina y fuego, fuego, y hasta pagó los platos rotos el que no era, sanjoderse... Cosas de esas que pasan en las madrugadas, claro, sus señorías no andan, cómo van a saber, eso es lo que dice la Picoloco «Aquí para saber hay que andar»... Están vivos de milagro, es gente que desaparece de escena una temporada, vacaciones pagadas que le llaman, cada vez son más pequeños, más chapuceros en sus palillos, pero cada vez son más gordas y más largas las condenas que les caen encima, salen avejentados, baldados, enfermos, venga de toses y con los papeles de los análisis y las recetas y las mendicidades en el bolsillo, cosa, como digo, de aquella gloriosa de infausta memoria sexta del sesentayuno, ya me entienden ustedes, aquella reiterancia, otras veces desaparecen para siempre sin que nadie llegue a saber cómo, dónde, por qué... en fin. Y así, en tan escogida compañía puede nuestro hombre satisfacer sus ansias ocultas de reventar, con esta gente está bastante a gusto, tampoco es cuestión de exagerar, le gustan a ratos, muchos han sido clientes suyos, de forma que puede pavonearse un poco, lo justo, no es el único toguilla que lo hace, ya les he dicho que eso de sentar un manguta a su mesa está de moda, o un manguta o gente de la marginalia diversa, gente animada, de trueno, lo hacen todos, los poderosos de turno, los diputadillos, hasta que suelen comprobar que han ido demasiado lejos y que hay que dar marcha atrás a toda prisa, cosa de asegurarse los polvos para la nariz, cosa de no hacerle ascos a la vida, de ver el otro lado, de estar enterados, de rodearse de majeza, toreros, cantaores de barbecho, y gente del bronce, como aquel borbón al que le olía el aliento a podre que tumbaba, cosa de que les diviertan, de tener bufones, como la Picoloco, sin ir más lejos, pero no hay que decírselo, que se molesta, ella es otra cosa, una amiga de verdad, una consejera áulica, Diotima, guapa, angelico, pichón, generosa, y además, no haya cuidado, le gustan a ratos, sí, a ratos, luego se los quitan de encima, se los sacuden, los echan a las tinieblas exteriores y al llanto y crujir de dientes, caen en desgracia, no vuelven a untar el foie genuino en la panarra, como hacen ellos, y a mirar la ciudad desde lo alto de la noche y con los prismáticos cerrados... A nuestro hombre le gusta parlotear con iluminados, quien más quien menos se ha metido ya a esta hora sus porrillos, cuando no algo más contundente, le gusta que le den la brasa, suele pensar entonces en otra cosa, ni se entera, es cobista y cretino, y siente un placer especial, él que en el fondo es amante del orden y las tradiciones, de todas, cuanto más entrañables, mejor, en identificarse con esa verborrea, que no lleva a ningún lado, en compartir ese odio, ese rencor, ¡oh!, gran cosa los rencores ajenos, ese odio hacia la gente de orden, los hombres de la tradición, los políticos corruztos o no corruztos... Y dale con los hombres de la tradición. ¿Podría dejarles en paz un rato, no? Pero no, él dale que te pego con los caballeros españoles fules, con los hombres de honor doblemente fules, unos hideputas seguro, si lo andan proclamando, sospecha, sospecha, a saber, a saber qué serán en el fondo... Ítem más, ese rencor hacia la gente de orden, respetable, hacia los modelos de caballero, figurines de sastrería, de ropavejero, por los militares, por los curas, los poderosos, las leyes, los jueces, los de la administración de justicia, los bancarios, más que los banqueros, porque con los primeros el trato es obligado y a los segundos no conoce, y hasta sus propios compañeros de toga, todos en confuso montón, y con ellos, junto a ellos, él, un fracasado, que es lo que piensan muchos, casi todos, Juan Carcoma sin ir más lejos que va y le dice él al tiempo que le mete una limosna de perico en el bolsillo, «Tú ni tienes pasta ni sabes lo que es tenerla» y nuestro hombre agacha la cerviz diciendo amén y se mete lo que le dan, el pre cuartelero, regocijándose por lo bajo, con una sonrisa de caimán que mete miedo, de la pareja de ases que lleva en el bolsillo, dos papelas y sin cortar, «Tienes razón, Carcoma, no tengo un duro, tuve, pero lo perdí todo... ya sabes lo que es eso», todo así, como en una comedia de Historia Sagrada, no, no llega en el fondo a ser un fracasado, no del todo, buscaría, si supiera, si osara, confundirse con ellos, ser uno más y sin embargo hay algo que le retiene, desaparecer entre esa gente cuyo nombre olvida o ignora, detrás de esas miradas, de desquicie, de odio, de resentimiento, de estupidez y bestialidad, sucumbir en la música de estos altavoces, puro aullido el de Tom Waits, que berrea algo de la cama del diablo que con tanto barullo no se entiende bien, ser uno de ellos, sin correr demasiado riesgo, sin perderlo todo, eso es lo difícil, claro que, qué es lo que tiene nuestro hombre que perder, algo precario hasta decir basta, algo que ni él ni yo ni nadie sabemos si es cobardía o simplemente una lejana, lejanísima luz de esperanza, o el dejarse llevar a ver que pasa, pues nuestro hombre, todo hay que decirlo, no es muy arriesgado que digamos, le da miedo lo de acabar en el maco y desde luego como ande manejando, como anda, las finanzas que maneja, acabará dando con sus huesos en el mismísimo talego y en la ignominia y, en fin, en todo lo que quiere pero no quiere, a ver si me entienden que esto no es un acertijo, ir para abajo, bien, pero darse un morrazo en pozo seco, eso no... Y la de hoy es una sesión de trueno particularmente agitada, rock and roll, sonidos guturales, aullidos. ¿Y ellas? ¡Oh, ellas! Menudos bombones. Tías geniales. Alguna va más picada que un acerico, las dentaduras hechas cisco por lo general, cerveza hasta hartar, luego hieden a orina, a cebollón, a patchulí, llenas de colgajos, calzan bota dura, de madrugada se ponen pesadas, se frotan contra el que tengan al lado, se buscan un apaño si no anda por medio el chorvo que les asegura el material, por el refinado, delicado, tierno procedimiento de echarte la mano al paquete. No salen de sus buhardas hasta que oscurece, luego desaparecen en antros parecidos a éste y vuelven a escurrirse pegadas a las paredes... Pero no siempre es así. En otras ocasiones, como puede usted figurarse, nuestro hombre es más comedido, más sosegado, más tranquilo, y aquí, como le digo, en este salón de pasos perdidos, están todos matando la tarde, matando la vida, sin exagerar, eh, sin exagerar, como nuestro hombre que a estas alturas debería haberse hecho un ciudadano de pro, un hombre hecho y derecho, nuestro hombre, qué quiere que les diga, esfuerzos ya ha hecho, sí, ya hizo, pero le ha faltado constancia, estar a lo que se celebra, saber quién demonios es en realidad y no lo sabe, no lo sabe o no lo ha querido saber nunca, no lo sabe, ése es su error, no sabe casi nada, es pura confusión, puro aturullo, pura perplejidad ante las cosas hermosas de este mundo —que haberlas, las hay, eso dice, yo he visto fotografías—, que en medio del barullo también las percibe, las olfatea, al final del túnel, en la boca de la alcantarilla en la que se ha quedado atascado, y todo por bajar a mirar, y así no se puede ir a ningún lado, así a lo más que se puede llegar es a lo que ha llegado nuestro hombre, a nada... Y aparece el otro, el Fonfo, ojo con éste que tira a dar, haciendo unos gestos que sin duda habrá visto en alguna película, a lo Elvis Presley, resopla y se retuerce mucho, se arremanga para que nuestro hombre vea los tatuajes de la legión, ésta parece una barrila desaparecida y todavía dura, parece Hércules en uno de sus municipales trabajos, posturitas, que diría un pariente bujarón que tuve, se trabaja la entrepierna, mete el vientre y saca el culo y viceversa o así, como un torero al que le hubiesen calzado mal los pantalones, ella, una rata, ropa negra ajustada, levantada en alguna boutique de lujo o simplemente comprada a lo bestia con billetes enrollables con sólo mirarlos y difícilmente desenrollables, pintarrajeada hasta parecer una momia, tacones de aguja, para darse un trompazo, dieciocho años, dice el chorvo con un expresivo gesto, la legítima en la acera esperando, esperando algún cliente y los dos riéndose, debe ser cosa de disfrutar con la humillación o así, en eso el jambo es un experto, un experto, la tiene más pinchada que un acerico, hay que verle la cara de dolor, de implorar otra vida, otra dosis, o algo más profundo, la imposibilidad de continuar, la completa desesperanza, eso se ve mucho, pero todo el mundo aparta la mirada, aparte de que hay quien no lo ve jamás, y la chorva imposta cara de pura malignidad, más que de mujer fatal, y el Fonfo se jacta de tener una piba joven, lo dice él, no nosotros, el jicho no es argentino, no crean, sino que habla como los canallitas con los que ha traficado en perica, montado un puticlú glorioso, cada bronca de las mil hostias y la basca, viejos amigos del colegio o cosa así, se metía las putas y las copas a la hosca, «Oye, apúntame lo que se debe» siempre enredado en la madeja de los abogados, las letras de las financieras, legionario, todo un hampón, todo un hombre duro, lo tenían que coger de modelo para hacer muñecotes de esos articulados para críos, cualquiera podría contar su historia y él la cuenta sin reparo alguno... O la historia de la mejor clienta que tiene este momento, de esas que se dice «de familia de toda la vida», es decir, una vida machacada, sin más, «Jodé, chico, cómo la hemos puesto, la tía quería más, y más, y nosotros a darle, una estiva que para qué, le va la marcha, estas viciosas con tal de meterse perico son capaces de cualquier cosa —va contando el duro malevo al tiempo que se masajea el bíceps y mueve la clavícula para relajársela como un cómitre de galera después de una dura jornada de darle mamporros al tambor—, el otro día nos dejaba chivarnos a sus dos hijos a cambio de unas papelinas, y además priva, eso es lo malo, joder, que es una borracha, y yo no aguanto a las borrachas, vale, tíos...». Nuestro hombre que se ha quedado prendado de las historias del Fonfo más que nada para ver qué es lo que cae gratis, no ha reparado en que el Morsa se ha puesto serio, se ha sorbido los bigotes empapados en güiscazo y en compañía de la Picoloco que pretextan estar repentinamente muy cansados, tal vez sólo asqueados, y nuestro hombre no se da cuenta de la diferencia, él a lo suyo... Las veces que el Morsa se larga solo y va despacio, despacio, porque también tiene un corazón que va despacio, que nuestro hombre haría mejor en escuchar esa música que no las botasillas que se arrea con el menor motivo, alicaído hacia su casa, arrebujado, cabizbajo, melancólico. Se han escurrido, de hecho no ha pillado ni las excusas. «Vaya, me han dejado solo, tanto lío para esto. Debo de tener lepra, si no no lo entiendo. Un par de copas y se me esfuman. Que dicen que tienen vida privada. Yo también. Y ahora voy a tener que gastar de lo mío, mala cosa, demonio, mala cosa.» Así que se marcha para la calle, da unas vueltas por el barrio, del que no hay nada que decir, al menos no aquí, y va abriendo las puertas de los bares que encuentra a su paso, más que nada para ver si encuentra a alguien conocido con quien pegar la hebra y rematar la faena, y eso que ya va a bodega llena, así que se deja ir a la deriva hasta que se apalanca en una barra mirando hacia la puerta a ver si aparece alguien, que es lo suyo, «Como no aparezca alguien voy a tener que irme a casa y eso no procede, podría encontrarme con alguien, mira, ahora la Angelita estaría bien, igual hasta quería meterse algo, no sé, es rara, como estos dos, qué mosca les habrá picado, antes no se iban así de fácil, no debemos ya de aguantarnos, joder, tantos años para nada, en el fondo así por encima, lo que se dice por encima, no tengo ni idea de quiénes son, va ésta y se pone triste, dice que le da la depresión y el otro también, y se me van cada uno por su lado, no entiendo nada, nada... Hombre, mira por dónde...». La puerta del bar se ha abierto para dejar paso a una lumbrera de la ciudad, un filósofo con el que nuestro hombre fue al colegio de los padres jesuitas antes de que le expulsaran y el otro se fuera al seminario y se perdieran de vista. El filósofo quería meterse jesuita o ermitaño, pero a donde fue a parar fue a la cárcel pasando por el TOP, su voz era de obligada escucha en las asambleas del fin del franquismo, después quiso montar algo parecido a las Brigadas Rojas y escribía unos textos incendiarios, sabe una barbaridad de casi todo y ha publicado unos libros de versos geniales, de esos que dicen «Bajo el sol / la piedra esplende» «Bien, muy bien, y ahora qué... ¡Ah! ¿Nada? Yo pensaba»... El filósofo, gran tipo, una lumbrera, un pensamiento acerado, riguroso, exacto, afilado en la dura piedra del seminario diocesano de la localidad, como casi todo el que pinta algo en este país de las pirañas, que no se pueden quitar el albarde de los curas de por vida, y venga de latinajos para aquí y para allá, «Hombre, Pedrito, tanto tiempo sin verte, ¿Tomamos una copa?». Pedrito Arenillas, el filósofo, respetado profesor de ética, por correspondencia, claro, le mira a nuestro hombre con verdadera desconfianza, no se fía, no se fía ni un pelo, sabe que las andadas en su compañía raras veces terminan bien y además, hoy, se le ve, no está para mucho. «¿Qué tomas?» «Pacharán» «¿Seguro? ¿No quieres algo más fresco?» «No, yo quiero algo de verdad» «Vale, filósofo, como tú quieras» y empieza la ronda de pacharra foral, a esas horas la pacharra no augura nada bueno a nadie, ni a esa hora ni a ninguna, es puro veneno, pura mierda. «Bueno —se dice nuestro hombre—, un rato de palique con el fenómeno este hasta que me entre sueño». Pero nada, enseguida apareció una loca bajita, majarona y ratera, un poco puerca, sólo un poco, de las que dicen «Se tomó un ajo y se quedó colgada», hace diez años, lo menos, y da, de verdad, escalofríos pensar lo que será de ella dentro de otros quince, si está viva, que lo dudamos, lo dudamos... Total que el filósofo, avizorando caso patológico y monstruo a la vista, o las dos cosas, pasa de nuestro hombre y de la charleta en plan serio, ese repulsivo gusto por las especulaciones filosóficas fules en la barra de un bar de madrugada con bien de ginebra, lo lleno, lo vacío, el continente y el contenido, el ser y la nada, lo de dentro y lo de fuera, lo real y lo irreal, el significante y el significado, un galimatías repugnante. Malas de veras las copas que empiezan con frases como ésta, «A mí me gustan mucho los juegos de lógica matemática», malas de veras. Fue como si a un cazador de safari que ha andado todo el día con su negro para aquí y para allá en busca de un mandril, pongo por caso, o de algo raro, porque es lo suyo, como lo del Mungo Park, se dice, «Hoy no vamos a hacer nada... venga, Mustafá, prepárame un gintonic» y el otro «Sí, bwana», y de pronto, zas, el mandril, verde, azul, anaranjado, como el del padre Sarmiento. Pues con la enana majarona lo mismo. Su nombre de guerra era Épsilon, pequeña y despreciable decían los graciosos. El filósofo que estaba preparando un libro que iba a titular «Sexo y tinieblas de la conciencia» y llevaba, como nuestro hombre, los sesos amasados en uvas y el alma embutida en un lagar, tenía un balanceo que presagiaba lo peor, marejada, de esa que mandan recoger las embarcaciones. La Épsilon, a vueltas con los porros, «Para mí que el porro con el pacharán con hielo te va a sentar mal, tú verás», y el esoterismo, no sé qué de unas piedras mágicas de los vikingos para sentir el centro del universo, y el filósofo traspuesto, «La piedra, aritz, elemento fundacional de nuestra cultura, de raíz preindoeuropea es lo que nos identifica...», una tabarra imposible, de las de meter el morro en el gintonic y no sacarlo, como una máscara antigás, decías, no, nada, aunque ahora que lo pienso vete a saber si las especulaciones no son por mor de echar un polvillo curioso, pero el caso es que parecían un par de esfinges, venga de echarse acertijos, cosa más que nada del pensamiento embrionario, no de las adivinanzas, puro séptimo cielo, que hasta nuestro hombre pensó que a lo mejor el filósofo, que también iba sorprendentemente cargado hasta los topes, hasta las amuras, a bodega llena, qué caramba, de pacharra foral, cuando eso se mete por el cerebro es trrremendo, creía que en vez de tener tratos con la Fiú, que era ya una muerta —inenarrable vocación de salchichón a orillas de un ribazo le rebanaron el pescuezo y más cosas y hasta ahora, algún majarón que andará suelto por ahí y repetirá la faena si le ha cogido gusto, así que ya saben, no se fíen de los ribazos, no hablen con desconocidos—, tenía tratos lo menos con Dorothy Lamour, por lo menos Dorothy Lamour, con los papeles de pronto invertidos de fugada de frenopático, de desahuciada, «Soy una terminal» dice de pronto la enana, ¡Ay, joder!, de esas irrecuperables, p'allá, del todo, vamos, el edén del filósofo, con la que correrse una bella historia, hermosísima, sí, de amor y muerte, en plan enfermera, como las de la P.G.M. toca y capa azul, nada, se le echó encima, la abrazó «Eres el amor de mi vida», dice, sí... Bueno, el caso es que el local se ha ido vaciando y se han quedado solos, en un rincón, junto a la puerta lo que se dice «una cuadrilla», cuando de pronto estalla una trifulca de los mil demonios, parecía que el filósofo se había ido a por tabaco, pero no, se ha tropezado, que no otra cosa ha podido suceder, no vemos bien desde aquí, eh, Matías, hay mucho barullo, se ha tropezado, decía con una jefa y con su chorvo y por lo que vemos hasta con su cuadrilla, esperamos que control nos confirme... Matías, no se oye bien, me oyes, Matías, sí, sí, Matías, te escucho, te escucho... No, no nos oye, qué salchucho, señores, qué salchucho, de campeonato, qué organización, señores... (Art. 10 del C.P., agravante 13: «Establecido como probado que los procesados se encontraban en el establecimiento de autos armados lo que se dice hasta los dientes, hasta la bola, armados de qué modo..., etc., etc.), la emprendió a bolsazos con el filósofo que a la sazón seguía haciendo el juanitarreina, contoneándose, amariconado, «Pero qué demonios le ha pasado a éste», se pregunta nuestro hombre, que recibió una ración de inmoderados bolsazos, a la que siguió una de bofetadas, soplamocos y empellones «Pero cacho bobo, pero qué quieres, pero qué te passsa —cachete va cachete viene—, desgraciao, soplapollas, tío bragas» y la del bolso a la carga dialéctica también, sí «Amargao, revanchista, resentido, pobrete, pero habéis visto cómo huele —joder, a qué iba a oler, a pacharra—, so pobre». Ay, zambomba, ésta sí que es buena, so pobre dice, en esto igual que la Picoloco que un día de huelga general que andaban los piquetes por la calle, es decir, grupos de obreros paseando tranquilamente por las aceras, va y pregunta «¿Os habéis dado cuenta lo feos que son los obreros?», aquel día los nietos del Iglesias estaban que bufaban, se metieron una buena comilona para templar los nervios y los bufones venga de vergajazos para aquí y para allá, venga de agitar los cascabellillos para ver si les alegraban el alma, se lo tomaban como una cosa personal los diputados que estaban en el escaño por ver de arramblar unos duros sin hacer gran cosa, inflar la vanidad, escurrirle el bulto a los complós de un claustro de enseñanza media, a una escuela remota, remota, a un despacho profesional mediocre... Decía que los obreros eran feos, se había mirado ella en el espejo, y el otro, el gran tenista, un héroe, un sabio, de los que saben estar, la sentencia definitiva, estúpida a tope, para partirse la polla de risa, «Eres un panoli», nada más y nada menos que eso, «panoli», a veces no hay nada como una palabra oportuna, y nuestro hombre sin saber qué hacer, todo el armazón ideológico, toda la mugre oxidada de lo que podía alguna vez haber pensado, todas las patrañas enmohecidas de pensamientos de saldo, de segunda, de tercera mano, puro arrastre de mentecatez, sin saber nada de lo que allí se hacía. El filósofo, por su parte, imposta la voz, contonea las caderas como pachanguera caribeña y les canta lo del caballo y el pinar y el me dijiste ámame o algo así o era lo del rubio como la cerveza que vino en un barco, no nos llega bien la señal, pero lo hace con un garbo que para qué, al tiempo que recibe las bofetadas, kirieleison, kirieleison, «Esto sí que es estoicismo», pensó nuestro hombre con admiración sincera y entre brumas y vapores de su particular hamann, también pensó si al filósofo, además de piporro, le iba la marcha de los palizones, pensó eso, pensó muchas cosas más o nada, que viene a ser lo mismo si se arraciman, hasta que se le ocurrió ir a echarle una mano, no fueran a darle de verdad una tunda, lo que les dio a los tronados una buena excusa para rematar la faena al grito de «¡Tú no te metas, que encima te vas a llevar dos hostias! ¿Pero con qué gente andas?» «¡Ahí va Dios! ¿Y éstos quién se creen que son? ¿De dónde han salido? ¿Del sobaco de Buda? Ñañaña» «Dejadle en paz que no os ha hecho nada»… No consiguió sino que les llevaran a empujones hasta la puerta, que subieran apenas la persiana metálica y les sacaran por debajo entre insultos rebuscados y mojicones y les dieran de despedida sendas patadas en el culo, al filósofo, a la loca bajita y a nuestro hombre, que le puso fuera de sus casillas, pero para cuando logró incorporarse allí no había más que una persiana metálica cerrada insensible a los puñetazos y a las patadas y a los muy rudos juramentos. Sólo los que estaban parapetados al otro lado de la persiana del bar debían de saber el por qué de aquella situación tan bufa, tal vez el filósofo había infringido alguna de esas reglas que quienes han crecido entre jesuitas, Tennis Club Lawnns, fuenterrabías, el Roma de Serrano, el Náutico de Las Arenas, ya fallecido, y demás zarandajas, saben, conocen, algo sutilísimo, casi invisible, el honor, la honra, la clase, el saber estar, y todo eso, sí, y sobre todo el manto de silencio que cubre las chapuzas, los desfallecimientos, que todo lo oculta, aunque bien es verdad que el filósofo podía estar buscando nuevas sensaciones, los enemas y la humillación entre ellas —eso, dicho sea de paso, no lo hacen más que los que nunca han conocido una verdadera humillación, sorda, silenciosa, amordazada, casi secreta, continua—, pues en ese caso las había encontrado, ahí las tenía. Con esto, la jacarandosa troupe, más bien tristísima, morromorro, de nuevo en la calle, en su sitio, donde comenzó el filósofo con la murga de la atroz ofensa, la vendetta y lo del jurar odio eterno a los romanos, como el caníbal de los elefantes o del me vengaré, ya lo veréis, interrumpiré vuestras orgías —que esta de Monterone es una de nuestras músicas de fondo—, «¡Chulos, señoritos, parásitos, quiero morirme, quiero matarme, me vengaré. ¿Humillarme a mí unos señoritos? ¿Pero cómo?» eso, ma che cosa, y alzaba bíblico los brazos al cielo seguido por la majara minúscula y por nuestro hombre que pensaba «Caramba, caramba, tampoco es para ponerse así. Pero qué le pasa a este tío, pero qué le ha dado, el mal vino, la pacharra foral. ¿Ahora se entera de lo muy suyos que son los señoritos, ya mayores, ya viejos, ya de otra galaxia, y de su natural pendenciero y bobo? A saber».

Bueno, el caso es que el filósofo no quiere irse para casa, hace rato que los bares de lo normal han cerrado sus puertas, y por algo más que por lo de Europa que dicen los beodos profesionales: «Que se ha terminado, se ha terminado, nos han quitado nuestras señas de identidad, ya no podemos beber, nos van a encerrar en casa, eso es un atropello, esto es la consecuencia de vivir en horizontal, del cortacésped y de la barbacoa, a nosotros los nischianos no nos están dejando espacio.» «Venga, vamos al *Quehayluz* que está aquí al lado.» El *Quehayluz* fue mote y hoy es nombre con miga, dicen, es un antro madrugador donde los haya, el sumidero de la noche, el embudo, el patín, el espejo del destrozo, del desvarío, una suciedad imposible, en tres o cuatro minutos todo perdido, oiga, una suciedad *a*psoluta, que diría Aznar, para meter una recogedora, todos los travestis con la barba crecida, los maquillajes cayéndose a pedazos como revoco mal puesto, las faldas de pantera, las medias corridas, seres monstruosos bajo esta luz con un apetito terrible, arrasados por la noche, borrachos, pinchaos, bronquistas, putas, chulos, andarines irredimibles, jitos, negratas, el ruso, gente bien, gente regular, ni siquiera noctámbulos, algo más duro, gente del dominio de la noche y gente del *vivalopior*, hay que oírle las carcajadas al Averías, cuando echa este grito de guerra, encendido, los yodokimbis puestos, ya bizquea, ya muequea, los moscones, los fugados del manicomio, el Francés y el Boxeador, que se escapan todas las noches del manicomio, ya enganchados, se dan de cabezazos en una esquina y sangran de los hocicos, los desesperados, los hampones, todo lo más granado, los propietarios de los últimos improbables tabernones como ese Perlita, impresentable bronquista que ahora le está buscando, sin venir en absoluto a cuento, la boca a nuestro hombre, tío chungo cuando anda bebido y cuando no, también, violento, cobardón, abertzale mierdoso… Y el filósofo que de pronto se arranca para el wáter a empujones, «Joder, que me has tirado la cerveza por encima», hecho un primera figura de una mala tragedia, subía las escaleras clamando venganza ante la pasajera y general irrisión de la parroquia, «Éste me va a hacer algo gordo», pensó nuestro hombre, mientras en los bajos arreciaba el griterío y el vocerío del puterío, «Ir poniéndoos en fila que empiezo a dar hostias» decía un travesti recién llegado a la vista de las generalizadas carcajadas que provoca su entrada, un tío renegrido, cubierto de pelo como un gorila y vestido poco menos que de hada, gritos guturales, relinchos, las caras pintadas como mascarones, pidiendo comida y bebida, esa voz del fondo «¡Tú eres una transexuala, so guarra!», pidiendo cazuelas de alubias blancas y rojas con mucho tocino y mucho chorizo y un vaso apretado de guindillas, y otro palmero de cerveza o peleón de ése de los anuncios que deja corronchos hasta en el plástico, cazuelas de chorizos en su salsa, grasa petrificada y rápidamente convertidos en algo como de feria de muestras si es que tiene razón el que fuera, o fuese príncipe de los gastrósofos, cuando dice que usted no tiene ni idea de lo que se puede hacer con un microondas, de todo, oiga, de todo. Fíjese en ese lomo, amojamado, no, de charca, dése la vuelta y ya está, un plato que ni de oficina de promoción del turismo de las de antes, o de los que aliñan para los gastrósofos del nuevo turismo, reluciente, borboteante de grasa. Y los pimientos qué me dice, de madrugada entran superior, alegran cualquier paxarilla, qué me dice, pero qué me dice, si están diciendo cómeme, cómeme, ñam, ñam. ¿Y esas albondiguillas grisáceas? ¿Y esas geniales salchichas a base de picadillo de cerdo y pollo, secreto de la casa?, gris momia, como uniforme de mierdas de los de antes y todo lo demás, pimientos rellenos, manos de cerdo, de ministro decía Pepito Grillo, (a) el Chino, ya llegaremos a este oligoide, y se reía como si hubiera dicho una gracia, hale a reírse, pero qué me dice si ésta es la tierra donde mejor se come del *bundo*... ¿Y esto es el no va más de la noche? Pues vaya, ¿pero no decía la Catorza que ésta era una ciudad con mucha marcha?... La Catorza era una vecina que vivía en el número 14 de una calle sombría con olor a salazones y a humedad y a pimentón, que tenía lo que se dice una lengua perra, allí donde ponía la lengua era como echar salfumán por las cañerías, lengua sulfurosa, no, pues éste lo mismo pero de bulos, infundios, maledicencia, etc., etc... Y el local a rebosar, y eso que es jueves, crisis, joder, qué crisis, aquí no gastan de eso, van y vienen las cazuelas, los panecillos, los gritos obscenos de éste y de los otros jambos patibularios que parecen recordarse mutuamente sus hazañas de los patios y galerías de celdas de Carabanchel, La Modelo, Basauri, etc., etc... No hay paraíso posible para esta humanidad, ni paraíso ni futuro ni curro ni esperanza ni hostias que lo fundó, que larguen éstos y los otros, íbamos a escuchar todos música celestial, el himno de la alegría se iba a quedar encogido, no ha habido nunca, jamás, puaf, puta mierda... Y los dandis que se dicen ellos, que han visto algo en la televisión, algún día alguna tarde, una jamona que en vez de sonreír parece que te va a tirar un bocao a la yugular, dicen «Pues a mí me gustaría ser como Villalonga» y el otro «Pues a mí como Villena», ¿A ver si va a ser verdad que la televisión hace daño al celebro? Ay, joder con éstos, con los dandis del pueblón, son cojonudos, todos al mando de la Catorza, un costal de mala intención, del brocha loca, del plumerillo encantado, ni me invento ni escondo nada, que es que se llaman así entre ellos, lo sabe todo el mundo—, «Pero qué color, qué color tiene la noche, qué ambientazo, queee fuerrrte», la cara arrasada por el pericón, cuánto arrobo, cuánta hostia en vinagre, en vinogrado, en hostias en vinagre, hay que buscarle encantos a la noche, rozarse un poco con la canalla, oler aunque sea de lejos las emociones fuertes y mañana a la oficina, al despacho, al estudio de diseño, a la emisora, a la consulta, a la publicidad, a las asesorías vagas, difusas, brumosas o a ningún lado, al apaño, a la tienda, al mostrador del honrado comercio de la plaza, al negocio paterno ya tocado del ala, y a comentar sesudamente cómo está el mundo, cómo va a estar, pues mal, rematadamente mal, hablar de la marginación con conocimiento de causa, como un diputadillo, «A nosotros nos preocupa mucho el problema de la droga» «Y a mí también si estuviera en su caso, porque un día, cuando se le acabe el chollo, cuando usted y sus amigos, el Algarrobo incluido, se hayan ido para casa no va a poder conseguir con tanta facilidad los polvos para la nariz», como un especialista, como un electricista, como un sociólogo —sinónimo estupendo de cuco: el sociólogo es un vivo que sabe dónde hay que estar y dónde no, pone un pie en el poder y otro en la hostelería y no se baja, que han tocado a llenar el zacuto—, míralos, ahí están, con los últimos logros del último barbero de moda en la cabeza, oing qué cosas, mirando con disimulo a su alrededor, el zurriburri pavoroso, que se desarrolla frente a la barra del establecimiento, el trajín de cazuelas grasientas de apetitos insaciables, de últimos apaños y tardíos tratos, la gracia que les hace «Pero, fíjate en ése, cómo está, pero cómo está, qué fueeerte», se refieren a ese del rincón que se le escurre el codo, uno que apenas se puede tener en pie y que moja una salchicha ya fría en un café con leche casi derramado del todo y aire soñador, más soñador que soñador, de la misma forma que aquel otro moja un croissant revenido en una caña, coño, les hace gracia a los modernos, les divierte a esta guapa gente, les entretiene, les alegra las paxarillas… Y a todo esto que el filósofo que no aparece, que no baja de los servicios, y nuestro hombre escaleras arriba, «Con permiso, con permiso», no vaya a ser que tengamos jodido el fin de fiesta y allí se lo encuentra, revolcándose en un charco de orines, hecho una pena, todo un hombrico, si es que los escritores son la monda, necesitan emociones fuertes, si no de qué iban a escribir semejantes dislates a base de eros y tanatos y pathos y eleusis, el caso es que el filósofo andaba con la cabeza metida en el retrete y diciendo «¡Quiero matarme, quiero morirme!», hablaba canalón para abajo y nuestro hombre se dice con buen humor «Coño, a ver si va a haber alguien ahí abajo. ¿Con quién demonios estará hablando éste? A saber a qué raras criaturas de las profundidades dirige su queja, sus agravios, su grito del mundo, su canción de la tierra, su alegato de último mono... Monterone, levanta, que sí, te juro que interrumpiremos sus orgías... Joder, también me podía haber pasado a mí, solidaridad total entonces...» Total que en el agujero aquél había una peste que para qué, joder, y el filósofo todo untado de aguas menores u otras suciedades, de arriba abajo, albardado en orines, y al menor respiro dale con meter la cabeza en la taza, y la metía bien honda, «Quiero morirme» «Bueno, eso ya lo has dicho... Saca esa cabeza que te vas a ahogar, joder, que no es para ponerse así». Pero nuestro hombre en un arrebato de buen humor, desea y acaba haciéndolo, cosa de ver de romper el hechizo o simplemente de joder un poco la marrana, total ya puestos en aguas, acaba, digo, bajando la tapa, poniendo el pie encima y tirando de la cadena «Toma muerte, bribón, toma muerte» «A ver si le espabila la catarata» «¡Pero qué pasa ahí adentro, pero qué pasa!» «¡Abrir, maricones, que os vamos a sacar a hostias!» Y el otro allí debajo de la tapa, disfrutando, o algo así, porque se quedó un momento inmóvil, espatarrado, la catarata le debió de refrescar lo racional y fue saliendo lentamente, se irguió, recuperó su dignidad humana un tanto maltrecha, pasada por aguas mayores, menores y medianas, y siempre corrientes, y molientes, y es que los aprendices de Artaud y de las enormidades son la monda... A nuestro hombre se le despiertan también los instintos asesinos, anda por la cuerda floja, por la maroma floja, de una razón ya más que deteriorada, la puerca enana le ha tirado a nuestro hombre un segundo vaso de cerveza por encima en plan *happening* y aun lo decía «Mira, como en Ibiza» y el vaso por encima, o acaso le ha hecho mella el escándalo del retrete, joder, qué arbitrariedad, ni que fueran los baños de Popea, el camarero que echa la puerta abajo, el pestillo como una perdigonada contra los azulejos, y él sacando al filósofo del agujero, «Pero no veis que está enfermo... un poco de piedad, no» también habían hecho lo propio con la puerta del retrete de al lado donde una jefa se estaba metiendo un pico que para qué, ponía cara de arrobo con la jeringa colgando del brazo... Total que nuestro hombre abandona al filósofo a su suerte, es decir que lo deja abrazado a la enana majarona, escurre el bulto, se va a la calle, sin mirar, sin pensar en otra cosa que en largarse cuanto antes, se ha acabado la función, eso piensa, y de nuevo es la calle, la cuadrícula de los ensanches, otra vez es la gente que comienza a pasar de un lado a otro arrebujada, el día al revés, eso no hay quien lo pare. Total, las cuatro de la mañana y nuestro hombre de nuevo solo y de regreso a pie hasta su casa. En el aire una tenue bruma y una fina llovizna que le refresca el rostro. Atraviesa, por alcorzar, dice, el parque donde hay un fuerte olor musgoso, a humedad, a tierra mojada, a verdor, a hojas muertas, «Todavía podría encontrar algo abierto», hay que ver qué perra ha cogido... Lo de siempre, el regreso al miedo, al frío, a los temblores, a la soledad, al dolor, el telón que va a caer de nuevo, vieja historia, mierda, y tan vieja, todo eso que acaba de suceder y que se le echa de inmediato encima, a engordar el mochilón, vuelve a ser el que es, mete la cabeza en una fuente y tirita, «Tengo que coger un taxi, tomaré un taxi», ahí en el centro del parque ya vacío de animales nocturnos, de la caza y captura... o no... Todavía no, todavía se mueven los setos y los arbustos, ya alguien va rápido al curro, ay, joder, otro día tirado por la ventana, qué más da, mañana, mañana empezaré de nuevo, está en el mismo sitio donde estaba la madrugada anterior, pero esto sólo lo sabemos nosotros. Nuestro hombre se aleja, logra atrapar un taxi, le da al taxista su dirección, se derrumba en el asiento trasero, cierra los ojos y se cree en una gran ciudad, boulevard Sebastopol, María de Molina o la Diagonal, de madrugada, camino de una casa donde nadie le espera, de un cuarto de hotel donde echar una cabezada, apenas cuatro o cinco horas, el taxista a lo suyo, atento a una emisora de radio que da la hora y la temperatura y el tiempo y una ración de murgas entusiásticas, para empezar bien el día, un don Jorgito el inglés cualquiera, que interpreta los signos del mundo, habla de las películas de moda, de la guerra y de la paz, del hambre y de las ganas de comer, no tienen vergüenza, no se cortan un pelo estos gansos, echa su bazofia poética, su chunguería visceral y hace pensar al respetable... Pero no, está en su ciudad, de donde no ha salido nunca, y va camino de su casa, de su piltra, empujado por la necesidad de arrebujarse, aunque sepa que con lo que lleva puesto no va a dormir gran cosa. Y además no va a parar aquí la historia porque en la niebla más cerrada de los extramuros ve una feria abierta, «¡Pare, pare, aquí mismo! ¿Qué le debo?», incomprensible, me dirán, pero eso de las barracas de feria en los descampados con niebla o lluvia o estrellas en el cielo en plan cabellera de Berenice sale en las películas y no protesta nadie así que... Nuestro hombre se acerca a las luces de colorines parpadeantes, no hay nadie, no ve a nadie, llama a gritos, aparece uno que está limpiando, «Qué pasa» «Oye te doy mil duros si me das una vuelta en el cacharro este» Y el otro, que debe de estar tan loco como nuestro hombre, va y acepta, como lo oyen... ¿Que a quién se le ocurre poner en marcha un tren de la bruja de madrugada? Pues miren sus señorías, no es mala idea, un negocio para borrachones, iban a venir a montarse de todas partes, a porrillo, habría que patentarlo. Y es que a nuestro hombre se le sube de cuando el cuando el Yatagán a la cabeza, así que se monta en el tren, da unas palmadas como si la barraca fuera suya y como si fuera de Bilbo y el tren de los Cárpatos, que así se llama el negocio, por arte de birlibirloque, porque por otro no va a ser, arranca, todo envuelto en niebla, camino del tenebroso castillo del conde Drácula, pero esta vez con niebla de verdad, con doble niebla, la de dentro y la de fuera, de manera que nuestro hombre ya va camino de meterse en el túnel con el mismo temple que si se hubiese montado en una calesa, y yo, claro, detrás. Aparece la momia, y luego el esqueleto, y Frankenstein, y la novia de Drácula, y el extraterrestre y toda la parentela, una vez y otra, en cartón piedra del fino, pero medio canucido por la lluvia. En la tercera vuelta un demonio, de carne y hueso éste, con un gorrillo con cuernos y una cara patibularia de verdad sale de un ventanuco y le mete a mi hombre un tastarazo que para qué con el mango de una escoba, de manera que se nos sulfura y se nos amotina, se levanta echando muy rudos juramentos y de seguido se cae de culo pues el artilugio coge una velocidad de vértigo, oigan, de vértigo, y para terminar de arreglar el asunto o de ambientarlo, quién sabe, le cae a nuestro hombre un chorro de niebla roja, verdadero gas pacharra foral, no mostaza, pero tan prohibido por las convenciones de Ginebra como el otro, le da en la cara, «¡Para esto, coño, para esto, que te voy a matar!» y el jambo del artilugio que igual es el dueño, no sabemos, bostezando cada vez que pasa por debajo de él, le da con un vergajo en la cabeza, total que en una de ésas se abre un ventanuco y ¿a quién me veo allí dentro iluminado de rosa intenso con un careto como un barbapapá? Nada menos que a Caifás. Total que le digo «¡Caifás!, bandido, qué andas por aquí afuera, polilleja, malalma, anda, baja de ese púlpito y vente para aquí que te voy a presentar a un conocido» y Caifás, que fue un profesional de las cencerradas y le gustaba a rabiar meter el mono no se hace repetir dos veces la invitación y se me tira al carricoche. A Caifás, que tiene la lengua cortada, no se sabe si arrancada con tenazas, atrapada en cepo de raposo, aplastada entre dos recopilaciones de jurispericias fules, le conozco yo de abajo, sí, de abajo, ya me entienden, de la fuesa, anda por el subsuelo, por las entretelas, haciendo lo que hizo en vida, ver, oír y callar, meter los hocicos en todas partes, y chamullar donde no debía, tocar el cencerro bien embozado, hacer correr vientos de lenguas y no decir ni pío cuando debía haber hablado por lo menudo. Se viene conmigo porque en esto de hablar por no callar, de estar siempre asomado a la tronera como un bobalicón, de ser testigo de conveniencia y hasta pasante de trampas chulas, por ser experto en manejo de papeles, es siempre de mucha ayuda y además falta le hace a este anajabao darse una vuelta y tomar aire, que es tristón el tipo y como digo tardo de lengua, habla poco, diz que de apuntarse a una cencerrada de testigos falsos se la comió el gato, pero no es así, no, es un pasmao, sólo hablaba de cosas de fundamento, siempre de serio, pero más bueno que el pan, si lo sabré yo, siempre dispuesto a echarte una mano, sí, ¿verdad, tú?... Dice que sí. «Pues hale, venga, que tenemos aquí una buena pieza para seguir.» El tren fue disminuyendo su velocidad y al final se detuvo, envuelto en niebla, como corresponde, bajo un farol rojo, único vestigio de una feria, y por allí no había nadie. Se apagaron las luces. Del todo.

Nuestro hombre se ha bajado aturdido y se incorpora como puede en la piltra. Intenta dormir pero no puede... Como siempre que se siente enfermo, intoxicado por su propia vida, una vida, no la suya, no la que a él le ha tocado vivir, no la que él se ha ido pacientemente construyendo, devorando mejor, como un miniaturista, como uno de esos maniáticos que hacían barcos con mondadientes o que se escribían el Quijote en una lenteja y que sacaban en el NODO, una vida que ama en el fondo más que a ninguna otra cosa y que sin embargo se ve incapaz de vivir, y machaca como quien le da con saña al mazo el almirez —alta tarea esta, sí, la de machacarse la vida, la de arruinarla, porque sí, por inadvertencia, por bobería, por caponcia, de no darse un respiro, de no echarse una temporada a balneario, a tomar las aguas como quien dice, de no levantar cabeza, de no querer abrir los ojos, de refugiarse en una enfermedad, difusa, real, pero difusa y a la vez grave, crónica, hereditaria—, entre otras cosas porque tiene fundadas sospechas para pensar que esa vida posible ya ha pasado y porque, además, en todos lados aparece la llaga, la pústula, la herida que ha cicatrizado mal o que no ha cicatrizado en absoluto y que supura, aparecen los años no vividos, los años perdidos, la memoria enferma, todo aquello que le persigue y le duele y le duele. Lo suyo no es odio, no es rencor, no, o si es rencor, nuestro hombre no lo reconoce, no ese odio vulgar, no, sino el dolor, mierda, el dolor de estar simplemente vivo, en esas condiciones, vivo y tarado, vivo y enfermo, vivo y enloqueciendo poco a poco, vivo e insomne, vivo y despertándose tarde en la madrugada, confuso, oyendo ruidos y sobre todo un zumbido lejano que no puede identificar y ése no saber ni quién es, ni dónde se encuentra ni qué hora es ni cuál la estación del año, ni su edad, ni qué demonios hace en eso que se llama vida y de la que, digámoslo todo, tiene una idea más que vaga, que se ha ido reduciendo, poco a poco, a nada más que a una ininterrumpida pesadilla, a un dolor sordo, intenso, en el pecho, en el estómago, en el vientre, a ese acurrucarse, a ese ovillarse, de puro miedo, de puro dolor, a ese sentir frío, a ese tiritar y gemir y contar campanadas o levantarse de un brinco y emprender la huida por las calles, como si le persiguiera algo, que de hecho le persigue, claro, claro que le persigue, yo lo he visto, y saltar hacia la ventana, abrirla, asomarse a las rendijas de la persiana rota, respirar entre las rendijas, decirse, « Las rendijas… cualquier día tengo que arreglar esto», asomarse a la noche, respirar, sentir el sabor del polvo en la boca, el del polvo y el de la madera vieja, quedarse ahí con la cara pegada a la persiana y no ver nada, un atisbo del halo de las farolas encendidas, de niebla, un fragmento de calle reluciente de lluvia, oyendo el ruido de los escasos automóviles que pasan veloces, una luz roja o blanca que se pierde… «¡Oh!, por Dios —se recita y aquí Caifás y yo no podemos hacer otra cosa que sentarnos en un rincón como dos chamanes, escuchar y esperar a ver, como quien dice—, tanta humillación, falsa o verdadera, intencionada o por inadvertencia, heredada, adquirida a buen precio, a precio de oro o simplemente hallada, sin comerlo ni beberlo, en el camino, regalada y aceptada con una sonrisa, como una enfermedad hereditaria y crónica, como un estigma, como la misma piel con la que hay que aprender a convivir…», y que nuestro hombre está muy lejos de haber conseguido; el haber sentido que era tratado como un paria, con condescendencia, las sonrisas lerdas de la falsa simpatía, como si tuviera que llevar izada la bandera amarilla de la cuarentena de la peste y de los cornudos, tratado como un marginado, tratado como un sospechoso, como un apestado, como un andoba del que hay que desconfiar, el depresivo, el de los nervios, el triste, el incapaz, el raro, el que, el hijo de, el jicho que se hace poco a poco impopular, que poco a poco no tiene sitio, que es mejor apartar, guardar en el armario de las cosas de la farra, que no trae más que problemas, que no habla más que de ellos, que los lleva pintados en la cara como pintura de apache, del que hay que recelar, y eso se nota, lo notan hasta los perros, eso hiere, eso envenena la sangre, así tratado, por una tribu sucia, de capacutos y jugadores de baraja más o menos enriquecidos, llorones, arrogantes, altivos, devotos, de sastres meapilas, de zapateros chulos, de una arrogancia y de una chulería sencillamente asombrosas, de funcionarios sin funciones, eso sí de misa diaria, de rosario diario, de limosna diaria, de todo diario, crueles hasta el delirio, de juristas sobre todo, de los ius iuris... Djurjura, no, ius, iuris, ¿qué pasa, que andan con gana de lamparse un cuscús? Sus señorías son capaces de todo... A lo dicho un cotarrillo de matones, de profesionales del braguetazo, de la alianza ventajosa, estudiosos de fueros y privilegios, como si fueran suyos, como si fueran las pelotillas de mugre que amasan entre los dedos, hideputas, también lameculos, lameculos, lameculos, siempre el ombliguillo del mundo, sus partidos políticos a la hosca, defensores también éstos de las más esenciales esencias, las de siempre, el látigo del que manda, su mordaza, su jerarquía, y al final el marrón que se lo trague otro... Humildad, mucha humildad y ración doble de resignación cristiana como si fuéramos a vernos las caras en el cielo, que aquí estamos de paso, toca sufrir, pues toca, con esta filosofía no levanta cabeza ni san Pedro... Ahora todos han desaparecido del mapa, se han esfumado, estarán en sus cuarteles de invierno, *missings*, esperando tal vez, quién sabe si el martirio o la muerte gloriosa que no acaba de llegar... Como Gordon en Jartum... Ayayay, ésa era otra, sí, el morir como un héroe, como Alfredo Mayo, como un último de Filipinas, sí señor; morir en olor de santidad, el arrobo, lomo en arrobo, lo confundían todo... El haber tenido que inventarse una y otra vez la vida, muchas vidas, vidas a contrapelo, para huir de la verdadera, de la suya, de la que a fuerza de dejarla a un lado, para más adelante, para mejores tiempos, no sabe nada, nada, vidas insufribles a la postre, a causa, tal vez, de una elemental falta de talento para la actuación. Y nuestro hombre dice que ni olvida ni perdona. Y no seré yo quien diga, calzándome las doctas antiparras, que ahí está precisamente el gusano que le corroe, su carcoma; pero sí diré que, como se descuide, con esas zambombas, dará en loco furioso, sí. Perteneciente, lo sabe o tan sólo lo sospecha o lo imagina, que todo viene a ser lo mismo, si no peor lo uno que lo otro, a una raza de perdedores, de vencidos, a una raza de mercheros, de usureros de ocasión, a esa tribu ubicua que entre sí se odia con furia ciega, que no con pasión, y se sonríen a piñata de teclado y se palmean las espaldas, de torpes que odian la inteligencia, la tolerancia, agredidos siempre por el refinamiento ajeno, bordes, torpes, sucios, llenos de ascos y remilgos, de un puritanismo que es insania de tratado de a mil páginas, los loqueros harían fortuna con cualquiera de ellos, con sus chifladuras, con su apocamiento, con su cobardía... «La belleza del hombre y la hermosura de sus obras», eso debe de ir con otro, aquí en el celebro de este jicho no hay sitio... Repulsivos sacristanes que detestan todo lo que no está chirriado con agua bendita, bendecido por sus capellanes —majarones que acaban sermoneando a legionarios, sanjoderse—... de payasos, de bufones ocasionales al servicio del poderoso de turno, perdigueros de cura cazador que los atara al pie del púlpito, la dignidad, una filfa... estirpe de tarados que predican la dignidad, la sinceridad, la valentía, la verdad y ejercen el besar la correa, el degra-ﾠnte sentimiento del siervo, la ocultación, la trampa, la bﾠla, la doble moral, la doble intención, la listeza que aﾠaﾠa en patada en el culo, la astucia y la trampa como máximo logro, nunca el talento, nunca la inteligencia... «Hay que ser astuto», «Tú pon cara de bobo, da pisadas de buey y luego mordiscos de lobo», «Sé libérrimo», «Cuidado que te van a hacer daño, desconfía», «Caray, qué buena tarde hace», «Sí, pero acuérdate que hay infierno» «Feliz Navidad» «Acuérdate que tienes que morirte, reza, arrepiéntete» «Feliz Año Nuevo» «Que no sea tan malo como éste» «¡Qué luz tan hermosa!» «Ojo que el demonio está en todas partes» «Don Ramón tiene un fortunón, hay que respetarle, que tiene mucho poder y puede hacernos daño». Y el don Ramón de turno, que podía muy bien haber sido un antiguo ministro de algo en una república bananera, se metía en un bar de esos de los que se dice que son muy populares, toda la barra llena de comistrajos más o menos empapados en vinagrillos a que el limpiabotas le lustrara los zapatos y los tratantes, los agentes comerciales, los viajantes, los funcionarios escapados del puesto de trabajo, los curas y los secretarios de pueblo venidos a gestiones dejaban el pote en la barra y se acercaban al andoba doblando el espinazo a rendirle homenaje, poco menos que a besarle la mano, a rendirle pleitesía en cualquier caso... «¡Qué cosas, eh!» Y si don Ramón no hacía daño, lo hacían sus hijos, y a conciencia además, con el poder heredado, displicentes, altivos, podían hacer lo que les daba la gana, eran el poder, no se atrevía con ellos ni Cristo, embarrando al bato de nuestro hombre en hombre de paja de negocios sucios, qué sucios, pocilgueros, o cómo ganarse el cielo con las finanzas guapas, la usura es cosa de antes, ahora son financieros, en vez de covacha para gorros amarillos, pues clubs de financieros, sí, eso, clubs... Cuando nuestro hombre les cuenta a los loqueros cosas de éstas, éstos se ponen de escribir las botas, escriben comunicaciones para los congresos de loquería fina donde el aquí es conocido por el jacarandoso nombre de «El hombrecito».

Los demonios de nuestro hombre, viejos, antiguos demonios, que no fantasmas. Demonios que le acosan desde siempre, desde que tiene memoria, o que se han ido incorporando al cortejo, poco a poco, conforme se han ido embrollando las cosas. Viejo demonio el de ser aquel que no se ha deseado ser, de no ser aquel que se ha deseado en cambio ser, un tipo listo, que amara la vida a rabiar, fuera constante, nada de depresivo ni nada de los nervios y así, con menos memoria que un perrillo, emprendedor, nada de culpa, nada de escrúpulos de conciencia ni de los otros, nada de manías raras, nada de perder hasta la identidad sexual con un par de copas; viejo demonio el de mostrarse muy otro a quien en realidad se es —así, dicho sea de paso, con este galimatías del género bobo da en loco cualquiera—, viejo demonio el del miedo a la vida, heredado como tantas otras cosas, como una tara, como una lacra secreta, viejo demonio el del temor a perder la estima de sus semejantes cuando no la ha tenido jamás, que le han demostrado por activa y por pasiva que no le quieren, y debería saber que esto es mucho pedir, que de ordinario nadie piensa en eso —Va un jambo mirando al cielo por la Gran Vía y le sale uno en plan de encuesta «¿A usted le quieren mucho?» «No, mire, gracias, yo ya doy a Cáritas» «No, mire, yo le quería decir…» «Si no se larga llamo a un guardia»—, bueno, sus semejantes así en general no, no nos pongamos tremendos, dejémoslo en sus conciudadanos y sus parientes cercanos y lejanos *strictu sensu*, aunque todo eso no tenga la menor importancia, que no le quisieron cuando todavía era necesario, cuando todavía estaban a tiempo, que sin embargo le hubiesen querido sin reservas si hubiese sido tal y como ellos querrían que fuese, tal y como sus confesores, sus arrendatarios de conciencia decían que había que ser, si se hubiera dejado sojuzgar, si se hubiera amoldado, si hubiese sido dócil, decían, dócil, como los perros, ondia, como los perros, si hubiese aceptado sin reservas la vida que en el fondo le impusieron y no se da cuenta, no se da cuenta, ay que joder, qué pavo, como quien se deja poner el collarón de la libertad negada, de la conciencia en precario, un capón y no reparan en que ya lo es, como el pariente rico aspergafavores de pacotilla «Os voy a regalar un matasuegras para que paséis unas felices Navidades» «¡Biennn! Es un muchacho excelente, es un muchacho excelente y siempre lo será», y el listo y el bobo de baba y el comisario de policía y el loquero de cabecera, y el secretario del gobernador y otro don Ramón que tiene influencias en el ministerio y en el cuartel y los sótanos de la DGS que es donde hay que estar, en los sótanos, no, no se me sulfuren que hablo de *an-*

117

tes «¡Ah!, en ese caso, si es de *antes* no importa, está todo prescrito, todo, todo es mentira»... La espesa trama de los favores y de las influencias humillantes, las recomendaciones, las sutilísimas extorsiones. Claro que nadie da crédito a lo que dice y mucho menos a lo que piensa o mejor, a lo que pasa por la cabeza de nuestro hombre, a esa fúnebre galopada, mientras está pegado a la persiana, esto en una habitación de hotel de Berlín o Frankfurt, a gastos pagados, ni se huele y con el culo bien aposentado en la vida tampoco, viejo demonio el de la vergüenza fácil por él mismo, por todos y cada uno de sus actos que revelan y él lo sabe su verdadero fundamento de falta de verdaderas oportunidades, de cortedad de miras, de insania; viejo demonio el de intentar huir de la zafiedad, de la mediocridad y al final el de arrear con ella a la fuerza, la zafiedad y la mediocridad cada vez más presentes, mejor no pensar en ellas; viejo demonio el de las claudicaciones, el de la cobardía, el de la falta de valor, el de dejarse en el fondo vivir por otros, el de abandonarse a la manada, al rebaño, el de la poquedad, el de la doble vida, qué digo doble y hasta triple y cuádruple —un funámbulo de la simulación es nuestro hombre, un renombrado equilibrista, al circo debería haber ido; viejo demonio el de soñar despierto hasta la extenuación, hasta la locura, hasta el vértigo de la montaña rusa, hasta la pura y simple idiocia, en una vida distinta, mejor o viceversa, y hasta principesca; nuevo demonio, amordazado éste y coceador, de la vida pasada en balde; viejos demonios los de la soledad, la ruleta rusa, el alcohol, el sexo, el dinero —no olvidar que otro de nuestros hombres, pues nuestro hombre es en realidad un mil hombres y por tanto un ser infantil, contradictorio, deficientemente desarrollado, es codicioso y a la vez manirroto—, el de querer y no querer, y al final acabar siéndolo, un fantasma, él, ¡oh!, que estaba llamado a más altas empresas, «Este muchacho tiene madera de líder, es el típico líder», y madera de atleta y hasta madera de madero; viejo demonio el de la envidia que disfraza como puede de elegante indiferencia, una de sus taras o demonios que más detesta y que más difícil le resulta exorcizar; el demonio, en fin, de la vulgaridad, pues nuestro hombre es vulgar hasta en saber que bien pudiera haber sido otro, como saben muchos. Esos demonios que le acosan, que no le dejan en paz, él mismo uno de ellos, un incurable mal de vivir, un desear de continuo cambiar de nombre y de apellidos, ser otro, ser muy otro, «¿Y por qué, por qué?», me preguntarán y yo les responderé «¡Y yo qué sé, y yo qué sé!», ese agotamiento de la vida soñada de una forma demasiado prolongada, ese haber sido desde siempre un sospechoso, vuelve a la carga con la misma murga, persona de poco fiar —doy fe que nunca, jamás, nadie confió en que nuestro hombre pudiera hacer algo de fundamento en la vida: «está enfermo, decían, bah, ya comerá del Seguro, que se joda, igual es maricón»; ese demonio, más turbulento que el mismo Croizás, el rijoso, que es la memoria, que a nuestro hombre la vida y la memoria le roen los zancajos, la memoria fragmentaria, una sucesión de imágenes alteradas, desparejas, la vida de otro, qué fácil; el demonio del recuerdo de las humillaciones infantiles, involuntarias, las más dolorosas por el desprecio que llevan consigo, un no encajar, no estar nunca en su sitio y dar de continuo el cante en todas partes; el recuerdo de las clínicas atendidas por bobos y criminales, de días y días y días bajo de sombra, bajo las nubes y encima de las nubes, de poner al mal tiempo buena cara, de llevar demasiado lejos lo del «Hay que tener espíritu deportivo», y «Donde una puerta se cierra otra se abre» y «Paciencia y barajar», en vez de afrontar las cosas con arrojo, con menos astucia y más eficacia, con franqueza, con una elemental franqueza... Ese demonio que es la angustiosa ausencia de futuro, cuando éste se encuentra definitivamente cerrado, pues qué futuro puede esperarle a nuestro hombre, cuál puede encontrar, qué puerta de salida puede abrir él que se empeñó a contrapelo, y sin darse cuenta por esperar demasiado de la vida, en ir zapándolo, más de lo que en realidad estaba, qué futuro, digo, pues sólo como un sarcasmo puede llegar a pensar, a acariciar el sueño de volver a tener una pasión, un amor, de encontrar incluso a su Dios perdido, uno de sus refugios habituales por cierto, de dejar de tener esa sensación inextinguible, aguda, lacerante de orfandad, renunciar a todo, renunciar incluso a sus recuerdos, a sus recuerdos y a sus inventos y retirarse a un monasterio —contemplación y ejercicios de humildad— qué futuro piensa él, cómo volver a trabajar, después de la sucesión de descalabros, de pequeños pufos, de dejaciones, cómo recomenzar de nuevo, a qué agarrarse. A nuestro hombre le hubiese gustado, pongamos por caso, una marquesa algo lela, no, vale con una farandulera, ya llegaremos a ella, si es que llegamos y si no, no importa, una farandulera como la mía, más lista en el fondo de lo que él mismo llegó a suponer nunca, que le hubiese contagiado algo de alegría, un rato... qué futuro que no sea volver a endilgarse la toga raída reluciente de sebo en los puños deshilachados, para pasarse lo que le queda de vista tirando de las hilachas hasta que el magistrado le saca de su estupor al grito de «¡Que le digo que el letrado tiene la palabra!» «¡Ah! ¿Yo?»... Cómo seguir tratando con esa humanidad rapaz —nuestro hombre a estas alturas es ya casi un paria, un individuo, convinimos en ello, no sé si recuerdan, poco, nada recomendable, ya dijo el Prenda, un colega con el que se tropieza a menudo, otro agonías al que la gente le sonríe a bocados y que no encuentra asiento ni acomodo, pero decidor como el primero y hombre de buen humor, que había que hacer la cofradía de la campanilla y salir por ahí, a modo de ministros de las ánimas, a campanillazo limpio y anunciarse como leprosos o apestados «¡Que vienen, que vienen!, que ya vienen los desgalichados, los bufones, vamos a reírnos un rato»—, nuestro hombre, decía, tan necesitado como ellos de ayuda, despojado, arruinado por inadvertencia, por mero descuido, por no poner en las cosas la diligencia de un buen padre de familia que dice el código, me parece, o alguna sandez por el estilo... Y si otro demonio es el pasado, la memoria, cómo abolirlos, cómo abolir esos recuerdos fragmentarios de la infancia, de la adolescencia sombría, la culpa por todo, el no acertar, el no saber, la falta de oportunidades reales, cómo acallar las voces que desde allí llegan con el tono justo, fotografías con los rostros que el pudor vela, inquietantes las situaciones, una frase, una palabra y tras ella la zarabanda del dolor... Cómo abolir ese pasado que los demás, que los otros sí han abolido, olvidar para vivir, demonio, se dice, olvidarlo todo, todo lo que ha pasado, esta desgracia de vida, esta mala suerte, este meter de continuo la pata, el pasado, los personajes del pasado, que es tanto como no ser un definitivo desarraigado, sólo él recuerda, los demás olvidan —«No sé cómo lo hacen, joder, no se cómo lo hacen»— o no quieren recordar nada, dice alguno y lleva razón, lleva razón, anajabao, más que anajabao, verdá tú, Caifás, verdá que lleva razón «A quoi bon recordar el tiempo muerto y vivir en lo perdido», y sin embargo él es lo único que tiene, tal vez por no haber cultivado el otro lado del espejo, el otro lado de la vida... ¿Por qué ese enredar una y otra vez en la memoria, ese buscar y rebuscar? No hay explicación posible. Ni él mismo sabe lo que busca y rebusca, el pasado, su miserable pasado, nada digno de mención, no ha hecho nada de nada, no ha vivido nada, un desolado paisaje, sus ruinas, un laberinto en el que parece moverse a sus anchas; y otro demonio es el insomnio, las noches como ésta, en blanco, «Será el alcohol... Voy a tener que dejar La Bebida», así, a lo grande, que no es cosa de risa, aunque resulte, «Será cuestión de meterse un pastillazo, de ponerse una inyección de Antabus o varias, de operarse...» angustiado por la ausencia de futuro, por baladronadas del género, «Yo no temo a la muerte»... Sí, hombre, y piso fuerte, ¿no?, y se nos jiña por la pata abajo cada vez que se imagina el momento preciso en que tiene que diñarla, porque diñarla tiene que diñarla, en ese asunto estamos todos, eh Caifás, a que sí, hablador más que hablador, que eres un animao, cosa de llegar a buen puerto alguna noche en la que le ha visto, y más que visto, las orejas al lobo, panteones chorreantes de humedad, telarañas verdosas, grises, puede ser eso cierto, puede haber visto ese dechado de postrimerías en el que a veces se despierta, último retazo de un sueño ovillado también en la muerte y arriba un recuadro de un cielo grisáceo, nubes que corren, un amasijo de costillares de un marrón que no puede ser más que ése, por no haber logrado, y ya no hay tiempo, ser el que alguna vez quiso ser —pero qué perra con esta historia—, pero quién, coño, quién, si al menos lo supiera, pero qué va, no tiene más que una idea remota, y el estar dando al traste con los últimos dineros, en realidad lleva toda la vida haciendo lo mismo, trampeando, toda posibilidad de crédito sencillamente esfumada, y el estar ahora ovillado en la cama, no se atreve a moverse, escucha las campanadas de la ciudad, el rodar de los automóviles, los ruidos de la casa, las calderas, las tuberías, la carcoma de un mueble, «¿De qué mueble, si aquí no hay ninguno?», joder, una casa vacía, nunca imaginó que iba a tener una casa vacía, las tentaciones homicidas, el suicidio, lo de siempre, la desaparición de Matilde, «Es posible que ella tuviera razón... Esta vida es sencillamente invivible, mejor hubiese sido tener aspiraciones, pero eso ahora da igual, aspiraciones a mejorar de vida, ambición, amor propio, seguro que ella tenía razón, todo era cuestión de esperar un poco, esperar, seguro que las cosas iban a salirnos mejor, era cosa de poner ilusión, empeño, esfuerzo... ¡Qué cosas tenía aquella mujer!». Noches en las que anda acosado por el personaje que se ha visto obligado a representar de continuo «Pero si yo soy otro, seguro, seguro que soy otro, que no soy así, porra, que tengo que tener una oportunidad, mañana mismo empiezo a vivir...». La sucesión de noches en blanco, los cortejos de personajes trastocados que le visitan, ese no saber si está despierto o dormido, y no atreverse encima a encender la luz y comprobarlo, incluso comprobar si está vivo, sigue al cortejo de los personajes, van a algún sitio... Carcoma, la Picoloco, el Morsa, la Angelita, el Chino... No, no es un entierro, que es que el aquí sigue con las querellas, las viejas querellas contra la vida, contra éste y aquél, contra la tribu y la familia, de tanto darle vueltas a la carraca no sabría exactamente qué reprocharles, todo o nada, qué por ejemplo, que eran unos científicos: «El subconsciente no existe, la memoria tampoco, lo dice mi director espiritual, tú tómate toda la medicación, toda, duérmete, confiésate, estás enfermo porque quieres», pero si esto no va a ninguna parte, mira, cualquiera de esos que pasan con la boina calada, que van con media docena de bolsas de plástico colgadas de la mano te podría dar un baño de desdichas... Por no haber sido desleal a destiempo, por mera cobardía... Los recuerdos de humillaciones antiguas, reales o imaginarias, tanto da, recuerdos sin duda por todos olvidados. No sabe incluso, porque es difícil de explicar, porque cuando a uno le han puesto desde crío una mordaza o un bozal en la boca o atado con una camisa de fuerza luego resulta difícil encontrar las palabras y hasta juntar la mano derecha con la izquierda y no digamos ya doy con una mano amiga, extraña, pero amiga, cálida. Si nuestro hombre intentara decir, encontrar a alguien, un superviviente de lo que él, iluso como es, quedó dicho, llamó si *piccolo mondo antico* y decirle «¿Pero tú te acuerdas de cuándo, de cómo...?» «Seguro que nadie se acordaría o tal vez nadie querría acordarse... ¿Una educación sentimental, pero qué coño de educación sentimental?, me gustaría que me tragase la tierra, desaparecer en la oscuridad, una habitación para desaparecer, para esfumarse, sin más historias. Abres la puerta, te metes, zas, ya no hay nadie. Es más, los muy cabrones harían esfuerzos por no acordarse. Porque al final todos prefieren ponerse en paz con la vida, cogerse un abono para los toros, jugar al golf, jugar al bridge, retozar si se tercia con quien no cause problemas, firmar una tregua definitiva, no amargarse, no hacer mala sangre, tragar todo, lo que sea, poner la mejor cara posible. Escogen la cordura, sí, claro, la cordura.» De vez en cuando encuentra alguno, en su mismo estado, claro, que recuerda y recuerda, que vive allá lejos y hace tiempo, porque no tiene otro sitio en donde vivir y se corren una farra de melancolías. El demonio de repasar escenas cuyo exacto sentido intenta desentrañar y se le escapa y eso que es su vida, su pretendida pasión, su poco, poco de ternura, su vida más secreta, las pocas calles de la ciudad del verano, las calles del invierno, las de la sombra, el patio del colegio de san Ignacio, la crueldad extrema de las aulas, los malos tratos, los malos tratos, los «Dime, dime, y en Francia las mujeres van muy desnudas», la pesquisa sexual, unos para un lado, otros para otro, unos queriendo ver, otros tapando, arrancando páginas, otros pegados a la página, la mala idea, siempre, y luego los pisos y las casas del Opus, nada más, nada más. El demonio de haber vivido en un mundo triste, sombrío. El demonio de no haber tenido el coraje, o la oportunidad real, de enterrar la ciudad, su poco, su nada de pasado, de escapar de la tribu, de salir del territorio, de escoger el exilio, el extrañamiento, de haberse marchado para siempre, de haber empezado de verdad en otra parte, de no haberse dado cuenta de que lo fácil, la verdadera trampa, el cepo, que era dejarse atrapar por los tranquilizantes, los antidepresivos, los ansiolíticos, los estimulantes, por todo lo que es enfermizo y dañino para casi todos... «Y entonces si es así, a qué se tortura y de paso a qué nos tortura a los demás», me dirán, «¡Y yo qué sé!», contestaré de nuevo. Ese continuo no saber el día en que vive, ni cuál es el exacto sentido de la vida. Esas horas en las que nuestro hombre alimenta con nuevos materiales, de primera calidad, la caldera de los viejos rencores. Cada cual a su picota. Le aterra la posibilidad de que el daño haya sido una pura invención, pero no «seguro que lo hubo, seguro que me lo hicieron, la cicatriz tiene que estar por alguna parte, de lo contrario esto no tendría sentido...». El verse muerto, dentro de la caja, a la escucha de los ruidos nocturnos de la ciudad, habría escuchado nuestro hombre el tañido de extrañas campanas en la noche, campanas quebradas, campanas de madera, tinieblas. No las que conoce, no como esas voces, esas voces no las ha oído nunca, no sabe de quién son, «Debo de estar acostado en la cama del diablo», mas yo le diría lo mismo que le dijeron a don Luis, el de Góngora, el del vertedor no, el otro: «En los desvanes padecéis trabajos»; y otro demonio es la soledad soportada con dificultad, y por ello paga un alto precio, el de convivir con quien no quiere y el de acabar haciendo el payaso. Todo, cualquier cosa, con tal de no quedarse solo, qué no habrá hecho nuestro hombre, conversaciones que nadie en su sano juicio mantendría, ocasionales camaradas de andada, bueno sólo para decir «¿Y qué fue de ellos? Anda pide otra botella, muertos, todos muertos... Os acordáis, sir John, de aquella noche tan loca en el molino de san Jorge... Jojojó... Muertos, todos muertos», nadie lo sabe, nadie. Muertos, olvidados. Y luego la familia, ese enfrentamiento sin origen y sin término, inexplicable a la postre, peor que un fuego de esos que se consideran apagados y a la menor brisa prenden y prenden y lo abrasan todo. Unas relaciones interrumpidas a raíz de la separación matrimonial del aquí, el divorcio lo llamaban ellos escandalizados, «También nos ha llegado el divorcio a nosotros, qué desgracia, qué desgracia», no le dejaban en paz, le amenazaban de madrugada por teléfono, le enviaban cartas, curas, recados, gentuza para disuadirle, convencerle, exorcizarle, insultarle, «Estás en pecado mortal» «Nos va a dar un ataque por tu culpa» «Nos vas a llevar al cementerio», en Madrid, entretanto, estaba la Movida, venía en los periódicos, pero por la cabeza de nuestro hombre pasaban otras cosas, recibía anónimos extraños, amenazas, «Te vamos a arruinar» «¿Más?», se preguntaba lacónico nuestro hombre, le enviaban anónimos, a él y lo que es peor, a ella, convertida de pronto en una furcia —de la misma forma que habían utilizado sus nombres para telegramas de adhesión falsos en campañas contra el aborto y contra los anticonceptivos y en favor de otras guerras que le son ajenas y de las que no tiene ni idea. Cuando nuestro hombre piensa en su padre, por ejemplo, no deja de sentir un temblor, un escalofrío, le da miedo, sabe que era violento y que podía darle de puñetazos, pues cuando quería todo se arreglaba a puñetazos en la mesa o en donde fuera, la autoridad y la violencia, y viceversa. Cuando piensa en él, piensa en una espesa tela de araña hecha de mucho corpus iuris, mucha Tradición, mucha Ley, mucha Doctrina, mucha Jurisprudencia con más miga que un costal de cabezones, mucha Pandecta, mucha Jurispericia, y mucha, muchísima Ley de los Hombres de Inspiración Divina, mucha Categoría Intelectual que le llamaban a no sé qué, no sabemos, hemos preguntado por ahí, pero no nos han dicho, y el último se ha rascado la cabeza y nos ha espetado «Pues no les diré» y se ha callado como un oráculo. Sin embargo, hoy por hoy, la familia de nuestro hombre se reduce a dos hermanas, una y otra, casadas que aborrecen de nuestro hombre, de su presencia y de su ausencia, de todo, bien por *motu proprio* o bien porque han sido convenientemente azuzadas por sus maridos, Los Tragapandectas, no, señorías, no, no se trata de una troupe de funámbulos, aunque a veces lo parezca viendo los bisnes que se traen entre manos los andobas, sino de expertos juristas, como a sí mismos se titulan los que mangonean en la administración... Bien, a lo que iba, por lo que concierne a sus padres, diremos que ya fallecieron, sí y en accidente, además, sin darse cuenta, de la noche a la mañana, nuestro hombre se quedó huérfano, huérfano y con un montón de cuentas pendientes encima, huérfano en la ronda de la cuarentena, de esa edad en la que a la mayoría debería haberle entrado la cordura... Huérfano y con una tristeza redoblada que por pudor no ha mostrado a nadie, a nadie ha podido hablar con franqueza de estas cosas, una tristeza irremediable, «Tenía que haberles dicho, aunque no me hubiesen escuchado, que de lo que se trataba es de que yo tenía un derecho, pequeño, elemental, entrañable, como de plumón de pollo en nido, a construir mi propia vida, sin miedo, sin culpa, con libertad, tenía que haberles dicho que nadie, nadie, puede ser dueño de mis actos, que nadie tiene derecho a someterme, a imponerme un lenguaje, a imponerme silencio, una mordaza, a hacer de mi vida lo que les plazca, que de lo que se trataba era de que me aceptaran como yo era en realidad, de que no podía seguir simulando emociones, sentimientos, ideas y creencias que ni sentía ni tenía, sólo por no disgustarles...», como ven, se trata, para la mayoría, de asuntos propios de la adolescencia, la gente se los soluciona, o si no se calla, le pega al trinki o va a un loquero de por vida, «Doctor, doctor, que no me atrevo a abrir la boca en su presencia que es como si me hubiesen cortado los güevos, que me dan miedo, que temo que se enfaden, que me miren feo, que no me quieran, que me insulten, que les tengo miedo, miedo, doctor, sabe lo que es eso, miedo, no puedo dormir, no puedo...». Pero es que nuestro hombre no contaba con la muerte ni para esto ni para nada. La muerte era cosa de dentro de mucho tiempo, entretanto tenían toda la vida por delante, ya se arreglarían las cosas, ya se arreglarían, cuando él tuviera dinero igual le respetarían un poco, sólo un poco, lo justo para poder hablar, decir, no, no a todo, igual entonces podía hablar, pensar por su cuenta… eso, pensar por cuenta propia. El caso es que el padre del aquí fue un picapleitos increíble, un jurisperito, un jurisprudencio, se la sabía toda, la ley y el orden no tenían secretos para él, ninguno, de hecho hacía de su capa un sayo y se las pintaba solo para infringirlas, era como un juego, como un chiste, para que vieran sus pasantes, y sobre todo nuestro hombre, lo listo que era, cómo había que manejarse en la vida, el cumplimiento cotidiano de las leyes era para el prójimo, era un asunto que no iba con él, y sin embargo en el despacho, en el foro, en el casino, en sus escritos, en los artículos de fondo que publicaba, de cuando en cuando, era fantástico, de un rigor absoluto, la ley, el orden, la jerarquía, la autoridad, la ejemplaridad, la moral pública… Tenía una devoción indesmayable al orden establecido, al régimen del caudillo, al caudillo del régimen, una devoción que pretendió, como todo, como su afición a las leyes, contagiar a nuestro hombre sin conseguir resultado aparente alguno, un vitoreador nato de las arbitrariedades de los hombres del Caudillo, «Los míos», les llamaba, «Ya vienen los míos», como quien anuncia el regreso de los muertos vivientes. A su espalda dejó un despacho atendido por los tragapandectas, con mucha clientela de pueblo, sobre todo, los aldeanos, le llamaban ellos entre carcajadas, mucha sociedad sin socios, muchos socios sin sociedad, mucha fiducia y mucho lío. A nuestro hombre una vez le pasaron un juicio de faltas, de uno que se había dado un trastazo con una moto, una vespa, dos mil duros o algo así de arreglos, para ver, en plan experimento, «cómo lo llevaba», no lo hizo ni bien ni mal, a quien no tiene pasta no se le puede sacar más que si le agarras del pescuezo y nuestro hombre no estaba dispuesto a echarle la mano al cuello a nadie, lo dejaron por imposible, «Es un blando» «No tiene garra», dijeron y se acabó el asunto. A nuestro hombre le emponzoña en el fondo el que haya tenido que esperar a quedarse huérfano para poder mostrarse tal y como en realidad es, eso al menos es lo que él aquí se cuenta cuando está solo, es decir, pocas veces, sabe que tenía que haber soltado todo lo que llevaba en el buche y en la andorga y en su poco de sesera mal puesta antes, mucho antes, porque lo que le ha sucedido es que se ha dado cuenta de que lo del buche y la andorga y su poco de zacuto de pensar se le ha ido desgastando, desgastando, hasta hacerse impalpable, por falta de uso, hasta verse obligado a admitir, sólo cuando está muy, pero que muy solo, que no tiene más que un poco, una nada, un regüeldo de digestión pesada, de lo que alguna vez tuvo o pensó, si es que alguna vez tuvo o pensó, que no sabemos, haber largado en vida, ésa era la cuestión, decir verdad, decir la propia verdad quieta, claramente, sin broncas, sin líos, sin puñetazos, sin gritos, sin zapatiestas, no dejar ninguna miseria de éstas para el otro barrio, ninguna. Le reconcome los hígados el no haberse enfrentado con eficacia e inteligencia a aquella imperiosa necesidad de sojuzgar, de aniquilar, de obligar a hacer según el propio capricho, pero de una manera enfermiza sin reparar en métodos, la violencia, la comedieta barata, el falso afecto, y eso que le envenena, porque después no tiene sentido, no tiene, uno se queda con las manos vacías, burlado, le entra la llorera, después de haber dicho «Y ahora, una andada de castigo», en plan División Azul, a por los rojos, no, a por uno mismo, venga de copas hasta que me quede idiota. Le jode admitir que por collón le han vencido, que ellos y los tragapandectas y toda la caterva han acabado venciendo. Los tragapandectas: Tomasito Ochoa (a) la Cucaracha, menudo jicho este también, un chulo madrileño, mezcla de chulo de Lavapiés y de señorito malagueño, un chulapo, un isidro de sainete, algo repulsivo, un gorrón de verdad, alma de asaltacaminos, pero también de la Ley y el Orden como el primero, de esos que están a la que salta, pícaro y sopista, avasallador, un tipo de una chulería que daba vómitos, sí, huía por los pelos de la quema, se hundían, las empresas, la basca iba a parar a los juzgados de instrucción, llovían las querellas, el franquismo había hecho agua por todas partes, pero éstos decían que no, que no, que todavía hay más botín para arramblar, un chapucero de mucho cuidado, «experto en negocios con materias primas» le llamaban, y era para echarse a temblar, redactaba unos contratos que nadie en su sano juicio firmaría y firmaban, vaya que si firmaban, se fumaban un puro, una comilona de mariscos, siempre mariscos que pagaban otros, vendían lo invendible, jamás cotizaron un duro, nunca, luego, si se les echaban encima los de Hacienda se mosqueaban porque no les podían untar, no les podían comprar —«Malditos rojos», decían... Luego no decían nada, habían encontrado una gatera, seguro, seguro, hablaban de lo preparados que estaban los que mandaban, cuánta preparación, cuánta, como antes, como siempre— con promesas de dádiva futura, figura jurídica que les hacía una gracia tremenda «Y se me ha quedado como bobo cuando le he dicho que ya nos acordaríamos de él... A ver tú, saca más ostras». Y todo lo del hambre de la guerra, el hambre de la guerra, el hacer fortuna, eran unas patentes de corso que lo permitían todo, todo... Y así, entre errores, equivocaciones, trampas, antojos, enfermedades del alma y del cuerpo, fueron pasando los años, los años... A veces, nuestro hombre no se atrevía ni siquiera a afirmar que existieran, no lo mencionaba nunca, para evitar admitir que ahí estaban, que él formaba parte de ellos y ellos parte de él, que no era nada sin ellos, además, cuestión de costumbres, tristes, tristes trópicos, viaje al país de las pirañas, viaje a los ancestros dogones, viaje... En el pequeño mundo de nuestro hombre había demasiadas palabras que no se podían ni tan siquiera pronunciar, todo tabús, como con los hombres primitivos de las enciclopedias, demasiados asuntos de los que no se podía hablar, el viaje era uno de ellos, y así es como daba vueltas y más vueltas para no encontrarse con ellos en aquel kilómetro cuadrado que más se parecía, y a ratos sin duda lo era, a un tapete de esos de «Tú das» y mucha seña y mucha trampa, un Monopoly, un juego de la oca, un parchís engordamalasangre... De cuando en cuando lo intentaba de nuevo, se azoraba, se nos quedaba mudo, como aquí el Caifás, lo guardaba todo en la cocorota y se le iba pudriendo dentro, no se dio cuenta de que ya no había tiempo, de que hay cosas que se acaban para siempre, que de pronto ya no es posible, que uno no puede, aunque quiera, aunque le obliguen a ello, aunque le compren, aunque le paguen para que esté callado, aunque le paguen para que esté enfermo, aunque le paguen para que esté muerto, renunciar a la memoria de media vida, más de media vida pendiente de sus deseos, de sus opiniones, pendiente del miedo, eso le humilla «¿Qué es una familia? No tengo ni idea, ni idea, me hubiera gustado que fuera algo distinto... Si no tuvimos hijos, fue por miedo o, mejor, por precaución, no hubiese sabido qué hacer con ellos, jamás hubiese repetido lo que hicieron conmigo, nadie habría intervenido en nuestra vida, nadie la habría dirigido como si fuera un juguete... ¿Qué hicieron conmigo? Y yo qué sé, nada, ahora no me serviría para nada el saberlo». No quiere, no, se resiste como gato panza arriba a admitir que no se atrevía a abrir la boca en su presencia, por miedo a la violencia, a la extorsión afectiva, «Si hablas de esto alguna vez, si te acuerdas, será como si no existieras», pero cómo demonio se le puede decir eso a un hijo, cómo, una y otra vez, toda una vida, a propósito de todo y a propósito de nada, lo más querido, lo inmarcesible, ¿Y mi vida qué? ¿Mi vida no cuenta para nada? ¿Pero esto qué es?... en los bares, de noche, cuenta otras cosas, se pone filósofo, se pone bravucón, para sacar copas, nada más que para sacar copas, todo mentira, con su historia de verdad no sacaría ni una. «Tienes que olvidar, con espíritu deportivo, hombre, sé magnánimo, olvídate de todo», le decía otro loquero sin barba de chivo que sólo quería acabar la sesión cuanto antes, no meterse más en honduras y cobrar cuanto antes para pasarle aquel mes a su mujer la pensión que el abogado no hacía más que marearle con llamadas... «Se imaginaba», porque todo acabó siendo «imaginaciones suyas», que son precisamente las que nos han servido para este bárbaro recuento, imaginaciones, que alguien, en alguna parte, pero muy, muy confortable, decía en plan pincho, «Has hecho bien en pegarle unos puñetazos en la cara por leer libros que están en el Índice... Cómo, que dice que saltó la sangre por las paredes... Está mintiendo, tenéis que convencerle, ya sabéis que es un débil mental, es fácil, tenéis que convencerle de que no es verdad lo que recuerda, que se lo inventa todo y si no, pues tendréis que meterle en una clínica para que le den un electroshock... No, a hacerle una lobotomía no llegaremos», menuda vidorra se ha pegado el marqués éste... El despacho paterno, los tragapandectas, no, señorías, no son los golfos apandadores disfrazados, son conspicuos letrados, gente de confianza, gente que había conquistado a pulso la confianza del bato, no como el aquí que no servía para nada... y sus clientes... una procesión de clientes que nuestro hombre no ha tenido nunca, gentes raras, escurridizas, atildadas, bienolientes, a sacristía, a rata, a cerrado, a lavanda, no a pura mierda como los suyos, que subían y bajaban, secreteaban en su despacho, iban y venían con recados y papeles, cartas de recomendación, esquilmes, préstamos, tú me das, yo te prometo, palabra de honor, la palabra es la palabra, fírmame aquí y aquí y a la vuelta, tú no te preocupes, ahora a disfrutar, ay, joder, qué barullo, yo creo en la palabra, la palabra, gran cosa la palabra, sobre todo para el que tiene guita, para el que tiene poder, para el que puede, gentes que de pronto eran amigos, luego compadres, más tarde parientes, contraparientes y al cabo enemigos, ingratos, infieles, torticeros, tramposos, siempre la víctima, la víctima, gentes de todo pelo y calaña que venían con sus asuntos a que se los arreglaran «Ángel Luis es genial, un genio, qué tío, nos ha venido a que le arreglemos un par de cosas... ¡y qué cosas!»... Los pasantes, había que ver a los pasantes, dispuestos a medrar como fuera, no abrían la boca más que para mentir, lo suyo era el alpinismo, iban por la calle con los crampones puestos, luego decían que eran de esos que se despiertan por la noche y hacen cosas raras, sí, y un cuerno, impostaban todo, conocimientos que no tenían, conocimientos que sí tenían, simpatía, arrojo, listeza, luego eran el blanco favorito de sus propios clientes, algo grotesco, tanta listeza para nada, eran lo que son, si todavía viven, que no sabemos, no los hemos visto, así que no podemos hablar mucho de ellos, las pocas hebras que quedan en la tabaquera del aquí, y es que nuestro hombre y ellos se han dado mutuamente por muertos, «Hacer como si no existiera hasta que no venga a morir al palo»... Sí sabemos que uno de ellos, apodado

Pelicornio porque se dio un crecepelo y le salió pelo hasta en los cuernos, se daba una maña tremenda para gestionar el patrimonio inmobiliario de varias órdenes religiosas, daba el pego, tan, tan devoto, tan erudito, tan de piedras viejas y de legajos, que no hay nada como gestionar el patrimonio negro de la clerecía, esto lo saben bien los granujas del inmobiliario, esto lo sabe bien Fermín Zolina (a) el Garra (a) Licenciado Garra, así llamado porque donde pone la mano no vuelve a crecer la hierba, lo maciza todo, todo... Todo lo impostaban, hasta la caricatura, el sentimentalismo, la ira, la santa cólera, la autoritas destemplada, la santa intransigencia, la ternura... ¿Con qué quedarse? ¿Dónde estaba la verdad?... En ninguna parte... La necesidad de enredar al prójimo, de aprovecharse de él, de jugar con él, luego que no se dejaban... Teatrales y animosos... Y al fondo siempre un grito «¡Que te voy a desheredar!» ¿Hay algo? Menuda herencia. ¿Cómo se puede amenazar a un niño de ese modo? Como en la Biblia, como en los dramones.

Y sobre todo el peor demonio de todos, para el que de verdad hay que coger aliento: ¿Por qué? Nada más.

Ellos, los tragapandectas, los otros, todos, siempre tenían la palabra despectiva en la boca, una ilimitada capacidad de denigrar, de desacreditar a todo bicho viviente, de sojuzgar, una capacidad de reducir el mundo al cotarro, un horror: hacían un uso refinado de los demostrativos, «Qué hace *ésa*, ¿eh, canalla? ¿Qué hace ésa? Tú no andas más que con furcias». Y le zarandeaban, le daban empelloncillos, igual era para provocarle, para ver si saltaba y poder darle de puñetazos. Sólo tuvieron ese argumento, los puñetazos, no hubo otro, la santa cólera, el amedrentar, la extorsión afectiva, el teatro «Nos vas a matar si piensas así» «No te consentimos que hables, calla, calla, no hables, te lo prohibimos». Y era su Dios, no Dios, sino el suyo el que bendecía y protegía esta fina educación sentimental. Claro que da vueltas nuestro hombre en su piltra, no podía ser menos, en su piltra y hasta en una jaula se debatiría como una hiena pulgosa, se rascaría en las paredes hasta quitarse el pellejo, claro que para entonces nuestro hombre adolescente, sólo adolescente, ya venía recio bebedor y llegaba a su casa con unas trompas geniales, de la taberna al rosario pasando por alguna piltra improvisada y hasta por la manifa, las pedradas, los canutos... Puro encaje de bolillos en cuestión de desacreditar e insultar al enemigo, el enemigo acecha, confundían lo que les venía en gana, a Dios con el poder cuando se terciaba, al poder con el Diablo cuando les convenía o no era de su cuerda, reverenciaban a la policía, sobre todo a la policía, a los verdugos, a los violentos, a la gente con carácter... Había que oír sus discursos, sus dislates, sencillamente amordazantes, maestros de la extorsión del afecto, a callar, a cerrar el pico, a asistir, como una verdadera claque de recluta, claque de leva, no está mal la ocurrencia, no, a sus representaciones, condenados a aplaudir primero por las alubias, ese maldito, le enloquece a nuestro hombre cuando lo recuerda, «Me debes la vida», me debes, me debes... qué murga, joño, qué murga... «Me debes la comida, podría ponerte en la calle en alpargatas, te das cuenta de la magnitud de tu problema, que te mando al arroyo, canalla, que eres un canalla, mal nacido, comunista, sensualote, a que te pongo en alpargatas como los albañiles que eso es lo que tenía que hacerte, tenía que hacerte fontanero, tenía que echarte al arroyo», no sabéis lo que es vivir así, guajes, no tenéis ni idea, siempre haciendo algo mal, no acertando, defraudando «Has defraudado mi confianza», defraudar, qué verbo, se le aparecían por la noche con una vela en la mano para meter miedo, digo yo que sería para eso, porque lo de las velas en la noche o es para meter miedo o es porque se ha ido la luz, le empujaba de madrugada cuando hacía un frío de los mil cojones a la ducha helada, todavía no había amanecido «Pero yo qué he hecho si siempre le he tratado bien, qué pecado he cometido el de nacer naciendo, qué cruz, maldito enfermo... imbécil, cretino, nunca llegarás a nada, nunca, te estás apartando de Dios»... Y en vez de dar vueltas y vueltas en la piltra y sudar y ahogarse de puro miedo, de rabia, de impotencia, sencillamente lo que tenía que haber hecho era A) Haberlos mandado a tomar por el culo B) Haberse cortado las venas a mordiscos y C) Haberse largado bien lejos y no haber vuelto jamás, jamás, gua, joder, guaje, así se acoquina cualquiera, al efecto, no hay que olvidar que nuestro hombre es un débil mental y necesita afecto, mucho afecto... «Vuestro hijo es un esquizofrénico, nunca logrará acabar sus estudios, lo mejor es que le busquéis un oficio manual», va y le diagnostica un nobel de la medicina, y allá que te van años con la murga del oficio manual, de lo ocupacional, del deporte y la carpintería para no pensar y eso que era gente con estudios que si no llegan a tener estudios, claro que a lo mejor era por eso y de no haber tenido estudios se podían haber ocupado de otras cosas, de mejores cosas, de ser sencillamente normales, como todo el mundo, menuda chorrada... Pero qué perra con los oficios manuales, con los artesanos, y no tenían ni idea, o ésta era por demás vaga y aproximada, como todo lo suyo, que bordeaba siempre lo embrionario, lo inexacto, las cosas nunca eran como las pintaban, así da en loco cualquiera, y a propósito de locos, es que no tenían la menor idea de cómo daban en locos los artesanos, los de los oficios artísticos, todo el día dándole vueltas a la pelota con la radio puesta, con una radionovela de fondo, con un Jorgito cualquiera soltando necedades para pensar, así enloquece cualquiera... Como nuestro hombre sin ir más lejos, que de pocas se queda ciego de tanto repintar una batalla campal, trescojones de qué batalla podría tratarse, le hacían chiribitas los ojos, la pupila dilatada como un drogao, tal que un drogao, no tenía ni idea nuestro hombre de que pudiera haber tal cantidad de caballos canelos sobre la tierra y de tricornios emplumados, joder con las batallas de masas, que las llamaban, y el que no era canelo pues se pintaba de canelo, cuestión de uniformar, que tampoco se trataba de hacer virguerías con los pigmentos, qué más daba, lo importante es que hubiese mucho follón, cañonazos, nubarrones, banderolas, arbolillos desarbolados, carruajes patas arriba, muertajos, estebanillos, y además de qué se iba a fijar el baronet aquel en los detalles, baronet de Montaguta, que rima por cierto con mierda puta, rancia hidalguía, sí por cierto, si como dicen, parecía un enano del circo, negroide o aceitunado, corto de nariz, le habían pegado un bocado en una pelea y se la habían dejado corta, pero parecía de la guerra, de la división azul, venían después de comer, puroalmorro, pero veguero, eh, nada de guarrería nacional, con la luz baja del invierno, la niebla, los copazos, a ver cómo iban los trabajos, en cuanto cerraban la puerta el maestro se ponía a dar cabriolas, le importaba un carajo el baronet y las cuatro guarrerías que tenía para colgar de los muros de su casa, que andaba por su casa como un sapo, a botes, total para colgarlo en un pasillo oscuro rodeado de muebles cubiertos de sábanas, para no demerecer del entorno, lo mismo daba embetunarlo todo... Allí, sí, Brocar Arte S.L., allí sí que se había reunido un escogido grupo de artistas, de desheredados de la fortuna, unos sueldos de miseria, «Éste que gane poco, para que aprenda, que además se lo gasta, no hay que darle vicios», escuchando culebrones, que no Matilde, Perico y Periquín, joder, que uno acaba por no saber bien ni lo que recuerda, todo una confusión de las mil hostias, barrilas, reporteros dicharacheros, tahúres que en las partidas duras acababan con cada cosa en prenda que era la hostia, había un hombre de la tradición, fino, elegante, de mucha misa, que era especialista en pedrería fina, otro en fincas rústicas, otro en urbanas, otro en aparejos de iglesia... La baraja es la leche... Locutores de radio aquejados de idiocia, periodistas que lo manejaban todo, que tenían a media ciudad en un puño, y el gusto exquisito, no había convento que se les resistiera, sueños de majaretas, sueños de pobretes, de desheredados de la fortuna, humildico también nuestro hombre, con la bata blanca, como un loquero, el lío de los cuadros atribuidos, las bobadas que se cuenta el personal para no admitir que le han metido el puerro, semifalsos, falsos del todo, la bobaliconería de la gente bien —«Es un recuerdo de familia»—, todos tenían blasones para restaurar, los traían en bolsas de plástico, ay, joder, ya llegaremos a ellas, o envueltas en papel de periódico, «Es de mucho valor, muy antiguo» decían, las desempaquetaban con cuidado y aparecía cada mierda que hacía temblar y en cuanto salían, patadón y al montón, sus trapacerías, sus trapicheos con porquerías de ínfima calidad, venga de vírgenes y de santos, y el cura aquel mierdoso, exquisito... Otro negocio, por cierto, este del arte al que nuestro hombre, al día de hoy, no tiene una idea muy clara de cómo fue a parar —en realidad nuestro hombre respecto a su propio pasado tiene un sentimiento de incredulidad radical: nada de melancolía y misantropía, incredulidad—... Cogían las tallas de las vírgenes románicas o góticas o lo que fueran como si fueran *bertzas*, por el cogote, y venga de endiñarles a lo burro cola de carpintero con una jeringa, «Hay que macizarla bien», decían, sí, macizar, no tenían mala, y frases espirituales de este jaez «A ésta hay que arrancarle la policromía», como quien revienta un lobanillo, y el desfile de gitanos, peristas, anticuarios de cuatro perras, traperos jubilados, chamarileros, banda de ignorantes en otra cosa que no fuera meter gato por liebre, con el tiempo se compraban piños nuevos, los chasqueaban «Mira, mira, cómo muerdo», se volvían ingleses, o casi, unos decían de otros que eran agentes secretos «No se lo digas a nadie, pero me he hecho agente secreto», que se iban a cazar jabalís a Austria y a pescar salmón a Escocia, venían con un sombrerico pequeño y una pluma de faisán en la cinta, el otro decía que se había encontrado un Renoir en el granero, para aquella profesión había que tener imaginación, se oía cada disparate que temblaba el misterio, mala gente, de profesión sus capillejas, y venga de aguarrás, de potingues y mucha experimentación entre carcajadas, esto lo mejor con una brocha de afeitar y jabón de ése para la barba —entre el empirismo de La Toja y la ciencia del bálsamo de Copaiba hay un abismo, en ése precisamente está metido nuestro hombre—, como si fuera esa gente terrible de los depósitos de cadáveres que gustan de espantar al visitante invitado clandestino, «Tú vente cuando no esté el jefe y ya verás qué cosas te voy a enseñar, tengo varias cabezas sueltas», la otra cara, hay que verlo todo, unos a un lado, otros a otro, venga de decapanes, amoníacos, sosas, pringues inverosímiles, «secreto del maestro», un botellón con un líquido espeso y olor a urea en el interior que tumbaba de espaldas, y una calavera en la etiqueta, a saber qué hostias habría metido allí dentro aquel tío loco, pero lo cierto es que no había lienzo que se le resistiera, barniz excelente, barniz de craquelado ful, oros falsos, lo mejor fue abrirle la ventana al maestro un día que andaba a vueltas con los panes de oro fetén, los de las grandes ocasiones, puro Turner de gabinete la volandera, y un cabreo del copón, «¡Me las vais a pagar!», gritaba, no se sabía bien a quién, tal vez fuese a nosotros, todo cabe, gritaba como un loco furioso, y el barniz excelente, joder con éste, con éste virguerías, no se le resistía ningún convento de monjas, se quedaban traspuestas, bien de sosa para arrancar el pringue, la mugre de sebos centenarios, sin miramientos, sin reparar en gastos, total como el baronet, quién se va a subir por el retablo a ver el estropicio, y luego el abrillantador, un farde, con éste se engaña a María Santísima, betunes de judea, jabones, había que verlos allí enjabonando con una brocha de afeitar a una virgen milagrosa... ¡Vaya!... No, nada, no pasa nada, que del fondo de la memoria le aparece a nuestro hombre, «Mostacilla», el gran Mostacilla, un malencarado con cara porcina —como Porky, aquel tío borde que era médico de las urgencias, así llamado por su bigote como corona peluda de morro de marrano. Mostacilla decía que cuando él salía al campo todo lo que veía, zas, y amagaba aquí el gesto del cazador que se echa la escopeta al hombro y pega un tiro, joder, qué tío, no pensaba más que en tronzar, disparar, tirar, pescar, rebañar, arrancar, coger, esquilmar, metía miedo, le dejan el Amazonas y lo deja como un erial, total que va el Mostacilla, amaga el tiro como si le hubiesen gritado «¡Pájaro!» y como tenía en la mano una brocha con almagre o algo parecido, un pozalillo de tierra o así, se le escapó el borrón contra una virgen, de Rafael decían, que había por allí de matute, a saber de dónde habría salido, lo primero no preguntar, hacer como que uno escucha y frotar, a rascar «¡Coño, pero qué hacéis!» «Que ha sido sin querer» le grita Mostacilla y allí la tabla renacentista —su propietario tenía una colección de objetos de arte: pasaba judíos por la frontera cuando la guerra y les guindaba de todo—, chorreando pringue sobre unos colores limpísimos, y tanto, «¡Hombre! Sólo faltaba que lo hubieses hecho aposta». Total, ya se había organizado la trifulca mañanera y allí la virgen con el plastón de pinturaja en la cara, total, menuda banda, traficantes catalanes, que al poco se ponían en los anuncios «marchantes», jitos franceses, los canónigos, los decoradores, tías burras, guau, a coger un trapo con aguarrás que tenía a mano y había servido para otros refriegos, pegarle un buen fregao «Mira, no se nota nada», «Me vais a joder la clientela»... Aquello era un museo de rarezas, un santoral extravagante al completo, una constelación de milagros más o menos fules, con su corral de bichos raros y alegóricos incluido, un dislate, venía el baranda, que antes había trabajado en una de terapia ocupacional del frenopático (antiguo Manicomio Vasco-Navarro, hay que joderse con los distingos, como si hubiesen puesto Arábigo-Andaluz, para lo que quieren se la cogen con papel de fumar, puaj), granujas, manguis, rebañamuseos, cada tío fantasioso que para qué, solía aparecer por allí alguno de los fijos, gente peligrosa, siempre con algún paquete envuelto en periódicos bajo el brazo, gafas tapalitros de agente secreto, que sabía de buena tinta de unos subterráneos debajo de una piedra en un castillo en ruinas «Hay que pillar un tractor —decía—, hay que buscar un tractor, para mover la piedra, debajo está el tesoro», fantasioso el tipo, de cuidado, contra miseria, fantasía, siempre como un agente secreto detrás de unas gafas de sol y amenazando por lo bajo de muerte al que le venía en gana, corrían los años setenta, el que no está en Calabria ni anda con los Cheyenes no se enteraba de esto, hay que estar para enterarse bien, y encima gudaris, héroes nacionales, soldados por la patria, «Como te vayas de la mui, saco el zusco y te mato», así se le ponen los huevos en la boca al más pintado, que menudo alegrón se llevó nuestro hombre cuando se enteró de que la madera le había destrozado los cojones a patadas, que hay cosas que, dicen los del honor y la injuria y otras melonadas de mucho fuero, son imperdonables, sencillamente imperdonables, hay cosas que no se pueden olvidar, si no que se lo digan a quienes salen vivos y mutilados de un atentado, que se lo digan a los hijos o a la viuda, anda, cuéntales lo del gudari, a ver qué te dice, anda, prueba si te atreves... Total, que el maestro abría la puerta, se plantaba delante de aquel amasijo de desechos, de desperfectos, de piernas, brazos, manos, cabezas, pelucas más o menos raídas o apolilladas, pelomuerto... Pelomuerto, ése era otro mote, sí, de dónde viene, no sé... Cajones con ojos de vidrio, angelotes, palomas, un cerdo suelto, asnos, torres, águilas, un diablo con la lengua movible cuando le tirabas de la cola, resto de algún autómata para milagros sin duda, y decía muy decidido «Aquí hay que poner orden» y uno de los artistas que era un maestrillo similéuskaro, le apoyaba entusiasmado «Eso, vamos a ponerlos por orden alfabético» y el maestro «¡Pero qué orden alfabético ni qué órdigas, a que no te sabes el nombre de los santos, so listo» «Pues ese parece uno de mi pueblo», terciaba desde atrás el Mostacilla, cosa de no quedarse callado, de joder la marrana. «Y eso a qué viene» «No, nada, si era por decir...» Ya estaba organizada la mañanera, para hacer gana. Zanjaba la cuestión el maestro, «Nada, todos aquí», allí estaban, muy lejos no podían ir, era exiguo el cuchitril, tenía pujos de estratega, «Por orden de estatura», aquello era sensato, sí, joder, claro que lo era. Total que el día se les iba poniendo los santos, los cristos y las vírgenes por orden de tamaño, una vez que se había solucionado el arduo problema de por qué lado empezaban, claro, que también tenía su cosa. Lo mejor, el rato del almuerzo. Allí, el equipo de artistas al completo, la botella de mol de uno a otro, y el bocata de chorizo o sardinas, el lomo empanado, la cazuelilla cocinada con amor del bueno, la chistorrilla requemada en los extremos, fría, que es de paladar muy fino, el tocino helado, la panceta, el bocata de ajoarriero los mejores días, que dejaban en el aire un olorcillo, una nube, a taberna, pero en aquella calle, en aquella ciudad en aquella edad de unos veinte años perdidos y malbaratados y atemorizados y enfermizos, mierda, hacía frío, joder que si hacía frío... Ver nevar en el patio, entre los patios y repatios insalubres, belenas, chimeneas, ventanas tapiadas, eso se le figuraba que era la ciudad, como en Cracovia, pero en gris, nevar y aquel silencio en el alma, no, mierda, no era saludable, qué iba a serlo... Un pestazo a arte refinado que para qué, allí estaban, enfrentados a la flos sanctórum, opinando sobre las virtudes de los santos, sobre los milagros, los cielos, los santos, los tronos y las dominaciones, el Bosco y Fra Angélico y otras cosas de mucho entretenimiento... A veces se quedaban melancólicos, en esto eran como todo el mundo, y se acercaban a las ventanas que daban a la calleja, una calleja empedrada por la que no solía pasar casi nadie, de una enorme melancolía cuando llovía, una calle que olía a leña, a humo, a asadura de pimientos en el otoño, a incienso, a interiores que por mucho que abrieran la ventana no se ventilaban jamás, que tenían salitre y humedad en las paredes desde siempre, una vida, qué demonio, que había que coger como fuera, aquello era lo único importante, y que no se atrevía a coger, que ahí está el meollo del asunto, escapar de todo aquello, apretar a correr y no parar, no mirar atrás... Luego vino el negocio Amazonia S.L. y la super empresa promotora constructora, de asesoramiento integral, Cromlech, también S.L., sólidas construcciones, y los gritos, las arbitrariedades, la violencia, no sé, sí, cierto, mejor olvidar, mejor decirse «No pasó nada, nunca, nunca» y no decirse «Se me ha ido la vida en eso».

Como le veo hecho polvo y que así no va a pegar ojo, aunque se nos haga una tortilla de venenos, cuestión de animarle un poquillo, de hablarle por lo suave al oído, le digo a nuestro hombre: «Tú no pierdas cuidado que yo, Perico de Alejandría, milvoces incorregible, ya me conoces, ¿o no? Yo, como diría el otro, contaré historias que vendrán de todas partes para matarme, hablaré, coño, vaya que si hablaré, diré todo lo que he visto dentro de tu atormentada calabaza, todo lo que has imaginado, todo lo que te has inventado para hacerte daño, que esto queda bien y así nadie, nadie se da cuenta de que estás llorando, de que te mueres de miedo y de desdicha, todo aquello de lo que he sido testigo, de tus infortunadas andanzas, pues a mí qué puede ya importarme, si estoy muerto, definitivamente sentenciado, calvo lavado. Así pues, contaré todo eso que te pasa por la cabeza, descuida, y ahora duerme, que nos tienes al Caifás y a mí devorados de la barrila que nos has metido, pierde cuidado, contaré hasta la última humillación, hasta la última farsa, todos tus recuerdos y tus agujeros negros, y todo aquello de lo que no quieres acordarte ni en broma y que preferirías que no hubiese sucedido jamás. Ahora ya me importa un bledo, se me da un ardite que dice el cursi, yo no tengo ya nada que perder, estoy, ya quedó dicho, sencillamente muerto, y eso tiene sus privilegios, sencillamente muerto, un muertecico, nada que perder, nada que ganar, a mí qué puede importarme, gusano que soy de nuestro hombre, su *xestobium rufovillosum*, la opinión ajena, la opinión del corral, de la cochiquera, del gallinero, de la docta asamblea, la opinión de ese señorón, del notario majarón, y del que no es majarón también, del cátedro corto de mollera, del docto tendero, del íntegro zapatero y del trapacero doctor, y de una parentela por demás vaga o bien precisa, eso según, y qué más da, si al final uno se muere lo que se dice con las ganas de haber largado por lo grueso y lo menudo, se muere, se muere sin haber vivido, y no hay más historia, no hay peor carcoma que el silencio, que las palabras perdidas, que la mordaza... Me importa un cuerno la opinión de tus vagos parientes, de las polillejas y de las ratas, y de los que no lo son, del cura, del meapilas, del comisario político, del rojo vengativo, del vascorro ful, del mafioso, del hombre de negocios, del honorable padre de familia, conspicuo representante del honrado comercio de la plaza, que se quita el quehacer algo más lejos que fuera puertas, la opinión de éste y de aquél, de todos juntos y separadamente, la del buen padre y la del mal hijo, y viceversa, la de todos y la de ninguno, la de todos juntos y por separado, me importa un cojón la del magistrado, la del carcelero, la del policía, la del soplón, la del traficante, la del Jomeini meapilas, la del antiguo verdugo que escondía su cédula y se pavoneaba en el tabernón, del torturador, del que gusta codearse con pasmas de paisano... La opinión del que vive del lameculismo de los demás, la opinión del señorito y del gallo ganador, cuya gracia, torera, todo hay que decirlo, consiste en agarrarse curdas, unas curdas que para qué, y sólo en eso, sólo eso, sólo hacen gracia cuando están mamaos, piojos perdidos, lloran, babean, berrean, se les ve

141

el alma, que hace mucho bien eso de codearse, tomarse una copa con la gente bien del pueblón, con los que mandan, la calle es suya, la noche también y la mañana y los enredos financieros y bancarios, y el estilismo y la madre que los parió, los señoritos del pueblón era cosa de antes, ahora sólo juegan al mus a cubierto y a resguardo de sus legítimas y por las noches, no siempre, que el cuerpo no siempre aguanta estos tirones y dice basta por un rato, a putas, y en esta ciudad hay de los que no se fabrican, hace ya lustros que los señoritos más roceros o más tirados, según se mire, andan por los mostradores de vino hechos un adorno, dicen, opinan, se han quedado solos, en la otra orilla, y no hay barquero...

Así he ido diciéndole al oído hasta que con unas leves sacudidas se me ha quedado dormido, como un perrillo. Anda, Caifás, esfumémonos, que mañana será otro día.

JORNADA SEGUNDA

VENGA, Caifás, al tajo, que se reanuda la sesión, a tapa cerrada y a tumba abierta.

Nuestro hombre se despierta sobresaltado con un bolo en el estómago de todos los diablos. No es cosa de hoy ni nada muy singular, es, es simplemente el temor a la que hoy se le avecina... ¿El qué? Pues nada muy sobresaliente, algo muy parecido a lo de ayer, y a lo de anteayer y a lo del otro y el otro. El caso es que se nos pone de inmediato a filosofar que es tanto como echarse de cabeza en el canguelo, saca la cabeza del embozo, se huele el alientillo, y evita emitir un juicio, echa sin mucho interés una mirada al desorden de la penumbra, al color de las paredes que por los grises y por los esfumatos se le figuran bruma de escenógrafo mañoso, y como todo esto le inspira mucho, pues cierra los ojos y empieza a darle al magín, que es algo muy suyo, cuando se pone así, primero en plan suave, tranquilo, luego ya se verá... «Ya es demasiado tarde —se dice nuestro hombre— para todo, se me ha acabado el tiempo, me lo dijo el médico una vez, ojo, que un día te dará el dolor de lo irremediable. Sí. Igual es eso. Demasiado tarde para la vida... Y la muerte fue ayer, o será mañana, cosa segura. Demasiado tarde para descubrir el secreto del amor... —el amor que, tiempo atrás, le pareció que había quedado como un resto de perfume en esa casa que ya huele a todos los diablos, y yo de esto sé un rato, en esa casa vacía, arrasada, despojada en la que nuestro hombre ha estado viviendo solo en los últimos meses. ¿O han sido años? Es de ver la suciedad acumulada, las paredes grises, gris de momia, gris de polvo en subterráneo, de polvo en casa clausurada, de habitación tapiada, cegada, gris de muerto, gris de ceniza, gris de

143

polvo antiguo, el pringue atrapa polvos y fija tierras de la grasa de la caldera de la calefacción... Es de apreciar el aire helado. Allí donde estuvieron los cuadros... ¿Qué cuadros, demonio, qué cuadros, de qué estamos hablando? Sólo son huellas, vagas, borrosas, en la nieve a punto de fundirse, pura bruma grisácea, humazos de sala de fiestas de pueblón, restos de algo que nunca llegó a ser otra cosa que un mero embrión, algo que no llegó a suceder, las ilusiones cuasibobaliconas de dos ilusos, de dos tímidos decías, de dos palomos, que jamás supimos que la vida iba en serio, que nunca tuvimos nada, nada digno de ser tenido como tal, nada para decir: «A ver, pareja, declaración de bienes en plan tranquilo, ¿qué tenéis?... Hum, no es gran cosa, la verdad, veré lo que puedo hacer... ¿Pero seguro que no tenéis unas perricas escondidas por ahí?», que todo lo que podíamos adquirir estaba ya roto, estropeado, usado, vivido, desechado, nada, dos méndigos, dos traperos que arreábamos con las cosas, con los desperdicios, con los desechos más inverosímiles, desechos de desechos, de nuestras respectivas familias, de nuestros respectivos parientes más o menos lejanos, sobre todo lo segundo, muebles desvencijados, antigüedades les llamaban para no echar mano de los traperos de Emaús —la leyenda del pobre: «Más vale morir que que sobre»—, de quién fuera, como arrean las picarazas y algunas alimañas, para meterlas en sus nidos, en el fondo de sus guaridas, «Ya los arreglaremos» «Lo tapizaremos» «Quedará como nuevo» «Además, tú eres muy mañoso», y hasta me lo creía y soy un zarpas de cuidado, dos ilusos que alguna vez, en los días más gloriosos, pensamos y hasta nos lo dijimos, nos lo prometimos: «Vamos a vivir juntos y vamos a ser felices y vamos a envejecer juntos, como dice la canción, ¿verdad, mi amor, verdad? Y hasta morir en tus brazos, en los míos...», grannn frase, sí, grannndes propósitos, ay mi madre, ay mi madre, que me muero, y luego era verdad, empezábamos a envejecer de verdad, a dormir mal, a estar cansados, agotados, a no poder con las tabas, a no poder pegar ojo, los dos en la oscuridad sin decirnos nada, odiándonos a veces, otras llorando por lo bajo, otras asustados, porque la gaita es en el fondo el miedo, el vivir atemorizados, a no poder inventar nada para solucionar los problemas, las mil y una pejigueras que se nos habían ido acumulando, eso no venía en el «100 Ideas», no venía, lo veíamos y nos daba miedo, por eso te fuiste también, por eso no dije nada, «Envejecer juntos, morir en tus brazos», no es posible, joder, lo piensa todo el mundo, a la gente le da vergüenza, la gente respira cuando se encuentra al otro lado de la puerta de su casa, allí donde no puede verle nadie y puede hurgarse a modo. Sobre todo si la puerta es blindada, de las de seguridad, de las de los anuncios. Y en el sepulcro es ya el acabóse. Un relajo total. La gente se abate contra la puerta de su casa como si viniesen perseguidos por el mismísimo diablo, que viene a no dudarlo, y no lo saben, no se dan cuenta, respiran con la espalda apoyada contra la puerta, una respiración entrecortada, se ahogan, respiran profundamente, recuperan el aliento y se sienten a salvo...». Nuestro hombre observa a menudo a lo que él llama la gente, yo mismo, sus semejantes, que es faltón y malqueda, y no tiene piedad, ni piedad ni nada, porque dice que no quiere tenerla, toma ya dandi, yo mismo, a través de los librillos de la persiana de su dormitorio. No le ven, nadie sabe que está ahí, a nadie le interesa, pero él los conoce a todos, es toda una vida en el mismo tablado, que de andar en un cadalso uno acaba conociendo hasta la cara del verdugo debajo de la cogulla. Lo de meterse en la saetera como aldeano cabrón es un gran entretenimiento, y si no que nos lo digan a nosotros, ¿eh, Caifás? Pasa la vecina que mira para atrás de continuo porque tiene miedo a que le roben el bolso, y el otro que vuelve a todo correr con las botellas entre los brazos a esconderse y a pimplar todo el día enfrente del televisor, dieciséis canales por banda hasta caer derrotado, birolo, boquiabierto, babeante con ese mol a granel que le deja la boca pintada con tierra morada y el colega, el querido amigo y compañero, nada, mentira, con su cartera llena de pleitos de cuatro perras que alguno pagará a doblón, camino del juzgado a ver a quién engaña hoy, a luchar por la verdad, y el jurista meapilas y medio loco que sale de la iglesia con una cara terrible, como para quitarse de en medio, que en vez de justicia pedía represalias, así como suena, tenemos las pruebas documentales pertinentes, y el fascistón, criminal de retaguardia cuyas hazañas quien más quien menos contaba sobrecogido, todo a beneficio de memoria corta, y pasa el honrado comerciante de la plaza, y el Mario Conde de pacotilla que dirige una sucursal bancaria y en los dos últimos años a base de echarse ungüentos y pringues en la mopa se ha quedado calvoroto, y cruza con sus andares de desgana Porky, el médico que fue de las urgencias domésticas, los descalabros, las peleas a puñetazos, etc., etc., un tipo violento, brutal, pasando distraído las páginas de la prensa local, la que dice la verdad, no la otra, qué otra, no hay otra, sólo hay la de toda la vida, la independiente, lo otro no es prensa, son panfletos, calumnias, injurias, y pasan las dos riquitas con sus abrigos de piel, que andan en lo del inmobiliario, le llaman, a la francesa, en compañía de unos jitos que lavan lo del jaco, y que se arrebujan el cuello y se frotan, sí, se frotan una pantorrilla contra la otra antes de seguir andando y moviendo el culo, y el doctorcito que se sigue creyendo algo, un Sánchez de Peralta o un Pérez de Cascante, un mico de mierda que saca pecho y no puede ocultar su alma de tendero limapesas, y los dos jenízaros que se encuentran por la mañana a comprar el periódico y pasean arriba y abajo como hicieron sus padres y sus abuelos, comentando la marcha de los acontecimientos, la marcha del mundo, la guerra, los negros, los vascos, el coraje, los principios éticos y morales que hay que defender por encima de todo, el honor, la honra, numantistas a ratos, a ratos gente práctica y racionalista, a ellos que les dejen en paz, que les solucionen la papeleta ¿«No están ahí para robar? ¿No les dejamos? Pues que se las arreglen», como sus padres y sus abuelos, pero impecunes éstos y tan sin quehacer como los otros, toman partido por unos u otros, serbios, croatas, irakíes, kuwaitíes, yankis, solo para animarse, indiferentes al horror y al dolor y a la verdadera desdicha, y pasa el Chino con su aire de sacristán rojo que es un tipo que cuando pasa por la calle uno se pregunta si viene de hacer alguna cabronada o va a hacerla, pasan, van pasando, envejecen, enferman, desaparecen, mueren, se casan, aman, codician, tienen rencores secretos, algo les duele, de verdad que algo les duele, algo en cambio les alegra el alma, no lo dicen, se callan (que es por cierto lo que debiera hacer nuestro hombre), llegan otros nuevos, aparece alguno que desapareció hace veinte años, bajo la lluvia, en la dulzura de los días de primavera, bajo los tilos, en los resoles del otoño... ¿Ah, que ya saben que fui el ruiseñor de la Rochapea? Pues entonces no sigo por la trocha fina. Ellos cuando avizoran a nuestro hombre, o mejor cuando le miran de reojo, lo hacen con preocupación, con desgana, con asco, y con la íntima satisfacción de que todo eso le pasa porque quiere, como diciendo «¿No querías ser distinto?, pues toma diferencia» o «Mira, hijo, ¿ves ese hombre? Pues a ése le ha castigado Dios», como hacía aquel cura, un tal Toribio, un pederasta cosa fina, a quien la confesión le servía para inspeccionar la picha a la clientela, que sí, que estas cosas pasan en más sitios que en las novelas de antes, «Déjame ver a ver si la tienes muy roja, a ver, a ver», de los de librarse de la prisión por el certero informe de un equipo de psiquiatras, no por un médico, no, ni por dos, sino por un equipo de psiquiatras que no es en absoluto lo mismo, como todo el mundo sabe, que cuando se tiene guita o se está muy loco, lo que se necesita es un equipo. Años después de aquellas gloriosas y pintorescas confesiones a las que la jerarquía nunca, pero nunca, quiso meter mano, en el otro sentido de la expresión, el Toribio o el Bartolo, gran tañedor de flauta, asaltaba a su antigua y perdida clientela en el autobús o en plena la calle y les susurraba amenazador «Tienes cara de pecado» de la misma forma que años antes y amparándose en la sotana y en otras circunstancias agravantes como la nocturnidad, el despoblado incluso, el abuso de autoridad, les decía «Bésame, pecador, guaporro»... Historieta que nuestro hombre nunca, nunca se atrevió a denunciar, a quién, para qué, que borró por higiene de su memoria, hasta que un día va y se lo suelta, ya tarde ya cuando no hacía falta, al loquero de cabecera y éste se tira a escribir más de media hora, para qué iba a haber contado, quién le iba a haber creído, quién, era su palabra contra la del

147

Toribio y éste tenía todas, todas las de ganar. Esto envenena el alma para siempre... Ahí estaba el miedo, el miedo a defenderse, no a delatar, no, a defenderse tan sólo de aquella secreta, de aquella ominosa agresión, quién le iba a haber creído, en el franquismo además, y ellos ministros del Señor, «Tú perdona y calla, sobre todo calla», le habrían dicho, le habrían cortado la lengua como a Caifás... Habían empezado a correr ya los años setenta, el mundo iba a cambiar, el mundo estaba cambiando, pero el mundo en el que vivía nuestro hombre no iba a cambiar en absoluto, nada, de nada, se iba a hacer cada vez más cerrado, más oscuro, más tenebroso; el mundo en el que vivía nuestro hombre era un mundo de un kilómetro cuadrado, vara más, vara menos, regido por normas y leyes férreas, ajenas a todo lo que sucedía al otro lado de ese kilómetro cuadrado, un otro lado, otra parte, que sencillamente no existía porque era pecado, estaba lleno de putas, siempre a vueltas con las putas y las furcias y las guarras y el amontonarse y el dejar de amontonarse, siempre a vueltas con el desprecio, con la pureza y con el rencor a la vida; un kilómetro cuadrado en el que no se leía más que lo que dejaban leer, es decir, poco, nada, en el que no se hablaba más que de lo que dejaban, nada, amén a todo, sí bwana, sí bwana, sí, como gustéis, que estaba en el fondo en globo hasta el potaje, que esta basca no se andaba con chiquitas a la hora de cobrarse las represalias; un kilómetro cuadrado cargado, decían, de historia, de ortodoxia, de tradición, es decir, de violencia, de arbitrariedad, de abuso; un mundo en el que se pensaba poco, es decir, nada, porque ya se encargaban otros de hacerlo, otros más preparados, otros con más categoría, otros, no se podía ni leer el periódico, un mundo en el que la libertad de conciencia estaba negada, y la libertad a secas también, sobre todo la del prójimo, y al que simplemente disentía, decía no, quería irse, cerrar la puerta a su espalda, para siempre, abrir una ventana, respirar, se le perseguía con delaciones, con expulsiones arbitrarias del puesto de trabajo, que estos andobas que se adueñaron de ese kilómetro cuadrado, por encima, por debajo, se hicieron el entramado mismo, usurpaban la voluntad de Dios, sabían quién, cómo, cuándo se iban a hacer acreedores de la condenación eterna, lástima no poder delatar, informar, acusar, aconsejar, ser un maleus maleficarum con patas para que no se escapara ninguno, le creaban dificultades al más pintado en la vida cotidiana ya de por sí difícil, amedrentaban, coaccionaban, por teléfono sobre todo, menos, nada por carta, para no dejar huella, no dejaban en paz, no había forma de irse, cómo se puede dar a la fuga uno si va además con los ojos vendados, los pies y las manos ligados como los suicidas del franquismo, darse a la fuga en esas condiciones es asegurarse un trompazo de los buenos, es arriesgarse a que le apliquen a uno la ley de fugas; un kilómetro cuadrado en donde nada era lo que parecía y todo a la postre resultaba mentira; un mundo ejemplar en el que ni se robaba, ni se ejercía otra violencia que la que procedía, es decir, toda, ni se fornicaba, y luego resultaba que sí, que se guindaba de lo lindo, se sacudía uno la polaina día y noche, y hacía cada cual de su capa un sayo, luego pagaba gabela y a correr, al cielo; un kilómetro cuadrado donde se tenía, porque había que tenerla, una idea muy, pero que muy clara de cuáles eran las conveniencias, de lo que convenía y de lo que no, aunque esto fuera mentira, fuera faltar a la más elemental verdad, a la más sencilla buena fe, y un sentido muy, pero que muy peculiar de la tradición, del decoro, de la humildad, de la lealtad, del espíritu de clase, de quién mandaba y de quién no, un mundo de siervos y de amos, un mundo de siervos para los amos, un mundo de apariencias, un timo... el mundo, a pesar de todo, es ancho, ya era entonces ancho, joder, que hay sitio, demonio, que hay sitio, que tenemos que hacérnoslo, que en algún lugar hay alguien, seguro, que puede querernos tal y como somos, que no nos va a endiñar nada, que no nos va a vender nada, que no nos va a agredir, al que no le vamos a mentir, seguro que es así, seguro que vale la pena intentarlo, aunque sea tarde y uno vaya ya tullido, tullido de pies y manos, tullido de alma, o con más costurones que penco varas... Pero ahí estaba ya el miedo a hablar, a decir verdad, el miedo a la propia memoria, el miedo a uno mismo y a los demás, el miedo a la vida, quién le iba a creer además, en eso llevaba razón, de haberlo contado no le habría creído nadie, esas cosas no traen más que problemas, todo Cristo tenía miedo «a las consecuencias», que tenían mucha mano aquella piadosa gente, y podías buscarte una ruina con la madera incluso y con los juzgados y con el del banco y en el colegio de los hijos, y si se le soltaba semejante historia, gran imprudencia, al loquero de turno, éste dictaminaba, «Esto que me has contado no es verdad, te lo has inventado para asegurar tu ego» y aun nuestro hombre le dio la murga a lo del ego, qué será esto del ego, qué no será, y ya menos a lo otro, mejor callar y no pasar encima por fraile exclaustrado que se pasa media vida gruñendo porque le han puesto o querido poner el bul hecho un bebedero de patos, que no es un papelón muy lucido, que digamos. «Esto es cosa de antes, hombre, de antes, ya no pasa, no, y si ya no pasa, no ha pasado nunca, me entiendes la película», diría Juan Carcoma. Pero volvamos al aspecto que ofrece nuestro hombre cuando va por la calle. ¡Caramba! Ya sabemos que no lo tiene muy bueno; pero tampoco es para ponerse así. Total qué, que tiene un careto de todos los diablos, algo que dicho sea de paso a estas alturas tiene difícil arreglo, que va un poco astroso, también sabemos, pero sin exagerar, no es el único que bailoteando en la cuarentena está devorado, que es que no hace ejercicio, que se ha abandonado mucho en los últimos años, se lo dijeron hasta en el sastre la última vez que fue, buena ocurrencia, «Joño, mira qué día más bueno hace. Voy a hacerme un traje», que no crean ustedes que los motivos que han empujado los cuarenta y tantos años de la escorredura de nuestro hombre son mucho más sólidos, el día que hace, el que hizo, el mal sabor de boca, el haber dormido mal o bien, la mala cara, etc., etc., total, un mes sin un pavo, el dandi éste, daría el pego en un entierro, sí, en un entierro a oscuras, lo justo, se le nota la derrota en la cara... Ahora, claro, si nos ponemos a eso también podría él a su vez hacer desdichadas comparaciones, comentarios destemplados acerca de la gente con la que se cruza en la calle y a veces, siempre que puede, saluda, podría decir: «Esta gente es la reoca, verdaderos profesionales del sucedáneo y de la pacotilla, del acoso y el derribo, del aquí te pillo y aquí te mato. Hace falta estar majara para en esas condiciones sentirse orgulloso de sí mismo, yo no sé en qué espejo se miran éstos, a la fuerza tiene que ser un espejo mágico, si los filmaran no se lo creería ni Cristo, y lo malo es que se filman, se sacan fotos, vídeos, aunque luego digan que lo del vídeo es cosa de horteras, se miran hasta el agotamiento, hasta ese hastío secreto que sienten cuando se dan cuenta de que no saben lo que pasa en el mundo, con ellos mismos, o si lo saben les da igual, la vida que se escapa, que se acaba, cuyo disfrute uno aplaza y aplaza hasta que ya no hay tiempo, que no hay mucho más misterio, y ese atesorar lo que ya no está, lo que ya no volverá, ese verse reproducidos, en la mismísima televisión, y no sienten en el fondo nada, ni asombro ni nada, tan sólo están, se muestran satisfechos, se ven, mal vestidos, derrengados, ahítos, se rascan mientras se miran, se hurgan, se huelen los sobacos...Y éstos no son los peores, éstos son los palomos, los que pagan el pato, los peores son los pares de nuestro hombre, apestan a ginebra revirada, a vinagres, a cebollas, ocultan como pueden a sus mujeres porque son la prueba palpable de sus múltiples, reiterados, constantes fracasos, de una infelicidad que no conoce límites, disfrazados de "La vida es así, hay que vivirla" "No, mire, de eso, nada, la vida no es así, la vida no está para vivir a cuatro patas", de cuando en cuando organizan una cena con las legítimas, más que nada para comprobar que sí, que es verdad, que no hay duda, el prójimo no ha tenido suerte, anda jodido, se le ve, mientras que yo todavía tengo un buen pasar...» ¿Lo ven? Si nos ponemos a ello, todo el mundo puede burrear un rato. Nuestro hombre se encuentra con ellos en las calles del barrio, a veces confraterniza incluso, se codea, quiero decir que los sortea a codazos, observa cómo leen tranquilamente el periódico en una degustación de café, de qué manera se interesan por cómo va el mundo, cómo va a ir, fatal, cómo toman un café al tiempo que ojean la prensa oficial, la voz de su amo, siempre hay una, o varias, el parte, el tararí que te vi, Diario Hablado de Radio Nacional de España, mojan un bollo, se miran satisfechos en el inevitable espejo, bien, bien, la cosa va bien, va superior, compran *delicatessen* noruegas, danesas, búlgaras, francesas, alemanas, en la tienda del barrio, sin exagerar tampoco, huevos de lumpo y trucha o salmón del pacífico sur, lo pone en la funda, un magret de pato para que mi hombre vea a gusto el partido y se echen luego una partida de cartas hasta la madrugada, como en las películas, pasean un perro, uno de esos perros que ladran en la noche sin parar, eso les da seguridad en sí mismos, son el ladrido, saben que molestan, pero se sienten superiores, y durante el día también, perros lustrosos bien alimentados, mientras que ellos de ordinario comen mal o regular para ahorrar, sin darse cuenta, además, para que el perro zampe como un marqués y luego deje los alrededores llenos de cagarrutas, como los ricos, ondia, como los ricos, como en la tele, como en las revistas, pasean un niño, pasean, que para eso se desloman a currar, se pasean, hablan a grito pelado, hacen chasquear el elástico de las bragas o se rascan la entrepierna, en gestos inequívocos de comodidad y finura, ni siquiera se pavonean, o al menos no todos, otros sí, ésa es la gente que alguna vez dijo, «Seremos felices, amor mío, te lo juro» o «Tengo que triunfar» o «Me voy a hacer rico» o «Y por la noche saldremos al jardín, pequeño, eh, que no tenemos para mucho, y miraremos las estrellas, yo me compraré un telescopio, aprenderé astronomía y tú, si quieres, astrología y podíamos poner una consulta, ganar pasta...», joder, tienen que haberle encontrado un sentido a toda esta faramalla, si no, es para troncharse...

Y en ese barrio por el que deambula cuando parece, o quiere aparentar, que hace algo de provecho, la casa misma de nuestro hombre es una excrecencia, algo condenado a desaparecer, a ser derribado, una casa de gentes de otro tiempo cada vez más ruinosa, habitada por cuasi mendigos... ¿Cómo que no? Claro que los hay... ¿O no existe el cuasi delito y el cuasi contrato?, pues entonces... Y nadie se asombra, nadie, el suyo es un mundo de gente que ha ido muriendo, de esto y de lo otro, de lo normal sobre todo, o desapareciendo del mapa, parece que sólo queda nuestro hombre, ahí, a la espera del desahucio, con la placa de abogado en la puerta, pero no, no es verdad, hay más gente, lo que pasa es que se la ve poco, se encuentran en los entierros o en los funerales. Ellos no se dieron cuenta de que la ciudad y la vida crecían y cambiaban a su alrededor, no se dieron cuenta de que el mundo era ancho, de que es ancho, porra que si lo es, pero sobre todo nuestro hombre que se quedó prendido en otra época, en unos días, de primavera clara o de otoño de fuego y caza, qué más da, sólo unos días, una estación, una nada, también de prestado pero al sol, y de eso ha ido viviendo, de recuerdos, de fantasías, de unos momentos en los que fue feliz y creyó que aquel sentirse acogido, aquel mundo lleno de posibilidades y de sonrisas era de verdad, el de verdad e iba a ser el futuro... El caso es que nuestro hombre y ella se dijeron «Pondremos esta casa, amor, como en las revistas», o algo así, qué más da, es algo tremendo lo que la gente puede llegar a decirse, lo que pueden llegar a chamullar para no confesarse que tienen miedo, un canguelo espantoso, para no pensar en ello. Bueno, total que pusieron unos carteles aquí y allá, anuncios de grandes exposiciones que no habían visitado ni probablemente iban a visitar jamás, joño con el MOMA, unas reproducciones más o menos chungas, qué misterio haría codearse a «La nuit espagnole» de Picabia con el cartel de esa película «Aguirre o la cólera de Dios», que hace falta humor para pasárselo bien debajo del careto de Kinsky, pero como Aguirre el peregrino, el traidor hasta la muerte, era vasco, y sobre todo hijo de fieles vasallos en tierra vascongada, y contra el rey de España, pues nada, un héroe nacional, como los feroces etarroides, que ya decía el gran Iturrate, un basko profesional, poseedor de la esencia misma del baskismo, de la piedra filosofal de la sencillez y la simplicidad y la autenticidad de todo lo simple, lo auténtico, lo sencillo, lo basko, al tiempo expulsaba el humo por los colmillos como si fuera a meterle un bocado en la yugular a su interlocutor, «De haber vivido hoy, Lope de Aguirre sería de Herri Batasuna». Joño con el erudito éste. Bien, a lo que íbamos, que de todo aquello de la vida de pareja, del amor y de-

más asuntos fetenes no queda nada. Una casa helada...
«Y sin embargo —sigue nuestro hombre dale que te
pego con la matraca— podría haber habido algo, podría
haber sido distinto, de no haber tenido yo mismo ese
miedo atávico a la vida, que no me he podido quitar jamás, que no tengo ni idea de dónde viene, así me coja a
mí también por banda un verdadero equipo de loqueros,
podríamos haber hecho algo, si no hubiésemos sido
enemigos... enemigos de nacimiento.» Los recuadros
grisáceos de las paredes señalan los lugares donde estuvieron colgadas o colocadas las demás pacotillas, las es-
tanterías de chichinabo, las guarrerías, qué bibelotes ni
qué puñetas, guarrerías, imposible enumerar todas las
guarrerías que almacenaron nuestro hombre y ella, luego *ésa* y más tarde *aquélla* como dos traperos, qué cantidad de cochambres recogidas aquí y allá, en un lejano
pasado, y tan lejano, con la sana intención de crear una
atmósfera simpática, íntima, agradable, evocadora...
Imposible, se desmoronaba todo como quien construía
castillos de arena, o peor aún, de naipes... A empujones,
hasta que uno desiste, se entrega, deserta, se rinde...
«Se nos escurrió la vida, como el agua debajo de las
puertas cuando tengo una de esas malditas fugas y se
me revientan las cañerías, y ahora es la época, además,
así que mejor nos andamos con cuidado...», sigue diciendo nuestro hombre embozado, ovillado en la piltra,
de donde le cuesta salir, de donde si fuera sensato e hiciera un somero balance de tesorería, existencias, pro-
veedores, cuenta de resultados y etcétera, etcétera, no
debiera salir jamás, debiera encamarse para siempre,
además, cualquiera diría que duerme como un leño,
pero no, sólo se está quieto, pensando en cosas de mucha sustancia como por ejemplo «¿Por dónde volver al
pasado y empezar de nuevo?» o en algún método para
matarse como ese tirarse al tren de los borrachones
como él, pero la posibilidad de verse despanzurrado entre el balasto y las traviesas le da un escalofrío y tose.
Mejor pensar en ella, en aquella forma de odiarse sin
tregua; mejor el empeño, por demás inútil, de intentar
saber cuándo empezó aquello, cuando la ternura dejó
paso a la inquina, y la piedad, que es una cuestión de

matices, de variaciones en el tono de voz, de tacto, de una emoción que el pudor vela, a la agresión, a la brutalidad nunca confesada, secreta... Incapaces sin embargo de irse cada cual por su lado y de empezar una nueva vida, tal vez por miedo a la familia, miedo reverencial, miedo al cuarto mandamiento, honrarás a tu padre y tu madre, te han de excomulgar, nos llevarás a la tumba si lo haces, te desheredaremos, ¿pero ya queda algo?, te vamos a hundir si nos haces eso, o mejor te hundirás tu solo porque tú no sirves para nada, eres un enfermo mental, no querrás rompernos el corazón, todo mentira, todo mentira y nadie en esa bujeta de mágico ful que es el pequeño mundo de nuestro hombre se daba cuenta de que no se puede vivir no creyendo en nada, simulando, impostando emociones, sentimientos, ideas difusas, creencias que no se tienen, en el silencio que todo, todo lo otorga, que de todo y de nada es cómplice y hasta instigador, todo patraña, filfa, que dirán, que sí, demonio, que sí, que cuando uno no ha sido capaz de hacerse una vida propia, porque no ha podido o no le han dejado o no ha sabido, tiene miedo, no tiene más que miedo, de por vida, miedo a que le echen a patadas, que eso existe cuando a uno le han amedrentado, amenazado, miedo al desprecio de esa familia en la que cree y no cree, a la que quiere y detesta o dice detestar, de la que afirma que no le han dejado vivir, pero no puede aportar pruebas suficientes, convincentes, definitivas, sólo indicios, chichinabos, motivos de chacota (en esto es como lo de las torturas), y al final no sabe nada, se hace un lío, un lío tremendo; tal vez supieran que no estaban muy dotados para la vida corriente, para la de todo el mundo, para ganarse algo más que el currusco, eran ambiciosos como quien se toma un inductor del sueño, una cucharadita de jarabe de belladona, sólo para dormir mejor después de haber cenado bien, «Mira, amor, vamos a comernos un chuletón de buey y con la andorga bien llena hacemos planes para una vida nueva, ya verás, ya», y se iban a machacarse unos duros, y al final, con los ojos ya vagabundos después del chocolate caliente con nata y tejas o de la cuajada, mamiya de casa, con miel y nueces, después del chuletón de buey de carne casi violácea de más de un kilo, les hacía gracia, «Qué grande, pero qué grande, qué buen apetito tenéis, pareja», y con el calor de los fogones, y la lechuga cuajada de cebolla a la antigua y los pimientos del piquillo que no falten, y el par de botellas de tinto de cosechero de Haro, no de cualquier sitio, no, de Haro, ligeramente fresco, que así es como hay que planear la existencia, así, se decían «Tendríamos que viajar, y vivir mejor y ganar más dinero y ponernos a régimen y hacer deporte, esquí de fondo, equitación, se te quitará la celulitis, amor, tendrás mejor cara, y tendremos amigos, amigos de verdad, y... y por fin seremos felices. Una porra».

Y bien, ahora que parece que se nos ha quedado algo más entontecido, hagamos el inventario de lo que queda en la casa. Es muy instructivo porque no es buhardillón de bohemio, sino domicilio particular de profesional liberal: un viejo jergón, quiero decir un colchón sobre un somier tan escachados ambos que en esta prendería no nos dejan llamarle al conjunto más que piltra, pasablemente sucia además, la ropa en unas maletas y en unas cajas de cartón, arrumbadas contra la pared, que el armario de luna, como Dios manda, se lo llevó ella, un viejo escritorio de persiana, roble auténtico, de esos americanos que salen en los anuncios para lo de los hobbies en el desván (en la mansarda, en la mansarda), nada que ver con lo nuestro, nada, pero no está despistado, no, me quita la palabra, es un maleducado... «Un mundo que olía a cárcel, a represalias, a represión —¿Y por qué a cárcel? Y yo qué sé. Ah pues si usted no sabe, listos vamos—, por qué a cárcel, a pobreza, a dignidad, a restos de comida, a esas casas donde la miseria repta, en forma de tufos de cocimientos de sosa y comistrajos de mal aceite y sebo, por las escaleras, se adhiere a las paredes, a la ropa, y acaba adhiriéndose al alma, a tintajos, a cartas de esas de «Al recibo de la presente espero que os encontréis... muertos», muertos de una vez y para siempre, qué familias ni qué carajo, todos al final echándose a los padres, a los abuelos, a los tíos, a los primos, a los parientes ancianos, impedidos y necesitados como pelotillas de un lado para otro, esos seres que al común de la gente les resultan monstruosos aunque no lo digan, aunque echen mano del fuero y el pasaje asegurado en primera para el otro barrio, que los recogen de pueblajos perdidos, auténticos trogloditas, para quitárselos de encima en algún asilo, si tienen algo para guindarles es distinto, se los llevan a casa y los meten en «la habitación del servicio» o en alguna institución; gentes que se han ido quedando en lugares que no vienen en todos los mapas, donde el único y mínimo signo de vida era una débil columna de humo, en un paisaje difuminado por la nieve, saliendo a través del boscaje, de ahí salían unos filósofos tremendos, la alegría de los sentidos, proscrita, la alegría de la inteligencia, proscrita, la pesquisa de los cuerpos, la línea del pecado, la obsesión, la persecución, el espionaje... negra reproducción, herencia escurialense de pudridero, casas derruidas, viejos escudos, labras montañesas que decía el otro, un escudo más grande que las casas, rancia hidalguía, al final el escudo abatía las edificaciones que las zarzas acababan tragándose en un pis pas, nos ha jodido mayo, cargados de estampas, imágenes, reliquias, detentes balas, rosarios de muertos, recordatorios de otros muertos, muertos que se entierran entre sí, escapularios pringosos, qué asco, Dios, qué asco, nada, porquería, miseria antigua, pobreza, fanatismo, falta de instrucción, falta de higiene, enfermedades, estupidez, una gana inaplacable, la gana del miedo, y por todo patrimonio un costal de refranes y de sentencias, de sucedidos ejemplares, de repulsivos refranes, de frases baratas, de librillos llenos de grasa y de babas del género «Cartas de un padre a su hijo» —y por qué no «Carta de un hijo a su padre», sólo para explicarle, para intentar que se enterara de una vez, de que contra todo pronóstico nunca estuvo enfermo, nunca, de que la libertad existe mal que le pese, la libertad y la conciencia individual, no enajenable, no una letra de cambio de las de fírmame aquí y aquí y a la vuelta, pero no, iban a leérsela, le iban a decir lo que ponía en el papelajo, no porque fuera ciego o sordo, sino porque tenía la conciencia arrendada, y ahora también escribir esas cartas era inútil—, de odiosos, de repugnantes refranes emblemas de la patria profunda, prototipos de una miseria antigua, de una serenidad que no es sino apocamiento, de cómo la venganza se esconde detrás de una devota plegaria, y el ánimo de revancha, de cómo un refranillo sabio envuelve una canallada... La mirada puesta en unos ahorros insignificantes sin más objetivo que pagar en el mejor de los casos una medicina cara y refinada, de no ser tratado como ganado en el matadero, los ahorros del miedo, «a costa de mucho sacrificio», como quien dice una gran cosa y no que la vida es muy dura, a pelo, demonio, a pelo; pero no, había que echarle al asunto grandilocuencia, retórica, teatralidad ful de dramón, había que discursear con ello, meditar, es decir, cerrar los ojos, poner careto de flagelado, acoquinarse, y qué... y yo qué sé, no me creo nada, no puedo creerme nada, había que echarle pringue, «En este mundo estamos de pasada», «Una mala noche en una mala posada», que no, mierda, que no, que así uno acaba no teniendo como quien dice ni para la mortaja, y además los vivos ya se encargan de arrebatarte esa satisfacción *mortis causa,* «Ahora, un entierro barato, total él, donde está, ya no necesita nada, venga, al nicho». Y no les faltaba razón, no, se metían en pleitos de chichinabo, lo justo para hacerse imposible la vida, aunque fuera en miniatura, que si una piedra, que si me has metido la reja del arado y has movido los mojones, que si me han echado los animales en la huerta, que si me han cortado el regacho, que si p'aquí que si p'allá, cuestión de discutir, de porfiar, entre cuatro o cinco trogloditas que estaban todos con un pie en el otro barrio, cercados en invierno por la nieve, rodeados por los lobos, los jabalís les destrozan las huertas, y las garduñas, los tejudos, las raposas... Rodeados de alimañas, una vida auténtica... ¿Que exagero? Mire usted, malasombra, hideputa, vaya usted por allí, mire y luego nos cuenta lo que ha visto, y además viene todos los años en los periódicos, en época de temporales, como si fuera una gran cosa, un entretenimiento nacional, un reportaje con garra, sólo se les ve la cabeza por encima de la nieve, nuestra España profunda, de la que hay que largarse como sea, cualquier método es bueno, largarse lejos, para poder simplemente vivir, para poder saber lo que son unas gambas a la plancha, simplemente, nuestra España profunda donde anida, entre otras cosas, claro, siempre entre otras cosas, que éste es un alegato a instancia de parte, y por tanto parcial y todo lo sesgado que los intereses de parte lo requieren —¿Para qué irse al Bhutan o al Tíbet?—, donde anida y engorda y crece la envidia y la enemistad y la inquina como único impulso de vida, algo contagioso, una pugna por ver quién es más fuerte, quién molesta más, quién puede hacer más daño... Una asociación de amigos podrían hacer también éstos, amigos de los autos de fe, de las purgas, de los castigos ejemplares, de la flagelación, del dolor gratuito, del gusto por sentir el escalofrío del miedo, el alientillo de las tinieblas y de seguido el alivio del besuqueo de la estampa, amigos de la muerte a garrote vil, emparentados con la misma muerte, toda la vida tratando de tú a tú con la pelona, en plan de amigos, bailando un agarrao con ella, verdaderos familiares del dolor y la muerte lenta, me decían «Fíjate, más de veinte minutos tardaron en certificarles la muerte a algunos, seguían moviendo las piernas, así, a sacudidas» y el otro añadía por no ser menos en el recuento de horrores, «Había que verlos cómo blasfemaban mientras el capellán les echaba bendiciones, cuando los sacábamos de las camionetas para fusilarlos...». Todo esto sucedió hace tiempo, no está sucediendo ahora, son como zaborras en la memoria de nuestro hombre, historias para no dormir, historias, verdaderas, sin embargo, siempre el lado negro de la vida, el castigo... Pero ahí, sí, en esas buhardas de la memoria, en esas zahúrdas de la vida, en esos extramuros lobulares de la existencia, ahí es donde se almacenan los rostros borrados, porque no ha habido más allá, todo lo demás es cuento, nada más que inventos, y como queda dicho, todo esto no sucede en ningún sitio, son historias para no dormir, para no vivir tampoco, pretextos para andar acojonado, para vivir a cuatro patas, para pimplar de lo lindo de por vida, para no poder ir a los toros con un veguero ni al Florián a por un helado o lo que sea en Nochevieja... Cualquiera con el seso bien colocado en la sesera y no al revés, bailoteando como badajo en campana boba, habría dicho «Venga, Indiana, una canoa, al Amazonas, agur», y con todo eso tiene nuestro hombre cuentas pendientes que saldar, lo ha ido aplazando, aplazando hasta que se ha hecho imposible «arreglar el asunto», como dicen los que van de fijo a perder el pleito, porque además ya no hay tiempo, ni salud, ni nada, es imposible, ya «no ha lugar», se han pasado los plazos, ha caducado la instancia, ha prescrito la vida, cosa de saber, o de haber sabido, el precio, el precio exacto de su miedo, de su inmenso terror a la vida, morbosas cuentas pendientes —el asco indecible de esos escapularios marrones, sebosos de tanto llevarlos pegados al cuerpo, a uno de esos cuerpos que raras veces se lavan, «Cuando se estaban muriendo se les escapaban los piojos por la cara... Así sabíamos que se iban a morir» y se reía cuando lo contaba, con el juicio ya perdido, ¡Dios mío!, que se nos va a echar a llorar nuestro hombre, de pura rabia o de ternura, o de la piedad escondida, de lo único que de verdad tiene, del amor a lo que es, mal que le pese, a lo que le ha hecho como es, que mucho nos tememos que todo lo demás no sean más que baladronadas de matón con copas: la vida timorata—; cuentas pendientes con su memoria, consigo mismo, por eso tiembla, aliviado de veras, de no saber ni recordar más que de lo que sabe y recuerda... Mas nuestro hombre tampoco quiere ser injusto con nadie. ¿A que sí, melón? ¿A que sí? Verdad, Caifás, sastre de momias, malasombra, a que no hay que ser injusto con nadie... Pues claro. «No ser injusto con nadie... pero también no enloquecer, no dar en loco, no volverse majarón, poder recordar simplemente sin enfurecerse, respirar aire de verdad puro, mirar hacia dentro, en esa oscuridad y murmurar «No temerás el espanto nocturno, ni la flecha que vuela de día, / ni la peste que se desliza en las tinieblas, ni la epidemia que devasta a mediodía...», pero esto último pertenece a unos días lejanos de tregua y de paz que no regresarán jamás. «Aquí la memoria es igual para todos, incluso para los desmemoriados... Sí, pero la camioneta»... Pero qué perra, deja la camioneta en paz... «Por qué demonios se me ocurrirán estas cosas. ¿Cómo habría sido el juicio, quién el ejecutado como un conejo en la noche? Uno de tantos, acusado de quemar imágenes, de ser elemento contrario al Glorioso Movimiento Nacional, al final iba a resultar que había más imágenes que habitantes, de lo contrario no saldrían las cuentas... ¿Y esto a quién puede importarle? ¡A nadie, demonio, a nadie!, eso fue y ya no es, se ha acabado, se ha acabado. «Qué fácil es enredar en la miseria, qué fácil es echar la culpa a otro, a los demás, qué fácil es calumniar», decía la otra, la de las ideas imbuidas, que por cierto cuando nuestro hombre oía lo de las ideas imbuidas pensaba de seguido en algo que yo ya he visto, en lo de las ocas zampando con un embudo metido por el garganchón, venga de ideas y de ideas hasta que se le pone el higadillo graso como a él mismo le ha venido a suceder con los años, pero no por las ideas... La calumnia, la peor de las mordazas, el buen nombre, todo mentira, filfa de primera calidad, instrumentos del sometimiento... Pero no se trata de calumniar, sino de no dejarse arrebatar también la memoria, de arrancarse la mordaza, de no callar, de vivir con la propia verdad, de no verse obligado de nuevo a pedirle perdón de rodillas a nadie por querer ser él mismo, como se vio obligado a hacer nuestro hombre a su mismísimo abuelo, a quien para completar la comedia habían metido en la cama a gimotear de dolor, por haber sido detenido por la policía, que más que el miedo en los calabozos y a las brutalidades y a la mala sangre de los policías armadas «¡Aquí no mea ni Dios, que se meen encima estos hijosputa!» y a recibir la misma paliza que recibió el compa, el Zestas, por cierto, en los locales de la BPS, debajo de los cuales se encontraban, casualmente, el calabozo donde metieron a nuestro hombre... ¡Menuda tronada!... Lo que le acabó quedando era esa humillación sorda, imborrable, para siempre, la vida de rodillas... Pero eso no es nuevo, no hay que ponerse así, siempre ha pasado, a mí también me obligaron a pedirle excusas a un menda de esos que medran con el poder sin hacer nada, cabrón y lampador, ex seminarista y ladrón nuevo, por haberle escrito unas coplillas de cuyo exacto contenido no se enteró nadie, como con todo lo mío que no en vano me apodaron el oscuro, decirle que tenía más cara que un saco ochenas, y no pasa nada, se va, se le dice lo que haga falta y para el coleto se piensa «Me cago en tu puta madre» y se acabó.

Después del rosario de parecidas historietas que se desgrana nuestro hombre un día sí y otro también, no hay quien se tome en serio nada, pero nada de nada, después de eso no queda más salida que la canoa, el Amazonas o el hacer como si aquí no ha pasado nada, hacer como si, aparentar, fingir, simular, no decir verdad, no fiarse de nadie ni de nada, esperar, ni olvidar ni perdonar, vengarse, y llevar, como buen aldeano, el robo metido en la sangre, hasta que esto último también se revela una filfa... «Y además... —sigue el Segismundo éste— Bien, de qué. Qué va a ser fácil enredar en la miseria, en el lado enfermo de la existencia. No tienen ni idea. Es complicado. Requiere su técnica o el estar ya desahuciado, como yo, pero yo no estoy desahuciado, a mí me han enseñado que todo tiene arreglo menos la muerte, mentira filfa, nada tiene arreglo, nada.» Contaban de aquel otro sidoso que tenía coca a montones, por zacutos, de forma que a los devotos no les impedía cumplir con las obras de misericordia y mejorar, sentirse además de bien, buenos... Virtuosa gente aquella, hacer la visita del enfermo, cuatro cucamonas para que pusiera una sonrisa descarnada y luego se quejaban de que el otro les vomitaba adrede encima, «¡Ay! Marrano, más que marrano, que nos contagias, que nos contagias», pero para entonces ya se habían puesto las narices bien albardadas, como fritos de gambas... Decían que se arrastraban por el suelo, a la luz de los faros, junto a los fosos... Y nuestro hombre, que así le ha ido, ¿no les parece?, no sé si van viendo, si se van haciendo una idea cabal, gustaba desde niño de historias de ajusticiados como historias llenas de ejemplaridad y moralina, de miedo, «Si soy dócil, no me fusilarán, no me echarán garrote vil», las contaban en las noches de verano en la terraza desde la casa paterna, desde donde se dominaba la ciudad, y sus torres y sus montes y sus tejados viejos y el futuro se veía risueño, prometedor, y desde donde nuestro hombre se preguntaba cómo sería esa ciudad, cómo la gente que vivía debajo de los tejados, en los recuadros de luz a lo lejos, en las solanas de vidrio antiguo que el sol de la tarde... vale, vale, desde donde se veían los fuegos artificiales en las noches de verano, y las luces nocturnas de una ciudad que crecía y crecía, o junto a la placa reluciente de arena y vinagre de la cocina de los abuelos en invierno, al calor, con la poca luz, pongamos que con una vara de nieve en las calles, en Venecia, el Florián, y aquí un frío que pelaba, que cortaba las narices y dejaba carámbanos en los aleros, y un cielo azul raso, rosáceo al atardecer... Nunca quedaba claro qué había hecho aquella gente, nunca, «Ofender a Dios», casi siempre, ser rojos o peor aún, vascos, y el último argumento, el definitivo, el más misterioso, «Hay gente que no tiene "derecho a la vida"» y lo decían con bien de saña. ¿Qué les habrían hecho los que no tenían derecho a la vida? ¿Quiénes eran ellos para decirlo y para disfrutar de aquel modo si se trataba de arrebatársela? Imposible saberlo. Imposible saber de ese rencor. No es el nuestro. Que hay gente muy rara, afirman los que saben... Por cierto, eran historias que se contaban con temor y a la vez con fatalismo, sin rencor, entre suspiros y muchas plegarias —«Anda, vamos a rezar un rosario por ese pariente tuyo al que ajustician mañana» con la variante del aniversario «Hoy hace diez años que lo ajusticiaron»—, como cosas que suceden sin que uno pueda hacer nada para cambiarlas y así, lo mismo que la muerte, la vida, la mala suerte, los reveses, los empujones, los abusos, la condición de parias, de comparsas, de menestrales y de mirones... Y a ese escritorio americano de persiana (que por abrirlo nos hemos ido por los berenjenales que nos hemos ido), lleno de cajones y bandejillas, del que es mejor no indagar mucho su última procedencia porque no tiene nada que ver con la batuta del estilo y sí con un por demás vago y precario sentido del confort y la intimidad de «un rincón para mis cosas», otra sandez de las buenas, se sienta nuestro hombre en busca de cigarrillos y, como quien echa una mirada a una bola de cristal, o sería mejor decir a un pozo, a ver cómo se encuentra el estado de la cuestión, cómo va a estar, fatal.

Por fin ha conseguido levantarse de la cama, y nosotros con él, sin más descalabros, sin más temblores que los debidos. ¡Qué sarcasmo, no les parece, que su vida sea una cuenta pendiente, una maraña de facturas, de reclamaciones de Hacienda, de grandes y pequeñas oscas que no puede pagar, de cartas de banco del más variado estilo, y hasta cartas de ella de las que no ha logrado desprenderse o de la guarra de su abogada, bien conminatorias éstas, sí, señorías, sí, reclamándole algo pendiente, claro, o alguna novedad imposible de cumplir, pretensiones ya del todo inútiles —a este propósito, como se dice por lo fino, de las leyes, conviene llamar la atención de sus señorías que por lo que se refiere a nuestro hombre hay que recordar a la fuerza lo de en casa del herrero cuchara de palo y que si difícilmente puede gestionar sus propios asuntos con un mínimo de destreza, cómo va a hacerlo con los del prójimo, ¿estamos?—, de extractos bancarios tirando a delirantes, cada vez más exiguos, ridículos, vamos, cagalitas, de papelillos amarillos de la tarjeta de crédito —«¿Para qué habría sacado yo treinta verdes a las 4.a.m.? Claro que esto fue hace tres años ¡Cómo pasa el tiempo. La vida es un soplo!»—, un laberinto en el que uno se mete sin darse cuenta y del que luego no hay quien salga, una maraña inextricable que no hay forma de saber cómo se ha formado, no hay manera de remontarse al origen, de deshacerse de esos engorrosos testimonios de deudas que no es que no pueda pagar sino que le cuesta pagar, que no puede, ahora, claro, y porque además le cuesta aflojar la tela, no encuentra el momento oportuno, siempre le surge algo, algún imprevisto, algún *bisnes* que dice el Prenda, fotografías, viejas, todo viejo, todo caducado, todo fuera de plazo, carteras de fósforos de algunos lugares —ambientes agradables y compañías tranquilas, o viceversa— que no le suenan de nada, porque en realidad todos son igual de mugrientos, visto uno, vistos todos y que le sugieren lo peor, porquerías que le van quedando en el lugar, en el espacio que diría Orbea, donde pensaba hacer aquella tesis para el doctorado sobre el derecho penal del Viejo Reyno, que era una cosa con mucha personalidad «Fijaos, al cuatrero le metían el brazo en la mierda del animal que había robado... Bueno, si se lo habían comido, de otro, pero de la misma clase, y luego le cortaban el brazo por donde la marca el excremento... Qué diferentes somos, cuánta tradición, tenemos que estar orgullosos de ser la genuina raíz de España» y un montón de pequeñas basuras, billetes de tren, fotitos de barraca de feria, botones, pijadas de propaganda, lo que dan en los aviones, lo que ponen en los hoteles para arramblar, recuerdos de nada, basuras que no ha tenido el coraje de arrojar y a las que se refería sin duda algo que anotó en una libretita impoluta donde había formado propósito de ir dejando constancia de «lo que me pasa», porque de inmediato se encargó de ir paleando jiña y desperdicios como esos méndigos que arrastran de un lado a otro un carricoche lleno de todo lo que van recogiendo en la noche de la ciudad y a los que al final los cabezas rapadas o los pijos pegan fuego, por hacer una gracia, para ver, por crueldad: «La retención de las cosas es el último recurso para conservar esa vida que inevitablemente transcurre» (leído con seguridad en alguna Tribuna Médica atrasada de varios meses, bien pringosa, que atrapó en reñida pugna con otros en la sala de espera de su loquero y escrito por otro de gran fama)... Cómo desprenderse de esos hilachos de la memoria, de esa zaborrería, de ese montón de mierda que es, según él, siempre según él, su pasado más inmediato, y el otro también, algo como para estar orgulloso, como para echar discursos acerca de la dignidad del hombre, otro doctor Sánchez, y de barbecho éste, un montón de desperdicios en el que nuestro hombre hunde la mano como si fuera la arena fresca de una playa por la mañana, como si fueran las monedas y las joyas de un tesoro legendario al fin encontrado. Ahí hunde las manos y ahí se pierde. Las manos y la cabeza. No acierta a encontrar ese cigarrillo canucido, ni ese providencial paquete de contrabando —Winston patanegra, le dicen los castizos profesionales con su habitual derroche de ingenio, de ese que los del medio ambiente deberían mandar recoger como el aceite de los camiones: contamina— que no acaba de aparecer y ése es *malum signum, malum signum* que diría don Francisco, porque por aquí si no hay paquete de rubio americano de contrabando, pata negra, no ha habido noche de trueno y vicerversa; un cigarrillo que la morterada de toses le desaconseja. «Se me va la pelota para un lado y para otro», afirma, como es su costumbre, para evitar admitir que tiene una resaca indescriptible, y piensa de inmediato en meterse un tequilón para desayunar, algo breve, contundente y providencial. No es para menos. Y se va para la cocina, aclarándose el garganchón y anunciándose para nadie con un estrépito de vajilla, que anda bizco de manos, torpe como mono inyectado con algún invento nuevo, y comienza a prepararse algo que le alegre las paxarillas, una yema de huevo, no sin previamente olfatearla porque muy fresca, lo que se dice muy fresca, no está, un bote de salsa de carne, un chorro más que generoso de salsa Worcester y para rematar la faena un pelotazo de vodka que logra arrancarle a la botella después de darle bien de palmadas en el culo, lo del tequila será para otro día, para cuando pueda reponer la exigua despensa que consistía en cuatro huevos, un yogur, una caja de supositorios de vaselina, un paquete con boquerones en vinagre que es mejor no abrir, y una caja de leche en cuya abertura es mejor no meter la nariz, en fin... Hemos quedado que en el aire de la casa flotaba un olor más o menos repugnante y es que no abre, no ventila, como dicen los arquitectos canallas: «Si le sale humedad en las paredes, abra las ventanas, ventile, que es mano de santo.» Sí, mano de santo, mano de gloria, ladrones. Nunca hubiese pensado nuestro hombre que pudiese llegar a vivir en una casa tan cochambrosa, que pudiera parecerse tanto a una cochiquera, pero hay que ver lo que son las cosas, a eso se parece, y no a otra cosa, que aquí no nos inventamos más que lo imprescindible, es decir, poco. El que salgan cosas parecidas en las películas no le consuela nada de nada. Claro que espolinando bien y blanqueando, echando un poco de cal viva en donde está lo mayor y otro poco de salfumán por los rincones, pues no quedaría mal, no. Nuestro hombre va de un cuarto a otro, como un perdiguero con pimentón en los hocicos. La cocina, los platos y los cacharros amontonados en la fregadera no son muy estimulantes, y eso que sobre la mesa está el artístico brochazo, un bodegón, una *con-*

versation pieces, sin *conversation*, pero con *pieces*, una escena de interior... ¿Cómo dices, Caifás, que no? Pues ya es curioso, porque a mí me han dicho que estas guarrerías pintadas con esmero se venden muy bien y alguno se ha hecho rico, así que si me permite, voy a meter las napias en la solitaria escudilla con su capa de moho, verdoso, a saber de cuándo, un apaño, un aprieto, una súbita gana, hilos, hilachas, cabellos blancos de muerto, madeja subterránea, algo azul también, microorganismos, hongos, mohos, bacterias que están en el aire, moho en el fondo del vaso de vino, restos de un gazpacho veraniego, ahí es donde podríamos situar la última vez que anduvo nuestro hombre por la casa, es como si hubiésemos entrado en una catacumba... ¿Eh, Caifás, no te me irás a asustar? ¿Desde cuándo? Deberías estar acostumbrado. Un bodegón a la contra, un *memento mori*, un cuadro no contra la vanitas, sino simplemente contra la guarrería en la que ha ido cayendo nuestro hombre, guarrería, abandono, dejadez... ¡Qué más da! De lo que se trata es de que la casa se le ha convertido en la guarida de un animal cada vez más sucio, más acosado, más solitario, una madriguera que frecuenta cada vez menos, cuando no le queda más remedio, y aun así es demasiado. Debería irse, pero lo cierto es que no tiene mejor sitio en donde meterse. Hasta se dio el lujo de echar por guarra a la mujer que le hacía la limpieza. Una vieja que estaba majara y apestaba a jiña, que le enloquecía con sus sermonarios, toda una turbia historia de hospicios, hospicianos, amas de cría, favores debidos, secretos celosamente guardados, «Yo he dado de mamar a media ciudad», con sus estupideces, con sus miserias, con aquel marido que había que llevarlo al manicomio cada dos por tres, de los nervios, decía que estaba, siempre de los nervios, todo cristo está de los nervios, con la hija, de la que afirmaba, coqueta y expeditiva, «Es peluquera, pero es una guarra, quiere ser modelo, de esas que se desnudan en los teatros» «Que sí, joder, que sí, no me fastidie, que sí, déjeme en paz, lárguese que estoy con una visita, ¿no ve que hoy tengo trabajo?» «No, que ya me espero» «¡Que se largue!» y nuestro hombre a no dar crédito a lo que oía, no era para menos, no había quien la aguantara, aparecía de pronto «Creo que he oído gorriones en el tejado, tocotocotocotoco», llamaba a la policía para denunciar en falso, por terrorista, por denegación de auxilios, por puterío, por efectos robados, por escándalo. Venía la madera, se metían para adentro, salía un tío dormido que no entendía nada de nada... Tenía amedrentado al vecindario. La echó, por guarra, porque allí ya no había gran cosa que limpiar y por el asunto de la pasta, y se quedó tan fresco... Ella, la portera de los nervios no, la pareja para toda la vida, se lo había llevado todo, todo, no gran cosa en realidad, lo suficiente como para intentar respirar en otra parte, para empezar una nueva vida... Monsergas, qué manía con la nueva vida, para intentar, dijo antes de irse, recuperar algo de suerte, el tiempo perdido, joder, tampoco es pedir demasiado, no les parece, es como para tener algo de derecho, ¿no? Ella se lo llevó todo, y nuestro hombre de cuando en cuando busca el acuerdo de la separación, el inventario, algo que nadie en su sano juicio firmaría, en casa del herrero encima, todo para jugarle un último chantaje, no. Le llevó el asunto una abogada, feminista ella, que también había estado de los nervios, una tía violenta y rencorosa, majarona, de una codicia de serial radiofónico que quería ser artista, tenía sensibilidad, se jactaba de camuflarse entre el público para abuchear a sus compañeros de profesión en casos de defensas de violaciones, de abusos deshonestos y así, una flautista aficionada, una soplapollas... Pero volvamos a la casa, al hall, al salondormitorio al que llega el sol de la mañana de diciembre y en el que por todo mobiliario tiene el escritorio de persiana que en realidad no cierra, un sillón orejero tan comido de polillas que cuando se derrumba en él suele suceder que levanta una nube de pequeñas mariposas pardas, como para sentirse juvenil, sí, y un televisor frente al que ha ido consumiendo el tiempo de las resacas, de los días en que era mejor no abrir la puerta, no coger el teléfono, no hacer nada, aplazar para mañana, mañana. Se dijo, «Total, como aquí no viene nadie, mejor lo pongo todo junto para tenerlo a mano y así queda menos vacío»: la piltra, el vídeo que tampoco funciona, no se puede ver porno ni nada, y la cadena hifi. Ahora falta la habitación de los trastos, la antigua despensa... La despensa, gran cosa la despensa, sí, el cuartajo para hacer acopio de pitanza, sagrado lugar, el corazón de la casa, qué espectáculo, qué cuerno de la abundancia, zacutos con legumbres de huerta —alubias rojas o negras, eso según, de Tolosa o de Sangüesa o de cualquier lado, garbanzo, alubia blanca—, de los que no pagaban fielato porque los metían de matute en la ciudad, como casi todo en aquella época, todo Cristo al apaño, con un zacuto de un lado para otro, los paqueteros traían medias de naylon, duralex, calentadores de agua a butano —llegaban de madrugada: un hombrón con un trasto al hombro que parecía un sputnik, pero no había gas—, medicinas para la úlcera, papilla infantil, penicilina, piezas de motores, telas, hilos, encajes, vajilla, tabaco y hasta canicas... Ah, sí, cierto, cierto, que se me va el santo al cielo, estábamos en la despensa donde había chorizos de la Rioja bien picantes, y bien de paquetes de azúcar y de harina y botellas de aceite, y el garrafón de clarete de Mañeru que no faltara y el de pacharra tampoco, y el saco de las patatas, y una pareja de abadejos duros como piedras y las tinajas con los restos de la matanza, morcillas, biricas, pancetas en adobo, el imborrable olor del pimentón y del aceite recio que le llamaban —«Este año sólo hemos podido matar medio cuto»—... Y luego el lío de que las cosas se canucían, no se iban a canucir, menuda cueva de Ali-Babá, para comprender esto hay que saber lo que es vivir encogido por la amenaza del hambre, de la necesidad, de que falte, del darle vueltas a lo del estraperlo, a lo de conseguir lo que fuera de matute sin pagar jamás gabela, tal vez porque para gabela con haber nacido vivos bastaba... Y sin motivo alguno encima, sin motivo alguno, sanjoderse, que la cosa no era para tanto, que la necesidad la pasaban otros, otros, «Algo habrán hecho, si no, no estarían dejados de la mano de Dios», sólo por miedo, sólo por no gastar, sólo por poder zampar algo mejor, sólo por que nadie viera nada, sólo por esconder para que no se lo quitaran. «El fantasma del hambre... no sabéis lo que es eso, venga, cómete esas tripas, que lo nuestro nos han costado», decían, paparruchas, como ir a ver películas de miedo, para qué, no ha lugar, con estar quieto en casa bastaba, el miedo estaba en la noche, en aquella casa, en aquella ciudad en la que resonaban, secos, nítidos, los ruidos nocturnos, los gritos, las blasfemias de los beodos, y en la que el amanecer, el ruido del rodar de los carros, de algún automóvil aislado, estaba marcado por el cornetín de las dianas de los cuarteles, el miedo estaba detrás de las puertas que se abrían sin que nadie las empujara, y en quien recorría la casa por la noche y sin descanso, un fantasma... Hay que ver qué manía aquella de contarse películas de miedo y de hambruna, sería para festejar el presente, «Nunca, nunca, hemos estado como ahora» y el otro, por lo bajo, con la baba colgando «Me cago en la vida»... «Venga, dadle un cuenco de vino rancio con sopas y a la cama, que si no nos va a amargar la noche». Y junto al pedazo de loft que se nos ha montado nuestro hombre con su poco jaima, la cocina, gran campo de batalla, buenas broncas, sí, de las mejores, con un chorizo en la mano y un cuchillo en la otra, pegar buenas voces y echarse en cara «¡Me has arruinado la vida!» y al lado, justo al lado, donde tenía que estar, el despacho, iban a triunfar, «Come y triunfa» «Come y calla», gran divisa, iban a triunfar, joder, iban a ganar dinero, y esto es lo que le queda, un montón de libros jurídicos polvorientos, boletines de pequeña o gran jurisprudencia, todo descabalado, un descuajaringue general, expedientes que para nada ni para nadie sirven, otros en curso de experimento, de estudio, de trabajo: apaños menores, siempre. Dudosa lección de ciencia jurídica. Verdaderas *res nullius* casi sin pasar por *derelictas*.

«¡Oh! No callará nuestro hombre. O mejor, qué culpa tiene el pobretico de que no le calle la zarabanda de su mollera, su orquesta de tripa y viento, su murga, su cencerrada, no callará su conciencia, en los desvanes padece trabajos éste también, si es que puede llamarse conciencia a lo que tiene nuestro hombre, y no fuese mejor en lugar de conciencia o memoria, llamarle simplemente chirrión, pozo negro, fosa común, pudridero... Habría que ser muy fino, y ahí yo ya no alcanzo, para llegar a saber hasta qué punto odia nuestro hombre la vida, hasta qué punto por el contrario ama nuestro hombre la vida. Amor a la vida, ya imposible, que hubiese querido llevar. Y la nostalgia de esa vida imaginaria que nunca llevó es probablemente el único secreto que le queda y que merezca la pena de ser llamado de ese modo, una pasión que nunca pudo tener o demostrar o ejercer; odio a sus semejantes, odio a razas, a pueblos, así en general, a lo bestia, al suyo propio, que no tiene, joder, que no tiene, maketo, maketo, maketillo (Se reían los buenos padres jesuitas del linchamiento, ya estaban escondidos entre ellos los feroces etarroides: «Métase a pistolero y dejará de ser un extranjero», es un consejo de la Dirección General de Minorías Étnicas), odio al rostro que se refleja en el espejo, de ahí a la calle, de ahí el huir de los espejos y de la casa y de todas partes, huir, huir, sin parar, sin saber hacia dónde, salir de la ciudad, salir de sí mismo, salir de todo, eso es lo que no pudo entender ella, lo que al menos durante unos años pudo mantener cuidadosamente escondido. Él no sabe si todo fue un rápido deterioro o por el contrario, un delgado hilo del que todo pendía, como para trampa lagartija, que se rompió de pronto sin avisar. Pero quiá, las cosas avisan, vaya que si avisan, si uno está atento se da cuenta de lo que se va a estropear, de cuáles van a ser los fracasos del futuro, las ruinas, los desastres... Sin embargo nuestro hombre recuerda los ramos de lilas en primavera, los narcisos, y luego de rosas y de jeringuillas y de peonías, la tarima brillante en las mañanas de sol perfumada con cera *cashera*, que la cera tiene que ser *cashera*, si no no es cera, el trajinar en la cocina, la dulzura de un beso largo y aquel nauseabundo «Qué bien estamos aquí, ¿eh?» ¡Eh, eh, eh!, ¿Y por qué nauseabundo? No, señorías, no, sólo los maceros del infierno, los timbaleros de las tinieblas, los alabarderos de la pelona, pueden afirmar cosas de ese pelaje, la vida es, como dice el filósofo, muy bonita y hasta moñona... «¿Por qué las cosas tuvieron que suceder de aquella forma? ¿Por qué no de otra? ¿Por qué aquel deterioro imparable, aquel irse embrollando las cosas y haciéndose más complicadas, aquel acumular error tras error —en cuestión de errores uno más uno son once—, chapuza tras chapuza, las preocupaciones innecesarias y las necesarias también, el agobio de lo secundario que se hacía lo principal y viceversa, las enfermedades, más bien menores, pero pasadas a mayores, la falta crónica de guita, los tufos, los ruidos, el vecindario, la ciudad enemiga, las pijadas, las demencias...» Y el escritorio todavía tiene, para su olfato, un olor de fondo a lavanda, a romero, a santolina, a hierbabuena, a té de roca y a verbena, no es que sea un napia gansa sino que de hecho había bolsitas de lo dicho en uno de los cajones, y nuestro hombre lo asocia a su anterior propietario que en ese rinconcito íntimo, bajo una lámpara de vidrio verde escribiría cartas y haría sus cuentas y sus proyectos y guardaría la póliza del seguro de vida y la cartilla de ahorros y las fotos de una familia borrosa y por tanto estupenda, más emocionante que ninguna otra, en veraneos, navidades, y cumpleaños, guardaría los papeles de su boda y del bautizo de sus hijos y tal vez el testamento de su padre y la escritura de compraventa de la casa y un resguardo de unas acciones que ni suben ni bajan ni dan nada... Una vida tranquila, normal, que podía muy bien haber sido la suya de haber nacido antes que es lo que le hubiera gustado, y no ha sido así y eso le corroe el alma. Un olor dulzón con un fondo de hierbas aromáticas, a tabaco de picadura andullo, a tinta, un olor que le tranquiliza y le deja soñador, diciéndose «Buena gente aquélla», cuando en realidad compró el trasto en un chamarilero que le estafó con la historia de que el mueble había pertenecido a un periodista de FET y de las JONS muy apreciado por los castizos y los amigos de pacotillas entrañables, cuando en realidad había pertenecido a un coadjutor de la parroquia del barrio conocido en las trastiendas de las barberías y ultramarinos y recovecos de las fondas para viajantes y aldeanos, de los del robo en el alma, que «tenían que hacer noche en la ciudad», como un formidable jugador de tute, ni Carcoma, el hombre del futuro, pudo con él, que el párroco tenía que enviar a los monaguillos de descubierta para que lo encontraran y lo llevaran a los oficios, ya habían pasado los años triunfales, todavía los alféreces provisionales pegaban empellones en las colas de los cines los domingos por la tarde con el machaquito en la sangre, se creían algo, ya se habían incorporado todos los que tenían que incorporarse a la España Nacional en redentor trabajo en Cuelgamuros —lo decían en la radio— y habían cerrado algunas casas de prostitución, no la que acabó convertida en un «Instituto de Ciencias de la Familia», otras, ya muchos tenían miedo a las denuncias, así en general, y los chortas iban de un lado a otro del paseo pegando voces, echándose vasos al cuerpo... La ciudad, cuando nuestro hombre quiso hacer carrera de castizo, sentimental como en el fondo es, cuando quiso fundirse en un abrazo de Bergara con una ciudad en la que no iba a recibir más que coces, donde iba a ser delatado por jardineros, libreros, fonderos, sastres, zapateros felones, notarios, abarroteros, arquitectos, panaderos, guardias muncipales, policías secretas, viajantes de comercio a sus horas, curas y seglares, la ciudad de las tres lenguas, digo, estuvo para nuestro hombre metida en aquellos cajoncitos, en aquellas bandejitas, en los pequeños y grandes compartimentos de aquel mueble sin alma; pero todo era mentira, el escritorio no era de un falangista, no era de un herborista, era de un cura jugador de tute. Ahora, de haber estado más tiempo sentado a él con un papel en blanco delante y un lapicero, nada más que por ver, sin pretensiones, habrían salido sin duda líneas que le acusaban de haber sido desleal con sus amigos, flojo de alma con sus amantes, almablanda con todo Cristo, de no haber dado la cara por ellos cuando era necesario, de sus deserciones, de sus enfermedades ficticias, de sus repetidas cobardías, de sus negaciones en falso, de su juego tramposo, de no haber hecho frente a ciertas humillaciones, como por ejemplo al beodo al que el cuerpo le pedía sangre que se le echó encima en un bar al grito de «¡Tu padre es un sinvergüenza!» y no haberle partido el alma, en vez de ponerse digno y decirle lo que se dice «cuatro cosas» e intentar «reducirlo con atinadas reflexiones» —como los policías armadas en las casas de putas— que no van a ninguna parte, cuando aquel mierda no era más que un bandido, un alevín de especulador, un ladrón, un paleta de esos que conducen un BMW robado en algún lugar de Europa y se ponen en la tarjeta «Promotor-Constructor» y luego aparecen degollados en una cuneta, uno de esos que pululan a docenas por los bancos, los asadores, el frontón y las casas de putas, ladrones hasta el último pliegue del alma, y como este pequeño ejemplo a docenas, a montones, que nada pues de andar por ahí culpando a unos y a otros, que arree con el costal que le ha tocado en suerte, como todo quisqui, ¿No te parece, Caifás?... Claro, claro, pero no te embales... De la misma forma que nuestro hombre está seguro de haber heredado múltiples taras, formas serviles o miserables de encarar la existencia, nada muy relevante para sobrevivir en este mundo, y no es para tanto, nada es para tanto, mejor haría en pensar de qué manera la mayoría, la inmensa mayoría como él, que se escapó una vez a correr la vida, a ser un aventurero, un milenrama, y no llegó más que a la frontera, de madrugada, cuenta él, cuando en realidad no pasó de la fonda de la estación donde se lió con un ex legionario comprensivo a quien le contó sus muchas penas, sus ganas de correr mundo y le leyó unos versos de Evtuchenko que llevaba en el otro bolsillo, y que le acabó robando la maleta y le decía «Yo por mil dólares mato a mi padre, así que ya sabes, tu dirás a quién hay que liquidar...». Todo porque no se había atrevido a arrebatarle a su padre el pasaporte mientras estaba en misa. Con tales versos nuevos, comprados además de matute, en la faltriquera no se puede ir a ninguna parte... Redoble de conciencia, eso sería para otros. Nuestro hombre pertenece, o cree pertenecer, que no es lo mismo, y allá él, a una raza que sólo sirve para vitorear como pendejos descerebrados al poderoso de turno, a toda clase de prelados, a los militares, a los magistrados, a los policías, a los torturadores de turno —«¡Ojo! Tienen poder y pueden hacernos daño»: mejor la doblez, el besar la correa—, para asistir, como comparsas, a desfiles, y a procesiones, para discursos, manifestaciones patrióticas, condenada a ser de continuo engañada, estafada en el momento mismo del parto, destinada a limpiarles las zaborras a los ricos, a los aristócratas medio tronados que tenían mano en Madrid y cobraban recomendaciones y favores nunca hechos o hechos a medias, «cosas que no salían», a ver quién era el guapo que iba a comprobarlo, a los especuladores, a los banqueros de pacotilla, verdaderos rebañacepillos, una raza de imbéciles y de tarados, una raza depresiva hasta parecer negros rebozados en los hollines y tiznes, con impulsos criminales siempre reprimidos, con impulsos suicidas también reprimidos, con enfermedades crónicas y encima pujos de hijosdalgo, cosa de animarse las sobremesas navideñas más bien tristes con el recuento de viejas glorias inexistentes, «Pues en el siglo XVI nuestra familia» «Pues teníamos un tío en América que había descubierto una mina de esmeraldas y se la robó un alemán que si se arrepiente o se arrepienten sus herederos seremos ricos», mentira, nada, filfa, posiblemente marranos que habrían acabado comprando una baraja de ejecutorias de escudo de armas, hidalguía de bolsa y de paciencia, y que se dedicaron durante generaciones al préstamo usurario, que sabían de «manejo de papeles», de las artimañas que son necesarias para la vida en la curia y casi nada de derecho, y los demás, agricultores diestros en el manejo de la azada ajena, destripaterrones, pastores, peones de pico ajeno, buscavidas... gente sencilla, gente humilde, como casi todo el mundo, y en cuanto a lo de América: la emigración, los agentes que pululaban por casuchas de la ciudad vieja y lo mismo buscaban muertos de hambre para sustitutos del ejército que vendían pasajes para Argentina, California, México, Brasil, Cuba en el Campana, el Marqués de Comillas, el Magallanes, donde les prometían una ración diaria de carne fresca, vino y pan y les daban hacinamiento, piojos, zotal... Algunos no volvieron nunca y de ellos jamás se hablaba, luego aparecían pequeños anuncios en los periódicos, búsquedas de desaparecidos y de muertos; sobremesas que cuando no tocaban a glorias, tocaban a una alegría impostada, alegría, alegría, hay que estar alegres, hay que hacer como si uno estuviera alegre, qué alegría, cuál. ¡Oh viejas glorias! Glorias siempre de otros, anecdotario ilimitado de los próceres, prestigio de la fortuna ajena... «¿Qué tal, don Miguel, cómo está?» «Bien desde que no bebo» y se me cayó en los brazos, curda perdido, qué gracioso era el marqués... Y al otro lado de la ventana cae la nieve en gruesos copos, blancos, blandos, adormecedores, y la ciudad se va quedando silenciosa, sepultada, para siempre, en la memoria y la muerte, para siempre, detenida... Juá, para troncharse, qué hijosdalgo ni qué carajo, si sabré yo... Lo que tiene que hacer nuestro hombre es tragarse toda esa boñiga de una vez y engordar con ella, o tragarla y de seguido vomitarla, y dejarnos en paz con ella, que no hace más que darnos trabajos... Y dale que te pego con sus murgas, para arriba y para abajo, pero bueno, es nuestro oficio... Anda, y ahora que si los cueros lustrosos, los charoles, los correajes, los pistolones, los sables, las medallas, los uniformes, los caballos, los cornetines, las ordenanzas, los sabañones, el honor, la patria y el rancho chungo, los partes, los apuntamientos, la crueldad, los estadillos, las escalas y las escalillas y la fe de vida y estado y aquello tan hondo del *dulce et decorum est pro patria mori*, sí, pero de hambre, por el estraperlo, y el trapicheo, y los cupos, y, sobre todo, la boca cerrada, la mordaza, la boca cosida... ¿Pero qué dice, que no ha conocido, que habla de oídas, que habla de prestado, que no sabe lo que dice, que son ideas imbuidas, que son las malas lecturas, las malas compañías, que está endemoniado?... Zape, zape, fuera, fuera. Así que nuestro hombre derrama el café en el escritorio, pringa toda la maraña de papelotes, su hojarasca otoñal, se azora y decide marcharse a la calle. «Energía, energía —se dice—, hay que coger las cosas con energía» y cuando se le mete esta divisa entre ceja y ceja, tengan por seguro, señorías, que la cosa acabará como el rosario de la aurora; pero me parece que antes deberíamos terminar con el inventario de los bienes muebles del menaje, simplemente para que vean las circunstancias que dicen unos, el ambientillo que dicen otros: en el recibidor nada, ni felpudo, ni limpiabarros, ni nada, una reproducción de propaganda de Daumier —lo de siempre: un letrado engañando a su cliente—, en la jaima se nos había olvidado el vídeo para lo del porno y la cinefilia barata de los domingos por la tarde y las temporadas, que sería mejor llamar treguas o altos el fuego, en que le hace caso al loquero, no se mete venenos y le salen pujos de interesarse por el arte y vivir en plan tranquilo y esas cosas, sí, en el despacho... Pues los muebles de despacho fueron cosa curiosa, estilo vasco, sí, que es como los ataúdes de lujo, bien de talla y cabezas de romanos y así, pero qué pintan en lo del estilo vasco las águilas bicéfalas, nada, no sé, los aranzadis que dan mucho ambiente, o el aranzadi, eso según se mire que unos dicen una cosa y otros otra, los boletines de la provincia y el título que le acredita como licenciado en Derecho con unos latinajos añadidos, enmarcados en plan alegre, de negro, nada más... Claro, claro, la pareja de archivadores, verdes, siempre de servicio, ya tendremos oportunidad de contar por lo menudo lo que encierran en su interior... Y no queda nada más, que no, demonio, que les digo la verdad, que tengo el inventario con todo lo que hay. A ver, Caifás, corre, busca el inventario que éstos van a creer que vamos en plan de alzamiento de bienes... Aquí está, cuánta eficiencia... Lo incorporamos al sumario... Cógete unas piezas de a ocho de la caja... Ah que no se puede, que no interesa, pues nada.

Además está sonando el teléfono y nuestro hombre duda entre cogerlo o no, se acerca, pone la mano encima y se dice «Leñe, me tiembla». Puede ser un cliente nuevo que no tiene ni repajolera idea de con quién puede jugarse los cuartos. Puede ser uno ya viejo que quiere saber, como es natural, «a ver cómo va» su asunto. Es improbable que sea alguien que le deba una minuta. Puede ser un amigo, pero los amigos no llaman, unos porque no es costumbre, otros porque no le necesitan para nada. Puede ser alguien reclamando guita, eso es peor. «Mi familia no puede ser, desde luego, ya me dijeron que era como si me hubiera muerto para ellos, claro que a algunos muertos se les recuerda... ¡Qué barbaridad, qué cosas me han dicho!» Al fin se decide a cogerlo y de lo que sucede al otro lado no entiende más que lo fundamental: que hay comida a mediodía, un festín, le aseguran, «Te necesitamos», dice una voz que ha tardado tiempo en reconocer porque hace años que no la oye y menos por teléfono, uno de ésos de los que se dice, amigos de la infancia, con los que nuestro hombre y sus pares recorren a trompicones el camino entre la cuna y la sepultura, una voz amistosa a pesar de todo «Hombre, qué tal va la vida» «Nada, triunfando, chico, ya te contaré, tú no faltes a la cita que tengo que agasajaros». Algo inaudito, hacía tiempo que no le sucedía tal cosa, «Alguien me necesita, alguien quiere agasajarme», aunque de inmediato piense «Algo querrán, aquí hay gato encerrado, éste algo querrá». Claro que si se detuviera un instante tendría que reconocer que de este anfitrión aparecido no sabe gran cosa, lo que le han dicho, que es de natural barullas, culo de mal asiento, que se dedica a los bisnes, es decir, a trapichear con esto y con lo otro, con mercaderías de dudosa procedencia, con otras tirando a marginales, que anda en esa bruma del contrabando, vamos, el prototipo del intemediario y no sabe nada más, no sabe nada de su vida, nada de sus gozos ni de sus desdichas, nada, ni del intermediario ni de casi nadie ni de sí mismo, «Que no hables con desconocidos» y él, nada, dale que te pego.

CONTEMPLEMOS ahora a nuestro hombre que tras una toileta de las de «se hace lo que se puede» se ha echado a la calle de una mañana de viernes al grito de «Total, como ya es viernes», y sigamos su andadura, que se nos ha puesto filósofo, qué digo filósofo, y hasta poeta. Se ha echado a la calle donde el sol dorado de la mañana de invierno ha dejado paso en un santiamén a unas nubes negro cirrión que descargan de lo lindo por lo suave y ahí va bajo su paraguas, embutido en su gabardina verde, como de camuflaje que es lo suyo, una de ésas que junto a las otras forman unas manchas oscuras en los entierros, los funerales, las procesiones y las murgas civiles y silenciosas. La lluvia es triste, pero estimula el apetito, la nieve, también. Ahora está acodado ahí, en las troneras de un antiguo baluarte de las fortificaciones que le dan lustre y esplendor a la M.N. y M.L. e Imperial ciudad, bautizado en eterna memoria de un caballero de Malta o de un pirata, luego misionero... Me importa un cuerno, deben importarnos un cuerno estas cuestiones de erudiciones fules, blasones e historias enjundiosas cuando no mágicas y demás mandangas para lo que nos traemos entre manos. Y no es que le haya dado paseante la mañana, sino que viene a ser cosa obligada a efectos de tomar aire. Cosa de despejarse. Cosa de paseante castizo, de lo de la vida despaciosa, el ritmo lento, lo entrañable local y toda esa faramalla. Y además, el aquí no tiene entre manos ningún asunto de fundamento, simples ocupaciones, citas vagas canceladas en el mismo momento de haber sido concertadas o no tiene asunto de más fundamento que escurrir el bulto. Si es que nuestro hombre es en el fondo un castizo *malgré lui*, dicen que sabe mucho del anecdotario de la ciudad y del Viejo Reyno y del de al lado, pero no, nosotros sabemos que no tiene ni zorra idea, que ésta es una reconcha más, pero haría falta una barra de uña para levantarla. Mírenlo acodado en el pretil del Redín, vestido de húsar de la princesa, dolmán azul, sí, o de caballero de otro siglo, que éste cuando imagina se embala, se embala y no hay manera de seguirle ni con goitibera rompeculos, con casaca, peluca y zapatones de hebilla de plata, discutiendo el tiro, las enseñanzas de Monsieur Vauban o de Choderlos de Laclos o del signore Jácomo Palear, más conocido con el remoquete de el Fratín, o del que se sea, contemplando el infinito, con la vista perdida más allá de los altos de Goñi a lo lejos, nevados, de la sierra de Andía, de la Silla de Pilatos, que, por cierto, no ve, porque no puede, porque están cubiertos por la niebla, las boiras, las nubes. Pero eso no importa, nosotros sabemos que están ahí, por la parte de mi fuesa, cerrando el horizonte, y lo ponemos de adorno, como es costumbre. Ambas manos en la barandilla y es Christian Fletcher amotinado contra la stultifera navis, que es navío de mucho trapo, en busca de una isla que no esté en los mapas: «Usted sabe, señor Fryer, que hace semanas que este buque ha sido un infierno para mí» «¿Cómo dice? ¡Mande!» «Que si bien la justicia y la seguridad social no permiten justificar en forma alguna un acto de sublevación, la razón y el humanitarismo distinguirán un acto brusco e inesperado de desesperación del menosprecio deliberado y ruin de todos lo deberes, y lamentarán la inseguridad de los destinos humanos, al recordar cómo queda condenado a perpetua ignominia un hombre joven y digno, que, de haber prestado servicio en otro buque, o haber estado ausente de la Bounty un solo día o una malhadada hora, podría seguir siendo honra de su país y satisfacción y consuelo de su familia» «Anda, calla, calla, hablador, más que hablador». Nuestro hombre se agarra a la barandilla de los antiguos fortines, a sus pies las barbacanas, las lunetas, las contraescarpas y hasta un puente levadizo, castaños de Indias, plátanos y olmos que ponemos porque nos conviene, es hermosa la vista, y además es como quien se agarra a la barandilla de un gran yate en alta mar, lo dice todo el mundo, «Aquí qué bien estaría el mar», pero no, no hay mar, no hubo mar, sólo una ciudad con mucho clero, mucha guarnición, poco comercio e inapreciable industria, y aspira el aire, que buena falta le hace después de su noche de trueno, una entre muchas, es preferible que no se pare a pensar en cómo han pasado los últimos diez años, los últimos quince años, es preferible que no advierta el propio envejecimiento, ésa era la cuestión, no había otra, aspira el aire como si aspirara el viento de alta mar, es nuestro hombre, como ya hemos tenido ocasión de comprobar, un filósofo, un filósofo de los que ya no se ven. Y ahora, de rondón, se nos pone a pensar en el infinito, en cambiar de vida, pero de forma radical, en dejar de beber, para siempre, para siempre, y en dejar de fumar, en encontrar un alto amor, una de esas mujeres jóvenes, las piernas perfectas, enfundadas en medias negras, de lycra decía una como si fuera el colmo del lujo, el culo prieto y en pompa, que caminan decididas y una expresión resuelta en el rostro... No, no desvariemos, que eso de la expresión resuelta en el rostro le trae malos, malos de verdad e imperecederos recuerdos, alguien especial, una artista por ejemplo dice que le vendría bien, una mujer entendida en ese arte complicado de aprovechar la vida al máximo, ay, joder, cómo se le habrán metido estas arenillas en la sesera que no hacen más que rascar y estropearlo todo, dejar de drogarse, dejar de emponzoñarse, dejar, dejar, dejar de todo, reformarse, empezar una nueva vida, echarse a la mar en la amplia bahía del Sochantre, zambullirse en el aire, parapente del bueno, ésa sí que es buena, alto peine de los vientos éste del Redíe, no te jode. No espabila, no da una, hace proyectos, «De ésta me reformo, mañana mismo cambio de vida, no mañana, no, hoy mismo, después de comer algo, pero tiene que ser algo especial, para festejar el cambio, para que haya un antes y un después como me dijo el médico, para poder decir: "Sí, hombre, aquello fue antes del atracón de morcilla, como quien dice a.m. o p.m."», piensa nuestro hombre al tiempo que se rasca la entrepierna y permanece ahí, que debe de estar helado, con su paraguas también verde, a saber de dónde lo habrá sacado, alguna de sus mendicidades, de sus visitas de pobre a la contra, especialista que es en dar tocomochos a todo el que se le pone a tiro, su pertinaz falta de pasta, que no es así, sino agarrado hasta la demencia, mendiga a familiares cercanos y a amigos, se queda con las sobras, cree que son originales, se pavonea con ellas, o mejor sería tal vez hablar de todo esto en pasado, menos del paraguas verde bajo el chaparrón de estos primeros días de diciembre, cortos, demasiado cortos días de diciembre, y sin embargo a él le gustan, le bastan, los prefiere así, cortos, enseguida cae la noche, el refugio, la noche como un manto protector, siempre la noche, bajo la noche, y ya no me río, la misma expresión me entristece, se abren sus puertas del tiempo detenido, de los misterios y de la muerte, como una máscara, como un embozo, como una carpa de circo donde tiene plaza sentada de payaso, vocación de embozado es lo que tiene nuestro hombre o de aldeano que tira la piedra y esconde la mano. Y es que a nuestro hombre los amplios panoramas le emocionan una barbaridad, con las cumbres nevadas del Pirineo, que es casi vasco, emblemático, o del Eiger al atardecer, o en el desierto del Sahara, o con el mar embravecido en la costa vasca, así cualquiera piensa en reformarse. Oscuramente nuestro hombre no quiere regresar ni permanecer un minuto que no sea imprescindible en esa casa más desolada de lo que él cree, en la que vive como si de un hotel de paso se tratara, en la que nadie le aguarda, en la que nadie le aguardaba, quién, un hipotético, un imposible cliente que sin embargo acabó cayendo y con guita fresca además, la que le tintinea en los bolsillos, un teléfono que no suena, para qué, por otra parte, quién iba a llamar, él sabe que poco a poco, sin saber muy bien cómo, se ha ido quedando, como casi todos, y en esto también es como la mayoría, solo. Así pues casi nunca quiere quedarse en casa, sólo cuando tiene que pasar el calvario de presentar una demanda de chichinabo que le han pasado, reclamaciones de cantidad, sentencias luego que no se pueden ejecutar, porque al que no tiene no se le puede sacar así lo pongas boca abajo y le sacudas, pongo por caso o limpiar la mesa abrir La Ley y decir «A partir de ahora, a triunfar»; una casa medio vacía, que es peor, se llevaron los muebles, casi todos, hay eco, un raro eco, una casa como la del alquimista, ya llegaremos a ella, si es que llegamos, que comunica a quien la pisa una rara, repentina angustia, una total desolación a quien la habita. Por eso nuestro hombre procura pisarla lo menos posible, vivir en otra parte, en parte alguna, callejear, sabe que todavía se ha librado de ese pasar la noche yendo de un sitio a otro y de buscar, los conoce, le parece tremendo cuando se lo cuentan y luego le da miedo, miedo del bueno, unos sitios donde echar unas cabezadas, una hora, o dos con suerte, en el barullo caliente de la Seguridad Social, hasta que viene el matón de la pistola a sacarlos a empellones, otra en el bar de las estación, otra en las buhardillas de una casa deshabitada, otra donde se puede «dormir en cuclillas» y así toda la noche de un lado a otro de la ciudad con las bolsas de plástico en la mano, y no es de decididos mendigos de lo que hablamos, sino de un estado intermedio, pasar la noche allí donde le pille, en cama ajena todavía que puede, no regresar, no recordar días mejores, no empezar de nuevo en otro lugar, debería escapar de la ciudad, dice que le es extraña, y sin embargo está pegado a sus calles como con engrudo, como si fuera todo de alquitrán caliente, a sus costumbres, a sus entrañables costumbres, pura birica, a sus tradiciones, como uno más, como cogido con una espesa tela de araña, cogido en un pringue, no regresar, no recordar días mejores, no empezar de nuevo, en otro lugar, en el mismo lugar, no remontar la corriente. ¡Oh! Cuál es el viejo grito de nuestro hombre, se pone poético, tiene vocación de predicador, de soflamador, de arengador de masas, de arengador del universo, del universo mundo, muecín de una tara ininteligible desde este minarete, le va mucho a nuestro hombre lo del Cymbalum Mundi, y bajo su paraguas, su gabardina de otra época, verde gutta percha, verde como su paraguas, para montar a caballo, joder si parece un picoleto, le falta el tricornio, exclama *Rivières, remontez vos courses!*, y no es que esté trompa, sino levemente resacoso, a uvas sordas, largas, pesadas uvas sordas, como telón macizo, ya no sabe ni cuándo ni cómo ni dónde ni al final con quién llega a ponerse trompa perdido... El momentico, es que hay un momentico y zas, curda perdido, está ahí, bajo la lluvia, en un estado de beatitud, de rara paz, viendo como se mueven por encima de su cabeza las nubes heladas, bajas, a jirones, empujadas por el noroeste, sintiendo el frío como si fuera algo saludable, aconsejándose la paz, la serenidad, el sosiego, la ascesis, todo el monario, hasta hacerse japonés e irse por las mañanas a los jardines a saludar al sol, y al aire y al rocío y la hierba, un Matsuo Basho foral (de todos esos asuntos en los que no cree pero de los que habla largo y tendido cuando cree que tiene el público adecuado), que en una de éstas se nos va a la Trapa, a la Legión, o simplemente al seminario, que tiene en el fondo nuestro hombre mucha vocación emocionada, sentimentaloide, de una terneza rayana en la bobería, de la mies es mucha, de Molokai y de Balarrasa, y de todo lo que sea infantil y raye en la idiocia y en la simpleza, demasiada devoción, abogados sin fronteras, y hasta madero entrañable, y por lo del barrillillo, san Bernardo, un perro... *yejque* nuestro hombre es un sentimental como ya hemos tenido ocasión de apuntar, un sentimental de los que ya no se ven... menuda pieza, ni que le hubiésemos encontrado en el Campillo del Mundo Nuevo del Rastro —«Ya no salen cosas de éstas», pero con ellas se puede hacer un buen articulito costumbrista, una baba, una pompa de jabón, plop, plop, plop— o en Las Pulgas, en el rebusco del chirrión, que ahí siempre salen cosas apañadas, o en un mercado

183

oriental, en un mercado persa, junto a pájaros de raros plumajes, los llevaba yo en mis panoramas y causaban sensación, junto a criaturas propias de pabellón climatizado de un zoológico de fama, ni el Príncipe Bonaparte, ni Aranzadi, ni Bunks, encontraron jamás un jicho parecido, qué digo el Príncipe Bonaparte ni Linneo ni Humboldt ni el padre Gumilla en su viaje a las fuentes del Orinoco encontró nunca nada semejante, que a veces se nos cree más raro que el gafo del padre Sarmiento y sin embargo es una especie corriente, vulgar, vulgar, vulgar como él solo, vulgar hasta decir basta, y eso que anduvo nuestro hombre con sus pujillos de elegante de provincias —joder y ahora descubre que el otro melón quería ser el marqués de Bradomín, joder, marqués de Bradomín, una mezcla mejor de marqués de Vinent, de Oscar Wilde y de Blanche y le decía el otro, Labora o era La boa, ya ni me acuerdo, «Tienes que presentarme a Villena para que me dé jurisprudencia o bibliografía —no recuerdo bien— sobre el dandysmo, que yo soy muy elegante, siempre he ido al sastre», el dandysmo se llevaba hace unos años y se va a volver a llevar otra vez, en seguida, cosa de despegarse de la mugre, de que se vea que todavía hay clases, claro que las hay, de que hay una nueva clase que es la que manda en este ferial, buenos catones, sí, cualquiera sabe con ese melón, en cuya casa recalará nuestro hombre más tarde, en una soberbia fiesta de disfraces organizada para festejar el aniversario de Bradomín. Bradomín es un tío Faruk, cosa fina, hay que padecerlo para conocerlo, pero no adelantemos acontecimientos. No se trata de que uno, modesto guía de este microscópico país de las pirañas, de esta especie de Liechtenstein del pringue tribal, de este San Marino de la bota, la chistorra y el pimiento, de este Belfort del integrismo patológico, de esta Andorra de la foralidad —para mí que a ésos se les pone tiesa cuando hablan del fuero, es una suposición, Caifás, nada más que una suposición, no te me sulfures—, no se trata de que uno, decía, lo sepa todo, o casi todo, no, señorías, pero es que aquí, en esta ciudad, año sí y año también, ciertos acontecimientos de todos conocidos se desarrollan de esta guisa, y nuestro hombre, como siempre, de figurante, aunque nunca como esta vez ha estado tan agitado y sombrío, tan deteriorado, nuestro hombre que al grito de *Rivières, remontez vos courses!*, arenga al universo mundo, pero se siente viejo, acabado, hundido, se compadece de sí mismo, se da pena, que se nos echa a llorar, que se nos echa a llorar... Lo sabía, me conozco la historia, ya se han abierto los aliviaderos, llora de ternura por el mundo, por el orden bellísimo de las cosas, por los desastres, por el horror, pero sobre todo por sí mismo, como una Magdalena, como una verdadera rivière, como un regacho para regar verduras, como prefieran... Ahora, si las lágrimas le hacen bien, pues qué caramba, pues que llore todo lo que quiera, no vamos nosotros a cicatearle ese gusto, le va a despejar la cabeza como si se metiera una raya, una raya de la perica que le compró ayer noche, antes de que las cosas se estropearan definitivamente a Pinocchio, un Pinocho muy particular, de esos que venden en las pastelerías, la cabeza unida al tronco con un alambrillo y a cada embate de la agitación interna, pura reacción psicomotora, nada que evidencie el menor signo de una mediana vida cerebral, puro estar en babia, puro estar entontecido, puro haber caído en la imbecilidad crónica, a causa de la cocaína... Que se nos va a quedar sin pasta a este paso (no sé si es el momento de hablar del asunto de la pasta), un puto gramillo para ir tirando, hacerse unas rayas, invitar a una jefa para que se excite, que el Averías se albardaba hasta el cimbel y así decía que duraba más, nada, pues eso, la llorera por el estado del mundo, el deplorable estado del mundo, por el estado de la cuestión, por sí mismo, por su propio y lamentable estado —nuestro hombre cuando se asoma a su interior es como si se asomara a un precipocio, que les llaman, pero profundo, profundo—, le deja como nuevo la llorera, ve la montaña borrosa a través de las lágrimas, quisiera estar, ser, joven, no tener esa toba crónica en los dientes, la piorrea, la alopecia, los picores, la halitosis, los temblores, el insomnio, el alcoholismo, la estupidez, la miseria, irse a los Andes, al Bhutan, a tomar por el culo en alguna selva del Pacífico o de Malasia, a lo que vayan a dejar de la Amazonia, ya no anda nada fuerte en geografías nuestro hombre, le gustaría ir, como lo hacen algunos de sus contemporáneos, según los anuncios, de aquí para allá por el globo, con un ordenador portátil, trayendo y llevando artesanía, buenas piezas, ropa de primera, puro Jermyn Street, kilims, plata, camisetas también si se tercia, fotos, vídeos, flautas, pajarillos de barro, conejos, búhos, yo qué sé, parecen un evangelio apócrifo con patas, un dislate, ponchos y calabazas, inciensos, saris fules, pegotes, dan vahídos, cajitas, y diosecillos menores de papier maché, mucho papier maché, como de tienda de sudaca, no, como de comercio de incapaces, nuestro hombre ve la vida y el universo mundo a través de las lágrimas, todo borroso, borroso, que hay veces que es como mejor se pueden ver. Bien, pero ya se da media vuelta y se va cuesta abajo hecho un romántico, un triste de pacotilla, juá, un paseante solitario, que me troncho, joño, que me troncho, un romántico y solitario paseante, dicho sea de paso, nuestro hombre debería hacer versitos con ciruelos y lagares del corazón y toda la patraña de los niñatos... Va cuesta abajo, así como suena, todavía hay hojas de los castaños de Indias pegadas en el suelo, una preciosa alfombra de hojas, por la que anda de un lado a otro husmeando un perro, una alfombra igual a esa otra que aparece cubriendo el suelo de una lejana escena de su memoria, una escena quieta, era cerca de aquí, en los fosos, un otoño, como este que acaba de terminar, que ya termina con éstos, con los días más cortos, todavía era posible la aventura y el entusiasmo... Una escena en la que predominan el color verde y los rojos cobrizos, sobre los grises de las murallas y los ocres de las edificaciones ... Pero ya va cara a Capitanía, un montón de ruinas que la memoria hace ilustres y que hay que adornar como sea —«Este que aquí ven ustedes es, como pueden comprobar, de piedra, todo de piedra, que tiene mucho mérito... palacio de san Pedro y de san Pablo, sede romana donde durmió José I Bonaparte, más conocido como Pepe Botella, la última noche que pasó en España, para que luego digan... Son mil duros», cosa más que nada no de hacer gana antes de comer, sino de ocupar lo que queda de mañana y es que la cosmología, la astrofísica, el big bang y los casos prácticos de teología, a nuestro hombre le dan apetito, gazuza, gana de llenar la andorga; a nuestro hombre y a mucha gente —Entra uno en el bar Ulzama, a mediodía... «¡Que han encontrado el eco del *big bang*!» «¡No jodas!», dice otro, y al poco un tercero se pasa la mano por la pelota y concluye «Anda, sácate una botella de blanco y unos tacos de jamón»—. Y ante las ruinas del antiguo palacio episcopal, sobre los que pongamos que sobrevuelan unas chovas o unos grajos, más que nada para que la estampa nos quede de a bute, como para que la pinte el ganso de turno, y en las que flota un olor acre a humo, a cenizas mojadas, a hoguera apagada, un monumento a la desidia, algo que hace pensar mucho, recia y apretadamente que decía el Lcdo. Pascual, en el paso, en el pasmo del tiempo, unas ruinas de esas que son como el mar y el fuego, que uno se queda ensimismado frente a esas cosas pensando en asuntos profundos, profundos como la historia, los acontecimientos, la épica, el universo mundo, a dónde vamos, de dónde venimos, por qué, para qué, polvo somos, energía también, en polvo nos convertiremos, y en energía también, y así... ¡Gora el Cymbalum Mundi!... Son estupendos estos paisajes, estos amplios panoramas, «La provincia es un alto mirador desde el que divisar más amplios panoramas...», decía un licenciado en bobería... ¡Y una porra!, pero en los amplios paisajes uno puede descubrir, uno puede aproximarse a la inmensidad del universo, el mar, la alta arboladura, pasar tres veces el cabo de Hornos y colgarse tres aros en la oreja, la alta montaña, *Pour le mérite*, dislates, las ruinas de prosapia, los acantilados, los desiertos, qué barbaridad, puro cromo de Nestlé, una época con esperanza, con futuro, para mondarse de risa, pero qué futuro ni qué hostias, si será primo nuestro hombre y ahora se pasea lamentando no tener futuro, pero si será bobo, si será melón... Este tío no tiene remedio. Eh, Caifás ¿Tú que opinas?... Que no, claro, ya lo decía yo. Dejémoslo pues otra vez ensimismado, mirando el río allí abajo, las huertas donde crece la mejor hortaliza del mundo, hortaliza baska, según afirma su dueño, los humos, la industria pujante, floreciente de esta capital de un Japón con boina roja, los barrios poco, nada turísticos de extramuros y pensando, sin que venga muy a cuento, en los suicidas, en el viejo cementerio civil, donde dicen que iban a parar los suicidas, pequeñas placas de hoja de lata con un número clavadas en tierra y el mausoleo del heterodoxo Lacort, don Basilio, que habría que haber tenido más cuidado con él, porque sólo había uno —que sí, uno, un heterodoxo, un civil, un mausoleo, un...— en el viejo cementerio desolado, una verja herrumbrosa y las sepulturas alineadas contra el muro, el mausoleo, una columna truncada, como el del general Concha en la batalla de Abárzuza, pero con sus leyendas masónicas borradas con cincel y con saña, yo para entonces con un pie en el estribo, una cosa muy imaginativa, la muerte como una columna truncada, oyoyoy, una cosa muy para hacer pensar, no les parece, en la brevedad de la vida, en las escenas que prefiere nuestro hombre a lo Valdés Leal, a lo don Miguel de Mañara, a lo Pereda, al sueño del caballero, el de nuestro hombre fue el sueño del caballero en otro tiempo, *Aeterna pungit, cito volat et occidit*, ya lo dijimos, gusanera, el olor de las hogueras que había en los alrededores del cementerio en las que quemaban restos de maderas, ataúdes podridos y jirones de ropas, negras, pardas, paños negros, embarrados... Para él fueron muy instructivos los infantiles, y no tanto, no tanto, paseos alrededor del cementerio. Sí. Desde entonces nuestro hombre suele pensar mucho en la eternidad, en el universo mundo y en lo poco, en la nada que somos, sí... Pero vayamos al cementerio civil, a donde a ido a parar nuestro hombre desde las alturas del antiguo palacio de san Pedro y de san Pablo, residencia virreinal y nido de conspiradores. Por el aire, por el aire. A sus pies, verdoso, lento, pringoso, el río, con más nombre que agua, gran río, por aquí abajo, y si no fue aquí habría sido en otro sitio, apareció despeñado el Potoli, un jito malasangre y peligroso, peligroso donde los hubo, y es que la altura, el cortado, le evoca a nuestro hombre la suerte, la perra suerte de los que se meten a pasar una última noche en un hotel cochambroso y lo arreglan todo con unos barbitúricos o, joder, hay que ser bárbaro, como aquel músico militar que se ahorcó con la cuerda de un violoncello atada a la manilla de la puerta, hay que ser bárbaro, demonio, y el que se tira del puente al río de los cojones por donde menos cubre y, claro, un trompazo de las mil hostias, en los cantos rodados, escachuflado, la sesera en agüilla, hundimiento paranteofrontal y el otro con la pistola reglamentaria, siempre limpiando, joder hay que ver lo mirada que es la gente, media cabeza fuera, y luego a tirar la puerta que olía, no va a oler, «Será un gato… No, no es un gato, es el teniente coronel» y los otros en los jardines románticos de la ciudad, entre setos, árboles centenarios, colgando de un árbol, escagurriaos pantalón abajo. Esto es algo tremendo. Bueno, el caso es que nuestro hombre piensa un poco, un ratico, nada, un pis pas, nada que deje demasiada huella, pero eso sí, piadosamente, en los suicidas, contempla las huertas de la Rocha, piensa en el campo, arriba el campo, las columnas de humo que ascienden aquí y allá contra la llovizna, y ya con la gana puesta se va nuestro hombre para el Marceliano —que sí, leñe, que sí, que ya sabemos, no me dé el coñazo, que sí, que lo pone en todas partes, que ahí se lo pasaba bomba Hemingway, y los marqueses y los pintores de bodegones y los castizos y los contrabandistas—, ya es hora, además ha dormido poco, no duerme nada últimamente, el perico, va devorado, se va nuestro hombre un poco harto de filosofía y de ensoñaciones poéticas hacia el Marceliano, cosa de meterse entre pecho y espalda un par de biricas, bien untuosas, gelatinosas, reventadas en los cortes, para empezar y luego tal vez un platillo de ajoarriero bien espeso o de patorrillo no menos untuoso, un patorrillo superior, con sangrecilla y relleno, o una cabeza de cordero hervida con su su asadura, «que aquí llaman corada», como ya vimos y escriben los costumbristas, ya me decía mi bato, «Tú eres un costumbrista» «¡Quién, yo?» «Sí, tú» «Pues si dicen, seré», se relame, piensa en unas palomas de pasa con salsa de chocolate, piensa en el pasado y no en que se está acabando la mañana y hasta el milenio y sobre todo el siglo del miedo, leñe… No sé si lo habrán notado sus señorías, pero nuestro hombre tiene un saque que para qué. El saque es una seña de identidad, hay dos o tres más, según se mire y haya tiempo. ¿No quieren probar la birica? Es una especialidad de la tierra. Un poco como los relojes de cuarzo, pero a la navarra, o los chips esos del valle la Silicona, pero en embutido. Se hace con lo que ya no hay forma de mejor aprovechar, es de calidad gelatinosa, entra bien con los chiquitos y los comandantes y los palmeros de tintorro o de clarete fresco, bien fresco, para refrescar nada como el pozo, nada «Pero oiga, y el non frost» «Nada, el pozo, lo demás son adelantos»... Pero nuestro hombre se da de bruces con otro fenómeno, un primo del que no conoce ni el nombre pero que se saludan desde niños, sólo sabe que se dedica vagamente a robar por los pisos, cuya atención quiere atraer más que nada para que le entretengan como quien se alquila un bufón, y no lo logra, no consigue ni los buenos días, porque el jenízaro está enzarzado en una discusión pelotazale, que si del cuatro al doce (o lo que sea) o viceversa, que si mil a colorao, dos mil a colorao, que si fuelle y dejada al txoko, las excelencias de Retegui y de Ataun y de éste y del otro, y dineros perdidos y ganados, fanfarronerías «Yo saber, ya sabía que iba a ganar, joder» «¿Y por qué no apostaste? ¿No llevabas, eh? Ay, jodido, cuánto mientes». El local a esta hora no está muy concurrido: dos alcohólicos medio locos, temblorosos, desdentados, no vestidos, apenas cubiertos, clientes de toda la vida, gente del barrio, ciudadanos hasta la médula, en zapatillas, con zapatillas o de zapatillas, las borrachas, del hospital a casa, de casa al hospital, arrecogidas, por las aceras, a ver qué pescan, discuten qué van a hacer en verano, los demás sin curro, enfermos, parados, de lo mejor, un currela con gana, bah, nada de particular, habrá hecho algún apaño, lo habrá cobrado con un IVA de esos que nadie liquida y habrá venido a gastárselo en un plato bien hondo de estofado. En la barra le espera a nuestro hombre la montaña de biricas y la de tortilla de patatas, una tortilla para macizar andorgas de borracho, para apuntalar bodegas, endemoniada... ¡Lo que hay que trasegar para hacerla pasar! No hay Dios que arree con ellos, son palabras mayores en cuestión de pinchos, hace falta estar muy chispo y no tener, como de hecho tiene nuestro hombre a nada que se alumbre un poco, pujos de gastrósofo, que hubiese sido un buen gastrónomo como infanzón marrano que es, contradicción in terminis sobre el papel, porque en habiendo dinero lo mismo haces un sandoblones de un majara peligroso, decía, que nuestro hombre podía haber sido un buen gastrónomo si no hubiese dado en tragaldabas.

Pero no parece que le haya sentado muy bien el palmero de tintorro y las biricas porque se nos va para la calle hecho un torico de fuego, «Pero qué le pasa a ese hombre, pero qué le pasa, que echa humo por las narices». Pues nada, que tiene mal vino y que siente una necesidad apremiante de ajustar cuentas que no existen, de darle al punching-ball, de recordar lo que no debe y con peor cuerpo además, que siente mareos, que la ciudad se le convierte en un memorial de batallas perdidas, de batallas no entabladas, de batallitas, de deserciones y de fugas vergonzosas, que le sirve de pretexto para echarse un sermón de las siete palabras más largo que rancho de vasco; una necesidad de ajustar cuentas consigo mismo, una filfa, de reclamar los mejores días, los días de la vida, otra filfa; una necesidad de recorrer las calles, de aquí para allá, de un lado a otro, como fiera en jaula, ésta y esta otra, ahora a la derecha, ahora a la izquierda, sin rumbo, parques, iglesias, calles que le traen otros recuerdos, calles de la infancia, de la adolescencia, de la juventud, de la vida gastada en vano, que son todas una y la misma cosa, calles que le hablan de lugares en los que no ha estado, en los que no estará jamás, entra en una agencia de viajes, lo hace a menudo «Que quiero irme a Estambul, al Pera Palace», entra en otra, «Oiga, qué vale irse a Venecia», acaba en un tabernón con un montón de folletos, ve hoteles, piscinas, zocos, monumentos, la Biblia en verso, se suele limpiar el culo con ellos, mala cosa el papel cuché para estos menesteres, lo mejor los propios versos en verjurado «La veleta», humea, olfatea, persigue en la calle perfumes, aromas, el de café en esta calle, el de la churrería en esta otra, el de los piensos, agreste, agresivo en ese otro sitio, el de abonos, el del cuero de los guarnicioneros, el de las hierbas medicinales, la herboristería, el de las serrerías, el de las carbonerías, las bodegas, la madera de haya, de pino, de iroco, el de salazones y encurtidos, la cola, el de las hojas podridas, la ciudad está llena de perfumes, de aromas, de olores, sobre todo en estos días de finales de otoño... cerraría los ojos, sentiría los olores de la ciudad que es una forma de vivirla, de sentirla, de incorporarla a uno mismo, de hacerse con ella una segunda piel, oiría sus ruidos, los ruidos de una improbable mañana, limpísima, de verano, los días de una época no como en la que vive, la edad y todo eso, una época a ritmo lento, acercarse a la ciudad con los sentidos, la ciudad huele, la ciudad tiene tacto, fugas de la cocina del rey noble, fugas de obradores, apetitosas fugas, olores de fritangas de despojos, allí donde los bohemios locales reproducen torpes homenajes literarios, don Jorgito el inglés a la cabeza... Montañas, qué digo montañas, torres, zigurats de comida, cuartos, medios de cordero para asar, chorreantes de grasa, de grasa dulzona, blanquecina, espesa, que ni siquiera las chorrotadas de limón pueden con ella, gorrinillos como los que había en aquel cochambroso y exiguo escaparate de *La Vasca*, nombre prometedor donde los haya, ajoarriero petrificado, cochinillos y piernas de cordero momificadas, solomillos, pilas de costillas, pimientos morrones, flanes, ajos, qué guarrerías más, no me acuerdo—, colgajos de Instituto Anatómico Forense, restos humanos, semimomificados, encontrados como suele suceder en un chirrión, «macabro hallazgo» escriben, un hallazgo macabro propio de una pesadilla atosigante en una noche demasiado larga —son así las noches de nuestro hombre y sólo él sabe cómo serán sus días—, después de haber arramblado con algún plato mayúsculo de arroz con chorizos y despojos y mucho pimentón, junto a flanes fosilizados, amojamados manjares, exquisiteces, churicillos de aquí y de allá, dulces y picantes, con más o menos pimentón, más o menos rojos, procedentes de los lugares más recónditos de la geografía patria, chuletones negruzcos, rojizos y blanquecinos, atractivos para moscas insistentes y despaciosas, chuletillas y costillicas —¡Oh! las costillicas de claretico de Mañeru que decía

aquel pobrete relamiéndose *boccato di cardinali* excla-
maba, un profesional de las romerías en el país de las
meriendas, natillas, arroces con leche como légamo
prehistórico, como costra de pantano reseco, helados
con chocolate caliente y tejas, codillo con col fermenta-
da, humeante, un montón, pedir doble ración, dos cuescos y una bufa dejan la cama como una estufa, a reventar, a finalizar en el veguero, y zacutos rezumantes de
fritos, se los metían en los bolsillos de la gabardina los
poetastros, hacía dadaísta, sobre todo uno que gastaba
patillas de bandolero, un fenómeno tragando, fritos,
olorosos, a domingo, a polvo del aquí te pillo, aquí te
mato, después de haber bregado toda la noche la mujer
tiene derecho a su vermú, ¿no?, con el condón colgando
de la sesera, como barretina de sans culotte, gambas, pimientos, jamón y queso, huevo, chorreando grasa, gra-
sillas, aceitazos, y qué decir de los mostos, de los orejo-
nes y de los claretillos traidores y vengativos como fraile exclaustrado, tintos de cosechero, el de Ábalos es superior, tiene un regusto a moras, a septiembre, a libertad, a verano, juá, juá, juá, para arrearse dos y hasta tres
botellas por cabeza, comida, pitanza para llenar la andorga, cuchipanda de alelados... Hay tratadistas de todo
esto, escriben largo de erudiciones, «Orígenes, desarrollo, y plenitud, presente y futuro de la banderilla, vulgo
pincho», toma ya, y se lo publican con subvención del
partido en el poder... «Discurso al silencio y voz de las
tabernas», por la Patria, el Pan y la Justicia ¡Arriba España! (una ovación frenética que duró largo tiempo acoge las últimas palabras del Delegado Nacional de Prensa y Propaganda de la Falange Española Tradicionalista
y de las JONS)... Montañas de comida para fornicar a
gusto, larga, groseramente, gruñendo, rebuznando, pe-
tando, jabuguitos, ñam, cantimpalitos, ñam, ñam, ñam,
chistorrillas de la Ulzama, panes de no sé dónde, qué
barbaridad, un mareo, un verdadero e incontrolable mareo... nada que ver con los menús del Gato con Botas,
un cocinero donde los haya, y es que cuando se anda así
no hay nada peor que detenerse delante de ciertos escaparates, es como para volverse loco de atar... Ahí está
nuestro hombre, hipnotizado, con el corazón como una

moto, relamiéndose, en estas señaladas fechas de los días más breves, estupendos días, días de comedias, teatro, máscaras, embozados, redingotes y demás, relamiéndose ante la perspectiva —sin olvidar los anisazos que zurran los sesos como baqueta líquida— de la comilona que se promete ahora mismo, a saber a dónde irá a parar en este segundo día de inconmensurable novena, con este cielo bajo que le invita, que le incita a visitar augustas casas de comida una detrás de otra y otras casas que no son precisamente de comida aunque en ellas, si el cliente es de confianza, puede comer mierda directamente de la cocina mediante el pago de una módica cantidad —y nuestro hombre piensa como aquel edil, fascista, chanchullero y medio loco, arramblaterrenos que pegaba voces y decía que le habían salido canas en los huevos de tanto hacer negocios, con quien nuestro hombre tuvo pleitos procelosos, había que ver sus corbatas improbables, te daba la mano y parecía que te daba un solomillo y había que cerciorarse que no te dejaba una chuleta en la mano como si fuera un testigo de a saber qué carrera de relevos que mientras arreaba con una ración de medio gorrín en *La Cepa* aullaba con la boca llena y salpicando los platos ajenos después de haberse metido dos docenas de ostras «¡Yo, si no me echo dos polvos al día, no soy persona!», casas que nuestro hombre, amante como es de las especialidades locales y regionales frecuentará en el futuro y catará el beso negro y la lluvia dorada y cuanta guarrería se le ponga por delante, cuestión de encanallarse, de echarse en la ronda de un rosario de demencias, alta empresa en la que está metido el hombrico hasta las cachas, hasta los cuajos, se relame, nunca está en lo que celebra, mírenlo, todo le parece poco, piensa ya en la sombría visita, visita que sin embargo aplazará, pues de inmediato se nos va a ir con la música a otra parte, se va a enzarzar en otro soliloquio que le llevará, como siempre, muy lejos...Y de pronto los ve allí, modosos, al otro lado del ventanal del café, charlando sosegadamente, siente vergüenza nuestro hombre, vergüenza y lástima de sí mismo, pues los ve ahí, al otro lado de ese ventanal, él era de ellos o creía serlo, pero no, no era, no era de parte alguna, con los cafetillos de media mañana sobre la mesa unos y con su vermú, hablando pausadamente, él y ella, y el loquero de pega y sus acólitos de la localidad y sus dominguillos y... Y ahí está *Trifó* en gira triunfal, cineasta amateur, «Haré buen cine», promete, asegura, y al cabo amenaza el muy cabrón, en cuanto le ponen una cámara o un micrófono delante, cerdito feliz con mama, pronúnciese momó, so tío croqueta, estúpido canalla, que por medrar pisaría hasta a su madre, de hecho la pisó, en plena cara, zas, la dentadura postiza a tomar por el culo, un pastón a la basura, en la fábrica del Pegamín dijeron que no se podía hacer nada... Y es que estaba el *Trifó* trasteando encima de un armario con sus fichas de películas, sus programas de mano, y sus gilipolleces, que para la bobería entrañable es muy metódico, con sus escapularios y sus premios de estudiante modelo, y hasta con un cilicio —lo sostenía en una mano y lo miraba, lo miraba, a ver si le decía algo—, recuerdo de sus tiempos en los sombríos pisos de la Obra, una época que no quiere recordar de apostolado, es decir, de dar la murga al prójimo, de ser maleducado, de inmiscuirse en las vidas ajenas, de severidad, de espionaje, de delaciones internas, de violencia, de difamación, un aura viscosa que no le ha quitado ni el psicoanálisis, y que uno advierte en cuanto os da la mano y abre la boca, y va y le pide a su madre que le eche una mano, y la madre que era una santa, pero qué santa era la madre, y estaba en la cocina haciéndole un pozal de croquetas del hijo, que ésta y no otra ha sido la base de la alimentación del prodigioso fenómeno, de forma que siempre parece que lleva una en la boca, sobre todo cuando habla en público y se escucha y se hace el eco, bodybloop, puro bodybloop, me dice el Caifás que es, viuda ella, huérfano él, de un honrado zapatero de la plaza, antiguo camisa vieja que anduvo apiolando gente por las cunetas; total que la madre se va para el armario y no se sabe qué hizo o dejó de hacer el *Trifó* con la escalerilla, o si fue la madre, que le dijo «Que no estás bien apoyado, que te vas a caer» «Que sí estoy bien, madre» «Que te corras» «Que no» «Ande, coja esta caja, usted a lo suyo», y la madre dicen que con el impulso de una jaculatoria, corrió la escalerilla y el otro perdió el equilibrio, buscó apoyo para sus pies, no lo encontró y se fueron los dos para el suelo, un trompazo que para qué, y lo malo es que el *Trifó*, al caer, le pisó a la madre la boca, gran cosa una madre, viuda ella, del zapatero, gran mangante del Sindicato Vertical, un sólido baluarte de valores eternos, de los de dar botes en taparrabos por los descampados, que como le había cogido afición seguía haciéndoselo con otro zapatero —¿qué tendrán los zapateros?—; le pisó, decía, en plena boca, con uno de sus zapatones gorila, caray, y a su lado, altivo, majadero, hideputa, poniendo, como siempre, cara de loco, el otro que se ha sacado una licencia para estafar, es decir, para ejercer de loquero de la muí, algo raro, sin embargo, como todo lo suyo, él tenía que ser raro y distinto desde pequeño, sí, algo entre el vascuence y Sartre, el psicoanálisis y los psicotropos, sobre un lecho, que dicen los gourmets, de dialecto bubi; un majadero que alardeaba, entre sus amigos, a los que tenía, por cierto, atemorizados, en un puño, de pajillero sodomizado por legionarios desertores que su padre guardaba celosamente en el calabozo del cuartel del que no había salido jamás, si sería memo, y los amigos de su tribu, mojigatos como no podía ser menos, que la ciudad no hacía gente muy echada para adelante y sí cuitados y pacatos a espuertas, le escuchaban como a un oráculo y se quedaban traspuestos —«Cuánta vida, es un poeta, es Jolderlín»... Decía el hideputa que había viajado mucho en El Tucán, grrrandes aventuras en la selva, grrrraaandes peligros, allí, en la negritud... Dialecto bubi, juá, para partirse la polla de risa «Taka berai amon nanai eguin bedele aguolo jai», sanjoderse con el galimatías, como para que se entusiasmara con él el *Trifó*, que todo lo extraordinario le sabía a gloria, y los héroes de guerra lo que más, y las enfermedades del alma, el desgarro, la locura, lo que más, a yema de Soria, a mantequilla sabiamente administrada, esta gente trapichea con sus lacras que es un gusto, salen en los papeles hablando de sus lacras y sus taras, como una gran cosa, como artistas... El *Trifó* con su ancha cara de batracio, aparcado en una verde hoja de charca tomatera, al sol, masca ya la yema de Soria, yam, yam... Y con él, su heraldo, el heraldo del *Trifó*, el Chino, un Pepito Grillo de conciencias ajenas, un jambo gafo, un jesuita frustrado, un pajillero de horas bajas, un persiguenenas, había que verle enviando flores chungas después de haber hecho una pifia irreparable, que pasaba de la sinceridad al insulto en un pis pas, muy suyo, sí, muy suyo... Le suele preparar el camino al otro, y es que es una especie de ayuda de cámara a lo bestia, «Portaos bien con el *Trifó* que cuando viene a la ciudad no se siente bien acogido». Y el otro «Creo que voy a volver a la ciudad más que nada para que mi hijo pueda vivir en este ambiente que es más sano, más humano que Madrid... Madrid no interesa, allí somos extranjeros, no somos de ninguna parte... Las aglomeraciones, los agobios, el smog, la falta de solidaridad, los taxis... Aquí la vida es más auténtica. Esto está lleno de amigos, sin crueldad, con amor», y la locutora de la televisión local ponía sonrisa boba y cara de embeleso al escucharle, y había que montarle al nene verbenas con farolillos japoneses y picú y un guisote al aire libre para darle gusto como un rey negro de esos que se sientan en un sillón con unos zorros espantamoscas y que vayan pasando los súbditos con los presentes, una cenita en la Ulzama, una cenita con un feroz etarroide, repleto de encanto, todo se arregla con cenitas, una cenita en la Abundancia Vinícola —una tasca tirando a sucia, como corresponde, con vinagres, pimientos, guindillas, de la que uno sale atufado de guisotes y fritangas, al jambo de marras le gusta porque en el fondo es un lugar muy popular, le recuerda sus tiempos de rojerío, de cuando se fue de obrero a Alemania, para sufrir por la causa obrera y para aprender de paso la lengua de doña Rosa Luxemburgo, su diosa blanca, y poder así leerla en el original—, una cenita de artistas y gentes del mundo de la cultura que es lo suyo —«gentes del mundo de la cultura», ondia, que me troncho—, aunque lo suyo, propiamente lo suyo, pero de verdad de la buena esta vez, sea fastidiar al prójimo y cobrarse unas revanchas rarísimas, que si ése me miró feo una vez, que si el padre de ese otro tenía coche y el mío, no, que si aquél tenía educación y yo no, y es que es un hombre auténtico, y en tiempos de modistos, estilistas, asesores de imagen y demás hombres de fresa, los que declaman con Valle Inclán, no sé cuántos de la cocaína, él cultiva la estética de la alpargata, la camiseta Ocean bien a la vista y la barba de varios días, además de su particular lucha de clases silenciosa, de pura zapa, de zamarrón, que consiste en putear y en hacer la vida imposible a todo Cristo desde el otro lado de una ventanilla, ésa sí que es buena, y el anorak, o como le llaman esos mierdas, el *txubaskero*, ahí agazapado, gacetillero vendido, hombrecillo de la ventanilla, esperando a que le agradezcan los servicios prestados con un puesto para toda la vida… «Un soplapollas, un cabrón, un tío mierda que ignora la diferencia entre la calumnia y la defensa personal, la supervivencia, el no ser humillado, el no ser ofendido. ¿Y tú quién eres, tú, mingazo, husmeachorras, para hablarme a mí de buena educación? ¿Que es una cuestión de clase? ¡Pero qué dices, bobo, cretino! ¡Qué cuestión de clases ni qué hostias! Si ni siquiera tú puedes ocultar el miserable orgullo de pertenecer a la jijelife de un pueblón, tú que tanto sabes, Pepito Grillo, de cuando la escritura sirve para no matar ni matarse, ¿Pero tú sabes las cretineces que te he aguantado? Tus sermonarios sobre la moral y la ética y el trabajo metódico, tus desplantes, tus pijadas, tus reglotes, sandio, soso…» Total que el *Trifó*, fruto, como queda dicho, a figurar y a trepar, tenía una esquizo como de tratado, así pudo vérsele firmando manifiestos vasquistas cuando los vientos soplaban de izquierda y había que medrar en la prensa de moda, donde metía el tío sus articulitos, tis, tas, articulitos, tis, tas, tis, tas, una pastita, que diría el vate más vate de la ciudad, toda una generación haciendo articulitos, tis, tas, tis, tas, de la misma forma que visto que no medraba mucho entre los vascos, se dio el piro y se hizo lo que siempre había sido, antivasquista y fascista, pero convencido, como suele decirse, y acabó trabajando en la prensa amarilla… Vaya, mejor lo apartamos del ventanal del café y lo mandamos a que siga callejeando, que si no le va a dar una embolia de las buenas, lo digo yo, así que tú, Caifás, échale un soplo a ver si lo espabilas.

En esto que a nuestro hombre, de tanto dar tumbos y al paso de una fastuosa agencia de viajes, se le ocurre de nuevo cambiar de aires. La misma historia de siempre. Se dice «Total, vamos a hacer tiempo y a tomarnos un respiro, que llevo una mañana bien dura» y empieza a pasear la vista por el interior del local, más que nada por tantear el terreno. Debe de ofrecer, para quien pueda verlo desde el otro lado del vidrio, un espectáculo glorioso con su gabardina verde, mojada, sucia y arrugada, su cara de alelado y su paraguas al brazo. Nuestro hombre contempla las palmeras, las falsas y las verdaderas, los ficus y toda la exótica plantación, los sillones tapizados de un naranja chillón, los aviones y los barcos y hasta los globos de papel brillante colgados del techo, y al fin se decide a entrar y empuja la puerta, le recibe una vaharada de aire cálido que le hace sudar de la misma. Los empleados, hay que verlos también a éstos, atildados, repeinados, perfumados hasta la náusea, corbatones imposibles, pasacorbatas de propaganda y moco de pavo hinchado, «¿De dónde los sacarán?», se pregunta nuestro hombre. Los empleados por su parte le echan una mirada distraída de arriba abajo. Deben de pensar: «A lo sumo un billete de tren.» Y nuestro hombre espera a que se quede desocupada una mesa en la que los leonesalvadores del viaje y la aventura y el cambio de aires se afanan en vender la gloria a parejas de novios que se extasían ante las fotos, a los jubilados con perricas, a los viajeros de verdad de la buena que están como en su casa, que demuestran que tienen costumbre de andar por ahí pegando brincos, se les ve, se les oye sobre todo la familiaridad con la que hablan de los hoteles de Cancún y de las azafatas de las líneas aéreas asiáticas, de lo que dan y dejan de dar aquí y allá, que si dan o no dan caramelos, toallitas, copazos, uno, dos, eso según, cava, canapés escurriñados como albondigón de jabalí, y mientras llega su turno se dedica, como de costumbre, a mirar y remirar los cartelones, pone cara de entendido, cosa de disipar la sospecha que olfatea en el aire: el Pan de Azúcar, una pareja feliz debajo de una palmera al borde de un mar azul verdoso, clarísimo, tal vez añil, no atina con el color, ni con nada, los malditos reflejos del papel cuché, se inclina para un lado y para otro y no dica bien, pero lo importante es la pareja que está sorbiendo algo frutal de un coco, que le hace relamerse de gusto, rojo y verde, fresco, con aire de salud y felicidad, «Hay gente feliz, eso es indudable», se dice en un arranque de lucidez que no le ha dejado tieso de milagro, contempla el Eiger al atardecer, qué luz tan espiritual, unos tipos esquiando, morenos, pegando brincos y dejando a su espalda como estela una nube de nieve en polvo, salud, belleza, qué tipazos, «Justo lo que yo necesito», las cataratas del Niágara, el Concorde, unos canales orientales con barquichuelas y una mujer bellísima que ofrece a saber qué clase de frutos y pescados... Al fin se desocupa una señorita que se apresta a atenderle, primero con una sonrisa, enseguida con desgana y al final con francas malas pulgas. Tiene los dientes manchados de carmín, el cenicero está lleno de colillas y la mesa en desorden. «Verá —comienza nuestro hombre—, quisiera hacer un viaje» Y ahí se detiene. «Estamos para eso. ¿A dónde? ¿Tiene alguna idea?» «Pues verá —responde nuestro hombre sin faltar en absoluto a la verdad—, idea, lo que se dice idea, no tengo... Digamos un cambio de aires, sí, eso, un cambio de aires» y remata su petición con una sonrisa que quiere ser encantadora; pero que no consigue otra cosa que poner en guardia a la señorita, «Ah, ya...» La empleada, olfateando al moscón y olfateando también el alientillo de nuestro hombre, una nada, pero incendiaria, que le va llegando como nube de pebetero, echa una mirada que no sé si es de complicidad o de socorro a sus compañeros, y le va sacando prospectos y folletos a cual más lujoso, a todo color, todos los precios y todas las posibilidades. A pesar de todo nuestro hombre se atreve a amagar una broma idiota, «Usted viajará mucho, ¿eh, señorita?», la otra se pone adusta, no es para menos y se lo quita de encima «Puede llevárselos sin compromiso» y comienza a revolver papeles desentendiéndose de ese cliente de ideas confusas y aspecto un si es no es lamentable. Nuestro hombre nota que le miran como a un sospechoso, no es nada nuevo, y hacen bien porque es así, un sospechoso de marear la perdiz, de no tener un duro, de no viajar, de no tener la menor intención o posibilidad de hacerlo. En esto entra una pariente más o menos lejana de nuestro hombre con su chaquetón de *mouton*, repintada como muñecote de feria, que le echa una mirada rápida de horror y de seguido empuja a sus hijos como rebaño amenazado por el lobo de dibujos animados, los mete detrás de una palmera y pone la vista en otra parte para no verse obligada a saludarle y para que no piensen que tienen algo que ver con esos zorros andantes. Menudo compromiso para ella. Se ha puesto colorada. De puro miedo. Pero nuestro hombre apenas ha reparado en ella «Qué importa un pariente más o un pariente menos, bah, nada, que no quiere saludarme, hace bien, y además yo, a lo mío» y se va con todo el material de trabajo entre las manos, mirando uno a uno los cartelones, despacio, que sepan que va mandando, como dice la Picoloco que hay que ir, mandando y templando y obligando o como quiera que se diga, que a él no le ponen de patitas en la calle así como así, y que la cerda la pariente le salude o le deje de saludar se la trae floja, eso dice, pero no, le duele, joder que si le duele, Caifás, amigo, que tenemos negocios con un pendejo, no te rías que me cortas el chorro, nuestro hombre ya está acostumbrado a los desplantes, también se hace el loco, se despide desde lejos de la menda de la mesa con una sonrisa untuosa y se va por donde ha venido con sus folletos.

Y otra vez la calle. Se dice «Tengo que estudiar esto detenidamente. Veamos. Un bar. El Amparo. Bonito nombre. Sí. Como para mí. Eso es lo que yo necesito, amparo, mucho amparo y calor de pecho ajeno que decía la otra». Total que se mete para dentro sin pensarlo dos veces, como siempre, y sin llegar a tocar la barra, mandando, que se le ha metido lo de mandando, como dicen los tauromáquicos, le pide al camarero un Campari con un chorrito de Fernet Branca y mucho sifón, con el fin de refrescarse un poco y no estropear antes de tiempo el almuerzo que se promete excelente. Sobre este combinado diremos que resulta impecable y de eficacia probada, en la medida en que tales gaitas pueden probarse, para limpiar los corralones de la resaca y si no que se lo pregunten a Laboa, ya llegaremos a él, si es que llegamos, que Toribio ya le está sacando a esta hora platillos a la barra para que deguste, para que pruebe, para que se relama, el dandy este de los cojones, y Laboa, constrictor, pesca y repesca nenas de altos vuelos, un profesional del braguetazo, metía los morrillos en el platillo, se le oía desde el otro extremo del bar, «Huummm, pero qué rico, qué rico, eres un artista, Toribio... Aquí estoy con estos de Madrid que no saben lo que es bueno», y los de Madrid, con la boca llena, agachados para no pringarse el traje con la salsa, no era para menos, se habían pasado toda la noche tallando naipes verdes y sepias y hasta azules en caballerizas, ya llegaremos, Caifás, no me metas prisa, que hay tiempo, que nosotros tenemos todo el tiempo del mundo por delante, y saca de una vez las narices de las rendijas del puterío. El camarero se pone a trastear, maldiciendo por lo bajo, por la zona de las botellas improbables en busca del puñetero digestivo, hay que ver qué capricho, no debe de estar el maromo acostumbrado a los aperitivos de altos vuelos y rezonga y rezonga y digámoslo todo, se caga una y otra vez en su padre, y hace bien, coño, claro que hace bien. Al fin da con ella, un pringue que no augura nada bueno, caducada en tiempos ya prehistóricos, de cuando Urtain hacía publicidad de un aperitivo hecho a base de alcachofas, pero de lo que nuestro hombre ni se entera, y sin dejar de rezongar le sirve el bebedizo, algo a medio camino entre un jarabe de propiedades cordiales y un emético como los calomelanos o así. Nuestro hombre lo coge como quien atrapa un salvavidas, a mano llena, siente el frío a través de la mano y de ahí al cerebro, descerebrao, más que descerebrao, que eres un descerebrao, como decía Mala Sombra, y va a instalarse cómodamente en una mesa de espaldas a la calle para concentrarse mejor en el material que le ha suministrado la vendedora de felicidad a raudales. Echa un trago, chasquea la lengua, mueve la cabeza como un entendido cuando lo mismo le podían haber metido cualquier otra cosa, enciende un cigarrillo y empieza a hojear con delectación los prospectos «¡Qué barbaridad!» De entrada una oferta a todo color, un poco revuelta eso sí, entre la China, el Caribe y Egipto… «Debe de ser para abrir boca o para confundir al personal» se dice nuestro hombre y ya no para «…¿Y estos tíos en calzones tocando la trompeta qué venden? Ah, ya, un crucero por el Rhin… Vaya, esto no es exactamente lo que busco, echemos otro traguito, cenas rurales, me lo conozco, charcutería a raudales y canciones, ya, como p'a ellos, también aquí hay de eso y no pasa nada, exhibición folklórica, visitas culturales… No me convence. ¿Escandinavia? A ver… "Maravillosos paisajes, valles con floreciente vegetación, apacibles granjas, majestuosos glaciares en las cumbres montañosas, lagos, ríos y fiordos resplandecientes. Almuerzo ligero en el tren…" Uhmm, una cosa es que necesite agua y otra bien distinta por cierto, es demasiada agua y lo del almuerzo ligero seguro que esconde algún atropello… ¡Joño! Y un cuarto kilo además. No. Veamos. ¿Rapsodia Vikinga? Y esto qué demonios será… Un safari en Kenia… Hay que ver. "Emoción y aventura al máximo", dicen. Seguro. ¿Y esos elefantes a la puerta del hotel qué pintan? ¿Y los monos?… Menudo jolgorio… Leones, rinocerontes, hipopótamos, gacelas y cocodrilos, la fauna al completo… Podré hacer fotos inolvidables, me aseguran, y yo para qué quiero fotos… Y para rematar la faena pesca submarina y windsurfing, en Mombasa, sí, y un calor de los mil demonios… Oyoyoy, demasiados bichos, pero ahí es adonde va la gente más guapa, en fin, además lo de cambiar de aires cuesta una pasta, pero por ver fotos y leer sandeces no se gasta, es entretenido… ¡Andá! Ésta sí que es buena, el Kilimanjaro… y más bichos, qué manías tiene la gente… ¡Hombre! Las Seychelles, esto dicen que está bien, las mejores lunas de miel, todo el stress a freír puñetas, a la mara se le llena la boca cuando pronuncia el nombre de esas islas, hinchan de orgullo el pechito cuando dicen que han estado, algo tendrán, «Oyes, échame de comer a los perros que mi mujer y yo tenemos depresión y nos la vamos a quitar este puente en las Seicheles», ya… A ver, a ver… "Nombres mágicos, salvaje belleza, lujuriante vegetación tropical, aguas cristalinas"… Bien, esto está bien… El paraíso cuesta un pastoncillo, y de dónde saco yo la pasta, si ya me he gastado más de la mitad de la provisión de fondos que le levanté a la majara, pero volvamos a lo nuestro... Un crucero en yate, eso debe de ser barbis... ¡El Taj Mahal! Más calor, agobiante, lo he visto en las películas, y en la tele, el Ganges, menudo barullo, y además ahí se rebanan el pescuezo por un quítame allá esas pajas, aunque la verdad eso ahora no es privativo del Ganges... Bangkok... Esto no estaría mal, el paraíso de los puteros, dicen, que van de exportaciones y todo el día metidos en los masajes... Me lo contó un colega. Había que verle hinchar los carrillos cuando decía que se había puesto las botas, "Me he puesto de follar las botas, las botas, hay que luchar contra el capitalismo, siempre en pie de guerra, qué chiquitas, qué chiquitas...", tampoco es eso, claro que el hombre es muy rijoso, se lo monta bien, desbarata una empresa, arremolina la peonada que diría un gaucho ful, y con la pasta del barullo a recorrer mundo, pero bueno, no me voy a meter yo en las cosas del prójimo... Y el que tiene mala suerte a todo correr al médico "¡Que me ha salido un grano en la punta!" y luego descalzo y con cadenas a la procesión... Natural... "El último paraíso"... ¿Y esto qué coño es? No estaría mal desaparecer en una de esas islas con los salvajes, para siempre, a freír puñetas, todo... De Japón, nada, mucha basca, demasiada basca, nada, todas esas calles llenas de basca me dan mareos, me vuelven majarón todas esas calles llenas de gente y los chismes, los aparatejos, los marcianos, más zumbaos que el pecho de un gorila... Disneylandia... Y qué coño pinto yo con Mickey y compañía... Pero la mara disfruta de lo lindo. Me lo han dicho, van con los críos, se montan en todo... No lo entiendo, no lo entiendo... Las Vegas... Con la perra suerte que tengo yo ahí no pinto nada... Hawai... Esto está muy visto, ya lo pone aquí "Sea excepcional"... ¡Hombre! México. Esto me gusta, esto me gusta, a ver, a ver... "Cuando cobre el pagaré, el pagaré, qué vida te voy a dar, mujer", mariachis, guitarrones, corridos, bailongo, tequilazos, piscos, mezcales, y bien de picante, y cuesta menos... A ver si me animo... Lo de siempre, la pasta, la pasta, menudos hotelazos... Brasil, hombre, aquí es a donde la gente respetable, los hombres de bien, los de la tradición, los diligentes padres de familia de la city van a quitarse el quehacer, financieros, luego ponen caras de nazarenos y a correr, tradiciones, cirios en las procesiones y fuerte carnavalazo, a recontar como quien suma muescas y a jactarse en la sauna o en la sociedad gastronómica, "Venga, cuenta, cuenta, cuántas, cuántas", un sótano húmedo en el que por mor de los fogones, por tradición, cultura dicen los filósofos, y lo escriben que es peor, se ocultan durante un rato de sus mujeres "qué bien estamos aquí, sin mujeres ni nada"... Ahí es nada, cogerse unas ladillas en Río, ladilla cara, aceite inglés, sí, o mejor de engrasar buenas escopetas, *muy puenas* escopetas, inglesas, sí... ¿Ah, no era eso? Creíamos, de todas formas lo dicen como quien gana una batalla en el campo del honor... Hay que ver las cosas que ofrece el mundo... Machu Picchu... Joooder las cosas que ofrece el mundo... Los mares del Sur, la reoca... El Caribe... ¿Y qué hace ahí ese jambo con un gorro rojo en el cogote, un espadón en una mano y un loro en la otra y todo el talabarte del teleobjetivo colgándole del cuello como si fuera un esquilón?... ¿El Quinto Centenario? Esta gente de la publicidad desbarra con más facilidad que los otros, a nada que lleguen con la sesera encendida a media mañana te paren cosas inauditas, "A ver, reunión de trabajo en cinco minutos, un spot para un cementerio particular", y toda la oficina para arriba y para abajo, "Nos hace falta un poeta" "Pues se le llama. No me vengáis ahora con pegas. Busca en las páginas amarillas. Mira en tu agenda, payaso. A ver, a buscar diapositivas de cielos azules, venga..." Hace falta ganas, estar en las últimas o estar majara para dejarse hacer eso o para entretenerse así. En cualquier caso, la gente parece feliz, se lo pasa bomba, es envidiable, se pirran por ir a cualquier lado... Yo, la verdad, me iría, en globo... Pero para siempre, para siempre.»

Y así, de manera tan melancólica, termina nuestro hombre el repaso de los folletos y de paso su particular loqueo, suspira, apura el vaso y decide que por el momento no cambiará de aires, porque no puede, y que hay que conformarse con el mundo en el que uno vive, lo dice Carcoma, para qué ir a ver la esfinge, a ver, eso, o Manhattan, «Bien, rascacielos, mucha gente, el MOMA, ya hemos visto, y ahora a casa... Nada, quietos paraos en casa, ¿Dan gintonic?... ¿Bien puestos? ¿No sabe?... ¿Que no sabe o que no dan?... No, pues no vamos». Comprueba que es la hora de reunirse con los amigos. Le han prometido un festín «Veremos en qué para esto», se dice al tiempo que sale del bar.

Y otra vez la calle, echa en falta el paraguas, «Mierda, ya lo he perdido», entra de nuevo en el bar «¿Ha visto un paraguas verde?», el camarero ni se inmuta, le dice que no con la cabeza, contento de que se le haya perdido, aunque sólo sea para poder decir in pectore la jaculatoria del fin de siglo, la más corriente, «Que se joda» y el caso es que no hace día como para bromas, que puede caer una buena en cualquier momento, alternan nubes y claros, bien negras y bien rasos... Esa hora, demonio, en que la ciudad se apaga para la comida, y recupera algo del ritmo lento que la hizo famosa, se deja caer, parece abandonada, casi nadie anda por la calle y ésta tiene algo angustioso, de tren perdido, de cita a la que llegas tarde, sobre todo si no es la nuestra; es la hora en que van a soltar a los funcionarios, es cuestión de minutos, «Así que mejor que me dé prisa, no vaya a ser que tenga algún tropiezo idiota. Total está aquí al lado», y se nos mete por calles que sabe todavía menos frecuentadas. No le gustan los encontronazos, de ellos no suele salir la luz, y en un relámpago de angustia repentina, que se quitará de inmediato, en cuanto pueda echar mano de un nuevo vaso, opina que el suyo no tiene que ser un espectáculo muy agradable. Pero no pasa nada, ya hemos llegado, ya estamos aquí... Calado, hecho una sopa, debería humear como los montones de fiemo, pero no humea, o sí humea, poco importa, porque eso sólo podemos verlo nosotros, se mete como de matute en la casa de comidas donde es bien recibido por la legión de los licenciados y los artistas, unos «¡Tiempo sin verte!» y palmadas en la espalda. Ayer, debió de ser ayer, o a lo sumo anteayer, «Hola, qué tal» Licenciado Garra, Xilbote, Carrete... Arracimados en la barra celebran anticipadamente el festín con grandes carcajadas que no parecen tener otro motivo aparente que no sea el estar ahí y no en otra parte y a cubierto, y con algún moqueo de catarro, para pasar directamente al reservado, que más parece lugar donde conspirar y firmar pactos mendaces, además ya media ciudad ha visto pasar al fenomenal cortejo, el cortejo del rey de Siam parece, a voz en cuello, dando semivueltas como modelos en pasarela y gigantones de danza por las calles, y se meten detrás de la puerta, y se van derrumbando entre gritos y carcajadas en las sillas, hasta que Carcoma dice «Aquí hay que poner orden» y si lo dice Carcoma es preciso hacerle caso, es el que manda.

Y en un rapto, en un despiste, de esos que nuestro hombre no se puede permitir, porque no es que daría en loco, no, sino que vería de verdad el maëlstrom por cuyas paredes va dando vueltas sin darse cuenta, como metido en un barril; digo que en un despiste nuestro hombre se pregunta qué demonios hace en tan amable compañía. Los ve felices, decidores, exultantes, jacarandosos, con los codos bien plantados en la mesa, igual que ayer puedo haberse preguntado qué hacía con el Morsa y la Picoloco. No sabría decir. No tiene ni idea. Le pasa con todo el mundo. No sabe por qué. No tiene, dice él, nada en común con ellos, nada, la misma profesión, no, no es así, no es la misma. Menuda compaña, menuda asamblea. La arquitectura, la empresa, la jurisprudencia, la política, los negocios y hasta el arte, sí, señores, y hasta el arte, todos reunidos. Nuestro hombre se sienta con una sonrisa de oreja a oreja en una de las cabeceras de la mesa, como quien va a presidir algo, rey de la faba, con su copilla de cava en la mano, esperando a que reaparezca el maestro de ceremonias, Juan Carcoma, que ya llega desde los servicios en mangas de camisa, le hace sentirse más recio, haciendo grandes aspavientos con las narices, sorbiéndose ruidosamente el moco, y dándose sonoros golpes de pecho, para que nadie note de dónde viene ni qué ha hecho ni a nadie le quepa la menor duda, fuerte, duro ejercicio de libertad, afirmación de la individualidad y la democracia, «¿Qué pasa, que ahora no me van a dejar drogarme? Pues se ha acabado la libertad. ¿Y para eso hemos luchado tanto, para que ahora no me dejen hacer lo que yo quiera? Qué va a ser esto», dicen, sí, «Bueno —exclama Carcoma—, esto ya está mejor, qué, ¿empezamos?».

Y ya acabados los aperitivos, todos atacan la fuente de *foie* presentado en gruesas rodajas —«¡Juá! Hay que cortarlo con hacha, hostia, con hacha»— sobre fondo de lechuga, un tanto a la diabla, sans façons, *foie* de primera, recién hecho, de la temporada, de esos de «¿Lleva usted algo para declarar?... Bueno, pase», quiero decir de los de «cara de bobo, pisotón de buey y dentellada de lobo», o ni tan siquiera eso, con bien de pan, bien untado en panarra como hace incluso nuestro hombre que sonríe y sonríe, con esa sonrisa de cobista que no conoce límites, imitando a *monsieur le Président, je vous écris une lettre que vous lirez peut-être si vous avez le temps...* No, no tiene tiempo, no hay tiempo, está demasiado ocupado, traspasada ya la mitad del camino de la vida, y transcurrida ésta en las sacristías, los púlpitos y los confesonarios, no había tiempo para ocuparse de los toros, el rock, la gastronomía, el erotismo, los paraísos artificiales y los negocios, todo a la vez, había que untar el *foie* en la panarra como extendido con llana, bajo la mirada atenta de su mayordomo que había estado en Francia, sí, todos han estado en Francia, todos se codean con condes y con marqueses y con financieros y con capitanes de empresa más o menos fules, y algo menos, por la noche, con artistas y gentes de trueno, del bronce, vamos, como antes, como siempre, por la puerta trasera «¡Hemos llegado, hemos llegado, nos respetan, hostia, nos respetan, nadie se atreve con nosotros, quién, a ver, quién!», y el patán que pagaba la farra se reía de que nuestro hombre no untara, de que zampara con cuchillo y tenedor por lo modoso, así que ahora unta y reúnta para que no digan, no vayan a tener razón. Gran cosa, el *foie*, todos saben, todos conocen, todos han estado, todos han pagado la cuenta más cara, ronda pues de anécdotas falsas a las que nadie presta la menor atención, puro blablabla en el desierto, después de un día de ésos que cae fuego (casi todos), porque se las conocen, porque son siempre las mismas, porque esas patrañas cumplen la función de ser verdaderas contraseñas, «Pues a mí me cobraron...» (puta fala, puta fala), mientras arrean a dos manos con las fuentes de jamón de jabugo y las cañas de lomo de lo mismo. Se les llena la boca con los prestigiosos nombres, se conocen de carrerilla los nombres de los sitios que hay que conocer, de Madrid, de Barcelona, de Gerona, de Galicia, de Flandes y Córcega y de más allá de la mar Oceana, de Bilbo y de Donosti —no pienso repetir ninguno, se cogen los papeles y se asoman, que a mí no me dan de comer gratis en ningún lado, ondia—, por todos lados, han lampado hasta reventar y dejado a su espalda un reguero de papeles, no les suele aprovechar porque casi siempre van a uvas sordas, «Jó, toda la noche sin dormir y nos levantaron diez mil duros, juá qué descojono, oye, diez mil duros, qué son diez mil duros, nada, nada y se ha terminado, se ha terminado...» «Pues a nosotros veinte mil, ¿Eh cabezón, a qué sí? Te empeñaste con el caviar y el Clicot, y al final nos invitaron a desayunar con champán los macarras... Ay, joder, qué caprichos tienes Kilikón»... Parece que de fogones no salen y que son consumados gastrósofos. Ahí Xilbote le explica a la Bugsbuny —no lo hemos dicho, pero haber, hay dos o tres mujeres en el festejo, cosa rara porque de ordinario no vienen, las sacan una vez al mes por todo lo alto y a casa, que es donde mejor están, dicen ellos, dicen ellos— el meollo del *steak tartare*: Un buen solomillo de ternera y lo metes en la batidora o le das con la minipímer, y la otra toda remilgos, «Ay qué asco, carne cruda, cruda, qué asco, como los caníbales»... «Menos seso que un mosquito, no saben de lo que hablan, ni idea, pero a qué meterse, tú a lo tuyo, mastica —se dice nuestro hombre—, calla por el momento y arrea con lo que puedas, que quiere explicarle exquisiteces fules, que le explique, si además no le hacen ni caso y por ahí no se va a ningún lado... Yo a lo mío, a comer». Ésa es la tarea de casi toda la compaña, en la seguridad, unos, de que llenar la andorga, sentirla caliente e hinchada es un signo inequívoco de vida, un eficaz remedio contra el canguelo, una forma de sentir el centro del mundo en la panza, la anatematizada alegría del animal sano, un paso hacia esa beatitud que emborrona las cosas, las hace de bruma, como para decirle «Mire usted, misma-mente, su flou no viene de otra parte que de unas di-gestiones más o menos pesadas, como quien en una tar-de de estas de otoño se dice «Me voy a merendar algo» y de seguido se arrea una choucroute bien guarnecida de panceta, tocino flojo, salchichas, costillas, hebra, abundante, por gracia, por ver si revienta de una vez, una suerte de ruleta rusa, pero de cuchillo y tenedor, y decirse mientras uno se va metiendo la berza fermenta-da por las fauces «Yo formo parte del cosmos, soy mi dueño y mi amo»... Cómo que no, cómo que no, claro que se dicen cosas de éstas, claro que sí, y éstas no son las peores, las cosas que se dicen de madrugada los di-putados a bodega llena, le hacen enmudecer de terror al más pintado... Eso, llenar la andorga, le importa un co-mino lo que le entra por las orejas, porque además sabe que lo que le entra por las orejas y por los ojos es de di-gestión difícil, llenar la andorga, macizar el vientre bien macizado, esos metros lineales de intestino que servían en los animales de matadero para hacer embutido y has-ta vergas de kiliki «¡Mamá, que de mayor quiero ser ki-liki!» «Ay, coña, qué perra has cogido... Anda, Benitica, ponme una verga para el chico». Es que me parece que a éste le gusta más de lo debido lo de pegar vergajazos en la cabeza camuflado detrás de un cabezón de cartón con el pedazo de tripa bien hinchado, más que nada porque se hartó de que se los dieran a él. Un día decidió ponerse el cabezón, coger la verga y empezar a devolver, no iban a ser siempre sus amigos del alma, el Chino, también conocido como el Verruga, el Castañuelas, el Perro Verde, el Temido, y don Jorgito, el inglés, desde sus columnas de prensa, especialistas en escribirlas en clave por aquello tan espiritual de «El que se pica, ajos come», quienes dieran. Un día sintió de pronto que ha-bía llegado el momento de devolver sus coces, de en-contrarse a sí mismo, «Ha llegado mi hora», dijo y se nos echó a la calle. Iba dando por aquí y por allá, hizo lo mismo que yo hice en vida, puso su lengua demasia-do larga al servicio de algo, pero se le fue la mano y se le fue de todo, tenía un pedazo de página de prensa pro-gresista y nos lo pusieron en la calle, y todo porque la gente no se prestaba al juego de los vergajazos, a la gente no le hacía gracia, ninguna, de qué, cómo le va a hacer gracia que le den en la cocorota con una verga de kiliki, estaba, un suponer, un quídam jugando con una baraja o a la baraja o en la baraja y el aquí por detrás, zas, había quien —no, esto no es una historia de Teany Toons— se echaba a correr y quien no se dejaba, que ahí está la cosa, en dejarse o no dejarse, ya lo dice Carcoma «Que yo no me dejo, que no me dejo» le plantaba cara... Al final con la cabeza rota, a la de cartón me refiero, y la verga deshinchada... Comer para tragar «Éste se va a comer el mundo», comer tierra, comer estiércol, comer monedas, masticar el tiempo, «No, mire usted, déjese de metafísicas, que yo como por el placer» «¿Cómo dice?» «Sí para...». Y aquí amagan un expresivo gesto con la mano encima del estómago, un gesto de masaje circular y una expresión de arrobo en el rostro. Y otros más, poetas casi sin saberlo, comen por miedo, la gula el hambre que le llaman, para por si acaso, por hacer acopio, para por si vienen peor dadas, «Tú traga hoy, que mañana vas de camino...», para sentir el otoño de la vida en el paladar con la caza de la temporada, liebres, perdices, jabalí, corzo y hasta el buen ciervo, piezas monstruosas de furtivo de toda la vida, de los que esperan a sus piezas, apostados en el amanecer en los bebederos después de una noche interminable de farra aldeana, de ésas en las que se puede matar impunemente al tonto del pueblo a puñetazos, sentir que la vida, para ellos, sólo para ellos, es eso, acoso y derribo, acecho y convulsiones de pieza cobrada, hojas que se van descomponiendo lentamente, humus para que salgan en él en la próxima primavera, en esa que no veremos, los narcisos y el acónito... «Mire usted, Alejandría de los demonios, lo que podemos decirle es que nos ha gustado mucho el discursito, pero nos permitimos recordarle que estaba a otras»... Pero sí salen de fogones, claro que salen, para meterse en otros, para andar con los teléfonos para aquí y para allá, con untes, salsas y potajes, pero de los otros, de los que no dejan, de ordinario, rastro, salvo cuando aparecen como un borrón en los papeles y entonces exclaman desde sus palestras «¡Esto es una persecución política!»… El *foie* que es del bueno, del otro lado, se deshace en la boca, tiene ese *arrière goût* de bodega, de hojas muertas en otoño, de tierra y de humus, de violetas, de musgo y de hongos… No te embales, leñe, que no eres Larriniere. Y enseguida, sin que puedan cogerse un respiro, aparecen las fuentes de las ostras y las exclamaciones a grito pelado de «Esto es vida, joder, estamos triunfando, triunfando, nos los estamos comiendo con patatas a los *donramones* y los *donjavieres* y los *donjoaquines*, ahora nos toca a nosotros», y va Ferminito Zolina (a) el Garra y dice «Pero hay que saber, eh, hay que saber, no hay que perder los papeles, si hay que guindar, se guinda, pero sin hacer aspavientos, me voy con uno de estos palomos a entregar las llaves de unas viviendas sociales que hemos hecho para engañarles y va y me empieza a echar un discurso en plan convincente, y toda la basca allí abajo, humilde, humilde, en el cine aquel, de esos de barrio o parroquiales que habíamos cogido para darle empaque al acto, esperando a recoger las llaves de las casuchas que les hemos construido, y va y les dice «¡Hay que acabar con los especuladores de terrenos que son unos parásitos sociales!» «Ay, joder, yo no sabía donde meterme del descojono que me entró con las boberías que soltaba el jambo. O es tonto o es mentiroso, y además no tiene ni idea, qué especuladores ni qué hostias, le damos a la gente lo que quiere, ¿no? Que quieren adosados, pues adosados, que quieren vivir en horizontal y salir todas las tardes con las tijeras a podar los rosales, que salgan, pero antes a pasar por taquilla, ¿eh, verdad? Y cómo pasan. No hay como ligarse a unos aldeanos de esos que tienen el robo metido en la sangre, en el tuétano, y bien de tierras, resabiados, malos, malos, zorros, tramposos, echamos mano de un arquitecto que se apañe bien, un genio, como aquí el Xilbote, que se los merienda con patatas, y recalificamos lo que haga falta y a guindarles, les levantamos un par o tres de kilos por adelantado y en negro a cada uno, que quieren darle al escarificador, que le den, joder, que le den, yo no me meto, que quieren bricolaje, que le den, pero antes, a lo dicho, a pasar por ventanilla, ya sabrán ellos de dónde apañar y poner el cazo, ya tendrán clientes, ya, no es mi problema, a mí, un suponer me dan un crédito para promover y le doy lo suyo, ¿no? ¿Estamos? Pero hay que poner cara de profesional, yo soy un profesional, no soy un gángster, eso para los *donramones* y los *donjavieres*, nosotros somos distintos, ponemos caras de profesionales, de lo que somos, porque nosotros somos unos profesionales, ¿eh? ¿Estáis de acuerdo? ¿O no? Y a correr, a correr, a ver quién nos gana a hacer el puta...» y a nuestro hombre la verdad es que le gustaría rebanarle el pescuezo al bocazas de Ferminito Zolina, en plan justiciero, pero a la vez le gustaría ser uno de ellos y ponerse también las botas, llevarse algo de las pasas y las contrapasas y de las informaciones privilegiadas, del compra y vende, yo no sé nada, y demás bicocas, y llenar un poco los bolsillos, pero no sabe cómo, y eso que arrimarse se arrima, a ver si pesca algo, pero no es listo, no, le sobra indecisión, le sobra y le falta de todo para ser un verdadero hombre del día: suerte, desparpajo, y eso que ellos llaman preparación y nadie sabe lo que es. Nuestro hombre piensa, por ver de tener una tregua, que los compas no están al corriente de las pendejadas y majaderías que es capaz de protagonizar en materia de negocios y dineros: trueno agropecuario en lo de Amazonia S.L., trueno de cemento armado en lo de Cromlech S.L., no servía nuestro hombre para promotor-constructor, no servía, no entendía ni órdigas de toda aquella faramalla, de la A, la B, el negro, la pasa, el 10 % de oficios y materiales bajo manga, el unte y el reúnte, nada, no entendía nada, trueno del fino en lo de Brocario Arte, también S.L., nada de fracaso, eso está muy visto, sino trueno y cencerrada de las buenas «¿Pero bueno, no decían que se ganaba con esto?» No, por lo visto, no se ganaba, que no basta abrir un comercio y poner un cartel «Animales de Compañía», suscribirse al *National Geographic* y espetarle al cliente «Pues mire usted, los caníbales de Nueva Guinea...» Se naja, es natural, no le interesa, él quiere peces, gupis, platis, luchadores de Siam, pirañas incluso, nada de adornos, irse para casa con la bolsita y las plantas de regacho hechas exóticas vía «vienen de Holanda». Ahora viene la parrillada de mariscos «¿Qué os decía yo

—truena Pepe Carrete que es quien ha organizado el salchucho—, a que es un festín por todo lo alto?», y corren las botellas de blancos, de tintos, de rosados, «Ésta no me gusta, saca otra, ésta sabe a corcho, otra, venga», frescos o menos frescos, fríos del tiempo, van y vienen, como por arte de magia, un trasiego de látigo Pérez, «Eh, Caifás, deja la cabeza que me estás mareando, que esto no es un partido de *tennis law*... Eso, quieto, así estás bien, tú una mirada de conjunto, nada de seguir la faena como si fueras un perdiguero». Xilbote chasca la lengua con un vaso de clarete en la mano lleno hasta los bordes que se le derrama por esas manazas de las que está enamorado, decimos esto porque de vez en cuando se las mira como diciendo «Joder, todo esto es mío, pero será posible que esta maravilla de la naturaleza sea mía, caray qué puntico, pero qué puntico tiene la vida» y afirma de seguido o mejor, recita: «Qué vinazo, es seco, tiene un hermoso color rosado con destellos naranjas, su aroma frutal es intenso y limpio... ¡Puá! Tiene gran personalidad en boca, fresco, sabroso, largo y de mucho carácter... ¡Puá! Vía retronasal amplia y elegante.» Sí señorías, han acertado, y tú no te rías, Caifás, que nos van a tocar la campanilla, se ha producido un silencio de veneración, de asombro tal vez, de incredulidad acaso, o de simple bobería, quién sabe, todos, incluido nuestro hombre que de estas cosas no tiene ni zorra idea, se han quedado mudos y miran el fondo de sus vasos, es un instante mágico, irrepetible, «un momentico» como afirmaba la Catorza de ayer noche metiéndose las manos entre los muslos y refrotándose de puro gusto... hasta que una voz inocente exclama «¡Pero si lo pone en la etiqueta de la botella!» «Claro —replica el intendente—, como que lo he escrito yo, ahora también soy de esos de los vinos». Lo de Xilbote, el gastrónomo a quien no se le puede discutir nada porque todo, todo lo arregla a hostias y se ha acabao y se ha acabao, nadie sabe con certeza de dónde viene, porque este buena pieza filarmónico es, pero contra todo lo que pueda parecer no toca el xilbo, sino el acordeón, y es un berreajotas, y eso que es nacionalista radical, o quizás sea por eso mismo, con el lápiz en la mano no comete más que atropellos, perpetra unos salchuchos de no te menees, es de los que hacen buena la frase que gusta de decir Carcoma: «Antes en los pueblos había caciques, ahora mandandos los asesores, los arquitectos, ¿es lo mismo o no es lo mismo? No es lo mismo, pero a nosotros tampoco hay quién nos rechiste», pero es un correpasillos de campeonato, no hay concejal que se le resista, ni rvdo. padre, ni nada, los caza al vuelo, les da de zampar hasta que revientan y luego, a los postres, se saca los contratos rosas del bolsillo, «Tú fírmame aquí y aquí» «Pero si está en blanco» «Bah no te preocupes, aquí lo importante es la palabra dada» y hay veces, muchas, que ni siquiera paga la cuenta y eso que desgrava... Es un as. Empezó en la Adoración Nocturna, se puso unos zuecos de clínica, clop, clop, dijo que era anarquista y acabó donde todos, en el Partido Socialista. Y nuestro hombre se pregunta, y para ello entrecierra los ojillos, al tiempo que chupa con deleite una ostra con su vinagreta y su echalota, «¿Pero quién coño va a pagar esta juerga?», porque desde luego, así, lo que se dice a primera vista, hecho un somero cálculo, muy, pero que muy por encima, él de lo propio no lleva ni remotamente lo suficiente para acudir al prorrateo de su parte alícuota y para financiarse además los proyectos que va amasando ya en su sesera para más tarde, y de lo ajeno hecho propio de manera artera, aunque esto no lo sabemos más que nosotros, tampoco, pero más que nada porque es difícil que este jicho, aun llevando, afloje la mosca «Alguien arreará con el muerto. No será la primera vez. Yo no, desde luego... Con éstos es mejor hacerse el bobo, que te bequen, que digan lo que quieran, así tendrán algo de qué hablar». Y entretanto escucha vagamente sus peroratas, los ve felices, tremendos, más allá del bien y del mal, a salvo, coño, eso sí que lo envidia nuestro hombre «¡Me he comprado un coche que es un asesino... Cinco kilos!» (eso y casi todo, como yo y Caifás y el de la boina y el que pasa en el Panda), a salvo, en el bote salvavidas, a salvo del sálvese quién pueda incluso, y de la bolsa y la vida, y hasta de los cracks de la bolsa, no como el aquí que se metió un guarrazo de campeonato, se compraba las sábanas del *Independiente* y se zambullía en las de economía, no entendía ni moco, pero en la piltra con una bandeja donde se había preparado un brunch, es decir, unos huevos fritos con chistorra y una botellita de cava, se sentía alguien, algo, va y lo mete todo, todo, a una compañía de nitratos que le habían soplado que la iban a comprar los árabes... ¡Y una porra!, todos los ahorros a tomar por el culo, tal vez eso fue lo que precipitó su fracaso matrimonial, tal vez, todo eso... Van como montados en un fuera borda arreando garrotazos a los náufragos, algo así como de chinos o camboyanos, cloc, cloc, cloc, en toda la cocorota, todos tienen pasta, mucha, al menos es lo que dicen o hacen ver... Al fondo, el *maître*, que conoce el paño como nadie, contempla la faena con una sonrisa que quiere ser de las de no dar crédito a lo que está sucediendo, su mirada se cruza con la de nuestro hombre como diciendo, «Te he reconocido, te he reconocido», como queriendo decir sin atreverse a hacerlo, pues no es el momento y le han dicho, asegurado incluso, con pelos y señales, que son gente principal, poderosa, que tienen el brazo largo con los narcos y con la banca y en los despachos oficiales: «Mangutas, eso es lo que son, mangutas», concluye el *maître*... Y nuestro hombre baja la vista y sigue atacando la parrillada en silencio, poniendo todo el empeño en chuperretear y chuperretear, en llevar la mano de la fuente a la boca, casi sin tocar el plato: lo mejor de lo mejor, de todo, cigalas, carabineros, almejas, langostinos de Huelva, pequeñas langostas como puños cerrados, unos erizos fastuosos, casi vivos, palpitantes del Mediterráneo vienen, dicen, tienen pasta, tenemos pasta, somos los que sabemos, negocietes, pasas por aquí, pasas por allá, asuntos caídos de las alturas, favores traficados, dinero asegurado de por vida, inversiones en el momento adecuado, una llamada basta para eso, «hay que conocer, hay que saber, que si no no se puede andar», se complacen en su rapacidad, en su voracidad, en su necesidad imperiosa de panoja, tal vez porque con seguridad han escapado a un destino que consideran mediocre de empleados, de pequeños funcionarios, de frailes, de curas, de carabineros, así que no hay alarde que no puedan ahorrarse y nuestro hombre por no ser menos, porque como ha quedado dicho le hubiese gustado ser de verdad como ellos y hacer lo mismo y no ser un fámulo de la farra, un tipo para relleno, rebusca en su cerebro, amojamado, una gracia para hacerse notar más que para animar a la concurrencia, tiene el hombre pujos de payaso, algo que le viene de antiguo, rebusca y no encuentra gran cosa, a lo dicho, amojamado, hasta que logra colar a derecha e izquierda un par de mentiras de las buenas que nadie escucha «Pues ahora estoy de asesor jurídico de un broker árabe», y lo dice en voz bien baja, apenas audible. Ni caso, no cuela... Y por el aire andan, van y vienen, nombres que estos gastrósofos manejan como los monaguillos los latinajos de iglesia, Brindos, Arzac, Labeyrie, Arguiñano, Magaña, pimientos rellenos con huevas de erizo de mar, beluga, Capel, salmón a la miel, y los vinos navarros, qué éxito, como todo lo de la tierra, todo lo auténtico, el pimiento, el espárrago, salía en la televisión, Iñaki Izaguirre, añadas, sabores, farfolla de enólogos fules, aterciopelado, tonalidades verdenacarinas, rasgos acerbos, vía retronasales potentes o delicadas o complejas, eso según, vainillas, moras, cordobán, joño, ni que le hubieran tirado un bocado a una encuadernación de lujo... Se excitan con estas letanías casi más que en la piltra, se las echan como quien se espeta contraseñas de sociedad secreta. Con los sesos amasados en uvas, el discurso de Carcoma da sin más preámbulos en abracadabrante, ni los loqueos de nuestro hombre que engulle y va poniendo cara de entender de qué va la cosa, el que entiende un poco de todo, que ése es su papel, el de cómplice, de adulador, de claque privada, para tener segura la pitanza y los vicios y si se tercia hasta las putas, cuando lo cierto es que no entiende nada, de nada, además, anda, si tienes cojones, escúchale a éste su soflama sociopoliticaeconomicavitaltriunfaletceteraetcetera —sabe de buena tinta que le escuchan como a un oráculo, que son todo oídos, que no pierden ripio—, él mismo que luego le dirá, en su momento «Tú eres malo, yo lo sé, yo sé cosas», eso, estupendo, eso sí que pertenece a la Historia Natural de este país de las pirañas, ésa sí que es una buena divisa «Ni olvido ni perdono». El tener al prójimo a merced de la propia memoria es una de las características más singulares de las sardinas bravas «Ahí va la hostia, pero este tío qué dice, a mí de qué me habla, si en el fondo no nos conocemos de nada, no hemos compartido más que las borracherías, es lo único que sabes compartir, para lo demás eres correoso, se te llena la boca con la amistad y la solidaridad y la generosidad y no sabes echar al prójimo otra mano que la que va al cuello», pero nuestro hombre no dice nada, como siempre, por si acaso, porque no sabe qué contestar, no ha sabido nunca y eso le roe los zancajos, se queda pensativo y añade para sí «¡Caramba! Pues si dicen que soy malo, seré... ¿Y qué cosas sabrá este tío? No tengo ni idea. ¿Qué habré hecho?».

«...¿Me entendéis la película? —Carcoma va lanzado—. ¿Hay sistema o no hay sistema? ¿Hay? Pues entonces se ha acabado, que es la ley del mercado, que no me venga ése diciendo tuntuntuntun, esto es así y se ha terminao, hay que estar y hay que mojarse, a mí no me vale que si esto que si lo otro, yo compro y vendo, ¿no? Y si hay que darle leña al mono se le da, se le da hasta que hable, hasta que se sepa de carrerilla el catecismo. Lo importante es el espacio vital, me explico, tuntuntun, hay espacio o no hay espacio, sino no hay espacio, anchalaus y se ha terminado. Yo cobro —aquí Carcoma amaga un gesto desenfadado de croupier que deja el tapete sin una mota de polvo— y se ha terminado» «Sí, desde luego, si metes tú la mano se ha terminado», piensa nuestro hombre, «Hay que disfrutar —sigue el otro—, la pastita, eso es lo que me vale, quieres que hablemos, de acuerdo, al despacho, la pasta por delante, yo escucho, explico la vida, la interpreto, qué es si no un letrado, a ver, decidme, ganar lo más posible sin hacer nada, currar, lo imprescindible, es decir, nada, a por el pardillo, que curre el pardillo, todos los días sale un tonto a la calle, hay que ir a por ése, a por el Gutiérrez...» continúa el otro «¡Eso, oído cocina, a por el Gutiérrez, el palomo oficial!» corea el enano Zaborra, un luchador donde los haya, en la lucha por los más desfavorecidos, sí, contra la tortura y a favor del liberalismo, del socialismo, de ya os gustaría saber de qué, aparte del abono de los toros y la pinacoteca de becados fules, vanidoso hasta que le dan vahídos y tiene que sentarse; de peque-ño hacía de niño Jesús en las comedias de su colegio y sigue en ésas.

«Que no me venga éste diciendo tátátátá ni guágua-guá, ni mucho menos tundatunda, por ahí no paso que sin economía de mercado no hay democracia» —y nues-tro hombre pensativo de nuevo se dice «¿Qué estará di-ciendo este tío? No le entiendo nada». «Joder, la hostia, ya estoy harto de vosotros, que no me digáis que sí por-que sí —la mesa toda callada, no es que no entienda nada, que tampoco es fácil seguir la cencerrada, pero es que el barullo fatiga una barbaridad y además ese dis-curso se lo podrían soltar todos de carrerilla, porque lo escuchan una noche y otra también desde hace años—, que como sigáis así diciendo bobadas que no interesan me voy a cualquier lado a jugar al tute, que me aburrís, joder, que sois muy aburridos, que yo soy un ludópata, a que no queréis que llamemos a unas tías de esas del teléfono rosa, a qué no, claro que no, ahora me venís con ésas, me estáis defraudando, que sois unos estre-chos, joder, que no se puede, que estáis llenos de prejui-cios», les amenaza persuasivo y la amenaza surte su efecto, la mesa calla, casi no se atreven a masticar, es como lo del anuncio de la tele, se te mete un gusarapo por las narices y te mandan un aviso «Que te vas a ha-cer polvo el celebro» y se mantienen a la escucha, por-que no vaya ahora a ponerse a contar por lo menudo historietas, que todos tienen algo zarrapastroso que es-conder, algo que le han contado a este confesor de beo-dos en un momento de debilidad, y porque una farra sin Carcoma no es una farra, lo saben los camareros, los mendigos, hasta las putas, todos, «Y sobre todo tú —por nuestro hombre que por cierto no abre el pico más que para decir sandeces "Total —piensa—, esto debe de ser por haberme pedido un chuletón de buey gallego autén-tico a medias con él para rematar la faena, igual cree que le he quitado la comida del plato"—, que no me cuentes tus problemas, que no te los inventes, que estoy de ti hasta arriba, me comprendes, hasta arriba, guá, que no puede ser, Oye —la manaza de Carcoma golpeando rudamente el hombro de nuestro hombre y con la otra liándose un canuto con una destreza de trilero—, que yo me los soluciono, haz tu lo mismo, se ha terminado, qué tenéis contra mí, nada, que yo vivo mi vida, yo me lo curro, que tendríais que saber lo que es estudiar con becas, comprendéis la película, yo mis traumas me los trago, yo curro, yo trabajo duro, me lo he tenido que hacer todo, ¿Sabéis lo que son las casas sin luz eléctrica? ¿No? Pues entonces a callar. Y cuando yo me ponga enfermo, que ya tenemos cuarenta tacos, no sé si os habéis enterado, me parece que no, que la vida es una línea entre dos puntos, que de pronto te dicen tuntuntun, que no hay tiempo y no hay tiempo, quién se va a acordar de mí, quién, nadie, joder, nadie, y cuando me quede solo, lo mismo, y no pasa nada, no pasa nada, porque yo soy un clochard, comprendéis, un verdadero clochard, aunque vaya disfrazado, no como vosotros, yo soy un aventurero de la vida, yo la entiendo, no como vostros, porque tengo mis amigos y si no me suicido, ¿Verdad, Xilbote? Ven aquí, Xilbote, que te dé un abrazo. Y Xilbote se levanta y Juan Carcoma también y se funden en un abrazo que les tambalea, de esos que en esta tierra se dicen con emoción «como para partir a un oso», «Pero qué amigos somos, joder, pero qué amigos. Esto hay que celebrarlo, un brindis... Venga, tú, saca champán, pero francés, eh, francés», y le chuperretea unos besos pringosos al Xilbote. De seguido mientras éstos celebran lo que tengan que celebrar y no se separan fundidos en un abrazo profundo, se brinda, sin venir a cuento, por meter a las mujeres en las listas electorales, «¡Con las diputadas vamos a hacernos de oro, la hostia, de oro!», y se brinda por los grandes amores de la vida, de la vida verdadera, amores de primera, verdaderos, auténticos, en la cama y en donde puedan, no como los domésticos, como le decía a nuestro hombre un letrado de renombre, una lumbrera del foro, experto en latinajos y en defender a dos partes a la vez, un ex seminarista de una ambición ilimitada que se ponía delante del espejo y ensayaba una sonrisa torcida desde el día en que le habían dicho que tenía una mueca en la boca que le hacía parecerse a Voltaire, en un receso de vista muermo: «La vida sexual es la que se lleva fucra del matrimonio, la vida sensual es la de dentro del matrimonio», aquel día nuestro hombre no pudo articular palabra «Por nuestros triunfos, los vamos a joder, los vamos a joder a todos esos ricos de mierda de antes, a los de la sangre azul, guááá…». Las camareras observan la escena desde lejos recostadas en un aparador y con los brazos cruzados, bostezan de cuando en cuando, están más que acostumbradas a estas faenas, ya no les hacen gracia, amagos de meterles mano, pero ya no, ya éstos pasan de amores ancillares que decía Tomasito Lizarreta (a) el Averías… «Mal rayo te parta —piensa nuestro hombre al tiempo que le mira todo lo fijamente que puede sin verle en realidad—, cada cual tiene sus demonios que le roen los zancajos, y tú los tienes, cabrón, vaya si los tienes, como cualquiera, toda la mierda que has tenido que palear hasta estar ahí sentado como un reyezuelo, rugiendo como un león, sin piños o con pocos piños, ahora que me fijo, debe de ser el rancho del internado que, lo contaste tú mismo, tú mismo, cuando te da por lanzarnos la ejecutoria de tus desdichas, de tu infancia desgraciada y toda esa faramalla, puro folletín, no sé si te das cuenta, no sé si te has dado cuenta de que no sabes ver lo que has tenido delante de las narices, de que tú no eres el único tío que aquí lo ha pasado mal y que, además, por encima de todo, eso, eso, importa un cuerno, y a ti el primero, o me equivoco, dándote manotazos en el pecho como un gorilón, anda, acaba de contar esa otra mierda de las tuyas: "Para quedar bien sabéis lo que hay que hacer, pues cuando alguien os dice "Qué, ¿nos vamos de putas?" Hay que contestar, "Nosotros no, nosotros venimos follaos"… Qué, ¿no os hace gracia?»

«Sí, claro —piensa nuestro hombre—, éstos, aparte de ésta, llevan otra vida, eso está claro, se desloman, o eso al menos es lo que dicen, porque las mitades de los días no están en condiciones de currar y sí de marear la perdiz y embarullar los asuntos, y todavía hay quien traga, para apuntarse a un club de golf, no a cualquiera, sino al de toda la vida, se van a enterar, sí, a la hípica, al esquí, al póker, al bridge, al arte, al mundo de la cultura, a los toros, pero en sombra, o mejor, dos abonos, uno en sol y otro en sombra, para según los días, que hoy toca la faria, a sol, que toca vuelta abajo, a sombra, a las antigüedades, que cuando uno ha mamado el armario de luna y la fórmica y la sagrada cena de latón, luego le pega al Chippendale que es un gusto, al Chippendale y a lo que sea, luego que traen un domingo a los padres a ver la casa, les echan de comer, los abuelillos allí viendo la piscina "Tiene luz subacuática" "¡¡Ah!!", las hortensias y demás, él con la boina bien calada y ella con la permanente hecha exprofeso, "Y con el sitio que tenéis ¿por qué no plantáis unas lechugas y unos tomates?" y luego que no se van, que se quedan clavados en la silla, sin decir nada, pensando quién sabe si en el pasado o en un futuro que no era ése, otro, otra cosa, y al final a sacarlos a todo correr por la puerta del garaje, "Anda, Nacho, coge el todoterreno y llévatelos al pueblo que llegan los invitados, ya te daré mil duros" y los abuelillos, mudos, se van con las caras pegadas a la ventanilla sin entender nada... Están donde hay que estar, donde puedan verles, llevan una vida cara, la que yo no he sabido hacerme, mierda, hay que estar dicen, hay que llevar una vida representativa, que hay que tomar el sol, se toma, pero no en un velador de un café, sino en Grecia, a veces no entiendo de qué me hablan, sonríen a quien hay que sonreír, lo saben hacer, saben cómo, en plan sincero o choteándose del personal, como lobos, la mierda ni les asusta ni les importa, cualquiera de ellos llegaría al crimen con facilidad si se terciara, si hubiera algo que se interpusiera en sus deseos, que por ahora no hay, y si hay, fuera, fuera, si no tienen, o no han tenido espíritu, de casta, se lo inventan, sobre la marcha y, ¡ay Dios!, como empiecen ahora, que van a empezar, me lo conozco, con la historia de cuando ellos lucharon por la democracia, de lo mucho y bien que trabajaron por la libertad, la sociedad del progreso y toda la faramalla... Es para machacarles la cabeza, andaban todo el día, eso sí, de charleta en charleta, por las sacristías, las celdas o las cuadras desafectadas de los conventos y demás, haciendo patria.» Y a propósito de patria, va Xilbote y dice «Os imagináis lo que sería una patria para estrenar...

Todo nuevo, joder, qué sueño más bonito y todos dentro, todos vascos, para nosotros solos, con nuestras leyes y nuestras tradiciones, y nuestra cultura» «Guááá —le replica Carcoma—. Aquí todo Dios va a tener que aprender euskera e informática y el que no aprenda, a la puta calle, no tendrá sitio, él sabrá lo que hace, y se ha acabado, se ha acabado... Hay que ser radical y trabajar por la independencia de Euskadi que es mi patria», y a brindar, no crean, no, que ésta es gente con estudios superiores o casi, todos, además. «Yo me he dado cuenta —y ya sigue el pico de oro de Carrete— de que no se puede ser bohemio, que quiero ganar dinero, comprendéis, ganar dinero, que se ha acabado la bohemia, y el sacrificarse por la causa. Ya me lo ha dicho Mario Conde, "A ver, tú, repárteme por ahí unas becas", yo compro aquí y vendo allí, lo que quieras te lo busco —le dice al oído a Zaborra pero lo oyen todos—, lo que quieras, lo mismo un tren de chatarra que colombiana sin cortar... Y ahora ¿qué? ¿Hace una partidita? ¿Sí? Bueno, pues primero nos jugamos unas rayas a la sota de oros. ¿Hace?» «¡Hace!», responde a coro la compaña. «A ver esa papela y una baraja...» Un plato boca abajo, y una raya encima como una variz... Y nuestro hombre se acuerda del último negocio en el que Carrete le metió, un turbio asunto de unas botellas de champán francés de cuyos envoltorios había que deshacerse como fuera que decían que andaba la Interpol a por ellos «Mira, como yo te aprecio mucho, de siempre, además, de toda la vida, quiero hacerte un buen regalo. ¿Qué te parecerían unas docenas de botellitas de champán francés?» Nuestro hombre malició entonces trampa, engaño y marrón al canto, así que dijo, «Mira, mejor lo repartes entre los amigos. Yo no bebo últimamente, sabes» «Bien, entonces, ayúdame» «Bueno... ya me has liado otra vez» «¿Qué dices» «No, nada» Al salir del coche le dio la cartera con el pistolón, pues qué otra cosa podría ser aquel trasto anguloso y duro, qué podría haber guardado aquel insensato en aquella carterilla de cobrador de letras de las de antes, de cuando iban piso a piso, «Buenas», chuperreteo del dedo y movimiento del abanico, venían a montones, a la hora de comer siempre, no había que abrirles la puerta, a veces el padre y también la madre se tenían que meter en la cama, se les cortaba la digestión, o les daba un frío, decían, sí, jodida cosa las letras, menos las que te meten de matute de las instituciones financieras del partido, bien protestadas, para ejecutar, un buen montón, buenos duros, las costas, pasta gansa.... Total que nuestro hombre y Carrete se fueron aquel día para el piso del capitán de empresa, y allí había rollos, o mejor, carretes de cobre por las esquinas, como los que trasegaban los jitos, chatarras, sí, menaje de hostelería, bultos informes, conservas, cajas de champán, basura... «Mejor largarse cuanto antes», bueno, total que le ayudó, por no atreverse en realidad a mandarle a tomar por el saco, a deshacerse del cartonaje y luego en compañía, en mucha compañía, para que no hubiera líos a acabar con todas las botellas de Joet-Perrier que pudieron en vaso de plástico, a morro, a lo bestia, buen preludio de alguna andada confusa, de esas que se acaba diciendo «Pero qué demonios hicimos ayer, a ver, a ver, unas copas, en dónde... A saber», y no es difícil de saberlo porque si no es en un sitio es en otro, no hay muchos, nos encontramos con éste y con aquél, con los de siempre, no hay otros, unas rayas, unos canutazos, que dicho sea entre paréntesis, a la gente de edad la dejan boba ciega, las copas, las borracherías de los borrachones y así hasta el infinito... Pero ahora nuestro hombre les ve felices, exultantes por el recuento de los éxitos, o tan sólo por la descomunal comilona, y uno que se pone digno, la voz de la conciencia, no ya poeta concreto, sino casi epigramático, les dice «Tú, Carcoma, si no eres el centro de la reunión no eres nada, por qué tenemos que estar simpre escuchándote y además sois unos chabacanos» lo último por lo inapropiado, por lo extemporáneo, por lo obvio, provocó una descarga cerrada de carcajadas y nadie le hizo ya el menor caso al digno que se quedó mohíno porque ya la baraja corría de mano en mano, y la Bugs-Bunny y la Hormiga empezaban a admirar el buen hacer, el tino sin medida de sus hombres, qué digo de sus hombres, de sus héroes de verdadera película, «Todo un peliculón, sí», piensa nuestro hombre y en esto como en tantas otras cosas coincidimos a veces, escucha las anécdotas o los chascarrillos que tratan fundamentalmente no del fracaso ajeno, sino de los trompazos que se arrea el personal «Nosotros trabajamos sin red», dice y luego, claro, hay accidentes, de las gentes que a las que sus asuntos les han ido mal de veras, «Si no estaría delante, hablarían de mí, seguro, se reirían, contarían algo», que se debate como gato panzarriba o da las últimas coletadas, que no ha podido enganchar, pillar nada y para eso también un día se hace demasiado tarde, ya no hay forma de pillar una canonjía, ni una asesoría, ni nada, nada, no se fían, se lo han repartido todo, salvo que se ponga uno descarado a asaltacaminos, no quedan más que las migajas del festín, las zaborras, así que sigue vagamente su juego, sonriendo, beatífico, sin decir nada, pero sonriendo con la repulsiva diría él, o cualquier otro, qué más da, no yo, sonrisa del cobista, no entiende nada de la baraja, ese lenguaje críptico que dicen es como el ajedrez de los orientales o el go, juego de estrategas y campeones, juego, ¡ah! Cae una botella de pera Williams y luego otra de marca de Moët Chandon. Y de nuevo Carcoma: «De esto no había antes. Lo hemos conseguido, joder, hay que darse cuenta, que se dé cuenta todo el mundo, coño, que se jodan, que la vida es dura, muy dura, pero nosotros lo hemos conseguido...» Pero nuestro hombre ya quiere estar en otra parte, se da cuenta, intenta mantener su sonrisa, seguir diciendo sí a todo, con la cabeza, con el mínimo esfuerzo, de encontrar la forma más rápida de escapar, no entiende nada, no entiende nada, sobre todo qué es lo que ha pasado en estos años, porque lo cierto es que nuestro hombre no se había dado cuenta de que las cosas cambiaban, iban cambiando, y de qué modo, y ahora no es posible, procura no pensar en el futuro, está cerrado, ya no hay clientela, ya no hay, nada, lo suyo, lo sabe, es pura y simple impericia profesional, no puede vender ya la mínima confianza, lo mejor guindarles la pasta a la gente por el morro, minutas abusivas, provisiones de fondos más abusivas todavía, pero también para eso es demasiado tarde, le van a trincar, le van a trincar, va a pagar el pato de las chapuzas colectivas, y es que cuando hay mucha mierda lo que hacen es limpiar pringando a alguno, que pague el pato el más primo, como el listo de nuestro hombre.

Entre una cosa y otra se les ha echado encima la tarde. Afuera estará ya oscuro y hará frío. Al menos aquí dentro hace un calor de todos los diablos. Y así cuando menos lo esperaban hace su entrada Camino Tajonar (a) la Picoloco, que ayer noche desapareció sin dejar rastro, verdadera Madre Teresa de Calcuta de los desheredados de la ciudad, pero que de la filosofía de la vida, de lo que es y lo que no, del saber estar y del no, lo sabe todo, generosa, generosa, reinona ella, es de las que echan una mano a todo Dios, que hay que desenganchar a uno, se le desengancha, que hay que dejarle docemil duros a nuestro hombre para que vaya tirando, en el mejor sentido de la palabra, claro, pues se le deja, cuestión de que la vida no espera, cuestión de la raya continua y poder decir pronunciar su frase más lograda «Jijiji, que me meo de risa», maneja resortes ocultos del poder, teléfonos, escucha confidencias hasta bien entrada la madrugada que la gente de arriba cuando se pone a bodega llena es temible, le suelta su vida escrita por él mismo, es decir, bien amañada, al lucero del alba. «A mí —sigue el otro— que ganen unos o que ganen otros me da igual. Estar... Hay que estar. Eso es lo importante. ¿Estamos? ¿A qué sí? Que les den por culo, sacarles la pasta, los curros, exprimirles bien y no hay más historia... ¿Me entendéis la película?» Y nuestro hombre no sabe qué decir. Y cuando no se sabe qué decir, lo mejor es sí a todo, pero con la cabeza, como tú, Caifás, que no puedes estar quieto. Está ahí de prestado. En el fondo todos hablan de lo mismo. ¿Y él de qué podría hablar? Nada más que de su murga particular. Una murga considerable, así que mejor vaya callando por el momento.

Ellos... ¿Qué hace con ellos nuestro hombre? Esta pregunta sólo se la hace quien quiere echarlo todo a rodar. Nuestro hombre sabe que no le aprecian, que no le han apreciado nunca, que las mujeres le detestan más que nada porque los maridos lo toman como excusa para sus particulares borracherías, porque de otra cosa no le conocen de nada, o porque sí, como la Hormiga, le miran con un desprecio y una inquina de película muda y no pierden ocasión para demostrárselo; él sabe que no les aprecia mucho, así en rebaño, que no pueden intercambiar nada, sabe que, en cambio, uno a uno, tal vez, si no están movidos, pero a saber dónde está la verdad de cada cual, no la hay, está perdida; sabe que no puede pasarse sin ellos, y no sabe por qué, sabe que se los va a encontrar tarde o temprano, que se mueven en el mismo mapa, en el mismo kilómetro cuadrado, y en ninguna otra parte, sabe que no tiene otra vida, que ésa es la que se ha hecho. Le dejan con la palabra en la boca en cuanto pueden, cambian de acera, le dan la espalda, le escuchan reteniendo la risa, aunque esté diciendo «Pues esta mañana nevaba» y a reír, dicen «Que viene, que viene» y ellas se ríen por lo bajo y cloquean como las aldeanas. Y aun así insiste. A lo dicho, bobo de baba. Cómplice necio y cobista de primera, silencioso emboscado, espera, como siempre, mejores tiempos, no abre la boca porque no puede hacerlo, qué decir, de qué perolas hablarles, balbuceos incomprensibles, mejor que deliren, que hablan de cocina, pues cocina, que discurren sobre las profundidades de la vida, así a lo bestia, echando fumarolas de los puros hacia el techo, pues de la vida a lo bestia, que va de teoría política, pues se pone cara de entendido y a tragar, el fin del comunismo, las nuevas ideologías, la sensibilidad social que hay que tener a pesar de todo, las corrupciones de los *donramones* y los *donjoaquines*, que se repartían la ciudades y sus extramuros como tartas o en el peor de los casos como rateros que hubiesen dado un palo al cepillo de una iglesía: «Ésta para mí, ésta para ti»... El cemento, el urbanismo, el trigo, los abonos, las licencias de importación, los coches, las maderas, las exclusivas de suministros oficiales, el cuero y hasta las piedras... Otra época... ¿Envidiar? ¿Qué podría envidiar nuestro hombre? Hay quien opina que ha llegado a una situación en la que no puede envidiar nada, en la que lo mejor es no envidiar nada, porque sencillamente no tiene sentido. Nada envidiable. O todo, desde que haya siempre un rollo de papel de wáter al alcance de la mano. Pero esto último es algo inconmensurable. Desde luego ellos no pueden ofrecerle nada, sólo trabajos de penado, bromas pesadas, que unte un poco en el plato colectivo que sacan para cenar, «Anda, pélale a éste una gamba». Ellos, incapaces de la más mínima piedad, de magnanimidad, no perdonan los errores del prójimo, llevan su contabilidad al día, sin borrones, sin equivocaciones, sus flaquezas son motivo de chacota, las propias, gracianescas enseñanzas nunca frecuentadas, cuidadosamente camufladas, escondidas —no dejar al prójimo en paz, aunque afirme lo contrario, siempre atrapado en sus propias tonterías, bufón a pesar suyo, así nuestro hombre, escudriñar copa a copa sus miserias, hacerlas añicos, reducirlas a migajas, bien troceadas, bien masticadas, bien ensalivadas, bien deglutidas, no dejar que saque la cabeza de sus propias miserias, de sus demonios, de sus vergüenzas—, muerden en cuanto tienen oportunidad, se regocijan y discursean en la noche hecha un pozo negro, una fosa común, un vado en apariencia tranquilo donde hacer puntilla a dentelladas, a dormir tranquilos mientras sea otro el humillado, a esconder detrás de un ingenio más que dudoso las propias ronchas, las caries, el gusanazo que está ahí corroyéndolo todo desde siempre, base y fundamento de los más altos ideales, la toba, el sarro, el tapalitros, los andares de matasiete, amos de la peor barraca de todas las barracas, la de la filfa, y al final, como el burro alrededor de la noria, siempre la vuelta a las mismas perolas, el éxito, la pasta, el ser alguien, el habérselo hecho todo uno mismo, toda la mierda, los gusanos que es preciso tragar, o mejor, escupir, lanzar lejos, a otra parte, lavarse, quién anda todavía a esto, demonio, quién, mejor callarse, mejor irse directamente a freír puñetas. Él está ahí, al pairo, parásito, gorrón y sopista, a ver qué cae, le suelen decir que le dan una beca, porque hasta a ellos les da lacha (y hasta churra) verle sin guita, y nuestro hombre cuando oye esto, se ríe, se ríe… Luego se queja. Mas por qué no admitir, aunque sólo sea por un momento, que es justamente la envidia, el rencor, los complejos, las heridas sin cicatrizar, las afrentas en silencio, la ambición, ese haber probado alguna vez los dones de la existencia, de haberlos olido como los perros a sus amos desde el otro lado de la puerta aunque estén muertos, y no haber podido olvidar, la sensación de la falta de sentido de su existencia, todo eso y mucho más, la soledad, sobre todo la soledad, el temor a que de pronto se abra un abismo a sus pies, todo lo que acaba ahogado en copas, tragado con el sabor amargo, química pura, del pericón, engrudo, hormigón, de los mocordos más densos, de las más sólidas insensateces.

De pronto ha caído sobre la reunión uno de esos silencios en que todo el mundo se queda agotado y bajo los cuales se miran unos a otros a ver cómo va la cosa, tal vez para ver si siguen vivos. Con la digestión se le apaga el celebro al más pintado. La tarde es una más de unos años que hay quien llama prodigiosos. Apenas tiene variantes. Comer tarde, siesta, televisión, partida de mus o de tute, máquinas tragaperras, gintonic y charleta del jaez que ya hemos visto, no es costumbre trabajar fuera de las horas de oficina más que si es casi cuestión de vida o muerte, empalmar con las cañas de las ocho y los gintonics de nuevo de las diez, y luego, y luego... Claro que si uno estima, como estiman todos, y hacen de ello un verdadero artículo de fe, que de esta forma se le saca el jugo a la existencia, pues no hay más que hablar, pero nada de nada.

Así que si sus señorías me preguntan qué es lo que ha pasado entre ese silencio de película de miedo que ha sobrevenido y la noche de música española, como la llaman estos graciosos profesionales a andar por donde se escucha mucha copla, les diré que poca cosa, nada, «Nada de particular», como dice don Jorgito el inglés, cuando quiere fastidiar y hacerse el discreto. Es decir, que podríamos contar de una vida que no es tal, degradada, pero esto, a lo grande, ya lo conocen, decir, pues miren, han estado en los mismos bares donde estuvieron ayer, y donde estarán mañana y donde acaso a alguno le pille hasta la muerte «¡Que le ha dado, que le ha dado!» dirán y pedirán otra ronda, es lo que llaman nuestro espacio vital, los camareros son sus testigos de excepción, mudos, ciegos, sordos, como debe ser. Pueden preguntarme incluso «¿pero a casa no van?» No, a casa no van, no van más que cuando no queda otro remedio, es decir, casi nunca, al modo en que a las tropas baqueteadas las mandan a descansar a la retaguardia. «¿No van al cine?» No, éstos no tienen costumbre, salvo que tengan que estar al tanto de lo que pasa en el mundo para dar el pego. Leer tampoco, hay quien dice que se le ha olvidado, ahora si le llaman ágrafo se cabrea. Cierto, han dado por terminada la sobremesa, es posible que se hayan pasado por el casino de la ciudad, el de los doce pares, que hayan admirado los estucados oscuros del techo, y hayan sido saludados por un camarero que también sirvió a sus padres o al padre de algunos porque el padre de los otros no venía, no podía, que esto de hacerse socio de un casino provinciano, donde el personal se jugaba las pestañas y difamaba hasta el delirio, a las puertas del tercer milenio, el signo de haber llegado es ser ese hombre del casino provinciano, intemporal, comerciante al detall, agente comercial propietario agrícola, abogado ful y reful, profesional mañanero, médico de eso que cuando uno los ve tiene que exclamar a la fuerza y sin remedio «¡Estoy perdido!» agarrado al tiempo quieto como quien coge un bote en un naufragio. Lo malo es que quieren vender el producto y le cantan las excelencias. Tal vez han hablado en plan profundo del amor, de la familia, eso es lo importante, eso, la familia ante todo. Tal vez...

Pues entretanto, en este rato en que nosotros hemos estado a otras, siguiendo distraídos una partida de dados en un rincón, han recogido la baraja y se han jugado unas partidas, mus, no hay mus, tú dirás, no tú, tú, di, coño, di, tres a grande, no hay, sí hay, a pequeña te querré con la otra, zapato, oreja, nariz, burro, estamos fuera, dentro, acabaos, hasta arriba, al campo, no, son cuatro, que te digo, mira dos de pares, ésta de punto y ésta de qué, ésta, y que te digo que es amarreco... La baraja, gran cosa la baraja, para ser inteligente hay que saber jugar al mus y el que no sabe jugar al mus, no lo es, lo pone hasta la prensa, lo dicen los columnistas, los sociólogos de pacotilla... Cómo qué no, pues el otro día una pavipava escribía no sé qué de la admiración que le producía su hombre por su manera tan certera de jugar al mus y de entender, de paso, la vida como nadie, hay que saber, pues, manejar el galimatías, las señas que no hay que confundir con las muecas del pericón, «¿Pero no me decías que descarte?» «No, joder, que descarte no, que vamos al retrete a meternos unas rayas» «Joder, explícate, que si jugamos, jugamos y si no jugamos, no jugamos, que no entendéis la vida...».

Y también, entretanto, mientras nuestro hombre se nos ha quedado traspuesto, poniendo sonrisa boba de cobista para todos y para nadie, en el otro lado, en el fondo del agujero, nos hemos sacado un papel que reza así, a ver, Caifás, acércame ese candil apagado: «Interrogatorio de preguntas a cuyo tenor debe ser examinado el aquí, el llamado Nuestro Hombre, más conocido en cosa de loquería por el remoquete de el Hombrecito, no bien se le logre sujetar, se le despeje un tanto lo racional, se le aplique el tormento del agua, el de abrir los ojos cada mañana, el de salir a la calle, el de mirar sus bolsillos, su pasado, su presente y su futuro, y, sobre todo, su poco de alma.

Generales de la ley... Que no le conciernen, salvo la de que en este negocio de andar trasteando por la sesera, uno se juega el pellejo.

Primera. — Confiese ser cierto que así, de esta manera tan tonta, copa va, copa viene, regüeldo al aire, punto y hasta puntico albardando los hocicos, se pasa la vida.

—Que a lo mejor.

Segunda. — Confiese ser cierto que si abre el armario, a primera hora, no encontrará otra existencia colgada de la percha.

—Que no sabe, no tiene armario, y en las maletas no ha mirado.

Tercera. — Confiese ser cierto, cómo, a pesar de todo, se lo pasa lo que hoy se conoce por bomba con la basca en cuya compañía se halla reunido.

—Que a lo mejor.

Cuarta. — Confiese ser cierto cómo, en consecuencia, si reniega por lo bajo de continuo, es a causa de propia impericia para asuntos de la vida diaria.

—Dice que no sabe, que ya le gustaría saber, pero que no sabe.

Quinta. — Confiese ser cierto que padece de forma crónica la enfermedad de la rabia.

—Que sí.

Sexta. — Confiese ser cierto cómo, en consecuencia, es de ordinario cruel sin motivo.

—Que a lo mejor.

Séptima. — Confiese ser cierto que es tan corto de fortuna como de miras.

Octava. — Confiese ser cierto cómo es bizco de alma.

—Que no sabe.

Novena. — Confiese ser cierto cómo le produce una tristeza honda, profunda, la exelencia y el bienestar y todo lo que se conoce bajo el nombre genérico de prendas o dones, ajenos todos.

—No contesta, no dice nada y queda advertido de las funestas consecuencias que tiene cerrar el pico y el hacer «como si».

Décima. — Confiese ser cierto que del rencor y del amor sólo sabe que riman en consonante.

—Que no sabe, que es de ciencias.

Decimoprimera. — Confiese ser cierto cómo, en consecuencia, no ha sabido apreciar lo que los demás hacen por las buenas, o lo que viene a ser lo mismo, lo que hacen para vivir, simplemente, sin más mandangas.

—No contesta, se calla como lo que es, como nosotros.

Decimosegunda. — Confiese ser cierto cómo es insensible a la desdicha ajena y a los problemas del prójimo.

En caso de que lo niegue, léansele algunos de los muchos ruidos que ya constan en autos escogidos al azar, tirando todos los papelotes al aire y cogiendo al vuelo.

—Que es un incomprendido.

Decimotercera. — Confiese ser cierto cómo nunca se aclaró si quiso a los que le querían, si le querían los que decían quererle, si quería a quien decía querer, si supo apreciar que nadie está obligado a dar más de lo que tiene y puede, y que en consecuencia no podía exigir nada a nadie.

—Que no entiende la pregunta.

Decimocuarta. — Confiese ser cierto cómo si ahora mismo, en este mismo instante, en otra parte se le aparecieran o se encontrara por casualidad con aquellos a los que él llama don Jorgito, el Inglés, el Chino, la Pico-loco, el Morsa, y toda la dulce parentela, se mostraría cariñoso en extremo, aceptaría con gusto sus muestras más que evidentes de afecto, aunque por dentro, en el fondo del alma, se reconcoma los hígados, sin saber por qué, y hasta mendigaría algo, lo que fuera con tal de no quedarse solo.

—Que dice ser huérfano de afectos.

[*¡Oficial! Replíquele que no viene a cuento y adviér-tasele que como siga así le quitaremos la palabra porque no le podemos consentir, no le podemos tolerar que piense y que hable de ese modo.*]

Decimoquinta. — Confiese ser cierto que eso mismo es lo que le sucede con la alegre compaña en la que se encuentra, y que en consecuencia debe admitir que sus afectos, sus emociones y sus sentimientos son por de-más confusos, borrosos, imprecisos, cosa de veleta con herrumbre, de retelero con cebo de piedra y que ésa es precisamente la gente que le ha acogido en momentos mucho más negros que el presente, más, mucho más.

En el caso, más que probable, que diga que no en-tiende la pregunta, cosa que no es extraña, se le repita la parrafada o se le explique por lo menudo en plan ca-tequesis a la luz de lo que ya viene actuado.

—Que dice que «Burp, perdón»…

—¡¿Cómo?!

—¡El huevo, la gallina!

—¡Al chirrión con él, al chirrión! ¡Desacato, desa-cato!

Es Carcoma quien empuja la puerta —«Te voy a lle-var a un sitio barbis»—. Un garabato de neón y al fon-do, un desmonte, las luces de la ciudad. «Yo debería es-tar ahí, en alguna parte, durmiendo.» El local está a os-curas. Carcoma pega una voz y da unas palmadas. «Hola, buenas, dónde están mis chicas» Nuestro hom-bre, detrás, quieto, hasta que de la oscuridad sale una voz aguardentosa, «Vaya, vaya, si es Juan Carcoma». «Ves cómo me conocen, ¿Qué te decía yo? Yo aquí man-do.» Se les echaron encima a cada bulto… Bulto, sí, qué quieren qué diga si todavía no han encendido la luz. Dicen que ha venido uno que lo quería a puerta cerrada y al final se lo han llevado que le ha sentado mal la copa, «Ya nos íbamos, anda, cierra, cierra, no vayan a entrar otros». Encienden una luz violeta o tal vez fuera verdosa o eso al menos es lo que parece a través del gintonic... Está tan tremendo nuestro hombre que el putoncillo que se le ha apalancado, viendo con ojo experto que le puede volar el negocio, más que nada porque le ve tristón, alicaído, y que tienen eso que se llama mala cara, le dice «Oyesss, majo, no querrás mejor un fruco»... Joder, escuchar esto nuestro hombre y caerse de espaldas ha sido todo uno. Un trompazo de los mil demonios contra la pared. Es lo último que se hubiese imaginado: un putón desorejado casi en cueros, completamente verbenero, la han sacado de dentro ex profeso, para él, currutaca, renegrida, una melena crespa que le llega al culo o el culo al cuello, eso depende, con una cosa que le dice body, escueto, minúsculo que se le hinca con saña en las carnes, de color verde serpiente y unos tacones doblados como pértiga en pista, y encima de enfermera, en plan altruista, un fruco, ya. Sospecha que cuando las cosas empiezan de ese modo no se puede conseguir gran cosa, eso lo saben todos los expertos. «Bueno, qué se le va a hacer, en peores nos hemos visto», dice en plan profesional, muy fino, el putón y se vuelve para adentro, el pinchadiscos, que estaba en la oscuridad con el codo apoyado en la barra y la mano en la cara como Jovito el melancólico, de mirón profesional, una cara de cuchilla y una mandíbula arrugada como un higo que pasa por una sonrisa de oreja a oreja y no es más que una cicatriz, levanta apenas un trozo de barra, ni que fuera el puente colgante, y el putón por debajo, como un remolcador de esos de proa y popa chatas. El pinchadiscos es un antiguo limpia que tenía un salón en un zaquizamí de un portal donde había relojeros, agentes comerciales, contables por horas, sólo por horas y al final un agente inmobiliario gitano y unos compradores de oro limpiabingueras, «Que me han dado un tirón, que me han dado un tirón» «¿Cuánto por la medalla de la patrona?». El limpia trabajaba con un barbero que tenía un streeptease particular, iban hasta concejales y los del tercio familiar. Tenían un cuarto en la ciudad vieja aparejado de barbería, la alcoba cerrada con un cortinón de damasco, servicio completo, el barbero que había estado con los Regulares de África daba palique y decía, sólo decía, haber sido barbero del manicomio de Cienpozuelos, pasaba la navaja, el limpia a lo suyo, corrían el cortinón y salían unas crías mal alimentadas, semigordas, blanquecinas, ojerosas, enfermas de necesidad a levantarse las faldas, luego todos al juzgado, un pleito sonado, de los buenos, a puerta cerrada, con bien de gritos e imprecaciones, cosa de desalmados, el limpia al perol, el barbero también, las mozas a las Adoratrices, por ser menores, y a la salida, el limpia a lo de siempre, al puterío, ha acabado de pinchadiscos, aprendió el oficio en la cárcel. Pero nuestro hombre no se ha caído de la impresión, sino porque le pasa de cuando en cuando, no puede más y se cae, se derrumba y al día siguiente está lleno de moretones, dice que no le funciona bien el celebro, pero en este caso es porque el taburete lo habrá diseñado un arquitecto granuja y tiene un asiento minúsculo, nada que ver con el culo de nuestro hombre, nada. Lo sujetan de inmediato a la pared y Carcoma desde las tinieblas «Cuidado con ése, que está de los nervios» y la jefa por encima de la barra «Sacarlo afuera que se oree... Mira Juanito que te he dicho otras veces que no me traigas enfermos que se te va a acabar el chollo, que ayer fue el escandalazo del Prenda que te lo dejó todo a la osca, vino con un borrachón y me quería pagar con un talón, ya le dije: "Los vicios, al contado y si no, a la calle, largo", por cierto, a ver si lo pagas, y hoy lo de éste». Se le echa encima un monstruo que olía a rayos, una vestal con calzas de romana y unos pies tremebundos, uñas renegridas y grandes como formones, de porteadora de un garimpo y una ropa interior de colorines, de colorines, a lunares, como un payaso, se le veía a la luz de un mechero porque la jefa no quería encender la luz «Si se ha muerto nos metemos en un lío». Nuestro hombre se da cuenta de todo y anota, dice, «A ver qué saco de ésta». Vano empeño, inutil comedieta. Nada. Aún le llevan a un reservado y a base de champetí le consiguen hacer unos arrumacos, darle unas friegas mejor, unos resobes; animado por las excitantes, las seductoras palabras de «No me vomites encima», medio se la han levantado y todo. Aquello a nuestro hombre le sonó a conocido, a demasiado conocido. ¿Dónde había oído antes esas palabras? Recordó en un relámpago unas memorables navidades en la cocina de una ínfima casa de putas de la calle Padilla, en Valladolid, una noche de niebla cerrada, con un crío en las rodillas que tenía unos mocos tremebundos, parecían de pega, aun nuestro hombre que se creía un rey mago se los miraba asombrado, dudaba si se los habrían puesto para dar pena, pero no, eran de verdad, subían y bajaban, aquel chaval llevaba la idiocia pintada en la cara, ni siquiera desconfiado, inexpresivo, ido, un muertico, lo ponían allí para que los tíos le diesen la paga, como aquellos monaguillos de las iglesias con el cepillo de las gabelas, los garabitos y otras exacciones en la mano, de estas industrias tendríamos mucho de qué hablar, bueno, el caso es que nuestro hombre anda recordando una copa, un copazo de anisete tremebundo, casi sólido, de ese que produce estupidez a la primera de cambio, y cómo confraternizaba con el populacho, con el diablo mundo, en su salsa, pensaba el jambeta que aquello debía ser lo de la vida intensa, rodeado de perolas de agua hirviendo, de toallas con agujeros, un olor a lejía, anisete, cigarro, sudorina, y contándole a aquel mocoso a trompicones un cuento ful que se le escapaba de la memoria y había que ir reconponiendo como velamen en galerna, a cada puntada un nuevo desgarro, y al final un lío de los mil demonios, como todo lo que ha hecho en su vida nuestro hombre, dicho sea de paso... El cuento de las tres hachas, jodido cuento, en lo mejor se le fue el santo al cielo «¿Cómo sigue, coño, cómo sigue?» No hubo forma, el anisete, de seguro, el cuento que ahora mismo hace esfuerzos sobrehumanos por recordar sin resultado apreciable alguno... Éranse una vez unos leñadores que iban por un camino cuando se les apareció un duende o era un hada o era el demonio... Un camino... El hacha de oro... No sé qué de la codicia... Joder, cómo era aquello de que había que ser honrado, sincero y valiente en la vida... Sí, algo así, esto merece un trago, ésa es la vida, la alta vida del héroe que todavía puedo ser, en el fondo soy hombre valeroso, tengo que lograrlo, tengo que lograrlo, lo mismo me meto en un monasterio... Joder, no se me había ocurrido... Qué idea más cojonuda... Pero ya nuestro hombre es requerido por Carcoma que surge de las tinieblas empujando a su arrastre con una mano bajo las faldas como si se le hubiera perdido algo. Hay gente a la que estas cosas le excitan, el morbo le llaman ahora, otros más los fantasmas, y hasta un sesudo profesor de la Universidad de París de la mismísima Sorbona le llama «el retorno del libertinaje», los clochardos al libertinaje nada de marqueses dieciochescos, no, clochardos bien, si es por llamar, lo llamamos como quieran, a mí me importa tres cojones... Mejor dejamos lo del monasterio para otro día... En fin, que el caso es que en aquella lejana noche de niebla, simpre la niebla, demonio, como en una representación de pocas luces, estuvo nuestro hombre, y las otras venga de hervir toallas en la cocina, entre vahos y olor a lejía o a jabón chimbo, que mejor sería llamarlo jabón de pedernal, una atmósfera húmeda, cálida, que invitaba al sueño, al recuerdo del cuarto de la plancha, el calorcillo, las hablillas de las criadas, en fin, otra vida, en otro lugar, en otro mundo, más perdido que los dientes de leche, sí, en el que nuestro hombre se refugia de cuando en cuando, como quien se va de viaje en una barca y desaparece en el recuerdo de un *piccolo mondo antico*, mínimo, minúsculo, tranquilo, amable, ordenado, con mucho suspiro, mucho respeto a las tradiciones y a los *donramones* y a lo que haga falta, pasajero, desaparecido, único territorio que no está arrasado en todo este barullo que lleva nuestro hombre en la cabeza o aun más, formando parte de él, tal vez la causa, quién sabe, habría que ir a ver, que dicen los forenses, que de esto saben mucho, pero el forense de mandilón, como aquel legendario, ése es el que más sabe, el recuerdo del cuarto de la plancha, el calorcillo, el marido al asalto del Alcázar de Toledo, los cines de Madrid durante los bombardeos, dónde está tu marido, lejos, entre rejas, desaparecido, se lo llevaron, en redención, Pepe Iglesias, el Zorro, Matilde, Perico y Periquín… Pero ahora de lo que se trata es de remontarse en otro sentido y de mendigarle una raya a Carcoma, hay que hacerlo bien, ofrecerle una buena cosa, es buen momento, está triunfando, que se apiade de ti. Pero Carcoma saca la cabeza de entre los pechos de la jamba y babeando le dice «A ver si compras», «Ya, sí, tienes razón, pero es que voy achuchado, temo estar colgado, me va a dar el mono, tengo que desintoxicarme, estoy ahorrando, sabes, me voy a ir a una clínica a Madrid, me han dicho que te ponen unas inyecciones y que te curas del todo, para siempre», y la otra «A ver de qué habláis que ya vais a empezar a hacerme alguna pirula, que os conozco, siempre pensando en fastidiar», cuando lo cierto es que nuestro hombre se guarda su pequeña papela, un resto de resto a la que con tino se le puede extraer hasta lo invisible, para él solo. Raya y fruco, y oye «Dame agua, dame más agua» «Que te vas a ahogar, aquí hay que venir a gastar, coña con el agua» «Quiero agua» cuando en esto que se abre la puerta y entra una, sí, una… No sabemos lo que es, porque se ha puesto a repartir entre la clientela unos recordatorios de la Nieves y a rezar unas avemarías, en la penumbra; la Nieves, una compañera a la que habían rajado como a un salchichón despues de muerta para que pareciera un asesinato, pero que había muerto en otra parte, de otra cosa, se les había ido la mano o le había dado algo o caído en donde no debía, entre gente principal, untalmas, un asunto de esos de los que se habla a medias, sobre los que se echa tierra encima enseguida como a muerto en peste. Nuestro hombre y Carcoma en un rincón con las chicas, haciendo como que no veían, nuestro hombre pidiendo agua y más agua, una sed terrible, un ardor en el garganchón, en el celebro sobre todo, no está para gaitas, da el coñazo sin proponérselo y el pinchadiscos a rellenarle el vaso y a reírse por lo bajo y a rezongar por lo mismo. Esto podría haber pasado en el pasado, cuando en la ciudad estaba destinado un comisario de policía a quien apodaban *Mataputas* que decían que las perseguía con saña porque tenía una hija de la profesión o en el negocio, era el terror de algo tremendo: burdeles improvisados en desvanes, almacenes, en cuadras habilitadas aprisa y corriendo, no era extraño encontrar la cabecera de la piltra en un pesebre, que se acerca el fin del siglo, lo que parece que se acerca es el fin del mundo, pero por la brava, joooder, ni el Jeronimus, cubículos separados por cortinones o tal vez fueran mantas de esparto para recoger la paja de la trilla, que tienen un olor inconfundible a hierbas, unas mantas como de fugitivos de un éxodo guerrero, unas bombillas y un olor intenso, a calabozo, a sudor, a excrementos, hornos del diablo, que ya no hay, dicen, claro que hay, no va a haber, pero es mucho peor que las calderas de Pedro Botero, es guarra la memoria, antes no había, esto es arqueología, antes sólo había una casa rosácea, grande, grande, con lavaderos casi industriales en el fondo del huerto, en extramuros, de veras, porra, de veras, que se llamaba casa Aurora y que acabó siendo un Instituto de Ciencias de la Familia, algo grotesco, sí, que cuando una compañía de Seguros del mismo nombre se construyó un rascacielos en el centro la gente decía «Mira la Aurora cuánto ha ganado con las putas», antes más sólo venían las putas por fiestas con un taxista de Zaragoza o de Bilbao, pasaban y repasaban por unas calles casi clandestinas, traseras de cuarteles y así, los chortas berreando en la madrugada agarrados a las rejas de las cuadras y la basca, aldeanos, chispos de ciudad y en las aceras, viendo el paso de tan oscuro cortejo «Para, para, que me monto» y luego a un descampado a hacérselo sobre una bala de paja, el año del estado de excepción, cuántas cosas cambiaban, vaya que sí, más fuera que en la ciudad, pero bueno, decía el Pillo: «Esto se llama barra americana...» «¡Ah!» Un bar cualquiera con mesas y sillas de fórmica, una clientela de camioneros, contrabandistas, agentes comerciales, corredores de apuestas o apostadores, con unas bombillas rojas y con el resplandor al fondo de la estufa de butano y unas mujeres acodadas en la barra torvas, grandes, que gritaban y juraban como condenadas y en el centro de la ciudad además, esos bares no se llaman todavía Tahití sino Mendichuri, tampoco Gastby's sino El Porrón y así... Permítaseme la digresión, pero es que este asunto del puterío ha sido el punto flaco de nuestro hombre, siempre le han caído encima, dice él, o ha ido a dar a ellas, como barco antiguo a la montaña de piedra imán, cosas raras, por no decir pintorescas, monstruos y monstruas, y cosas así... Es como el aldeano que va a las ferias y se deja atraer por monstruos y enormidades, por fenómenos, bichos con dos cabezas, dos bichos con una, una sin bichos, en fin, la reoca, le hacen gracia, se queda ahí delante viendo los desarreglos de la Naturaleza, le excitan, eso seguro, mejor haría en comprar un armario de luna, «¿Como el del *Trifó*?», tú calla, Caifás, que no faltabas más que tú aquí, para dar la murga, de dónde saldrás, joder con los armarios de luna, ya llegaremos, ya, los armarios de luna merecerían un libro aparte, su poco de tratadillo, ya se ven poco, los jitos, si no pueden endilgarlos, los desguazan a hachazos para leña, comprados de enésima mano, en sitios inverosímiles, descampados, casi todo sucede en descampados, en extramuros, de dónde da igual, pero entonces, ay amigo, un armario de luna, para encerrar miserias, lo único que se tenía, lo mejor, la cartilla de la caja, la verde, las fotos de la boda, los recordatorios de los muertos, una carta con cuatro miserias, las cuatro perras, las baratijas, los recuerdos, la escritura del piso, con o sin lamparones, eso según, pero sobre todo con suerte, la mierda en verso, qué digo, un símbolo, signos externos de riqueza, se podía traer a los parientes del pueblo y dejarlos allí embobados, sentados en la cama crujiente, mirándose como alelados en el espejo, en fin, cosa de verlos, y tú sabes más que yo de esto, Caifás, que al menos eras más joven.

Bueno, a lo que iba, que se me va más el santo al cielo que a nuestro hombre en los tribunales, ya llegaremos a ello, y aquí Caifás sabe un rato largo de ese asunto, aunque sea más bien de poco hablar, no adelantemos acontecimiento, cada cosa en su sitio y un sitio para cada cosa (ding, dong, cejudillo), y el que encuentra busca, y no se cuántos pro luce, y lo que diría el pico de oro del diputadillo, otro ex seminarista, como no podía ser menos, *Non bis in idem* y se queda con una sonrisa como la de Voltaire... Pues bien, por lo que se refiere a monstruos nuestro hombre dice recordar a «Pili la tetas», que no creo que haga falta explicar por qué se la conocía por tan expresivo nombre de guerra, algo enorme, lleno de costurones, como caballo o rocín de plaza brava, más chirlos que un pringao o un mozo puta en penal, pues «Pili la tetas» decía que era hija de un director de banco, ahí queda eso, que su hija iba a un colegio inglés y tenía una motocicleta y que trabajaba última y mayormente para ponerle un bufete de abogado a otro hijo que debía tener, bueno, tenía una parentela algo enredada, lo mismo le salían hijos que hermanas que todo el monario, al final, para lo mismo, para dejar a la clientela bien borracha y bien robada. No es posible. Nuestro hombre siempre ha escuchado estas cosas como quien oye música celestial. Imposible saber, imposible inventariar todas las zambombas que es capaz de pergeñar la mente humana. Pili la tetas, a quien también se le conocía por Sonia, miraba con muy malos ojos a la negrada del Kuko's, en Valverde, magia parecía que hacían los negros del jaco, la papela chunga, la muerte del acurruque, ella allí, quieta, recia, resto de otra época, con el pelucón bien rubio, y los negratas al negocí, al fetiché que decía el otro, bien de cerveza, y banga y bongo y papelinas para arriba y para abajo. Decía ser puta sana, nada de drogas, nada, pero por cien duros se jiñaba en donde fuera, toma fantasmas, de éstos mejor que no se aparezca ninguno... Imposible. Una cosa tremenda. Pasando por toda suerte de enanas, majaras, las aquejadas de gigantiasis, o con una cosa que tenía una boca tan negra que más parecía cueva o endriago o la otra vamos a hacerlo a lo perro y parecía una pasa, arrugada como una pasa, tú la conoces, Caifás, la de la cueva, la que se escondía entre las estalactitas, «Fue de un accidente —dice la empresaria—, me abrasé, a la gente le gusta, mira qué rugoso, anda, anda, venga, a lo perro...» y enfrente, para animarse, supongo, una película porno de esas confusas... La gente está majara, sobre todo nuestro hombre, a veces lo sospecha, sabe que la historia no va a durar mucho, lo sospecha, que la pelota le va a hacer paf y se acabó, «Anda, clochardo, toca ahora, si te atreves, la campana de las ánimas que aquí viene el fin del mundo y esto va en serio...». Y así estuvieron Carcoma y nuestro hombre intercambiando bromas, dejándose llevar, resobar, haciendo prueba de ingenio, «Somos viajantes de muebles de Zaragoza», lo habría visto en algún vídeo porno, «¿Tenéis la Visa?» «Vaya —pensó nuestro hombre—, ya se acerca la borrasca», que las tarjetas de crédito le traen muy malos recuerdos, no ya porque tenga presente que la suya propia parece ser, por el momento, milagrosa, que se está portando, está haciendo verdaderas virguerías, ya vendrán más tarde los problemas, el mes que viene, que no se puede ir por ahí firmando sin ton ni son estos autógrafos, que él no es Porfirio Rubirosa, es decir, Nacho Labegeirrye, (a) Rubirosa, como el ídem pero en local, en serio, Caifás, que se creía el mismo Rubirosa, te lo juro, llevaba hasta su agua de colonia, un tipo que tenía de mucha guita, a espuertas, el dinero en zacutos lo guardaban en una cueva, como en las mil y una noches, que gente de ésta hay, salen en las revistas, los ecos de sociedad, que su hijo da una chocolatada en agosto con toda la calorina y es un acontecimiento, untan al que firma como «Enviado Especial» de la cochambre en cuatricromía, que en la vida real puede ser un funcionario que anda en las pamemas del protocolo —«Presidente, que no me cojas el tenedor como si fuera un sarde»— y lo sacan en los papeles, pegan el recorte en un álbum de familia; es decir, un andoba con una vida familiar muy intensa que se veía a menudo en estos trances de puterío, puro desbarre, a puerta cerrada, a pagar las copas rotas, las putas a racimos, no sabía ni lo que pagaba, le quitaban la pasta como a un rey mago de cabalgata, que en ésas sí que metió buenas, el emperador de la copla, las cogía de colorines, negras, amarillas, verdes, rojas, como bengalas, debía de ser medio indio, en realidad un tipo solitario, violento, a quien no le temblaba el pulso a la hora de partirle a uno la cara, por puro gusto, por lavar afrentas de chichinabo, boberías de rico, total, tenía guita para indemnizar, decía por el interfono: «A ver, que le den a ése un talón para dientes»... Bueno, total que por aquel día se acabó la cosa, la fiestecilla, vamos, y nuestro hombre se encontró, al igual que se había encontrado otras veces en los últimos años, una mano delante y otra detrás, un frío de los mil demonios, una lluvia tenaz, y no había forma de pillar un taxi, joder con el otro putero, dónde se habría ido, los puteros son gente cabrona, tienen venadas, desaparecen en la noche, se pierden, se esfuman, joder, total, que nuestro hombre echó a andar para arriba hacia la ciudad vieja que le pesaba en la cabeza como un mascarón de kiliki, un camino entre muros de piedra «¿No me habré metido en el juego de la Oca?» y la sensación de ir camino de un matadero. Y así llegó al centro de la ciudad. Al Ghutashs. Gran local, sí, mucho, popopo, bonito. Un acontecimiento cuando se inauguró. La ciudad revuelta y nuestro hombre recuerda un día que andaba *por ahí*, que es por donde siempre ha andado nuestro hombre, gran lugar por otra parte. Un hambre de los mil demonios. Una copa de un color imposible. Nuestro hombre se instaló frente a ella, cuál era su color exacto, verde, azul, violeta, amarillo, cualquiera sabe, y además es lo de menos, allí estaba haciéndole cucamonas al gintonic, así hasta que se le acercó un monstruo al que el aliento le olía a pies, así, como suena, ni que comiera caramelos de valeriana, ya metidos en monstruos a nuestro hombre no le importó demasiado, y hasta se dijo, «Vamos a ver qué perola le meto ahora a ésta». Nada, la monserga de siempre «¿Sacamos una botellita y pasamos un ratito a gusto?». Ni nuestro hombre ni yo mismo, que de todo esto sé un rato, sabemos qué cojones es eso de pasar un ratito a gusto, de madrugada, en unas zahúardas de los mil demonios a cual más espantosa, pura mugre y pacotilla variada... Uno de esos lugares en donde uno no ve nada, al principio, sólo voces muy profesionales «Qué querrá tomar el señor». Mal asunto cuando empezamos con ceremonias, zumba pura, al rato aquello se llena de chinas, negras, cobrizas, la caravana aquella del domund, joder, que sí, la caravana del domund que a nuestro hombre de crío se le metió en la cabeza ser de mayor nada menos que esquimal, y la libanesa, y las de la martinica, y los refinadísimos cabestris, que decía el aldeano aquel que quería poner una denuncia contra una nutria «Que me fui con una y resultó cabestri», y el ruso, ése sí que tiene modales, pero ése está en caballerizas, ahora llegamos, enseguida, y para negras la kuntakinte pero ésa está en otro lugar, negocio particular del ídem, un broncas de campeonato que decía haber sido mercenario en Dios sabe qué lugar. Los puteros locales se pirraban por estas especialidades culonas y jocosas... En caballerizas... Así llaman al putiferio porque el local había sido antes más, en mis tiempos, las cuadras del palacio de un marqués que se fue a Madrid para siempre, a correr mundo, a donde se llega en un pis pas, que aquí todo está al lado, justo al lado, encontraremos al marqués, otro putero, gente de pasta, capitanes de empresa, grupos de inversiones, los fueros, ese ensamblaje de tradición y modernidad, guapa gente, monterías, de los de cómo jiñan los caballos andaluces de ahora, gente heráldica, estupenda gente y uno de ellos le decía arrobado a una negra «No sé qué me gusta más, si tu piel de canela o tus ojos de azabache», y esto dicho rodilla en tierra, y la otra gorda, el culo que ni inflado, algo de las peculiaridades de las razas humanas, o así, con un copazo en la mano hecha una reina de la selva y la compañera intrigada «Aquí mi compañera», siempre Sonia o Vicky, mejor hubiera sido María Antonia Fernández como en la copla, pero en mecha, «Mucho g'uto» «¿Qué te ha dicho? ¿Te ha faltado?» «Na, tá cachondo» «Ah, bueno, porque si no le llamamos al ruso...». Nuestro hombre reconoce a uno de ellos, hombre misterioso, a quien todavía le oye decir rumboso «Por qué no vamos al palacio de mis padres a pasar un rato a gusto», las chicas asombradas y nuestro hombre no dando crédito a lo que oía, poniéndose sobre aviso, más que nada porque sabía que aquel pendejo no tenía palacio alguno, que el asunto acababa mal, que ya se había visto mezclado en una que encontraron degollada. «Ah, vaya —se dijo—, otra historia que va acabar mal. Y tanto. Todo acaba mal tarde o temprano, quedó dicho, se va embrollando, somos una madeja que se enreda y luego no hay forma de desenredar...» Otra, «Menos abrigo y más follar», cuando ya estaban en plena faena, que se abre la puerta y aparece una vieja con unas bragas amarillas en la mano, «Que te pongas las bragas, hija» «Joder y para qué quiero yo ahora bragas». Nuestro hombre buscando un escotillón, no son maneras, no. Y otra, de tanto verle dar vueltas como un perro perdiguero, «Eh tú, ven aquí, que vas a desgastar las suelas, cabrón», qué delicadeza, leñe, venga, Caifás, no me salgas tú ahora con que ésta es una historia triste y tanto que es triste, yo aún diría más, tristísima, como todas las que ha vivido nuestro hombre desde su más tierna infancia, más de las que pueda recordar y aún se empalma recordando alguna de ellas, en sus mejores tiempos el bobo de él afirmaba que le habían operado el frenillo a mordiscos, y otra más, de las que cuenta y se le han ido desgastando con el tiempo, los ciegos de putas, también en la calle Padilla, llegaba la madera en plan redada y quitaban la luz de todo el barrio, aquello se convertía en un follón endiablado y divertido, un chispas maligno, la madera no sabía por dónde se andaba, pillaban al buen tuntún hasta que se restablecía el alumbrado público y privado, chascarrillos que con los años se hacen mortecinos... Sí, son tristes, Caifás, tienes razón, pero no nos jodas la fiesta, total que había un ciego que le decía al Lazarillo aquel pero me juras, me juras que está buena, y venga de champanazo, como la otra, o como el día de Cafarelli que quería a toda costa comprar jaco, decía «Quiero jaco, dame jaco», lo que no se llevaron de milagro fue una coz que los descabezó a los dos, las nutrias, estaba la casa llena de ellas, una madriguera, cada disfraz curioso como para tratado de libertinaje, sí, ligeramente escabroso que diría el Averías en plan altivo, tonto, patán, capón, deberían pensar que éramos maderos de paisano, sobre poco más o menos, todo es sobre poco más o menos, que por los antros es lo que más anda, maderos de paisano, y también maderos fules, ésa sí que fue buena, luego te la cuento, Caifás, que te va a gustar, mirando cómo en el oeste sacan la pipa por menos de un pimiento o arman cada bronca de campeonato, maderos y aldeanos y otras almas más o menos cándidas, para aldeanos aquel que iba, caprichosa que es la gente, que en esto, como en todo, es muy suya, y que le hacía ponerse al putón, dos metros o poco menos de desgaliche por cierto, un montón de sayas y refajos como traje nesquita en olentzero, algo asombroso, había que verlo... A lo que iba, que Cafarelli quería a toda costa una posturilla, que ellas iban buenas, luego las dos nutrias encerradas en un cuartujo metiéndose un pico entre alaridos, y hale a la cama a rematar la faena, «¡Correros, cabrones!», que ése parece ser el grito de guerra de cuando no anda por medio la anunciada discreción y elegancia, y el compa resoplando como en cine porno de los fules y el otro no dando crédito a lo que veía, un barbián, y como éstas una tras otra casi todas iguales, miserables, historietas de frenopático, ves cómo tenías razón, Caifás, algunas veces jocosas, sobre todo si le hubiesen sucedido a otro, claro, historias que sólo sirven para animar las resacas con chascarrillos y le dijo, y fuimos, y éste y sabéis la del otro, y toda esa mierda... Nuestro hombre: «Ay, joder, pero qué me está contando esta tía en plan muy profesional, eso sí, y la otra «Es que a mí me gusta mucho la música cuntri, budigutri y así, lo cuntri es muy emocionante, es como cuando íbamos al campo a hacer hogueras, lo cuntri es muy cuntri, yo estuve en Londres...» «Ya, hasta aquí ya llego» piensa nuestro hombre y el socio, el Juan Carcoma, que andaba ya como Caronte con sus hijos, desenreda del barullo la cabeza y espeta esta perla «La chupaba mejor cuando no tenía dientes», exquisito el jambo, una risa, qué risa... La del country, traje de chaqueta y corbata negra «Ésta está de luto» y es que uno acaba de casas de campo y de palacios hasta los mismísimos cojones... y de otras noches todo parece haberse perdido, no sé, sólo queda ese deambular de un lado a otro solo, perderse, perder a los demás, cosas que parecen haber sucedido hace mil años, a saber ya qué demonios de enfermedad del alma lleva nuestro hombre a cuestas... Pero estamos en el presente que es donde vive la mayoría y nuestro hombre también, aunque parezca lo contrario, total que hay que regresar de extramuros que es por donde llevan andando esta noche. Juan Carcoma ha vuelto a aparecer en una esquina, «Pero de dónde sales?» «¿Y tú?» «¿Qué has hecho?» «¿Yo? Nada»... Los extramuros, estos extramuros, aparecieron en los años sesenta. Y no hay taxi. Coche tampoco, que no se crean sus señorías que los aquí, para esto de conducir en estado de embriaguez son muy miraos, son ciudadanos de pro, responsables, saben, saben lo que sí y lo que no. Al cruzar un puente, porque puente hay que cruzar siempre que se vaya o venga de extramuros, que es por cierto a donde se fue a vivir Gustavo Aranguren (a) el Chino (a) la Verruga et alii, para hacer más rojo, la pareja de servicio se tropieza con un accidente, las sirenas, las lucecillas en la noche, la madera, prosigan, prosigan, es que no oyen, nada, a parar, hay que ser cabales, hay que ser hombres, vamos a echar una mano, y las dos, joder. «Se trata de un suicidado», dice uno de chaleco amarillo, total que un jambo se ha tirado al río de mierda, nunca mejor dicho lo de río de mierda, allí estaba, abajo, el suicida, quietico, quietico, atrapado en las miasmas de la cloaca al aire libre, iba a fallecer el suicida de puro envenenamiento, lo buscaban con los focos de las ayudas esas que te apuntas y pagas una cuota o así, con las de la madera, con las de los municipales, los bomberillos, todos con sus chalecos fosforescentes, amarillos, rojos, anaranjados, un descojono que para qué, el otro mientras tanto bajo los focos atrapado en aquel agua que burbujeaba de pura jiña y el suicida a lo dicho, quietico. De vez en cuando le daban con el foco en la jeta, «¿Le conoce alguno?» «A ver, a ver, enchúfale bien», Nadie, de qué, una verdadera barraca de madrugada, así hasta que lo lograron sacar, todo un esfuerzo, se había quedado clavado, en el fondo de mierda, «Hay que ver cómo están jodiendo la naturaleza», dijo uno. Tenía tanta mierda el río que a la luz de los focos refulgía como un espejo de obsidiana. Total que el tío chincheta se ha debido de desclavar del fondo de limo y por razones de todos conocidas, es decir, por temor a las consecuencias y al furor humanitario de sus conciudadanos que luego se verán, no se atrevió a coger los cabos que le lanzaban y a hacer esfuerzo alguno por arrimarse al puente, le debía de dar miedo la gente, y no me extraña, de haber estado en su lugar a mí también me habría dado, se fue alejando en el río de mierda y nuestro hombre le dijo a Juan Carcoma «Me parece que a ese jambo le conozco... Oye, ¿ése no es amigo de Ferminito Zolina?... Sí, hombre, de esos artistas que tiene recogidos en su casa» y el jambo como un actor de esas comedias que montan con mucho aparato de máquinas y de ingenios se fue no ya deslizando, sino dejándose llevar como un aparecido por el río de mierda, en aquella cosa deguglinosa, hasta que desapareció de escena sin decir ni pío y sin que los focos de tanta basca como en las películas americanas, todo lucecillas azules, y amarillas y anaranjadas dando vueltas, consiguieran darle caza. Así que nuestro hombre maliciándose juerga le propuso al socio ir en busca del suicida. Se apartaron del lugar como espías, se metieron a trompicones en una senda bien oscura y se apostaron en un recodo, «Ya saldrás». Del agua emergió una cosa prehistórica, cubierta de limo que expedía un olor sospechoso, hipaba de llanto no sé si de contento y de poder contarla al día siguiente, se trataba de un conocido vate de la ciudad que en cuestión de becas, premios chungos, ayudas, se las sabía todas, decía de sí mismo «Soy un tío, llevo cuatro años viviendo de la literatura», crítico de a pelo, reseñista de ordinarieces, que se había suicidado para ponerlo en los papeles, «Yo escribo textos generacionales, yo escribiré mañana el enano saltarín». Lo tenía recogido el licenciado Garra, que se creía un Médicis, en unión de otros impostores de grueso calibre que le llenaban las paredes de chafarrinones con el mismo cuadro y le animaban las farras con desplantes. Se lo había dicho el Teka Bardi, el sicoanalista, en plan experimento, como un oráculo, después de un montón de años de silencio y de guindarle la pasta «Ése será el único acto libre de tu vida» y se volvió a callar el tío loco y el vate al agua, le hace caso y se nos tira al agua y se queda medio descalabrado. «Oye, no sería mejor llevarlo a urgencias» «Mira que nos metemos en un lío» «No, ya verás, que yo conozco unas urgencias privadas». Y van, después de abordar un taxi que providencialmente se ha quedado sin pasajero delante de sus narices, unos vienen y otros van, todos conocidos, el taxista también, del naipe y de todo. Al suicida, que mañana le dedicará a su perro Iru el conocido monólogo dadaísta que comienza «Mañana tendré yo al fin un príncipe que me sirva» para al final poner «A Iru, de su Enano Saltarín», le han quitado lo mayor con unos periódicos. Y además, a oscuras no se ve bien, el taxista, al menos, lo que ha pasado. Total, que van hasta la mutua de artistas que ponía en su carta fundacional, una cruz azul les espera en la puerta sobre fondo blanco como corresponde y es admitido. Después de aporrear la puerta un rato, les abre un a modo de doctor, viene atándose la bragueta, tiene una llamativa cara de cerdo, ojillos minúsculos y muy juntos, bigote de lo mismo, y chascando y sorbiéndose los dientes. A su espalda nuestro hombre y Carcoma ven una camilla y sobre ella una cazuela de ajoarriero y una botella de clarete más que mediada... Qué cómo sabíamos lo del ajoarriero, porque es comistrajo de madrugada y por el olor, señorías, por el olor, inconfundible. Ni Carcoma ni nuestro hombre saben, al día de hoy, qué fue del suicida, porque el porcino doctor (y lo decimos sólo por lo de la cara como Lombroso) le ha pegado una voz a uno a modo de pocero que debe de ser su ayudante, un tipo barbudo que atiende bajo el nombre de guerra de el Cafre, y va en serio, que no, demonio, que no, que ya dijimos que en este reino, en esta orilla, no hay necesidad de inventarse nada, y que de seguido les ha metido unos empujones a la pareja de servicio y los ha puesto en la calle. Lo último que han oído es una frase rotunda pronunciada con voz estropajosa. «Habrá que coser.»

El vate espatarrado le ha puesto sombrío a Carcoma. Vuelven a coger un taxi, pero la voz de Carcoma es bronca, perentoria. El taxista tiene ganas de quitárselos de encima cuanto antes, ve que hablan a tontas y a locas, y con voces poco o nada angelicales, a esa hora quién va a andar por la ciudad... Los de siempre. Logran meterse en un bar después de aporrear la persiana metálica de la puerta trasera. Gintonics, no sin antes discutir un rato con el dueño que ya se iba y eso que tenía a la compaña jugando al parchís en las mesas. «Y ahora, me cago en la leche, tú y yo vamos a hablar, pero de mañana... Tú eres una mala persona, yo lo sé...» «Y ahora qué me quieres contar, en efecto maese Carcoma, hablemos pues del futuro ya que detestas el pasado donde nadie ha sufrido como tú, nadie, no, es tu vida un gulag, un stalag, hablemos, o mejor hablemos del presente, bailemos un ticotico, el amor dices, gran cosa, sí, no voy a discutírtelo, cómo podría, si metes unas brasas por gusto de humillar a los demás, de enredarlos, hasta que los gastas y entonces, aire, no voy a discutirte, mientras me sigas mirando con esos ojos vidriosos que tan bien conozco, el gintonic venenoso por la comisura de los labios amasando toba, un amor, un gran amor, pero qué cuentas, pero qué demonios cuentas...» «El amor es una gran cosa» «Claro, claro, no voy a discutírtelo, que sí, lo mejor, nada como el amor de una mujer joven y hermosa y tierna, nada, nada, pero no te me pongas con careto de del rosa al amarillo, qué sabes del pasado, claro, no me extraña que no quieras saber nada del pasado, yo en tu caso tampoco y me alegro de no haberlo conocido. Yo en tu caso tampoco querría saber nada del pasado ni de nada que se le parezca. No me extraña, menudo albondigón llevas encima». Porque bueno —se dice nuestro hombre—, si a éste no le gustaba el volver hacia atrás qué hace ahora remontándose en cuanto alguien se deja sólo para que se pueda comprobar que se lo ha hecho, «que me lo he hecho yo solo, que estoy, yo estoy, ¿entendéis?, a una infancia a la que nadie en su sano juicio se remontaría, una infancia de casas protegidas, brutalidad, policías. Movimiento, sindicato vertical, hace falta tener, como Carcoma, la cabeza muy bien puesta para escapar a ese pringue» «yo soy del 9.º C y tu del 5.º D, y tú no te escurras, que eres del 3.º A, no te acuerdas, verdad, claro, es que no quieres acordarte, pero yo sí me acuerdo, quién os creéis que sois vosotros», y el otro, un kilikón cualquiera, a quien por pura higiene de la memoria se le han borrado las mitades, se queda corrido como cogido en falta. Y otra vez la madeja, la confusa faramalla, el arte, los artistas, los bohemios, la inversión en arte, la mínima raya de perica, el puntico que le llaman, ¿Ya sabrán los de los narcos de Colombia que en un retrete del ombligo de una ciudad de tercer orden están metidos como pueden cuatro o cinco cuarentones con una servilleta roja anudada al cuello haciéndose unos «punticos» con una visa oro?, me pregunto también si estará esta medida en el Museo de pesas y medidas, el puntico y abajo un cartelillo con un somera explicación, éstos son unos chernobils andantes, recordando la época de la que no ha salido en el fondo, un palillo en cada ojo, la época que también a nuestro hombre le roe los zancajos, los curas del colegio, y qué pintarán aquí los curas del colegio, de qué colegio me habla éste, yo, tú, las becas de nuevo, el saber y el no saber... Peroratas de apestado, éstas sí que son buenas, que nuestro hombre confía olvidar como todas las anteriores. Pero todo esto nuestro hombre no se atreve a decirlo, sólo asiente y asiente y asiente y le dice «Qué gran tío eres, Carcoma, qué gran tío, cuánto te admiro, admiro tu tesón y tu rasmia y todo, cómo te lo has hecho, tío, cómo te lo has hecho, y más que admiración, te envidio, desde siempre, desde el colegio, ¿te acuerdas?, ¡qué grande eres!» «¡Eh tú, no me adules»... «Un clochard, tú un clochardo, un tío que toca la campana, cloche, medio loco, la campana de las ánimas, pero tú sabes lo que es un clochardo, cómo puedes decir eso, pero no te das cuenta, lo dices como quien se juega algo a la ruleta rusa sólo para imaginar cómo sería tu vida si te fuera mal, si no es por eso, ¿por qué lo dices entonces, por qué hablas de continuo de tus tinieblas, si de verdad, nadie, que yo sepa, te ha dado a ti la vara con las suyas?... No entenderías nada si te dijera, si te contara por lo menudo de todo todo esto, si te dijera que en todos estos años, tío, un montón, media vida que llevamos tratándonos, no has escuchado nunca, jamás, pensabas en otra cosa.»

Todo este viaje, todos estos años, para acabar —el sabor de una historia demasiado vieja— escuchando sus miserias, sus gusanos, sus demonios, todo lo que permanece oculto y es en el fondo el motivo rabioso, la razón leprosa de ese éxito, todo para acabar escuchando este discurso abracadabrante sobre el amor burlado, la vida robada, la vida cobrada y otras sandeces semejantes, cómo decirle a este insatisfecho que lo tiene todo, todo lo que él podía aspirar a ser, algo de lo que nunca se dio cuenta, lo tiene todo y no tiene nada. «Total —piensa nuestro hombre—, porque le conviene, para sentirse algo, otro palomo, otro anajabao, que luego en la oscuridad, de noche, cuando está solo, se siente un desgraciado, una piltrafa, menuda historia, para este viaje no hacen falta las alforjas que llevamos, nada potable, un desarreglo agudo, un amanecer de uvas sordas, como el de cualquiera, que le impide quedarse solo, y le empuja a buscar y rebuscar la compañía de sus congéneres, aunque sólo sea para comprobar que no tiene que sentarse en el montón de fiemo a rascarse las ronchas o a caminar con campanilla y carraca o ruidosas tinieblas por las calles. No ser un apestado. Éste dice lo de clochardo... Seguir perteneciendo al mismo mundo, a la santa compaña, al cotarrillo, y ser saludado con campanillas y vergajazos por la corte de los bufones. El reyezuelo, el de Siam, siempre el de Siam, que vuelve de la campaña guerrera con su costal de nuevas gracias, de nuevas experiencias encima, Oh, gran cosa es un rey que no ve ocupado su trono. Pompa y circunstancia. Y mejor no hablar del atrabiliario humor de su majestad, rey de los bobos. Su majestad tiene el proyecto de montar un falansterio para separados, así como en plan inglés de alguna película de lores que han visto en la televisión o en algún anuncio de ginebra, la ropa planchada, la pinza inglesa bien cogida que para esto Carcoma es un fino donde los haya, los zapatos relucientes, mucha fruta en el desayuno para evacuar... Una casa de hombres solteros...»

Podría haberle dicho «Déjame en paz, tío barullas, vete a la mierda con tus murgas, tu mala sangre de fondo, vete a que te den pomada en las heridas, ungüento de la tía Federica o yo qué sé, vete al sol, vete a que te cosan, mejor, a que te den por retambufa, no me vengas con que si me quieres, o me dejas de querer, si soy tu amigo, no, no, todas esas patrañas, inventos, a estas alturas me parecen un insulto, una barrila de patio de colegio, de donde no habéis salido, coño, desde ahí lárgate, lárgate, no sabes nada de nada, lárgate, prepotente, ahora hasta me echas en cara que si has pagado las copas o dejado pagar, estoy harto de tu "Me entendéis la película, que me aburrís, que bebéis cuando yo mando, que yo mando aquí, que os metéis cuando yo quiero, que yo mando", me echas en cara que si soy un gorras, mira, majo, te he aguantado toda la noche, días enteros, años, te he aguantado murgas inverosímiles y te voy a decir que hasta en el circo pagan a los enanos, hasta en el circo, a los enanos, sí, querías una claque, págala, leñe, págala, sin público no eres nada...», pero no, una vez más no le dijo nada, ni a Carcoma, ni a nadie. Y así es como Carcoma, poniendo ojos profundos, como Laboa, el triste que canta, otro, que no canta, pero el tristísimo que era un especialista en poner ojos profundos, húmedos, intensos, rodeados de aquella sombra de pelo, como queriendo dar a entender, le coge a nuestro hombre del cuello «Te podría matar a hostias», valiente cosa sí, claro que me podías matar a golpes, ya he tenido ocasión de comprobar cómo las gastas, ya sé de tu manía persecutoria, de tus complejos, de las acusaciones que nadie más que tú mismo te lanzas, por eso me callo, por eso me bebo la copa, y qué, no dejaré de pensar lo que pienso y aun pensaría más si pudiera, que ya no puedo. Y otra vez al final de la noche la despedida, la definitiva, esa precisa sensación que siente nuestro hombre de que no va a volver a verlo, de que hay relaciones que se acaban por las buenas y las malas, en mezcla, que se aleja para siempre de Carcoma, de que no hay vuelta de hoja posible, al menos no en ese sitio, demasiado tiempo colgado de todo esto, empantanado, metido en ello hasta los corvejones, sin poder moverse, todo ha envejecido demasiado en los últimos años, o simplemente se ha esfumado, alguno hasta dice «Se me ha agriado el carácter», sin reparar que hasta le han pintado muecas y tics en la cara y ferocidad donde había simpatía, diz que es el tiempo, diz que es la coca. Y todo parecía sin embargo ser tan apacible, leñe, estar tan tranquilo. Las cosas, el amor, la ambición, el trabajo, todo en su sitio, y parecía que no pasaba nada, ya, y un cuerno, todo iba poco a poco desapareciendo, esfumándose, mejor dejarlo, la última amarra, el último cabo, todavía podrían arreglar la cosa, probablemente, que cada cual siga su camino, pero «Ya me voy, ya, ya te dejo»... Y allí se quedó el otro, sentado en un banco, hablando solo en la noche, en el centro de la ciudad dormida, no hay mus, zapato, tiro de la oreja, dos de dobles, tres de punto, otra de pares o no hay pares, ésa es la cuestión... «Todo ha sido un equívoco, un formidable y puñetero equívoco, mañana será otro día, y esto... ¡Aire, aire!»

JORNADA TERCERA

No sabemos si vamos a tener que suspender hoy la
función o la vista, como gusten. ¿Qué que ocurre? ¡Ay!
Que nuestro hombre se encuentra mal, que está *mú ma-
lico*, de veras, que piensa que se nos va y que va a tener
que ir a un hospital y lo de llamar al médico de lo corriente le da pavor... A la vista de su estado, podríamos
pensar que está acostumbrado a esto de la falta de salud, pero quiá, de salud de lo raro, lo que quieran, pero
de la otra, guau, qué miedo... A éste, contra todo lo que
pueda parecer, lo de la salud le gusta, cree, encima, que
tiene para dar y tomar al grito de si no he reventado
hasta ahora no reventaré en el futuro. Médicos, hospitales, enfermedades... Zape, zape, no le traen muy buenos
recuerdos que se diga, porque la última vez que anduvo
por uno de ellos fue de las de acordarse de por vida y
eso que sólo fue como quien dice de visita, especial,
pero de visita, no conoce estas cosas más que de visita.
Fue una mañana y también, qué casualidad, de otoño.
«Tengo que ir», se dijo, se armó de valor y se plantó en
el hospital, escuchen un poco al matasiete lo que pensó
y lo que recuerda, él que todavía tiene el tupé de acusar
a los demás de falta de piedad, escuchen, escuchen
«...toda una humanidad apiñada de desheredados de la
fortuna, se les ve la derrota en la cara. Y lo de tomar un
café en una cafetería más o menos mugrienta, bueno,
pase, pero la danza de los visitadores médicos, a media
mañana, a la hora del cafetito, buena especie, sí, a la
caza de sus doctos doctores, decidores, con sus maleti-
nes, sus bolígrafos de propaganda, sus palmadas en la
espalda, sus ristras de chistes, sus chacotas, sus rivali-
dades, eso le pone malo sin motivo alguno, de ese mundo no sabe lo que se dice, nada, lo ha visto desde la ba-

rrera. También le resultan insoportables, las caras de bestias que tienen alguno de ellos, como Porky, que es un rey en esto de tener aspecto de bestia, con los pulgares en el cinturón y tocándose los güevos, un bigotillo y unos ojillos porcinos, que no, que no me invento nada, que de veras tiene cara de cerdo, y tal vez lo sea, ya lo vimos ayer noche, cuando lo dejamos con el suicida y la cazuela de ajoarriero... Yo creo que sí, si no de qué le iban a llamar los amigos del colegio, Porky, ¿A ver? Pone los pelos de punta pensar que uno puede dar con sus huesos en tales manos. Ya lo vimos ayer. «Pero qué cara de brutos tienen, ay mi madre, qué cara de brutos. Qué razón tenía mi compadre cuando decía que el hombre no es que sea malo, sino que es sencillamente bruto, qué forma de mirar a la doliente humanidad por encima del hombro, pero qué forma, cuánta delicadeza...» Podría nuestro hombre, como todo el mundo, callarse estas cencerradas, hacer como todos, ver, oír y callar, sobre todo callar, sobran las palabras, dicen, tragarse lo que piensan de las cosas del mundo en torno, para por si acaso, no nos vayan a enviar un inspector de impuestos, no vayan a decir, no vayan a pensar, igual nos quitan algo, además por la prudencia que aconseja el saber que tarde o temprano uno caerá en parecidas manos, irá a parar a un hospital, episodio casi seguro, a no ser que uno la diñe durante el sueño o en plena calle, que no se ha representado demasiado, mejor no pensar en tales trances, que se le ponen de corbata, sencillamente de corbata y eso que el aquí quería hacer carrera de japonés, yo zen, yo me fundiré con la naturaleza de nuevo, regresaré al lugar de donde he salido, pero quiá, ya dijimos, se nos jiña por la pata abajo. Y nuestro hombre se pregunta qué es lo que podrán hacer por esas ruinas que van de un lado a otro con sus caras de alelados, sus muletas, sus cabestrillos, aunque si nos ponemos así, en plan pincho, lo mismo podía pasarse él, un momentico, sólo un momentico, por delante de un espejo, para ver, nada más que para ver lo que allí aparece, en porreta, sin apaños. Y entre el montón de basca nuestro hombre reconoció a una gitana, «Está sifilítica perdida» le susurró al oído un conoc o en plan confidencial, que nuestro hombre conoce de lo que no debería conocer, cara de asesina, de criminal, la Pepenella de Lombroso, de una violencia de tornado, andaba de prostituta asaltacaminos y luego pasando jaco por cuenta de su maromo, todo un progreso, una verdadera integración, de las chatarricas, los apaños, los mimbres, las antigüedades o la mendicidad sin tapujos a palomo fijo, a mandar, en la mugre, pero a mandar, «Ahora son los payos los que vienen de rodillas a pedir, que sepan lo que es bueno», se acerca a la barra, arrastrando unas chancletas, pide un café a gritos, enciende un cigarro y se hace humana. El rostro borroso, arrugado en una mueca que lo mismo puede ser reflejo de un dolor intenso que puro asco, agresividad, mera defensa… Coño, coño, nuestro hombre nunca se había fijado demasiado bien, pero hay gentes que no tienen rostro, meros borrones, nada de cuentas nuevas, algo vago, un agujero, y el que tiene rostro lo tiene de panoli, van de un lado a otro desorientados con sus muletas, su cara de venir de vuelta del otro mundo, un susto de los mil demonios, lo tendría cualquiera, se lo aseguro, señorías, cualquiera, porque es que además la realidad es que con demonios tratan. Nuestro hombre, que para hacerse ideas bien crueles de lo que le rodea y para creer que él, sólo él, no tiene nada que ver en el salchucho, que éste no va con él, se las pinta solo, se da cuenta de que la gitana le ha reconocido y que le va a venir con alguna historia del último lío con uno con el que habían andado trasteando y que se les quedó muerto en las escaleras de la buharda, que lo vieron, pero luego estaba en otro sitio, sentadico en el banco de un parque mirando al infinito, que también lo vieron, pero luego como también les parecía comprometido, lo tiraron por las murallas abajo, donde por fin lo encontraron, se esconde mutando de cara como un camaleón. No hay como poner cara de mucha pena, de tragedia, y llevar el devore pintado en la jeta a brochazos para que no os conozca ni la madre que os parió… Y los que andan fuera, escurriéndose por las paredes, tomando el sol por los jardincillos raquíticos como si quisieran, a modo de aparentes malas hierbas, aferrarse a una vida vegetal, salen al exterior para huir de la enfermedad y de la muerte, éstos sencillamente le han dado miedo desde niño... El día estaba gris, ceniciento, o no, era luminoso, no recuerda, pongamos que era fresco de otoño, porque otoño era, pero no éste. El aire se había quedado limpio después de las últimas lluvias, y entre los parterres se oía el ruido de las hojas muertas, se sentía el olor de la tierra removida y de la hojarasca en putrefacción, la tierra oscura, los colores, verdes, dorados, tabaco, ceniza, de la vegetación, también se dijo nuestro hombre «No ha podido escoger mejor día, caramba». Nuestro hombre siempre ha desconfiado, o mejor sería decir que ha tenido miedo, de esa gente que anda de un lado a otro, sin saber muy bien hacia dónde se dirige ni de dónde demonios han logrado escapar ni cuál es el territorio que pisan, siempre por los alrededores de algún lado, por extramuros, a la deriva... «Qué manía —recuerda nuestro hombre no sin emoción— la de mi abuelo de ir a pasear por los descampados, por los desmontes, por los terrenos vagos —en gloriosa traducción de un fraile exclaustrado de mi tiempo que no andaba muy fuerte en lenguas vivas—. ¿Hace bueno? Pues vamos al cementerio» Esto de los cementerios tiene su *tejnica*, como decía el achulapado picoleto aquél, que le detuvo a nuestro hombre y le dio una manta de hostias... En el franquismo, en el franquismo, ahora no dan, no, tampoco cuando se apiolaron a aquella gente en unos corrales de Almería, una historia que ponía los pelos de punta, pero estamos a transición pactada, lo dice todo el mundo, vas a acordarte de algo y te espetan «¡Eh, tú, alto ahí, transición pactada!», «Bueno, en ese caso...» así no ha habido atrocidades ni nada, nunca, una mala noche en una puerca posada... Hay que saber de fuesas comunes, de nichos, de pudrideros, de mortajas de plástico para que luego quede todo «bien recogidico» y de las otras, cajas de todas las calidades y precios, y todo un sinfín de artilugios de la muerte, le tiene que gustar a uno, tiene que estar enterado, tiene uno que perecerse por ello, saber hasta de los inventos para que no te entierren vivo. Esto de las postrimerías le recuerda a nuestro hombre aquella ocasión en que toda la familia fue de merienda campestre, inolvidable escena, y se pusieron con las tortillas de patatas, el chorizo de rioja bien picante, el mol recocido, los manteles, la cosa, buen *déjeuner sur l'herbe*, si señor, juá, contra la tapia del cementerio. Si desde el tiempo de don Benito Bails que fue todo un señor especialista en estas cuestiones de la extrema higiene, que las iglesias con tanto fiambre metían un pestazo que tardaba en quitarse y hay quien afirma, descreído, mal cristiano, que todavía dura, pusieron los cementerios fuera de las ciudades, esta vez los andobas del villorrio se pasaron, lo pusieron a dos kilómetros cuesta arriba, y también cuesta abajo, pero más lo primero, y en las cuestas había que hacer piruetas con el carricoche que había apañado el herrero mañoso con cuatro ruedas de bicicleta y unos ejes nada perezosos, más de una vez la caja se les había ido a tomar por el culo, cosa de ir distraídos, pensando sobre todo en la brevedad de la vida, en las fanegas, los robos, las robadas y demás, en quitarse el quehacer, que sacudir la polaina es una buena forma de quitarse el miedo a la muerte durante un rato, y el difunto albardado en polvo, allí, en el suelo, con la boca abierta mirando al cielo, amoratado, verdoso, o la cara cogida con un pañuelo, el traje negro como albardado en harina, una bronca de las mil hostias... A cada curva en los entierros chungos se despistaba el personal entre las viñas o los maíces, mala cosa despues de la vendimia, se les veía escurrirse entre las cepas, El caso es que aquel cementerio no era gran cosa, descuidado, esos sí, hierbajos altos, cipreses más o menos rectos, y algún que otro arbolillo raquítico cuyo nombre el mismo Linneo, que no Caifás, que no, que ése no era del pueblo, hubiese desdeñado, cruces y lápidas más o menos tumbadas, un par de panteones de respeto, cosa de las casas fuertes, los cacicones y así, un bordoneo espeso de moscas y mosquitos, la luz del atardecer de agosto, un horror, tenía hasta cementerio civil, un cercadillo como las cochiqueras del corral, como para cerdos, había que ver la cara de placer que ponían aquellos buenos cristianos al explicar que allí iban a parar los suicidados, «los que se quitan la vida, bonito, el peor de los pecados, el último, la renuncia al perdón», los fusilados, los protestantes, los de las Biblias y los herejes, los de siempre, joño, mierda, «Algo habrían hecho», decían como último argumento de la mugre del alma, los que morían, impíos, sin confesión, y yo, que sé de esto un buen rato, diré que hacían falta unos señores güevos para morir en otros tiempos sin confesión, las familias se las pintan solas para no dejar morir en paz al personal, los masones, joño y cómo se enterarían de que eran masones, en general a aquellos a los que se le ponía al cura en la punta del cipote, nada, ya digo, no era gran cosa, los habíamos visto mejores, yo y nuestro hombre y aquí Caifás, que en tiempos iban por los alrededores de la vinícola que salía mucho hueso, a saber por qué, y bien mondos, ni que hubiesen hecho sopa con ellos, nada, ya digo, un cercado que amenazaba con desmoronarse como alguien se apoyara en él, incluso una ligera, una delicada dama inglesa que vivía retirada en aquel pueblo y estaba siempre apoyada en las tapias y le tiraban piedras, joder con las damas inglesas, y resultó ful, no era inglesa, no era, era de aquí, que gustaba y gozaba mucho y muy ricamente de la sombra de las tapias, un montón de zarzas, hierbajos, un coronón podrido, maderos, pues sí que iban a enterrar bien ahí a un suicida, o a quien fuera, habría que darle duro de pico y pala, aquello era un chirrión, ni mejor ni peor que aquel al que fui a dar yo mismo con mi propia carroña. Tierra dura, cascajera, tufarrosa, de una arcilla compacta para enladrillar la torre de Babel, se conoce que el alguacil que oficiaba de enterrador echaba allí los restos de Todos Santos, lo que sobraba, que por fuerza no podría ser demasiado, eso, mucho crisantemo, margaritas de huerta, la mara con las azadas a limpiar las fuesas, los carnarios, cuatro asperges y luego de vuelta a casa, a merendar... Total, a saber a quién se le ocurrió la brillante idea de buscar las tumbas de la familia, eso, así, con casi mayúscula, como una gran cosa «Vamos a buscar las tumbas de nuestros antepasados», la fuesa, lo que fuera, así que todos a dar vueltas a las tapias del cementerio como los judíos con las murallas de Jericó y el arca de la Alianza. La verdad es que dentro del camposanto había algo parecido a la sombra, que no fuera, y haría, de seguro, fresco, de eso aquí el Caifás y yo sabemos un rato. ¿Verdad tú? No había manera de entrar y eso que el forzudo de la familia, que no hay familia que se precie que no tenga un forzudillo en el clan, le metía unos viajes que para qué a la verja de la entrada. Total, que no hubo forma de entrar, hasta que nuestro hombre descubrió detrás de unas matas una fuesa, cosa de metro y medio o dos de ancha, vara más, vara menos, «Vamos a entrar por aquí», dijo el bato, «Esto acaba mal, seguro», murmuró alguno de los muchos castañuelas que componían por entonces la tribu familiar (o no sería mejor en hablando de ellos decir *troupe*, como con los del circo… No sé, no sé). Total que va, no recuerda nuestro hombre si fue el abuelo o el héroe de la ocasión, pega un brinco para pasar aquella estigia de secarral y se cae en medio de los huesos, bien mondos, oscuros unos, blanquecinos otros, daba miedo, cris, cras, hacían ruido, luego por la noche no pudo pegar ojo pensando en aquello, y otras noches tampoco, la llama delante de las almas del purgatorio y los ruidos de la casa, y aquel olor indefinible que flotaba en el aire y todo lo impregnaba. Allí, joder, los putos aldeanos, habían hecho bien honda la fosa. Al gorrión con perdigón y al aldeano con bomba de mano, decía el otro abuelo, o era «al aldeano mostacilla y perdigón», no me acuerdo, en fin, a lo nuestro, un Cristo de los mil cojones para sacarlo de allí, «¡Aúpa, aúpa!», se escurría, para mí, digo yo, que le habrían dado duro al vinazo de la bodega, o así lo recuerda nuestro hombre, mas yerra, de nuevo, porque eran parcos, austeros, ahorrativos, numerosos y pobres, la frase se la debió de decir algún lumbreras y como quedaba bien se la quedaron de divisa para falsos blasones, en el beber y en el comer y en cosa de placeres sencillos… Total que con el percance ya se había jodido la tarde y todo por aquella maldita caída en la huesera… Y la derrotada tropa de vuelta a casa, que cuando se ponía de tronada no había mejor cosa que echar un buen rosario arracimado de latinajos fules. Pero volvamos a los cementerios. Allí iban a ver, a mirar, que hay gente que piensa que conviene saber por dónde va a andar uno cuando ya no esté por aquí. Se lo sabían todo aquellos héroes en cuestión de nichos, fosas comunes, panteones de postín, de capilleja, de a cuatro y de a seis nichos, de cripta —joder, había uno de un gentuzón avaricioso, vesánico y cruel, todo de mármol verde, como de italianos, decían, ante el que se quedaban extasiados—, de todas clases, el de los militares, el de los curas, el de los héroes de guerra, el de los aristócratas del siglo pasado, barrio de los ricos, todo, hasta las fuesas de esos que decían «Pues nadie reclamó su cuerpo», apreciaban sutilezas que habrían pasado inadvertidas al mismísimo Caronte, eran unos degustadores natos, unos sibaritas de las cosas del otro barrio, leían con verdadera unción los nombres, las familias les daban mucho respeto, las decoraciones, «¿Te acuerdas de éste?», decían, sí, el muertajo, a saber cómo estaría, era de mucho postín, hasta se quitaban el sombrero, charlaban con los enterradores, se hacían señas con los fosores. Por donde las fosas comunes pasaban con la cabeza bien alta, los nichos, como casas baratas, les gustaban algo más, pero las fosas comunes, aquellos montoncillos de tierra tan delatores, pobreticos los muerticos... Llegaban unos un día corriendo, con la caja casi al hombro, cuatro tablas mal clavadas, miran para un lado y para otro y al final la tiraron al agujero y echaron a correr, nuestro hombre pensaba de niño si no serían cosa de los tebeos de contrabandistas, pero no, ya de mayor llegó a la conclusión de que esas cosas no se hacen, tal vez se piensan, pero no se hacen, no es educado, sólo los hideputas pueden tener tan poco respeto hacia la alta y nunca bien ponderada dignidad del hombre. El caso es que entonces, y ahora también, había vivos que no dejaban en paz ni a los muertos. Fotografías, recordatorios, placas colocadas a la buena de Dios, las primeras flores perennes de plástico, unos claveles rojos como para quitarle el resuello a un atleta, unos medallones requemados con los restos de un retrato en el interior, basura, y lo miraban y remiraban todo, para ver, para enterarse... Sería para hacer bien la digestión. Y los días de fiesta a ver los santos incorruptos de la catedral, que aquello sí que era espectáculo, guau, con un frasco a un lado así como violeta grisáceo, «Mira, mira, ésa es la sangre». ¿Vampiros? Quiá, buena gente, curiosa gente piadosa, sin tener mejor cosa que hacer ni carreras de caballos, ni gambas a la plancha, ni excursión a la sierra, ni nada, conciertos de la banda municipal, el asombro de Damasco, función religiosa y como mucho chocolate con churros... Pero me parece que desvariamos un poco, habíamos empezado, siempre de la mano de nuestro hombre, nunca solos, nunca, con la humanidad doliente, los de extramuros, con un pie en el estribo y resistiéndose, aferrándose a una existencia sin esperanzas, estampas, rosarios, vírgenes fosforescentes, cantimploras de agua bendita o milagrosa, no sé bien, todo se reduce a eso, a un animal herido, a veces sucio, o siempre, no sabemos, no cree nuestro hombre, pero desamparado, de siempre, los que se revuelven en la cama sin poder encontrar cómo aplacar el dolor aunque sólo sea por unos instantes, o esos otros que no hacen más que mirar al techo, la vista perdida, repasando lo mal vivido, a éstos las monjas les apreciaban mucho, era cuestión de asomarse por las ventanas, se veían cosas estupendas como en los manicomios, babeantes, con la pija fuera, la monserga, desdentados, la lengua pasando y repasando las encías mondas, cada ruina que daba vahídos, todos ésos en manos de unos matasanos enzarzados en querellas, sueldos, escalillas, concursos, méritos, oposiciones, pasas, contrapasas, enredos, celos, y toda la faramalla burocrática de mierda, que el cerebro del hombre no descansa ni pa Dios, así que nuestro hombre y tú también, Caifás, no te me escondas, no, que te conozco, tenían una curiosidad morbosa, de siempre, y aquel día de otoño, uno, que fue al hospital, lo hizo a la caza de información, el Bernardo, un amigo de toda la vida, de los de antes, un tipo de los que saben cómo hacerse la vida, que saben lo que quieren, lo que buscan y no cejan en el empeño hasta que lo consiguen, amigo del 68, de la filosofía, el cuartel, la primera novia, que en cuanto veía a nuestro hombre le reprochaba virilmente la mala vida que llevaba primero, para con el tiempo reírse de él como si fuera un pobre diablo «Tú no tienes carácter para nada», que lo era, ya hace tiempo, no vamos a discutirlo, aquel día a que le explicara lo de la mujer, ¿suicidio?, ¿accidente?, la mano en el hombro. «Tómate otra copa», mal debía de ver el asunto el Bernardo que decía ser abstemio militante y lo de las copas del prójimo le traía a mal traer, que de hígados sabía una barbaridad, lo único que le faltaba a nuestro hombre. Bueno, el Bernardo, otro que tal, un castañuelas, descreído, poco entusiasta, no parecía creer en nada ni en nadie, sardónico, un escéptico, un misántropo, lo único que le gustaba era andar por los montes, las historias raras, los libros, los animales, una casa solitaria, sin ruido, tranquilo, no gastar mucho en luz, no, la música a todo volumen, Mahler, luego Mozart, luego de todo, sin mirar las fundas, andaba siempre huraño, metía miedo, las mujeres «¡Mejor no hablar!», exageraba porque llevaba fama de rijoso, y era cierto, nuestro hombre lo sabía de buena tinta, de cuando en cuando unos polvos como echados con repetidora y a casa, a saber cómo había dado en médico, y encima de los buenos, decía que la humanidad, bueno, lo de la cucaracha, pero luego un sentimental, se enternecía, sus canciones francesas, sensible como nadie al dolor humano, sí, gran cosa, no le gustaba que le compararan al hombre con un cuesco, esto le sacaba de quicio, creía en algo en lo que ya no cree casi nadie, la dignidad del hombre, la de todos los días, la de la letra pequeña, la de su pequeño gran mundo, eso, por cierto, de dónde vendría aquello que ahora mismo se dice nuestro hombre de dos cuescos y una bufa dejan la cama como una estufa, el Bernardo, un sentimental, se preocupaba en el fondo demasiado por sus pacientes más de lo que éstos hubiesen nunca sospechado, tenía vocación de amargarse la vida, mira que es fácil, estudiaba hasta hacerse los sesos agua y luego se iba a pegar brincos por el campo, cosa de no dar definitivamente en loco, a nuestro hombre le hubiese gustado ser al menos parecido, como le hubiese gustado ser parecido a las mitades, lo mismo que de cuando en cuando se echaba a la noche, que era donde se lo encontraba nuestro hombre, el Bernardo, género de copas sordas, coherente, como nuestro hombre, como todo Cristo, hasta la cuarta, luego, a saber... El Bernardo que parecía haberse sentado en la puerta de su casa para ver cómo se iba el universo mundo a tomar por retambufa.

El Bernardo, a veces enloquecía con sus guiñapos, les trataba bien a pesar de todo, a pesar de todos los pesares, llevaba fama en eso, también se entretenía escribiendo cosas, se sacudía el pringue en las cuartillas, de cuando en cuando publicaba algún cuento con miga, no estaban nada mal, nuestro hombre le tenía envidia, y conociendo los recovecos pedregosos de su mente no es de extrañar. El caso es que nuestro hombre fue a ver al Bernardo al hospital más que nada por enterarse de algún detalle del dramático fin del que fuera o fuese el amor de su vida. El otro se olía la tostada. No quería soltar prenda. «¿Pero a ti que se te ha perdido en todo esto? ¿No decías que el asunto estaba acabado?» Y nuestro hombre a lo suyo «¿Estaba muy destrozada?» «Joder, ¿tú qué crees?» «No, lo digo porque como me han dicho que se quedó enganchada en la lucerna» «Y eso a ti qué te importa» «No, si era por saber» «Vete a tomar por saco». Expeditivo el Bernardo. Sí. Y nuestro hombre terminó su copa de un trago. Allí no iba a sacar nada más. Ni siquiera le dejó ir al depósito «Yo no te acompaño y además ahora se la van a llevar al cementerio» y nuestro hombre la verdad no tuvo arrestos para ir al Anatómico Forense y ahora se lo reprocha amargamente: «Hubiese sido todo un gesto de valentía por mi parte», se dice. Así que se largó para la calle. Cogió un taxi. El taxista un horror, vendría de echar unos carajillos, le miraba por el retrovisor, la verdad es que nuestro hombre estaba hecho una pena como de costumbre. Tal vez oliera, tal vez apestara. «Al cementerio.» No sabía muy bien a qué iba. A esperar. A esperar qué. Y el taxista «¿Qué, de fiesta?» Se puso digno «Pare por aquí» «Oiga, si le he faltado perdone, es que como tiene mala cara». Cogió otro taxi. Se quedó por los alrededores. No había previsto ni pensado que pudiera encontrarse con los parientes de la muerta, porra, y era lo más natural del mundo, y en efecto, allí estaban, en la puerta, una cuadrilla de energúmenos, malignos, repeinados, con tapalitros, impecables los trajes, qué no habrían hecho aquéllos por su santa hermana y por su santa prima, y nuestro hombre a escurrir el bulto, a darse de naja, entre el boscaje y los marmolistas, «Si están ésos en la puerta, habrá otros dentro, joño qué lío». Total que se fue escurriendo por detrás de los coches aparcados hasta dar con un bar providencial, un tabernón para gentes del oficio, mármoles, metalisterías, forzudillos, tristes, de la cosa gremial y despaciosa, los talleres chapuceros, los almuercicos, las desapariciones, «Está haciendo gestiones», no lo tenía yo en mi relación, no, y cazuelicas, pide una de callos, que nuestro hombre tiene costumbre de salvar las situaciones comprometidas a base de tripicallería y entrañas, y un palmero y se aposta en la vidriera, el cementerio a la vista, los cuñados, los primos de los cuñados y toda la parentela, en grupo, esperando. Y él los observa, sin mucho interés, recuerda un poco, no los ha tratado mucho, alguna Navidad, algún cumpleaños, nunca le gustaron, le humillaba el reproche continuo que veía en sus ojos. A él le trajeron los callos, joder, estaban buenos de verdad, untuosos, picantones, la guindilla, y aún pidió la botellita de Tabasco, abrasadora la salsa, ni que untara en salfumán, buena textura, lo apreciaba en la boca, masticando despacio, paladeando el manjar, y eso que mientras esperaba se había despachado una manica de cerdo que estaba huérfana sobre la barra y le dio pena, toda gelatina, qué regusto... y otro palmero. Ahí estaba pues, junto al vidrio pringoso, y junto a un cartel que anunciaba cosas de la tierra, un campeonato de mus y otro de pelota, y alguna cosa con un perro. «Tiene gracia —se decía al tiempo que masticaba con parsimonia y le sacaba todo el jugo al trozo de tripa, de entraña, todo suyo, paladeando y entornando beatíficamente los ojos —bien se dice, tiernos, estupendos—, tú ahí dentro, de cuerpo presente por un rato, y yo aquí jamándome estos callos y echando regüeldos como compases de réquiem, mira que tiene coña, debes de estar hecha un guiñapo, por lo que me han dicho, no digo que me alegre, porque dicen que es de mal gusto, poco ético, inmoral incluso, eso de alegrarse con la muerte ajena, dies irae, sino que hay que ver cómo se estropician las cosas, quién me iba a decir a mí que tú la vitalista te ibas a pegar al final semejante guarrazo, por la ventana abajo, tú, la vitalista, vas y te apeas del carro, te tiras por la borda, hay que ver lo que son las cosas y yo aquí, vivo y coleando, la cola, sobre todo la cola se me agita mucho, y tu ahí en el cajón, debería haberlo sospechado, "Oye tú, ponme un carajillo bien quemado, estaban estupendos estos callos", tú sabes cuánto me gustan...» De estas cencerradas poco lúcidas, nadie sabe nada. Son a boca cerrada. Ni siquiera su loquero está al tanto de los recovecos un si es no es perversos, pero los más bobos, de nuestro hombre, él lo sabe, no se atrevería, esto pertenece al otro. Buen invento lo del otro, lleva como veinte años arreando con cada historia de campeonato, cada boñiga inconfesable. «... Imposible saber dónde estaba la raíz de tanto odio, en la engañifa de la pareja, del amor, imposible saber ahora que todo ha pasado, que todo pasó, no ayer, no, sino hace tiempo, y que aquello fue lo que precipitó el desastre, y sin embargo imposible saber de dónde venía aquella furia, la razón de aquel estado latente de rencor, de la furia que explotaba entre nosotros, que estaba entre nosotros como una fiera, como una bestia agazapada, como un monstruo innombrable, a saber, dónde, Dios mío, dónde, dónde el origen de esa enfermedad, donde el contagio, el virus, de esa maldita enfermedad contra la vida que es la pareja, el matrimonio y la familia fules, un puro remedo de otra cosa que dicen que sí que existe en alguna parte, patraña, asco, mierda... Dónde el origen de esta fiebre, de este odio, haberlo sabido, tal vez para haber intentado aplacarlo, para haberse librado de él, para no volver, por eso, y no sólo por eso, me cuesta tanto volver, y sin embargo no tengo más remedio, a lo que ha sido el escenario de lo más miserable que conozco, que he conocido en mi vida, mi guarida, mi madriguera de alimaña enferma, que eso soy, el escenario de las torpezas, de las miserias, nuestra cámara de tortura, algo que todavía advierto viscoso, en esa maldita casa, mi herencia cobrada, en el que parecen haber tenido lugar todos los excesos del desamor, de la deslealtad, producto de una miseria heredada durante generaciones, centenaria casi, encubierta, producto de la locura llevada como un tizne en la cara, en los mismísimos genes, en cualquier parte, me da igual, como una marca de ganado, de los trastornos del

comportamiento, algún desarreglo incurable, hereditario, así es, así ha sido, así, la casa, un exorcista debería
visitarla ahora, echarle asperges, conjuros, yo qué sé,
algo, no puedo pisar esa mierda de casa, digo, y sin embargo en ella vivo, a ella vuelvo, aquí estoy, en esta casa,
en esta ciudad, con mis recuerdos, anda ése pensando
en estampas japonesas y yo en agravios que la mayoría
echa a beneficio de inventario, como una maldición,
como una pesadilla, mejor un *delirium tremens*, mejor la
pavorosa visión de la podre agusanada removiéndose en
la oscuridad de una fosa, de un nicho, mejor cualquier
otra cosa que estas paredes sucias, sucias como tu vida
y la mía, sucias, torpes como todas tus torpezas, estúpi-
das torpezas. Eras torpe y desganada, insatisfecha, enemiga declarada de la vida y afirmabas lo contrario, no
te entendí jamás, abúlica, pasiva, bobalicona, torva en
tu mentalidad de portera, tenías vocación de esas veci-
nas hideputas que todo lo husmean por encima, por debajo de las tapias, por las rendijas, de chinche, de ladilla, de espiroqueta, pálida, sí, plena de halitosis, tóxica
halitosis, a morir, una peste, fuiste un miasma, algo propio de los pantanos del mesozoico, burbujeante de mierda sumergida, como un letal aviso de lo que llevabas
dentro, cómo no iba a respirar el día que te najaste,
pero sólo fue eso, un respiro, nada más. A tu espalda se
quedó el aire y el espacio envenenado, huele mal, en algún rincón hay rastros de los perfumes nacionales que
utilizabas, todo está roto, deteriorado, a saber desde
hace cuánto tiempo lo estaba y yo la verdad es que no
puedo ni con mi alma. Ni se sabe. Resulta imposible saberlo. Tal vez fue así desde siempre. Siempre lo fue y
ninguno de los dos fuimos capaces de advertirlo. O era
como la imagen que nos devuelve el espejo, que a fuerza de verla nos acostumbramos a ella, imagen no por
ello menos sucia, menos detestable, menos deteriorada,
todo una mierda, una filfa, un chandrío, un chancro asqueroso, para chandrío asqueroso, la misma vida, el
asco total, puaj...».
     ¿Pero se dan cuenta, señorías, qué manera de lo-
quear tiene nuestro hombre? Oyoyoy. ¿Cómo puede cul-
pársele, imputársele, digo, pregunto, responsabilidad al-

guna, por todo aquello que le bulle y le hierve como potaje espeso de sobras en la sesera, un chopsuey que para qué, si en el fondo no hace mal a nadie...? ¿A ver? ¿A quién hace mal ahí revuelto en el edredón de su piltra? ¿A ver? Y además lo de la pasta sólo él y yo lo sabemos, y Caifás también, sí. Ustedes, señoriales señorías, esta vez, no saben nada de nada... «... durante un tiempo todavía hice esfuerzos por buscar restos, aunque fuesen leves, de esos que cualquier arqueólogo desecharía y echaría al cesto, de mutua comprensión, de ternura. Nada. Todo quedó ahí depositado, como un pozo obstruido. Nada. Imposible. No he podido recordar y mantener conmigo el menor gesto de ternura, de cariño, recordar el calor de una caricia, el ruido incluso de una soledad en compañía, nada, ni eso. No hubo veranos ni inviernos felices ni vacaciones ni hostias en vinagre, sólo dolor y dolor y miedo y esperanzas frustradas y ambiciones pequeñas, nulas, nada de este tiempo y todas liquidadas, no tuvimos nada de lo que los demás parecen tener o conseguir sin esfuerzo, y no es verdad, no sé ni lo que tienen, qué, ay qué líos me armo.... Sólo dos alimañas que se arrejuntan y mastican uno frente a otro, cagan y mean a la vista del otro, todo pudor e intimidad, tan innecesarios ya el uno como el otro, esfumados, y follan, de cuando en cuando, excitados por un par de pintas de mol y pensando en otra cosa. Sólo dos bestias que se detestan y que durante mucho tiempo ni siquiera se olfatean, se ignoran, no se ven, procuran no verse, no se escuchan, cada uno perdido en sus propias cosas, sus miedos, sus sueños malogrados, sus fracasos, elaborando los reproches más rebuscados, pura mierda, pura filfa, nada, como dos ababoles, como dos mamarrachos y además, y esto era de lo que más me regocijaba en esta historia, en la estúpida historia de tu fuga es que el sálvese quien pueda llegó demasiado tarde a nuestras vidas. Eso me regocija, eso me reconforta, que te fuiste envenenando, pero envenenada, que no ha habido ni hay claro está para mí ni presente ni futuro, nada, te jodes, ya lo verás, miserable, no hay resurrección posible ni para ti ni para mí ni para nadie, es mentira lo de la segunda oportunidad, te lo dicen los loqueros cucos para guindarte la pasta, ya no habrá posibilidad alguna de hermosura, te fuiste podrida, más todavía de lo que ahora mismo estarás, a un lazareto deberías haber ido antes a parar, juá, juá, a un lazareto, a que te lamiera un perro las pústulas. Con tu aliento podrían hacer gas para calefacciones. Guarra...».

Bueno, ya ha parado, como las tronadas. Así es. Ahora hay que verlo vestirse a toda prisa no sabemos presa de qué impulso ni qué demonios tiene en la cabeza o yo al menos no le veo todavía la intención que lleva, no ha formado intención como dicen los lugareños, sóóó, bestia, sóóó, que estamos aquí delante de estas señorías, eh tú, Caifás, cógele, si puedes, del bocado, que se ha levantado coceador y se nos va a poner de manos y no sabemos si se va a correr otra caña como la de ahora mismo, que igual nos tira.... Pero no, se para, se derrumba, trastea en la cocina, se prepara una woodsoap, bien de Worceester, tabasco, una lata de Campbell, vodka, pimienta, pimentón y se deja caer a medio vestir en su sillón orejero donde los periódicos atrasados han sustituido a la tapicería, son más calientes, sí, y vuelve a la carga de aquel día como quien se pasa el vídeo de la boda, y es que el día del entierro nuestro hombre no se pudo ir sin dedicarle un momentico a su amada, sin decirle unas palabras, una vez que sus parientes se marcharon y después de que le persiguieron con saña entre las tumbas, a la caza del conejo, qué culpa podría haber tenido de que ella se hubiese tirado por la ventana. Repetiría las mismas palabras «...Ahí vas, vacaburra, penco, morcillón, malasaña, pingo, no reventarás, no, vas con pujos de hembra lucida, pasa arrugada, mona vieja, pellejo, rata, un verdadero costal de mala idea, como yo, qué quieres que te diga. En eso somos iguales. Demasiado bien nos conocemos, que por compartir, finalmente no compartimos más que nuestras sucias, nuestras pequeñas miserias, y qué otra cosa pudimos haber compartido, suerte que te fuiste, para los dos, después de tantos años, si no teníamos nada, nada, nuestras limitaciones, nuestras frustraciones, nuestros complejos, nuestros proyectos abortados, los días, los años perdidos, las oportunidades perdidas, todo lo que no hicimos, eso es todo, nada más y nuestra habilidad, verdaderos especialistas, amor, en hacernos la vida imposible, como todos, como todos, para partirse el culo de risa, compartir una vida pequeña, miserable, llena de minucias, de pijadas, de soledad, de mierda, de mentiras, de engaños, de aburrimiento, de aburrimiento feroz, imposible más, y así, cómo no, cómo no incordiarse, cómo no joderse la marrana, compartir los aplazamientos —joder, joder, que de los aplazamientos de la vida habría mucho que hablar—, cómo no aplastar la alegría del otro, la furtiva, la inesperada, sorpresiva alegría del otro, cómo no chafarle la vida, cómo no volverse vengativo. Vengativo como el mundo vegetal. Vengativo como se supone que sólo podrían serlo las alimañas si no tuvieran la limpieza del aquí te cojo aquí te mato. En algún momento creo que hubiese podido festejar tu muerte con una magnum de champán, agitada como sólo las saben agitar los conductores de las 24 horas de Le Mans. Y es que lo nuestro fue peor que las 24 horas de Le Mans, un Indianápolis de estupideces, un Monza del mal hacer y de la estupidez. Cómo festejé, joder que si festejé, el día que te largaste de casa, hasta el volteo de la María, albricias, joder, tedeums, se ha pirao la jicha. No me di cuenta hasta pasado un buen rato de la que me había librado, el silencio de la casa, del bien que me hacía ver los muebles desaparecidos, sus marcas en los muros, qué sucios, rediós, qué sucios estaban. Bastó un camioncejo de regulares proporciones, una pareja de apañados, un puretilla y un guiñapo de litrona para cargar lo poco que teníamos, lo poco que decidiste que podías llevarte, todavía me acuerdo cuando decías, me aullabas mejor, joder, qué voces pegabas, que te lo ibas a llevar todo, pero el qué, me moría de risa, me moría de risa, ibas de un cuarto a otro, inventariabas nuestras pequeñas cosas y acabaste desconcertada, yo me tronchaba, me puse a batir tequilas en la cocina, *kuntakintes*, no había mejor cosa que hacer, ay, joder, perdona que me ría, no es buen momento, lo sé, pero no se me ocurre otro, hemos tenido bien pocos, reconocerás, lo poco que teníamos y aun así, por ser de los dos, pesaba como un ataúd, como lo que era, un ataúd y nada más. A saber cómo estará el

271

tuyo ahora, cómo estarás ahí dentro, se te habrá abierto la boca, sí, aunque ahora las pegan con pegamines fuertes, todavía conservarás el pelo y bastante más, bueno, bueno. Lo cierto es que respiré. No lo supiste entonces ni lo sabrás jamás. Joder qué paz. Un poco como ésta, verdad, pero en mejor. Joder cuánta podre había en nuestra casa y cuánta sigue habiendo, ésa no hay quien la quite, la podre es asunto jodido, cuando empieza no hay forma de pararla. Por cierto, ahora me acuerdo de que tu primo que es un bestia me ha arreado un cantazo en la cabeza, todo por venir a tu entierro, claro que eso a ti ya, tal y como estarás... ¿eh?—. Me hiciste odiar, odiaré hasta que me muera, es toda la fidelidad que te debo, la mejor, lo mejor de mí mismo, los bibelotes, sólo el nombre me pone los pelos de punta, las mierdas que te empeñabas en colocar en las paredes, sobre los muebles, y que se fueron rompiendo, haciéndose trizas, añicos, como tu corazón y el mío, fotografías de días de monte y playa, cerámica, cajitas de música, pero qué boñigas, coño, qué boñigas, reproducciones apestosas, tus libros de mala muerte, Dios mío, las porquerías que lograbas leer, no te perdías una, kunderas, allendes, millases, a montones, qué descanso y eso que en realidad sólo han pasado un par de años y me acuerdo como si fuera ayer, qué descanso, vaya, qué descanso, tus excursos filosóficos, tu flauta travesera, tu Biblia en verso, pujos de basbleu, comedianta, pija, boba, tus discos, otra que tal, pero qué hostia de música, una trompeta de jazz más, un arranque de la Bonet y me da algo, me da un ataque, me voy como tú para la fuesa, psicomotor, qué te parece, de los barbis, babas, rechinar de dientes, vomitaría, y los cantantes sudacas y toda la parentela, el ordoriko, kokoriko, y el triste Laboa un monumento al mal gusto, a la inelegancia, claro que qué coño sé yo de eso, nada, qué voy a saber, cómo no acabar así cuando uno ha pasado el día entero acechándose, espiándose, aguardándose, dándose caza, esperando que cualquiera de los dos hiciera ruido al masticar, se tirara un pedo, se escarbara los dientes, para gritarse estúpidamente como venancios, como majaretas, como mierdas, como posesos, «¡Pero qué dices, bobo, borrachuzo, sucio, guarro, muerto de hambre, negado, basura, pingo, pajo, apollardado, morzopillón...», te estoy oyendo, creo que te oiré todavía mucho tiempo, aunque no sé... Dicho sea de paso, aunque sea, te tenía que haber traído unas florecicas, no te parece, me da no sé qué echar mano de las que andan por ahí... Pero bueno, a lo nuestro, eran insoportables tus ropas, insoportable tu perfume, tu cara, tu cuerpo, detestable cada milímetro cuadrado de piel, cada poro, cada arruga, cada pelo, cada pliegue, todo lo que amé y en pago justo me ha enfermado que diría el abate botarate, mi amigo del alma, odiando tus malos modos, tu voz, joder con la voz, como el torno de un dentista, de los de antes, como una estación de metro de madrugada, la última estación y el último metro, tus gustos refinados, el foulard palestino, que me da algo de sólo el recordarlo, guau, que te trajo no sé qué tía mierda de las que frecuentabas, otra cualquiera de tu rollo patatero, otra tía guarra, detestable, fétido tu aliento, definitivamente mortal, letal, fatal, como de tango, como todo lo tuyo, y encima mutuo, para más joderse, para más hostia, ni ángeles ni demonios, pura mierda, aquí no se salva ni Dios lo asesinaron, cantaba aquel cantautor de nuestros mejores tiempos, el Ángel Raya, y luego, nada, cubierto por el silencio, por el olvido, como todos, todos a aplaudir a rabiar, lo digo porque entonces apenas tratábamos, ya éramos melones, ya, escuchábamos embobados los mensajes, cualquier cosa era buena contra el franquismo, el Triunfo, Paco Ibáñez, París... Más tira pelo coño que yunta bueyes, por eso, por no otra cosa estuvimos juntos tan temprano, amiga del alma, tan temprano, porque te abrías de piernas a la menor ocasión, te daba gana en cualquier lado, y en entonces en aquella época miserable aquello era un tesoro, qué narices, luego uno se queda enganchado, a ver si no se hunde, porque solos habría sido peor, al final tú sacaste arrestos y te najaste... a lo que iba, habíamos ido a escuchar lo del Raya como quien hace algo y el maderón en la puerta, «Que a ver qué va a pasar aquí, que a la primera de cambio entro con mis muchachos y los machaco...», toma educación sentimental, y el otro, «¡Santa Bárbara bendita, patrona de los mineros...!», ayayay, escuchando aquello como para irse a tomar por el culo, pero no, nada de eso, de sacristía en sacristía, venga de pedradas, cócteles molotov fules, pasaportes retirados, palizas, empellones, insultos, nada, mentira, todo mentira, y tú venga de escribir panfletos, venga de Paco Ibáñez, tenías una prosa que para qué, para qué perdiste el tiempo haciendo oposiciones a un puestecillo en la administración, era el momento de entrar y de quedarse, para siempre, pura mierda, joder, pura mierda, soplapollas, de frenopático, decididamente, sí, a todos, fuego, fuego, corrientes, en el cerebro, en los huevos, para ver si espabilábamos, cuánto tiempo, cuántas energías, cuánta vida perdida, dilapidada, como si fuéramos jeques árabes, cuánta guarrería, cuánta miseria, cuánto no saber vivir y perder la vida, y eso hacerlo por partida doble, me cago en la vida, me cago en el huerto, que me estoy jiñando ahora mismo patas abajo, te lo aseguro... Por partida doble, en equipo, a dúo, para que no quepa duda, oh sí, hermosas canciones de Kiri Te Kanawa, sabes quién es, ni idea, una voz estupenda para los días mejores, de sol y lluvia, esos que anuncian y prometen ya la primavera...»

Esto fue lo que le dijo entonces, aunque nuestro hombre no lo recuerde o lo recuerde a duras penas, que es que de ordinario sus compañeros de andada le tienen que refrescar la memoria para, de paso, avergonzarlo, o lo recuerde de otra forma, que tanto da, que estas discusiones de andada, de esas de lógica matemática y güiskazo de garrafa, que si la realidad es real o no lo es, que si todo depende de la forma de vivirla y todo eso, hasta el capón que se dice «Escribo unos versos cochambrosos, mi vida cotidiana es un horror, tengo la botella de Torres 5 escondida detrás del María Moliner... Pero, pero... ¡Mecachis en la mar lo que acabo de descubrir!... Nada de todo esto es real, es un sueño y los sueños sueños son... Otra copa, muchacho, que te la mereces», y en el improbable caso en que tales dislates negara, de que dijera «Oiga, guardia, que el paquete este de las carracas chungas no es mío», exhíbasele de nuevo el documento número O que ha sido unido a autos con lezna y sisal y a diente de perro e interróguesele de nuevo al tenor siguiente: «Confiese ser más cierto cómo de ordinario siente hasta vergüenza de lo que le pasa por la cabeza de noche y de día y quisiera pulírsela hasta con sal de acedera»... ¡Protesto, protesto!, se quiere con esa pregunta preguzgar la coducta privada de nuestro hombre y sentar un mal precedente en orden al papelón que le ha tocado en esta jarana... Pero hoy se está ahí quieto, piensa que no debería haber cedido a esa debilidad, haberle por lo menos llevado alguna vez unas flores, no, qué menos. En fin, como han podido comprobar sus señorías nuestro hombre tiene ratos que está de atar, casi todos, ya le han dicho que acabará sus días sujeto con cadenas. Ahora mismo deberían verlo, ilustrísimos señores, al pie del panteoncillo, derrumbado contra la lápida, recordando el día que escapó como pudo de las iras del populacho que consiguió, sí, señorías, sí, darle un chirlo en el cogote, nada, una mella, un apijadillo, ahí, derrumbado, cualquiera diría que es un amante romántico y tan romántico... «La verdad, amor, es que tenía que decirte estas cosas, que si no reventaba, es malo guardar todo este albondigón, se indigesta, y quién sabe, alguna vez pensé que tal vez las cosas hubiesen podido ser diferentes, no sé, podríamos haber hecho... No, déjalo, ahora, ya nada, no, amor, no estoy llorando por ti, no, es que hoy la tengo llorona, los carajillos, que tengo el alma entontecida, ya me calmo, ya, como entonces, como cuando lloraba durante horas entre tus brazos y para entonces ya me habían salido canas en la pelarra el pecho...» Total que nuestro hombre intentó aquel día salir del cementerio, la niebla, la cosa aquella, hasta que se dio cuenta de que le habían cerrado la puerta. «Vaya hostia y ahora qué hago, nada, vuelta atrás, a ver por dónde salgo, jodeeer, a llamar al timbre, no viene el cabrón, ni que fuera yo un aparecido, estará comiendo y yo tengo gana, coño que me hielo, hace un frío que pela, bueno, marcha atrás, total a ver, la verdad es que hay cruces, pringamos muchos, pringamos todos, no consuela mucho la cosa, pero en fin, así es...» Y nuestro hombre se crece con la profundidad de sus pensamientos, va meditando y mirando al cielo hasta que da con un trozo de tapia derruida y sale a la calle a través de los escombros. Al fin sano y salvo, como hoy en la piltra, indiferente a los golpes que oye en la puerta de su domicilio, mira la hora, oyoyoy, las doce, y viernes además, no puede ser nada bueno, mejor no abrir, una cosa es el teléfono, pero esos timbrazos y esos golpes no auguran nada bueno, un cobrador de ésos cada vez con peor leche que mandan por las casas a ver si consiguen algo «Buenas, que traigo aquí un recibico», un cliente, uno de esos que vienen y dicen «Vengo, porque me han dicho» con la bolsa de plástico en la mano y es que ellos temen a la suciedad, en su pobreza, en su miseria, guardan sus documentos en puercas bolsas de plástico. Nuestro hombre, a su vez, los teme a ellos, cuando les ve llegar con la bolsa de plástico, agarrados a ella como a un salvavidas, con su miedo y su desconcierto a cuesta, «A ver lo que me sacan hoy», a la bolsa roja de plástico —una roja «Doldo's Fashion»—, cogida con ferocidad, nuestro hombre, ya digo, los teme, desde que se decidió a ejercer de abogado que para eso era para lo que había estudiado, no, no para poner una tienda de peces, ejercer de abogado para darle al letrado de su padre en la cocorota, «¿Que te han dicho que yo no podré hacer nunca nada en la vida? Ahora vas a ver, me voy a hacer jurisperito y capitán de empresa y diputado y de todo... Toma incapaz» y a la panda de sus pasantes convertidos por arte de birlibirloque en cuñados y bautizados el mismo día de su boda, que es que se casaron juntos, como «Los Tragapandectas»... No, no son un conjunto musicovocal, son un bufete de abogados de fama, son la ley de la selva... Los tragapandectas son dos, uno alto y otro bajo, uno gracioso y otro con peor leche que el Chino, los dos de lo que se conoce bajo el nombre de El Rollo, no, no es la picota [al pronunciarlo enárquense las cejas tres veces como en reconocimiento chungo de Venerables Hermanos de las O.: L.: y T.: y de las J.: E.: del G.: O.: E.:], es otra cosa, total que los jurisprudencios éstos se juntaron al bato de nuestro hombre cuando éste todavía era un pipiolo, vieron la que se avecinaba y la posibilidad de sacar una tajada fenomenal de aquel prestigioso despacho «¡Cómo que tiene un hijo con problemas! Ahora verá, a ése le metemos un interdicto [No, por favor, no, un interdicto no... Que no, Caifás, que no, que no son corrientes, que es un instrumento legal]... Tú, querido suegro, descuida que a éste le haremos la vida imposible» y así fue en efecto, se la hicieron, al principio nuestro hombre trató de mendigar un poco porque es lo que de verdad de la buena sabe hacer, luego vio que pinchaba en hueso, no hubo forma, ellos eran ellos y nuestro hombre, nuestro hombre, es decir, nada, poca cosa, a quien le seguían pagando los loqueros y los manicomios y la mucha droga legal que trasegaba hasta volverse idiota perdido, lo apuntaban todo en unas libretas de tapas de hule, luego lo metieron en un ordenador, cuando el bato falleció porque en vida les tenía alergia, con el nombre en clave de «Desperdicios», así como suena... Que cómo lo sabemos, porque se lo enseñaron... Pero no nos alejemos demasiado del asunto de los clientes de nuestro hombre: «Venían con sus pleitos miserables a cuestas, sus pleitos de perra gorda, toda su vida, algunos la diñaron y me dejaron sus bolsas, estarán por algún lado "Que no la quiero, señora. No la necesito para nada. Llévese su bolsa y sus papeles" "Que sí. Tengo miedo. Hablan por la noche. Entre ellos. He visto en las estrellas que va a llegarme un gran mal" "Señora, tranquilícese, llévese la bolsa con los documentos, puede necesitarlos, váyase a ver a un médico. ¿Quiere que le busque uno de los de la Cruz Roja?"» ¿Para qué demonios podría necesitarlos? Para nada, joder, para nada. Sin embargo, nuestro hombre con la mejor de las sonrisas decía «No se preocupe»... Y era para preocuparse, vaya que si era para preocuparse. La doña la diñó, es decir, le ayudaron considerablemente a diñarla. Viejo Reyno versus Transilvania. Coge nuestro hombre los papeles una mañana y «¡Ondia mi cliente!» El caso es que el hijo se colgó del cuello una horca de ajos, cogió, según dijeron, unas tijeras en una mano y un crucifijo en la otra y la cosió a tijeretazos, no pasó ni por el cuartelillo, directamente al frenopático (antiguo Manicomio Vasco Navarro de San Francisco Javier, como ya quedó dicho, y hoy Osasunbidea nosécuántos). Llegó una época en que nuestro hombre evitaba la última página de los papeles locales, o la de sociedad, antes sucesos, porque sus clientes pasaban por allí con titulares que no prometían nada bueno. Pensó si no le habrían echado mal de ojo o alguien habría contratado uno de esos magos chungos que por unos papeles te hacen un chandrío que para qué en plan pelarros pegados a un muñeco y agujas y caracolas y cosas así, evitaba la última página del periódico porque salían todos allí, en cuerpo inconfundible, en fin, a lo dicho, cosas que pasan, pero, diablo, cómo pueden llegar a pasar, pero qué es eso, y todo por los papeles y las bolsas, las malditas bolsas, las escrituras de propiedades miserables, testamentos, hipotecas, préstamos usurarios, donaciones fraudulentas, contratos que nadie en su sano juicio firmaría, cartas de amenaza, reclamaciones, facturas, letras perjudicadas, que había que hacer esfuerzos colosales para explicarles que se olvidaran, que no iban a poder cobrar, «Que no, quiero pleito» «Que va a perder» «Quiero pleito» «Págueme antes» «No, después» «Pues entonces nada, búsquese a otro» «Lo denuncio» «Haga lo que quiera, pero usted se va a la calle», y hale, trifulca en la escalera, los vecinos al hueco, a mirar, a comentar, a tomar partido generalmente por el desconocido... Venga de mugre, y venga de aguantarles la murga, los papeles, los malditos papeles, y es que se veía venir que todos aquellos iban a acabar mal, no hacía falta ser muy perspicaz, no podía ser de otra manera, otro se tiró por la ventana de una pensión mugrienta, harto de miseria, en Irún, ciudad fronteriza, oscura de otoño, las farolas columpiándose de aquí para allá, las casas devoradas, esa sordina detrás de las ventanas iluminadas, los silbidos de los trenes de larga distancia, a veces, la sirena lejana de un barco, algo que le encoge el alma a cualquiera, para no hacer bromas, mierda para los días bellísimos y el hermoso orden de las cosas, no es así, están patas arriba, como plantas carnívoras, animales, venenosas, pirañas, trampas mortales, enfermedades más mortales todavía, miseria, desesperanza, los marcianos que diría Carcoma, los neones, los coches de paso, la frontera, los camiones, los apaños, los camioneros, la mafia de portugueses, el jaco, el asfalto mojado, harto de miseria, de dar vueltas,

de ir de ninguna parte a ningún lado, harto sencillamente harto. Viejo Reyno versus Orinoco: «*Sardinas
Bravas*, las que son sumamente atrevidas y golosas: Contra éstas, el único remedio es apartarse con todo cuidado, y vigilancia de su voracidad, y de su increíble multitud, tanta aquélla, y tal ésta, que antes que pueda, el
desgraciado hombre, que cayó entre ellas, hacer diligencia para escaparse, se le han comido por entero, sin de-
xarle más que el esqueleto limpio». Y el otro cogió la escopeta y se zumbó a tiros a la mujer, a la hija, a la suegra, a quién más, a saber, a todos los que pilló por delante, la culpa, dijeron, que no sabemos, no sabemos, no
hacemos más que correr el rumor, la tuvo un cura puerco metido a picapleitos de barbecho, muy de curia él,
los peores, siempre sacando tajada, que había, decían,
amañado las cosas, un tipo viscoso, dijeron que vivía, el
cura no, el otro, en una de las casetas de los mastines de
una fábrica de muebles de lujo, cuando las cosas se ponen a ir chungas es la reoca, sí, una mano de sudor frío,
un aliento a sopa helada, a rancho, a vino peleón, bebido a escondidas y en ayunas eso le pone en guardia a
cualquiera, es el aliento de las ideas brillantes de dar la
brasa, de pescar al primero que pasa, los encuentras
metiéndose una cazuela de morros de cerdo con tomate
medio a oscuras, ya digo, como aquel otro zampahostias con el que nuestro hombre tuvo algo más que unas
palabras, «Yo no perdono» decía aquel jambo y parecía
que iba de servir de modelo a algún pintor historicista,
Moscardó o el de Tarifa aquel subido en las peñas
echando el cuchillo, pues así... total un jambeta que
dice «A ver si nos entendemos...» «Para eso estamos, usted no se preocupe» «A mí no me interrumpe nadie...»
«Bueno, bueno, no se ponga así que no hace falta... Usted dirá» «Pues que yo no soy hijo de la Manoli, sino del
conde Ladislao de Luxemburgo que además es lord inglés —«Su Alteza» le cayó de inmediato— y de una princesa de la casa real de Francia, y no nací aquí, sino que
nací en Biarritz donde mis padres tuvieron una historia
de amor, de verdadero amor, me entiende usted... No,
usted no sabe nada, se le ve en la cara» «Oyoyoyy...
Aquí hay tomate». Total, que aquella bestia que apenas

cabía en la silla, cada vez que se le cruzaba el cable de la sangre azul iba a por el capellán del orfanato de la ciudad, un tipo con cara de bruto, de empecinamiento, de crueldad, de esos que los franceses pintaban escondidos detrás de las peñas con un pistolón en la mano o con un trabuco, de los que ponían en su bandera de libertad aquello de «Victoria o Muerte», de la recia raza, carlista, *eta abar*, y le metía un curro, le perseguía arriba y abajo por los pasillos «¡Déme el libro secreto!» «¡Que no hay libro secreto!», «¡Quiero reclamar mi herencia, soy un príncipe, soy un príncipe...!» Había que verlos desde fuera corriendo por las ventanas de piso en piso, a descojonarse, no era para menos... Total, que llegan al juicio, los maderos de la puerta (ya se hablará de uno de ellos, majarón, majarón, también, vendía en las horas libres vino de Málaga y tenía la sesera devorada), que vino el tío vestido de duque o algo así, en plan elegante con un pañolón rojo sangre que le salía por el bolsillo superior de una americana verde, parecía un augusto que fuera a hacernos un juego de manos y, refiriéndose a nuestro hombre que ya estaba en el estrado y con poco cuerpo de jota además, dice «Ése, fuera», nada menos que eso, por nuestro hombre, claro, porque *ése* no podía ser más que nuestro hombre «¡¿Cómo dice?!» le vociferó el magistrado «Que no quiero que me defienda *ése*» señalándole con el dedo, campanillazos, descojonos mañaneros «¡Y usted, letrado! ¿Qué tiene qué decir?» Nuestro hombre a encogerse de hombros sin decir nada. «Que le digo que usted qué dice, porque tendrá algo que decir, que le meto un expediente» «Ahí va Dios y ahora la trama conmigo, coño, pero yo qué he hecho» «Señoría...» «Bien, bien, otra de las suyas, no, ya, ya veo, ta... ¡Que le voy a meter un expediente disciplinario, que se va a enterar, un expediente, lo empapelo, letrado, lo empapelo, pero qué se me ha creído, que esto no es un circo, que esto es la administración de justicia!» Y nuestro hombre, día inolvidable, se acuerda, sin que venga mucho a cuento, eso es verdad, de aquello que alguna vez deseó uno que la humanidad tuviera una sola cabeza para así cortársela, tal vez exageraba, si fuera tan sólo una cucaracha y aplastarla, hale, hale, y ya no escucha nada. De cuando en cuando la Administración de justicia la tramaba con nuestro hombre. Ahora todo ha prescrito, es otra época, todo es distinto, sí, todo. El fiscal que le grita que no es digno de llevar la toga que lleva y nuestro hombre a callar, como siempre, a tragar, que para eso le educaron. Como en el caso del barbero rijoso que le regala en pago de su extraordinaria defensa a puerta cerrada y con trifulca de las buenas, de las guapas, cosas de no irle con cosas del rijo aquel venancio que se había hartado de asaltar parapetos a la bayoneta con la boina roja en la cabeza y el detente bala en el pecho, *Las ruinas de Palmira* y *Las lobas de las SS* «¿Y yo para qué quiero esto?» «¿Esto? Pues para lo de la cultura ¿o no son ustedes los abogados muy cultos?», o como el caso del monstruo de Guatemala, un desgraciado que trabajaba en una barraca de feria haciendo de monstruo y acabó empapelado hasta arriba por asuntos de los que el gran Jiménez de Asúa calificó con justeza y visión clarividente de «simple y pura fornicación», pero que al monstruo le costaron un disgusto de los guapos como el del matrimonio aquel que no ganaba para vírgenes, la Inmaculada Concepción, en concreto y con perdón, venía el venancio, cogía a la mujer, la sacaba a la ventana, «¡Socorro, Socorro!», la estrangulaba en el balcón y la otra «Auxilio, auxilio» y en lo mejor de la fiesta cogía la imagen de escayola y se la partía en la cabeza, así como suena, y los otros hampones, negocios fraudulentos, declaraciones amañadas, puticlubs, gente perversa, tráfico de drogas, nadie, nunca, nadie ha hecho nada, yo era otro, hostia que ya te pagaremos en papelinas, decían, «Sí, hasta ahora», como decía el Coli, otro letrado raspa, compañero de fatigas de nuestro hombre, unas escrituras de sociedad que eran como para volverse loco y que dejaban vislumbrar el pleito sin pasar la hoja, se podía ver a través de ellas, traspasos de bares, sociedades de artistas, éstas las mejores, una época en la que cada loco tiene su tema, su idea genial para hacer pasta gansa, y el otro jicho que le viene y dice «Que me han echao un flis flis en los güevos que me los han dejao helaos. Soy un torturao». Será posible, estamos todos locos, y el jambo era como una urraca, se había hecho un museo particular de horrores, mangaba cosas a las que no se les podía poner precio porque no lo tenían, las había metido en una habitación en su casa y la madera sacó fotos, parecía un bazar, joder que hay cosas así, ya sé que es difícil de entender, será posible, estamos todos locos, total, que por pasar el rato con aquel simplón, le habían echado un spray en los cojones, cosa de descojonarse un rato, un spray de broma o algo así, el otro leyendo a Sor Patrocinio, asomando la jetilla al otro lado de los barrotes de madera del locutorio de letrados, claro que esto era hace mucho tiempo, todo el tiempo, el tiempo, metían el morro por el ventanillajo de madera, las manos con sabañones, o la cabeza por debajo por donde la firma los papeles, conversaciones inauditas... y todo el propósito de lo que ellos llaman pomposamente Administración de Justicia —dicho sea sin ánimo de ofender, nada de desacatar, que aquí todos, nuestro hombre, Caifás y yo mismo, somos muy acatadores, y en estrictos términos de defensa y retiro lo dicho cuando haya que retirarlo y cuando no pues también, y aquí Caifás que es mi pasante, también, verdad, Caifás, di que sí, hombre, que no cuesta nada y a ti menos que a ninguno que vienes aquí de balde, de mirón, de lo que siempre fuiste, y nada arriesgas en este viaje... Que dice que sí, que también— no es otro que el de despojar al hombre —Anda éste... ¿Ande vas?—, si es que tal cosa puede llamarse a las piltrafas que caen en sus manos, de la poca dignidad que tienen a base de insultos, de sarcasmos, de jueguecillos con los apellidos, había que haber estado en aquellas vistas a puerta cerrada de cuando no había jueces para la democracia ni el vitoria ése ni nada, magistrados dormidos, ya mayores, cerca de mediodía, eso nos pasa a todos, cabeceando, otros jugando con estampillas de correos, las sentencias redactadas, que recurra si quiere, un puerco país aquel del franquismo, éste no, no, aquél, en el que todo se arregla recurriendo, y me lavo las manos, y a casa a por mis pochas con *txungur*, a por mi morcilla y mis callos y mis blanquitos de aperitivo, y el oficialillo aquel, cara de rata, bigotillo finísimo, esponjosa napia, ojos alumbrados de poteador nato, un hideputa pequeñajo, una rata, dedos manchados de nicotina, había que verle la cara de trampa que traía el día que le falsificó en sus narices la firma del juez, lo debía de hacer a diario, habría dicho «Este mierda de abogadillo no sabe de qué va la cosa…», hace falta ser imbécil para estar orgulloso de sí mismo, imbécil o loco, o las dos cosas, rompetechos. Total que aquella mierda con patas va y falsifica la firma del juez, que no está para evacuar —total qué se gana con ponerle el mote de «Evacuol», nada, que se rían un par de días en los bares de los alrededores, entre vinagres y aserrines, nada, cuando de lo que se trata es de responder con daño al daño, de devolver todas las bofetadas, de no dejar nada pendiente, ninguna cuenta, hostia va, pues hostia viene—, el asunto era mandar cuanto antes al trullo al indeseable, yo a mis blanquitos, a mis potes, a alumbrarme, a calentarme la andorga y de qué servía protestar, te metían un desacato o un expediente disciplinario o lo que fuera como quien hace rana a la primera, de qué servía pedir la nulidad de actuaciones, porque un perjudicado se había peritado sus propios daños, te ganabas justa fama de «follonero», ahora todo ha prescrito, todo se queda en palabras, todo es el pasado, la historia, la historia que no escribirá nadie, porque lo que viene en los papeles es otra cosa, y bien distinta, todo se reduce a ruidos, a un arrastrar de hojas en la noche, todo menos los muertos y el zacutón de la memoria de nuestro hombre, y nuestro hombre va y dice «Cómo es esto, si no está el juez» «Sí está —dice el otro sin mirarle a los ojos—, se ha ido por esa puerta ahora mismo» «Cómo por la otra puerta» «Sí, por ahí» y de inmediato el pingo aquel se atrinchera en su covachuela, con cara importante, le cierra en las narices la puerta de vidrio esmerilado y echa el cerrojo, y nuestro hombre aprieta a correr detrás del juez, ve un corredor desierto, y luego otro, nadie y vuelve atrás… Entretanto la polilleja se ha ido y la madera se ha llevado a su cliente por la puerta trasera al furgón, se acabó, mierda, otra humillación más, otro abuso, otro atropello que se llevarán los días y líquidos diversos limpiarán, y no había nada que hacer, y menos mal que todo sucedió allá lejos y hace tiempo, pero no importa, no importa, estará hasta el fin de sus días durmiendo en compañía de otras afrentas, hubiese sido necesario un gesto de valor que nuestro hombre no tuvo y que le acosará mientras viva, que tampoco es decir gran cosa, no vayamos a creer, y además más por su orgullo que por el daño ajeno, el muy cabrón, me callo, me callo, Caifás, que no somos nosotros los jueces, no... En cualquier caso, mal, feo asunto el de la impotencia y el de la falta de valor. Ya de crío a nuestro hombre le gustaban las gacetillas de sucesos, las buscaba con fruición, los estrépitos de las mujeres de la vida, los lances de los mangutas, los espadistas, los búhos, los de los butrones, lo de los asesinos menos, por lo del garrote vil más que nada, pero en el fondo de nuestro hombre hay una solidaridad sin límites con toda esa transgresión de pacotilla, con la mugre, con el gusto y regusto por hacer daño, quien lo conoció de mozo llegó a pensar viéndole desbocado si pura y simplemente ni siquiera estaría domesticado, mas después en cuestión de animal doméstico no hemos visto mejor ejemplar.

Piensa nuestro hombre que las cosas no han sido así, que todo o casi todo debe de ser imaginación suya, de lo contrario no se comprende, ganas de llevar la contraria, de ver el lado negativo de las cosas y sólo ése, que en cualquier caso no hubiese obtenido a cambio más que la negativa y el aullido y la amenaza, «Qué asco —se dice—, pero qué asco, qué asco indecible, cómo quieren que crea, en qué coño quieren que crea, y eso que creer en algo, en cualquier cosa no es más que una convención. Todo es de niebla, menos lo que de verdad importa, una apariencia, una simulación, una trampa, un juego en el mejor de los casos, en Filipinas cruzan apuestas en los juicios, no hubiese estado mal, 20 a colorao, 20 a colorao, Dios, qué Cristo se podría haber organizado, aquel tufa de Vitriolus, natural de una tierra donde florecen como cardo borriquero los tragapandectas y los fascistas y los profesionales del chuleo de la cosa pública y los melocotones, y es que no es para menos...» Cómo quieren que me calle después de tanta mierda como he visto y tragado «... y en el fondo para mayor sarcasmo nadie pierde la ocasión de decirme, de hacerme ver, de probarme, con testigos, pruebas documentales y periciales, con todo el monario, que soy un privilegiado de la fortuna... ¡Desacato! ¡Desacato! Qué desacato ni qué hostias. Una mordaza. Eso es lo que es, una mordaza. La ley del silencio. Todo lo que sucede y no puede probarse, pero bueno, es que hay que ser Dios, todo lo que sucede a puerta cerrada, detrás de un muro, en las profundidades de la noche, como el crimen y la tortura, enmascarados los torturadores, los trituradores, los pistoleros, enmascarado el torturado, enmascarado el criminal, todos enmascarados, a oscuras... O es que no se puede decir, hablar de lo que uno ha visto, lo que ha visto tampoco, aquel juez va y me dice el Uñas "Que me han torturado" y el otro "Ah sí, pues le voy a abrir unas diligencias por injurias" "Ahí va Dios en qué lío nos hemos metido", es cómplice a su pesar, cómplice y encubridor hasta la muerte, testigo falso y bien falso en ocasiones, cosa de echar una mano a alguien de tan gran familia en apuros, humillado, ofendido, y en el fondo mejor no pasar revista a las propias chapuzas que no me quedaría más remedio que achantarla de la misma, habla mudito, ni pa Dios, pero por señas, claro, guarros, se amparan en que no hay, en que no quedan pruebas, pero cómo va a haberlas, a uno en el fondo no le dan una patada en el culo hasta que viene una señoría y lo establece, mas un suponer, a uno le cogen los maderos o quien sea, le meten en el retrete, le dan una soba de las mil hostias, así para entretenerse, antes de que empiece el juicio, pongo por caso, sólo pongo por caso y no ha pasado nada, que sangra de las narices, se habrá dado con el canto de la puerta, o cosa de contusiones, en los portales también daban buenas tundas, quién se acuerda de eso, mierda, ahora hay que estar a buenas con el orden establecido y la mierda en verso, como aquel otro... Ayayay, que me la corto, que me la corto, y mientras tanto la prisión, la insania, toda una refinada técnica para amedrentar, nada más, mero vocerío en ocasiones, destemplanzas, arbitrariedades»...

El teléfono, una vez más, saca a nuestro hombre de su ensimismamiento, de su agitación interna, de sus corrientes, es decir, del estar entontecido en su sillón.

Como haber resistido a los mamporros en la puerta le parece demasiado, ahora sí que coge el teléfono, más que nada porque igual, quién sabe, a lo mejor, eso que aguarda al otro lado le arregla el día... «Dígame» «¡¿Cómo está mi letrado favorito?!» truena al otro lado del hilo una voz que nuestro hombre reconoce de inmediato «No, please, Bradomín, ya sabía yo que no tenía que haber cogido, me cago en su padre», piensa y dice «Qué quieres, mira que no estoy de humor, estoy muy ocupado, tengo mucho trabajo, me fina esta noche la contestación a una demanda y estoy venga de buscar jurisprudencia...» Va mintiendo nuestro hombre, atropelladamente, porque Bradomín es lo que se dice un triunfador, un viejo amigo de la infancia, compañero de la facultad y del servicio militar... Sí, sí, como todos los que aparecen en el rol de esta estultífera navis... y no puede dejar que le avasalle, que se mofe de él, que es lo que de ordinario hace, porque Bradomín piensa que la gente está ahí para besarle los zapatos y él para reírse de ellos, que todos son lacayos, criados, mozos de cuadra, destripaterrones a su servicio... Vive en Madrid y es un asesor nato, lo asesora todo, de todo, le dicen «Oye, Bradomín, asesórame un poco» y Bradomín va y asesora un poco o mucho, eso según convenga, y gana una barbaridad... Gana más que nadie y hasta se ha hecho medio marqués, o algo así, pero en esto es como todos, «Caramba, caramba, y yo que te llamaba para invitarte a una fiesta por todo lo alto» «¡¿No?!» A nuestro hombre se le ilumina todo el cerebro, piensa, cree, está cambiando mi suerte, se acuerdan de mí, ya sabía yo que había que tener confianza, «No, si este Bradomín es buena gente» «Hombre, si es para eso tú ya sabes que yo siempre estoy dispuesto» «Pues no se hable más, te pasas hacia las nueve... Oye una cosa, mira, si no supiera que tú tienes buena mano para esto no recurriría a ti, además yo hoy no tengo mucho tiempo, y tú con las amistades que tienes y las relaciones de tus clientes, podrás hacer algo, seguro, además tú vales mucho para eso... Mira, se trata de que quiero que mi fiesta esté un poco animada, ya me entiendes, de que haya algo de vicio, eh, me sigues, si pudieras conseguirme algo de material para la nariz...

Te mando un courrier con la pasta ahora mismo y tú te apañas...» Aquí tenemos a nuestro hombre, miren y aprendan, aprendan, observen esta preparación y que los ríos no vayan sin más a dar en la mar, es lo que vulgarmente se conoce por estar entre la espada y la pared, a estas alturas de causa o de experimento, como gusten, él no puede dar marcha atrás, y no, no pondremos el cartel de «Esto es un perro», pero no sé si me siguen, él aquí no puede decirle que no a Bradomín, sería tanto como reconocer que él, de verdad de la buena, para lo de los apaños tiene tanta mano como para todo lo demás, es decir, poca, poca, es tanto como reconocer que no sirve ni para conseguir un poco de perica, es tanto como que igual se juega la farra y eso le puede estropear el día, es tanto como admitir, la consiga o no, que sólo le han llamado para que haga de camellete... «No sé, no sé, igual hoy no es buen día, ya sabes que todo esto depende de los días, bien, ya veré lo que puedo hacer» «Muy bien, ya sabía yo que podía contar contigo, eres genial, hasta la noche, ciao» «Mecachis en la mar, en menudo lío me he metido, y ahora qué hago, ondia, ahora qué hago, qué hora es, joooder, la una, y los camellos ya habrán pasado... y además ahora que me acuerdo hoy tengo que ir al médico, tengo consulta, tarde, como siempre, bueno, todavía tengo algo de tiempo, al teléfono, venga...» Y nuestro hombre se tira como un poseso para su despacho, se sienta a la mesa, revuelve entre los expedientes que la cubren, aparta un par de tomos de jurisprudencias, y echa mano de su agenda, gran cosa su agenda, insondable, como la de la mayoría, si no fuera porque las mitades de los que aparecen en ella no existen, sencillamente no existen, hay de todo: fallecidos, enemigos del alma, parientes, cuñados, clientes de otra época, algunas tordas, como las llama el superfino del Chino, «Me voy a buscar una torda», dice y se echa a la calle, aunque termine haciéndole alguna cabronada a alguno en lugar de buscarse un apaño de buhardillón que es lo suyo, empieza a llamar a unos y a otros, a los que hacen gasto o tienen verdaderas relaciones en el subsuelo, «Carcoma, eso, Carcoma tiene que saber, seguro, dónde puedo encontrar material», pero

Carcoma está reunido y luego no está, se ha ido, hay un momento en que todos se van, empieza a sudar, el Garra, el que todo lo arrambla, tampoco está, a esta hora Ferminito Zolina (a) el Garra, (a) el Zurriputipuerco, estará guindándole algo a algún palomo o a algún aldeano o le estará comprando algún cuadro cochambroso a un pintamonas «Me voy a tener que echar a los aperitivos, y no tengo guita, ésa es la verdad, a ver, a ver... El Averías, el que fuera conocido en el siglo como Ignacio Laquidain, pero ya nadie se acuerda de ese nombre... El mote se lo ganó a pulso, quiero decir, que era sabido que para las cosas del siglo, era de natural manazas, un ramillete de achaques, y que cuando dejó de pertenecer al honrado comercio de la plaza como decía Bradomín, y cerró su librería, sus chandríos, sus pinchazos, sus averías no conocieron límite, hasta que le metieron lo de siniestro total y se acabó. Mientras tuvo la librería aquello fue algo fenomenal, allí había tertulia montada de continuo, una trastienda por la que pasaba todo el que pintaba algo en la ciudad, siempre había un Ballantaines con hielo o una copita de moscatel y de lo demás, en polvo, hasta que los ojos hacían chiribitas, «¿Qué son estas cosas blancas que hay sobre la mesa?», le preguntó una empleada completamente lela que había rescatado de una familia de tarados, a la que la familia no podía colocar o sería mejor decir encajar, «que no podía desembarazarse de ella de ninguna de las maneras», «Deja eso, no toques, que son esculturas» «¡Ah!», exclamó la lela y ya no preguntó más, ya sólo dijo, hasta el fin de los tiempos «Esto no me cuadra, esto no me cuadra... Pero qué catarros tan raros os cogéis». A Ignacio Laquidain, que un día quiso ser traductor de clásicos, sólo de clásicos, de la novela moderna no entendía nada y de los versos modernos tampoco, era un espiritual «A mí lo que no rima no me hace gracia», y que amaba tanto los libros que un día se tiró de cabeza contra una estantería al grito de «¡Los odio, los odio!», los números no le cuadraban. El Averías, que solía caminar por la calle con la barbilla haciendo experimentos con el cogote para abajo con el fin de parecer adusto y a la vez sacando barriga, decía «Ondia, ¿cómo que no te cuadran los números? A ver, déjame» —se ponía él a los papeles que le sumaba la lela —que no le cuadraban, se ponía allí, a los papeles, decía «A ver, a ver, de caja a semovientes, de semovientes a caja, de bancos a inmovilizado, de inmovilizado a... que no cuadra, coño, que no cuadra, que me la pega, que aquí falta guita, que voy a acabar en prisión, que alguien tiene la culpa de esto, que la culpa no es mía, que la culpa es de otro, la culpa, la culpa, como siempre, la tuvo este de aquí al lado que le dijo al otro...». El caso es que de verdad no le cuadraba, se perdía en la faramalla de las devoluciones, los paquetes, los pedidos, había sido un erudito, pero le perdió la vida gansa. Ignacio Laquidain, (a) Averías, es, como todos los demás, un conocido de toda la vida, fue un tipo raspa, un viajado que se dice, recorrió medio mundo, luego metía unas trolas terribles, pero durante una larga temporada, dos inviernos sobre poco más o menos, fue una estrella de la noche, una estrella de la vida. Ahora anda un poco cascado de salud, un loquero ful está haciendo fortuna con él, hay quien dice que es seropositivo, el caso es que entre una cosa y otra se ha ido quedando solo, cada vez se le ve menos, anda retirado y metido en un mundo de camellos, favores debidos, mucha caña y mucho lío. Por suerte, Ignacio Laquidain está en su casa, «No me va a quedar más remedio que invitarle a comer, habrá que sisarle algo a Bradomín, mucha perica me parece la que me ha pedido, como nos pesquen nos meten la Corcuera, eso fijo, habrá que andarse con cuidado, además al Averías este la vida broncas le tira una barbaridad...» El Averías, como no podía ser menos, se presta al encargo, un favor es un favor, y además avizora también bisnes al canto «Oye, ¿cuánto me das a mí? Pero nada más pillar, nada más pillar, que luego os despistáis como siempre, que no me habéis hecho nunca otra cosa que cabronadas, que ya os conozco...» «Para, Averías, para, que te invito a jamar...»

Arreglado el asunto, nuestro hombre se queda unos instantes con la vista fija en la mesa de su despacho, sopla un poco por encima, coge la copia de una sentencia, pero la deja de inmediato como si le hubiese dado la corriente, un pleito perdido que ha tenido que recurrir más que nada porque el cliente es un broncas que no se da por vencido, un tipo correoso, correoso como sólo lo saben ser los funcionarios de la sopa boba... Mejor no pensar en ese asunto, y en los otros tampoco, la semana que viene tiene dos juicios de faltas, una vista a la que irá de sustituto, y la demanda de arrendamientos que le tiene que poner a una viuda' que quiere recuperar un piso para sus hijos o para ella, no se sabe bien, no ha logrado saberlo, porque no ha quedado claro, y a la que le ha levantado una pasta como provisión de fondos, para gestionarle todo, todo, como los del asesoramiento integral, como hace el Garra, lo que tiene que gestionarle, le va a arreglar todo, sin decirle que el pleito de desahucio se revela difícil, difícil, pero allí donde la ley es tajante, allí aparece el adagio optimista, nunca está nada perdido, donde una puerta se cierra otra se abre, todo tiene arreglo menos la muerte, igual llegamos a un arreglo (aquí el Caifás se nos está frotando el índice y el pulgar en un gesto por demás expresivo)... Lo malo es que de la pasta para ese hipotético arreglo que incluía unas partidas que sólo recordarlas le da vergüenza, se ha gastado más de la mitad, minuta a cuenta, se dice, cada vez que le mete mano subrepticiamente al sobre que ha ido llevando los últimos días en el boslilo, no se atreve a sacarlo, teme el momento, que va a llegar, seguro, en que meta la mano en el bolsillo y en el sobre, y no encuentre nada, por eso, y porque piensa que con lo que le quede, piensa mal y no acertarás, podrá tal vez hacer una reserva, ir pagando, ir tirando, ir, como vulgarmente se dice, tapando agujeros... NADA. Nada de nada. Ningún futuro. No me pregunten, señorías, portaleros del otro mundo, cómo se tira una vida por la ventana, pero por lo que yo sé es más fácil de lo que parece. «¿Y qué es lo que hizo nuestro hombre para perderlo todo?», me dirán. Y yo qué sé. Perder ilusión por las cosas, pero una ilusión boba, no sé si me entienden, de real de la feria, y luego perder pleitos, perder clientes, andar a otras, perderse en andadas monstruosas que le iban minando, hasta que su vida no ha sido más que una andada, iba a parar mañana, sí, ya, mañana, y un cuerno, quién se iba a fiar de él. Cosa más comprometida de lo que parece, que en tocando a perricas la gente, es natural, es muy mirada. Y también el ir cogiéndole a eso y a casi todo un asco indecible. Nunca le había quitado o gustado mucho, todo hay que decirlo. Las cosas se le han ido embrollando poco a poco. Y cuando los propios asuntos se van embrollando poco a poco no hay gran cosa que hacer. Se joden sin remedio. Y nuestro hombre no puede además aguantarlos con sus querellas, sus ganas de fastidiar, simplemente eso, ganas de fastidiar, de no estar quietos, cuando no tienen problemas, se los inventan, es más fácil de lo que parece, qué más da. Nuestro hombre está harto de sus ruinas, de sus trapacerías, de sus chanchullos, de sus tonterías, de sus problemas inexistentes, de sus papeles alternativos de víctimas y de verdugos. Un horror. Un delirio. No los puede soportar. Son un espejo en el que puede ver la exacta dimensión del callejón sin salida en el que anda metido. En cuanto abre la puerta y ve las bolsas de plástico se echa a temblar... «¿Qué me traerán ahora? ¿Qué me traerán ahora?»... O cuando vienen con la demanda doblada y redoblada llena de lamparones, bien guarra, le han dado vueltas a la jerigonza hasta hacerse los sesos agua, lo mismo cuando vienen con la citación judicial. Qué será, qué no será, qué querrá decir esto. No entienden nada. Acojonados. Y no es para menos. Y tanto nuestro hombre como yo mismo sabemos de qué hablamos. De que por puro gusto a nadie le apetece ser tratado a empellones verbales, ser amedrentado, ser, simplemente, empapelado. Y de las consultas mejor no hablemos. A nuestro hombre le ha faltado siempre aplomo para dar confianza a la gente. Aplomo. Ganas. En esto del aplomo la gente se da cuenta enseguida. Desconfía. Le gusta que le vendan confianza, entusiasmo, que para andar entenebrecidos se bastan y se sobran. Hasta le gusta, como hacen los asesores fiscales barbis, que hagan con ella experimentos: «A ver si me sale»... ¡Paf! o ¡Bingo, a la primera, rían! No le gusta que le demuestres falta de confianza en ti mismo. Incluso le gusta ser engañada, moderadamente engañada; pero con aplomo. Que puedan decir «Hay que ver qué tío este» Sólo hace falta ver o escuchar las consultas que sigue evacuando (evacuar una consulta da gana de ir a cagar indefectiblemente). Y luego explicarles la sentencia o el apaño, que no acuerdo, que ha tenido que concluir en desventajosísimas condiciones como quien se fuga de algún lado sujetándose los pantalones. A veces la sentencia no la ha entendido ni nuestro hombre quien en una memorable ocasión se largó a citar una ristra de sentencias de nuestro más alto tribunal a sensu contrario. En una apelación. Gran jolgorio, sí. Ya se daba cuenta nuestro hombre de que allí pasaba algo raro; pero no sabía muy bien el qué. Para mí que los magistrados y el abogado de la parte contraria no daban crédito a lo que estaban oyendo. Y sólo era que nuestro hombre no había entendido una sola palabra de lo que venía recogido en el repertorio. La gente, decía, se da cuenta enseguida cuando no hay aplomo, y como tampoco es que ellos anden muy sobrados, pues aprietan a correr, le arrancan los papeles de las manos, cada salida de miedo, «Pero déjemelos estudiar» «No, mire, lo he pensado mejor» y no es que nuestro hombre palmara todos los pleitos; pero andaba inseguro por aquella procelosa selva —otra selva de la malandanza—, tampoco los ganaba todos. Una cosa arreglada. Oh qué hermosura la comida anual de la hermandad de la jacarandosa tropa. Allí, como decía uno, todos a contar como pescadores o cazadores, grrrrandes pleitos, grrrrandes éxitos, mientras le daban a la langosta, había que ver al licenciado Garra agenciándose colas de langosta cuando todo el mundo andaba a los postres, y a la perdiz a la cazadora, excelente con su salsa excelsa de cebolla y zanahoria. Lo mejor el cava. Las cien mil botellas. Engancharsela bien. Y luego las conversaciones profundas con esos bocetos de hombres de negocios a cinco y hasta a seis en mínimo despacho de alquiler, a montar en el potro fijo de Roca un instante y el Garra a caballo en el retrete metiéndose perica y a la vez diciéndoles «Yo no soy como vosotros, yo soy un intelectual, me gusta la ópera y el baño turco». Filosofar así sobre el profundo sentido de la existencia con el billete de mil duros, por lo menos, aunque los barbis son los de dos mil, no me pregunten por qué, pero el aquí y yo no los vemos más que en estas señaladas ocasiones, el billete, digo, enrollado delicadamente cogido entre el pulgar y el índice, el «big bang», el amor, los negocios, el sentido del deber, las torturas, «Prepara otra, anda, Rebaba, prepara otra», la moral, la ética, el servicio a la humanidad entera (aquí las cosas pueden dispararse de forma imprevisible), henchidos los pechos de legítimo orgullo, «Hemos trabajado lo nuestro para conseguir este estado de cosas», pletóricos de satisfacción, en armonía con el universo, la órdiga, vamos. Y mejor no hablar de los letrados de toda la vida, don Rafael y don Ramón y don Ignacio y don Joaquín, malévolos tortugones, con un pie en el estribo, mala sangre a raudales, para dar y tomar. Ay ésos. Ésos son de lo que no hay. A los más jóvenes se les llena la boca al pronunciar esos nombres sagrados, vacas sagradas, culazos sagrados... Mierdas, coño, mierdas... «Abogados de toda la vida»... Hay que joderse con la expresión... ¿Y eso qué quiere decir, algo así como los pasteles de toda la vida, en la pastelería de toda la vida, por pasteleros de toda la vida? Si uno no es de toda la vida, en ciertas cosas no tiene nada que hacer. Así como los letrados, los doctos doctores, y los de caminos, y los ingeniosos ingenieros y los vagos de primera y hasta los beodos profesionales tienen que ser de toda la vida... Pero volvamos a los clientes de nuestro hombre... Es difícil encontrar en otra parte tanta desdicha, como no sea en un concurso de la televisión, tanto desheredado de la fortuna junto, intentando hacer valer en el mejor de los casos algo parecido a un muñón de derecho, un pedazo, una china de derecho, todos mintiendo como bellacos a la hora de pagar. Era contagioso. O contándole estropicios que nada tenían que ver con el asunto en cuestión. Estropicios muy ilustrativos, sin embargo, de la mugre que venían arrastrando... Nuestro hombre entonces se comparaba a ellos y creía ser un privilegiado de la fortuna, entonces, en un arrebato, se dice «No tengo derecho a quejarme, hay otros que sufren más que yo», pero esto a solas, en la mesa de su despacho o en su piltra, que en cuanto se levanta dice otras cosas como ya hemos ido viendo. «¿Qué habrá sido de ellos?» se pregunta de cuando en cuando. A saber. Para lo del vértigo del tiempo no hay como meterse de vez en cuando con una botella y la persiana bajada en ese mundo de antiguos expedientes y remirar ahí, en esas fotocopias ya desvaídas o casi, hurgar en ese callejón de sombra donde todo se pierde y se hace humo, silencio, olvido. Un misterio... «Fantasmas que habrán regresado al pozo sin fondo de una memoria enferma. Sombras de un privado carnaval de insomniaco. Delirios de la fiebre de un enfermo crónico. La crónica enfermedad de la vida...» Hummm, qué cosas dice, qué cosas dice, tenía que haber sido rapsoda.

Y al final nuestro hombre ha perdido casi por completo su poco de oficio, un suave, un progresivo no enterarse de nada. Su poco de oficio, que jamás se había visto un mudo en oficio de parloteo fino. Era cosa de verlo y de escucharlo. Ahí andaba o anda, aunque cada vez menos, nuestro hombre loqueando por los estrados, en ocasiones más que alumbrado, dando en loco de continuo, entre continuos pasos en falso, metido en procesos inacabables, demenciales procesos, más demenciales querellas, en memorables actuaciones, rosarios de ruindades, retablos de sandeces, rapacidad a raudales, legajos, otrosís, dichos y redichos, latinajos, sentencias incomprensibles, chulos y chulitos, malos, tontos, perversos, desesperados, almas cándidas, perdedores, desahuciados, eh, Caifás, a ti te tocó algo en suerte en este ajoarriero, eh anajabao, algo ya pillaste, no me hagas muecas, que mudo serás, pero oyes crecer la hierba y a saber si eres mudo que ya no me fío de ti, tú eres una *viztima* inocente de nuestro hombre, aunque también a quién se le ocurre ir a llamar a su puerta... Había que verlo, ya digo, en sus memorables actuaciones... No se perdió una, mangutas, criminales, obsesos sexuales, colegas granujas, tan ignorantes como nuestro hombre, echados a gestionar los asuntos del prójimo cuando no eran capaces de gestionar ni los suyos propios, aparentando esa porquería que es la camaradería, visitando a los pobres presos, pobreticos ellos en la cárcel, hay que ver en qué condiciones, una comisión de seguimiento, hay que organizar una comisión de seguimiento, presos, medio ambiente, drogas, «Rebaba, otra raya, que nos asfixiamos», el atracador sudaca, una de las últimas perlas, un jicho malvado, que jugaba por lo fino su papelón de malevo, que no se fía, que quiere otro abogado, pues toma otro, qué joderse, cómo iba a fiarse, lo que quería era un abogado, menudo ojo tienen ésos, y lo que vio aparecer una mañana, de uvas sordas, claro está, al otro lado del vidrio puerco de la cochambrosa celdilla fue a nuestro hombre. Y a tragar mentiras. Cosa de verse. Cosa de oír el aluvión de patrañas, un atraco el tío tras otro, enganchado, sí, de una crueldad fuera de lo común, tenía «un par de muertes» como él las llamaba, se creía un Rambo «¿Pero entraste o no allí con la recortada?» «Entré... Todos al suelo, de un salto me pongo encima del mostrador para que no me reconocieran» «Jode que no, pero si parece un chimpancé y a cara descubierta... «Pero ¿no me acabas de decir que llevabas una capucha de calceta que te había hecho tu novia como las de las películas?... Bueno, mira, si quieres otro abogado, yo me najo, que tengo cosas que hacer, que no me cuentes nada más, que tengo que hacer, leñe...» Y no estoy seguro de que el tóxico aliento de nuestro hombre no hubiese empañado el vidrio, qué digo empañado, biselado, como si hubiese sido vitriolo... ¿Cómo aguantar las sordas humillaciones? No tenía temple para eso ni para nada. Malos tiempos para alzarle la voz a un magistrado, a un fiscalillo del tres al cuarto o simplemente para hacerle entrar en razón, imposible saber cómo iban a parar al chirrión de la administración de justicia tal cantidad de tíos locos, de maniáticos, todavía a nuestro hombre le gustaría saber si aquel atildado oficialillo que se quedó, por un procedimiento tan fino y legal como silencioso, no dejó el menor trazo, con los sueldos de nuestro hombre en la santa casa, donde curró gratis una temporada, lo suficiente hasta que se dio cuenta que de pasta, nasti de nasti, cosa de hacer méritos, «pero para qué, coño, para qué, si seré imbécil, Dios qué vida me he arreado», digo si tal vez fue aquél, cosa de duda metafísica o de fundada sospecha, el que arreó con los haberes de habilitado, o era subhabilitado, contrata de subcontrata, cuasisubcontrata de secretario de sala de lo criminal, tiene gracia cómo andaba por los pasillos aquel palomo, hecho un paulobo, un juanitorreina, que se cogió una pulmonía un día que se puso a ordenar el tráfico en una carretera de la montaña cuando caía una nevada de las mil hostias, pero quién le habría dicho a aquel imbécil que se pusiera a ordenar el tráfico en aquellos andurriales, los esquiadores atónitos de ver aquella aparición embufandada, la familia metida en un coche, arrebujada, en la cuneta, el alguacilillo aquel o era oficialillo no recordamos, nos, la barra, o lo que fuera, de traje oscuro y con corbata, la familia aterida, y él ordenando el tráfico. Luego tosía y a la vez como muñecote de feria metía el culín escueto de mozo puta... Gente dañada por la edad, por el sentido del deber y del honor, por la respetabilidad, ajena, claro, que la propia se les había quedado perdida en florones de reverencias cotidianas, igual es eso lo que hay que buscar cuando se anda con la cabeza gacha, la dignidad perdida, pero igual no está ahí, por los suelos, igual está en otra parte, pantanoso asunto éste. Gente como para un saldo en cualquier caso. Ni en el campillo del Nuevo Mundo. Otra cojonuda la del mangui al que los picoletos le dieron un tiro cuando andaba saltando unas tapias. Los periódicos se echaron encima y proclamaron al jambo, una hoja de antecedentes más repleta y prolija que ejecutoria de hambrón de cuarteles, le proclamaron, digo, *gudari*, ahí queda eso, ayayay, sanjoderse se dijo nuestro hombre, sanjoderse, se dijo a su vez una señoría de éstas de las que venimos tratando a la vez que rezongaba por lo bajo mientras leía la prensa en la poltrona, a puerta cerrada, claro, «Manolo, gudari, que has muerto por Euskadi... más de veinte veces le he visto sentado en ese banquillo». Y nuestro hombre, entre el asco y el darle la razón al energúmeno aquel, que era a su modo todo un filósofo, decía, «En toda estafa hay un tonto y un sinvergüenza, hay que repartir por mitades», decía sí...

OTROSÍ DIGO, que visto todo lo anterior, es decir, todo lo de anteriores sesiones sumado a la última morterada, no nos queda más remedio que hacer valer para él la eximente completa, absoluta, radical de trastorno mental, una borrosa psicopatía, como para buscarla con sonar, que se acentúa con la ingestión de bebidas alcohólicas y sustancias psicotrópicas, y provoca conductas o comportamientos alevosos, desproporcionados e impropios de hombres racionalmente normales, y para mí mismo, y también para Caifás, aunque no haya dicho ni mú, la de imbecilidad crónica.

MAS VEAN (epígrafe de nueva creación no lo hubiera inventado mejor ni aquel fascistón de la barcelonatreision) sus señorías, mas vean, que lo dicho y transcrito es, siempre, lo avisamos al principio y no está de más que lo recordemos no vayamos a dormir donde no queremos, que conocer, conocemos, los prontos de sus señorías, de orden imaginario, todo imaginario, todo, personas, situaciones, escenarios, todo, presentes, pasados, futuros, imaginarios, mera coincidencia, el azar, la necesidad, por completo, con los debidos respetos y en estrictos términos de defensa y con reserva de ni dicho ni pensado y con todo, con todo, que tenemos miedo, guau, un miedo tremendo, de veras, aquí, los tres, miedo reverencial de aquel que había antes, y que no sabemos si sigue habiendo, como no sea en los manuales de loquería, aquel terrible, tremendo, el fondo de la cuestión para muchos, un coro de terapia de grupo de desheredados de la fortuna cual es el temor de los hijos a la indignación profunda y duradera de los padres, ahí es nada, profunda y duradera, un horror, una amenaza de por vida, sobre todo si se vive en un kilómetro cuadrado, donde hay que ir de descubierta por las esquinas, meterse en un escotillón, meterse en una cueva bien honda para evitar ese miedo terrible, capador, amordazante que proviene de las personas bajo cuya potestad estamos constituidos y en virtud de la cual les debemos sumisión, obsequio y respeto, que dicen los tratadistas, y que se llaman a andana si se les pide explicaciones, y esgrimidas las eximentes y atenuantes pertinentes de embriaguez, locura, idiocia, arrepentimiento espontáneo, yopecador y lo que gusten, que no se trata sino de hacerles ver por lo menudo y lo grueso, lo corto y lo largo, lo corto que fue nuestro hombre en venturas, a pelo, no apelo quiero decir, si ustedes quieren y si no también, a su clemencia que sabemos mucha, al non bis in idem y hasta aquello de lo de la abundancia *cordis* va por la boca que no me acuerdo pero que era de mucha miga, y es que de donde yo vengo ha habido de siempre mucho picapleitos, mucha chusma, mucho magistrado, mucho secretario corporativo, mucho consejero, estaban ya en tiempos de don Francisco y de don Diego, o sea que... y de ahí que haya aprendido —de la misma forma que nuestro hombre se queda asombrado de cómo los mangutas de la prisión le soltaban artículos de carrerilla y hasta jurisprudencia a pie de página, de tanto darle al magín, yo qué sé, y hasta de los canutazos que se metían con las pelotas que tiraban los coleguis por encima de la tapia de la prisión (cosa tremenda es el derecho mezclado con la justicia y con los alcaloides y si no que lo diga la Justicia, criminal y Peregrina.

Otrosí PRIMERO DIGO, que mala cosa es sentir que se ha sido corto de ventura en el medio del camino, porque poco más o nada queda.

Otrosí SEGUNDO DIGO, que peor cosa es, pero mucho peor, ni comparación, vamos, intentar enmendar o enmendalla.

Otrosí TERCERO DIGO, que cosa aún peor, y hasta definitiva, es darle de comer al gusano y a la carcoma, enredar en la memoria como si fuera una herida, que de nada sirve, que se cosecha poco o nada y es mejor echar cal viva y tenerla yerma para siempre, no tener paciencia para barajar a la puerta o mejor, al regreso del infierno.

Elevo mis conclusiones a definitivas y me la zurro de paso que decía Capote que así se quitaban los vaqueros del oeste el canguelo... La cuarta no ha lugar a formularla... No, esto no viene aquí o sí, ay, qué lío de papeles, qué lío.

Otrosí CUARTO DIGO, que yerra nuestro hombre, y yerra y yerra, si piensa, cree y está convencido, que las sentencias de los pleitos de chichinabo en la época gloriosa del franquismo y de aquel no menos glorioso preposfranquismo estaban redactadas antes de la vista, no lo ha dicho, así que nada, y que las definitivas no figuraban en ellas en sustitución de las provisionales, nada, nada, de acuerdo, de acuerdo, *non bis in idem*, olvidemos el cabreo y salgamos de paseo, le damos una vuelta al majarón por los jardines de los cienmil continentes a que refresque un poco y sanseacabó, y si no le damos unas corrientes, más medicación, un batido de Sinogan, un mundo nuevo el que hemos construido entre todos, arriba la mirada, que no tiemble el pulso, al contar los billetes sobre todo, se debía más que nada al estado adormilado de los secretarios de sala, que menudo solecico que daba en la sala a mediodía, hacía colorines en las vidrieras, se quedaba nuestro hombre abobado con los colorines, que un día se puso a pensar, a saber por qué, no habría dormido lo más seguro, habría empezado ya a beber en demasía, habría estado de chufla con la legítima o con la turba de embrollados mamarrachos, un par de canutos de más, o un canuto dum-dum de esos mañaneros, un güiskazo también mañanero, de los del «A ver si me entono y me da hoy la facilidad de palabra», un morterete de locura, una culebrina de insensateces y despropósitos... Le dio por pensar en aquello de Rimbaud y Verlaine, más que nada en el primero, ahí donde se le ve en una pintura de mérito... Qué coño, que yo también sé de estas cosas, no te fastidia... Con la cara apoyada en una mano, rara pareja, y acabó pensando lo del otro, un exquisito donde los haya, nuestro hombre quería ser como él, pero le faltó todo, todo, «Alguna vez deseó uno que la humanidad tuviera una sola cabeza para así cortársela. Tal vez exageraba. Si fuera tan sólo una cucaracha y aplastarla». Yo no me invento nada, está en los libros, luego no me digan, eh, no me digan, está en los libros. El saber no ocupa lugar y yo soy el bibliotecario del infierno, menudo parnasillo ése, a mis ratos también polilleja de vario legajo, a saber por qué dijo aquél que el abogado vive de nuestras tonterías, y aquel otro que no hay criminal más peligroso que el letrado y el acreedor y aquel otro... Se han dicho tantas cosas... Desde los romanos, algo habrá digo yo, tantos siglos de fama poco clara. El acabóse, todo lugares comunes, ideas recibidas, no hay, no los hay mejores, nada de nada, y todos los dislates de dondiego y donfrancisco y todos aquellos que en el mundo han sido que los tuvieron a unos y a otros trascándoles los zancajos sin dejarles encontrar sosiego ni acomodo.

Yerra nuestro hombre si piensa, cree, sospecha y asegura que hubo amiguismo, presiones, palabras finas y trampa, yerra nuestro hombre si piensa, porque para empezar esto es mucho decir, porque no puede o sea que a ver, ya me contarán ustedes, que aquel oficialillo más o menos borrachón, todo el mapa de la rioja en la cara, los ojos abesugados, bigote de cepillo para cepillar burros calvos, habitual de las tascas más tiradas, una autoridad en tabernones, que le metió a aquel dilecto cliente en la trena por ver de quitarse al muerto de encima, y como el magistrado o el juez de guardia se había ido ya a tomar el aperitivo no era cosa de jodérselo y de joder de paso la caponcía, hizo un garabato —y es que nuestro hombre se hurga en la memoria como quien se hurga en las narices— y se fue a echar sus potes, yerra si tal cosa piensa, si tal cosa cree, si tal cosa asegura o cuenta por un lado y por otro cada vez que le dan un cuartelillo, que aunque fuera cierto ninguna importancia tuviera y como eixemplo de lo mal y desorganizado que está el mundo sería incomprensible, que no es delito pensar torcido, no es delito andar flojo de conciencia y más flojo de cabales, ni es delito errar en el juicio, errar en el estado, en la vocación y los sentimientos, errar, que de eso anda sobrado nuestro hombre, errar y errar. Ni es delito que la mierda le roa a uno los zancajos, sino muy considerable incordio. Vale.

No nos extraña que después de todo lo anterior nuestro hombre que parecía se nos había quedado atocinado en la mesa de su despacho, dé un formidable resoplido cuando suena el timbre de la puerta y se levante a abrir, no hay cuidado a esta hora de que sea una visita desagradable, más bien todo lo contrario, el mensajero que trae la pasta de Bradomín. Abre la puerta bruscamente y antes de ver nada grita «¡Sí, aquí es, aquí es!» Un tipo enfundado en un mono negro de plexiglás o algo así, quién sabe de qué materia pueden estar hechos esos trastos, claro que bien mirado esa misma pregunta podríamos hacérnosla de casi todo, que le da unos «Buenos días, caballero» de un cantarín que le hubiese puesto al más pintado una mueca de buen humor en la jeta, pero que a nuestro hombre le hace bajar la vista, rezongar algo por lo bajo, echar una firma atropellada, que dicho sea de paso no es la suya, acostumbra a poner «Peter Pan» cuando le dicen «Firme aquí» con el bolígrafo que le tiende el mensajero y agarrar el sobre como si en ello le fuera la vida, que algo de eso hay. «Bien, esto va superior, superior, hasta se me va a quitar el dolor de cabeza, seguro.» Y sin más preámbulos se nos arregla un poco, es decir, intenta quitarse lo mayor, que dicen las doñas de mi tierra, y se nos echa escaleras abajo dando algo parecido a botes de cabritillo, con la donna é mobile, la donna é mobile, en la boca. La casa de comidas donde ha quedado con el Averías no está lejos y se nos pone en ella en dos patadas indiferente por completo a todo lo que no sea llegar cuanto antes a su cita con el Averías. Entra en el bar mirando a un lado y a otro inquieto porque a última hora no aparezca, como ya ha hecho en otras ocasiones, pero no, ahí está, acodado en la barra, muequeando como un poseso, parpadeando, con los ojos inyectados y la piñata hecha un devore. «Zambomba —piensa nuestro hombre—, este tío esta devorado.» Algo que también podría pensar el Averías, pero que no piensa. Lo mejor entrar en materia cuanto antes «¿Has traído el material?» «No, es mejor después de comer, a esta hora están los camellos durmiendo» «Si tú lo dices, pero mira que tenemos mucho para comprar, que ésta es una de las grandes operaciones que a ti te gustan, que como no nos salga nos metemos en un buen lío y a mí me vas a hacer quedar fatal» «Sí, es cierto, a mí me gusta actuar a lo grande, yo no me ando con chiquitas, tú no te preocupes que no tendrás queja» dice el Averías... ¿Cómo, que esto parece una historieta de esas que a unos muñequillos les sale un cartelico de la boca con cosas graciosas? ¡Quiá!... Miren sus señorías, aquí pasa algo raro, no es la primera vez que me lo dicen, yo les monto un turoperator, se me vienen al país de las pirañas y lo comprueban de visu, comprenden, de visu, que en este mundo las cosas están tan degradadas que esto es sencillamente lo de a diario. «Venga, Averías, vamos a zampar por lo fino que me parece que andas tan devorao como yo.» El Averías le contesta con una de sus carcajadas que más parecen relinchos y ya suben las escaleras armando bulla ligera. El dueño del local les recibe mirándoles de arriba abajo, porque les conoce, sabe que gastan, pero también que pueden orzar de manera imprevisible del lado de los disparates furiosos, así que los va llevando a base de afectuosas, pero firmes, palmadas en la espalda hacia un rincón donde piensa «Éstos aquí no molestarán y como me armen alguna de las suyas, a la puta calle, menudo par de jebos me ha caído hoy, con razón que hay crisis, claro que hay crisis», pero en vez de eso les dice «Caray, pareja, tanto tiempo sin veros, me alegro mucho, qué buen aspecto tenéis, vivís como marqueses, cómo se nota que sabéis vivir, espero que traigáis apetito, que es lo que hace falta, apetito, venga, sentaros ahí, en ese rincón, que estaréis a gusto para hablar de lo vuestro». Y nuestro hombre y el Averías se miran y sonríen halagados, y los dos por el mismo motivo, se sientan y de seguido les ponen en la mano la carta con una celeridad que no tiene otro motivo que el terminar cuanto antes.

Y ya nuestro hombre se aplica a servirse un vaso de viña Magaña, y a atacar el plato de jabalí con salsa bien espesa guarnecida de puré de manzanas y de castañas, doble ración, cosa de ser conocido y de haberle dado un poco la barrila a la camarera, buena pieza ésta también, no sé si llegaremos a ella, sigue contando a su amigo, el Averías, las cosas del otro mundo, sus sinrazones, que si esto, que si lo otro, que si todo le sale mal, lleva quince o más años contando lo mismo, que está muy deprimido, que no puede dormir, que le persigue el fantasma de Matilde, que su psiquiatra no le comprende, que está solo, que... y el otro que le cuenta, en un aparte, cosa también de tantear el terreno, ver cómo está la cosa, para darle un sablazo, que se ha quedado colgado de la heroína, pero tapiña a más y mejor, a dos carrillos, «Bueno, será cosa del mono —dice nuestro hombre—, pero para mí que éstos se quedaban devorados, no sé, no sé, a ver qué pasa porque éste me quiere engañar, seguro, que está hecho puré, menudo careto tiene... Joño, que no salimos de ésta, que nos vamos a ir a tomar por el culo, que aquí no se salva ni Dios, no nos pongamos apocalípticos, que no, que no... ¿Pero tú te has dado cuenta de qué mierda de vida llevamos? ¿Tú crees que esto es vida? Estoy harto de comer, ya no me apetece más que comer, me despierto por la noche pensando en comerme algo, en meterme una botella de algo, no puedo salir de ésta. ¿Que a ti te pasa lo mismo? Pues habrá que ir a algún médico a que nos vea... Eso, enciéndete el Cható Margot y méteme la barrililla género padre de Foucault». En la mesa contigua unos gamberros vocean sus vacaciones en Miami, «¿Te has fijado en ésos?», pegan golpes con la botella en la mesa, son los amos, tienen bares de noche, un grupo musical, las camareras les miman, se dejan meter mano por debajo de la falda, se ríen, van y vienen de los servicios, moquean, se muestran groseros, eructan, violentos, jactanciosos, tienen ganas de bronca, comen como bestias, y al final tiran el dinero encima de la mesa, por lo visto su bar de trueno está de moda y les da pasta gansa, mucha guita, un sitio estupendo, las camareras lo frecuentan cuando terminan el trabajo, les sirven copas gratis, se quedan a puerta cerrada que es el no va más de la farra: o polvos para la nariz, o bostezos o cazuelas de algo con grasa para zampar, poco más, no nos engañemos, en los bares que saca elpaisdominical igual es distinto, un sitio estupendo, de ahí que las camareras se dejen meter mano hasta los corvejones, que a las tres de la mañana las coronan de reinas, la gente más digna que el copón, no se atreve a mirar a los jóvenes, no les vayan a dar un palizón, a la gente no le gusta la violencia, se deja robar en los trenes, en el metro, no se opone, igual le pegan un chirlo y lo mandan al otro barrio, viene en los periódicos y es por todos admitido, los jóvenes, esa especie de reciente aparición que diría un listo, todo Dios con la cabeza metida en el plato para no existir, como avestruces, como perros a cuatro patas, mucho honor y mucha dignidad y cuatro borrachones les ponen en fuga, una vida de perros a cuatro patas esculpida en piedra berroqueña (idioro cómo les gustaba este palabro a los curas), pero se les ve que les odian, que les detestan, no hay más que ver la mesa ocupada por la gente de decoración y la promoción inmobiliaria, y la otra por dos o tres letrados que comen con la cabeza metida en el plato, a saber de qué hablan, y en la otra un diputadillo y su secretaria, historia por todos conocida, pero de la que no habla nadie, no por respeto, que aquí no se lo tiene nadie, porque es cosa de antes, sino por modernez, «Oye, aquí que cada uno haga lo que quiera. ¿Qué pasa, le falta algo a su mujer? ¿No? Pues a callar entonces» «No, si por mí como si se arrea un tiro, descansaríamos todos, a mí lo que me revienta es que me eche discursitos, como este Averías que encima se permite el lujo de darme consejos, ¿Pero se ha mirado en el espejo?»... Gran cosa la secretaria, como en las películas, que no tiene otro encanto que su juventud, ahí es nada, alguien joven de las generaciones mejor alimentadas, caray, caray, le hacen pensar a cualquiera en el amor de la vida, en el auténtico, en el profundo, nuestro hombre sorprende aquí y allá miradas torvas, se refocilan cuando leen en las páginas de sucesos, que a alguno de éstos se lo han apiolado de un tiro en la sesera «Se me ha escapado un tiro no se cómo ha sido... Hale, pobre chico, al psiquiatra» un pistolero de esos privados, uno de esos doldos, amapolos, incapaces, retrasados mentales en alguna gresca o que revientan con la jeringuilla bien clavada en el brazo en cualquier retrete cochambroso de esos que tienen una cuerda pringosa que desaparece misteriosamente en el muro para que la basca vasca o de la otra, que para la jiña los nacionalismos no importan, no desbarate o se lleve con inconfesables propósitos el depósito. *Yejque*, que diría uno de esos capitanes de empresa, Joe Dalton por sobrenombre, que casualmente también está comiendo en el local, relajándose que tiene mucho strees, «Se me va a comer por ahí —dice su mujer— para relajarse, que en casa no me come nada» y que anda empeñado en la edición en cuatro volúmenes, y aun a siete, en cuanto abran de veras las fronteras, del gran libro de la pelota vasca, o gran rey de la pelota y no porque gane o deje de ganar en el frontón, sino por otra cosa, dice «Si me atrapa la ley, les abandono la empresa, a ver qué hacen ellos, yo levanto España cada día con mi trabajo, con mi esfuerzo, que vivís gracias a nosotros, los financieros, qué joder, tengo mis derechos... Y tú calla, que comes a mi costa y aquí pago yo, te pago las copas, la comida, y hasta las putas» «Sí bwana, sí bwana... ¿Es ahora cuando toca aplaudir?»... Yejque, decía, que al ejecutivo sacaperras de estos que llenan a mediodía las casas de comida, almuerzo de negocios, bien, de qué, desde cuándo se ha visto que las comilonas sean buenas para el stress, «Es que a la familia no hay Dios que la aguante», ésa es la verdad, al ejecutivo sacaperras le jode, vuelvo a decir que decía, que se me va hoy el santo al cielo que es un gusto, le jode que el joven sin maneras, con pasta en el bolsillo, que come como una burra, todavía marginal, forrado sin embargo, fugitivo, pasajero, pequeño ejecutivillo, bancario bocazas, joven profesional de la anterior generación, a quienes donde mejor se les ve es de noche y a putas en caballerizas, les jode la diferencia, sólo eso, y no es poco, al personal la diferencia le descompone, le da vahídos, de esto hablan nuestro hombre y su dilecto amigo el Averías, de esto y de otras cosas, claro, le cuenta de hace mil años, de cuando fue batería en un conjunto, de cuando había que animar la ciudad, de cuando había que cambiar *esto*, de cuando había que hacer algo, de cuando esto no puede seguir así, de cuando... «¿Te acuerdas, Averías, qué cacho artista eras?» «Sí, claro que me acuerdo, yo tocaba la batería y componía canciones, yo era un poeta y me iba a comer el mundo...» «Ay, joder, que a éste le da la llorera»... Sin confesarle, claro, que esa misma diferencia que a los demás descompone, a él le achanta. Y así van loqueando nuestro hombre y el Averías por la procelosa senda del pasado compartido, armagnac va armaganc viene, olvidados por el momento de la química, la química no es sana, lo sano es el armagnac, verdá, Averías, verdá, aunque sea bebida peligrosa a ratos, un suponer, va usted y le reprocha a un viejo amigo que toda la amistad, toda, había quedado reducida a beber sin tino ni medida armagnac y a huir cuando se le pedía ayuda y te dice «¡Pues no haber bebido, canalla!», y te quiere dar encima un guantazo... Y es que el hablar con verdad es un compromiso, el hablar con verdad le pone en fuga al más pintado, «Le voy a ser a usted sincero» «No, por favor, no, miéntame, siga mintiéndome, pero no me sea sincero, no», la verdad parece toda inventada. Y la comida sigue adelante como una expedición, como una caravana por el desierto, con porteadores de color, la selva, acechados por Julián, el asesino más grande del *bundo*, hasta que desemboca en «Bien, ¿y de lo nuestro qué?...» Se acabó el confraternizar, el regresar sobre las huellas de sus pasos, sobre los momentos de una infancia compartida, lo de siempre, vacaciones, colegios, parques, y atracciones, muchas atracciones, el tiro de pichón que sacaba un torico con una copita de vino rancio o una tapa de vinagrillos, un pajarito como los del diez, pero en el polvo y la grava, aceituna y anchoa y guindilla, «Cómetelo tú, amor, para que veas qué puntería tengo», decía el novio, y la adivinadora del porvenir metida en su urna, y los motoristas de la muerte, venga de darle vueltas al cilindro, y de la escayola aquella que te sacaste en una pesca de la tortuga, y la piscina, en el tostadero, por la espalda, que de frente era cosa de mariquitas, te acuerdas de aquella vez que fuimos a ver a la mona Úrsula a Igueldo, te acuerdas, y aquella vez que nos llevaron a Lourdes, y los ejercicios espirituales, te acuerdas de lo rijoso que era el padre Aldaya y de aquella vez que fuimos a Bayona a por puros, te acuerdas, y de aquella otra cuando nos íbamos a hacer artistas, te acuerdas, y a meternos jipis y... Se acabó. Hay que ir a por el material, que nuestro hombre que se ha ido para el wáter a ver qué hay en el sobre que le ha mandado Bradomín, más que nada para ver si la comida les puede salir gratis, como así sucede, porque en el sobre se esconde una nota que le dice «Majo, estos tres mil duros para gastos de representación. Gracias, campeón» «Joder, que esto se pone bueno, la comida gratis... Mecachis en la mar, pero qué hay aquí, a ver, a ver, cincuenta, sesenta... Noventa, cien... ¡Ciento veinte mil pelas!... ¿Pero este tío esta loco? ¿De dónde quiere que le compremos ahora ciento veinte mil pelas de perica? Estos ricos lo quieren todo a lo grande» y alarmado le dice al Averías «Averías, me parece que estamos metidos en un buen lío. ¿A cuanto está el gramo estos días?... ¿A catorce?... Pues me parece que este tío quiere diez. ¿De dónde sacamos ahora diez gramos?» «Tú no te preocupes que además, así, al por mayor será más fácil y podremos, si tu quieres, sólo si tu quieres, meterle un viaje, ni se entera tu amigo, que ya no me quiere, a mí ya no me invita a nada, que se joda, a mí ya no me invita nadie, sólo tú que me has pagado este espléndido almuerzo, estoy acabado, ponme otra copa de armagnac.» El Averías no se arredra fácilmente ante las dificultades, cuando éstas son del tenor que antecede. Así que pillan un taxi y se van para extramuros, bajo la certera dirección del Averías, «Es por aquí, es por aquí, tuerza aquí y aquí y aquí... Ahora a la derecha... Ya hemos llegado...». El taxista no les ha quitado ojo por el retrovisor.

Y ahora nuestro hombre tirita dentro de su gabardina, están al otro lado, en extramuros, donde la gente pierde su identidad, donde otros la ganan, están al otro lado, más allá de casi todo, a donde va a parar todo lo que sobra, todo lo que no hace falta alguna en el centro, lo que no está bien visto, aquello con lo que no quiere convivir nadie... Están ahí, en la oscuridad, en los recovecos de ese antiguo palacio, cuartel, convento, Dios sabrá qué demonios habrá sido esta mole de negrura (todo fantasía, era un cinematógrafo para bizcos de alma), han encendido fuegos en los que queman basuras, envueltos en sus bolsas de plástico, ocupan habitaciones, sotabancos, zaquizamís, buhardillones, alcobas, nichos, tornos, reductos inverosímiles, entran Dios sabe por dónde, aovillados, abrazados a sus petates, a saber qué porquerías guardarán en ellos y nuestro hombre se queda escondido en el zaguán por donde ha desaparecido el Averías con la pasta al grito de «Tú espérame aquí, es al otro lado de esto», observando al débil resplandor de unas hogueruelas, de las velas en las botellas, de las lámparas rudimentarias hechas con latas de conserva y aceite de ínfima calidad que apenas arde y apesta todo ese ámbito que nuestro hombre duda si está encima, debajo o sencillamente en otra parte, de los susurros, de los ayes de dolor, tal vez de los estertores de algún moribundo que seguro que lo hay, un museo de historia natural a contrapelo... Y quienes ahí habitan, se odian entre sí, beben, tienen ya identidades imprecisas y las tendrán aún más en el futuro, otras vidas que esconden detrás de una mueca burlona y desdentada, a veces ninguna, la perdieron, la olvidaron, de veras, por las buenas, y en esto sí que nuestro hombre les envidia, pero no pasa del charco en el que tiene los pies plantados... Ellos ocupan todos los ruinosos recovecos de ese caserón que cualquiera habría dado por deshabitado, pongamos palacio de virreyes, pongamos hacendados de Indias, pongamos abogados del Real Consejo, pongamos Corregidores, pongamos ricas órdenes, pongamos soldadesca brutal, qué más, pongamos polvo, campanadas, tierra, polvo de yeso viejo, humo, silbido de un viento largo que sopla siempre en el corazón de la noche... Ellos se atrincheran dentro, desaparecen del mapa, nadie sabe ni a qué hora entran ni por dónde salen, no, sólo dejan restos, desperdicios, algún cadáver, nada. Es otro mundo, no es niebla, sino un humo acre, acre, beben de sus botellas de vino a grandes tragos, de forma ruidosa o de forma furtiva, eso depende, se espían, se observan por el rabillo del ojo brillante en la penumbra, entre las sombras, las hogueras les iluminan los rostros, a veces, ya digo, aparecen muertos, se acuchillan, se ahogan con bolsas de plástico, se estrangulan con alambre y cordeles, viejas querellas, cuentas nuevas, a saber, ni yo mismo, que de allá abajo provengo, sé a qué demonios se dedican, otros mueren de muerte natural y eso no debe tener nada de raro, no les parece, nada de raro, aunque no sé si todavía se puede morir de eso, de muerte natural ya no muere nadie, piensa nuestro hombre y se pregunta «¿Qué coño será eso de morirse de muerte natural?»... De vez en cuando los echan, vuelven a entrar, se hacen gateras, túneles, hay entre ellos algún joven, casi un niño, alguno sencillamente demenciado, el jaco, las enfermedades, varias, sífilis, gonorrea, tuberculosis, hepatitis, sida, alcoholismo, drogadicción compleja, las vías respiratorias hechas polvo, o ya simple locura, estupidez, son un compendio con patas, deberían tener hasta cosas tropicales, de esas enfermedades furiosas que no dejan títere con cabeza, en un pis pas, desconocidas, revientamicroscopios, asunto de simposium... Y éstos también sin nombre, una vaga ficha policial a la que ya nadie hace ni caso, no ha lugar, que alguien, si ha podido, hasta ha llegado a romper, simplemente para quitar lo mayor porque para las estadísticas lo mejor es inventar, éstos son un incordio, mejor que no existan, mejor inventárselos, mejor pagar a un reportero *free lance* para que haga un reportaje humanoide, sólo esperan que la sucesión de días, que la pesadilla a fin de cuentas, se pare de una cochina vez, o ni tan siquiera piensan en eso, en qué piensan entonces, nuestro hombre acurrucado en una esquina del zaguán enciende un cigarrillo rápido y por cautela desaparece de donde estaba escondido y busca otro escondite, bien hecho porque su hueco ha sido ocupado de inmediato... «En qué demonios pueden pensar, a qué le darán vueltas y más vueltas en la sesera. A nada, como monjes tibetanos con el molinillo, pa un lado y para otro, pa un lado y pal otro, la desesperación hecha mantra, abolida», se dice nuestro hombre, y si sólo se dejan entontecer, eso, entontecerse, de puro miedo... El miedo contraído en la cárcel, en la cuna, en la falta de oportunidades, en la carencia de lo más elemental, en la oscuridad de una calle y en la familia, sobre todo en la familia, y en viajes por una geografía difusa, el miedo a la vida en un trabajo que si existiera sería brutal... Sí, eso, entontecerse, ir a esa zona más crepuscular de la conciencia donde la luz del sol es un tormento... El día... Otro país... Engañan, mendigan, comercian con la muerte, roban, pedigüeñean a la puerta de las iglesias, tienen sus casas, antes el hideputa de toda la vida decía «Nosotros tenemos nuestros pobres... búsquese una casa y váyase», arrean con cualquier piltrafa, les dan escudillas, sopazas, jabón, rosarios, prefieren mol, y no les falta razón... Una barra de pan rellena de un batiburrillo que para qué... Menudo guisote en frío... Un bocadillo de pochas con fideos... Hace falta ser cabrón para endilgarle eso al prójimo, claro que a lo mejor es lo único que tienen, todos, una hambruna que se jode la perra, y chorizos revenidos o de primera calidad, pequeñas raterías, sardinas, de barril y de las otras, alguna porquería inverosímil, lo que les han dado, asaltan a curillas, a conventos, a quien pueden, algunos venden basuras, están profesionalizados en ellas, son unos gemólogos de la mierda en verso, se atracan, cartones, se las saben todas, van de razzia por los barrios nuevos, nuevas instalaciones, algunos tienen parientes o jefecillos en el extrarradio, en lugares que sólo pueden ser advertidos por el aire, cuteras, gallineros y camionetas, y escopetas y más jaco, y cualquiera se lleva un tiro en la noche, los entierran a medias... «Bueno, demonio, no puedo quejarme, aquí está de vuelta el Averías, por fin ha salido, muequeando, claro, no podía ser menos, debe de andar el pobre con un monazo que para qué, pero tenía que esperarle», ya temía nuestro hombre que le hubiese metido una buena pirula, de esas tremendas, ya ha tardado, ya, pero la perspectiva de seguir echándose al cuerpo algo de material gratis le hace montar guardia donde sea, que ya tiene todos los bolsillos llenos de restos de regalitos y no ha sacado todavía de lo suyo, hijo de fieles vasallos en tierra vascongada, gorrón hasta la muerte, lopedeaguirre, el peregrino... No, que ésta es otra guerra. «¿Has localizado algo?», pregunta nuestro hombre. «Sí, bueno, me han dicho, aquí al lado, decían que iban a venir» «Vaya, hombre, ya empezamos con jodiendas, estos viacrucis son inaguantables...» En realidad a nuestro hombre le han invitado a la juerga para que aportara ese paquetillo, diez gramillos, a catorce, ondia, un pastón, que los jambos se van a meter entre una naricilla y la otra, hasta la bola van a acabar. Jooo-der, nuestro hombre de camello... «Diez gramillos, más uno de regalo que se distrae por el morro, medio pa ti, medio pa mí y cuatro rayas regulares para probar la mercancía y luego cada cual por su lado, ¿eh, Averías?, cada cual por su lado, adusto drogao, que eres un adusto drogao, vete a traducir poetas provenzales, hale, dale duro, tú triunfarás, eras un cretino desde que no levantabas un palmo del suelo, ya es hora de que te lo diga», dice nuestro hombre mientras va colocando la mercancía y las vueltas, lo suyo, lo del otro, lo del Averías, lo mío, lo tuyo, lo suyo, por los bolsillos... un lío de los mil demonios. Se roban unos a otros como alimañas. Buena noche, sí. Menuda expedición para conseguir la perica y cinco talegos de una mierda menos que pasable. Ya cantaba el sitio desde la calle. La Txeka Txiki, menudo nombre comercial, las habrán pasado canutas para registrarlo, aunque quién sabe, hoy se registra cualquier cosa. Me lo figuraba. Otra de justicia peregrina. Pero el caso es que nuestro hombre se encuentra con el material en el bolso... «Agur, Averías, geroarte bonaparte, hasta otra, gracias por el bisnes, quedo a la ordea, tengo que irme al médico, mis nervios, ya sabes, mis nervios que no me dejan en paz...»

HUMILLANTE, según piensa, situación para nuestro hombre que acude una vez más a un doctor, a su doctor de toda la vida, a que éste le cuente todo de la noche, y para ello ha tenido que meterse entre pecho y espalda una Dexidrina conseguida mendigando en un salto al despacho de Carcoma, «Carcoma, por lo que más quieras, socórreme en esta terrible situación... Sí, evidentemente estoy muy borracho, si te dicen que me vieron muy borracho, orgullosamente diles que es por mí... Ya me callo, ya me voy, ya dejo de molestar, qué grandes sois, hasta dónde has subido, eres un as, eres un héroe, un trabajador nato e infatigable...» «No me adules» «Yo no adulo a nadie —se pone digno nuestro hombre, dignísimo, sí—, sólo digo la verdad». Total que consiguió lo que quería, un pildorazo que le levantara el ánimo unas horas, y para ello hubo que contar y pedir excusas por lo de ayer y mendigar y contar la intemerata, pretextar urgentes, inaplazables asuntos, de la mayor importancia, dar la razón a uno y quitársela a otro, pero poco, asentir, dar caña, dar cordel, soltar carrete, aguantarle de nuevo a Carcoma un discurso sobre los sistemas económicos tan nuevos tan nuevos que para que cuando queramos darnos cuenta de ellos ya habrán pasado, ya será otra cosa y nosotros, nada, polvo cósmico, dice, «Sí, sí», asiente nuestro hombre, «Tienes toda la razón, eres un genio, larga, larga sobre las superestructuras, el amor, la amistad, la Biblia en verso, lo que te pete, pero dame la píldora», le alienta la perola con tal de que afloje la mosca, abra el cajón mágico, saque la mierda de pastillita que a no dudarlo hará su efecto en compañía del resto del material ya ingerido y el que anda por su organismo como madre de cuba francesa, un potaje más que un cocktail de los de no encenderse un puro en las proximidades, de los de ponerse el cartel de transporte de mercancías peligrosas... No se trata de nada nuevo. «En el fondo, doctor, doctor, la noche... La vida intolerable. Yo creo que voy a cometer un crimen... La tentación de quitarme de en medio...» Humillante situación, digo, tal que una confesión tardía, de esas que acostumbraba a practicar nuestro hombre, que se arrojaba en el primer confesonario que le salía al paso como si fuera la boca del lobo, el león de un buzón de correos para el otro mundo, un humilladero, un aliviadero, para salir luego disparado, dejando unas veces patidifuso al cura, apenas despertado de una siesta de miasmas, gente mayor, gente mayor, creyendo que acaba de tener una pesadilla y de las gordas además, no una pejiguera cualquiera, no, lo que sale de la boca de nuestro hombre, cuando puede, cuando no tiene esos pólipos que le dijo un doctor que hacía abortos y les decía a las mujeres «Ven aquí, maja, que te arranque el pólipo», eso no estaría mal, una rosca de churros enrollada como culebra por el interior de la garganta... pero él desaparecía corriendo en la penumbra de la iglesia, furtivo, dejando a su espalda, lo ha pensado alguna vez, una estela sulfurosa, cuando lo que suele dejar es una pequeña nube mefítica, fruto de que el aliento le huele de ordinario a rayos, a algo más que a rayos, a muerte ya, de la misma forma que ha habido noches que en las calles de la ciudad se ha vuelto para comprobar si iba dejando o no pisadas de fuego en las aceras... «No cuentes estas cosas, que no te va a creer nadie», decía el otro. Cierto. ¿Lo oyen ustedes? ¿Me escuchas, Caifás? No, no dejaban, pero hace falta llevar una verdadera gusanera en la cabeza para imaginar tales cosas y había, además, que haberle visto en cualquier caso, yo le vi, yo estaba allí, pegar un brinco, hacer una zapatiesta, y seguir su camino gritando «¡Todavía no soy el diablo!», frenazo, la madera de caza, «A ve, documentasió», «Mire, agente, no llevo, he salido a tomar el aire», dice al tiempo que se rebusca en los bolsillos, «Tendrá que acompañarnos» «Espere» y le tiende un papelillo pringoso, «M.I. Colegio de Abogados», el mastelero al pairo, p'aquí, p'allá, les debió de impresionar la papela, que de tan sucia parecía auténtica, «Ziga zu camino zu zeñoría».

El caso es que ya lo tenemos en la sala de espera de su médico de toda la vida, escuchando el ronroneo de un acuarium, mirando una ametralladora que hay en el suelo, que es que el licenciado, el M.D., es lo que se dice «un aficionado a la decoración» y a las películas de James Bond, además de que sirve para lo de las terapias de grupo y las escenas ésas, así como de teatro, cómo se llaman, bueno, no me acuerdo, qué más da, el caso es que ahí está siguiendo a los pececillos de colores de un lado para otro, el gusarapo ese chupador de algas, las algas, la cosa medio destruida, cogiendo del montón de revistas en technicolor, «A saber qué pasará el día que las saquen en relieve, será la monda, será el acabóse», una del corazón bien sobada, y luego otra de decoración y otra de formas de vida, de estilo y así, eh Caifás, que esto es de tu tiempo, que del estilo sabes mucho, y al final una de misiones en África con negros de ojos alucinados, cubiertos de moscas, enfermos, dañados, rebañando el fondo de tinajas y calderos, envueltos en nubes de moscas y de polvo, albardados en barro, una lágrima por la mejilla descarnada, nada que ver con la raza humana, al menos no con la del Estilo, debe de haber varias, distintas, «Ay qué follón —se dice—. ¿Para qué me habré metido la mierda esa?» «Pues mira, majo, me dice Caifás por señas, por puro gusto de descerebrarte hasta el desguace». Y sigue el otro a la vista del desastre «Debería haberme hecho misionero. Estas cosas me parten el corazón, Sí... De crío quería ser misionero entre los esquimales, aunque no me acuerdo si lo que quería era ser yo mismo esquimal...». Aquélla si que fue una buena perra. Le van a saltar las lágrimas cuando recuerda que le decían «Ese chico tiene un corazón de oro». No sale de su asombro. Le parece imposible que se pueda vivir así, que haga tanto tiempo desde que quería ser esquimal o misionero. Incrédulo, se dice para su ciénaga «...pero bueno, ésta si que es buena, de las mejores, vaya, es para mearse, coño, para mearse, un marqués subido en un caballo a la puerta de un cortijo que dice que es hombre de campo, de qué campo, coño, pero de qué campo, Adán, Tempranillo, cuándo, pero si éste no estaba en Marbella, o eso era en verano, claro, en verano descansan y ese otro imbécil, apapostiao, que dice que si no trabaja no le encuentra sentido a la vida, parece Carcomín en sus mejores momentos, pero bueno, pero bueno, y este andoba cuándo ha pringado, y el tordo calvoroto este...», y al final se va calmando poco a poco, da vahídos, agota, cierto, uno no da abasto, mejor no enterarse de nada, acaba como un galgo, boqueando, atragantándose, deberíamos ponerle el mastelero al cuello, «buena cosa, ¿eh?, cambiar de vida, me iba a poner la casa llena de cosas de diseño, una buena cómoda y una piltra de las buenas, joder, una cosa bárbara, limpia, estaría bien, aquí pone que hay que ir de anticuarios, pues vamos, mañana mismo, nada que ver con lo mío, con mi ruina y con la ruina absoluta de ése de ahí al lado, que está como para qué, se le va a caer la baba, ése está hecho polvo, pero mal, mal, oyoyoy, mira que si es de esos que llevan un cuchillo y me corta la yugular, pero eso no me ha pasado nunca...». Y nuestro hombre echa una mirada espesa, la que puede, qué ordigones, a su alrededor y comprueba que aquello es un horror, «...menuda cuadrilla, menudo muestrario, pero bueno, de dónde nos han sacado, joder, sí, también es mala suerte, pero bueno ¿y yo qué hago aquí? Debería haberles insistido, «Tú pídeles un diagnóstico, que te den un diagnóstico, que para eso pagamos». Para qué querrían un diagnóstico, no les gustaba que les dijeran «Este chico tiene problemas de la infancia», no, eso no les gustaba, la verdad no les gustó nunca, mejor «Es un psicópata o un esquizoide y hay que medicarle mucho, mucho», debo de ser un decano, me tenían que poner una muceta de lunares de colorines, doctor honoris causa de salas de espera de loqueros de toda laya, brujos, adivinos, y diversos mangutas de guante blanco más labia que León Salvador y unos dedos finos, finos, que ni carterista de la Montera y aledaños para Navidades... Joder, me he pasado más de media vida en estos líos. Ya ni me acuerdo. Me da vahídos. Y lo malo es que no tengo ni repajolera idea de por qué. A ése le vi en un manicomio hace más de veinte años, y a ese otro, en otro... Bueno, clínicas, clínicas, no nos la cojamos con papel de fumar, y hospitales de día y centros de salud mental y talleres ocupacionales, y lo que les pete a esta banda de basaglias (sus tesis doctorales que se sepa no pasan de «La depresión y la pacharra foral», y el Tekabarai habría encontrado precedentes hasta en Sartre: «El ser, la andada y el vascuence», sobre poco más o menos), caramba, pues a ése sí que lo han dejado bien, ni Mary Shelley...» concluye a la vista de uno que se mantiene quieto parado, medio culo fuera del asiento, la vista al frente, impertérrito, la ropa replanchada, todo iría bien si no soltara de cuando en cuando un lapillo, una nada, pero lo suficiente para ir dejando un charco a sus pies. Y en esto que entra una enfermera malencarada, chiquitaja, renegrida, una hormiga, «¡Guarro, a limpiar esto, siempre haces lo mismo!» y el otro, como un autómata, se levanta y vuelve con una fregona, la bruja detrás «¡Venga, a limpiarlo todo!», en esto aparece un doctor apaciguador «A ver, ¿qué pasa aquí? Hay que calmarse... Anda, pasa» y el Manolo se va detrás y la otra a fregar el charquillo de lapos, que dadas las cosas no molestaba a nadie, ¿no? Así que nuestro hombre, no vaya a ser que la chorba además de echarle una mirada asesina le recuerde el impago de las facturas, vuelve a meter las narices en las guías de estilo, en los gloriosos manuales de vida, en las guías de resacosos y mentecatos, que tiene en las manos. Ni yo mismo las habría hecho mejor en mis tiempos. No sabe si hay que ponerse sombrero o no, qué hacer, a dónde ir, «porque por lo visto hay que ir a algún lado, digo. ¿No? Por lo que pone aquí, hay que estar, ya lo dice Carcomín...». Nuestro hombre se asoma en esas páginas en huecograbado, colores brillantes, papel satinado, un gozo para la vista cansada, puro porno, ridiela, a una vida de cuya existencia no tiene la menor noticia, bueno, la menor no, tiene noticias vagas, lejanas, como a quien le hubiesen hablado de las tierras del preste Juan. Cuando se vive en la mugre, qué chorra vas a saber de todo eso. Se asoma a unos interiores de ensueño, «Fíjese cómo don Andrés García, el famoso diseñador, ha solucionado el espacio recuperando la tradición y a la vez incorporando las formas más audaces de la modernidad...» o alguna otra gilipollez por el estilo. Se asoma a una vida de la que en realidad no tenía la menor noticia, por el cine, «por eso de que van y te dicen, y chamullan unos y otros y al final parece que andamos metidos en el mismo carro y no es verdad, ni pa Dios, que va a ser», se asoma a unos interiores de ensueño, ventanales, luz a raudales, o colores cálidos, helechos victorianos, mucha Piluca y mucho Fonfo, las casas de la vida parecen, «Hay que ver... ¿Dónde demonios habré andado yo?» Pregunta retórica donde las haya y cansa por su repetición de sonsonete... En ningún lado, ababol, en ningún lado, has vivido como un anacoreta en su cueva, con el tosco sayal y la herramienta de pensar al alcance de la mano, piedras, no, mostos y bien fermentados por cierto... «Ya es hermosa la vida, ya, qué casas, de no creer», le parece imposible que existan, coño, tanta luz, tanta teoría de la sombra, ficus y más ficus, dónde, ventanales, patios, terrazas, fuentecillas, alguna escultura medio rota, joño, si dice que es romana, estilo, alardes de ingenio en el atrezzo, tapicerías, muebles de caerse de culo, diseño, páginas y páginas de farfolla, pero en su momento, pegan, la basca se tira al chisme sin pensárselo dos veces, a los sucedáneos, claro, luego lo pasan fatal, para pagarlo, hay que amortizar y enseñar al vecindario, a los de las tapias «¿Por qué no pasáis un rato a ver lo que hemos comprado?», todo desde la barrera, desde la butaca, un día le empujan, no sé, se va para casa mohíno, le dicen de mil maneras que ése no es su sitio, «Sólo los más afortunados tienen derecho a unos minutos de atención», y esa jambeta se sulfura cuando le dicen que es una sinvergüenza, a la granja, a la granja, que le metan la gandula... Todo previsto, comodidad, lujo, confort, mucho confort, mierda, esto está bien, tanto ficus, tanto bonsai, tanta agua de colonia, oh la sensualidad de las aguas de olor, «Ten cuidado con tus gustos, hijo, que así se hundieron los romanos», me decía mi padre, el pernicioso esteticismo que dice el Averías, tanto colorín, jabones a porrillo, aceites, todos, esto debe de ser Jauja, o uno de esos prospectos que dan de países exóticos, sería estupendo «A ver, oiga, tú, la morros, que busques un par de boletos para este sitio, en primera eh, en primera, nada de ir por el Seguro, y sin revista guarra con cuentecillos de Castrati, vámonos a Jauja, a Jauja...», y es que como quedó dicho, nuestro hombre proviene de un tiempo que parece haber sido abolido para siempre, y si parece es que lo ha sido, en el que te podías coger cualquier cosa con sólo sacar la nariz a la calle, tanta chimenea sueca de bajo consumo, y de mármol de colores, «Ay mi madre que esto ha cambiado mucho, que Matilde tenía razón, que soy un marciano» «Lo que pasa es que te has puesto de armagnac hasta más allá de la bola, bandido». A que sí, Caifás, a que sí y se nos va a quejar encima... Viviendas adosadas, infiernos con jardín minúsculo, lofts, neones, daiquiris y demás coktelería fina, dúplex de artista de cine de las de antes o de lo que sea, qué más da, escritor, asesor de puferos, diputadillo, eso, diputadillo, chorizo, sillones para irse volando a la mismísima gloria, nos vamos a volver todos astronautas, espaciales, compactos, vídeos, luces de colorines, recibir en casa, poner la mesa, bodega, Magaña, no se vende, no está en el mercado, sólo es para gente pero que muy, muy escogida, para beberlo casi a oscuras con chóferes y escoltas, digo matones, a la puerta, y teléfonos inalámbricos, y dejar luego una nubecilla de polvo en la noche del verano, un moco que para qué, buena ocasión pues no para beberlo, sino para arrearle lamparillazos, por cagón, pajaritas, corbatas, pochetas, psicoanálisis, mostazas, motos de gran cilindrada, zapatones de España, muebles, también de España, ya es cosa jodida lo de España, antes de España no quería oír hablar ni Dios, daba como lacha, decías España y te miraban raro, sobre todo los nazis, los de la raza más potente de Europa, de qué cosas se acuerda uno, joder, yo creo que hace falta ser rematadamente idiota para andar diciendo semejantes cosas, tenían que estar aquí todos estos en mi lugar, pues en el fondo qué he hecho yo, nada, traumas infantiles de los que no me acuerdo, tengo que inventármelos, cada cuento que tiemble el misterio que si mi padre, que si mi abuelo, que si mi madre, pero me pagan las copas, el neurovegetativo hecho trizas, nada más y sospecho que lo dicen por decir, pero ya hace más de veinte años, lo mismo acabo como un colgajo en lección de anatomía, una piltrafa colgando de un gancho, nada más, no es ningún pecado, joder, están todos de atar, ahora hasta en la sopa, entremedio los del territorio nacional, Estado y demás melonadas, joño, me tenía que haber ido a América... Misionero, eso, eso es lo que tenía que haber sido, aunque para monje todavía hay tiempo, porque a mí me va, me tira, vamos, la vida contemplativa, el gregoriano, la comunión diaria, la paz interior, todo eso, sí, en el fondo es lo que me va, eso es lo que tenía que haber sido, Molokai, Molokai, con los leprosos, ya se lo dije a mi madre cuando salimos los dos llorando del cine, más emocionados que el copón... Pues bien, nada de eso y ahora ni siquiera tengo unos buenos zapatazos, piel de España, piel de toro, no de potro, cartujano, joooder, pero yo dónde he vivido, en qué zahúrdas, no me he enterado de nada, coño, de nada, yo he debido vivir en Babia, y los demás en Jauja, no está mal, no está mal, voy por buen camino, eso al menos está claro... Tengo que contarle al doctor la visita al cementerio a ver si me quita la culpa... La culpa, un lobanillo «Doctor, quíteme el bulto este». Si me deja, claro, que éstos en cuanto te vas por donde tu quieres, por donde te duele o pica, te echan el canelo, la traílla perdigueros si te vas muy lejos, y hale, a darle a la murga de toda la vida, lo de la crisis de personalidad, el vivir como todo el mundo, el no beber, la vida sana, la castración, la falta de afecto, el no enfrentarse con la realidad, la escala de valores... De pronto se te echa todo esto encima, a ver a quién se lo explicas, pero bien explicado, por lo menudo, sin dar más barrila que la necesaria, a los cuarenta tacos, la vida no vivida, el copón de la baraja, una vida cara, para mí desde luego invivible, pero cómo voy a vivir yo esto si no tengo un pataco, yo es que no sé de dónde sacan, sacarán digo yo, sacarán porque si no esto no se puede disfrutar... Claro que cualquier piernas de estos carcomas, licenciados garras, negretes y rebabas, doctorcillos pólipos, y a su vez las licenciadas, y las que no lo son, el Morsa, la Picoloco, Joe Dalton, a la primera de cambio te meten el zambombazo de las acciones, las participaciones de las que no se entera nadie, el asunto del marisco gallego, los depósitos, la zambomba de las inversiones, de la pasta negra, de la cosa ésta, de la otra, coches, viajes, negros o moros que hay que pasar por la frontera y hasta un poco de coca de esa de «Oye, mira, ponemos todos a veinte mil duros, yo me encargo, y así siempre tendréis material... ¿Estamos?»... Y es así de bobo, sí y no hay más, aunque parezca lo contrario, y el todo bien adobado en hondas filosofías, en recios pensares... Vaya, Caifás, ya ves que nuestro hombre sigue dándole a la carraca, esto es algo terrible, lo nunca visto, el patín, la reoca, no ha cambiado nada, eh, a ti te debió de dar buenas barrilas... Claro que entonces tú tampoco es que estuvieras muy callado, rajabas hasta por los codos, cada bobada que temblaba el misterio «No, no me he jalado una rosca ni a este paso me jalaré nada medianamente aprovechable... ya es historia, pero qué le vamos a hacer, al menos esto está claro. La verdad... ¿En qué andaríamos yo y la otra pensando? Ella ya pensaba, ya, pero yo, joder, cómo se puede echar en falta a alguien así... El caso es que de cuando en cuando me da, qué le voy a hacer, por lo menos había ratos que sin ir más lejos estábamos juntos, sin más, y no estábamos solos, y no teníamos miedo, y no nos heríamos... Pero, bah, mejor no acordarse...». Y nuestro hombre se nos queda mirando al infinito, más allá de las reproducciones fules de botánica apócrifa y de unos ejemplos de arte abstracto como de caverna existencialista, unas pinturas completamente fallidas antes de que hubiesen dado el último brochazo, el infinito de la época, puro sucedáneo, vamos, pero escuchen lo que se dice... «Lo mío ha sido una dramática falta de ambición» ¿Quéééé? ¡Juá!, pero qué les parece, qué me dicen a esto, le tendrían que ver como nosotros le vemos, con un puro medio apagado apestando la salita, debajo de un cartel de prohibido fumar, y él con su purazo, no es cuestión de tirar un Cohíba de ese pelo, a que no se lo pueden creer, pues sí, nuestro hombre tiene pensamientos tremendos, «Pero bueno —dice, y aquí lleva razón, no se la escatimemos, no seamos cicateros—, toda esta gente dónde estaba, dónde está, porque yo no la veo. No tengo ni zorra idea de por dónde pueden andar o por dónde ando yo, bueno, no nos liemos con cuestiones metafísicas, no nos liemos, a ver, ésta no es la jijelife que yo había conocido, —"¿Pero tú habías conocido alguna jijelife, alguna vez, iluso, pendejo?"—, éstos son distintos, nuevos, de éstos no tengo ni zorra, deben de ser esos que andan por ahí, pero no los que yo conozco, que están en el fondo derrotadillos, son unos pringados, pero éstos, rediós, como para apartarse si uno se los tropieza por la calle, a ver, joder, encogen, son como todo lo de los anuncios, luego el producto viene devorao, hecho cisco, en el anuncio es distinto, igual éstos son así… No sé. Quién sabe ya a estas alturas; pero yo los veo de otra forma… Más de trapillo, más deteriorados, los debo de ver a otra hora y en otro lado, no sé, guapa gente, nueva gente, dónde estaban, no podía sospechar que hubiese tal cantidad de gastrónomos, gastrósofos, ecos, financieros, millonetis, sommeliers, de eruditos de cosas inverosímiles, sabihondos, vividores, joooder, tal cantidad de gentes exquisitas, de un refinamiento inaudito. No, está claro, yo he vivido en otro mundo, me he pasado la vida en babia, en otra parte. Se lo tengo que decir al médico, a ver qué me aconseja…».

Y nuestro hombre sigue ahí quieto, quieto, respirando con dificultad, asomado a sus casas de papel… Qué cielos, qué perspectivas, qué espacios, qué colores, qué rincones tan coquetos, nada que ver con la pocilga que nuestro hombre le tiene alquilada a un pistolero de oscuro pasado. «La gente está majara, vaya si está majara.» Le ha visto varias veces a través del patio de la casa, vestido con uniforme de falangista de los primeros días, saludando brazo en alto frente a la luna del armario, el pelo engominado, un parche negro en el ojo, y un pistolón en el cinto con el que era fama se había apiolado a un montón, gran cosa un patio, mucho, sí… «¡Joño!, ya tarda hoy la visita, ya, y el caso es que tengo prisa», se dice nuestro hombre después de quedarse no sabe si dormido o muerto un instante, se ha pegado un buen susto el pobretico y además le han dejado solo en la sala de espera... Del terror le salva la llegada de la enfermera «Ya puedes pasar» Y pasa. El doctor, juvenil, sonriente, distendido, bronceado, los piños parecen pintados «Bueno, qué me cuentas, no tienes muy buen aspecto» «Es que estoy pasando una temporada muy mala... No le encuentro sentido a la vida...» «No te preocupes —dice el doctor al tiempo que pasa distraído las páginas de una revista, buena pinta el tío, salud a raudales, una vida *comme il faut*, ciudadano de pro, humanista y todo, sí, o pinta de vividor, según se mire, buena comida, relax, sexo impecable, aire libre, balandros...—, eso es del existencialismo, una emoción auténtica, cualquier día de estos amaneces bueno...» «No, joder, no —piensa nuestro hombre cabeceando—, esto ha sido un golpe bajo, me duele el alma, coño, el alma, y éste no debe saber qué es eso, tampoco yo, quién entonces, me duele, no puedo dormir de puro terror, tengo un bolo en el estómago que me duele a retorcerme, se lo he contado mil veces en los últimos dieciocho años, me he pasado toda la vida contando la misma historia, una fatiga absoluta, no puedo dormir de puro terror a que se me abra la calle cuando voy andando, si no pifo voy dado, no puedo parar, necesito que me acaricien como un perro, y ese bolo, me despierto, no me atrevo a abrir los ojos, me digo, joder, a ver qué sorpresa chunga me depara el día, que siempre me depara que lo mejor es largarse de casa, dar vueltas por las calles, merodear, esconderse, aparentar que uno hace algo, encontrar un buen sitio donde esconderse, donde a uno no le diquen demasiado... Hombre, claro, nos ha fastidiao, claro que hay que esconderse...» «Tú no te preocupes, se te irá pasando, ten paciencia...» «...No, debo de estar soñando, éste hoy está peor que yo, diazepan, loracepan, tepacepan, ansiolíticos, antidepresivos, puras mierdas venenosas, y todavía hay peores mierdas... La jicha, aquella, tía guarra, con lo de la bioenergética, les sacaba los cuartos a cuatro desheredados de la fortuna, a cuatro estrafalarios, débiles mentales, economía sumergida, ésta sí que es buena, la bolsa llena a costa de la salud del prójimo, aun prefiero esos anuncios, tendría que probar, "Soy santa y vidente. Curo con las manos y la señal de la cruz. Curo nervios, riñones, pulmón, corazón, gastritis, mala circulación y todas las enfermedades del cuerpo" o el otro, ¡ay, joder!, que me iba a quitar todo a base de una sabia mezcla de angélica, azahar, boldo, celidonia, luisa, pulmonaria, poleo, zarzaparrilla...» Cierto, fui testigo. Uno de esos de los que la gente sale diciendo: «Me lo ha adivinado todo, todo». Un ojo que para qué. A ver, a la cola, y un bisbiseo del cíclope aquel, que se tomaba por un santón o un mago, a saber. Total que se llevó para casa unas bolsas para cocimientos, puso la cocina hecha un laboratorio de alquimista y por la noche en vez de irse por ahí, o meterse un pastillazo y quedarse grogui, no, hecho un valiente se echó un vaso al coleto, y vio visiones, visiones, hecho un naturalista estuvo, viendo serpientes, y selvas, y lagos y cosas así, como fosilizadas, guau, ni con un ajo y los Pink Floyd... «Majarones, tía guarra, un poco de piedad, un poco de piedad... Si es que este asunto es superior para el cerebro, si yo tuviera una bicoca de éstas para rato iba a estar aquí sentado. Cosa fina, a mil duros, o más, la sesión de tres cuartos de hora, libres de impuestos, bajo manga, pasta sumergida de la barbis, pasta gansa, una pasta, un timo de los mil cojones, una pasta, y a vivir de la podre del prójimo, de ponerle unos apósitos mentales, todo un invento, joño, ya lo creo, un invento como se ven pocos, un cuartucho con un olor a sobaquina, a veneno, que tumbaba, serían las miasmas del alma que salían como nubecillas, de colores las podían teñir, sí, total, una pastilla más y las emanaciones de colores, de colores, de colores, increíbles las mierdas que somos capaces de almacenar, serán, digo yo, todos los miasmas que suelta la paciente clientela, entre contorsiones, llantos, risas, gritos, si es que éste de la salud mental es un invento de los buenos», «Anda, mi chico, da unos botes con la pelvis, ya veras qué bien te sientes, ya veras cómo te realizas» y nuestro hombre culeando como un loco contra la colchoneta, poniendo empeño en la cosa, sí, y la jicha encantada, simpática hasta decir basta, yo creo que partiéndose el coño de risa, una horita —«Yo sufro contigo» «Pues menos mal»—, que si mi padre, que si mi madre, el otro que si mi abuelo, que si el jefe en la oficina, «¡Pero si yo no tengo oficina!», «Es igual, es igual, es una imagen, la vida es una oficina, una fijación, ¿comprendes?... ¿No? Es igual, ya te pondrás bien» «Ay mi madre, aquí loquea el más pintado», que si la vida, qué jodida, que si hay que dejar salir las emociones, los impulsos vitales... una jerigonza irreproducible, filfa y pendejada, «¿Dar salida a las emociones? Si yo lo que quiero es un fusil, joño, un fusil con mira telescópica, una repetidora con postas para jabalí...» «No es eso, no es eso, no te sulfures, tienes que alejarte de las emociones negativas, buscar las positivas, yin y yang, comprendes, hay que ponerse en armonía con el universo, con el mundo, no te das cuenta» No, joder, esto no, otro golpe bajo, esto de la armonía con el universo mundo sencillamente no me lo esperaba... Hummm, la vida, tres mil, y uno se coge un descanso, un respiro, sale como si hubiese creído, cuatro mil, y allí, como si de las tóxicas, letales, emanaciones de un pantano, van saliendo mayormente las jeremiadas del personal, las frustraciones, la debilidad, carajo, la debilidad de no atreverse a pegar un tiro a tiempo, una buena hostia a tiempo, y la necesidad de desmelenarse, de vocear, de gritar, de aullar, de echar el costal de mierda en cualquier lado, cuanto antes, ser otro por una hora, cinco mil, aprender a ser otro, cuatro mil, recuperar del todo la salud, cinco mil y la colchoneta, un pico, joño, un pico, una filfa, una engañifa, un sacaperras que ni los juegos recreativos, que a mí me... Demasiado, que me den por retambumfa, puag, a prisssión, al fuerte, al fuerte, con los estilistas, y a propósito de fuerte, contaban que a uno de los fugados le habían hecho la autopsia y en las tripas le habían encontrado caracoles, ésas si que son buenas historias para dormir a un niño... Y el otro, un cachondo, simpaticón, todo aprendido en Alemania, todo, y por el careto y las pintas algo habría arreado como cogido con retel de un seminario o de un convento, ese olor a sopa fría se pega y no se quita ni con friegas de sosa cáustica, torpe hasta decir basta, echado a psicólogo y a sexólogo, a lo segundo ni llegué, con lo de la vida ordenada, las metas, los objetivos, el empleo del tiempo tuve bastante, allí tampoco encontré la solución... «Doctor, ¿pero ya se da cuenta de en qué berenjenales me está metiendo? ¿Dígame, dígame algo? Que si usted no me dice algo, ¿quién va a decirme algo, alguna cosa, una pastilla nueva, algo de propaganda para no gastar mucho?, lo sabe todo, sí lo sabe, en cambio, casi todo, si no no le llamarían para largar de todo en todas partes, monjas, frailes, de perito al juzgado, padres a quienes hay que contarles qué raros son sus hijos y para eso sólo hace falta sentarse y mirar un poco, adolescentes que tienen padres raros y lo mismo pero del lado contrario la universidad, la droga, el alcohol y también esto, la vida auténtica... «Cariño, cuando lleguemos a casa nos tenemos que fijar bien en nuestro hijo, a ver si se le nota algo»... «Doctor, doctor, ¿soy incurable? O mejor, no, dejémoslo en un irrecuperable. ¿Eh, herr doctor, qué me dice a esto?...» Que dice Caifás, por señas se entiende, que los exabruptos que echa nuestro hombre cuando está solo y a uvas sordas o a uvas vivas son más baratos que estas consultas de delirio... «Un momento, el teléfono...» «Pero, oiga, es que yo quería...» «Perdón, me llaman por la otra línea» «Pero, oiga, es que no me encuentro bien, de verdad...» «¿Y qué siente?» «Pues... es que tendré que traérselo apuntado...» «Ah, *le malade du petit papier*. No te preocupes, ya te digo que cualquier día te vas a encontrar bien, te vas a despertar y ya está, estarás curado, perdón, me llaman... Tú sigue tomando la medicación. ¿Qué tomas ahora? ¿No te acuerdas? No pasa nada, tu sigue tomando» «Llamadas, interrupciones, esperas interminables, anocheceres en los que no se oía más que el tictac de un reloj, el bordoneo del motor del acuario que logré endilgarle cuando lo de la Amazonia, así da en bobo cualquiera.»

Lo de la Amazonia fue algo glorioso. Un intento de nuestro hombre de pensar por su cuenta. A ver si nos entendemos. Visto que el aquí fracasó como alevín de capitán de empresa en aquella cutrez de Crómlech S. L., a donde fue a parar como dádiva familiar para ver si empezaba a enterarse de cómo era la vida, y vaya que si se enteró, por lo menudo, además, se dijo «Ahora van a

ver lo que es bueno, me voy a hacer hombre de negocios», y de la misma montó un comercio de Animales de
Compañía de los que se preciaba de saber una barbaridad. El comercio aquel atendía por el imaginativo nombre de Amazonia, puso un póster con un indio embo-
cando una cerbatana en la pared, en plan como dando a
entender, y hasta máscaras africanas por las paredes por
mor de lo exótico, al grito de «¡Tristes Trópicos! Igual le
pego un poco a todo». En realidad lo podría haber llamado de cualquier otra manera porque, entre otras cosas, el resultado habría sido el mismo. Habría que haberle visto por aquel entonces, recién casado, con pujos
de montar una familia modelo, en plan moderno, con su
Matilde, de llevar lo que ellos llaman, ay, que nos tron-
chamos, una vida luminosa, se habían puesto una pecera inmensa para instalarse delante de aquel mundo más
o menos quieto lleno de colorines y decir «¡Qué hermosa es la naturaleza!», se creía toda la mandanga, toda, el
mundo de los negocios, el negocio del tiempo libre, el
ocio in honoris, todo eso, todo, el dandismo, la intriga,
el hacerse una masita para poder retirarse a una casa de
campo a llevar una vida de *txató*, la casa en la arena, la
Biblia en verso, todo, y no hacía otra cosa que echar
más madera a la caldera de su insania, de sus pruritos
locos. Había que haberle visto, digo, allí sentado en el
centro de la tienda, acomplejado por ser tendero al principio, como se encargaron de reprocharle su familia,
que tenía las cosas del comercio al detall en poco, pero
tendero artista y tendero enamorado, después, allí, soli-
co, leyendo su *National Geographic*, iluminado con los
neones de colores rosa y azul, parpadeantes, parecía un
anuncio, y sin duda lo era, arrullado por el zumbido de
los motores de los acuarios. Él creía que iba a ser un curro tranquilo, en plan intelectual además, «Me dedicaré
al estudio de las ciencias naturales», se dijo, ya, y un
cuerno, qué iba a ser, todo el día pasado por agua y encima le caían majarones a puñados, cada loco que para
qué, algunos tenían en sus casas verdaderos oceanos,
digo yo si se creerían chinos o algo así, todo el día tra-
segando con asuntos de mucha ciencia, puro latinajo de
barbecho, plantas y peces más o menos sanos, el punto

blanco, qué barrila, Dios mío, qué barrila, gupis, platys, sifos, kulis, escalares, labeos, tetras, betas, el personal, en cuanto le cogía afición, quería cosas verdaderamente raras, se pirraban por las pirañas, las pirañas eran el rey del acuario, sólo los muy, muy aficionados lo lograban, cara de pocos amigos, un apetito que para qué, y ya lo decían los que sabían, «La estrechez de una pecera convencional le impide demostrar su vitalidad como depredador y le transforma en un pez nervioso y asustadizo, como si estuviera constantemente estresado» había que decirles, los sábados por la tarde, sobre todo, venía el marido fumando un puro, miraban «Ay, qué horror» «No, señora, se equivoca, la piraña es un pez tranquilo que sólo se excita cuando huele la sangre», unas ganas de mear imposibles, sencillamente imposibles, con tanto ronroneo y tanto gluglu y tanta agua, al final el negocio se reveló tan precario como el de objetos exóticos u orientales, que les llaman, sólo buenos para decorar apeaderos con muebles bar de espejos y copitas colgando y hasta música de carrusel cuando lo abres, como en las películas, ¿no?, una jambeta con plumas de algún bicho raro, lo de los acuarios era igual, pero en James Bond, y a todos había que endilgarles el mismo rollo, a saber quién habría inventado semejante cosa, porque en las películas mayormente lo ponían gente perversa que salía siempre echando comida mientras por detrás los hombres de mano fulano introducen en el exótico refugio a la secuestrada atada con una soga, qué coño va a sosegar, lo que hacen es enloquecer, que si cortar lombrices en pedacillos, que si bibliografía escogida, que si los envíos llegaban hechos puré, que si trucos, que si los loros, que si los perros, los gatos, los pájaros, los hamster, «Me cisco en la naturaleza, me cisco en los animales de compañía», una algarabía y una peste imposible, al final tuvo que cerrar por defunción, hubo una traca final con cortocircuito y todo, un mono que se escapó de la jaula, empujó la pecera, la tiró, se produjo un *contazto*, que decía el bombero, cayeron otras peceras y aquello fue el acabóse, más *contaztos*, más agua, más humo, más bichos, más gritos y una declaración familiar de inutilidad total para asuntos de perricas, la *apso-*

luta, que dicen los del seguro, los tragapandectas se reían, pontificaban, «No sirve para nada, para nada», la gente lo hacía correr, «Que viene el pajaritos», se lo tarareaban cuando entraba en un bar o en una casa de comidas, Matilde hacía como que no se daba cuenta de nada de esto, como que no importaba, como que había que mantener a cualquier precio la esperanza, como que ya vendrían tiempos mejores, como que tendrían suerte, alguna vez, y la vida luminosa llegaría... En fin, que con tal precedente y con las nóminas improbables de los de la construcción, no me cuadra, no me cuadra, nuestro hombre se dijo «Pues ahora me hago abogado, para que vean lo que es bueno, voy a competir con ellos, no me van a comer la moral, voy a triunfar, me dedicaré al derecho penal, me haré criminalista, triunfaré, del todo, seré jurista, como ellos», y se hizo abogado y aquél fue el comienzo del fin, ya venimos viendo en qué han parado tan ilusionados proyectos de vida.

A veces pensaba si no estarían observándome por un agujero y me ponía a mirar detenidamente las paredes, detrás de los cuadros, entre las plantas, a ver, decía, éstos quieren verme como a un bicho, para ver cómo estaba, si hacía cosas raras, como en las películas con esos espejos fules, meterme el dedo en la nariz, rascarme la entrepierna, olerme los sobacos, cosas de esas que hace la basca cuando se aburre y está sola y no le ve nadie, que todo eso para estos bandidos tiene su significado, como en las interpretaciones de los sueños de Calleja, sí, decía voy a poner cara de loco a ver si me reciben antes, a veces me decía ¿y si me tiro por la ventana o hago como que me tiro igual entran? Lo probé. Nada, ni caso, pero no, tan majarones no estaban, voy a echarme a llorar, voy a echarme a llorar, qué vida me he arreado, joder, y luego los conciliábulos, el darle vueltas a la misma noria, a la misma maquineta, a la misma historieta y a la desgana... «Claro, no me extraña, todo el día escuchando mierdas como la mía, debe de tener un buen costal de ellas, debo de resultar engorroso, a la postre llevar todo eso encima, como una joroba, como un chancro incurable, las palabras de los demás, los sueños de los demás, los delirios del prójimo, los terrores de los demás, las tracas de los demás, las pesadillas ajenas, menudo fardo, tendrá que echarlo algún día, o igual no le entra nunca, igual le resbala, si no éste da en majarón también, como los ejemplares que se le alineaban ahí fuera, en la sala de espera, gente en busca de alivio y de consuelo, derrumbados, derribados mejor, como si les hubiesen molido a golpes, que eso es lo que acaba pasando entre unos y otros, gente poco dotada para la riña a garrotazos que es la vida, pegados como lapas a la pared, van a desplomarse, a explotar, a levitar, a dormirse, mirándose unos a otros como animales enjaulados, con la estupidez o la mera ferocidad pintada en el rostro... o el desamparo, sobre todo el desamparo, a ver si el aquí para de decir barbaridades un rato... Y nuestro hombre se deja llevar por una nana en prosa, pero mejor no sigamos enredando, démosle la razón al doctor, o acabemos cuanto antes, no es que haya dormido mal, no, es que apenas he dormido, apenas cinco horas, una intoxicación encima que se ve a primera vista, apesta, me explico, apesta... Pabellón de toxicomanías, hospital de día, y de noche y de lo que sea, para partirse la polla de risa, si serán cretinos, cretinos, luego cambian, esto no vale, hay que cambiar, a mejor, sí, siempre a mejor, es como si fuera un éxodo y hubiera que arrear de nuevo con los fardos no bien los acabas de poner por tierra... cretinos, ya en otro lugar, a grito limpio, un aullido que le desencaja la mandíbula, las lagrimales a reventar, ojos desorbitados, un aullido que acaba o empieza en el silencio, y nuestro hombre, el muy hideputa, que lo es, todavía no está más que en la antesala del infierno, un paraíso, donde todavía no está el crimen, ni la monstruosidad, ni la anormalidad bestial, la anomalía, la excrecencia, la excepción a la regla, ni los estados bestiales, sólo la bobería, y lo que en realidad le va a contar nuestro hombre son sus pecados, sus pecados de pacotilla, que tiene una resaca que no se la lame, mire usted... Armagnac y Dexidrina y lo de abajo es una cola de gallo que le pone a cualquiera la sesera de colodrillo «Tú no es que no puedas beber —y nuestro hombre dice que no con la cabeza—, tú puedes beber una botella de buen vino, tú eres, ya lo sabes, yo te conozco muy bien, un exquisito...» Y nuestro hombre cuando oye esto no sale, no puede salir, de su asombro, y le entran de inmediato unas ganas irrefrenables de tirarse un buen cuesco a modo de salva de ordenanza, una salva de artillería real, pero en lo que piensa es en «¡Aleluya, aleluya, carta blanca, patente de corso, en cuanto salga de aquí, un taxi y a la fiesta Bradomín, me voy a poner las botas de todo». Lo que quiere es alejar cuanto antes la visión del depósito de cadáveres que ve desde la ventana, el Instituto Anatómico Forense, el ayudante, un tío loco, apodado «El Cafre», que debería estar encerrado desde hace mucho tiempo, vesánico, pero a ver dónde encuentran a uno con estómago para arrear con las piltrafas, esas cabezas que nunca encuentran un tronco, esos brazos, esas podredumbres, todo lo que sacan de las alcantarillas, de los pozos negros, de las ruinas, los emparedados, los desaparecidos, todo lo que nutre los sueltos más asombrosos, esas bolsas inocentes de basura que ocultan algo horrible, inquietante, algo que es mejor ni siquiera nombrar. Ahí está el meollo de la cuestión: en no nombrar las cosas. Algo que luego va de un lado para otro por el depósito, una ficha, un papelajo, un pringue, los descampados, las casas obstinadamente cerradas, las momias del abandono al saco, las manos cortadas, el disparo en el rostro, el hacha, el sarde, la hoz, la navaja capadora...

LA FIESTA de la gente guapa, qué digo guapa, guapísima. Les une precisamente eso, el sentimiento de ser gente guapa de toda la vida, al margen de todo, protegidos por una muralla de respetabilidad, de sentido algo más que de clase. Otra cosa. Algo más sutil. Sentido de clan. Un mundo, el suyo aparte, que se rige por sus propias reglas. Un mundo inextricable del que nuestro hombre en el fondo no tiene la menor idea. Y es precisamente ese ser de toda la vida, abogados, arquitectos, médicos, inversores, financieros, ingenieros, hombres de negocios, asesores, pero no nuevo, no, sino de toda la vida, hijos de banqueros, de aquitectos, de abogados, nietos de lo mismo y de terratenientes y de americanos y de rentistas y no sigamos mucho más allá por este camino, porque si bien aparecen enseguida los blasones y los cuarteles y las ejecutorias y los señoríos, también acaban apareciendo las layas, que no en vano aquel otro medio diablo dijo que ésta era una tierra de porqueros con escudo de armas, así quedó dicho, se me ha olvidado y es bueno recordarlo. Les tratan bien en el banco, les tratan superior en todas partes, aunque no se dejen ver mucho, les ríen las gracias, hay que ver la gracia, la elegancia, la prestancia que tiene el baronet Montaguta, que es enano y negroide, y en el fondo tienen miedo. No figuran en la lista de teléfonos, los rojos van a ahorcarles con cuerdas de piano, los feroces etarroides van a guindarles la panoja. Tienen miedo a que les den un palillo, a que les limpien el forro, las bandas armadas, bueno, la banda armada, no hay más que una, la delincuencia asilvestrada y la organizada, cualquiera... Tener miedo es un toque de distinción. Protección, hay que protegerse, dale con la alarma y el detector y el matoncillo a la puerta... Ellos... ¿Dónde están ellos de ordinario? A salvo. Siempre a salvo. Por encima de toda sospecha. Sonaban sus nombres en las retahílas de las tramas negras y todo esto no tiene importancia y hasta es visto como una gracia por los nuevos señores de la situación, hay que ver qué gamberros eran, cuánto carácter, atrás quedaban, y qué lejos por cierto, los muertos, la conspiración, las actuaciones archivadas, la transición pactada... Sospechas, nada más que sospechas, todo acaba esfumándose. Sus casas las protegen guardas armados, los mismos que coinciden con nuestro hombre en su loquero para desengancharse de la heroína, el pericón, del jarro, puerca gente, la peor escoria que anda suelta, locos peligrosos casi todos, unas ganas tremedas de apretar el gatillo, imponer la ley, eso no se lo cree nadie, ser útiles a sus amos, los de dentro y los de las garitas, armados hasta los dientes, perros, silenciosos y criminales... Intocables... Protegidos. Entran directamente en casa por el garaje, así no les dican las compañas poco sanctas de las juergas puercas... De hecho, a nuestro hombre le ha costado entrar, le ha costado que el mayordomo —nada peor, dicho sea de paso, que un siervo que se toma la cosa a pecho y quiere hacer méritos, para qué, es capaz de cualquier cosa con tal de recibir en el lomo la caricia del amo— le dejara entrar, le ha mirado antes de arriba abajo, y el guardia de la entrada que le ha visto bajar del taxi con mirada aburrida también, como diciendo «Pero a dónde vas tú, desgraciado», eso, sí, eso es lo que ha pensado nuestro hombre que pensaba el otro, toda la vida ha pensado eso... Viven en otra parte, en otra galaxia, como marcianos, como extraterrestres, viajan, sí, ya lo creo que viajan, del aeropuerto al fortín, sus clubs son fortines, admiraban, lo recuerda bien nuestro hombre y brindaban por él, por aquel empresario modelo, el primero que contrató matones sudacas, no cabe duda que sus ancestros ya lo habrían hecho en más de una ocasión, o habrían sido matones ellos mismos, saben mucho estos hideputas de la razón de Estado, de mercenarios, de los gandules de la Argelia francesa que andan por Málaga o Alicante, todo el hampa de los puticlubs, banderas, honor, grandeur... y ametralladoras, lo saben, mercenarios, croatas, argentinos, pies negros, italianos, de todo había en la punta del monte, y siempre vuelven a la sombra, tienen otra vida en otra parte, son de toda la vida, jodida cosa meterse ahí, no gustan de dejarse ver así como así, a veces se les ve pasar por la calle sin mirar a ningún lado, la vista fija al frente, bemeuves, alfarromeos de importación, rovers 4 × 4, mercedes de cristales oscuros, bentleys, o viniendo de la finca, el campo le llaman ellos, como si todo entero fuera suyo, en un todo terreno lleno de barro, sólo lo limpian los horteras, dice el niño, vestidos de campo, cartujanos de España (*probably the bets goodyear welt shoe in the world*), zamarras de piel vuelta, ropa inglesa o austriaca, todo a medida, como un guante, como una segunda piel, Yatagán de Carón, escopetas de safari, adiestran mastines castellanos, se ríen cuando a un empleadillo de la finca le mete un trascazo el perro, no pasa nada, cómo va a pasar, nada de nada, le dan una propina «Que le den unos puntos»... Automóviles herméticamente cerrados, hieráticos. A veces, pocas, en grupo, siempre en grupo, se echan a la alcantarilla o meten la alcantarilla en casa, una semana al año se hacen con las calles de la ciudad, dicen fofavor, oyes, fofavor, lo siguen haciendo, se hacen los buenicos, se quieren, amor, amor, distinción, erudición, se han ido haciendo entendidos en cosas buenas, en las mejores cosas, hasta arqueólogos como Indiana Jones o musicólogos, no necesitan ser insaciables, tienen una paz interior trrremenda que les pone caras de santos bobos como al baronet Montaguta and sons and friends and... Se dejan invitar a veces por los poderosos de turno —y menudo turno, que es como coger boleto en los autos de choque y no poder montarse en toda la tarde—, saben cómo lucen en lo salones, dan brillo y los otros gozosos, se han rozado con ellos, han departido con el rico de toda la vida y el rico les ha dicho cómo va el mundo... «No te laves hoy, cariño, espera a mañana, a ver si se te contagia algo...» Están protegidos por bienes heredados, sabiamente administrados, excelentes inversiones, sólidos patrimonios, lo pueden ver todo desde lejos con una distancia infinita protegidos por el clan, por el grupo, por el espíritu de clase, por los amigos, los socios y los parientes. Y seguirán ahí. A veces alguno cae, pero su sitio es rápidamente ocupado por otro que viene subiendo y paga la gabela. Deberían vender acciones, como en un club de difícil acceso. Es fácil también caer en desgracia. No tienen remedio. Ni siquiera los que ya no tienen una perra y viven de la nostalgia del mundo de sus padres y de sus abuelos, de llamarse como se llamen, y de que eso todavía signifique algo en una mesa de bridge, y éstos ahí, en ese rincón, displicentes, charlatanes, decidores, le ríen las gracias al último *parvenu* que mira a su alrededor como diciendo «Ya he llegado, ya, me hacen caso, se ríen de lo que les digo, me invitan», pero no, hablan de cosas que sólo a ellos les conciernen, nostálgicos de un mundo de concesiones ministeriales unos y los otros en el pastel de arrimarse a las concesiones de las consejerías de un siglo de honestidad que decían del honesto tipógrafo, de pufos bajo manga, de monopolios, exclusivas, viven ahora de expedientes, de apariencias, de golpes de dados...

«Bueno, yo aquí pinto poco, yo me najo al retrete y me meto una raya porque de aquí no voy a sacar nada en limpio... Y a mí qué, en el fondo qué demonios tengo yo que ver con ellos, ni siquiera un pariente, aquí no soy sino un camellete ocasional, un viejo amigo de un tiempo abolido, o ni tan siquiera eso, un indeseable, un impresentable, no me habría llamado si no hubiese necesitado esos gramillos, caer bajo, de qué, bah, bah, bah, ellos también, rebajarse, autoestima, y a mí qué, alguien a quien se mira con desconfianza una vez suministrado el material —como así ha sido, que en cuanto ha entrado en la casa Bradomín que está desquiciado con tanta asesoría y tanto poder y tanta pasta le ha cogido del cuello y le ha registrado los bolsillos "Tú, para, para, coño, que ya te doy" "Ya me habrás robado, cabrón... Bebe algo y lárgate que no te quiero ver en mi casa"—, el antiguo bufoncillo, el alegrafiestas, puro Fosi, qué gracioso, qué loco era, y además con pujos de artista, os acordáis de aquellas noches tan locas en el prado del molino de San Jorge... Eso, no hablemos de recuerdos, no hablemos de recuerdos que no haremos sino joderla, mas cómo no hablar de recuerdos si en el fondo es el único patrimonio que tengo, la memoria, esa péñola endemoniada...» Suministrado que está el material, compartidas que están unas rayitas, tomados unos güiscazos de a buten, «...debería irme, me lo están diciendo con la mirada que aquí ya sobro, ya me voy a sobrar, pero me quedo, eso es lo único que me gusta de él, que le doy miedo. Tiene miedo de que dé un espectáculo y eso es en el fondo lo que están esperando... el escandalazo... No le daré ese gusto, no... En el fondo le gustaría echarme, pero venirse conmigo a la calle, a mi reino, a mis mierdas, al morbo, joooder, me parece que me he pasado con las rayas, calmémonos...» «...a la calle, a mi reino, con los míos... ¿Y quién coño son los míos? ¿Dónde están? ¿Pero qué es esto? Bueno no, excelente pericón el que le he pasado a este tío, una perica cojonuda, ¿o era de las mías?, bueno a saber, de la mejor, de la que sólo un favor debido, una minutilla que no me pagarán jamás... Desde luego éstos no son los míos, no éstos, bien vestidos, sanos, cuidados, aspecto saludable, menudas dentaduras tienen, bien vestidos, con las mejores marcas, todo comprado en Italia, en

Londres, en Nueva York, un estilo clásico, nada del todo a la moda, no, demasiado vulgar, y éstos como todos, miran y se miran, y también, a veces, temen que todo se hunda, que todo se les vaya a tomar por retambunfa, pero es éste un temor pasajero, mientras tanto una seguridad que para qué... Quién, si vienen mal dadas, pongamos por caso...». Deberían ver ahora a nuestro hombre, ahí, debajo de ese retrato de un cardenal del Renacimiento, retrato severo, de toda la vida, antepasado o así del anfitrión, pero más seguro comprado en el Rastro, abstraído con cara de estar en otra parte, con cara de asesino. Mi madre qué pinta. Esto, dicho sea de paso, lo piensan varios de los asistentes a la fiesta. Alguno debe de creer que va disfrazado y que se ha equivocado de fana. «...tienen su domaine para un retiro estupendo, nada de oscas, ni hipotecas ni Dios que lo fundó, no, nada, estos están en otra galaxia, sólidos patrimonios, sólidas alianzas, todo sólido, sólidas dentaduras, sólidos matrimonios, sólida formación, una fe sólida en el dinero y en Dios, en Dios y en el dinero, deben de pagar unos garabitos para el cielo que para qué... ¡Joooder qué basca! y los hambrones todavía peor, yo no sé cómo es capaz de armar este tío estos potingues de gente. No creo que hubiese podido ser nunca uno de ellos, sólo "el hijo del picapleitos", como dijo aquella dama inglesa de pacotilla que gustaba de abrirse de piernas con el culo bien pegado en la pared de los frontones, mala puta, peor rayo te parta, otro abogadillo con mala suerte, como yo, administrador eterno de bienes ajenos, hombre de paja, jamás la fiducia tuvo secretos para él, tonto útil, como yo, como yo comprendido demasiado tarde... Bueno, bueno, no nos pongamos tremendos». Y de pronto la ve, allí está, en un rincón, mirando azorada a su alrededor, ni nuestro hombre ni probablemente ella sabe qué hace allí. A nuestro hombre le parece imposible que hayan pasado, cuántos, casi veinte años desde la última vez que se vieron. Lo suficiente para ser dos desconocidos. Imposible. Nuestro hombre compone la sesera o el zacuto de pensar que viene a ser lo mismo. Dice ella «¿A que no te acuerdas de mí?» «Por supuesto que me acuerdo... Estás guapísima» contesta nuestro hombre y de seguido da un traspiés que le obliga a agarrarse a una cortina y a dejarse caer en un entredós... «Y nada, hablando, hablando, poniendo un ladrillo tras otro en este zigurat de desdichas, congeniamos», podrían haber dicho más tarde, pero no dijeron nada, eso sólo lo sabemos Caifás y yo, ellos no... Ella le cuenta de un marido brutal, estúpido, un hideputa, un andoba impresentable, capaz de decirle que por el hecho de llevar dinero a casa podía tener amiguitas, decía, amiguitas, un moderno, la ondia, un moderno, nos ha jodido mayo, un tipo sin escrúpulos, un cínico sin talento, un mierda, coño, un mierda, se dice nuestro hombre, —Vaya, se dice, me lo figuraba, otra historia de soledad, de desamparo, de mentiras, de apaños, de arreglos, de días que se pierden en los días, de sueños malogrados, de proyectos en común que duran lo que dura una maldita noche de tregua, trampas, antojos, trampantojos, toda la faramalla, la pantomima, la comedieta del común de los mortales, el barullo, la intendencia, el menage, la Biblia en verso, la vulgaridad una patria, el detestarse, el darse cuenta de que la vida que uno hubiese querido era otra y estaba en otra parte, y de ese follón no salimos, mierda, que no salimos, nuestro hombre y ella, cenicientos, olvidados, dos desconocidos, cuyas vidas no se parecen en el fondo en nada, que los desastres tienen diferencias sutilísimas, hasta que dicen «¿Nos vamos?», mierda, no iba a volver, se acabó aquello, nada que ver con aquella gente, nada que ver con nadie, la primera mañana del mundo, qué perra está dando con la primera mañana del mundo, un tipo que le ha arrebatado todo, la vida, todo menos una inmensa capacidad de ternura, una cierta limpieza, una ingenuidad de fondo, demonio, esa ingenuidad, algo como para decirse «¿Pero, demonio, qué haces aquí? Pero si estás rodeada, estamos rodeados, leñe, rodeados» No estaba dispuesto a escuchar ni una más, «Para historias cochambrosas, la mía propia, que no he podido enterrar», pero no presta oídos, es sutilmente diferente, es otra cosa, es no hacer aspavientos, es estar a merced de esta mierda, indefensión pura, no puede hacer otra cosa sino escuchar, escuchar, sólo eso, prestar atención, no se creía ya capaz de hacerlo, aunque lo haga a rachas, aunque piense más en él mismo, en su historia, quince años que se pueden esconder en otras tantas páginas... Y nuestro hombre, al menos durante unas horas, fantasea, se siente distinto, menos canallesco, capaz de vivir, demonio, por una vez la vida, una vida distinta, más brillante, más blanca, sin tantos líos ni pejigueras... El tipo desbarra, desbarra, intenta convencerse, convencerle a ella, porque ella le quiere convencer a él, al grito de «Siempre tuve confianza en ti, siempre, tuvimos mala suerte, eso es todo», de que puede empezar una vida nueva, cambiar de vida, de que las cosas van a salirle bien, que van a venir bien dadas de una puñetera vez, que es, peregrina teoría donde las haya, una cuestión de probabilidades, empezar de nuevo, se dice toda clase de frases de canción francesa, aimer a perdre la raison, oh mal mariée, oh mal mariée, notre fille a vingt ans, se dice, le dice, no sabe ni lo que se dice, una declaración de amor propia de un frenopático, pero nuestro hombre no puede controlar lo que dice, un borbotón, algo imparable, algo que suena a patochada y probablemente lo es y por tanto lo más propio y lo más verdadero que tiene nuestro hombre... Estas cosas hay que escucharlas para poder darles crédito y la gente se las dice, para animarse, para no verse obligados a callarse y admitir que todo, todo, está perdido. Nuestro hombre y el amor de los veinte años. Nuestro hombre no repara en que han pasado veinte años, que todo es distinto, está marcado, tiene costurones, cojera, a causa de la impericia, de mala suerte, de la poca inteligencia, por las mellas, por la vida escamoteada, robada, herida, que él no tiene nada que ofrecer a nadie, ni siquiera quiere o tiene ganas de comerciar con el sórdido recuerdo de su fracaso... Tiene nuestro hombre la repentina sospecha de que ésa que tiene delante podría ser, sólo podría ser, cuestión de soñar como un drogado, la última oportunidad de su vida que se le ofrece, cosa también de las grandes frases, los grandes principios, la tremebundez de base, y también va a perderla, se le va a escapar, no sabe cómo atraparla, no sabe qué decirle, oh, después de una vida de humillación, de vulgaridad, de todo aquello que alguna vez supo que no quería vivir en absoluto... Nuestro hombre quiere aferrarse a esa vida, abolir el pasado, abolir su pasado, cada gesto de ternura le hace más daño, mucho más, todo lo que no ha tenido o no ha sabido tener, y no ha sido más deseo de una vida distinta, por demás vaga, me dirán... No repara nuestro hombre en lo grotesco que resulta, ahí está, tras haber huido de la farra, derrumbado en un rincón, acariciando, cree, resobando resulta, como un poseso al que llama una y otra vez el amor de su vida, como quien se hubiese aferrado a alguien que se hubiera convertido de piedra de repente, loquea, nuestro hombre loquea, declara su amor rendido, apasionado, no sabe ni lo que se dice, ahí está, astroso, hecho, eso sí, sobre todo en la oscuridad, algo menos que un clochardo, proponiéndole a su amor un sinfín de dislates, de despropósitos mayúsculos, un viaje a las Seychelles, a Escocia, a Cancún, al Caribe, a Ibiza, a Marruecos, a la India, no, una noche romántica en un viejo hotel, un sitio apropiado para tener idilios, y el peor, el más grandioso de todos, una nueva vida en común, ahí queda eso, temibles, no repara, no, en su aspecto, no, es el hazmerreír de los camareros que pasan por el saloncillo, se dan codazos y se dicen «Mira ésos, mira ésos qué lote se estan dando», tal vez ellos ni se dan cuenta de lo que pasa, tal vez ella quiere escapar de allí cuanto antes, tal vez siente piedad, de esa pantomima siniestra, de ese loqueo de desahuciado, de esos antojos de moribundo, una nueva vida en otra parte... Dice cosas, «Oído, cocina», que decía el licenciado Zaborra, «Eres mi puerto de quietud, me devuelves la vida, te deseo, amor, te deseo, te deseé siempre, hemos tenido mala suerte» —aquí a nuestro hombre no le falta razón, dice verdad—, cosas que parece haber olvidado, sencillamente olvidado... No piensa en que la aparición, eso según, pueda ser otra desheredada de la fortuna, otro personaje con mala, con pésima suerte, alguien que no ha sido capaz de relatarle más que un rosario de catástrofes, una mujer desposeída de casi todo, perdida, como les ocurre a muchos, a merced de cómo vengan dadas, nada más que a merced de cómo vengan dadas, en una vida que hubiese dado cualquier cosa por no haber vivido, piensa nuestro hombre si no estarán todos extraviados en una vida que no han deseado vivir, justamente en la que no han deseado vivir... Y en la calle, todo es de niebla. «Oh, Dios mío...» Tiene serias dudas nuestro hombre de que lo que acaba de vivir haya sido real y no uno más de sus espejismos... Y todo porque en el último momento, cuando ya se iban juntos, abrazados, el uno en el otro, le ha dicho mirándole a los ojos «Te quiero, Matilde, te quiero, regresa, ven a mi lado, empecemos de nuevo que todavía no estamos muertos...». Y ella, el amor de su vida, se le queda mirando fijamente y le dice «Matilde era tu mujer y ahora está muerta. Yo no me llamo Matilde», y de seguido se aleja en un taxi. Sólo ahora repara en que no le ha dejado su dirección, no sabe dónde vive, echa a correr detrás del taxi, mierda, se pierde en una calle, tropieza, se cae, se levanta y se apoya en una pared. «¿Y ahora qué hago yo?», se dice en tono desolado, una vez más, y, como siempre, se responde dejándose llevar por sus propios pasos al encuentro de un bar abierto, las cuatro, todavía alcanzará uno abierto, el taxi le deja en la puerta, aporrea, pega el oído, «Sí, hay gente, hay gente, necesito una copa» y lo dice aunque no puede más, porque entre discursos y declaraciones de amor, ha pifado de lo lindo en casa del Bradomín, aunque vaya a derrumbarse ahí mismo, sudoroso. Le dejan entrar, un cliente es un cliente y además los dueños le deben unas minutas, viejos, canucidos... En otros tiempos... Pide una copa y se va para el servicio, está ocupado y al otro lado de las puertas se oye bureo, todos a lo mismo, por fin se abre una puerta y nuestro hombre se mete para dentro, se sienta a horcajadas en el retrete y se pone a prepararse unas rayas en el depósito, tres, ni una más ni una menos, «A ver si reviento... A quién se le ocurre fastidiarlo todo en el último momento» «¡Sal de ahí, que nos comprometes, que nos van a meter la Corcuera!» Nuestro hombre no está para muchas dialécticas, pero aun así les espeta «Cabrones, si estabais hace un momento todos aquí metidos» «Venga para fuera» «Ya voy, ya voy» Aquí hay algo embrollado, no sabemos, vamos a ver... A ver si nos llega mejor la señal... Pero no vemos bien, se va el sonido, hay mal rollo en el ambiente, parece que no va a parar aquí la noche, parece que el asunto de las rayas no está claro, parece que hay discusión filosófica sobre la libertad humana, que le llaman éstos... Parece que le sale el alma de honrado comercio de la plaza al tabernero, Malalma de nombre... Parece que como están a puerta cerrada se hacen una para todos larga, larga, en la barra, parece, parece que nuestro hombre le ha faltado a uno, porque están discutiendo en la puerta y ahora mismo está otra vez en la calle. En fin, agujero negro al canto, lo que quiere decir que mañana no se acordará de las mitades. Apagón general.

A LA LUZ del día nadie encontraría las puertas de acceso a ese mundo de podre, a ese abigarrado dominio de la noche que bulle como gusanera. Son las suyas puertas que se abren misteriosamente pasada la hora de brujas, puertas que marcan los hitos de otra ciudad distinta y bien distinta, de otra realidad, otro reino. Otra realidad hacia la que va nuestro hombre impulsado sin duda por una enfermiza atracción hacia todo lo que es enfermo, imperfecto, hacia todos esos lugares furtivos donde crece el horror. Es un tufo el olor de ese reino. Tabaco frío, ropa sucia, mugre, pobreza, desidia, muerte, comistrajos, orines de gato, sudores, miasmas, algo que parece salir como salitre venenoso de las mismas paredes... Atmósferas en las que, bajo la apariencia de la intemperie, siempre falta aire, una atmósfera venenosa de ruina abandonada, de subterráneo por siglos cerrado, un ambiente mefítico, agobiante, irrespirable, tóxico... Y en ese mundo habitan gentes criminales, locos, enfermos incurables, fugitivos, desahuciados, proscritos, apestados, el atlas de Lombroso al completo, algunos ni se muestran, hablan en la oscuridad, hay que tratar con ellos en la oscuridad, son las manos las que se reconocen, total, los billetes, siempre lo mismo... No hay robo, cuchillada, mamporro, paliza alevosa, trapicheo por lo menor, lo cortado y lo guarro, en el que no anden metidos... Tuertos por la cándida —ese inolvidable ojo de cristal reflejando una bombilla en la penumbra, de eso sí se acordará mientras viva—, sifilíticos, sidáticos, tuberculosos, alcohólicos, deficientes mentales, son peristas, soplones, ladrones, no tienen futuro alguno, la fuesa, su vida, ni tal vez la de nadie a estas alturas, lo demás un espejismo en 3-D, en technicolor, en no se qué que decía el otro, con más flu que la foto un vasco, no vale un pimiento... Esconden escopetas de cañones recortados, cuchillos y cuchillejos inverosímiles, rámbicos, balanzas, botines, ventas, reventas, trozos de trozos, alimentan día a día su locura, con paciencia y hasta con mimo, su locura y su pequeña y querida enfermedad mortal, su evidente enfermedad mortal, no, no les vayan a éstos con el cáncer del siglo, en realidad no les vayan con nada, ni se acerquen, nada, eso ya sólo sirve para asustar a honrados padres de familia, que se dice, algo tarambanas que la meten donde no deben o que se la dejan meter por donde no suele caber, y a una banda de desesperados, de pusilánimes... Es igual, para qué la vida, si no hay futuro, si no hay más futuro que este presente, estas mil por la cama a cada rato, estas cinco mil por el polvo, y estas otras cinco mil por las especialidades, comemierdas, lluvias doradas, besos negros, fetichismos, transformismo, latigazos, un jicho desdentado escuálido a caballo de otro gordo como un ternero, «Tienes más tetas que yo», tenían que haber visto al Caifás con un vestido largo de lamé todo pintarrajeado como un apache más que como un femenino putón... Dice que no, que él no fue... Pues para mí que era él... y el resto amenazando con esos testigos que están siempre en la sombra, paga o llamo a mi marido, pero qué coño, dice el barbudo éste, paga o llamo al dueño, a mi amigo... Los limpian, gentes borrachas, bien borrachas, que acuden a esos antros a quitarse el quehacer de madrugada, borrachos, solitarios, desesperados, con la lengua fuera, hay que verlos, yo no me invento nada, están ahí, no importa la ciudad, ni el día ni la hora... infames, tanto unos como otros, dice, será, ninguna piedad hacia nuestro hombre que se deja arrastrar una vez más por pura perversión, dirán —y eso es lo que él quisiera y tan sólo es necedad—, puede ser, pero también por ese ver si acaba de una vez, si desciende de una vez en ese pozo de arenas movedizas y encuentra algo que le haga resucitar, regresar, volver, marcharse, es más complicado de lo que parece, por pura necesidad de aniquilación, de disolverse, esa suerte de lento o acelerado, según se mire, suicidio de nuestro hombre, comenzado un día del que no tiene memoria alguna, un día perdido en las sucias brumas de su memoria... Nuestro hombre que pacta, estúpido, aquí y allá con la muerte y va negociando, concertando, cree él, aplazamientos. Ya no habrá transgresión en la que no crea haber participado... «¿Y que significa a estas alturas una transgresión? —se pregunta nuestro hombre antes de hacer un chandrío de esos que se ven—. Nada, nada, hale para adentro»... Quién, dónde, para qué, como acostumbra alguna gente a terminar sus peroratas cerrando el pico de esa forma al moro Muza... Lo que no habrá ya es estupidez que no haya cometido... Sin embargo, dónde están, quiénes son, de quién son esos insomnes ojos desorbitados en cuyo fondo se ve bullir la agresión, el crimen, la crueldad, algo diabólico, o a veces tan sólo la estupidez... Gentes que salen de la sombra y a ella vuelven, sombras ellos mismos, sombras de sí mismos, que abren una puerta, esa puerta en donde parecía no haberla, esa casa en la niebla, esa casa navegando en la niebla, esa casa inverosímil, una ciudad dentro de otra ciudad, puertas, recámaras, alcobas, pasillos, cuartuchos divididos por paneles cubiertos de pornografía burda, gorilones, tíos cachas, que se tambalean a los envites de los costados... Una casa que parece hubiese sido arrastrada hasta la ciudad por una misteriosa corriente, imposible ubicar su exacta situación, flotando en la niebla, abren una puerta, y ofrecen previo pago y propina, a doblón, una botella asquerosa, para pasar un rato a gusto, rellena de un líquido indefinible, que ofrecen un pico con reconchas dañinas, cuestión de hacer daño, de jugar a ver si muere el cabrito, ahí, en la habitación en penumbra o bajo una luz sucia... y nuestro hombre se pregunta por cuántas veces ha sucedido esto mismo, sangre en el bidé, un coágulo purulento, nuestro hombre contra la pared, las jeringas con restos de sangre del bombeo por el suelo, y esos otros que desde la oscuridad acechan, acechan desde siempre, desde una época de negrura y desesperación, ellos mismos se eliminan poco a poco, a veces puede llegar a pensarse que han desaparecido, pero no, ahí están, en estado latente, como un cáncer, pueden llevar durante años, durante siglos, una vida latente, se esconden en legiones, cárceles, hospitales, policías, pero luego regresan, siempre regresan... Y es a una de esas puertas a las que ha llamado nuestro hombre, llevado, como queda dicho, por un añejo gusto de encanallarse, por una curiosidad morbosa, como cualquier tío cutre que las matara callando, con el placer de no ser descubierto, además, el del furtivo, y luego el de tirar la propia estima y de paso la estima ajena por la ventana, para siempre, sin remedio, infame, se ha dejado llevar después de mucho buscarlo por un endriago, una nutria, un mozo puta, el taxista le ha reconocido, un antiguo cliente, adiós la aventura, lo meten a empellones en un cuarto, la vista de nuestro hombre va de un lado a otro, piensa que no es posible tanta porquería, imposible, dice, la reoca, ni en un museo de los horrores ni como escenario de cartón piedra para diorama de crímenes, joder, esto no se lo inventa ni un figurinista beodo y tío loco, ni un Jim Henson del espanto, el suelo de terrazo, un pringue en el que se pegan los zapatos, el consabido armario de luna, montones de ropa sucia en las sillas, lencería fina dicen que le llaman a eso, trapos, resobados, una peste, «para disfrazar a los caprichosos —explica el endriago—, ¿a que te gusta?» y con él aparece otro, otra cosa, indescriptible, imposible, no, coño, ni a posta, ni en una película, tan improbable que todo esto tiene que ser real a la fuerza, a nuestro hombre le sube un vómito de bilis a la boca, una especie de campanilla con elefantiasis, un loro que raja y cómo raja, un ser monstruoso, con recia barba de dos días, bien negra, semicubierta por una capa de arcilla, por lo menos, qué polvos ni qué gaitas, barrazo, sujetador, tanga, liguero, medias y unos zapatos de aguja rojo sangre, cubierto con un pelucón ¿rubio?, no, rubio no, amarillo de oro viejo, de orina recia, de yo qué sé, y encima de la cara una suerte de velo, «Joño», se dice nuestro hombre que intenta mantener no sabemos si el tipo o la compostura —«¡Eh, tú, Caifás, a que no habías visto de esto, eh, parece el rey sol!»—, y se cae de espaldas en una cama, el jergón metálico rechina y el tacto es viscoso como de reptil, como de algas, que le hace levantarse de un bote, se recupera enseguida ante el temor, fundado por otra parte, a que se la endiñen, a dúo y por la brava. Y allí sigue la faena, posturitas dicen, nuestro hombre apenas puede mover sus arrobas y se limita a tener los ojos bien abiertos viendo a aquel par de gorilones evolucionar en el cuarto y hacer toda suerte de pamemas y majaderías, nada que hacer, nada, por hacer algo se la intenta cascar y lo consigue a duras penas, no son motivos muy estimulantes, todo hay que decirlo, los tetones, la cutez, los cañones como de pollo desplumado, no francamente, no, en las películas es otra cosa… Y de pronto los vio, allí arriba, no podía dar crédito a lo que veía, estaban allí junto al techo enmarcados en dos ventanucos que darían quién sabe a dónde, mirando, riéndose, dos rostros, varios rostros monstruosos, arrugados, viejos, enfermos, no sabía nuestro hombre si era una cara o eran varias. Algo terrible… «¡Los rostros del diablo!», piensa nuestro hombre y se queda paralizado, quieto de puro miedo, encogido, teniendo conciencia de su situación, los ojos del diablo, el diablo mismo, los ojos, sí, están, ahí, fijos, desde hace rato, malignos, interesados, ahí, fijos, malignos, interesados… No se recatan en contemplar la escena que se desarrolla allí abajo… «Que te pongas cómodo, que te vamos a poner cómodo a palos» y nuestro hombre que se resiste, que ya no quiere sino escapar de allí, escapar como sea, no sabe dónde está, la habitación se llena de gente, otros endriagos, se lían entre ellos, les suelta como quien tira un pernil a unos lobos un resto de papela, otros seres que le zarandean, que sin recato alguno vienen a por su ración de jaco con la pasta en la mano, la campanilla va repartiendo y cobrando, las voces forzadas, «Eh, tú, maja, que me debes lo de ayer», y aprovechando la confusión nuestro hombre escapa, abre puertas, teme quedarse pegado y da en la calle… Emerge nuestro hombre en un paisaje de pesadilla, escucha un lejano y apagado ulular de sirenas que hubiese podido tomar por el cuerno de la bruma, una casucha en la niebla, en el extrarradio, en el fin del mundo, en el borde definitivo del barranco. Sale por fin a la calle y aprieta a correr entre la niebla, corre y cae al suelo, no pasa nada, sólo que la cabeza le va a estallar, arrea, Caifás, que a éste ahora lo perdemos, y no hay que perderse a ese hombre que corre en la niebla, que corre y corre y llora de miedo, la cabeza perdida, ve al fin una cabina de teléfonos, se encierra dentro, intenta marcar un número y no está solo, no, ve avanzar despacio un taxi con la luz verde encendida, sale precipitadamente de la cabina y se lanza al coche «¡¿Está libre?! ¡¿Está libre?!», grita, el taxista le mira y pone cara de dudar si cogerlo o no, no es para menos, «¡Socorro!», al fin se monta y se desploma en el interior, el taxista no hace sino mirarle por el espejo retrovisor, «¿Le llevo a comisaría o al hospital o a algún sitio?» «No, no...»

Al entrar en su casa nuestro hombre se da cuenta de que tiene la boca pringada de rouge, un rouge imposible, pringoso, se lo quita con la bocamanga de la camisa, una cosa espesa que despide un olor a fuesa o a fresa, y se mete al baño, se lava y se frota, gruñe, llora, se compadece, se derrumba, protesta contra sí mismo... Asómate, Caifás, que esto hay que verlo... Va de un lado a otro de la casa como un animal herido, intenta recobrar la razón, dice, «No es tan grave, no es tan grave», echa mano de un tubo de tranquilizantes, no, mañana, mañana, empezaré de nuevo, tengo que empezar de nuevo y da un puñetazo en el lavabo, ve en el espejo una cara tan monstruosa como las que ha visto en otra parte y cree reconocerla, «Esa cara ya la he visto antes y era de otro», se dice convencido, cuestión de loquear un poco, allí, «y por qué no largarme de una vez de esta ciudad, por qué no me marché nunca de esta ciudad ni de esta casa si lo que yo quería era irme, la comodidad, seguro, mierda, el dejarse atrapar, pero ahora puedo, ahora puedo, ahora estoy solo, eso, solo, no hay más historia, lo demás pamplinas... Estoy perdido». Siente ese terror a que la tierra se abra de pronto a sus pies y le trague definitivamente. Quiere aferrarse a algo y no sabe a qué, no sabe. Se aleja del espejo y se tambalea.

Va dando tumbos por su casa, recorriendo su territorio, reconociéndolo, como si no lo hubiese visto nunca o como si quisiera encontrar algo, algo que le es necesario, algo que no está ahí, una casa vacía, una casa abandonada, una casa ajena, una casa ajena. La cocina, un montón de mugre pegada a las paredes, grasa y polvo, algo pegajoso. Parece que sólo se da cuenta entonces con asombro de ello. Abre el frigorífico. Nada, un olor a podrido. Se apoya en el frigo, la superficie pringosa, siente arcadas, de pronto ve una providencial botella de Jim Beam como para un vaso bien largo en un rincón entre otras botellas diciendo bébeme y nuestro hombre siente un relámpago de ánimo. Echa mano de la botella, vacía su contenido en un vaso más o menos limpio, cuestión de hacer unos enjuagues no vaya a ser que se haya cogido una infección, «Esto mata los microbios», hace buches, y ahora mete mano en el cajón del armario donde guarda todas las porquerías que le han ido recetando en los últimos años. Todo un arsenal, sí señor, una botica entera, «Pero cuánta mierda me he podido llegar a meter», eso piensa, sí señor, no te asombres, Caifás, fíjate que trasiega, tú sabes de eso, que fuiste un drogas, joder, un puto drogas, y además de las chungas, anajabao, toda clase de ansiolíticos, dices, Marcen, Idalpren, Diazepanes varios y tepacepanes, da al fin con una caja de Rohipnol, hay una, al menos dormirá como un leño unas horas y se la echa al coleto, se las traga con el resto de whisky, nada mejor, ese sabor agrio, y sigue dando tumbos, se detiene en el umbral de las puertas, llama a Matilde, habla solo, escúchenlo ustedes y tú también Caifás que decías que no habías ido a ver funciones de comedias por no tener tiempo, ahora tienes todo el que quieres y comedias a tutiplén, y si tienes suerte vamos a tener una como la de esta mañana, mira cómo va encendiendo luces, de un lado a otro, como si necesitara algo, repara en el olor de la casa, a estas horas, ya son ganas de cascalla... y de jodella... No es que hable solo, tan sólo musita incoherencias, farfulla todo lo que le pasa por la cabeza que no es poco, que lleva una temporada muy dura, para mí, si quieres que te diga la verdad, Caifás, no tiene fuerza ni para maldecir, la puerta de su despacho, limpia la mesa de un manotazo. Ahora ya todo son luces, o mejor, una penumbra vaga pues no todas funcionan «Mierda, mierda —dice—, habrá que arreglar esto de alguna forma», va de un lado a otro, lo repasa todo, «Pero qué mierda, qué mierda, Matilde, dónde estás, Matilde, dónde te has metido». El despacho, lo que fue el salón, la cocina otra vez, el cuarto de los trastos, una bombilla desnuda de poca potencia en el techo y cajas de cartones, polvorientos, todo lo que ha ido arrumbando porque le acusaba, porque le molestaba su vista, porque le hablaba de una época en la que sí era posible el mañana y sobre todo, que todo, todo, pudo haber sido diferente. Nuestro hombre se nos mete ahora a cuatro patas entre las cajas, revuelve, manosea ropa apolillada, libros descabalados, abre uno y encuentra una dedicatoria «Ondia —dice—, soy un arqueólogo» «para que sepa lo que de verdad es humano», Laboa, Laboa, el castañuelas, vaya, a buenas horas aparece éste, en cuanto olió que iba para perdedor y para pobre, me exhó de su lado, menudo olfato tenía el jhicho, discos viejos, rescata uno de ellos, echa un trago largo y tira la botella (contra la ventana con la persiana cerrada, como corresponde a algún peliculón que había visto hacía poco), encima de todo el montón, vivir como una alimaña, a menudas horas se le ocurre, qué es todo esto, son cosas de Matilde, qué hacen aquí, Matilde desapareció hace años, ¿no? ¿Hace cuánto? Y se pone a deambular por un pasado confuso. De nuevo las escenas de la vida en común, la gloriosa vida doméstica, las comidas, las comilonas, los proyectos, las borracheras emprendedoras, ahí se veía todo claro, y luego oscuro, proyectos no realizados jamás, vacaciones frustradas, viajes lo mismo, por fin deja de enredar en las reliquias de chichinabo y se arrastra hasta su piltra, tiene frío, se envuelve en su grisáceo revoltillo, edredón de pluma de piscaraza, por lo menos, y se duerme boca arriba para comenzar de seguido a roncar como un compresor asmático… Mala, mala noche, muchacho. Definitivamente no tienes suerte.

JORNADA CUARTA

Sí, YA SÉ que está oscuro y hasta que nos vemos otra vez en las mismas, pero no me pateen la función antes de comenzar, que a nuestro hombre le resulta imposible abrir los ojos.

Mejor quedarse inmóvil, olfatear el borde del edredón, el interior de la cama, como si fuera un perdiguero que persiguiera un rastro, el suyo propio, su propio aliento, sus babas, sus desarreglos gástricos, su pereza intestinal, su cuerpo sudado, para medir el alcance del desastre. Sin embargo siente el alivio de verse vivo. «Pero en mal estado», me dirá alguno. Cierto, cierto, hecho puré, fosfatina, pero vivo. Sin embargo a nuestro baldragas le acomete una oleada de miedo, que le deja sentado de golpe en la cama como quien le da un mazazo a un yunque de feria con tal furia que la bola, después de dejar a la campana resonando en la noche, se pierde en la oscuridad del cielo ante los ojos atónitos de los lugareños que no dan crédito a lo que ven, porque no pueden, porque como decíamos, está oscuro. Algo no va bien. Un ruido y un ahogo. Unas lejanas náuseas, el pringue de la saliva. Una advertencia. «Estos últimos han sido días muy duros», se nos dice, pero si lo pensara mejor o tan sólo un poco, se daría cuenta de que lleva en la misma faena un montón de años. Y lo peor son esos apagones, esos súbitos crepúsculos que le oscurecen lo racional, hasta que no puede moverse ni a tentón, para qué intentar acordarse, mejor morirse ahora mismo... «No, no, ni hablar de eso. De morirse, nada»... Nada que ver con las horas que acaba de pasar y que parecen pertenecer a otra vida. Se toma el pulso. No lo tiene ni bueno ni malo, ni muy rápido ni muy lento, «Pues no va mal», se dice, y de inmediato siente algo parecido al alivio. Podría, si tuviera más calma, si pusiera más interés en el asunto o si supiera, encontrar los restos de una ligera taquicardia, pero enseguida pierde interés en el experimento. Le da miedo, le da miedo comprobar por sí mismo que puede estar con un pie en el estribo, que con esa fantasía se nos ha arruinado muchos días. Sobre todo trata de no volver a abrir los ojos. Se siente morir, eso al menos es lo que dice «Me siento morir, me voy a morir». ¿Han oído? Toda noción del tiempo perdida. Por haber perdido, el aquí ha perdido hasta la noción de su propia identidad, de su poco de historia, el saber por qué está en esa piltra, en esa casa, en esa ciudad, quién es y todo lo demás. No sería la primera vez que al abrir los ojos viese su cuarto como si nunca hubiese estado en él y le resultara extraño, ajeno. Le parece imposible haber vivido lo que ha vivido y soñado lo que ha soñado: los cuerpos destruidos, los huesos pugnando a través de la piel, las cuencas vacías, los estertores del moribundo. De todo lo que sucedió ayer tiene una idea más bien difusa. Le conviene, claro que le conviene, y que sea otro el que contempló, sin hacerles demasiados ascos, el cortejo de monstruos que su memoria hecha añicos convoca como imágenes que se iluminasen con neones de barraca de feria en el interior de urnas o vitrinas de museo de cera, de gabinete de fenómenos antropológicos, y de seguido quedaran oscurecidas por completo: la gangrena, la mutilación, las pústulas. Es un truco demasiado visto. Debería estar acostumbrado a estas penosas situaciones, pero no lo está, no quiere, le parecen nuevas. Y ahora le espera otro día por delante y la misma tarea de quitarse el miedo del cuerpo, el canguelo que va y viene, de intentar aferrarse a algo, de ocultarse que su vida no es, en el peor sentido, como la de los demás, de intentar convencerse de que todavía tiene una oportunidad. Todas sus tentaciones de quitarse de en medio han desaparecido, porque nos vemos obligados a poner en duda que las haya tenido alguna vez, y no es que tenga una especial gana de seguir viviendo ni siquiera de espicharla de inmediato, más bien de lo segundo nada; pero todavía no abre los ojos. Se limita a respirar con la boca abierta, bajo el edredón… Mira, Caifás, no te enciendas ahora una tagarnina de las tuyas, que volamos todos.

Al fin abre los ojos doloridos y mira parpadeando en la penumbra hacia la luz que aparece a través de los librillos de la persiana, se detiene en el montón de ropa sucia que está sobre el sillón, en una maleta rebosante, y a su vista se pregunta si de verdad ha intentado irse a alguna parte o es que ha venido de algún sitio, y sobre todo cuándo ha podido suceder eso. Una mesa cubierta de periódicos y varias tazas en equilibrio inestable, el escritorio, las paredes desnudas… La vista le resulta deprimente, pero no hagamos mucho caso de esto porque es un truco, otras veces le pasa lo mismo y lo arregla de inmediato con alguno de los procedimientos que ya hemos visto. Intenta atrapar sus pensamientos que vienen y se van, que se apagan de pronto sin que haya podido seguirlos del todo, detener por un momento la zarabanda del miedo, de la culpa, del dudoso arrepentimiento. No lo consigue. Mejor no pensar en nada. Y vuelve a cerrar los ojos.

Le parece imposible haber soñado lo que ha soñado, contemplado el cortejo de los engendros, la obscenidad de los cuerpos desnudos y sucios, grasientos, sus cicatrices de caballo de picador, en una región difícil de delimitar entre lo real y lo imaginario, cualquiera sabe dónde se encuentra ese reino de aire, o mejor entre lo soñado y lo vivido, el cortejo de monstruos —los rostros borrados por las cicatrices de unas heridas profundas, el fuego, la hoja afilada del machete, el escalpelo— que le suministra una memoria fragmentaria, una imaginación dañada, seriamente dañada, morbosa, la imaginería de una sesera titubeante ante cuyo repaso y recuerdo nuestro hombre se queda absorto, viéndolos simplemente pasar y pasar, su carro de heno, su conductor de ojos vendados, los soldados desnudos, una cabeza con un casco inútil, los sardes clavados en la carga… Debería estar acostumbrado a los ejercicios gimnásticos a los que le obliga su memoria, pero no, quiá, todo le parece nuevo. Otro truco y otro día por delante. Tan sólo le gustaría lograr descifrar esos barrancos, esos pudrideros, esas gusaneras, esos jardines sobre los que se ha abatido una espesa nube de polvo gris, gente con el rostro arrugado por las quemaduras del incendio de una casa en la noche, en los ojos, cicatrices, los vientres hinchados, las pústulas, los miembros cercenados, negruzcos, las arpilleras que tapan lo peor, como caperuzas de ajusticiado «¿Dónde he estado?» se pregunta nuestro hombre, si es que en realidad ha estado en algún sitio, le conviene pensar que ha estado en alguna parte, no en su propia vida, como siempre, en un lugar apartado, donde hozaban las piaras de cerdos, guardados por ciegos y tullidos, puro fuego de san Antonio, atrapados en complejos aparatos ortopédicos, hormas, arneses, tutores que chirriaban oxidados, entre las ruinas de los templetes, «Hoy por mí mañana por ti» rezaba la leyenda bajo la que pasaban unos y otros, con los féretros a cuestas, el movimiento de las alimañas entre los hierbajos ante la embocadura de los panteones, los ataúdes reventados, bultos envueltos en tela de saco pillaban las fosas, las voces roncas que le llamaban «¡Ven y chívame!» y luego, de pronto, la quietud, todos desaparecieron con el ruido de un batir de alas, y el silencio y el miedo porque todo se hubiese detenido de esa forma y podía estar ya muerto con las manos cruzadas sobre el pecho, las narices taponadas, los labios sellados, tan sellados como los ha tenido de por vida... «Menudo peliculón» acierta a decirse nuestro hombre. Menudo peliculón, en efecto, de cine de feria, rodado por algún sin fundamento, por algún tío loco; pero el caso es que nuestro hombre no tiene más película que ésa y, por tanto, nosotros tampoco... «Esas cosas pasan por meter el morro», diría la Picoloco, gran Sibila, sí, cierto, por meter el morro y por no sacarlo. Y todo lo que ha visto no ha sido sino un fragmento, un fragmento de un mundo subterráneo que existir, existe. Aquí Caifás y yo damos fe.

«Necesitaría otra vida... ¿Dónde se podría comprar otra vida? Total por cuatro perras que debe de costar... Comprarme otra personalidad o que alguien me prestara la suya, otros papeles de identidad, me pongo una tienda de frutas en Marrakech, no, en la Polinesia, y de frutas no, de especias... Otro carácter también me haría falta, sí, ya lo creo, yo no tengo mucho, y unos recuerdos distintos y otro nombre y otros apellidos y otra jeta, y otro cuerpo… En fin, otra historia. No pido poco, no, ya lo sé. Total, vendría mi hada madrina con su varita y le diría «Oyes, lléname la bañera de billetes, hazme una Primitiva, ponme una cola de clientes en la escalera…» No, clientes no, de curro nada… Una casa en la Costa Azul, como en las fotos, bien de luz y de agua, y zumos, muchos zumos, sería la monda… Aunque también podría venderle el alma al diablo… No sé cómo se hace, debe ser complicado, podría llamar a uno de esos anuncios del periódico y que me hicieran un conjuro, bien de azufre, la encrucijada, los cuernos y todo eso… ¿Para qué meterse en la piel de otro? A saber con lo que me iba a encontrar. Agoté mi tiempo y mi suerte… Oyoyoy… Que se me va la pelota. Tengo que buscar un médico. Un médico. Podría ir a urgencias, pero de seguro que tendría algún percance… Otra personalidad, otra jeta, una cirugía plástica al completo, que me estiraran, que me plancharan, que me pusieran bien de prótesis y de tintes, un buen apaño, un cuerpo nuevo, en otra parte, sobre todo… Y najarme; najarme de una puñetera vez. Aquí ya no me retiene más que este pringue. Joder, no tengo nada, nada de nada, no tengo a dónde agarrarme, soy un pobre de solemnidad, un impecune total, como aquel pobrete que me viene y me dice: «No tengo ni seguro, ni paga ni ná… Hágame un apaño, señor abogado, hágame un apaño, recomiéndeme para algo» y se me echó a llorar. Cada vez entiendo menos. Nada, no entiendo nada. Mierda, puertos, trenes, coches, un avión, aeropuertos… A ver quién es el guapo que aguanta ahora un par de horas de vuelo, lo mismo reventaba… Desaparecer, fugarme de una vez. Escapar de esta casa y de esta ciudad. Escapar de esta vida, joder, joder… Tiene que haber una puerta de salida, uno tiene que poder hacer algo, tiene que ser verdad eso de la suerte, a uno no le puede ir mal toda la vida, alguna vez tiene que ser la mía, necesito una oportunidad y tengo que aprovecharla, no puede ser que haya vivido en vano, que a mí me ha tocado sufrir mucho, tengo derecho a ser feliz aunque sólo sea un poco, un rato —cuando habla solo a nuestro hombre no le da vergüenza lo que dice: en esto sí que es como todo el mundo—... ¿A dónde ir? No perderme más en las calles, no merodear más, no vagabundear... Imposible saber ya a dónde. Fugarme de una vez. No puedo hacer nada. No puedo abrir los ojos...» «La vida... La vida merece la pena de ser vivida, dicen, sí, pero qué vida... ¡Puñeta! Este haber ido enloqueciendo, esta confusión total, este no poder siquiera mirarme en el espejo sin sentir miedo, este no poder abrir los ojos, esta desesperanza, esta memoria podrida, estos recuerdos de la vida que no deseé haber vivido y de la otra también, sobre todo los de la otra, aunque ya no sé ni lo que quise haber vivido, ya me suelen decir, "Pero bueno, a ti qué es lo que te hubiese gustado hacer en la vida" "¿Quién, a mí? Pues... esto, cómo se dice, pues, no sé, salud, talento, oportunidades... esas cosas, ¿no?" Y no sé, no sé, ya no sé... No es esto desde luego lo que quería, todos estos errores, este desastre. Me muero, coño, me muero... No, no me muero, qué voy a morirme, de eso nada, me tengo que poner bien... ¡Porra! Ayer tuve que haberme metido mierda pura. Ahora me sangran las narices. Lo que faltaba. Esta basca es capaz de venderte cristales machacados. Estoy metido en un buen agujero... A qué esta ciega, maldita voluntad de mirar, qué demonios podría haber en el fin de la noche, qué demonios podía haber al otro lado, podía haber, podía haber... Nada... Ya no sé ni lo que me digo... Haber ambicionado una vida distinta... Aunque ya no me creo ni esto... Y esto menos que nada... Qué vida, si no me acuerdo, igual no ambicioné nunca nada... Lo único es este no poder abrir los ojos, este dolor, me va a partir en dos. Mejor me quedo a oscuras...»

Todavía, ingenuo, nuestro hombre recuerda, al calorcillo de su improvisada zorrera, de su jaula para tejón, que ha vivido esperando algo de los otros, esperando algo, siempre esperando que algo o alguien, alguno de ellos, alguno de los de antes, viniera a arreglar el salchucho... «Vendrán y lo arreglarán todo, me echarán una mano...» Me conozco la historia, le pasaba lo mismo en los psiquiátricos con los loqueros, «Ya vendrá el médico, y me lo arreglará todo, me dará unas pastillas y hale»... O de madrugada le sacaba a su loquero de cabecera de la cama, o poco menos, y le gritaba «¡Doctor, doctor, que me han abandonado, que estoy solo, que me muero, que se me revienta la cabeza, que no puedo dormir, que me cogí una curda de campeonato, me tiembla todo, me drogo mucho, ¿qué pastilla puedo tomar, doctor?, ¿hay alguna pastilla para mí?, ¿tiene alguna pastilla para mí?»… Alguno de los suyos, alguno de los que él no es ni por el forro. ¿Dónde están? ¿Quiénes son? Nuestro hombre recuerda cosas bien distintas a lo que en realidad hubo. No existen. No hubo nada. En realidad no estuvieron nunca. Tenían dinero o iban a tenerlo, les habían preparado un buen futuro, les habían dado oportunidades, se las iban a buscar ellos, con la cabeza clara, sin potingues, sin guarrerías, sin test y venga de test y de encefalogramas y de ruidos y de dolores de cabeza y de vientre y sin llanto y sin noches y noches sin dormir, de joven, mientras los demás podían hacer bromas sobre su priapismo y nuestro hombre como gracia «Es que con la medicación no se me levanta»… De mierda puta, mierda puta… Algunos de ellos no se acuerdan ni de su nombre; otros se han escapado cuando le han visto por la calle o han acertado a tropezarse con él, otros le llamaban para emborracharse, y eso, en el fondo, ya es algo de comparsa, para lo de las putas, otros le siguen llamando para lo de la perica o la mierda, pero lo tienen proscrito desde hace años, como su propia familia… ¿Y esperar el qué? Imposible saberlo a estas alturas. ¿Dinero? ¿Otra mujer? ¿Otra vida? ¿El qué? No morirse, de pronto y para nada. Sí. El amor que no llegaba y que cuando se ponía a tiro no acababa sino en patochada y en estropicio. No saber amar. No saber dar. Se lo decían los confesores y los loqueros y su propia familia, ésa sobre todo, no calló nunca en lo de los malos agüeros: «Te quedarás solo, vas a ser toda tu vida un desgraciado si no eres dócil… —y dale que te pego—… qué pena nos das, nos das lástima, nos das asco, eres un degenerado; ya te habrás hecho homosexual, tú eres capaz de cualquier cosa, te has acostado con hombres, a qué sí… Y además de no haber hecho fortuna, te vas a condenar… ya verás como al final vas a tener que venir a morir al palo.» No saber vivir. No haber vivido. «Sólo esperar, engañarse, cuando sea mayor de edad, cuando me independice, cuando gane tela, cuando me case, cuando nos cambiemos de casa, cuando nos vayamos de la ciudad, a Ibiza, qué te parece, amor, al Mediterráneo, luz, luz, necesito luz, me lo dijo el médico, sí, no pongas esa cara, tienes que leer *El coloso de Marusi* y aceitunas y vino y queso de cabras, sí, mi amor, la vida auténtica, en el Egeo, seguro que habrá un sitio para nosotros, la simplicidad, la verdad, tiene que haber un sitio en el mundo en donde podamos ser felices, empezar de verdad, empezar... Entonces empezaré a vivir, en serio, de verdad, sí... ¡Menuda filfa!» Anda, anda, sórbete la lagrimilla o el moco, que tanto da, y harás mejor en no tener tanta lástima de ti mismo y en contemplarte mañanero acodado en las barras de todos los bares de la ciudad que se te ponían a tiro, siguiendo unos criterios que el más pintado juzgaría curiosísimos, según los días... sí, sí, lo que oyen, según los días, hoy, éstos porque es lunes, hoy esos otros que son de andada de jueves que no es en absoluto lo mismo que la del martes graso, ni la del jueves lardero, ni la de la candelaria, ni la del miércoles de ceniza, ni la de san Saturnino ni la de la víspera, ni la de la octava del patrón, ni la del santo ni la del cumpleaños, el aniversario, el bautizo y el entierro, excusas y pretextos los hay todos, hoy por las especialidades del local de las que ya hablamos por lo menudo, mañana por los blanquitos, pasado por los cuadrilleros con los que toparse, que hoy día toca Carcoma, pues Carcoma, que cocktails, cocktails, que venía uno de fuera, no había que dejarle escapar, mañana de mariscos, de mariscos, que pasado es andada putera, pues andada putera, que viene la filosófica, pues que venga, eso sí, con un copazo en la mano de espaldas a la barra, acordándose de lo que le dijo una griega que tenía un bigote de coracero «Tienes manos como para sostener un güisqui» y el jambo que se queda orgulloso, me oyen, que se quedó orgulloso, pensando que las manos que su bato le decía con desprecio no ya mal, sino en absoluto disimulado, que eran como de sacristán —solía venir de mala leche a la hora de comer, cansado, como todo el mundo, del despacho, de trasegar con los pasantes, y no paraba de decir insensateces del género de lo de las manos de sacristán «¡Y además, qué asco, te has echado colonia como los romanos y acabarás como los romanos, maricón!»—, estaban hechas para eso, para sostener un vaso, no, no teman sus señorías, no me excedo, las cosas son así. Un vaso, a ser posible largo, relleno de Glenn Grant hasta los bordes por aprecio del camarero, según él, y por verle botijo ciego, según ellos, para mofarse, un vaso, digo, en la mano y la mirada en la puerta del establecimiento, al acecho de la vida, de todo eso que tenía a la fuerza que atravesar la puerta alguna vez o sólo pasar por delante para poder cogerlo al vuelo, para poder montarse encima como con los carros de la trilla que pasaban a galope con las sábanas en equilibrio inestable envueltos en un nube de polvo y de paja. Y nuestro hombre no podía esperar nada en el fondo, no debía de haber esperado a nadie, pero pesaba demasiado aquel pedir de continuo consejo, «Tú dejate aconsejar», para poder ser dominado, machacado, aniquilado, de pedir ayuda en balde, a moco tendido, «Jorge, por favor, échame una mano, necesito que alguien me eche una mano» y el otro, al otro lado del teléfono «¿Qué pasa pues, que ties traumas, que ties catarro?» y se reía el tío y se reía, y se reía aún más contándolo, imitando la voz angustiada de nuestro hombre, parodiando su dolor, su llorera... Fue todo un éxito en la cena de los artistas becarios... En la confianza ciega y boba de que alguien iba a venir, como el loquero de madrugada, a sacarle las castañas del fuego: ésa es esperanza de enfermos. Y el consejo..., caray con el consejo... «Deja que te manipulemos, que hagamos contigo lo que nos dé la gana, déjate cortar los huevos.» No debía de esperar nada que no pudiera hacérselo él. Y eso lo debía de haber sabido antes, como todo el mundo. No tenía ningún motivo, además, para esperar nada de nadie, se debía de dar cuenta de que todos habían agotado su tiempo, sus ganas, sus fuerzas, su poco de talento, de que ya le habían machacado, de que iba a padecer la ansiedad de por vida... El dogma, el fanatismo, la violencia, la persecución, la inquina, un Dios omnipresente, obsesionante, martillo de herejes, un Dios sombrío, ellos creían en un Dios violento, perseguidor implacable, justo, es decir, a su imagen y semejanza, violento y vengativo, que ajustaría las cuentas, todas las cuentas... Hay que haber vivido esto para saber de qué hablamos. Y el miedo al fondo. El miedo a la muerte y el miedo a la vida. Amedrentar. Ésa era su tarea. Arrabatar el afecto, hacer imposible la vida cotidiana, el dinero, siempre el dinero. Perseguir las ideas propias, la disidencia. Someter. Apoderarse. Tal vez no fueran ellos y fueran los que estaban a su espalda ofreciéndoles a cambio lo único que tenían, lo único a lo que podían aspirar: un pasaporte para el cielo, que no es mala bicoca. Trabajar, ya habían trabajado o trabajaban porque no les quedaba otro remedio, porque no sabían hacer otra cosa, la vida, ésta, no les ofrecía nada apetecible y esto se hereda y se contagia y si uno no anda listo acaba infestao. Y nuestro hombre seguía esperando algo de ellos, que le quisieran de verdad, que le dejaran en paz, que no le tomaran por un demente, por un incapaz, en otro tiempo le habrían echado, ya le amenazaban, no se cortaban un pelo para las amenazas raras, con meterle una declaración judicial de prodigalidad y de locura y desheredarle, como última afrenta, como última venganza y dale que te pego con lo de la herencia, ¿pero había algo?, y, cuando estaban muy, pero que muy majarones, hasta con echarle encima una declaración de fallecimiento... «Estarás muerto, estarás muerto, para nosotros será como si hubieras muerto» ¿Pero cómo se le pueden decir estas cosas a un hijo? Pero se dicen, claro que se dicen, y se hacen cosas peores, esto es para privilegiados de la fortuna. Y aquella obsesiva, agobiante, sucia, retorcida persecución de tetas, masturbaciones, culos, muslos, piernas, brazos, la pureza, las furcias, el honor, la dignidad, la veracidad, la honradez... Pero infringían una tras otra todas las leyes que se les ponían por delante, la de Sociedades Anónimas, la del Suelo, la de Pesca y Caza, la del IRPF, la de Seguridad Social, los recovecos del Código Penal, el Código Civil... Parecían los de Ni Dios Ni Amo, pero era al revés, había de las dos cosas para dar y regalar, y encima daban lecciones de civismo, de compostura, todo poquedad, tartufismo, todo mentira, «Eres un degenerado» «¿Quién, yo?» «No sabes lo que es el honor...» «Me negaron hasta el derecho a rebelarme... La insurrección del prisionero... Sólo me quedó el refugio de la enfermedad y del silencio. Escogí la peor salida que se puede escoger. Acabé sabiéndome todos los síntomas, podía poner en fuga al más pintado, de tanto simular ataques de amnesia, pujos de suicida, melancolías diversas, temblores, con los tests hacía virguerías... y por debajo los canutos y la priva dura "¡Que echa baba, que echa baba, que se retuerce!" "Pues será hereditario... Eso es cosa de tu tío abuelo que era epiléptico" "Pero si era hermanastro" "Es igual, sería de contagio". Decían "No te amargues, traga, ya se morirán, ya vivirás entonces, total para cuatro días que vas a vivir, para qué te vas a amargar con esto. No tiene sentido. Venga, hombre, a lo tuyo"... Y ahora es demasiado tarde para afirmar que la única salida habría sido marcharme y marcharme bien lejos, salir del kilómetro cuadrado, escapar de la ciudadela —pero esto es otro quien lo dice, es otro quien lo escribe—. No poder abrazarse de verdad a nadie, no poder abrazar de verdad a nadie, con calor, con cariño, de verdad, saber que no cuento nada en la vida de nadie, que nadie me necesita... No poder esperar nada de nadie. La gente... Mierda con la gente. Lo que pasa por la cabeza de la gente es peor que lo que pasa en un ataúd a tapa puesta.» ¿Pero qué sabe él de la gente? ¿Qué nos viene berreando? No sabe nada, nada, nunca se ha acercado, la teme, tiene prejuicios heredados, pueden hacerle daño, mejor ver su fundamental desdicha en los magazines, en la tele, va uno ve refugiados que lo han perdido todo, niños que mueren de hambre, gente valerosa cuya vida es una acusación, gente que revienta, que se retuerce de dolor, echa una lágrima, dice «Caray con la propaganda» o «Y encima esto lo pago yo con mis impuestos» y a otra cosa... Anden, pregúntenle por la gente, si no va a saber, no sabe nada, podría mirar en sus expedientes, sólo por mirar, vería lo que es la verdadera desdicha o una parte, podía ir por la calle, y escuchar un poco, fijarse, mirarles a los ojos, o leer alguna cosa, alguna obrita de general instrucción sobre la piedad o sobre la ternura, pero no, hale, dale que te pego. La gente no escucha más que su rollo, lo que quiere oír, lo que le interesa, sus asuntos, sus bagatelas, sus jactancias, sus patrañas, sus pacotillas, sus intimidades de cuatro perras y el echar sermones a su cotarrillo, las cuentan sin ton ni son, a cualquiera, en cualquier esquina, con la herramienta de pensar en la mano preferiblemente... ¿Pero no decían que el hombre era de natural solidario? ¿Y usted cómo lo sabe? ¿Porque estaba, no? Como siempre. La vida ¿Es esto la vida? Un punto aquí y otro allá, de oca en oca y tiro porque me toca... Hay que vivirlo, aprovecharlo, como sólo ellos, y ellos sólo, saben hacerlo, los demás, nada, unos primos, unos pringados... Un horror. Se les ve venir... «No sé. Debe de tratarse de una predisposición, de una especial disposición de ánimo... Les veo venir, ya vienen, ya, ya me van a hablar de las excelencias de su mujer, y si lo hacen es que ayer hubo jarana putera, seguro, seguro, de los hijos, del curro, de la panoja, de sus triunfos, de su privada factoría de insanias, a pleno rendimiento, siempre... Explayarse, ése el asunto. Para mí que soy como un felpudo, un quitabarros, "Hombre, mira por dónde, estaba pensando en ti" "¿No me digas?" "Pues sí... Verás, es que me va fatal, tengo una depre tremenda, no le encuentro sentido a la vida..." o "Pídete lo que quieras"», cosa que en el ambiente en que se mueve nuestro hombre eso nadie se lo hace repetir dos veces. Todo mentira, o mentira a medias... Indeseables confidencias. Y ése es el único comercio. La gente se acecha y se envidia. Viven en rebaños más apiñados de lo que ellos mismos pudieron haber llegado a sospechar nunca, no pueden estar solos, no pueden dejarse en paz, se espían por encima de las tapias, por la mirilla... Rebaño, banda, cuadrilla, grupito, mafia, inc., el dinero, la posición social —«Tú no sabes lo que hemos pasado los que estuvimos en el seminario, teníamos que hacernos valer, la gente de la buena sociedad era terrible», aducía un granuja para justificar sus raterías—, la dificultad de no estar solos ni en broma, sin jeringar a nadie... Y de esto, sanjoderse, sólo hablan en privado, a cámara oscura, cuando están muy borrachos, pero aguantando el tipo en un rincón del casino «de lujo, chico, de lujo», que diría el Pinche, y no hablan de ellos porque es invento viejo y les cambia el careto, una posición social, así como suena, que de eso se habla, vaya que si habla, en la que legítimamente creen más que en ninguna otra cosa, ya son sus abuelos y lo que es más cachondo, ya repiten las gracias que decían, que les han dicho, que es fama, que dicen que hacían sus abuelos o sus parientes, puerca gente, en las trastiendas de las tabernas donde se jugaba recio, en las salas de los prostíbulos, en el frontón, en el casino y fuera de él, en el tiro de pichón, en las fiestas de los pueblos, en la finca, a costa de los peones. Hazañas de puteros y de jugadores, los trabajillos, los negocietes, los puestos en una administración mafiosa, un puro cortijo, esto y lo otro, los signos externos de cuya existencia envían participación al respetable, una carrera de locos, ése sube y me jode, ése baja y champanazo, «Yo me lo he hecho en plan duro, de la nada, porque vamos a ver, ¿quién paga la droga?, yo, ¿quién invita?, yo, me entiendes la película, que sois unos pringados», y aquí amagan un gesto teatral de violenta chulería, una zapateta de bailaor con arrobas que habrán visto hacer en algún sitio, no tienen ingenio ni para un lenguaje propio, se copian unos a otros, se imitan como lelos, escuchado uno, escuchados todos... «Voltereta. Voltereta ¿Comprendes?» «Pues mira, no, no te entiendo, no puedo entenderte porque no dices nada y estos que te dicen sí a todo, lo hacen porque tienen menos seso que un mosquito». Y es que se les ve la violencia en la mirada, el bebedizo, además de herramienta de pesar, de verdadera precisión por cierto, el bebedizo es un arma arrojadiza, sí, un asaltaparapetos, hablan de sus viajes como de algo único e irrepetible y escrutan la cara del ocasional interlocutor para comprobar el efecto que producen, «¡Pues una echadora de cartas de Milán, fíjate, de Milán, me dijo que yo siempre estaba con el trasto en la mano y alguien lo va diciendo por ahí, como lo coja lo mato a hostias! En esta ciudad no hay más que cotillas». Nada, ninguno, todos ponen cara de póker y se ríen por lo bajo del mamarracho de turno que lleva la voz cantante. Ahí es cuando más peligrosos se muestran. Parece que se ponen amistosos, afectuosos y hasta tiernos —son dados al besuqueo y al resobe, ya vimos—, pujan la mirada, algunos la empañan y baten las pestañas como si fueran pericones, verdaderos maestros en este arte de birlibirloque, como Paquito Laboa, pero quiá, llevan toda la envidia, la codicia, la malevolencia, el rencor, la mala sangre, todo escondido en las tripas, como un bolo, como un albondigón indigesto, indigerible, y encima les gusta, no se lo quieren sacar, como si tuvieran un lunar coquetón. Lo demás, chanflainas. Dicen «¿Pero qué pasa? Yo tengo una salud de hierro. Allá tu con tus ruidos, que no me des el coñazo, bébete la copa y lárgate para casa que estás borracho, que no sabes estar, que si no tienes pasta no andes, que no nos des el coñazo». A la gente no le gustan las enfermedades ajenas, sólo las propias, sólo sus ronchas, sus heridas, sus pústulas, sus cicatrices... Por qué iba a ser al contrario, no son Molokai, ni el de las mies es mucha, ni nada por el estilo, que la basca no es la madre de Calcuta, que no, que no, que no son los Traperos de Emaús ni el abbé Pierre, que ya estuvieron, que ya han estado, «Fuimos a ayudar a los pobres y nos pusimos las botas de follar», ni las hermanitas de los pobres (en todo caso serían una hermandad ful para ajusticiados) te lo dicen con grandes gestos, Carcoma y Xilbote saben la tira de esto. Ahí, sí. Ahí, les gusta. Ahí, disfrutan, muestran sus caries, sus muñones, sus taras, sin ningún pudor. Se dejan lamer, acariciar, rascarse, meter el dedo, porque hay quien lo hace con gusto mal disimulado. El secreto está en no escuchar las murgas ajenas, más que si hay copas, canutazos dum-dum, píldoras, grageas, botica variada o papelas de por medio y sólo al comienzo y en esa ronda que le da la vuelta a todo. Nadie se escucha, porquerías al chirrión, al vacío...

«Tampoco le gusta a la gente escuchar otro ruido que el que ellos hacen, sus gárgaras, sus masticaciones, sus pesadas digestiones, su aerofagia, sus guiñotes. Hacer ruido es todo un arte. Cualquier cosa con tal de no escuchar el verdadero ruido de su tiempo, su propio eco, sus zaborras. Ese zumbido. Sólo hace falta estar callado unos instantes, nada de ponerse a la escucha del mundo, ni la celda del monasterio ni nada de eso, no, nada, tan sólo quedarse quietos unos instantes, quietos y callados, y enseguida se oye»… Chasquidos, silbidos, desgarrones, explosiones lejanas o cercanas, monedas sobre una losa, metal contra metal, pasos en la calle, un ruido lejano de viento, en la paramera, en invierno, un zumbido de motores que no paran, todos tan distintos, el rodar de los neumáticos en el asfalto, y un ruido más leve, más tenue, un ruido de trinchar, de soldar, de golpes contra bidones, tamtames de la mugre, puertas que se cierran de golpe, gritos de dolor, puertas y ventanas cerradas que ocultan impunes y vesánicas humillaciones, las torturas, la bañera llena de mierda, el tío colgado de la tubería, los cigarrillos en los pies, la bolsa de plástico en la cabeza, las violaciones, la aniquilación, la picana, un tiro en la nuca ajena con una sonrisa en los labios, el murmullo de los delatores, el rascar de su pluma en el papel de las denuncias —«Deveriais bigilar a Medina, es madero y lleva a su hijo al colegio todos los días a las 8 1/2, haora, igual no es madero, es camello, llo cumplo con informar»—, la tela que se desgarra, el ruido del ataúd contra la pared al bajar las escaleras, se oye hasta el hierro que se oxida, el borbor del laboratorio criminal, y también se oye, si se escucha, si se presta atención, un silencio más aterrador que cualquiera de esos ruidos, más aterrador que el aporreo nocturno en la puerta, más, mucho más… Y además, porque para escuchar bien, con toda nitidez, el ruido de la época, esta sinfonía de majaretas, no es que haga falta andar a dos velas, no, sino tan sólo un poco justo, ahogadillo, acojonado, tampoco los muy pringaos oyen nada, qué chorra van a oír ésos, para qué además, qué chorra va a oír el ruido de la época el que tiene la muela forrada, a éste con guindar lo que pueda le basta, la cartera llena, yo qué sé, un buen curro, buenas inversiones, buen negocio, buen pufo, buena hostia… Mistagogos, sabihondos, con su poco de astrólogos, interpretadores del porvenir, hideputas, qué viene ése con monsergas, te vas a hacer neoyorkino o negro. Y el otro a imitarte, el del ipse silemus, sí, don Jorgito el inglés. En lo del puro y en lo de la interpretación de los signos de la época, y se queda tan fresco. Así, joder, así ya se puede filosofar sobre el presente, sobre la nostalgia, el pasado, el futuro, los signos de la época, el simbolismo mitológico del rock japonés albardado de Montaigne y el lenguaje de la moda y la fotografía y todas las mitologías, y la Biblia en verso, con el bolsillo bien lleno o con mil duros siempre en el bolsillo, como dicen los barbis, y todo apañado, que viene a ser lo mismo, una vida sin cuidados que se dice, así se puede ver de cojones el presente y el futuro, con estilo, con mucho estilo, y sin stress ni nada, que pague otro, la virgen, el que sea, me es igual, no hay más que verlos en los espejos de las boutiques, haciendo dengues de mozoputas, el estilo de la época, me cago en la leche, buen coche, buena casa, buen televisor, buen vídeo, buena cadena, ropa a la moda, tarjetas de crédito, por parejas, de andar contando chocolatinas en la palma de la mano como si fuera un pordiosero a pagar con plástico y hasta se zurran un articulito, tistástistás, sobre el particular, gracias y desgracias de la tarjeta de crédito, el dinero negro, la pelota del otro, «Yo tengo todo en pelota», decía un capitán de empresa de quien sólo conocemos el apodo y los mejunjes, el terror de la banca, de una agencia a otra como si fuera uno de aquellos juegos de los Reunidos que no entendía ni Dios, Joe Dalton, se me parte la polla de risa, todo a la hosca... Como yo mismo sin ir más lejos, sanjoderse... Pero lo mío es sin pretensiones... En prisión deberían estar todos. Los unos y los otros. Yo tambíen... Si me pescan las raterías de los últimos años voy al trullo. Fijo. Ya me decía un cátedro medio loco en el Instituto, no sabía ni de lo que hablaba: «Usted tiene alma de bandido, como Santos Chocano.» «Nunca me enteré muy bien quién era el aquí. Una vida cara, una vida guarra, la droga, la inseguridad ciudadana, el aborto, el terrorismo, la madre que los parió, cabrones, yo no soy de los vuestros, no tengo nada que ver, ni adosado ni nada, nada...»

Así va soliloqueando nuestro hombre. Menuda mañana, menuda diana floreada se está metiendo, así da en majarón cualquiera y lleva años con la misma murga. Tendrían ustedes que estar aquí para poder oler el pestazo del cuarto. No puede ni abrir los ojos. La persiana medio derruida, quedó dicho, deja entrar un sol que a otro cualquiera le resultaría reconfortante, pero que nuestro hombre como no abre los ojos no ve. Lo de la persiana es un viejo ruido. Un día de levantarse a uvas sordas o de gorriones mañaneros, que le pegó un viaje demasiado fuerte, vio un signo en el desastre en el acontecimiento y se dijo «Joño, hoy me lanzo, voy a cambiar de vida» y le pegó tal viaje a la persiana que la destrozó, para siempre, mojón del cambio de vida, hoy la arreglo, mejor lo dejo para mañana. Ahí, en ese edredón casi papel de fumar de puro desgaste, nada de pluma de ganso, unido a un viejo saco de dormir, y una manta de méndigo, cuartelera, el todo de más que dudosa limpieza, como corresponde a alguien que se ha dejado, como quien dice, que se ha abandonado, que se ha echado, eso, empieza uno que le da pereza lavarse el pelo hoy, los dientes mañana, ya compraré jabón el sábado, llega el sábado y hay andada sabatina, de esas que empalman los blancos con el carajillo del domingo a las once de la mañana y las ojeras de drácula, la camisa se deshilacha, da igual, los pantalones bien grises, y bien guarros, la corbata sebosilla, los zapatos agrietados, uno deja lo del seguro de vida para otro día, piensa que tendría que hacer una iguala... Y así sucesivamente, hasta que el asunto no tiene arreglo, ni con un cerrado por reforma, ni con subvención, ni con lo de la rehabilitación del casco antiguo, ni con beca ni con ayuda a fondo perdido, así que aquí tenemos a nuestro hombre, que en tiempos se tuvo por un exquisito, el derrotado, bueno, no nos pongamos así, sólo el jamelgo perdedor y cojitranco, nota como se mueve su abdomen con dificultad, es más que nada el trabajo de caldera, que a estas alturas es una pura factoría, una alcoholera a pleno rendimiento, una columna de destilación, un verdadero experimento de física recreativa... Y sin embargo, qué quieren que les diga, nuestro hombre necesita de alguien, en eso lleva razón el pobretico. Hoy tal vez más que nunca. Necesita de alguien, necesita de algo... Cuando se acuerda de su asunto, que menos mal que se acuerda pocas veces, le resulta imposible soportar la soledad, el no contar nada en la vida de nadie, su continuo balance de cierre, de ruina, de quiebra, fraudulenta, que todo es posible, ese haber llegado al fondo, de qué pozo, ni él ni yo ni probablemente nadie lo sabe... ¡Demonio, no puede ni abrir los ojos! Que no, de verdad. Que ayer le debieron de dar aquello que decían «Hijo, ten cuidado con el vino que a ti se te apodera enseguida, y sobre todo no bebas alcohol de patata que te quedarás ciego». ¿Habría destilado mi bato? ¿Habría bebido? ¿Vendría en el periódico? Qué misterio, coña, qué misterio. «Un amigo...» Ya, ya sabía yo que vendríamos a parar a este asunto. Éste sí que es bueno. Para esto nuestro hombre ha sido, y podríamos decir que es, de una miopía atroz, un iluso, un simple, un bobo. Ya le ha costado, ya, a nuestro hombre saber que la amistad tiene su precio y de que del asunto, así en general, no tiene ni idea... «Todo tiene su precio. Todo. Y por todo hay que pagar. Nada es de gorra», piensa nuestro hombre y concluye que él, en particular, no ha tenido mucha suerte que digamos en el negocio de la amistad... En lo de andar de gorra, algo más, verdad, Caifás.

Veámoslo ahí, en ese bodegón subterráneo. Buena estampa. Buena compaña. Está encaramado a un taburete, calza zapatos italianos de tafilete rojo, ya veremos, aunque no aquí desde luego, cómo los paga, y viste un traje de lino color crudo, éste sin embargo ya sabemos como lo pagó, en el mismo momento en que él estaba encaramado en su taburete había ya un inspector de Hacienda con una libreta de anillas y cuadriculada echando lo que se dice «unas cuentas» debajo de un flexo, y le salieron, las cuentas, claro que le salieron, no había error posible, cuadraba de narices, una camisa a medida, corbata de seda y un pañuelo de lo mismo en su sitio, por encima lleva una chorretada de Yatagán de Caron. «Es que si no visto bien, me siento inseguro», le decía a su loquero, por eso de que al médico hay que contárselo todo. Y el loquero no daba crédito a lo que oía pero apuntaba, para lo de los congresos. Encaramado a un taburete. Sólo él parece saber hacerlo con ese garbo. Su silueta, con veinte o tal vez treinta kilos menos, se recorta a la luz de unos velones. Un candelabro de calamina, calamitoso, que hace el asunto como muy… «Como muy decorativo», dice el dueño, y si lo dice el dueño será así. El dueño de los subterráneos, bueno de los subterráneos no, de la industria de las copas, el dueño de los subterráneos será otro, o marqués o gitano, lee el Hola, antes más, de joven, el Garbo, cuando se llamaba Lolita Twist, y por eso sabe mucho de lo que hay que hacer y lo que no, de lo que se lleva y de lo que no, de cómo hay que divertirse y de cómo no, si ve a alguno besarse por los rincones lo corre a gorrazos, en eso no es diferente a la mocina rugidora de la ciudad, sabe todo de coplas de amor gitano, sabe de la pasión y del duende, sabe, una barbaridad, de lo que haga falta. Por los altavoces, en ese recaladero, en esa cala y fondeadero de Caronte que aparecería por el fondo, la laguna Steylla, que decía uno de los Tragapandectas, cuñado de nuestro hombre y erudito de lo local a sus horas, escarbafolletos, arañalegajos, bajo las bóvedas de ladrillo que pueden extenderse por debajo de la ciudad, como se extienden debajo de la conciencia, los subterráneos de esas horas de insomnio, esas horas repetidas, durante años de insania y de temores. Esas noches de insomnio en las que nuestro hombre, y todo el que lo haya padecido alguna vez, claro, escucha, está en disposición de escuchar, todos los ruidos de la ciudad, todos los ruidos de la ciudad y de la vida y de la muerte, el paso del caballero sin cabeza por el empedrado, los cascos del caballo de niebla, en el empedrado, siempre en el empedrado de aquella calleja de canónigos, sumidero de la existencia a la postre, la carrera del criminal, las apuntaciones, alegatos y memoriales de la vida y de algo que no es ni siquiera la vida, sino un ruido ligero de vísceras, un borbor, y escuchar, de paso, la apuntación fiscal de su propia vida, que ése sí que es buen rollo, inmejorable, de no dar crédito, el sentimiento de la vida que estaba perdiendo en aquel mismo instante, la noche irrepetible, no habría otra, ni otro día, los agravios, escenas que pasaba y repasaba, me han hecho un feo, no me dejan espacio, me tienen en poco, me han mirado feo, no me admiten, no me quieren, soy impopular, qué voy a hacer con mi vida, qué he hecho, qué dejé de decir, me tratan mal, creen que soy un imbécil, dicen que estoy enfermo de cosas del cerebro, se lo cuentan entre ellos, me dan de lado, se ríen de mí, se ríen, me hubiese gustado ser otro, no llegamos, no tenemos dinero, no nos alcanza, yo, el viajero, encerrado en una casa de la que no he salido, encerrado dentro de un kilómetro cuadrado, la susceptibilidad herida, claro que en este país de las pirañas no es difícil sentir esto último, «¿Puede quitarme la garra del cuello?» «¡Joder, qué susceptible es este muchacho, qué poco dócil» «¿Y ahora el pie del hígado? Vamos, si no le importa»... Y también está el terror, un terror antiguo. ¿A qué? A vivir, a nada más ni a nada menos, pero de eso no puede culpar a nadie, eso es inconfesable, con eso no se pueden sacar copas al personal, lo de dar lástima está bien, pero asco, eso nunca, con eso uno está condenado a ser abstemio de por vida, a beber agua, y sin embargo ese terror a la vida que transcurre para él en vano, que se le echa encima, le hace acurrucarse a oscuras en el fondo de su cuarto, en el fondo de su guarida, y no le deja más que ver pasar sombras por el techo, sin fuerzas para levantarse y otear, a través de las rendijas de la ventana, la calle, como otras veces... Otear sin ser visto.

«Dios, dormir, dormir», eso es lo que de verdad necesita nuestro hombre, dormir, una tregua. Veamos, giran y giran las imágenes de los últimos días, de los últimos años, el regreso de ella, el amor de su vida en el fondo, el único que tuvo, y se acuerda ahora, no, no se acuerda ahora, se acordaba de siempre, sólo que puestos a echar a rodar las cosas también tiró aquello, o dejó que saliera de su vida, por la borda, sin reparar en que de esa forma también la ofendía, los agujeros en la memoria... Imágenes fragmentarias. La vida de otro, el otro, el doble... Que no, que todas esas melonadas son suyas y bien suyas, propiedad privada, prohibido el paso. Se le hacen largas las horas de la duermevela. No puede detener ese baile de ideas embrionarias, abortadas, esos conatos de pensamientos, esas imágenes faltas, no puede encontrarle una cabeza a un cuerpo y un cuerpo a una cabeza, un rostro a una voz, una frase a un rostro, que cambian y cambian antes de que pueda descifrarlas, que le aterrorizan, sentado en la cama viendo mover el culo a la mujerona, mientras la otra se mete un pico en un rincón, desdentada, gris, sin ojos... «Podían haberme matado», piensa. Que le hayan de hecho robado, es decir, limpiado los bolsillos, le importa menos, «Podía haberme cogido el sida», esto la verdad le importa más, lleva unos años aterrorizado con esta idea, o algo así, la muerte lenta, día a día, la degradación del cuerpo, no podría, piensa, enfrentarse con ella, no, pero lo suyo no es nada serio ni muy profundo, aunque él cree lo contrario, lo que ve en la pantalla de la televisión le pone en fuga, porque está en la pantalla, mira un poco, pero enseguida le da al mando a distancia que es un gusto, hasta caer en esa beatífica idiocia, igual que con copas, pero sin copas, en la calle es distinto, en más de una ocasión no se ha echado para atrás, él a lo suyo, aunque también llevado por un difuso, como corresponde, mor de acabar de una vez, ese mor de la muerte al que no quiere entregarse porque no se atreve, ni él ni yo ni nadie, ondia, pero luego insiste en meterla donde no debe o en cascársela delante de unos improvisados teatros de cámara... Imágenes de esa cadena perpetua que le cayó una vez sin saberlo, en la tómbola de Caridad sin haber cogido boleto ni más boleto que la mayoría, imágenes que no puede retener e inmovilizar...

Al fin logra levantarse de la piltra, sudado, trastabilleante, maloliente, en busca de un somnífero, de un tranquilizante, necesita algo que le calme, atraviesa el espejo del cuarto de baño como una aparición de mal agüero, «Menuda mierda de tipo», pensaría cualquiera y llevaría razón, pero eso no lo sería todo. No encuentra nada de fundamento. Unas gotas de Sinogan en un frasco pringoso, y encima caducado, o casi. «No importa, adentro con ello.» Se pone unas gotas en un vaso y se las echa para el coleto. Amargo, amargo, y nada fulminante a estas alturas, sólo un torpor, un quedarse zorrozorro. Pasea la mirada, sin verlos, por los azulejos sucios de la cocina, apenas puede esbozar una mueca de asco cuando le asalta el olor del desagüe, la mesa en el centro bajo la bombilla con pantalla de esmalte, la tulipa de cristal se rompió hace mucho, la fregadera de piedra a rebosar de platos sucios, el mármol lleno de botellas y vasos. Nuestro hombre tiene frío e intenta encender la calefacción, el gasóleo no llega, el quemador se ahoga, le da golpes, el manómetro está bajo, le da a la llave del agua y de inmediato provoca un charco y además hay una fuga en una de las tuberías, pone debajo un barreño y tira unas botellas que ruedan por el suelo, una se hace añicos, él se queda con los brazos colgando incapaz de recoger esos cristales, esos cascos, ahí los deja, quieto como un panoli en medio del desastre, así siempre, esto no es nuevo, no es la primera vez, «Algún día tendrás un accidente mortal», le han asegurado cuando han visto los destrozos que ocasiona sin apenas darse cuenta. Sobre la mesa, platos sucios, comida en putrefacción, moho sobre los restos, el grifo que gotea, el limo de pila de agua... Como ayer, como cuando ninguno de nosotros estábamos aquí, como cuando sus señorías estaban a otras, pero con una derrota encima terrible y visto más de cerca, al microscopio, como Cajal.

Se arrastra de nuevo a duras penas hasta el dormitorio, haciendo un alto en el camino para coger aire, se nos deja caer tiritando en su piltra y se arrebuja de nuevo, ahora sí que no quiere saber ni qué hora es, «Mañana, mañana mismo me voy a que me vea un médico, me busco otro, necesito una terapia, pero una terapia de las buenas, completa, que me hagan análisis, igual estoy enfermo de verdad... Prefiero no enterarme», hay que aplazar, aplazar, aplazar todo, la vida, la salud, mañana empezaré de nuevo, mañana empezaré en serio, pero el caso es que no se puede aplazar nada de nada, las oportunidades se esfuman, «La vida también, demonio, que se me ha escapado la vida, no, no, por favor, quiero, necesito una oportunidad más, dame otra, la última, haré algún voto, Matilde no volverá jamás...». Demasiado complicado, así que vuelve a desaparecer en el subterráneo de las bóvedas de ladrillo, en los canales de agua negra, ahí al menos hace fresco y él tiene la cabeza ardiendo, en ese laberinto de ecos y de voces, donde resuena un música lejana de coplas, solos de trompeta que vienen de la siguiente esquina, como esos músicos de jazz con gafillas redondas y que igual hasta son espías, que salen en los anuncios por los corredores del metro tocando el saxofón y que a la gente le gustan a rabiar, porque son como poéticos, eso, sí, como poemas que no leerán jamás porque no saben, porque no les gusta, porque ni siquiera los pergeñan, borborigmos, cuentas que apenas entiende, es otra parte, un lugar del que no puede salir, se le acerca una barca con una lámpara ciega en la proa, sus ocupantes tienen el rostro cubierto con máscaras de cuero negro, llevan un bulto atado con cuerdas, un cuerpo rígido, envuelto en un paño funerario, los hachones son apestosos, van a enterrar a alguien. Escucha una tonada, *Je voudrais pas crever avant* y de inmediato se le anega el alma en bilis negra. «Sí, eso, quisiera no morir, y cómo, si ya siento que estoy con un pie en el estribo, quisiera no morir, qué días tan bonitos aquellos en Biarritz, ¿no? Teníamos veinte años, teníamos veinte años, Matilde, usabas un perfume delicioso, fresco, el musgo, la hierbabuena, tenías una sonrisa tan tierna, nadie me ha vuelto a sonreír así, nadie me ha vuelto a hablar en ese tono, te entusiasmabas con cualquier cosa, tenías unos ojos tan profundos, lo decían todo, tenías un cuerpo tan cálido, te ovillabas en mis brazos, nada, no me queda nada, ni siquiera los recuerdos, a veces se me van hasta los recuerdos, no vienen, me he pasado la vida pensando en aquellos días y no tenían, todo hay que decirlo, mucho misterio, qué misterio podían tener, ya entonces yo no era más que un bufón, un mamporrero, un público barato, tú creías otra cosa, no te engañaba porque no podía, me costó años darme cuenta de aquello, y todavía mucho más desentrañar exactamente lo que pasó, se nos fue el santo al cielo, cuando me encontraste yo ya estaba dañado y tú no sé si te diste cuenta, igual sí, igual te diste cuenta que no habías hecho una buena elección, no sé...» Pero está en el subterráneo, paredes de ladrillo, restos de cuando en la ciudad no había donde meterse para follar y la gente se ocultaba detrás de unas cortinas a sobarse y a mirar al techo hasta las diez, y a esperar a que llegaran las fiestas y los taxistas de fuera con sus putas. Un codo flamenco sobre la barra y un whisky imposible ante él. Piensa —aunque dicho sea de paso esto es demasiado decir en hablando de nuestro hombre— que ha tenido no mala, sino pésima suerte en la vida. Y esto ya qué importancia puede tener. Un horror. Hace desfilar el carrete de la cámara de cine. Un dibujo animado. Van desfilando rostros, pero la película es muda, hay que ponerles voces, ellos sonríen en la pared, el color pasado, el tiempo también. Ve uno con el que hace tiempo que no tropieza, le dice «Un día dejaremos de ser amigos», así, como suena, y eso que llevaban un rato pasándoselo bien «Ahí va —le contesta nuestro hombre—, pues si que es ésa una buena forma de mantener una amistad» y nuestro hombre a aguantar. A aguantar la mala intención, la estupidez, las taras ajenas y los oscuros motivos que impulsan a unos y a otros a buscarse, a estar juntos, y él, uno más en el montón, a olfatearse como perros pulgosos, a fascinarse, admirarse, compartir odios, desdichas, intimidades de cuatro perras, pongamos también alguna idea más o menos propia elaborada con esfuerzos de estreñido... Confidencias odiosas, dañinas, dañinas, como sólo pueden ser las de los cómplices, de los encubridores, de los peristas de las conciencias, de los delincuentes, los débiles mentales encerrados en una celda y atemorizados, para siempre, hasta la muerte. Eso es lo que escucha, desdichas ajenas que a fuerza de contarlas se desdibujan «Mi mujer se fue con mi mejor amigo y yo, para mortificarme, para probar mi capacidad de sufrimiento me puse a trabajar de barrendero...». ¿Qué pasa? ¿Otra vez con las caras raras? Pues miren, señorías, con esa barrila se puede beber recio casi de por vida, no saben ustedes bien lo que es la pasión. De haber pasado por las cosas como un paulobo vienen estos lodos. Malicia en ese otro que aparece en la foto también sonriente, la boca torcida en una mueca de listeza, envidia, nada más que envidia... Pero envidia de qué, no repara en nada, no se ha dado cuenta, maliciamos nosotros, de cómo ha sido su vida, necesitaría un apuntador, un mujik muy humano, radicalmente humano, que le filmara en un vídeo para ganar algún concurso o alguna cosa, que eso está de moda, va el mujik éste y se dice «Voy a filmarme unos negros que sufran mucho y de seguro que ganaré algo»... Mal asunto el andar planchando y almidonando los pliegues de la memoria hasta que quede como una pantalla de cine nocturno al aire libre, con bureo, gritos, empujones, tebas, frutos secos y similares y las imágenes borrosas llenas de rayas y quemaduras... Porque además lo de nuestro hombre no es rencor, dice «¡Malditos frailes saltatumbas!», pero eso no es todo, eso no es nada, de lo mayor ni se entera, es ira por la vida pasada en balde, por sus errores, por esa contabilidad de errores que cuadran a la perfección. En realidad nuestro hombre nunca ha necesitado amigos, sino cómplices, encubridores, confidentes, compinches, secuaces para sus fechorías, para esa fechoría que viene siendo su vida. Un público agradecido para sus discursitos, para sus sucesivos papelones, cuando todavía estaba en situación de interpretarlos y las cosas no habían empezado a joderse por las buenas. Gente que le solucionaba la papeleta un momento. Pero de eso también hace mucho tiempo. Demasiado. Otra vida. Son asuntos ajenos, historias que pertenecen a otro. Le gustaría saber cuáles son las propias. Ahora, cosa de enredar, de no ser saludable y echar el asunto a beneficio de inventario, sigue hurgando donde no debe. Mira que tiene cosa la historia. Quiere saber, dice, a buenas horas, oyoyoy... Cuando donde debería haber hurgado es en una necesidad enfermiza de afecto, de ser querido, aceptado, admitido que le ha hecho transigir con todos y con todo, intentar complacer a todos, en un temor animal a ser maltratado, por ahí sí, por ahí sí que podía haber llegado a alguna parte. Ahora ya no sabe si los quiso, si le quisieron o qué demonios pasó. Como tampoco sabe de qué forma, cómo se fueron embrollando las cosas. Nunca lograba saber el porqué de aquellas broncas, de los malos modos, del encono, de la mala leche, su fama de beodo, de enfermo imaginario, de tramposo iba creciendo, y ellos se daban de naja, se despiporraban de la risa a su espalda, un rato y enseguida le olvidaban. Mejor otro trago. No sabe cómo, de qué forma, fueron encadenándose las deslealtades, trataba con unos y con otros, hasta que un buen día desaparecían del mapa, se esfumaban, se najaban, no sabía cómo, nunca lo supo, se apartaban, mentían, inventaban, pretextaban, estaban con visita, tenían otros compromisos, murmuraban, se burlaban, se marchaban para siempre, lograba romper el hechizo de aquel mundo cerrado, en miniatura, de pura pacotilla, que nuestro hombre tomó por el único posible, todo esto no tendría existencia de no contarlo, no se lo creería nadie, le llegaban noticias de que había otros, de que el suyo era un mundo demasiado pequeño, hacían chascarrillos a su costa, «¡Que viene el Gorras!» «Puag —decía Carcoma—, vendrá movido, ya la hemos jodido, vámonos, vámonos» decían y se echaban a reír al otro lado de los vidrios. Le hacían hablar para reírse, sólo para eso, le trataban como a un apestado, le apartaban incluso, empujándole suavemente, pero con firmeza, para que se hiciera a un lado con sus historias, sus tristezas. Era su venganza, le tenían rencor y no sabían muy bien de qué, no querían ellos tampoco confesárselo, porque ellos también tenían sus ruidos. O ni tan siquiera eso, no nos pongamos tremendos, que aquí el andoba tampoco es un angelito. No nos pongamos melodramáticos. A nuestro hombre le llegaban noticias bien precisas, exactas, cosas del vivir bovino, del vivir en cuadrilla, de vivir en un mundillo de podre, todos iguales, a cuál peor. «No hay que encargarle trabajos, no se puede confiar en él, todo lo hace mal y además dicen que está enfermo, tú no lo digas por ahí que éstos son unos asuntos delicados, pero me han asegurado que está alcoholizado... Oye, qué te debo de estas doce copas. Tiene problemas con el alcohol el tipo éste, a ver tú, otra ronda, sí, venga, todos para abajo, al retrete, a pegarnos unos tiros...» pero eso venía desde crío, desde la infancia, desde la adolescencia, desde los veinte y los treinta años, «No trates con él, que no tiene prestigio ni dinero ni nada» «No vayas con él, que está de los nervios», decían sus parientes, ¿y creen que va olvidar?, de qué, imposible, no olvida nadie. A veces piensa, o mejor sería decir pensaba, si no era culpa suya, encima, se dan cuenta y todo por no haber dado un portazo a tiempo, por lo del corazón de oro, vulgo bobería... Pero por qué, por qué. Todo mentira. Una filfa. Los unos el paño de lágrimas de los otros. La coartada. El pretexto. La justificación. No hay mayor mixtura que el odio mutuo. Eso une mucho. El rencor y el miedo

Qué largas conversaciones en el café, después de comer, que decían que había que ser maledicente, media docena de aldeanos críticos, tan críticos que a fuerza de intentar ver una película distinta en la pantalla acababan birolos, haciendo recuento de su mala suerte, de su mala entraña, riéndose de las desdichas del prójimo, con el ingenio tarado, lo mal que va el mundo, Scorsese para arriba Scorsese para abajo, o Lynch... No, el de los linchamientos no, otro, señorías, a ver si se me ponen al día... Llega uno que intenta ocultar una alopecia de guarro con greñas de mujik, uno que va al cine con lentillas opacas, de piedra pómez, se sienta, cae una nevada de caspa y dice «Pues a mí lo que me preocupa es el problema del mal en David Lynch, a nivel teológico, no sé si me entendéis», y los aldeanos críticos hacen como que se interesan y anotan la mentecatez para dejarla caer en otra parte, escuchan al listo de turno, que será un enterado, un emboscado en la administración a no dudarlo, un paniaguado, uno de estos nuevos cínicos que estarían mejor si no echaran sermones, como si fuera un oráculo, las felonías reales o supuestas de los diputados de derechas, «Es lo de siempre, son unos caciques», el mangoneo de los socialistas, «Cobran por debajo, cobran demasiado, se han buscado puestos para ellos en la universidad, la justicia corrupta, todo corrupto...» la falta crónica de guita, y de suerte, y de todo, cae el siglo, en el salón del café no hay nadie, rediós, no hay nadie, y al listo lo ponen pingando en cuanto sale por la puerta. ¿Los tigres de Ortega éstos?... ¡Y una porra!... No, Caifás, no es una atracción de feria... Frailes saltatumbas, expertos en teologías y en ceremoniales, y van que chutan... Conversaciones peripatéticas, por la ciudad vacía, a media noche, con el viento sur de comienzos de otoño, de bar de madrugada, de guardillón, después de zurrarse una ópera y quedarse soñadores, soñadores, oliendo a orines de gato en un escenario que le pondría los pelos de punta a un verdugo, lugarejos mal ventilados, pocilguillas, soñadores, soñadores, imitamonos, pura envidia en su tiempo de nuestro hombre, iban diciendo, «Me ha defraudado», se sintieron estafados, engañados, eran meras apariencias, nadie era lo que parecía, pura envidia la de nuestro hombre que se le fue el santo de soñar al cielo. Qué especulaciones, cuánta audacia intelectual, pues dice Marta Haernecker, a raudales, qué cosas, coño, qué cosas. Y un día las cosas se acaban, puro tango, se desmoronan. Ahí es cuando nuestro hombre lamenta, cretino, los regalitos nada generosos —el especialista en regalitos era el Bradomín, el de la fiesta de ayer, en tiempos te compraba por cuatro perras, una botella de whisky, unos puritos, un andoba que se las daba de dandy o de aristócrata o de las dos cosas, qué más da, de una idiotez fuera de lo común, se había comprado todas las corbatas de la posguerra que había en las mercerías de la ciudad vieja y las lucía como un mástil de luces, parecía un domador que llevara culebras raras al cuello, se le veía venir por la calle desde lejos, decía «Mi libro de cabecera es *El arte de hacerse enemigos*» y vaya que si se los hacía: «Todo cuento, todo cuento» y lo mío también, sobre todo lo mío, ahora me doy cuenta, no me lo puedo creer ni yo, solicitaría de la sala un receso si no estuvieran, como están, completamente sobados—, las compras encubiertas, las confidencias, pero qué mierda, qué mierda... Lo que le duele admitir a nuestro hombre son sus celos, su orgullo herido, admitir la envidia, también la excelencia de los demás, de los mejores, que decía aquel loquero taimado, los esfuerzos ajenos, los empeños, la bondad sin más mandangas, pero eso es mucho admitir, él no es mejor, se ríe cuando no debe y lo sabe... Y, sobre todo, no quiere acordarse, porque no le conviene, de quienes le han echado una mano y no precisamente al cuello cuando más la necesitaba, porque sería tanto como verse condenado al silencio y él necesita largar y largar a lo bestia.

Nuestro hombre, gusto de hacerse daño, de no poder pegar ojo a pesar de las gotas, va repasando uno a uno los amigos que ha tenido en los últimos quince años. De los anteriores no queda nada, nadie. Unos se fueron de la ciudad. Otros le olvidaron. Él también ha olvidado, no vayan ustedes a creer que él aquí es un angelico. Piensa, dice «Ellos nunca se recataron en decir lo que pensaban de mí y yo, por cuitado, por cobardón, nunca tuve la oportunidad de hacerlo». Se dice que debería haber tenido un poco más de vista, cosa de husmear cómo iba a terminar todo, pero eso no es nada fácil. Cuando se está metido en harina no se ve nada. A no ser que se tenga una bola de cristal para adivinar el futuro que siempre se muestra incierto, proceloso. Ahora más que nunca. Cómo adivinar que las cosas van a acabar como el rosario de la aurora. Y se dice amargamente «Nada, no nos importamos nada los unos a los otros. Nada» y se mira, véanlo en el espejo, sin otro propósito que el de buscar un cómplice o un silencioso espectador, un agradecido espectador, ante el que dejar constancia de la descomunal estupidez que acaba de soltar. Esa afición suya a la teatralidad, a dar importancia a cosas que no la tienen, a vivir en la catástrofe... Él dice que es heredada, pero nosotros opinamos que es cultivada en invernadero, pura orquídea, algo difícil de conseguir, lo que en horticultura se conoce bajo el nombre de «No rústica. Cultivo comprometido», no a todo el mundo le sale. Saca la lengua, se la rasca con los dientes, arrastra toba y la escupe, repasa despacio la cara cenicienta, arrasada, envejecida, que aparece en el espejo, los dientes, las encías descarnadas, la toba, el sarro, el pelo escaso, a rachas, sucio, se pasa la lengua por los labios abrasados, los ojos enrojecidos, cernidos de piel más oscura, la piel ajada, «Mierda, si no hace ni un par de años que he cumplido los cuarenta y estoy hecho cisco», cargado de grasa, arrugado, fofo, sucio, huele a rayos. Digamos que su propia imagen le da miedo y le pone en fuga. Le da miedo comprobar que el tiempo pasa de veras, que eso no es cosa de los libros ni de las películas, que está en su piel, en sus manchas, que lo lleva dentro, en los pulmones, en el hígado, en el bazo, en las células más recónditas, en el colon, que lleva dentro su propia destrucción, su muerte, su otoño, su agostamiento, con eso no contaba el andoba éste, sencillamente no contaba, en esas cosas no hay que pensar, ya pensarán otros por nosotros, docilidad, mucha docilidad, que piensen otros, no hay que amargarse la vida, dicen, o hay que pensar en ello a troche y moche, sin darse ni un respiro, por mor de amargarse la vida, de un elucubrar enfermizo, malsano, sobre el mas allá, sobre el rostro del padre. Y ese otro, hipócrita como un aldeano, como lo que es, uno de esos aldeanos que ofician de honrado, los peores, los más repugnantes, sospecha que ha estado con él aparentando interés, y lo que ha hecho es recoger material para un anecdotario que no le importa a nadie, para soltarlo en la reunión donde oficia de reservado graciosillo, el ventrílocuo, no se le da mal, Mari Carmen y sus muñecos, el charro felón y sus muñecos, no se le da mal, no, el mil voces, el centro de la reunión, reinona por un día. El mejor de los papeles de este caricato que oficia de pensador en el periódico local, con cinco mil ejemplares de venta diaria, oigan y se lo toman en serio, hablan y se reúnen a comer y a cenar y a copas para hablar en plan profesional del asunto, cinco mil ejemplares de venta diaria, hay que joderse, y bien de subvenciones, y pasta del sindicato del gobierno, el mejor de los papeles de este caricato es cuando imita a nuestro hombre en el relato de sus padecimientos, excesivos como todos los suyos, porro va, porro viene, una rayita, sólo una rayita, la espuela —«El anuncio de la televisión éste de la coca es abusivo, atenta contra la libertad individual, tiene lectura subliminal en apoyo del estado policial» y se sorbe ruidosamente el moco, pide otro Chivas y la botella acaba rodando por el suelo, y como él hay más gente de la que parece, ¿De qué se creen que largan los de los retretes y las papelinas cuando se ponen en plan serio? ¿De qué? Y lo malo es que nuestro hombre se entera de todo, y se da lástima, un especialista en dar lástima, «No tengo dinero, no tengo trabajo, estoy deprimido, se me ha matado la mujer, estoy enfermo, muy enfermo, me salen muy mal las cosas, tengo mala suerte». Lo decía Laboa, nada menos que Laboa, «Ese hombre tiene muy mala suerte, me da pena» y escuchar eso era como quien acaricia un perro, *Il y a toujours un ami qui vous veut du bien...*, le hace daño, hasta que un día las cosas se desmoronan, se hacen pedacillos, añicos, confetis, o mejor, no se trata de un día, sino de una insidiosa sucesión de días, como la arena, o el polvo que se va introduciendo poco a poco por debajo de una puerta, y sin embargo nuestro hombre sigue dale que te pego, aparentando no haberse enterado de nada de lo que le han ido contando esas almas simpáticas y generosas, esas sardinas bravas, nada por otra parte que él no supiera, nuestro hombre un chancho herido en una charca, pero no perdonando en el fondo, ni olvidando, sino diciéndose, como quien se sabe derrotado de antemano, «Vaya, otra vez, ya empezamos, qué vida tan desgraciada he llevado, soy una mierda, se ríen de mí, pero como me dijo una vez un brujo, tengo que dar un do de pecho, eso, un do de pecho, se van a enterar, mañana me pongo, hay que ordenar todo esto, a trabajar, sí señor, estudiaré, inglés y euskera y jurisprudencia e informática, de todo, me tengo que enterar de todo, en plan serio, nada de bares, nunca más, ni bares ni nada, igual me voy a una playa, necesito aire libre, aire...» como cuando la historia de Matilde, no fue él quien la tiró por la ventana ni el que la indujo a tirarse, ni siquiera sucedió en esta casa, cuando se fue, ni el que la había puesto ciega a perica para que se tirara, como supo más tarde, se fue y se acabó, aunque a veces haya sentido hacia ellos una desmedida ternura, la misma emoción que puede sentir un perro cuando le acarician, luego le largan unas patadas y un palo y va y vuelve, y con el tiempo va entristeciendo la mirada, empañándola, pero vuelve otra vez a ver si le pasa alguien una mano por el lomo. Mejor la soledad, dice otro, un abanico de citas eruditas, los clásicos, Horacio y Marco Aurelio, la amistad, ese difícil arte, arte sublime, arte magna, una mierda, mejor no hablar de una simple agravante, como la cuadrilla, la nocturnidad, el despoblado, el escalo y demás, claro que también se podría hablar de casos de extrema necesidad, de estar bajo los efectos de bebidas alcohólicas o de sustancias psicotrópicas, del miedo, del arrepentimiento espontáneo, de la idiocia, del actuar en defensa propia etc... Y la amistad tiene más que ver con todo eso, la amistad ese moco pegado de la adolescencia, ¡Oh, inefables temblores de consuno! ¡Oh, bobería magna! ¡Oh, atajo de sandeces! «De lo que se trata —discurre— es de no querer seguir utilizando a nadie y el no ser por nadie utilizado.» Pero cuando hay que poner el cazo, lo pone, a ver qué cae, si cae pasta, cae, y no repara en el porqué, si caen unas copas, unas copas, y lo mismo. Nunca mejor dicho lo de no saber ni lo que se dice. Ni lo de hablar para matar el rato. Nuestro hombre siente vergüenza de sus compras y se encoge, raro sería que nuestro hombre no fuera un estreñido, que lo es, lo es, ha pasado de ser un dandy dispendioso y dadivoso a ser «el Gorras», como le puso de mote Carcoma. Hablar, matar el rato, como hacen ellos, de cualquier cosa, tienen todos los temas del mundo, desmenuzan la prensa, los programas de televisión, los partidos de fútbol, los acontecimientos sociopoliticoculturales, hombres con opinión, la Eta, los vascos, la corrupción, la opción de progreso de los socialistas, los balcanes, el extremo oriente, Jose Van Damm, el Imperio Americano, la fecha del último Bugatti... saben de todo. Nuestro hombre siente vergüenza de sus compras y se encoge y vuelve a meterse en un agujero negro. «Que me muero. ¡No!» Se incorpora y a su lado ve un tazón de café con leche, que humea ligeramente, «No me he muerto, entonces, no me he dormido». Se inclina sobre la americana que está en el suelo, registra los bolsillos y da con un paquete de cigarrillos, «Si puedo fumar estoy salvado», enciende el cigarrillo, tose para aclararse el garganchón, de la misma forma que otra gente le da un poco al acelerador «Está frío», pero no puede seguir fumando, se ahoga, se le va descaradamente la pelota y se recuesta en la pared: «Más vale morir de pie que vivir de rodillas... Y esto a cuento de qué viene. Me encuentro mal, rematadamente mal.» El sol de la mañana, un sol oblicuo de finales de otoño que no calienta nada y a veces trae nieves y noches frías y despejadas, y las primeras heladas, que abrasan los últimos brotes más tiernos, atraviesa la persiana rota, la misma que en noches de viento e insomnio se agita, bate y marca el ritmo entrecortado de sus pensamientos, y él se dice «No filosofemos, no filosofemos. Mañana, mañana empezaré de nuevo, una nueva vida, me lo sé todo, pero sigue dale que te pego, la amistad más que un arte es una maldición, una excrecencia, un bulbo, una verruga, un huésped molesto, nada». Echa nuestro hombre una mirada hacia atrás y no ve más que un coro, un concierto de miradas torvas, aviesas, una venganza a corto plazo, un espejillo de la envidia, de la protección, los celos, gentes que han crecido mal, lentamente, que están atrofiadas, con la afectividad abortada, amordazada, un concierto de imitamonos, a la postre se vengan de su propia imbecilidad, de haber sido incautos y haberle tomado por lo que no era, «¿Joder, pero qué culpa tengo yo?», concluye, último y definitivo argumento que a él y a una buena caterva les libra de casi todo: la culpa, el no tenerla, la eximente, la atenuante, disquisitiones philosophorum eta salmaticenses eta abar. El sabor fuerte del café le reanima y eso que si se fijara bien, que no se fija porque no puede, porque es demasiado para él, porque tiene las papilas gustativas como si hubiese estado mascando piedra pómez toda la noche. El sol dibuja unas rayas en la pared a su lado. Los ruidos de la calle en este mediodia de un sábado se van apagando poco a poco. Prefiere no asomarse a la calle. En ese preciso momento la gente que todavía callejea, anda un poco, porque como ya decía Carcoma que es el que sabe de estas cosas «Ya no anda nadie», se apresta a tomar sus aperitivos, sus vermús o vermutes que dicen otros más pinchos, y los profesionales del asunto preparan la andada de sábado, la que empieza con una comida larga, agitada, y sigue con copas y termina frente a un televisor o mejor, frente a dos, cada uno con su vídeo, como el Kilikón, y a la vez el loro con una cinta de flamenco por sevillanas puesta y la servilleta atada a la cabeza como un cachirulo, o mejor el mantel entero y berreando jotas, esencia honda y secreta de unas tierras rojizas junto al Ebro, donde el pimiento es más picante y la gente es brava, brava de veras, o eso al menos es lo que dice Kilikón, cuando está iluminado:

> *Espatárrate Jeroma*
> *Que aquí mismo te la hinco*
> *Que enseguidica que te veo*
> *Me salen chispas del nabo.*

Para de seguido, como dicen los chefs de su partido, no olvidar de dónde venimos ni a dónde vamos «¡Viva el comunismo estalinista! ¡Mueran los vascos!» Y es que Kilikón es un ideólogo, un moderno, un mala sombra... Algunos se han ido a un balneario a pasar el fin de semana, donde les van a poner a punto, a base de barros y aguas, mucha agua y vapores, bien de vapores, otros están como nuestro hombre, *missing*, hasta el oscurecer, que entonces ya aparecerán. «La luz de hace veinte años», piensa, la luz de hace veinte años, como los cuerpos de hace veinte años y la vida de hace veinte años. Los años, los días de la vida... Sí, hombre, como el de ayer noche, ¿no? Mejor no pensar en lo de ayer noche, oyoyoy... «Joder, yo qué culpa tengo de sus gilipolleces, que cada cual arree con las suyas, como yo arreo con las mías, que cada cual arree con sus miopías, con sus taras, dijo el pingo en una ocasión, buena actuación, inmejorables tablas, «Jorge me ha dicho que le has decepcionado, no se lo comentes». Oh Jorge, Jorge, príncipe de imitamonos, de los que se despiporran a la espalda, como bien decías, o era la Picoloco que lo decía y lo ponía en tu boca para fastidiar, por gusto de enredar, de estropear cualquier atisbo de belleza, algo contagioso, que lo contamina todo, porque de lo contrario no estaría yo imitando estas voces, roncas, bajas, inaudibles casi, qué tienes tú que ver con un beodo, conmigo, nada, tú que has ascendido por la docta escala a pulso, tú el de la finura intelectual, animal dañino, altivo botarate, amañaalbondigones... «Anda, aguántalos» nuestro hombre se pasa la mano por la panza y el pecho, se soba un poco, «Y eso que yo no he sido nunca un buen vendedor, mi oficio era vender confianza, juá, que si lo llego a ser, a saber a dónde habríamos llegado...». Y luego ese salir a la calle y tropezarse con la misma gente, atisbando primero y acechando después los signos de envejecimiento, y bajando los brazos y entregándose a un trato gastado, gastado hasta la trama, incubando el encono, la mala sangre, la querella, las ganas de destruir esa pequeña poma de algo parecido a la felicidad, por gusto, sólo por gusto, por gusto de la zozobra, de ver cómo se desmorona el castillo de naipes, para poder afirmar con contundencia, en el café, en la babosa gacetilla del periódico, en la barra de madrugada con fondo de choques de bolas de billar que todo es castillo de naipes o de arena, humo, «Tú y yo no tenemos nada que decirnos». Y eso se dice como quien hace un experimento con un animal, a ver qué pasa. ¿A ver qué pasa? ¿Qué va a pasar? Que si uno ziriquea demasiado al prójimo, el prójimo tira, si puede, si todavía le quedan piños, un bocado. Que si uno va haciendo crecer, donde estaban el afecto y la ternura, el encono y la crueldad, el reproche, la burla de los pasos cojitrancos, con el pretexto de que en la vida hay que conocerlo todo, de que así es más auténtica y más intensa, el asunto acaba mal, pero mal de veras. Así, con golpes bajos de estos, no hay manera de hacer nada, mejor quedarse en casa de por vida. Cómo se puede mantener una relación que en cualquier otra parte sería amistosa cuando uno mantiene diálogos de esta calaña, sucios, para ver simplemente hasta cuándo aguanta el prójimo, el trato humano hecho un pulso de feriante, una pelea de carneros, un tirar de una caballería percherona,

—«¿Qué tal estás?» y la respuesta es

—«Normal ¿y a ti qué te importa?»

—«¿Qué haces?»

—«Nada de particular. Nada que pueda interesarte», y a observar, sin poder reprimir una sonrisa, la zozobra del interlocutor, y pensar alborozado «Le he jodido, le he jodido» Y uno se pregunta «Pero por qué, por qué este encono, por qué estas miradas enemistosas, este querer convertirlo todo en un infierno en miniatura, zorrera pequeña infierno grande, ese asalto continuo a la intimidad del prójimo en el momento menos oportuno, «¿Hay alguno, me pregunto?», ese estar al corriente de la vida del otro por todo lo que se cuenta, se dice, y está en el aire, puro gas mostaza, las historias propias y la de los padres y los abuelos y los primos y los tíos, porque todo en esta ciudad, en este cotarrillo, se acaba sabiendo, y todos en un lugar o en otro somos motivo de puerca chacota, sobre todo en las huertas de verano junto al río al caer la noche con los güiskis en la mano, a lo dicho, más que amigos, cómplices, celestinos, bufoncillos, cuadrilleros, encubridores, público agradecido y gratuito, cresos y gorrones: los papeles están repartidos y no hay quien los cambie. No hay más, que no.

«Por qué —sigue preguntándose nuestro hombre— ese deterioro de las cosas.» Se dice, «Sí, hay que poner la máxima atención posible, pero aun así las cosas se estropean, a la larga o a la corta, por la brava o por lo fino, y se terminan y parece que no han ocurrido nunca —y este no tener existencia es otro de los sentimientos más complejos de nuestro hombre, que más le acosan y le aterran y le agitan, como a cobaya con anfetas que pegara botecillos por la jaula—, y uno recuerda momentos más o menos felices, una comida, una velada de verano, jirones, una mirada tierna que produce esperanza, una sonrisa, una mano en la mano, un cuerpo ovillado en el hueco de nuestro brazo, unas palabras animosas, y lo hace con asombro, los amigos, la mujer con la que siempre esperó que el momento de amarse y de vivir la verdadera vida fuesen a llegar de un momento a otro, en el tren de la tarde, como en los pueblos, «Vamos a salir al tren de la tarde a ver quién viene», una caminata hasta el apeadero y los trenes que pasaban de una parte a otra y no paraban nunca, y ese momento no llegó porque había pasado o ni tan siquiera eso, porque nunca tuvo lugar; la mujer a cuyo entierro asistió de lejos, insensible, borracho, aterido, y en el que la familia le apedreó entre las tumbas, hace dos años, o fue hace dos días o dos meses, o cuándo demonios fue aquello; y aquella insensibilidad no era sino mera prevención, mera defensa ante la muerte, ante ese diñarla que nos va a tocar a todos, con más o menos dolor, más o menos acompañados, con más o menos entereza, con más o menos filosofía del género «Pues mira, el espíritu se queda flotando por ahí, por el aire, no puede morir, me entiendes la película, por el aire, nos convertimos en otra cosa, somos materia y energía, pura nada, una carroña en potencia, pero el alma, ¿Dónde está el alma?... Lo que está detrás de los ojos, lo que nos hace encogernos de dolor y cerrar los ojos y también abrirlos, y querer penetrar en la noche, en la oscuridad», que sólo los sanos a los que no les llega la camisa al cuerpo, y piensan que mañana zamparán menos embutido, y trasegarán menos venenos «Como tengo pasta, pues me voy a una clínica y que me lo quiten todo» «Sí, y un cuerno». Y siempre, además, hay un beodo, poco va que esté repantigado en un sillón junto a un gran ventanal frente a un jardín cuidado, frente a una cortina de árboles de la vida, frente a un crepúsculo velazqueño, que dicen los que no saben ni de qué demonios están rajando del lado de Majadahonda, que afirma contundente «Química, todo química». Y aún hay otro enciclopedista de barbecho que dice «Es verdad, es verdad lo pone en el *Scientific American*, lo he leído yo»... Esa perplejidad, el sol del mediodía... El pasado como algo que no ha tenido existencia real, una mera invención, y uno recuerda y recuerda, cosas que parecen haberle sucedido a otro, o no haberle sucedido a nadie, no ser nada, meras fantasías, sombras, sueños, fantasías de despierto, cuentos chinos, vivir para contarlo... «Total, mierda, para acabar solo, de cara a la pared, muerto, ya lo sabía, lo sabía cuando sentía el tacto ligeramente áspero de las sábanas de lino, «Mira, hijo, con estas sábanas tan ricas te harán la mortaja» y veía la cal en la pared rugosa, capas y capas sobre el desconchado dibujando rostros de muertos y cabezas de animales dormidos, y pensaba, pensaba, imaginaba, «demonio, toda la noche en el corazón de aquella casa cerrada, cuánto miedo he podido pasar, cuánto miedo paso... ¿Será cuestión de química? ¿Será verdad que estoy mal de los nervios y de la cabeza por haberme apartado de Dios?»... Es un castañuelas nuestro hombre. Qué más le darán estas vueltas y revueltas. Claro que para quien tiene los sesos hechos agua, como los tiene nuestro hombre, todas estas cosas tienen su importancia o no tienen ninguna. Hay gente que no se ocupa más que de esto. Otros no se ocupan de ellas jamás y más les vale, no darían abasto en el anatómico forense para las autopsias, no darían abasto. En el fondo no hay más que una enfermiza necesidad de querer y de ser querido, de dar y recibir ternura, que viene a ser la misma cosa. «Algo propio de animales», decía un filósofo... «¡Artistón, barullas, mamarracho, por qué no te miras al espejo, baldragas!» Algo propio de una condición frágil y quebradiza. Algo turbio, enfermizo, insano, la necesidad tribal del cotarrillo, de la comprensión del otro. El otro: el leproso espejo de Narciso... Demasiado complicado todo esto. Nuestro hombre se embarulla enseguida. No ya reconocerse, sino afirmarse en los demás, como *ninots*, «Hay que dominar —dice Carcoma—, el que no domina está perdido. ¿Tú dominas? Pues como los jabalís, tío, como los jabalís». Dominar, utilizar, fastidiar, servir, que hay gente que piensa que todo le es debido, que hay gente que lo ha pasado realmente mal, envidia, gana si no hambre, necesidad, que se ha pasado la vida apartada, que lo ha mamado en su casa, de niños, que no quiere acordarse de la desdicha, no ver y callar y olvidar, los padres, las broncas por el dinero, el dinero que no llega, que no se puede, que no podemos permitirnos esos lujos, que uno no puede querer con calma nada de lo que hay a nuestro alrededor, porque no va a poder, no va a poder, y luego, si lo logra, rediós, ojo, apartarse que éste viene con las facturas, que éste necesita esclavos, gente a quien poder humillar, por ejemplo que se entera que el hijo de un peón acaba de obtener un título de ingeniero industrial y va y dice «Pues que venga a poner los enchufes para que vaya haciendo prácticas, que no hay nada peor que estar desocupado» y el otro viene, pone los enchufes, ¿no?, se reconcome los hígados y encima no cobra, no cobra, que es lo cojonudo, no cobra porque el padre que era peón de la finca ya habrá comido melocotones gratis, eso sí, le reconocen lo dócil y lo servicial que es, en otros tiempos le habrían recomendado para ordenanza en el Ejército... Pero qué porquería, Dios mío, qué porquería. Cada cual a lo suyo con su monserga, a espiarse por el rabillo del ojo, por encima de las tapias del alma, por encima de la verja del puñetero huerto que será cualquier cosa menos uno de quietud, infiernos en miniatura, ganas de vivir en manada, en rebaño, ganas de chamullar sin parar, de no estar solos... No hay que quejarse. Las cosas son así y basta. En esto todos somos iguales. ¿Todos? No me lo creo. Hay quien tiene más destreza, suerte, astucia, inteligencia, otro talante, otro saber vivir, una especial habilidad para sacarle el jugo a la existencia que dicen los profesionales, todo eso no se improvisa, así que no nos venga el andoba éste pegando grandes voces... Mejor lo del otro, *coneguts, saludats* y *amics... amics...* Voy a vomitar como siga dándole vueltas a estas sandeces. Simplificar las cosas. Mejor lo tantas veces soñado: el caserón apartado. Una casa solariega y blasonada y el retrato de un su abuelo que ganara una batalla y aquello otro de las ruinas de la inteligencia y no pagar deudas, sobre todo no pagar deudas, el noble arruinado, el *ipse silemus*, el caserón apartado, la chimenea que humea en el crepúsculo claro de invierno... ¿Otra vez el caserón? Si es que nuestro hombre va a dar decididamente en loco con esto del caserón. Que no hay caserón, que no hay nada, que a ver si nos enteramos, que no tienes nada ababol, que como te descuides te van a guindar, puro trile, hasta lo poco de memoria que te queda, te van a decir que todo es mentira, que te lo has inventado, pero si no puedes, no puedes...

PERO ya nuestro hombre para de loquear y cae rendido, va a dormir unas horas que no le dejarán como nuevo, porque eso es imposible, unas horas sin sueños, sin murgas, sin agitación, dejemos a un lado si es de agotamiento o por el efecto combinado de los fármacos y de los demás venenos que lleva en el cuerpo. Lo verdaderamente notable es que duerme, que duerme sin soñar, que está quieto, que el sol va recorriendo poco a poco la pared hasta desaparecer, sin que él se entere, que sólo ahí, en ese sueño hay un poco de quietud. El mismo sol, la misma luz que antes, hace años, les arrancó miradas de emoción, la belleza de aquello, nada del otro mundo por otra parte, que fue organizado, ordenado para ser disfrutado, nada, cuatro paredes, cuatro titos, lo que todo el mundo llama la ilusión y luego les avergüenza y dicen «Pero si de eso no hay, si no hay», hojean una revista ilustrada, se detienen en una foto, un tío con la pelarra el pecho fuera de la camisa, moreno, bien moreno (como le decía la abuela del aquí: «¡No os pongáis al sol que luego parecéis segadores!») y entre medio una cadena de oro como si fuera chocolate abrazado a una tía torradica como el ternasco, unos piños como de mandíbula tiburón de *shipnchandler*, los güiskazos en la mano, y leen «Nuestro Galán y Victoria Bolinga, disfrutando de un breve descanso» y piensan «¿Y de lo mío qué?... De lo tuyo nada, que no existes, chaval, que no existes, tú estás condenado a estar devorado, a que se te caiga el pelo a puñados, me entiendes, tú nada, tú te lo tienes que inventar, tú a reír, a la claque, a aplaudir, como un bobo de la televisión, a que te filmen, a que te saquen siguiendo la batuta de un canalla que dice, "y ahora las haré reír con un idiota o con esta pureta que la saco en tutú y que se contorsione con la tristeza pintada en los ojos como un brochazo de alquitrán, el culo bajo, la cara desencajada, el pelo momia, como cualquiera, como todos", y a hale, a reír, y aún, aún hablarán con la boca bien llena de cocido de la dignidad del hombre»... Pero no, nuestro hombre deja esta trocha porque ya la maleza le llega a la cintura y se nos va por otro lado y orza sin darse cuenta del lado de la memoria «¿Por qué? ¿Por qué tuvo todo que irse al carajo, que cuartearse, que agostarse de aquel modo, como si les hubiese entrado un virus, que quemarse como una planta enferma, de esas que te dicen "Esto es de demasiada agua" "A ésta me parece que le faltan minerales" "Vaya, hombre, con lo maja que estaba cuando la compré", y llevas lo mismo al día siguiente y te dicen "Esto es de poco regar", y otro le pones al botánico de turno otro pedazo más chamuscado que los anteriores y de éste te dicen "Pues mire, de éste no sé nada" y se encogen de hombros, cosa de no callar y de cerrar el puño en el zacuto de la pasta... ¡Yo qué sé!»

Vamos a dejarle dormir que le hará bien y nosotros nos podemos quedar mirando por la ventana cómo se van encendiendo amarillas de tarde (que diría el Katsimbalis de esta isla del diablo y de la Tortuga, de este Patmos de picarazos), las torres de piedra y de ladrillo, los restos de la fortaleza, el emblema de su esencia, ciudadela, ciudadela de la juventud perdida, baluarte y puente levadizo alzado, bastión y puerta cerrada, torres de vigía para nadie y para nada, para un enemigo que da un rodeo y pasa de largo, harto de las pamemas de los andobas que se desgañitan desde las almenas

—«¡Eh, que estoy aquí, que estamos aquí, socorrednos, atacadnos!»—... La ciudad vieja, la ciudad de la infancia y de la adolescencia, la ciudad de la vida, la ciudad del pasado, la ciudad de los aguafuertes, de los versitos, la ciudad de los grandes escritores —«No, fascista era, pero qué gran escritor, qué grande... El tiempo, ese gran escultor» «Apunta, nena, apunta lo que ha dicho el conferenciante, que tiene mucha miga» y el conferenciante, absurdo bolo pagado a doblón, por la consejería de cultura de turno (no se recatará en jactarse de ello en otros fogones), no puede ocultar su regüeldo de orujo por lo bajinis, que es que le han llevado y traído a mesa puesta, de esas que salen en las revistas, y le han dado libros, un paquete, una bolsa de plástico, con las obras completas del Katsimbalis éste y unas cuantas romerías y alguna que otra estela discoidal, ¿Es o no la luna vasca, culto de nuestros antepasados? ¿Es? Pues es, ¿estamos? Libros que abandonará en una papelera del aeropuerto, de noche, los recogerá un tipo de la limpieza, un moro taciturno y mudo, flaco, encogido, con un bigote espeso, triste, calzado con sandalias y cubierto con un guardapolvo azul, cuando sus huéspedes regresen bostezando a la ciudad y las luces del avión se pierdan parpadeando en el cielo de la noche... «¡Burp, perdón!», dirá otra vez por lo bajo el conferenciante para dormirse acto seguido, harto de artistas locales, vates, abates botarates, eruditos, tauromáquicos, con sellers, consejeruas, conseilleros, que para las 24H que suelen durar como mucho estas farras es un programa demasiado apretado, hasta que «Señores pasajeros, dentro de breves minutos tomaremos tierra en el aeropuerto de Madrid, Barajas...», y el Mohamed de turno, aquí o allá, que tanto da, porque tan Mohamed es en un sitio como en otro, se irá para casa con lo de la luna vasca, más vasca que todas las lunas, a ver si aprende castellano y se entera de si el hombre del neolítico era o dejaba ya de ser vasco, con uno cualquiera de los libros que el fantasmón de turno ha dejado en la papelera no sin antes haberlo ojeado, haber bostezado y haber dicho por lo bajo «Bonito, bonito, popopopo».

La ciudad vieja... Buen asunto, genial, buen decorado para la ópera del fin de los tiempos, a nuestro hombre le han dado ganas de hacer fotografías más de una vez, captar aquello que le emociona y por lo mismo le avergüenza, porque le recuerda demasiado a otra vida, en las fotografías que encontró ayer por la noche y que ahora están tan desparramadas por el suelo como lo están en su misma memoria: el puente levadizo que da acceso a la ciudad virreinal, la recóndita capilla de San Jesucristo, emblema también donde los haya de la ciudad, cuatro paredes en las que se abren saeteras de la nada, un rectángulo de hierba brava y una estela discoidal cubierta de líquenes: todo muy sugerente—, torres medievales, claustros perdidos, solanas, distintas luces según las estaciones, calles cubiertas por las ramas de los castaños de Indias y de los tilos, calles de las noches de junio, paseo solitario de los días de nieve, del aire limpísimo y de la negra red de las ramas de los olmos, una plaza de la que salen fuegos de artificio, y en el kiosko, en la noche, una orquesta uniformada de blanco toca vals y oberturas, o tal vez la marcha de Radetzky o el asombro de Damasco, que es lo suyo, pero esto es de invierno, esto es de cuando uno se iba para casa, con el sabor de los últimos besos en la boca, y el calor en la mano de un cuerpo que no era, no podía ser enemigo y se decía «Algún día me marcharé de esta ciudad, aquí no está mi vida», y hay también un circo, el circo americano, o más propiamente la jaula de unos leones, viejos y llenos de mataduras y de moscas, aburridos, pero que le llevan de la mano en este teatro de la memoria dormida hasta un vendedor ambulante al pie de la ventana de la enfermedad infantil con los pajaritos de la suerte, y un don nicanor tocando el tambor, tacatacatatacata, y ... pero la ciudad no es eso, por mucho que se empeñe, no es eso, la ciudad es la desgana, el tedio, el trabajo mal pagado y a disgusto, los sapos que uno va tragando para que no le boten del curro, eso es la ciudad, lo otro, los extramuros, los jardines cerrados, el árbol de las pagodas, el claustro recoleto, el palacete del virrey, la dulzura algo melancólica de la cara de la Mariblanca cubierta de líquenes, las orejas de borracho en la pastelería de toda la vida, las ferias y fiestas del santo patrono que son lucidas de veras, es lo de los domingos, lo de a diario es, era, el escapar por una calle recta y topar con los muros de un cuartel y dar media vuelta y topar con las tapias de un seminario y torcer hacia el sur y darse de bruces con un panteón a los muertos de la tierra en la Cruzada de Liberación y echar a andar hacia el norte, hacia el norte e ir a parar a un sótano de la ciudad vieja, una mazmorra de otro tiempo y decir «Ahora me lo monto en plan barrica de amontillado, yo me lo guiso, yo me lo como... A ver, tú, paleta, ladrillos y argamasa, y vas, desde dentro, colocándolos uno a uno, tapiando el hueco, cegando la mazmorra y al final, con unas risas, pones el último ladrillo y *a jodella y a cascalla...*».

Al despertar, se siente ligeramente repuesto, parpadea y se dice que ya es hora de poner manos a la obra, que si sigue en la piltra es cuando de verdad le puede dar algo, y lo dice por propia experiencia, una de esas andadas monstruosas, tan suyas, que le empujan a coger el teléfono y llamar a su médico, a quien por cierto paga mal y a destiempo, «¡Doctor, doctor, que siento que me muero, que me tiembla todo, doctor, ayúdeme, por favor!». Se vuelve a levantar a duras penas, pone a todo volumen uno de los discos de Madame Butterfly que rescató de madrugada en la campaña de arqueología casera, y se dirige al cuarto de baño. Encuentra la luz encendida y mueve a un lado y a otro el interruptor. No pasa nada. Se encoge de hombros. Tiene la cabeza como un saco de perdigones. Aturdido. Se mira en el espejo. Contempla el espectáculo. La cara no ya hinchada, sino monstruosamente abotargada, los párpados como globos flojos, hecha un balón, bulbosa, una patata, una calabaza podrida, una variedad de cucurbitácea —*cucurbita pepo et alii N.L.*—. Por un momento piensa en su calavera agusanada, cierra los ojos, los abre, los ve enrojecidos y lagrimeantes por las náuseas, por los atracones de fármacos y venenos varios que le han ido idiotizando poco a poco, capilares reventados, la nariz como una porra o como una berenjena, eso a capricho, que se dice, o un pepino, o un pimiento morrón. Ahí está frente al espejo. Tiene suerte porque la costra que cubre el vidrio le impide ver el desastre en sus mínimos detalles, tan sólo tiene una visión general y aun así. Comprueba los imparables avances de la alopecia y se pregunta «¿No tendré yo también el pelo apolillado como una momia?» y se mira y remira para ver si es cierto, aprieta los dientes y abre la boca, como en anuncio de esos que la gente mira de reojo, le faltan algunas piezas, muelas, colmillos, tiene dientes descarnados, pura piorrea y sarro, encías recogidas, halitosis... «Tendré que ir a que me hagan un presupuesto». Se mira y se da lástima. Se palpa la piel grasienta, cerúlea, el rabo colgando, las canas en los huevos, la panza arriba y abajo, adornado de colgajos de grasa, las manchas en la piel, unos pelarros sal y pimienta colgando de los tetones —«Las tienes más grandes que alguna de mis compañeras», decía la nutria monstruosa al tiempo que la otra le tironeaba por detrás para endiñarle el palo de una escoba en un cómic de los que gusta de leer nuestro hombre a menudo pensando que están bien, que «Recogen los ruidos de la época». «Menudo campeón —se dice—, y pensar que yo estaba hecho para el deporte, yo era el típico líder, me decían.» No hay forma de engañarse, de pasar por alto la pocilga helada en la que está metido. Repara en la iluminación, siente escalofríos y le saltan las lágrimas de piedad por sí mismo, nada impostado, no, y no es para menos, se deja ir al suelo, se encoge y se hace una pelota de carne. Todo aquello por lo que llora mientras escucha de lejos, sólo de lejos, no vayamos a pensar, a Madame Butterfly, pausadamente saca el puñal de su vaina, lo besa y lee la inscripción: «La muerte con honor cuando ya no se puede vivir con honor.» Le asalta todo aquello que desearía no hubiese sucedido jamás, es decir, la crónica minuciosa pero con las hojas pegadas en algunas zonas, llena de borrones en otras, de veinticinco años de vida, ni uno más ni uno menos: mal de mozas, noviazgos de retreta, descampados, errar en la profesión, errar en el estado, errar en la condición, la ciudad, las infamias, la desidia... Mas, a saber por qué llora exactamente. ¿Por sí mismo? No nos fiamos ¿Por ella? Demasiado tarde ¿Por la vida perdida? Y eso qué es «La vida, mierda, me ha pasado inadvertida, por la punta de la nariz, ni olerla... Ya me decía el loquero, tú hazte un proyecto de vida, ya verás qué bien te va a ir y yo, tira, ya tengo, qué voy a tener, a ver, en plan test, qué, nada, dejarme llevar, a empujones, hoy mal y mañana peor, y los dos hemos ido envejeciendo a la vista del otro, a ver cuál de los dos se va para el otro mundo el primero, si se va éste le voy a echar en falta, casi es como mi padre o ni tan casi. Siempre creía que iba a tener una segunda oportunidad, pero qué segunda oportunidad ni qué hostias. No sé ni lo que me digo». Es posible que llore, ahí encogido en el suelo sobre las baldosas, desnudo, aterido, por su Dios perdido, porque dice saber que puede salvarse, que necesita salvarse, que no puede seguir arrastrado por la desdicha, le entra un ansia desesperada por su Dios y en eso también es posible que sea demasiado tarde porque se le va la idea de la cabeza, la persigue, la persigue y la ideíca se le mete de pronto como en boca de lobo y ya no puede ir más lejos, no entiende nada, dice que todo es cuestión de fe, pero el aquí no distingue una cosa de la otra, el aquí también ha dejado que otros creyeran en Dios por él y ahora no sabe ni de lo que habla, eso sí, nosotros damos fe, que tal y como tiene la pelota necesita de alguien que le salve porque no está para bromas, éste, solo, ya no puede hacer nada, por eso se ha dejado caer en las baldosas ovillado, encogido, abrazándose, helado entre la porquería del suelo... No vayan a creer, es una comedieta que se representa a menudo y que con el tiempo ha ido cogiendo tintes de verdadera tragedia sin que él lo sepa, además. Llora por haber dejado escapar la dicha, por las dichosas oportunidades perdidas, tiene buena perra nuestro hombre con esta historia de las oportunidades perdidas, como si en realidad se le hubiesen ofrecido muchas y no es así, no más que a los demás, es decir, pocas. Y ahora llora como ladraría un perro abandonado en la noche en una tierra que no conoce y caminara por un sendero que no sabe a dónde va, donde no está su rastro, un sendero inexplorado, el arcén de una carretera. Pero nosotros, hablo por mí mismo, su sombra más fiel, qué sombra podría seguirle que no fuera la de un muerto vivo, qué podemos saber, digo, temo que voy a rendirme en esta jornada, es duro seguir, casi diría que prefiero mi fuesa. No sé cómo se me ocurrió salir de ella. Tal vez llore porque le hace bien, ya vimos, porque descarga, es como un poppers, pero puesto, o por ella, ahora muerta y bien muerta, como yo, como él, como… Aunque tal vez llore por su soledad, por tener el sistema nervioso, qué digo el nervioso, todos los sistemas, hecho fosfatina, no lo arregla ni la Aslan, ni el mismísimo Frankenstein lograría recomponerlo, como si le hubieran echado salfumán en la sesera, tiene un borbor que para qué, y encima apestoso, que es que huele a demonios nuestro hombre, él que era tan mirado para estas cosas, tan sensual —«Tened cuidado, vuestro hijo es un sensualote» y la familia a mirarle de arriba abajo «¿Se le notará en algo? ¿Le saldrán manchas?» y no puede recordar quién lo decía, un cura, un director espiritual, una ninfómana encubierta, alguien del rollo, seguro, seguro, el estilo tiene un sello inconfundible—, antes más sabía mucho de jabones y aguas de olor y cosas así para quitarse lo mayor, como buen mozoputa que es, bueno, que fue… Tal vez por tener frío y temblores y ya ni siquiera resaca. Tal vez tenga miedo… Tal vez. Sí, eso, Caifás, dices bien, quién sabe, encógete de hombros, muchacho, que tú no pasas aquí de ser un descansado testigo.

Total, que nuestro hombre piensa que hay que ser expeditivo y coger el rábano por las hojas de forma que se va para la cocina, coge una silla, se vuelve para la ducha, la pone debajo del cebollón y abre los grifos. De entrada, lo que se dice de entrada, echa a correr un riachuelo oscuro, es cosa de la construcción que ya está devorada. Luego se introduce al otro lado de la cortina con sus patos amarillos y se sienta resoplando en la silla, bajo el chorro de agua, le hace bien, resopla, hace buches, saca la mano y busca a tientas un cepillo de dientes, pasta dentífrica, y lo consigue, eso le devuelve su confianza, y se frota y frota, escupe sangre y con un resto de jovialidad, dice «Menudo desayuno: la Butterfly». Al cabo, cuando el agua va enfriándose poco a poco, siente una cierta mejoría, se levanta y se envuelve en algo que podría haber sido un albornoz de color amarillo canario y vuelve al salón, comedor, jaima (no vendrán aquí los de la maison de la mariclaire, ésa, no, qué han de venir), moqueando, aclarando el garganchón, se siente mejor, mucho mejor. Así que se mete otro traguillo de la botella de tequila que ha encontrado en los bajos de la fregadera, junto a la botella de salfumán y la sosa cáustica de desatascar las cañerías por la brava y... «¡Poco, poco, sólo para quitar el mal sabor de boca!», dice en alta voz. Toda la piedad que nuestro hombre siente por sí mismo cuando escucha esa vieja grabación de Madame Butterfly, la funda de colores extraños, desgastados, una fotografía en viejo technicolor, y «¿Quién será ésta?», da la vuelta a la funda, humm, pero se emociona, se apoya en la pared y se deja caer de nuevo en el suelo, acuclillándose contra la pared. «No voy a poder salir de ésta»... Se mete otra vez en la habitación de los trastos donde guarda todo lo inservible, todo lo que ella no se llevó, lo que desdeñó, y fue poco a poco acumulándose por una ciega pasión de acumular, como la escondida cabaña de un mendigo, imposible saber para qué está todo eso ahí, si lo que a él lo que en realidad le gusta es desbaratar, deshacerse de cosas, tirar, tirar por la ventana, pero tirar lo que tiene valor, lo que no sirve para nada, pelo muerto, botones, billetes de tren usados, fotos de feria con gente que ya no conoce de nada, porque algunos tienen monda la calavera, eso, a guardar. Pero ahí es donde va nuestro hombre a sacar los restos arqueológicos de un pasado que no le pertenece, que sin duda nunca le perteneció, ni a él ni a ella, restos de vidas en las que nuestro hombre, maestro que es en el oficio, se introdujo de matute. Pero hoy, ahora, esas cosas en la penumbra, de contornos un tanto imprecisos, le tiran para fuera.

Todo un cuadro, el disco dando vueltas, nuestro hombre encogido y la botella de tequila, cuervo negro, delante de sus morros y esto le aparta un poco del asunto, sólo un poco, recordándole a un antiguo conocido mixtificador y fantasioso que decía habérselas bebido en no sé qué lugar con Orson Welles, «Pues nada, que me fui de andada con Orson Welles y nos cogimos tal borrachera que nos llevaron a comisaría por borrachos y por indocumentados y en esto que le reconocen a Orson y le dicen «Salga usted, don Orson» y Orson va y dice «Yo no salgo si no es con amigo» y nos pusieron en la calle, ostras y caviar y ginebra de la buena hasta el amanecer»... Qué sandeces no habrán pasado por los oídos de nuestro hombre, siempre a la escucha de los otros, atento a los otros, para no estar atento ni a sí mismo ni a su vida, porque no lo habría podido aguantar.

«Los otros —sí, eso, dale que te pego ahora—, mierda con los otros...», nuestro hombre hace como que no se da cuenta que aquellos a quienes él llama *los otros*, que también es un artista del eufemismo y de las cosas poco claras, herencia genética, han ido con el tiempo, poco a poco, o de forma brusca y bien brusca en ocasiones, dejándole a un lado, dándose codazos cuando aparece, esperando que se le vaya el santo al cielo, por general a la cuarta copa, para andar con chanzas y espabilarle las orejas y las narices y hasta aplastarle los cojones si se tercia... Pues sí, miren por donde, así son las cosas, yo no me invento nada, en mi pueblo, en mi territorio, estas cosas pasan, vaya que si pasan, es cuestión de ir por allá, de darse una vuelta por esos arrabales y de fijarse bien... Ah, eso ustedes verán, si han vivido siempre en otra parte, ustedes verán, nosotros hablamos de lo que conocemos. Yo le hablo de los pequeños triunfadores, qué pinta él entre jugadores profesionales, ludópatas de la vida, lo mismo les da el tuté subastado que el golf, menudo bote, eso sí que es de enano saltarín, así no me extraña que de vez en cuando nos salga el rencor de fiera enjaulada contra los donramones y don enriques y demás dones y doñas, que entonces mandaban y mandaban mucho, vaya que si mandaban, la ciudad era suya, aquí no se movía nadie sin su permiso, de esto sólo saben quienes lo han padecido, pero en tiempos corrían las influencias, «No es un buen padre de familia, no le deis trabajo, es un arribista, un don nadie, no hay que dejarle, no le deis un crédito a ese otro, no le prestéis, no le dejéis entrar, no es de toda la vida, no es un auténtico cebollino, no es castizo», «Siempre han sido mala gente», concluía severo un charro de mierda... ¡Cógeme a ése, Caifás, que se me escapa! No, mire, no hago más que dar fe de lo que he oído, de lo que dicen cuando no hay testigos a la vista, cuando sus palabras no pueden dejar otro rastro que el engañoso de la memoria, estas cosas las cuentan a puerta cerrada cuando la noche se pone brava y el aburrimiento hace estragos y estos asuntos aparecen en el tapete, se habla de ello, de los otros tiempos... Otros tiempos, miserables, siniestros, oscuros, mal iluminados, podridos por la lepra del miedo, aplastados por la secreta, por los curas, imposible saber cómo se puede tener nostalgia del penal, a veces me parecen como esa gente que vuelve para morir a la prisión en la que nacieron. «Cómo tener nostalgia de aquellas casas heladas, de aquel frío, de aquellos inviernos mortecinos, de aquel arrebujarse en los carasoles para esperar sentados a la muerte, de la dificultad para reunir unas pesetas para conseguir, en el mejor de los casos, una casa tirando a cochambrosa, del esperar la propina, el barato de una vida que se hacía y transcurría en otra parte, del miedo a quedarse sin nada, pero sin nada de nada, del miedo a la muerte y a la vida, de la época en la que uno vive apocado, a merced de lo que tenga a bien decir el párroco y el consiliario y el vecino madero, y de la delación de éste y del otro, y del hacerse notar, intentando pasar inadvertido, una vida clandestina, que no digan nada de nosotros, que no digan, que nos van a señalar con el dedo por la calle... ¡Hijo, no te vayas a América, que te morirás de la enfermedad maldita y también de la otra!...» No, no se equivoquen, que en la familia de nuestro hombre no hacían comedias de risa. Eso sería en otras... Bueno, o al menos no tenían compañía estable. Y por lo que se refiere a las vísperas del tercer milenio, pues tienen toda la razón, estos asuntos importan un comino, pero los loqueros tienen las consultas atestadas con parecidas cosas, a rebosar, no dan abasto. Y nuestro hombre intenta aferrarse a recuerdos amables, cree recordar y hasta recuerda, si pudiera hasta repasaría esas cajas de fotografías en las que apenas puede reconocerse, «No me reconozco», dicen los muy coquetos, «Claro que te reconoces, lo que pasa es que no te gusta nada lo que ves, pero nada de nada», pero él, sí, desde luego, claro que se reconoce y hasta pensaría que es el mismo que hace cinco, diez, quince, veinte años, que el tiempo no ha pasado, que tiene el mismo ánimo que entonces, la misma esperanza sobre todo. Todo con tal de no ver el deterioro, el más que evidente deterioro. Para mí que no se atreve ni a mirarse los piños en el espejo, pero aun así una luz, la luz de los castaños de Indias de la Avenida cubierta con una ligera capa de nieve, el cielo azul, limpísimo de la mañana, el primer frío, con viento que arremolina las hojas en el aire, le recuerdan otras ciudades imprecisas, abril o el otoño en el Luxemburgo, el estanque oscuro de las carpas a las que en el fondo piensa que es mejor no regresar, que ya no podría regresar, otros momentos más que dudosos que él adereza, consumado atrezzista de unas muy privadas piezas teatrales que se representan en los momentos menos felices, «Representaciones, sombras chinescas», dice para sí mismo...

Nada mejor, cuando uno está devorado, que echar mano del teléfono y ponerse a llamar a unos y a otros sin ton ni son. Claro que las llamadas telefónicas que pueda hacer nuestro hombre están condenadas a sonar en el vacío. No habrá nadie al otro lado. Se habrán mudado, habrán desaparecido. Antes al menos esos tartamudeos satisfacían su necesidad de afecto y de compañía incluso. «¿A quién podría llamar yo? Además hoy estarán todos en el campo o de movida. Los sábados son días jodidos para estas cosas. Veamos, veamos... La Angelita... No, a la Angelita no, mejor no abusar y además no estoy para gaitas, a Jorge tampoco, éste no quiere saber nada de mí, qué le habré hecho, Dios, qué le habré hecho, un día empezó a estar de visita, siempre ocupado, no podía atenderme, decía, pero si yo sólo quiero echar una copa, nada más, hablar un rato, tan difícil era entender que necesitaba una mano amiga, tan difícil resulta de entender la necesidad de que a uno le quieran, simplemente... Se ponía enfermo el tío, enronquecía la voz, luego te lo encontrabas por la calle con otra gente y me saludaba con una mueca ostensible de fastidio... y a la Picoloco y al Morsa tampoco, estarán liados y a Carcoma menos, que ya he abusado mucho de él últimamente "Que no hay que llamar, hay que estar por la labor, entrar en el juego, participar, el espacio vital, hay espacio o no hay espacio, ¿hay? Pues hay", Kilikón me dirá "¿Estar un rato? Huy qué pereza, qué pereza", y no tengo más, no tengo más... ¿A quién podría llamar yo? En el fondo ya no conozco a nadie y hasta es posible que tenga razón Carcoma, es otra manera de hacer las cosas, callejear, estar en el bar de la tribu, dejarse caer... Dicen "Qué bien se vive así, solo", qué va, de qué, yo no.» Nuestro hombre deja el teléfono, se acerca a su maltrecho guardarropa, mete la mano dentro como si fuera un ropavejero, descartada la idea de ponerse la misma ropa que llevaba ayer porque da mal fario y porque huele radicalmente a rayos, así que atrapa lo que puede, un traje oscuro de las grandes ocasiones, de las visitas de antes, de una última boda, una corbata de lo mismo, y una camisa de funeral impecable, en la que se sorprende de entrar, y esto, con ser poco, le anima y le hace dejar a un lado definitivamente su necesidad de dormir, de descansar, de no arrastrar voces, de no arrastrar nada, de no arrastrar historias ridículas y zarrapastrosas, le hace dejar de zaherirse, al menos por un rato, y echarse al olvido. Pronto oscurecerá y él podrá pasar inadvertido, confundirse de nuevo con sus conciudadanos, aparentar que va a algún sitio o viene de algún negocio perentorio, no se trata más que de andar un poco, que no es mucho pedir. Sus pasos, una vez más, le llevan sin él sentirlo, como a caballería cansada, a la Ciudad Vieja, que es la suya, las calles de las devociones y de los oficios, las tiendas color canela o gris o verde musgo o granate de malva real antigua, las entradas profundas y empedradas donde ruedan las cubas y el vino se escurre entre los adoquines, donde se oye el ruido de las sierras mecánicas y flota el olor de la leña recién cortada en otoño y el del aserrín, y el de la cola del encuadernador, y el del horno del panadero y el de la tripería y el del estiércol de las caballerías que están al fondo, atadas al pesebre, bajo una bombilla protegida por tela metálica, y el del chipre de las barberías, y el del cartón piedra de la juguetería, y el del vinagre de los encurtidos, siempre fresca la piedra mojada, y la lejía en los entarimados, y el de las salazones, y el de las cocinas y figones, guisos de pimiento y pimentones, y el del incienso, y el del meo de gato, y el de la naftalina de los sastres, en ese decorado va nuestro hombre como un sonámbulo, superponiendo aquel otro paisaje, el de entonces, al de hoy de bajeras cerradas, cierres echados para siempre desde detrás de los cuales sale un aliento helado, como si los edificios lo tuvieran, dentro de unas semanas serán las navidades y eso se nota en los escaparates de los comercios, se nota en el bullebulle de la gente, los escaparates no son los mismos que antes, nada es como antes, nada, y nuestro hombre no sabe si lamentarlo o simplemente seguirle la corriente a la gente que a ratos dice, con nostalgia, que nada es como antes y a ratos dice lo mismo con alivio, hay más comida, simplemente, más surtido, las viviendas, dicen, son más higiénicas, menos insalubres, tienen menos encanto las fachadas, las cortinas de lona crudas o rayadas, contra un sol abrasador o en volandera del cierzo, la arquitectura es menos popular, pero hay calefacción o simplemente el cagadero no está en el descansillo de las escaleras y las paredes, contando, eso sí, con que el arquitecto y la parentela ésa de «La culpa la tuvo este de aquí al lado que le dijo al otro...» no sea un manazas y un granuja, no rezuman salitre y se van descomponiendo, verdes y azules, y dejando ver las entrañas, las malas entrañas de una edificación podrida, y la bascabasca no tiene que ir a los baños públicos, qué encanto tiene el jabón, de pedernal casi, el toallón, ni tiene uno que acercarse al depósito de hielo y al de sanguijuelas como en mi tiempo, oh, el encanto, el encanto, la estampita, la puñetita, la Biblia en verso, para eso hay que vivir en una albarda, la sala, le llaman, ay qué tronche, un balcón a la calle a un lado, con su alcoba y todo, de esas buenas para morir atufado, y al otro la cocina al patio o mejor al pozo, negro, entre medio un pasillo helado para los gritos y las persecuciones y el encono y el que falte de casi todo, de esto sólo hablan cuando la noche se pone de funeral y cada cual echa mano de sus trastiendas más miserables para animar la madrugada, lo de «copas en la alta madrugada», así uno lo mejor que puede hacer es darle a la copa y decir París, pues París, Cléo de Merode, pues Cléo de Merode, cualquier cosa menos dar una buena voltereta para atrás.

Nuestro hombre entra en una cerería, donde le sorprenden el olor del cáñamo, las cuerdas, las alpargatas, los olores, le sorprende que esté abierta en esta tarde tan concurrida de sábado. ¿Y si no fuera sábado, dónde ha estado él el último día? ¿Dónde? No. Mejor no pensarlo. Espera su turno. Compra una vela con dificultad, con digresiones comerciales que no vienen a cuento, del género «Ya no hay velas, ¿eh?», cuando de la pared cuelgan verdaderos racimos, le miran y le olfatean, sí, debe de oler a rayos, al aire libre se nota menos, pero adentro, encerrado, tiene que ser algo tremendo. Nuestro hombre se la mete en el bolsillo de la americana, y va como un iluminado a ponérsela a la vírgen de la catedral que es la particular devoción de nuestro hombre, secreta, claro está, como la de muchos... No, no se asombren, no se me remuevan en los asientos, no murmuren, que aquí con no hablar de lo que de verdad importa todo parece estar solucionado y no es así, no. Cierto que hace tiempo que no sabe ni en lo que cree, que anda confundiendo la muerte de Dios con la muerte del padre, cualquier loquero ful, como el tekabarai y así, lo explicaría mejor que yo, largaría una conferencia de abute. Son zozobras mentales de las buenas, va un día al loquero y le dice, lápiz en ristre, como si cogiera una repetidora: «¿Y del super Ego qué tal?» «Mande» «No, nada...» y ahí quedó el asunto del pretendido meollo de la cuestión que si Dios, el Padre, el Estado, buen galimatías, sí señor, en consulta eso se aguanta una hora, como mucho, en la calle y de madrugada te puede dar la del alba si hay material del bueno, y si el contrincante es largador, como Carcoma. Va un día y descubre, se pone a pensar, se pone y ve que Dios tenía la cara de su padre, la misma, el mismo bigote, la misma nariz aguileña, las mismas orejas, todo, y se llevó un susto, sí señor, así fue, así que desde entonces anda dándole vueltas a cuál puede ser el rostro de Dios, y que nuestro hombre ni pasó la adolescencia en un seminario ni en un convento que es de donde salen los aldeanos críticos y dialécticos, que todas estas cuestiones, y aun otras más, las tienen solucionadas en un pis pas, te citan a un autor alemán y te dicen, «¿Ves, no existe?», no es tan fácil, no, qué va, o viene el otro, que sí ha leído algo en el *Scientific American*, y de lo mismo, que si esto que si lo otro, que si agujeros negros y materia y energía y estampido, y el poeta de turno escribe, porque no sabe por dónde le da el aire, «Somos polvo de estrellas» «Pero polvo enamorado, ¿no?», apostilla el maese orujo de guardia, y el iluminado del aquí ya no sabe ni lo que hace ni menos lo que sabe... Virgen del Amparo o de las buenas nuevas... Pero está cerrada la verja, por obras, así que retrocede, se mete en un garitón donde la gente joven le mira torva, encuerada, atachuelada, medio salidos de algún filme de horror, que no de otra forma se produce lo de éstos, que no jugarían con ella si supieran lo que pasa a tapa cerrada, que eso yo sí lo sé y ellos probablemente también, saltatumbas algunos de ellos, así que mejor escapar, encuentra al fin una iglesia abierta, decía que no sabe lo que hace, pero quizás sí sabe lo que hace y para su sorpresa no hay velas encendidas y no sabe ponerlas, así que la pone en la base de una columna, se aturulla y finalmente escapa de ahí apresurado, temiendo que alguien haya podido verle en ese gesto, él, tontaina como es, no se explica el poco amor que tiene la gente a poner llamas en sus devociones, llamas particulares, solitarias, temblorosas, él las pondría todas, «Se ha perdido la costumbre», dice, a qué me saldrá éste ahora con las costumbres, que yo sepa, le importan o le importaban un carajo, las costumbres, las tradiciones, había que abrirse a un mundo nuevo, y es que en esto de perderse las costumbres nuestro hombre es muy mirado, en el fondo le preocupan mucho las tradiciones, las costumbres de la ciudad... Mas no divaguemos que hemos dejado a nuestro hombre a solas y no es bueno, porque se duerme o le da un ataque de pavor y nos puede hacer algo gordo. A veces nos viene pareciendo como esos animales que los pastores echan al monte para San Miguel y no vuelven a verlos hasta que los trigos se encañan y hace la calor. Bueno, aquí lo tenemos, aterido, encogido en la oscuridad de la iglesia, encogido de frío y de miedo, y de dolor verdadero, y de piedad, de una piedad antigua que no sabe muy bien si es por sí mismo o por algo más inconcreto, algo que sucede en el mundo a su alrededor, pero no, él no es el centro de nada, algo de lo que él forma parte, ni él mismo sabe muy bien que está rezando, buscando las palabras, olvidadas, perdidas o quién sabe si lo suyo se parece o no a rezos antiguos, a ese ensimismamiento aldeano, un puro regreso a los orígenes, un puro regreso a aquellas zahúrdas de las que a gusto habría desaparecido para siempre, le vuelven rostros, máscaras del infierno, reza y se trabuca, ha olvidado lo que él mismo llamaba sus oraciones, se cae, más o menos bizco de casi todo como está hacia delante y se hace sangre en la nariz. Pero antes reza y reza, del padre nuestro al ave maría y el credo, le reconfortan los versículos, a veces se queda parado y olvidado en uno de ellos «ruega por nosotros pecadores ahora y en la hora de nuestra muerte»... «en la hora de nuestra muerte»... «en la hora de nuestra muerte», va pronunciando para sí todas las oraciones y jaculatorias que sabe, de las que se acuerda, se pregunta qué misterio puede haber detrás de la lamparilla roja, detrás de esas velas encendidas como la suya, como la suya no, porque la suya es clandestina, le entran tentaciones de confesarse, de confesarse y de acabar de una vez por todas pero eso es una contradicción, la iglesia, recuerda, no acoge a los suicidas, el último, el peor pecado, el que no tiene perdón, el de no poder descansar en sagrado, y yo qué hago, una lámpara clandestina, clandestina como toda su vida, se pregunta dónde, cómo, cuál es el secreto de su existencia, por qué ha tenido que ir a parar a esa ciudad, qué horror, qué error, que jugarreta tan sucia de la naturaleza, por qué su deriva y su extravío, por qué esa confusión, ese no saber nada de nada, esa pelota, la suya, horra de ideas, horra de todo. Da vueltas por la iglesia, se detiene delante de una hornacina, se va hacia atrás, un Cristo apaleado, sanguiñolento, un ecce homo, con una caña entre las manos y un manto púrpura sobre los hombros, le da vergüenza, dice «No es más que una imagen», pero vuelve a arrodillarse en la oscuridad, era una de las cosas que más le fascinaban de niño, aquel olor a incienso y a cera, el olor a muerto, decía, el olor a muerto, aquella hornacina malamente iluminada, ver a ese Cristo ensangrentado, única luz encendida en la oscuridad, en la oscuridad de la iglesia del barrio, del barrio viejo, de la iglesia fortaleza, donde el caballero marcha hacia poniente empujado por una mano que ordena su andadura, *Dieu-le-veult* se pregunta y dice, cosa del estilo, siempre sin poder olvidar la grandilocuencia, aunque éste sea uno de los sitios donde menos importe «Oh señor, perdóname, ilumíname, aliéntame...», cosas que la gente se dice y nadie se atreve a confesar, porque son de otros tiempos, y luego se queda callado, avergonzado tal vez de que alguien haya podido oír o escuchar sus pensamientos, captar su zumbido, alguien o algo, siempre ha estado seguro de que ahí fuera, escondido en algún sitio, impalpable, oculto, había algo, algo que él probablemente no iba a ver nunca, nunca, tal vez teme que sea precisamente eso, ese algo que le haya ido, que le esté escuchando, nuestro hombre no sabe ni lo que se dice ni lo que hace, al límite de sus fuerzas... «Tal vez me está viendo y escuchando... ¿Quién?... Dios, no cabe duda, está en algún lado, aquí o fuera, en algún lado, en todas partes, se decía antes, ahora nadie dice nada, ya no sé nada, igual tenían razón y estoy majarón por haber perdido a Dios, pero si yo no he perdido a Dios, o sí, no sé, no sé nada, nada de nada...» Y eso que nuestro hombre nunca pudo tragar a los curas, ni mucho menos a las jerarquías, y qué decir de los tronos y las dominaciones, pero de las terrenales se trata ahora, la untuosidad de las sotanas y a veces, su impunidad, su quedar a salvo de toda agresión, su poder de coacción, de violencia, de su poder, de su capacidad de hacer daño a cubierto... Pero no, hay algo más sin duda o mucho más, entre hipos, nuestro hombre tirita, se siente el más miserable de los hombres, tiene miedo, dice, «No entiendo nada», intenta rezar, se trabuca, del padrenuestro al credo y de éste al yo pecador y viceversa, repite, «No entiendo nada... Me arrepiento de mis pecados. Sólo veo algo negro, no negro, el vacío de esta nave profunda, no veo, mis ojos en la oscuridad no ven nada», declara para sí «Estoy solo y te necesito» y se avergüenza «¿No me habrá oído alguien?», por si acaso repite de nuevo «Estoy solo y te necesito». No sabe si lo que dice es verdad o no, le gustaría a nuestro hombre recibir una señal, un signo, se queda quieto, contiene la respiración, se marea. Dice «Dios mío, ya no sé ni cómo nombrarte...». Y espera que Dios, cuyo rostro no ha logrado imaginar desde que se dio cuenta que era el de su padre con barbas, que sería para él, como para todo bicho viviente, lo nunca visto, precisamente eso, lo nunca visto, porque hasta ahora cree haber visto todo el horror del mundo concentrado en una ciudad oscura, en una bujeta, en el corazón de un laberinto… «Suprema bondad…» Quisiera ser relevado de esa suma de perplejidades, de esa extrema confusión, de esa disgregación, de ese verse de continuo mordido por las sardinas bravas, del insomnio, del miedo, del desasosiego, de la ignorancia, de la desidia, de la vida que no deseo haber vivido, de la soledad, del acoso de la propia conciencia, de esa certeza de la vida en vano… De ese despertarse sobresaltado y no saber ni dónde ni cómo ni por qué ni para qué que dicen los filósofos de barbecho y los otros, los barbis, también… ¿Y la música de Nochebuena? De la música de Nochebuena, nada, también perdida, la nieve y todo eso, el frío, los leños en el hogar… Pero van a cerrar la iglesia, es tarde.

YA no era ni siquiera deseo, ni excitación, ni vaga gana, sino desesperación, algo violento, compulsivo, urgente, inaplazable, como la ejecución sumaria sin gracia posible, puro extravío. Nunca habían estado para nuestro hombre más vacías las calles, más solitarias. Habría deseado, de haber deseado de verdad algo, una puerta donde llamar, una aldaba pesada que resonara profunda en una casa, abandonada, pero no llena, la puerta del otro lado; pero ya es tarde y ya no hay más que ese vagar, esa deriva. Y de pronto es para él la desgarradura, la pérdida de la vida como un relámpago en una privada tempestad que sólo sus ojos ven, nuestro hombre comienza a sangrar por la nariz, «Me he pasado, mierda, esta vez me he pasado», aún tiene unos billetajos y tal vez un resto de papelina… Lo suyo no es deseo, sino desesperación, extravío. La suya es una ciudad perdida, una ciudad robada. Y ahí va de un lado a otro, de una calle a otra, se planta ante casas que le dicen algo, la casa donde vivió con sus abuelos de niño y de la que no ha salido, en serio que no ha salido, la casa de un ami-

go que ya no está, la de su novia, la de Matilde, la de...
De quién. No sabemos, una casa de contraventanas cerradas, y el polvo apelmazado en las rendijas que lo ha
dejado todo gris, puertas que le recuerdan vagamente
algo, algo que sucedió en el pasado o que no sucedió
nunca, que fue imaginado: las puertas de las oportunidades, la de la esperanza, la del gozo. Una ciudad cubierta de hojas muertas apelmazadas por la lluvia. Una
ciudad que huele a tierra húmeda, a agua estancada en
alguna parte, a alcantarilla en otra, a detritus, a esos pasajes subterráneos que nuestro hombre duda haber visitado; pero que siempre sospechó que estaban ahí abajo,
debajo de sus pies, debajo de las casas, del empedrado
de las calles, desde antes de que él fuera quien es. ¡Oh!
Sí, va dando tumbos de pared a pared, está justificado,
no es extraño que los primeros noctámbulos volteen la
cabeza para mirarle. Mas no se trata de otra cosa que de
cansancio, de un cansancio que da vahídos, del encontrarse perdido, del saberse extraviado. La ciudad un
bosque, pero sobre todo una trampa para lobos, para
alimañas, y una red y él mismo una mera carnaza para
sardinas bravas. La sensación, o tal vez fuese mejor decir, la certeza de estar atrapado, y de no saber encontrar
la salida, porque quizá no la haya... Un bosque nocturno y cerrado, la hojarasca, las ramas podridas, el río oscuro y lento, la noche sin luna, la cueva, los sótanos, la
casa clausurada... Todos los lugares donde se encuentra
a merced de sí mismo, a merced de su miedo, de su debilidad, de su nada.

Las ganas de joder sin embargo.

Y aquí fue donde tuve que haberle dicho: «Hasta aquí
hemos llegado. Yo también estoy cansado de esta andada sin sentido, de este rebusco, de este andar a zancadas en pos de la fuesa, de este pedirla a voces. No, no es
para mí, que de ella vengo, y hasta es posible que sea
postillón y espolique del mismísimo infierno, y quiero
quedarme un rato más a este lado.» Pero no pude decírselo. Pudo más mi curiosidad. Y hasta tengo mis dudas de que me hubiese escuchado. Y además nuestro

hombre echó de pronto a correr como alma que lleva el diablo, como un poseso, torcía por una esquina, luego por otra, luego regresaba, daba vueltas a la plaza, no había nadie, como si quisiera escapar, como si supiera de veras dónde estaba la maldita puerta de aquella maldita ciudadela, torcía y torcía y volvía al punto de partida. ¿Quién escuchó sus gritos en la noche? Nadie. «Estará botijo», dijo uno. «Y a él los sollozos le ahogaban», replicaríamos nosotros.

Si nuestro hombre supiera de verdad qué es lo que significa ser nadie, ser nada, no echaría esos discursos tan tremendos en la noche, en la tarde, en la mañana, cuando se tercia, que por lo que vamos viendo se tercia siempre. Ser nadie, ser nada, es cosa bien distinta a lo que se figura nuestro hombre. No consiste en ser el capitán Nemo, tampoco en ser Ulises. No es eso, no es. Ser nada... Un perro vagabundo bajo la lluvia. Un perro vagabundo que a lo más que puede llegar es a lanzar borborigmos, gruñidos, berridos, aullidos, historias sin sentido, de madrugada, en antros sórdidos, tal y como hace nuestro hombre, aunque nadie le oiga ni le vea. Pero ya es algo, a un perro vagabundo le largan el zape, zape, fuera, una pedrada o la saña del palo. A otros no los ve nadie, no hay manera de apercibirlos. Nadie, un ser anónimo o mejor, un hombre con mil hombres a cuestas, con mil nombres, que no necesita documentación falsa, tal vez mil caras, pero ninguna definitiva, algo peor sin duda, obligado a arrear con todas ellas. Nuestro hombre ha cambiado, nocturno o a uvas sordas, de nombre muchas veces. Hoy era uno y mañana otro muy distinto... Y así sucesivamente. Nunca el que en realidad era, nunca, demasiado vulgar para su gusto, errado en el estado, pues casado y ya talludo quiso verse en mozo y sólo llegó a mozoputa, errado en el empleo, pues picapleitos del tres al cuarto, quísose hombre de finanzas y hasta jurista, y aun maestro de festines y fogones, errado en la región, que se vió en Marrakesh de por vida, mucho té y bien de canutos o en un París de recortable de anginas infantiles, cuando en donde en realidad estaba era en un fortín en las lindes del otro barrio... Infelicidad de necio. Imposible saber en la personalidad de quiénes, de cuántos, se ha metido nuestro hombre para estar un rato, para nada más, para probar, lo mismo que hace con los comistrajos. No ser nadie... Ahí es nada. Tener un rostro irreconocible, por borroso. No cualquiera lo consigue, a algunos les echan ácido en la cara, les ponen una máscara de hierro, les cambian los rasgos, engordan, adelgazan, se la estiran, cortan de aquí para pegar allí, no es eso, no es eso, es ser uno mismo y no ser reconocido por nadie, no contar para nadie, como no sea para los ordenadores de Hacienda, para los de la madera, para los de los publicitarios guarreras, un cuadradito en la pantalla que parpadea, de pura perplejidad tal vez, desconcertado. ¿A que les gustaría a ustedes desconcertar a un ordenador oficial? ¿Eh? ¿A que sí? Resignarse a contar historias vulgares, a ser un perolas, como cualquier otro, como el que te la mete y al final cuando estás baldado, cuando ya no puedes más y hace rato que no sigues la murga de los fracasos, el alcoholismo, la mala suerte, la deshonestidad del prójimo, sus medios de fortuna, sus costumbres, la conspiración constante del enemigo que no deja de acechar, te dice que ni siquiera sabe cómo te llamas. Claro que la de nuestro hombre, entre otras, es una historia que por lo vulgar se hace inexistente. Y aún decía aquel mamarracho que le tenían que contar a él su vida para que le interesara algo, «Quiero que me cuenten mi vida, me entendéis, no la de esos cínicos que salen en la televisión a hablarnos, qué tienen que decirnos ésos a nosotros, ¿eh? ¿Verdad, tú, *Malalma*? Que nos cuenten nuestra vida, que nosotros también somos alguien. ¿Qué pasa, que vamos a morirnos sin ser nadie o qué?». Y *Malalma*, que de esto de morirse sin ser nadie sabía una barbaridad, pues no en vano tiene un negocio floreciente de panteones, decía que sí a todo con la sonrisa desencajada del pericón, los ojos como bolos de vidrio, canicas gansas. Y después del discurso hubo barra libre. ¿Pero qué vida, pero qué se figuraba que hacía con la herramienta de pensar en la mano, nada, matar el rato, escacharlo, sí, su vida, pero otra, no la verdadera, no esas

406

historias de desesperados, de gente perseguida por la mala suerte, de gente que deambula por los arrabales de la inexistencia, por los barrios de extramuros, por los descampados, por los vagos terrenos (sic) de la vida, allí donde las basuras humean, caminan sin rumbo fijo los perturbados, los convalecientes, los que tienen un pie en el estribo sin saberlo, los que esperan con paciencia de piedra, con un estoicismo que sólo se aprende cuando uno padece sin saberlo una verdadera desesperanza, un estoicismo que nuestro hombre está muy lejos de sentir, sólo quienes alguna vez han sabido que lo tenían todo perdido, que habían naufragado, que no servía para nada luchar contra la mala suerte, contra el destino, contra una enfermedad del alma hereditaria, la idiotez, —«Qué hace, madre?» «Aquí, hija, sentada, esperando a la muerte»—, que debería haber aprendido, que ocasiones no le han faltado, los desahuciados, los criminales, los desocupados, los que están en fuga, en fuga permanente... Por el borde de ese oscuro barranco que a todos nos amenaza, con las manos en los bolsillos, con los brazos en el regazo en un carasol inmóvil, de un inmóvil invierno de la vida, o con un vaso de una indescriptible y tóxica bebida, un vomitivo brebaje delante de las narices.

Ahí está, pues, solo, con una copa delante de las narices, esperando que alguien se ponga a su lado, se ponga a tiro para contarse historias, para intercambiar patrañas, boberías, fragmentos de vidas imaginarias, zozobras amañadas, heroicidades dudosas, lances improbables, simulaciones de cinematógrafo, torpes imitaciones de personajes de papel, de papel masticado, proyectos de sueños malogrados, de vidas malogradas, un guaguagua un tundatundatunda para acallar todo eso que todo el mundo sabe que no va bien, de sueños abortados antes de nacer, mentiras piadosas de gente que está permanentemente en capilla, esperando de un momento a otro su ejecución sumaria, hay sótanos, celdas, subterráneos, corredores, ciegos, tapiados que fueron esos escenarios. En algunos entró nuestro hombre sin saberlo, en otros en sueños. Hay esos sitios y los hay peores. Hay habitaciones tapiadas. Habitaciones que guardan celosas un secreto que se va cubriendo imperceptiblemente de una capa de polvo gris verdoso. Hay habitaciones cuyas paredes resuenan y tienen un extraño eco. Habitaciones condenadas de la memoria, por las que ha ido y va buscando refugio —«¿A quién se le ocurre?»— nuestro hombre. Dudoso refugio. ¿Voluntad de sanar o de hacerse daño, por gusto, por pura bobería? Ya cómo saberlo. Hay lugares de ésos donde perder la vida y nuestro hombre no solamente los conoce, todos, como sus señorías las jurisprudencias aplicables al caso, sino que los frecuenta con asiduidad desde hace tiempo, desde siempre, cada vez más abajo, hasta ir a acostarse en la cama del diablo. Una pesadilla. Una vez, recuerda, una extraña mujer sin rostro, una mujer que le persiguió durante un tiempo en sus noches de andada... tenía aquella mujer las piernas tan cubiertas de pelos duros y erizados que nuestro hombre no llegó a despertarse, pues creyó haberse acostado con el mismísimo diablo en forma de cabra y siguió durmiendo la mona, que, por cierto, también tiene pelos, aunque de entrada no se atrevió a abrir los ojos porque no fuera que se diera de narices con el diablo en persona. Historias de mala suerte. Historias de mala muerte. Es posible que nuestro hombre las haya escuchado todas. Bueno, tal vez exagero, todas, todas no. Todas las que eran y son moneda corriente en su pequeño mundo, en su trozo de mapa, en su remoto rincón del universo, calderilla para el trapicheo en esta época. Y ya son suficientes. A unos les iban mal las cosas sin saber que les iban a ir peor —«¿Peor? ¡Imposible!... Ya, pues aguanta el genio y prepárate», que a otros se les iban a acabar de pronto las canonjías, que otros se iban a retirar prudentemente a sus cuarteles de invierno. Despertábase en aquel otro una fiebre que nuestro hombre compartía, a trompicones, con miopía atroz, por invertir y atesorar para los mejores tiempos. La perica era lo más seguro. «Vamos a ver. ¿Tú eres de los nuestros? ¿Sí? Pues entonces ya sabes de qué va la cosa. Ponemos a cien mil cada uno. Yo me encargo de todo, busco las mulas, tengo mis camellos, liquidamos, una pasta y encima nos queda para nosotros, para ponernos guapos y sin cortar... Venga, a poner.» Que hacerse camello no es la peor de las desgracias, ya lo dice el Averías, que de esto sabe un güevo. Nada, un fiasco, el jambo desapareció, tampoco es que cien mil pesetas sean muchas pesetas. Pero para nuestro hombre era mucho, porque él, ¿qué podía invertir? Nada. Hablaban los más, él mismo, en el vacío, puro gusto de sentirse algo. Si no tenían nada. Cuatro gordas. Se las bebían. Se las fumaban. Se las metían como podían. Caray, qué nube de palomos. Todos hechos unos expertos financieros y Carcoma sentando cátedra, para Wall Street tenían que haber ido a parar todos. Buen papelón habrían hecho allí. Invertían, guardaban y atesoraban para los peores tiempos, todo negro, negro, todo B, como decía el bancario «Yo no tengo dinero sucio, yo tengo dinero B», echaban mano de informaciones privilegiadas, constituían sociedades sin socios, socios sin sociedades, tejían una trama inextricable... «Y sin embargo viven como Dios, no se recatan en decirlo, venga o no a cuento, a troche y moche, resoplando, después de haberse metido una buena raya, pura piedra sin picar, a caballo en el retrete, los demás haciendo cola "¡Me van las cosas de cojones!" Me hubiese gustado darle un garrotazo en la cabeza, al tío éste... Total, qué habría recogido... Me habría quedado sin un tiro. No es negocio, hay que tragar, los pobres tenemos que tragar...» ¿Pero, bueno, ya oyes, Caifás, lo que dice esta palomona... Hay otros que dicen «Qué coño, que me embarguen la andorga si pueden, me lo como todo, me lo bebo, me lo meto como pueda. A ver qué cogen». Y no les faltaba razón. Y otros más de los que nuestro hombre y otros parecidos a él tratan a diario como gente que vive peligrosamente, y por eso les admiran en privado, enfrentados al sistema (también por esto), «Éstos tienen muchos güevos, sí señor, son como los piratas», «¿Adivina quién viene a cenar esta noche?» «El capitán Drake» «¡Qué bien!» bordeando el delito, delincuentes ellos mismos, de guante blanco, de guante de ilusionista, juá, blanqueando dinero puerco, ennegreciendo dinero que no huele —en el fondo nuestro hombre lo que lamenta de veras es su falta de destreza en estos asuntos, el no saber guindar, estafar por lo legal, dar gato por liebre, y el andar siempre como un mil leches por debajo de la mesa del festín—, de la corrupción, el enriquecimiento injusto, la canallada, la deshonestidad y todo eso sólo se lamentan, dando grandes voces, eso sí, los palomos, los que no tienen guita ni mucho menos pasta gansa, los que andan de continuo asfixiados y dicen «Pero cuánto ladrón hay en este mundo, cuánto ladrón» y el otro «Yo sin dinero negro no soy operativo», joder qué fino, el capitán de empresas éste, y qué habría querido decir con esto, capitanes de empresa, dinero negro y mucha pelota... Wall Street, buen papelón habrían hecho allí, en realidad cualquier sitio les servía de Wall Street, sitios exclusivos, casas de putas, asadores de bazofia y botella de pacharra encima de la mesa, los retretes por ejemplo, los retretes buenos despachos, sí, se ponen bordes en los restaurantes sobre todo si van hasta las orejas de perico, en las recocinas con un chorizo y unas botellas de rioja antes de pasar a mayores, pero a ver quién les dice nada, ahora, eso sí, los camareros huelen la ausencia de guita a distancia, como perdigueros en la apertura de la veda, vaya usted cargado de tintorro y le pondrán en la puta calle, ahora los otros, rockeros fules, del gremio de la hostelería nocturna, del de levantarles la guita a los adolescentes, niños borrachos para programas de televisión y mucho cacumen, exigían, tiraban la comida por el suelo, le dan una palmada en el culo a la camarera, arman camorra, se arma camorra, exigen vino que huele a corcho que tumba, lo paladean, ay, hace falta ser bobos, «Tiene un regusto», dice uno arrugando el morro, «Claro, a mierda. No va a tener», hasta los rojetes, los vagamente izquierdistas, de esos que ya no sabe ni Dios qué coño son y que la administración o el partido en el poder había incorporado a sus gabinetes, a sus asesorías, a sus consejos. «Nos preocupa mucho el tema de la droga», va y dice el jerifalte de turno en cuanto le arriman un micrófono a la boca «¡Toma¡ Y con razón. A mí también me preocuparía estando en su caso» ahora progresistas, más que depósito azul tendrían que haberlo llamado depósito negro. ¿No guardaba antes la gente las onzas en el pozo negro metidas en un pucherón atado a una cadena en todo el pastel de mierda? Pues lo mismo. A qué extrañarse. En los discuros oficiales se les llena la boca con lo de los parásitos sociales, «Vamos a acabar con los especuladores de terrenos, porque son unos parásitos sociales» «Toma ya. ¿Y tú qué eres? Chorizo» «Vale, Pablo Iglesias, vale... No he dicho nada». Y la gente humilde, humildica, de esa que se sienta en las sillas con medio culo fuera, porque no se atreven a ponerlo entero en ninguna parte, más que nada para no hacer buen blanco, porque llevan en los genes que el rico tira a parado, en el patio de butacas, con cara de circunstancias. Y los socios capitaneados por Ferminito Zolina, detrás de la cortina, observando el panorama por las rendijas, se frotan las manos, tronchándose de la risa, arreando con una fila tras otra y a los negocios, «Oye, qué, ¿montamos un asilo para ancianos?» «Eso, yo pongo los ancianos que tengo una buena cartera» «Oye, que te meto en mi promotora» «Pues mira, yo gestiono la cartera de unos frailes que están forrados... lo de las misiones, ya sabes, da una guita que no veas, hoy por hoy, no hay como gestionar la cartera de una orden religiosa» «Oye, que te hago un asesoramiento integral» «No, por favor, eso no, que me liquidas» «Pues yo me estoy haciendo una casa así de grande»... Pues sí, señorías, estamos todos tarareando lo mismo:

Entre las angulicas había un pez gordo,
acercamos el farol y era un mocordo,
así de grande, así de gordo.

Ay la hostia, de esto es mejor no enterarse. Todo un papelón este de la ópera bufa de los malos tiempos, dicen los mistagogos, los que echan la cagalita diaria en la papela, como don Jorgito, el inglés, que se la pinta sólo para el refrito de las fuentes, y la catetada asombrada de tan recio pensador. Dirán que esto a la vuelta de unos años no tendrá la menor importancia y llevarán razón, pero lo que importa es ahora, ahora, ahora es cuando estas cosas le barrenan la sesera al más pintado, pero para eso tiene que andar apurado. Y es que quien más quien menos se busca la vida, pone un negociete, un bar de moda, se hace respetable, no hay nada como poner un antro para gente guapa, nueva gente, que quiere darse un baño semanal en la podre, en el albañal, en la vida peligrosa, sus copas, su papelina, su chaperillo, sus fantasmas, por ejemplo, que haya chorizos, que no falten, y un enano sentado en la barra, anda, sí, cuéntales a éstos lo de los derechos humanos o la dignidad humana, en Tailandia bien, pero aquí, aquí hay que montar un espectáculo a cualquier precio, y también unos camellos, y unos promotores inmobiliarios venga de mover el culo, y unos diputados del partido socialista, y algunos financieros, un éxito asegurado, claro que a veces se pasan con la juerga y hay líos, que uno acaba con un rabo entre las piernas que no es el suyo o que a la esposa, siempre ejemplar, le da un arrebato y se lanza a perseguir toreros o cantantes o escritores o artistas por los hoteles, no son más que gajes del oficio, no pasa nada, no pasa nada, lo dice Carcoma, todos hemos hecho mamarrachadas, y además el pericón hace estragos, estragos, «Te cambia el carácter», dicen y se quedan un ratico quietos, sólo un ratico, lo justo para comprobar que, en efecto, no pasa nada. Y si uno se dedica a la rehabilitación de viviendas o de marginados, a la defensa trapacera de asesinos en los tribunales, cómplice de ellos, encubridor, delator, instigador, él mismo, no allí, sino en la calle, en su propia casa —«Oye tú, que todo el mundo tiene derecho a su defensa, qué caramba» «No, si eso yo no lo discuto»— a las cosas ésas de la droga, el delito y la toxicomanía, qué mejor que montar un buen tabernón donde la gente se ponga de humo hasta arriba y de la continua la autopista hasta la bola, hasta salir loqueando, con los pies echados al hombro, vomitando insensateces, rebufando polvos por la nariz como caballos mitológicos, un buen local donde beber hasta la extenuación, a puerta cerrada hasta la madrugada. Eso es conocer el *negoci*, el *bisnes*. Y por la mañana, con los sesos hechos pasas de corinto, pequeñicas, pequeñicas, fosfatina, ceniza, a la covachuela, a seguir redactando un informe sobre lo mal que está el mundo para el diputadillo de turno que le pidieron hace años cuando el diputadillo no era tal, sino sólo un piernas, como la mayoría de los emboscados. «La sociedad necesita reformas…», empieza el tío, joño, ésta sí que es buena. Para semejante albondigón no hace falta estar en nómina, o sí, claro que hace falta, si no de qué… Ahora bien, no seremos nosotros, yo y nuestro hombre, y también Caifás, «¿Verdad tú, Caifás, anajabao?», quienes protestemos, quienes alcemos nuestra indignada voz por el deplorable, pero deplorable de veras, estado de la cuestión; no, que en ello nos va la andada. Invertir, guindar, despilfarrar, esconder la guita, pintarla de negro, machacarse la pasta, especular, poner cara de bueno, como el chorizo de Ferminito Zolina, el de Perfect Gestion, lo primero va de pastel, qué barbaridad, qué barbaridad, caras de la misma moneda al cabo, «¿Quién nos iba a decir que íbamos a ser tan ricos, ¿eh, cariño? Y a ti, como eres muy tímida, pero mucho, me ha dicho el arquitecto buena pieza, amigo, amigo, que también tuvo una infancia muy desgraciada y muy humillada y ahora es millonario integral, que te va a hacer un baño turco, con celosías y todo, como los moros, ¿eh, maja, a que es un lujo? Y yo, amor, me voy a hacer bibliófilo, me compraré las primeras ediciones por docenas, amor, por docenas, y de pintura… de ésa, toda». Desde este lado se oyen cosas imposibles, cosas tremendas y desde el otro también, no se las cree nadie, pero decirlas las dicen, todo el día, no paran, no dicen más que idioteces. Todo Cristo va a la caza, a la busca de apaños, pero, qué caramba, todo Cristo cargado de ideas, eso es lo malo, de ideícas. Y otros iguales que ellos, como clochardos en los alrededores de los hipódromos, en torno a la hoguerilla, bajo una lluvia fina que no para de caer, arrebujados en las mantas del ejército sisadas de las cuadras, pasándose el mol de mano en mano, delante de medio barril con fuego donde van echando unas leñas, maderas barnizadas o pintadas con pintura de esa que los médicos, cuando ven las manchas en la piel, en relieve, como tatuajes de hombre primitivo, dicen «Pues no sé qué es, tendrá que ir usted a Houston, Texas», y lo dicen más que nada porque en Houston, Texas, parece que se arregla todo, pero no es así, lo gordo, lo mayor, no se quita en ningún lado, irse de cura en un jet particular no es más que un espectáculo, pura barraca de feria, «Venga usted, enfermo de las narices, míreme al rico este que se va en jet particular a Houston, Texas, a curarse un poco, a quitarse lo mayor», y así... «¿Qué dónde pasa todo esto?», pues en extramuros, en los alfoces, donde las atrocidades, donde la ruinas, donde los derribos, donde la gente se esconde, en la barricada, pues ahí están los apostadores como nuestro hombre sin caballos, sin dinero para las apuestas, y sin derecho a entrar en el hipódromo, por añadidura. Así, pordioseros, miserables, con ellos, consigo mismo ha ido dando nuestro hombre, que sabe escucharles sus historias, sus monsergas, sus pedorreos, poner cara de póker y hasta de entendido, había que oírle cuando decía en medio de otros tarados como él, «Ahora es buen momento para invertir en bolsa»... ¡Ay, que sí, claro que es para troncharse! Sabe asentir a las cosas de los demas, a todas las perolas que se les ocurran, de bisnes, de filosofía práctica, de amor, de póker, de mus, de lo que es y no es la vida, de todos y cada uno de los caprichos de los reyezuelos de turno, a veces magos: coches, vacaciones en la costa, champán en Nueva York, como aquel mamarracho que decía «El momento más feliz de mi vida fue debajo del puente de Brooklyn mirando para arriba con una botella de Moët Chandon en la mano», nada menos que de Moët Chandon, aguántenme al dandy este, ababol, apollardao. Él les da la razón en todo, sin darse cuenta además, sólo a tiro pasado y entonces lo borra rápido, enchufa los limpiaparabrisas y ris ras, todo borrado. Sabe aguantar sus miradas extraviadas, historias como la suya propia o no muy distintas, sin principio ni fin, sopistas, de un pre secular, indigentes totales en el fondo, de una incultura bestial, rebuscada, bestias a mala leche, de esos que sin embargo se lo saben todo, se las saben todas, más listos que Dios, y se sienten obligados a demostrarlo de continuo. ¡Oh! Qué dulces fantasías. «Si tendría» «¿Qué harías?» «Pues verás, montaría un sitio con mucha marcha, y con la pasta compraría un piso y luego otro y luego los vendería y luego un cochazo como el de Ferminito Zolina o el de Carcoma y prurrruuuu, prurrruuuu, y luego a la costa, que demasiado, una tabla de güinsurfin, y ras, ras, que demasiado y luego a Salou y luego, que me jiño,

414

que jiño» «No te vas a jiñar, claro que te vas a jiñar, por la pata abajo además, que te lo digo yo... Te lo beberías» «... y con los beneficios de los coches montaría... me asociaría» «Joño, pero tú no ibas gritando aquello de burgueses cabrones bajar de los balcones y aquello otro cojonudo de *zuek fascistak zarete terroristak*». Hemos dado en majaras todos, y haría algo de construcción, recuperación del casco antiguo, chaleticos adosados, ya sabemos que si quieren podar rosales, a pagar, que paguen, y que se jodan, lo dice el asesor del diputado, y también unos terrenos, dinero A y dinero B, que no huele ninguno de los dos, tengo un tronco que se lo sabe todo de la bolsa, un ojo de lince, macho, de lince, y cogerse unos camelletes que conozco yo en Madrid que te ponen unos sudaquillas con cara de botella de pisco y traer perica guay y más pasta, de qué nos van a coger a ti y a mí, nos lo montamos entre amiguetes, entre coleguis, le cogemos al otro que sabe un güevo de cocina y montamos un restaurante para gentes guais, un par de años, luego un traspasillo y a correr, tú no te preocupes, conozco un jambo que de impuestos se las sabe todas, les hace las declaraciones a los del gobierno «A devolver, macho, a devolver, que nos sale a devolver, que te lo digo yo, aquí sólo pagan los pringaos, los pringaos, si luego hay que discutir, ya discutiremos, me entiendes la película, que hay inspección, ya hablaremos, pero lo primero quitar, quitarle al asunto, guindar lo que se pueda, que luego te mueres y no has guindao, me entiendes la película...» Así fantasean los colegas de nuestro hombre y él mismo, como digo, hasta loquear, hasta no saber ni lo que se dicen, hasta quedar extenuados, hasta caer rendidos, como cuentos de los de antes redivivos, se les tenía que aparecer la lechera con un esquilón para cada uno, joooder...

Era lo mismo que escucharle al Colas, al Colicas, aquel jito que exhibía un papelón en el que un canónigo, cuestión de quitárselo de encima que ésos gastan por otra parte perra leche, certificaba conocer a José María Zurrio Zurrio (a) el Colas «de merodear por los alrededores del palacio arzobispal», eso no me lo echaron ni a mí, con sus chatarricas, pero en experto financiero y nuestro hombre agotando los últimos cartuchos, sacados Dios sabe de dónde, porque si no lo sabe él, no lo sabe nadie, de dónde han salido esos miles de pesetas que le quedan en el bolsillo del pantalón, que ayer ya quedamos que le habían guindado todo, esa tarjeta pintaguita que está obrando milagros. Que la música celestial de la época, la polifonía es chollo, canonjía y braguetazo, oposiciones amañadas por el partido, prebenda, oportunidad, escaqueo, ventaja y beneficio, influencias, conocidos, favores, relaciones, trampa y antojo, y trampantojo, claro, complicidad, encubridores, ronda de compinches, cuadrilla y despoblado, secuaces, matones, cortijería, bajo manga y sobre manga, engañifa, trampa, botín, horda, tribu, más o menos lo de siempre, sólo que nuestro hombre nunca ha estado muy atento a esta sarta de lugares comunes, de ganas de hablar por hablar, por no callar, que es lo mío, que luego resulta que no es así, que es más complicado, todavía más complicado, mucho más, lleno de matices, de motivos, de causas... parece la entraña un transistor de los de antes. Y todo esto lo descubre ahora, demasiado tarde, como todo... que se le hace de pronto una vieja murga, una mema monserga, se percata de haber estado escuchando desde hace rato a uno de estos nuevos pordioseros, pedigüeños del alma, cada Sócrates que arde el bolo, que te engancha en una esquina, en una barra mejor y te endiña una perola que te deja tarumba, lleva desde hace un buen rato con la mano apalancada en el gintonic, escuchando, pensando en otra cosa, en la misma cosa, pero vuelta del revés, ni siquiera el que le da la barrila es el mismo que se le puso al lado al principio, pero eso apenas lo nota, y si él no se da cuenta, nosotros tampoco: vida que no hace mella en la memoria, ninguna. Pero ya nuestro hombre se pregunta qué hace ahí, cómo es que ha podido ir a parar ahí justamente y no a otra parte, con un gintonic de color improbable al alcance de la mano, y un olor repugnante, que sin embargo no le echa para atrás, escuchando vaga y machaconamente las coplas que van desgranando, «Me dijiste amamé», y ve la pista, «Eso, una pista de circo, con monos y focas y caballos y domadores, Ángel Cristo con toda la pelarra el pecho, y payasos, montones de payasos, éstos no faltan, y equilibristas, vaya que si hay equilibristas, casi todos, ay qué gracia, que me troncho», se dice, «Voy a mirarla de más cerca, pero antes, antes veamos qué queda en el cofre del tesoro…». Y nuestro hombre se encierra en el wáter, se dice «Toma, toma, mi tesoro, intacto, o casi» echa mano de su piedra bezoar en polvo, de su Teriaca Magna de Andrómaco, de la no revisada en las lonjas de los drogueros por los comisionados del Regimiento al tiempo de las ferias de esta Imperial Ciudad, una Teriaca encerrada en un magnífico cofre, de papiroflexia de la buena, claro está, y menudo cofre, les voy a decir cómo es su fina decoración: restos de una historieta animada, por un lado hay un jambeta tirado en el suelo decúbito prono, obviamente occiso, porque tiene mal aspecto y además se ven las pantorrillas de otro jicho con una pistola en la mano que dice «Siempre has sido mucho más rápido que yo. Pudiste matarme cinco veces. ¡Pobre diablo!» y por otro lado de este retablillo, de este díptico de devociones fules pone «¿Qué podría hacer? No iba a estar corriendo toda mi cochina vida…» lo dice un negro que también está en el suelo, de decúbito prono, y a punto de palmarla. No, miren, mejor no busquemos vagos mensajes de esos del fabuloso orden del mundo. Mientras que afuera se escucha una barahúnda musical, «Caminante no hay camino, se hace camino al andar», y es que para cantautores y música nacional no hay nada como los bares de barullo duro, donde los putones de descorche y los aldeanos rijosos, bien grandes, bien borrachos, para que los dejen bien robados, ahí va a parar gente bien rara, restos de restos, Woodie Goutrie y hasta lo de «No estás muerto comandante, comandante Che Guevara» o «Ay Che camino patria o muerte es mi destino» y nuestro hombre «Anda, maja, pónmela otra vez», y los catetos «Oye, tú, quita lo del bandido mexicano ése» ponnos unos corridos y va y la otra y le dice a nuestro hombre al tiempo que le cuca un ojo como cosa de entendidos «Les voy a dar una lección» y les mete lo de la expedición punitiva, sí, señorías, aquello de los americanos que le persiguen a Pancho Villa en aeroplano y todo aquello, tempus fugit et

417

alii, eta abar, y los otros tan contentos se echan la mano por encima del hombro y berrean, recios, acabados ejemplares de la indómita raza, puro fuero, «Era valiente y decidido en el amoorr»... Hay que joderse los jitos, entran en manada, mandando, dicen «Aquí, nosotros los calorros, qué pasa, a ver quién es el guapo que se atreve», y claro, no se atreve nadie, quién va a atreverse con un par o tres de jitos, nadie, es natural, te dan un punchazo y te vas para el otro barrio, mayormente intestado, y no pasa casi nada, unos jitos que tienen unos rostros borrosos que a nuestro hombre le resultan vagamente familiares, probablemente hijos de la Virreina, con sus panteras enseñando el culo «Mira, majo, que yo tengo un par de mujericas que me trabajan y hasta las llevo al médico de vez en cuando, que ya me ha dicho un guardia que eso no es delito, es negocio». A la Virreina se le echó el pueblo encima. Era una gitana broncas, broncas, una mujerona inmensa, cargada de hijos, algo tremendo, unos muertos, otros moribundos, otros en prisión, todos con el jaco entre las piernas. La vista en la que se le juzgaba por amenazas, bajo la dirección letrada de nuestro hombre, fue de las que hicieron época, la querían desterrar del pueblo y ella, tan pancha, entró con un crío en brazos dándole la teta, al presidente del tribunal a poco le da una cosa de ésas del celebro, que con el calor o la mala sangre se te rompe algo, no, bah, total que se armó una marimorena de cuidado, en plan racista además, que si no pueden vivir como todo el mundo que se vayan al campo otra vez y cosas de parecido jaez, sí, la justicia del franquismo, llenos los estrados de héroes de guerra, de caballeros mutilados y de toda faramalla, se las traía. Así que nuestro hombre pega la hebra con los jitos que le recuerdan mucho más de lo que él les recuerda a ellos, «Que eres un payo legal, que te enrollas muy bien, que nosotros no olvidamos y semos de mucho agradecimiento» y nuestro hombre con la vanidad satisfecha, hincha un poco el pecho, sólo un poco. Ellos quieren invitarle a echar un polvico, «Oye, payo, que no te va hacer mal el echarte un polvico, puedes elegir además...», pero nuestro hombre se nos pone en plan profesional, dice que no, dice que en otra ocasión tal vez, les echa a las chicas una rápida mirada de arriba abajo, corpiños negros, pantalones ajustados de panteras, dice, igual veo doble, pero de los servicios sale otra igual o sea que doble no, triple, seco y mortal, moco terrible, las miradas brillantes, perdidas, la idiocia pintada en la cara chupada con rodillo embreado, dice no, definitivamente no y se salva como puede, metiéndose en un rincón en medio de un barullo de maromos que festejan algo, algo de deporte, del frontón, unos duros que habrán ganado esa tarde o de boda o de nada, del trabajo, de haber comido como bestias, no sé, algo, de tener el cuerpo caliente y no haberle podido dar leña, yo qué sé... «Y yo qué tengo que ver con éstos, que parece que no me los he podido sacar de encima en mi vida, nunca, siempre acabo igual, me voy a caer, tengo que irme de aquí, qué gente, idioro, qué gente, no me los he podido quitar de encima jamás, de crío me hacían gracia, gitanos, borrachones, méndigos y vagamundos, carboneros, gente tirada de las tabernas, me hacían gracia porque eran lo contrario del mundo pacato, sucio en el fondo, complicado, malsano que me había tocado en suerte, donde pagaba los traumas, los problemas más o menos mentales, nunca confesados, nunca admitidos, dejados en herencia, de quienes quisieron y lo consiguieron, al final lo consiguieron, consiguieron ensombrecerme la vida con su santa cólera y su santa intransigencia y su santa coacción, decidir por mi vida, por mi alma, por mi cuerpo, por mis ojos, y mis manos y mi olfato y mi odio y, al final, por mi poco de memoria, idioro, por esa parcela cada vez más borrada, a puro buril, lo único que tenía, lo único que me habían dejado, aparte del miedo, de la culpa hecha un lapo eterno en la boca, de la cobardía, de la enfermedad hereditaria, cosa de los genes, para siempre, para siempre el insomnio y la torpeza y los desarreglos intestinales y la violencia sorda, la poca razón, la poca imaginación, la poca gana de vivir una vida alegre, y hasta la manera de comer como quien llena con paja el agujero de la lluvia en el adobe, y este ir para venir, para volver a ir a correr las consultas, los tratamientos, y no he podido cobrarme revancha alguna, ninguna, nada...» Cuando uno anda con semejantes coplas en la sesera lo mejor es no salir a tomar copas, sientan mal, cosa de la mezcla.

Y ya va de nuevo nuestro hombre vagando por las calles solitarias de la ciudad, porque no le han querido servir la última, después de rogar e implorar y verse al final amenazado con la llegada de un gorila, un tipo con placa de madera privada y, como siempre, alma de asesino, razón más que suficiente para irse con viento fresco a buscar un sitio, un último sitio donde pueda ser acogido, sentirse acogido, a menudas horas se le ocurre semejante cosa, pero es la hora filosófica, la hora de los moribundos, la hora del escotillón para el otro barrio, con una derrota encima que ni que hubiese estado una semana entera arreando costales, se le cierran los ojos, no puede ni con su alma. Las hojas muertas de los castaños de Indias y de los plátanos, ya casi negras, podridas por la lluvia, se le adhieren a los zapatos y así va resbalando, ciscándose en una cosa y en otra y a la vez componiendo algo que desde lejos podrían decir «Mira ése, va bailando», pero no, no baila, o sí, quién sabe a estas alturas, de haber estado en una cámara negra, habría bailado a hueso mondo, tocado el tamboril, el pífano, la mandolina, agitado los cascabeles, las carracas, invitado a todo Cristo a su baile, se habría echado al hombro el espetón de un fuego apagado con orines, habría asado un pollo muerto de pasmo y cantado con voz de cazcarria aquello de *Recelo he grande de ir a lugar / do no me valdrá libelo ni fuero; / lo peor es, amigos, que in lengua muero. / Perdí la memoria e no puedo hablar*; pero no, no exageremos, tan sólo va buscando un lugar que al cabo no le resulte enemigo y no hace sino dar vueltas a las mismas calles, como quien está perdido en un laberinto, que es su caso, como si todavía tuviera tiempo y oportunidades, buscar un sitio, un rincón, un poyo donde sentarse a tomar una fresca improbable en el atardecer de los días claros de la vida. Cree escuchar que alguien le dice de pronto a su lado, casi al oído, nota hasta su aliento cargado «Si no fuésemos al mismo sitio, no iríamos juntos, imbécil…» «¿Pero qué te he hecho yo? —contesta nuestro hombre hundido en la zozobra—. Ésa no es forma de tratar a nadie, con esa inquina, esa crueldad de fondo, con esas ganas de derrotar, de derribar...» Pero el señor letrado está solo, completamente solo. A su lado no hay nadie, viento, viento sur y bien colado por la parte de la sesera, hojas secas que resuenan en los adoquines, allí donde el viento los ha secado, en las ramas altas todavía, en las ramas que entrechocan y van cayendo a trozos, medio podridas, cubiertas de una capa ligera de musgo. Imposible olvidar sin embargo la mirada de asco de quien lo dijo, Juan Carcoma, su compinche del alma, fue todo un aviso, pero eso ya fue en otro tiempo, ya no tiene importancia, fue una más, debería haber estado acostumbrado desde antes a los desplantes, debería saberlo, un hombre débil y de poco carácter como es él debería saber que esas cosas hacen daño, hacen un daño inmenso, que uno puede muy bien no recuperarse de por vida, que es mejor no ponerse a tiro, escucha a Laboa, el príncipe de los humanistas, «Estás acabado, estás muerto» y nuestro hombre no había hecho más que empezar, no había cumplido la treintena, haber vivido eso, es tanto como haber vivido un ambiente espeso, emponçoñado, tóxico, mefítico, donde hasta el más bobo le tenía certificada la muerte en vida, el extrañamiento, la reclusión, una condena a verse devorado, a llevarse bocados, pero en esto es como todo el mundo, demasiado tarde también para saber que uno es eso, alguien un poco palomo a quien le van a estafar sin remedio tarde o temprano, uno u otro, que no vale hacerse el listo, que te la meten... Y todo esto no tendría importancia alguna, de hecho no la tiene, de haber sabido construirse una vida, que ahí está el meollo de la cuestión, de haber vivido y dejado vivir, de haber podido vivir sin rendir cuentas a nadie, sin culpa y sin miedo, con tranquilidad, sin envidia, sin rencor, sin falsa memoria, sin agravios, sin... Con entereza, claro que todo esto es muy fácil de decir y muy difícil de llevar a la práctica, son consejos de perra gorda, recetas de barbecho, aleluyas de potros de carreras. La realidad es muy otra.

Encontrar un sitio... pero un sitio aquí, en las calles, y abierto por supuesto, en ese empeño va dando tumbos indiferente al viento cada vez más fuerte, más ruidoso y a la llovizna, entra en un lugar cualquiera, un nombre de esos prometedores, de esos que se ve que el dueño o más y mejor un amigo del dueño, sobre todo si es un pintamonas de esos que sin el mecenazgo de la administración no serían nada, más que eso, pintamonas, exactamente iguales a los que a ellos, cuando hacen sus comistrajos, les causan tanta risa: *Lo que el viento se llevó*, así como suena, ya sabemos que es un poco bobo pero en yendo de copas quién piensa en eso... ¿Nadie? Pues entonces a callar y a pagar las consumiciones. Aquí estuvo, se dice, en otro tiempo, cosa de darse un poco de lástima, en realidad hace sólo seis u ocho meses, o seis u ocho años, a ver, a ver, sí, en el ochenta y seis, buen año, inmejorable, todavía no cargado de arrobas, como se ve (lo estaba, lo estaba), no destrozado. Busca a alguien conocido en el barullo... No lo encuentra, son otros, jóvenes, y ya buscones, y busconas, y el sudaca ricachón con un buen puñado de colgajos de oro al cuello que trapichea en la coca, «Aquí traigo un regalito para los muy niñitos de su mama», va y dice el memo, y la cuadrilla se le alborota y da saltitos, y en la barra aparece un hueco como por arte de magia, y los retretes se ponen como el camarote de los hermanos Marx... «Me parece que huelo a orines, a orines de gato, además, no sé, no sé, habrá que mirar esto, habrá que decidirse a ir al médico de una vez», y el otro, todos gentes de otro tiempo, con la dentadura bailándoles en la boca, cosa de las cárceles y no precisamente de Hassan o también de Hassan, la jiña y el mal comer de las prisiones, del exilio, de las huelgas de hambre, simplemente del malcomer hereditario, de las copas, de los canutos, de las anfetas, de no tener guita para ir a un buen sacamuelas, de los finos, finos, buscando, rebuscando un apaño imposible, lo mismo que nuestro hombre, el no encontrarse solo en una ciudad nocturna, solitaria y helada en cuanto levante la niebla, que tal y como va la noche acabará levantando en un pis pas, la neblina, la vida incierta, la vida perdida, aún se mete una vez más de rondón en el retrete, aquello es un pastelón de cerdos, un archipiélago de orines, la felicidad ajena, otra vez la papelina, la de crédito, las rayitas sobre la taza, el billetito de mil, uno detrás de otro y hale, a salir con cara de felicidad haciendo aspiraciones, moqueos, pero nada, este disparate ya no hay quien lo levante, no puede recoger ni un momento de lucidez. Vuelve a hacerse un hueco en la barra y a su lado alguien le dice «No me conoces. Soy la mujer del Zusco...» «Pues no caigo» «Sí hombre, no te acuerdas que nos llevaste aquel asunto de los desagües o de las cañerías...» «Perdona, no te había reconocido, no me acordaba... Has cambiado mucho, estás mejor, quiero decir...», y nuestro hombre se inclina peligrosamente hacia adelante, apenas puede advertir a la Campanilla que le ha dirigido la palabra, ignora el propósito, no le extrañaría si se dijera que el motivo no es otro, como él bien sabe, que en esta ciudad de las sardinas bravas y frescues se conoce todo Cristo, y todo Cristo vive como en patio tomatero a la vista de todo Cristo y que de poco o de nada vale lo del *ipse silemus*, así que cierra los ojos y piensa «Debe de tener la misma edad que yo. Los cuarenta largos —bebe un trago de su gintonic agrio y prosigue enmbalado de súbito—... ¿Y además el Zusco no fue aquel que me amenazó de muerte si palmábamos el pleito? Esta gente no tiene memoria» «Mira, la verdad es que no puedo reconocer a nadie. Si quieres que te diga la verdad, no puedo reconocerme ni a mí mismo. No sé lo que vas buscando, pero si es para lo del folleteo te diré que a estas alturas a mí ya no se me levanta ni con grúa, no me interesa...» Alguien le dice «Pero joder, cómo te huele el aliento». Así no hay forma. Eso es un golpe bajo. Devorado. No hay salida. El sitio tan a rebosar como siempre lo estuvo, la música atronadora, las miradas aviesas de la gente terrible, los de la vida dura, la vida elegante, la vida peligrosa, la vida valiente, la vida relajada... La policía de paisano, se les ve enseguida, puros jamesdean de pacotilla, al ojeo y los demás, carcajadas, empujones, arrumacos, resobes, toda la parafernalia de la estupidez y de la simulación, y del pasárselo bomba, no seamos cicateros, qué culpa tiene la bascabasca de que nuestro hombre esté hecho un guiñapo, ¿a ver? Ninguna. Y él ha sido o fue uno de ellos o quiso ser o creía que era de la partida, como en todas partes, buen lío, sí, para desbrozarlo haría falta una terapia de las buenas, un pastón, ha recorrido todos los estados y estadillos, parece que no ha pasado el tiempo, no ha sabido admitir que se retiran hasta los primeros espadas. «Aquí sí que pasé —se dice— algunas noches que puedo recordar como felices... ¿Felices? No, pero nada es lo mismo... y además no creo que fuese aquello lo que yo buscaba, qué era lo que yo buscaba, y yo qué sé.» Cierto que queda algún rezagado, algún superviviente, se saludan como viejos conocidos, no se han hablado nunca en realidad, se saludan como ex combatientes... Joooder, si apenas han pasado cinco años. Si no fuera porque está aprisionado entre la gente, apretaría a correr, a correr como no ha corrido nunca, pero casi prefiere estar ahí aprisionado entre esa gente que busca cómo terminar la noche, echar un polvo, amarse tal vez, disfrutar de esa existencia tan intensa, sí, ésa es la otra murga, la otra zambomba, la vida intensa, pero qué intensidad ni qué porras. Alguien le coge por banda e intenta meterle el cuento de los recuerdos del pasado, «Te acuerdas, ¿eh? ¡Qué tiempos más buenos hemos vivido! ¡Aquello sí que era auténtico! ¿Eh?» «Cuándo, demonio, cuándo, de qué me está hablando el tío éste, de alguna andada sin duda, de otra cosa no puede ser, igual ni me conoce, yo no, desde luego, o no me acuerdo. Nada, mierda en verso. Esta vez no me voy a dejar. No tiene sentido. Todos con la misma historia, que ya me lo sé, que los veinte años quedan bien lejos, que los míos, además, no tuvieron nada que ver con los suyos, todo esto me pasa por confraternizar...» «Oye, para el carro, que no se quién eres, que me parece que no te conozco, que me dejes en paz... ¿Con la Picoloco? No me suena. ¿No serás madero?... ¿Y encima te ofendes? ¿Qué pasa, que me vas a pegar una hostia, so valiente?» Y nuestro hombre se acuerda de la movida del pasma ful. Buen asunto este, sí señor, impecable. Estaba nuestro hombre donde no debía, porque no era ni la hora ni el lugar más adecuado, un antro espantoso servido por un par de tíos bigotudos vestidos de sevillanas, mirando el panorama, viendo a ver, que se dice, cuando de pronto se le echó encima un pasma, le enseñó una papela vagamente impresa en una bandera española, y nuestro hombre un susto de las mil hostias, un miedo espantoso, a la correspondiente exacción más que nada, porque lo del prestigio social, el aquí lo dejó encerrado en una taquilla y tiró la llave por la alcantarilla, eran otros tiempos, «¿Qué hace usted aquí? ¿Con que buscando pibas? Vamos a comisaría» «¿Cómo que pibas? Este jicho no es madero, éste es argentino, éste me va a hacer algo gordo, ay mi madre, ay mi madre... ¡Me encuentro mal, ay, que me encuentro mal!» «No se preocupe, si vos querés llamo a comisaría y le traemos un auto que le escolte hasta el hotel» «No, déjelo, déjelo, gracias, muchas gracias, prefiero ir tomando el aire» y nuestro hombre apretó a correr, que es por cierto lo que tendría que hacer en este momento, apretar a correr, no mirar hacia atrás ni una sola vez, apretar a correr y no parar, pero no parar para nada, eso es lo que tenía que haber hecho hace un montón de años, y sobre todo no mirar hacia atrás, apretar a correr, no parar, para siempre. Es como ver partir a alguien, a alguien a quien no se va a volver a ver en la vida. Nuestro hombre no sabe por qué tiene todo eso algo de despedida y a la vez de condena, de condenado a muerte al que le dejan solo para que piense, que decían los de la hermandad, «...se recojan a ver si pueden dormir», cómo dormir, imposible, «Por ningún caso se les dará esperanza ninguna de indulto ni perdón», ojalá, ojalá hubiese podido, ojala pudiera pegar ojo sin tener que recurrir a potingues venenosos, ojalá pudiera dormir plácidamente, no estar aprisionado entre esa nube de pirañas, de esa gente que, piensa él, puede o podría darle un mordisco y arrancarle un brazo, y no es así, no le conocen ni de vista, ni como comparsa, la gente que podría arrancarle un brazo a mordiscos está en otra parte, está en el pasado, está en su memoria, está en su imaginación, dicen los exorcistas, mal sitio donde los haya, no está en ningún sitio, no existe, no puede hacerle nada, pero nada de nada, es un invento, la gente, demonio, que yo sepa, está a otras, está a lo suyo, lo que pasa es que le conviene que sea así, le conviene sentirse agredido de continuo, le conviene moverse en un mundo cruel, ya lo decía el padre Gumilla, le beso el cíngulo... No nos pasemos, no nos pasemos. Y aún alcanza a percibir que su presencia no es deseada, que le han servido el gintonic, pero con Beefeater, con Beefeater, a regañadientes, que el camarero preferiría mil veces que no hubiese entrado allí, que le huyen, que le saludan apenas y escapan a la carrera, y eso le ofende, se siente herido, que esto de sentirse herido es muy, pero que muy descansado, es un pretexto grandioso, de los mejores, para cualquier cosa, además, para beber, para llorar, para pegar, para... No pasa nada. Incluso le hace gracia. Se siente terrible por un momento, piensa que un día llegará su hora y se cobrará su venganza, a éste le pegaré un tiro en la nuca, y a aquel otro que no me quiso pagar la minuta de honorarios cuando le saqué de un buen lío, qué le haría, le pintaría de negro la casa, fuego, fuego, una matanza a la americana, justicia, justicia, no, justicia no, venganza, que es la que cura... Pero hay que ver qué cosas tan terribles piensa nuestro hombre, nuestro gallo capado, que a eso se reduce todo, a un verraco con sus verraqueras y sin güevos, rabioso, pero capado, colérico, pero capado. Esta historia sí que viene de lejos, es uno de sus demonios más viejos, pero de cuchillería fina y de navajas capacutos no hablamos aquí.

Y aún desesperado, sombrío, encorvado, se cuela de rondón en otro antro en cuya puerta se ha armado una marimorena de las buenas, a uno que le quieren echar y otros cuantos que quieren entrar, donde andan los pajillos al ojeo, ofreciéndose encima de un tablado, en plan posturillas, siguiendo vagamente el ritmo de la música. Gente joven, demasiado joven. «¿Y yo qué pinto en todo esto?» Cuerpos esbeltos, bellos, algunos, no demasiado, nada que ver con lo que hemos venido observando. Recoge aquí y allá alguna mirada de desprecio y el muy bobo se lo toma como un homenaje, una sonrisilla, no pasa nada, «Nunca pasa nada» decía el otro, buscar un resto de deseo, pero qué pinta él aquí, fantoche desgraciado... Y nuestro hombre se da cuenta de que ahí no hay sitio para él, que no pertenece al mismo mundo, aunque pueda parecer lo contrario, que él ya está fuera desde hace mucho por haber salido por la gatera, nada más que por la gatera, por haberse detenido a mirarse el ombligo, que toda esa belleza, más que discutible en varios casos, de los cuerpos es sencillamente imposible, intocable, como si estuvieran al otro lado del vidrio de un escaparate, cuerpos bellos y esbeltos, a buenas horas se acuerda también éste de los cuerpos hermosos, y él, de mirón, siempre de mirón, a ver las cosas por el ojo de la cerradura, que hubiese sido mejor que se hubiese dicho de veras, de una puñetera vez, que no tiene sitio, que está desplazado, definitivamente desplazado, que no tiene nada en realidad. No, claro, eso era lo difícil, lo fácil es zaherirse con semejantes bolas. ¿A que ahora no dice lo de ser nadie? No, ¿verdad? Es que cuando no hace comedia, ni vocea como un furioso, ni declama, se achanta, se acojona por las buenas y las malas. Ni se le pasa por la cabeza el regresar a su casa helada, ponerse otra vez en el camino, en el principio del camino, ni se le pasa por la cabeza el recordar el material de primera con el que ha estado torturándose esta mañana, sino que echa a andar por un atajo que al poco se le revela como una trocha que se pierde en la espesura, así las calles más conocidas del centro de su ciudad. Parar, parar en seco, pero cómo. Cómo parar en seco. Aún podría llevar una vida, de mutilado tal vez, pero vida al fin y al cabo. «Además, ¿para qué quiero yo la salud, para qué quiero estar vivo? No, vivo quiero estar, muerto no, que no quiero, leñe, que no quiero…» Nada, se nos ha vuelto a apagar.

¿Qué, Caifás, conque no te creías lo que podía pasar en esta ciudad? ¿Qué interés podría tener yo en mentirte, en contarte lo que no es verdad, otra cosa, en inventarme? Y además, so anajabao, si tú eras uno de ellos, uno de estos melones, uno de estos tíos sin suerte, con la suerte torcida, amedrentados, que no podías parar quieto y tenías que meter las narices en todas partes, en donde te llamaban y en donde no, también, lo que pasa es que al día siguiente no querías acordarte, lo que pasa es que no te acordabas porque eras dado a que se te apagara lo racional, porque hay cosas, y en esto la gente aquella tenía razón, de las que es mejor no acordarse y hasta correr el riesgo de dejarse vivir por otros. Claro que sucede todo esto y aún suceden cosas peores, cosas de más sustancia, de más tragedia, sí, de mucha más tragedia, que por donde los jitos portugueses no hemos andado más que de pasada, ahí, claro, no interesa andar, ahí que anden otros, que anden los que se la juegan o se la han jugado y han perdido, los terminales, que tampoco hemos andado por donde va el otro y anda baldado, atemorizado de veras porque no le va a alcanzar para esas cuatro ilusiones elementales que se ha echado en la vida, ni para la medicina de la buena, ni para nada, ni, sobre todo, para un respiro, sólo para un respiro, para un alto en el camino sin angustia, sin miedo y sin culpa, que luego no resulta el asunto tan moñono como parece, y el tipo tan tierno y ejemplar resulta tan cabrón como el primero. Claro que nuestro hombre loquea, ya has visto cómo tiene el cráneo de revuelto, claro que no ha perdido nada, no ha perdido porque no ha jugado, porque no ha puesto toda la carne en el asador, en el asador sólo ha puesto de otra forma una salud dudosa, discutible, de lo contrario otro gallo le cantaría... Ya lo ves tú. Mira, de no haber jurado tanto en falso, ni de haber contado lo que no debías, ni callado cuando tenías que haber hablado y viceversa, ni movido la lengua como zorros de badana, sin ton ni son, cuando no venía a cuento, mira tú qué favor podías habernos hecho, a todos además, que no ves que aquí, en este pleito, necesitamos testigos y de todo, hombre...

Y A LA calle de nuevo. Los coches, el barullo, no hay forma de coger un taxi. «Habrá que ir a algún lado», dice en plan deportivo. El caminar de nuevo, el sentir un cansancio terrible... Y ya es tarde, muy tarde. «¿A dónde voy yo ahora. A dónde podría ir?» Y vuelta al vagar. El apetito perdido, la tiza amarga en la garganta. Ni siquiera ganas de ir a comerse unas albóndigas, último y definitivo argumento de la andada: llenar la andorga al amanecer, aplacar la pena. Pero hoy no está el horno para bollos, no podría tragar sólido ni con baqueta. Y todo a ráfagas. Se siente ridículo, pensando en todo lo que nunca ha pensado, una ruina, demasiado tarde para decirse precisamente eso, que ya es demasiado tarde, que su tiempo y su suerte se han terminado, que no hay futuro alguno, ni para él ni para nadie... para nadie como él, para los demás claro que hay, «Hombre —que dicen los loqueros finos y entrañables—, ten ánimo, que hay mucho futuro… Hoy son quince». La esperanza le llaman a eso, sí. Podría haber hecho… Podría, ¿qué demonios podría haber hecho? Nada. Hablar por hablar. En algún momento las cosas podrían haber sido diferentes, seguro, pero ahora. Se sienta en un banco. Las hojas muertas a sus pies, el frío. De nuevo la llovizna. Se dice que la gente que pasa le señala con el dedo, pero nuestro hombre por lo de llamar la atención que no quede «Mira ese hombre de ahí» «¿Cuál? No veo» «Sí, en ese banco, con la cabeza entre las manos» «Qué horror, estará pedo, igual hasta sufre y todo» «Por qué no llamamos a Cáritas desde una cabina» «Mejor llama a los guardias que igual está muerto» «Anda, anda, tira para casa, no nos metamos en líos. ¿Tú sabes qué hora es?».

Todavía nuestro hombre logra arrastrarse hasta una calle oscura y encuentra un antro abierto, tres putas y un par de travestidos casi coritos y no menos de cuatro docenas de maromos violentos, salidos, tambaleantes, bien borrachos, y alguno ya bien robado, al ojeo, al musgueo, al bullebulle, al faltarse, al resobe, la boca hecha agua. Otros náufragos. Nuestro hombre pide un gintonic. Se lo ponen con todo lujo de detalles y manejos. Le colocan ante él una pócima venenosa, de color azul, o de color verde, a ratos, depende. Se va para el retrete. Saca la papelina, aún queda algo, un par de puntillos, poca cosa, poca cosa, se mete una pequeña, veamos la otra, la prepara bizco de manos, mete un estornudo y la raya a tomar por el culo; pero bueno, pero bueno, pero esto qué es, se abre paso como puede entre el barullo, súbitamente desesperado, le han quitado la copa, pero no repara en el detalle, no puede, no le dejan «Que vamos a cerrar». Ya no sabe ni qué hora es. De nuevo se ve en la calle, pero esta vez a empujones, y obligado a rodar, se apoya en una barandilla, ve confusamente algunos coches que suben por la calle, le miran a él, recuerda el episodio del manguta que le salió en el mismo lugar con un cuchillejo de sierra, «Ahora sí que como me den un palo van listos. ¿Qué me van a quitar a mí? Mira que aquel jambeta ya estaba bien miope» «Venga tío, la tela» «No tengo» «¿Me llevo todo lo que te encuentre?» «Busca» y como si fuera un juego de sociedad, el Caco, el otro echa la mano para empezar a buscar y buen mamporro, sí, lo dejó espatarrado encima de un coche. Eran otros tiempos. «Llevaba buen moco, se me pusieron de corbata. Claro que podía haberme matado, uno pierde el pellejo por menos de eso. Ahora sería imposible. Ahora me darían un palo. Tengo frío.» Y nuestro hombre se aleja calle arriba tambaleándose, apoyándose en un quicio y en otro, haciendo aspiraciones profundas, «Tengo que coger un coche. Tengo que irme. No veo nada». Ay, Caifás, buena pieza, buen amigo, *Malalma*, échame una mano, que a éste le va a dar algo en el celebro.

Y de pronto la ve, apoyada en el quicio de una puerta, arrebujada, dando taconazos, a la espera o al acecho, que para quien no tiene gran cosa que perder viene a ser lo mismo, con una cara de muerte en carnaval, ojeras violetas, un chaquetón de cuero negro, pantalones ajustados, unas piernas escuálidas, sucia, expandiendo a su alrededor una mezcla de Winston americano, sudorina y pringue de droguero chungo. Podría ser la imagen de la enfermedad y sin embargo nuestro hombre la ronda, se acerca, le pregunta, cuánto, lo de rigor, la otra le mira de arriba abajo, con asco, «¿Tienes coche?» «Pues no, hoy no he traído». Y la jambeta se aleja, nuestro hombre la sigue, y la otra «Que me dejes en paz» «Joder, que te voy a pagar» y le enseña los billetes en puñado en la mano «Bueno, venga, vamos» «A dónde» «Aquí al lado, que ahora están todas las pensiones cerradas». Nuestro hombre se deja llevar, se pone a su vera «No, ponte detrás, tú sígueme y no me toques» y nuestro hombre la sigue, la ve caminar algo trastabilleante, fumando un cigarrillo, escucha el ruido del taconeo de sus pasos que le pone una pizca cachondo, lo justo, y ve que de pronto se introduce en un portalón, una belena. Él, detrás, «Bueno, dame la pasta» «¿Pero aquí?», dice nuestro hombre «Sí, aquí, qué más da. Venga, la pasta». Nuestro hombre se rebusca en los bolsillos y le da unos billetajos, los últimos «¿No tienes nada más?» y aún acierta a responder «Perdona» «Venga, bájate los pantalones... Pero qué mierda de picha tienes y estás todo mojao, marrano». Y nuestro hombre no sabe qué pensar... Y entonces los ve, como los veo yo, como puedes verlos tú, Caifás: dos siluetas oscuras en la puerta del callejón, quietas por un momento. Dos siluetas que se acercan, que ya están encima.

Y la muerte como un rayo, como una total oscuridad, la muerte para nuestro hombre, la muerte que le espera donde menos podía imaginar, en un callejón sin salida, que fue el callejón sin salida de su infancia más que de sus juegos, un mundo cerrado, un mundo pequeño y cerrado, sólo abierto hacia fantasías que nunca tuvieron lugar, la de los viajes, la de la vida aventurera, la de la vida apacible, la de la erudición a la violeta o al amarillo cornudo, «Joño, podía hacerme etnólogo o etnógrafo o mejor antropólogo, cosa de estudiar los celebros, no, los celebros no, los cráneos, y si son de piedra, mejor...», poco importa, él empujaba la puerta y se quedaba detenido, quieto, en el umbral, la muerte que le espera entre esa pared leprosa, sucia, entre ese olor acre a desagües, basura, orines y meos de gato, cajas de fruta podrida, que le espera en la sombra, que está detrás de esa voz que le reclama la guita, y nuestro hombre no entiende, los últimos billetes ya fueron a parar a manos del putón que le sujeta contra la pared, nuestro hombre con los pantalones bajados, caídos, de pie, en la semioscuridad, mira al cielo, no entiende nada, espera vagamente que le dejen, la franja azul grisácea que se recorta allí arriba entre los tejados que anuncia ya el amanecer, «La guita, cabrón», y de seguido las carcajadas del putón flanqueado por esas dos siluetas repentinas, que se recortan un paso más atrás y que nuestro hombre ignora de dónde han salido, como tampoco atina a saber de cuál de las dos proviene la voz que le reclama el dinero, que le insulta, que le amenaza e intenta amagar una explicación bajo la lluvia tenue, subirse los pantalones, no lo logra y acierta a murmurar «No tengo nada» «¡Tío chulo, cabrito —dice el putón desdentado—, suelta la guita, que te vamos a rajar» y uno de ellos amaga con la navaja un chirlo frente a la cara de nuestro hombre. Ahí, en la semioscuridad, los dos, los tres, entre jadeos, gruñidos animales, lo separan de la pared a empellones, uno de ellos se coloca a su espalda, el otro frente a él haciéndole pases con la navaja, y la jicha riéndose, riéndose como loca, y nuestro hombre viéndolo todo a través de las brumas de su inmensa fatiga, con la sensación de haberlo visto todo eso ya antes, de haberlo visto y haberlo vivido, sin haber sabido descifrar que era él el protagonista de aquella desdichada historia, de aquel mal sueño. Intenta de nuevo subirse los pantalones y le dan un empujón, «No tengo pasta», cae de rodillas en un charco sucio... «No tengo pasta, no tengo guita, no tengo nada, me entendéis, nada, cabrones, hijos de puta, me cago en vuestros muertos, me cago en vuestra alma.» Y nuestro hombre se intenta levantar, siente todo el mal olor que viene de su cuerpo, del callejón, siente de pronto miedo, como si fuera la primera vez, y también rabia, y todas las claudicaciones, y entonces clama, grita ronco «¡Cabrones!» y les amaga un golpe que da en el vacío como en un mal sueño y su rabia aumenta y su miedo y su impotencia. «Dale un pinchazo —anima el putón—, que sepa lo que es bueno» «No querías polvo, toma polvo» y el otro le hace un chirlo en la cara y nuestro hombre siente el dolor agudo de la herida, la sangre caliente, el escupitajo de la jicha, las carcajadas del otro que se retuerce de risa, ve sus rostros lívidos, la brutalidad de sus caras... toda la podre del mundo, toda la podre de su vida resumida en ese callejón sin salida, en esos jitos, en esos desesperados, en esa gente brutal y cruel, que quiere no ya su guita sino su pellejo, algo que tal vez valga ya más para ellos, un juego «¡Hijos de puta, que no tengo nada, nada, dejadme en paz!» «¡Dale otro pinchazo!», esta vez va el chirlo a la barbilla y nuestro hombre grita y grita y le parece imposible que nadie le oiga, «No puede ser —se dice—, tiene que oírme alguien, tengo que salir de aquí», grita contra el cielo, contra esas figuras borrosas, que huelen a humo y a enfermedad, que se quedan unos instantes inmóviles, ante sus gritos, que nadie más que esas oscuras y altas paredes oyen, y es el sabor salado y cálido de la sangre en su boca lo que le impulsa a gritar. No pide auxilio. No pide nada. Y su grito sale de sus entrañas, e impulsado por ese grito, por su fatiga, se arroja contra el que tiene más cerca, impotente, con los brazos abiertos intentando abrazar ni él mismo sabe qué, intentando acaso no agarrarse a la vida, sino entregarse a la muerte abrazándola como un descanso, como la última puerta falsa para la huida. Y el otro, un pingo de jicho, un mierda de yonki, un desesperado, un desheredado de la fortuna, oligoide probablemente, un jicho que tal vez tampoco sabe lo que hace, clava blandamente su navaja en el cuerpo de nuestro hombre que gime y se queda sorprendido, sus miradas se han cruzado por un momento. Sólo gime. Un gemido y siente un raro calor en las entrañas, algo lejano, un ahogo, y se abraza más fuerte a quien le apuñala, y siente sordos, como si fueran golpes en una puerta, los golpes que le sacude el putón que se ceba en él con saña y le araña la cara y los golpes rápidos, duros, seguidos que le propina el otro jicho, y nuestro hombre finalmente se deja caer y ellos le hunden una vez más la navaja en el cuerpo y nuestro hombre cae de nuevo al suelo en otro charco y los otros gruñen, sin rostro, oscuros, borrosos, como alimañas en la noche, le siguen pateando en la cabeza, en la espalda, en los cojones y el de la navaja se agacha y le pega otra cuchillada y nuestro hombre se queda quieto, encogido, percibiendo una bruma espesa y los otros de pronto escapan corriendo hacia la salida del callejón y desaparecen de su vista y nuestro hombre se queda quieto, mirando hacia esa puerta cada vez más lejana, lejana, absorto, centrado en su propio cuerpo, en lo que ya no es ni dolor, sino frío, el frío del charco en el que está caído, el frío que surge de su interior, de sus entrañas y el sabor cálido y salado de la sangre en la boca, y en su mejilla las gotas de la lluvia y el frío, el frío y ya la luz grisácea, sucia, del amanecer de otro día breve, oscuro, de finales de otoño que aparece en el fondo del callejón, y nuestro hombre hace un esfuerzo y gira la cabeza y luego el torso y se deja caer de espaldas con la vista fija en esa franja de luz muy pálida, allí, en lo alto, una luz ceniza, azul plomiza, pálida, pálida, y no acierta a pronunciar más que unas palabras, las suyas: «No tengo nada, nada». Corre una rata.

ÍNDICE

Impreso en el mes de diciembre de 1992
en Talleres Gráficos HUROPE, S. A.
Recaredo, 2
08005 Barcelona